[美]明妮·魏特琳 著

Minnie Vautrin

张连红 杨夏鸣 等 译

魏特琳日记

MINNIE VAUTRIN

江苏人民出版社

图书在版编目(CIP)数据

魏特琳日记 / (美)明妮·魏特琳著;张连红,
杨夏鸣等译. -- 南京:江苏人民出版社,
2025. 8. -- ISBN 978 - 7 - 214 - 30238 - 0

Ⅰ. I712.65;K265.606

中国国家版本馆 CIP 数据核字第 2025E89B68 号

书　　　名	魏特琳日记
著　　　者	[美]明妮·魏特琳(Minnie Vautrin)
译　　　者	张连红　杨夏鸣　等
责 任 编 辑	张惠玲
特 约 编 辑	陈　璐
装 帧 设 计	赵春明
出 版 发 行	江苏人民出版社
地　　　址	南京市湖南路 1 号 A 楼,邮编:210009
照　　　排	江苏凤凰制版有限公司
印　　　刷	江苏凤凰扬州鑫华印刷有限公司
开　　　本	718 毫米×1000 毫米　1/16
印　　　张	36.25　插页 3
字　　　数	575 千字
版　　　次	2025 年 8 月第 1 版
印　　　次	2025 年 8 月第 1 次印刷
标 准 书 号	ISBN 978 - 7 - 214 - 30238 - 0
定　　　价	88.00 元

(江苏人民出版社图书凡印装错误可向承印厂调换)

明妮·魏特琳 ◇

翻译人员

杨夏鸣　　张　俊

傅　柳　　罗　峰

侯晶晶　　王卫星

张连红

英文校对

吕　俊　　杨夏鸣

审　　稿

王卫星　　张连红

目 录

华群教授事略（代序）

| 吴贻芳

　　华群教授离开本校已六年半了，她的去世，也已五年半了，然而我们还觉得像昨天的事情，这是因为她那伟大的人格，永远留在人们心里的关系。

　　华教授于公元 1886 年生于美国伊利诺伊州，龆龄就学，聪颖过人。 卒业于该州大学，得文学学士学位，后进芝加哥及哥伦比亚大学研究院，得硕士学位。 至欧洲考察时，对丹麦的民众教训，极感兴趣。 闻我国教育不发达，遂决计来华服务，亲友虽多方劝阻，终不为动摇。 民国元年（1912 年），华教授初到我国，任安徽合肥三育女中校长，很有成绩。

　　民国八年（1919 年）的秋天，华群教授来本校任教育系主任兼教务主任，精心擘划，建树很多。 对教学方面，倘遇到困难，竟会废寝忘食地去想法解决；她视学生的成败是自己的事，所以对学生，既同慈母，又不啻严父。她主张大学卒业生要在中小学服务的，必须学习教育原理、教学法、心理学和实习教学等科目，因此，设立附属实验中学，躬亲指导，成绩卓著。

　　华群教授体格魁梧，容貌庄严；然对人时露笑容，以此高贵而和蔼可亲。至待贫儿寡妇，更是谦卑柔和，所以不仅本校师生乐于亲近，就是附近邻居，也都喜欢和华教授往还。 更有一点，她酷爱自然，常在课余植树种菊，对菊花的爱好，不亚于五柳先生。 每至深秋，辄陈菊数百盆，公开展览，与爱好之人，共同欣赏。

　　"助人为快乐之本"，这句话在华教授似乎特到（别）认识清楚，她担负教务、课务、附中等等责任，可以说一天忙到晚；但偶尔有一时或一刻的空闲，便立即利用它为附近邻居服务，设有乐群社——又称社会中心馆，懿范家政学校等，使附近贫困妇孺沾到相当的实惠，所以附近的人，没有一个不认识华群教授，也没有一个不说华教授好的。

当民国二十六年（1937年）的冬天，敌人一天天地进逼首都，政府为避凶锋起见，决定迁到重庆；同时令本校也迁到后方安全区域办理。时情势非常严重，大家都怀西迁之意；独华教授毅然愿为本校留守，此种"见义勇为，见危授命"的精神，殊足令人感佩。

在敌军进城时，不及和不能西迁的妇孺，惶惶不可终日，华教授为拯救起见，立将本校改为战时收容所，专门收容妇孺。日军纪律很坏，加以敌将要在南京实行其大屠杀，所以罪恶行为，罄竹难书。见华教授收容我妇孺，保护我妇孺，心中非常衔恨，曾批华教授的颧颊以泄愤；然万余妇孺竟靠了她不顾生命的护持，终得到了安全，所以一般人都喊她是"活佛"。

后来首都的秩序渐渐好转，收容所的妇孺也可以回家了，然而有许多人已无家可归了，华教授遂又设职业班，授以生活技能，使能自谋生活；更设补习班，使年幼失学的孩子得受教育。此种救人的精神，古今中外实在少见少有的。然而华教授也心力交瘁，神经衰弱，无法支持，最后病倒了。经友好再三敦劝，始于民国二十九年（1940年）五月，返美调治，卒以病入膏肓，康复乏术，延至翌年五月十四日竟与世长逝了。伤哉！

华教授在临终前，犹云："余有两个生命，仍愿为华人服务。"此称爱吾华人之心何等深切！而牺牲自己，为异国人服务，其人格何等伟大！当噩耗传来，闻者莫不震悼；就是中枢方面也轸惜良深，在是年六月十日由国民政府明令褒扬，赞其舍己为人的精神，使我国的人，有所取法。

孔子说："杀身成仁。"孟子说："舍生取义。"这种成仁取义的事情，华教授早做到了，所以她的精神生命是永远存在的，人们也永远不会忘记她的。耶稣说："信我者，虽然死了，也必活着。"这话好像为华教授说的。

（这是1946年11月10日金陵女子文理学院吴贻芳校长在华群教授追思会上的讲话原稿。华群是魏特琳女士的中文名。）

在南京的日日夜夜 ⌣

我的日记是从 1937 年 8 月 12 日开始的

1937 年

8月12日，星期四

在今天的会议上，我们决定把金陵女子文理学院的开学日期推迟到 9 月 20 日。 实际上，教育部也建议上海、南京以及其他危险地区学校的开学日期定为这一天。 为了通知学生，我们在电报上花了很多时间及费用。

我们仍然计划下个星期一在上海和南京进行入学考试，但我们能否将考卷带到上海，以及是否有学生来参加考试，仍是一个未知数。

（这一天，魏特琳还给美国的朋友写了一封信，信中追记 6 月 20 日~8 月 11 日发生的一些事情，信的内容如下）：

亲爱的朋友①：

在过去的两年中，即使是那些非常想抽空回复的信，我似乎也越来越无法应付了，甚至每年圣诞节的信也被我忽视了。现在，我正在竭尽全力，争取在暑假结束、新学年开始前，将一份油印的信完成。如果你们能收到这封信的话，将会了解到，尽管有酷热和战争的各种谣传，以及这些谣传所带来的额外工作，我还是成功了。我将再次采用日记的形式，因为，只有采用这种形式，我的大脑似乎才能够正常运转，这大概是由于上了年纪的缘故。

6月20日~22日

在大学校园里，毕业演讲、毕业典礼似乎在周而复始、年复一年地重复着。6 月 20 日～22 日，在金陵女子文理学院，我们的第 19 期毕业典礼来到了，42 名青年妇女结束了她们的大学课程。这些毕业生中的 60％以上将到高级中学工作。她们中有 25 人将成为教师，两人将担任教务主任。还有两名毕业生将当护士，两人将继续她们的医学课程，一人将成为"新生活运动委员会"的秘书，一人将从事医疗和社会

---

① 魏特琳是以书信的形式记下这部日记的，并分批将日记寄给她远在美国的朋友们。

案例的研究工作,两人将从事宗教工作,一人将从事农村工作。在中国受过教育的妇女比以前有更多的就业机会。

一名学生在毕业典礼两天后结婚了,20 名同学参加了她在新国际俱乐部举行的婚礼。16 名姑娘从实验高中毕业。后来我们听说她们都通过了政府考试,这个考试在高年级时曾给她们带来很大的压力。

今年,在我们学校旁还有另一个有趣的毕业典礼,8 名年龄在14～19 岁的女孩子从家庭手工学校毕业。这所学校是我们的大学生为救助附近的穷苦女孩而出资开办的。我们鼓足勇气,邀请南京市市长夫人在毕业典礼上讲话,她接受了邀请,并对这 8 位女孩作了一个非常现实和有效的讲话,我相信她们对此将永生难忘。此外,市长夫人对这个小小学校的工作留下了非常深刻的印象,她离开时捐给学校40 元作为礼物。

正如你们中的一些人所了解的那样,毕业的条件之一是每个女孩能够做一件毕业服装和一双鞋子。今年她们做得确实非常好。

大学生们对这所学校的工作越来越感兴趣。在过去的一年里,有12 位大学生在那里定期上课。让这种新型的学校运转起来很困难,因为穷苦的家庭需要年龄较大的女孩子帮助养家糊口和照顾弟妹,但是父母们逐渐地看到这所学校为他们的女儿做了件有意义的事。

📖 6 月 21 日

今天早上,我收到了弟弟的电报,说父亲去世了。这种消息总是令人震惊,几天几夜,我的思绪又回到了上次回伊利诺伊州老家的凄楚之旅。此后,弟弟的来信给了我极大的安慰,信中说父亲很快就进入了另一个世界,没有遭受令人可怕的长期折磨。他 83 岁,到临终前的几天一直都很活跃。弟弟和弟媳在父亲生命的最后时刻如此悉心地照顾他,对此我真是难以回报。正是因为这样,我才有可能在这里——中国,继续那些我无法离开的工作。

📖 7 月 2 日～18 日

在这 16 天里,我和朋友在夏日旅游胜地青岛海滨度假。第一次世界大战前青岛属德国管辖,后又转给日本,最终由于《华盛顿条约》,青岛归还给了中国。我住在汇泉湾,这是一个延伸到蔚蓝而凉爽的太平洋中的半岛。

在大海中游泳真是舒服极了。在目前南京的酷热下,我真希望一天下几次海。我的泳技平平,但我现在是多么喜欢游泳啊!弟弟总是说我用汽船的动力游出划船的速度,但不管怎样,我的泳技在50岁的时候有了提高。

我们用了半天的时间到一座位于乡间的名山去游览。那里农民的富裕生活给我们留下了深刻的印象。他们的农田整齐而无杂草,并且能充分利用每一寸土地——甚至河堤上也长着瓜藤。乡间还星罗棋布地分布着一些外观漂亮的学校。我们得知青岛市政府创建了50多所这样的示范学校。金陵女子文理学院的教师鲁丝·切斯特(Ruth Chester)①、弗洛伦斯·柯克(Florence Kirk)②和我们教会的温内娜·威尔金森(Wenona Wilkinson)是我这个夏天的旅伴,再没有比她们更好的同伴了。

我们得到消息,7月7日,一名日本士兵失踪后,在北平南面数英里的地方出现了麻烦。日本兵是如何失踪的?为什么失踪?没人知道详情。自那以后战争扩大了,我们不敢说它将如何结束。

关于第一次世界大战,米尔恩(Milne)说:"1914年在萨拉热窝有两人被打死,对此,欧洲所能做的就是再杀1100万人。"米尔恩的这个结论还不包括战争造成的个人损失、愤怒和疾病引起的死亡、对经济的破坏,以及日益加深的仇恨。中国不想打仗,并且知道自己还没有做好准备。我认为日本人民也不希望战争,但是,日本无法控制其战争机器。

🗓 7月19日~20日

昨天早上我离开青岛,今天下午乘火车回到南京。途中我遇见5

---

① 中文名蔡路得。
② 中文名克馥兰。

趟敞篷军列,载着士兵、马匹和其他装备。在酷热中,这些士兵看起来很可怜,其中一些人还是少年。

今天的英文报纸刊登了蒋介石 7 月 19 日在牯岭一次会议上的讲话。① 我希望这篇讲话能登载在美国报纸上,这样你们就能够读到他的讲话,因为我觉得这篇讲话合情合理。他在讲话中列出了中国不能退让的四个最低要求,以保持国家的完整,这似乎是对日本的无理要求作出的回应,同时也向他自己的人民解释,什么是他们可能要作出的最后牺牲。他在讲话中说:"尽管我们国家还很弱,但我们不能忽略了保持我们国家的完整的责任。我们必须保护我们祖先留下的这一最重要的遗产,这是我们必须全力完成的责任。然而,我们也必须认识到一旦战争开始,就没有后退的余地,我们必须战斗到最后一刻。"②

🗓 7 月 21 日

我在这个炎热夏季返回南京的原因之一是检查今夏正在建造的新教工住宅。一年前,学校决定建造一幢五个单元和一个附属平房的公寓——我希望在我留在中国的剩余岁月中能够住进这个平房。不幸的是,近来建筑的费用已超过了预算的 25%,我们不得不把建造平房的资金让给公寓。

在过去的几星期,我们甚至把原先留下用来为新房购买家具的有限的 2 000 元(中国货币)投了进去。就我们现在所知,如果一切进展顺利,到 11 月,我们有可能搬进空空如也的教工公寓。我对平房的失望之情可想而知,但也许还不至于到要命的程度。

返回南京的另一个原因是最后决定是否去东京参加世界教育协会联盟第七次会议。该协会计划于 8 月 2 日~7 日在东京举行会议。在北方出麻烦之前,12 位现在已是中学校长或教务主任的金陵女子文

---

① 原文有误,7 月 19 日应为 7 月 17 日,蒋介石在那天发表了著名的"庐山谈话"。

② 蒋介石这段讲话的原文为:"我们既是一个弱国,如果临到最后关头,便只有拼全民族的生命,以求国家生存。那时节,再不容许我们中途妥协。须知中途妥协的条件,便是整个投降、整个灭亡的条件。全国国民最要认清所谓最后关头的意义。最后关头一到,我们只有牺牲到底,抗战到底。"

理学院的女校友计划和我一道去日本,我们计划住在由一位日本牧师妻子管理的学校。在参加会议以后,我们希望留下来看一看贺川的工作、参观女子中等学校并结交一些日本的基督教徒。

我很希望带队去,因为从国际友谊的角度来看,这本是件有意义的事,然而中国满洲的官方代表也将出席会议,因此对我来说带一个团队去是不明智的,但我仍然认为去东京或许是值得的。回到南京了解到北方的情况后,我决定不去了。

📖 7月22日

今晚,校园熄灯后,在校园外的马路上,士兵和马匹的行进声和枪支碰撞的叮当声持续了两个多小时。白天,所有这些声音都没有了,马路上安静了下来,但是入夜后,战争的准备仍在进行着。难道没有什么力量能阻止这两个国家间的战争?的确,当战争的狂热被释放后,情况就像是没有牧羊人的羊群。然而,我们知道在任何一个国家都有相当多的反战人士来阻止战争。

我无法忘却那些行进的脚步声!

📖 7月28日

今晚我应邀前往一个中国朋友家做客,大家都兴高采烈,因为一整天无线电广播都传来消息说,中国军队收复了上个星期丢失的土地。到处都是这种热烈的气氛,甚至人力车夫似乎也听到了这个消息。但在我内心却有一种不祥之兆,因为,我知道日本军事机器会迅速和无情地加以回击。

📖 7月29日~31日

日本的反应比我想象的还要快。有消息说,日本不仅重新占领了丢失的城市,而且把所有的中国军队都从天津和北平赶走了。在北平似乎没有什么被摧毁,但天津却遭到飞机轰炸,造成了破坏。

我们听说南开大学被彻底摧毁了,因为,日本认为它是反日宣传的中心。很自然,中国人民怒火满腔,甚至连最冷静的中国人也说,即使被打败,中国也必须战斗!有人甚至说中国应当自己摧毁沿海的重要城市,退到山区进行游击战,直到日本耗尽其经济资源。

8月2日

今晚一个五人委员会开会,讨论保护校园的预防性措施:我们计划将有价值的仪器装箱,并储藏在地下室;购买灭火器;把档案送到上海,等等。据说,昨天官员们已接到通知,要把他们的家属转移到城外,目的是减少南京的人口,解除官员们的后顾之忧,但结果却给人们造成了极大的恐慌。

火车和轮船非常拥挤,车票提前数天预售。数以千计的人将要撤离。

8月6日

几天前,南京的居民接到命令,要把房顶涂成黑色或是灰色。现在仅有少数的屋顶为瓦红色了。尽管一些官方建筑物的红柱子被漆成灰色,但我们没有这样做。我们的校园独处一隅,因此,我们觉得我们并没有处于十分危险之中,而且我们离美国大使馆很近,大使馆的存在使得这一地区较为安全。可怜的鼓楼穿上灰衣后看起来很凄惨。

8月9日

学院正在讨论秋季开学的问题。今晚我们三位教师开了一个特别会议,讨论我们下一步该如何做。学生已来信要求转学,她们希望转到上海或广州去。我们决定通知所有学生,我们预计将按时开学。我们认为,学校如期开学和正常运转对我们更有利。如果在开学前夕局势恶化,不便开学的话,我们将在中国发行量很大的《申报》上刊登一个通知。

8月10日

我们的校长吴博士①非常疲惫。这个夏天她没有休息。目前,她是一个组织的执行委员会成员,该组织是由蒋夫人②创建的,目的是向

---

① 即金陵女子文理学院校长吴贻芳博士。
② 即蒋介石夫人宋美龄。

中央军提供战地救援。这个委员会几乎每天都开会,会议常常持续数小时。许多会议都得由她主持。

📖 8月11日

今天我干了些什么?上午8时,我离开实验学校的房间。事务主任陈先生①和我进行了巡视,以确保学校在进行必要的准备。首先我们到三个地下室,看到它们已被清理干净,这样在空袭时,学生、教师和学校的工人可以到那里躲避。接着,我们检查了沙袋的制作,我们准备用沙袋保护我们的仪器。后来,我们开会讨论了如何处理必须搬出科学楼的化学物品。在我看来,今天早上南京似乎比较安静,人们又恢复了日常生活。当然,谣言仍然四起。

就个人而言,我希望,也常常祈祷,战争的阴霾将会烟消云散,中国将再一次摆脱危机,从而能全力推进国家重建计划。在过去的几年中,尽管有各种各样的障碍,中国一直在非常勇敢地②执行这一计划。由于某种因素,全世界的道义力量能够被动员起来反对战争、反对所有国家的战争机器吗?人们能够把他们的时间、精力放在和平事业和友好合作上,用在消灭世界范围内的贫困、愚昧和疾病上吗?

当我把信寄给你们的时候,虽然觉得它不值得你们花时间去读,但至少想让你们知道,我没有忘记你们,同时让你们知道,我很感激你们给我写的信以及你们打算给我写的信。如果一切顺利的话,明年我有一年的休假,将回家度过夏天。我还没有决定在哪里过冬天,但打算把一部分时间用在学习上。当这封信到你们那里的时候,但愿在你们那个半球和我们这个半球一切都已风平浪静了。

你的忠实的朋友　M·V(明妮·魏特琳)

金陵女子文理学院

1937年8月12日

---

① 即金陵女子文理学院非常委员会的成员陈斐然,或称F·陈。
② 原文是 valiently,这显然是 valiantly(勇敢地)的笔误。

🗓 | 8 月 13 日，星期五

所有与上海的通讯全被切断了。 今天下午，罗纳德·里斯（Ronald Rees）从牯岭来到南京，他希望在去上海之前能会见一些朋友。 他发现轮船、火车、飞机都不到上海。 同时，城里的人似乎也被吓坏了，许多人溯江而上到一些小地方，甚至去了农村。 谢纬鹏（1930）①和她的孩子去了长沙；余舜芝②和她的三个儿子动身前往重庆；黄丽明③和她的母亲及孩子去了上海。 据说为逃离南京，一些人坐在火车顶上去芜湖。

🗓 | 8 月 14 日，星期六

上午，事务主任陈斐然和我为未来几天准备挖的四个防空洞选址。 我们从中国和德国军事专家那里得到了指导，因此知道应该如何建造防空洞。 我们离两门高射炮很近，这给我们带来的危险几乎同遭到飞机轰炸一样大。

上午 11 时。 安娜·莫菲特（Anna Moffet）、里斯、约翰·马吉（John Magee）和我在安娜的办公室里花了一个半小时，讨论了在目前情况下，基督教徒能够做些什么。 我们是束手无策地站在一旁看着战火蔓延到东方？ 还是采取某种行动——如果是这样，我们采取什么行动？

今天凌晨 5 时我就起床了，为"国际道德动员"运动（International Moral Mobilization）起草了一个计划。 至少我们应该开始行动起来，尽管没人知道该计划是否能够行得通。

在我看来，各国都有许多人、和平组织、宗教组织及文化组织，如果我们能联合采取行动的话，是会产生影响的。 我的想法是采取一切可能的手段，对日本的军事集团及平民施加压力，迫使日本从中国的领土上撤走其军队。 在施加道德压力的同时，我个人将从 11 月 1 日起，开始抵制日货。 由于我们对热爱和平的日本人——日本的工人、农民怀有友好感情，我们保证随时准备

---

① 括号中的年份是从金陵女子文理学院毕业的时间，下同。
② 1926 年至 1929 年任职金陵女子文理学院图书馆主任，同时兼职心理系教学。
③ 金陵女子文理学院的教师。

帮助这些团体。

安娜、马吉和里斯先生认为这个计划行不通，因此我们放弃了这一计划。里斯将去上海，看看在这一危机中，他在领导中国基督教徒的行动中能做些什么。但愿在这种时刻有一个国际基督教委员会来领导各个教会。

下午1时。从广播里我们得知，空袭和战斗正在上海进行着。

8月15日，星期天

下午，南京两次遭到空袭。这是南京首次遭到空袭，空袭异常猛烈。第一次空袭是在下午2时开始的。说来奇怪，下午1时我把学生召集在一起，告诉她们在空袭时该如何做，并说明，我们并不认为很快就会有空袭，但希望她们做好准备，以防万一。

2时警报就响起来了，飞机在南京低空盘旋。5时前又来了一次，城市的许多地方响起了隆隆的防空炮火声。造成了什么样的损失，我们不得而知，但我们肯定有人员伤亡，因为飞机进行了猛烈的扫射。由于这是第一次空袭，人们没有认识到应该离开街道躲藏起来。我们很难让工人们待在地下室里——他们想看正在发生的事。几天前，我们给学校每个人分配了一个地方以防空袭。希望到明天，我们的防空洞将能完工，这样我们就能够使用这些防空洞，而不必大家都挤到两个地下室里去了（科学楼的地下室里堆放了设备，无法使用）。

今晚，我邀请了几名厦门人吃饭，王淑禧（1926）是其中的一位。约晚饭前一小时，他们托人捎来了一张便条，说他们不能来了，他们将乘火车去上海。好像那趟火车在夜里发车，但何时到上海就很难说了。

晚上7时~8时。六名男工人和我，在600号宿舍楼北面走廊用沙袋建成了一个防空壕，这样，如果夜里有空袭，学生们就不必跑到中央楼的地下室去了。

晚上8时。我们在伊娃（Eva）①家收听广播，听到上海遭到猛烈的轰炸——我们不知道是哪一方的飞机干的。广播报道说，在爱多亚路和南京路上有许多人被炸死。

---

① 伊娃即 Eva Dykes spicer，中文名师以法，1923年受教会委派，到金陵女子文理学院教授历史和宗教，直至1951年。

⑪ | 8 月 16 日，星期一

早上 6 时还不到，警报声、钟声和哨子声把我们惊醒。 我们听到许多飞机的声音，但好像是中国飞机。 据后来的报道说，这次日本飞机没有飞临南京市区，它们的主要目标是郊外的飞机场。 有七架日本飞机被击落——三架在南京，一架在扬州，一架在镇江，两架在上海。

下午 3 时。 警报再次响起，我们又一次跑到地下室和防空洞里。

今天下午，中央医院来借我们的校舍，要把它们变成医院——确切地说，是要把中央医院搬过来。 这是一个很难拒绝的请求，但我们希望在 9 月 20 日开学，如果同意这一请求的话，我们将被迫放弃开学的计划。 吴博士正在同她的执行委员会成员讨论这个请求。

晚上 7 时。 陈先生和我把工人组成三个消防小组，以防火灾。 一个小组负责搬运梯子，一个小组负责灭火器，另一个小组负责运水和沙子。 我们已购买了大量的黄沙，一部分放在艺术楼的后面，一部分堆在科学楼旁。 此外，我们还购买了很多水桶，并将装有沙子的桶放在各栋楼里。 据说一些炸弹引起的大火只能用干沙子来扑灭。

我去了美国大使馆，当我刚要回来时，警报响了起来，所以我在大使馆一直呆到 7 时 45 分。 因为有规定，在警报解除之前，任何人都不许在街上行走。 现在城里秩序井然，警察完全控制着局势。

晚上 8 时。 今晚美国妇女和儿童正在撤离南京，她们溯江而上，撤到牯岭或是汉口。 尽管有关的规定没有说两类妇女可以留下，但实际上却是我们这些负有责任和难以脱身的两类妇女被允许留下，这也是我们没有被强行撤走的原因。 埃尔茜·普里斯特（Elsie Priest）①、格蕾斯·鲍尔（Grace Bauer）②和我留了下来。 凯瑟琳·萨瑟兰（Catherine Sutherland）③也留

---

① 中文名毕律斯、毕爱霞，金陵大学会计主任，同时兼任金陵女子文理学院会计主任。
② 中文名鲍恩典，1919 年来到南京鼓楼医院，负责病理化验室的工作。日军占领南京前她决定留下来，从事难民的医疗救护工作。其后，她一直坚守岗位。后来由于其父身患重病，她不得不于 1941 年 10 月返回美国。
③ 金陵女子文理学院的外籍教师，中文名苏德兰。

了下来，因为她善意而又坚定地认为，留下是她的责任，而且她也能够帮上忙。 我想，她以这种平静但却坚忍不拔的方式一定是会赢得同情和理解的。

📖 | 8月17日，星期二

今天早上，我没有被警报从床上匆忙地拖起，真是太好了。 到 12 时，我们才听到第一次警报，但 12 时 30 分，警报就解除了。 下午 2 时警报又响了起来，这时我们正打算派一名工人去接弗洛伦斯，但直到下午 4 时警报还没解除——我正在艺术楼的地下室里写日记。

下午 1 时 10 分，来自上海的广播报道说，所有的美国妇女和儿童都已撤离了上海，一些人直接回美国，另一些人去了马尼拉。

晚上 7 时。 在 5 时~6 时，我去看洛辛·卜凯（Lossing Buck）。① 他说弗兰克·罗林森（Frank Rawlinsin）的确是星期天在上海遇难，同时还有另外 537 人被炸死。 我还参观了他的防空洞。 他及他的室友建造了一个真正的防空洞——七英尺深，边上还有数个可容纳一个人的小洞穴。 他做好了被围困和撤退的两手准备，因为他在那里既储藏了饮用水，也准备好了行李箱。

我忘了告诉你们，昨天没有考试，因为只有 3 名学生来考试，她们也很愿意推迟考试。 我们甚至没能把考卷带到上海。 徐振东今天来访，他带来了一缕新鲜空气。 他说上海的银行暂时停止了营业，他认为，目前的麻烦会持续两个星期。 但愿我能像他那样乐观。

📖 | 8月18日，星期三

天气很好，而且不热。 阳光美极了。 雨后的树木、草坪和花蕾非常可爱。

现在，我们开始每天早上 7 时在南画室举行祈祷会。 现在看来，我准备上午在书房看书的计划是多么的愚蠢，因为只有在你能确信不会有突发事件发生的时候，计划才有意义。

上午大部分时间我在同明德中学②的李美筠（1931）谈话，她对卫生署要

---

① 即美国著名作家赛珍珠（1892~1973）的丈夫。
② 明德女子中学位于莫愁路西侧。

接管他们学校、并改建成一所医院的要求不知如何是好。 有关方面开始说要把学校改建为一所军队医院，后来又说是一所普通的急救医院。 我们试图召开一次基督教学校负责人会议，这样在遇到类似情况时，我们就可以作出相同的反应。 然而，接我们电话的每个人都很忙，尽管他们认为这个想法很好，但却无法参加这个会议。 接着，胡斯曼（Huseman）夫人①来了，她也遇到了难题——她的佣人都要回家，这使她束手无策。

今天一天没有空袭，真让人松了口气。 晚上，凯瑟琳和我上街买食品，以防万一，但我们没买到多少。 我们常去的那家商店，黄油、饼干、小甜饼和牛奶已卖完了。 当我们在街上行走时，可以感到南京的居民少多了。

📖 | 8 月 19 日，星期四

凌晨 1 时 40 分。 大约是在午夜时分，凄厉的警报声划破了夜空。 我们这些住在实验学校的人一骨碌爬起来，穿上衣服、关上窗子、锁上门，深一脚浅一脚地跑到树下的防空洞里。 幸运的是，一名女勤杂工非常聪明，带了一床床单，这使我们免遭蚊子的叮咬。 我很难让我这个防空洞里的所有人员都躲在里面，他们很好奇，想看看外面发生的情况。 一个花匠一再坚持要回去拿扇子，因为蚊子确实太厉害了。

警报解除后，在我们回宿舍的途中，看着皎洁的月光，我想，这一时刻本应用来欣赏大自然的美，而不应用在破坏和屠杀上。 东院的六名教师把他们的床搬到了中央楼，这样，警报响起时就可以利用那里的地下室。

整个上午没有飞机来访，但在下午 6 时，我正要在东院吃晚饭，警报凄厉地响了起来，我们立刻带上食物去了中央楼，每人带着自己的一碗米饭和筷子。 一开始，似乎一切都结束了，没有飞机的声音。 但接着突然一声巨响，震耳欲聋，大家都跑进地下室。 清凉山上的高射炮响了起来，就连我们坚固的建筑也在颤抖。 城市的东北部似乎着了火。

警报解除后，我们聚在一起，开了一个小小的冰淇淋晚会，凯瑟琳和我准备这个晚会，是为了给与我们在一起的学生和程夫人②的四个孙子一个惊喜。

---

① 中文名胡思孟，金陵女子文理学院外籍教师。
② 金陵女子文理学院的舍监兼非常委员会成员程瑞芳。

月光下我们愉快地一道做着游戏，孩子们忘记了恐惧。

　　陈美玉（1920）突然风尘仆仆地来到校园，大家都很激动。 她说，中央大学女生宿舍倒塌时，她正在那里。 很明显，日本飞机的轰炸目标是中央大学图书馆、礼堂和科学楼，一枚炸弹落在图书馆的后面，震碎了所有窗户的玻璃；另一枚落在礼堂的后面，炸坏了礼堂的后墙；还有一枚炸毁了化学实验室，但没有击中科学楼。 当时美玉的弟弟也在那里，但他俩都幸免于难。 美玉的侥幸逃脱简直是一个奇迹，她躲在一个脸盆架的下面，这使倒下的墙没有砸到她。 美玉认为校园里有间谍，他们用手电筒给日机指示轰炸目标。 在轰炸的时候，好几所政府大学的校长正在图书馆的地下室里召开一个重要会议，但幸运的是没有人受伤。

　　晚上 9 时。 美玉还没有讲完，警报又响了起来，我们都匆忙去了各自的防空洞，这次，凯瑟琳、我与学生们一起去了 600 号宿舍楼走廊的防空壕。 警报一解除，我就去了实验学校。 后来我们听说，在中央大学遭到轰炸的同时，军队的培训学校也遭到了轰炸。 那里也有不少人被炸死。

🔲 | 8 月 20 日，星期五

　　早上 4 时~6 时。 我刚去了鼓楼教堂，早上 5 时，基督教女子学校①校长陈熙仁的哥哥陈道森（音译）的遗体从教堂被送到墓地。 他于星期三在大学医院②去世，留下了母亲、妻子和七个孩子，这是一个非常悲伤的葬礼。 他的家人原已撤到上海，因为他们父亲生病，又返回了南京，由于担心飞机轰炸，只有两名年龄较大的儿子、两名牧师和一名朋友陪同灵柩前往基督教墓地。

　　上午 9 时~10 时。 警报又响了起来。 我们都去了防空壕。 我们现在准备了对付毒气的药品，这些药品由每个负责防空壕的队长保管。 每个人还有一个防毒面具。 我的防毒面具是去年劳伦斯·瑟斯顿（Laurence Thurston）③夫人离开南京前给我的，我随身带在我的包里。 警报解除后，

---

① 基督教女子学校即中华女中，位于鼓楼广场东南角。

② 金陵大学医院，或称鼓楼医院。

③ 金陵女子文理学院第一任校长德本康夫人。

我们召集了许多工人，把小教堂里的钢琴和校友送的屏风搬到位于楼下的北画室，我们认为，多一层水泥板可能更安全些。

上午 11 时～12 时。 吴博士、程夫人和我讨论了有关借用我们校舍的问题，例如，气象台的 20 多名工作人员要借用我们的诵经厅，他们不仅想把他们的办公室搬来，而且希望在这里吃、住。 讨论的结果是同意他们的要求，但他们必须自带食物，因为程夫人手头没有多少大米了。 第二个要求来自教育部，他们想把一个办公室以及一些高级官员迁过来。 但问题是如果高级官员过来，校园里势必有许多小汽车，这将引起人们的注意——现在周围间谍很多，从而危及到校园的安全。 我们决定，如果他们愿意使用位于校园外的男教师宿舍，我们就让男教师搬到校园来，把腾空的房屋借给他们。 后来他们发现在我们附近有一些高射炮，于是决定不来了。

晚上 8 时～9 时。 我们学校的四个防空洞及两个地下室各有一名队长，今晚我们召集他们开会。 我们教他们如何使用防毒药品和如何制作防毒面具。 我们还分配了防空洞和地下室，明天张榜公布，这样每个人都知道自己的确切位置。

开完会，我走回实验学校。 月光下，树枝摇曳，花儿婆娑，美不胜收。此时此刻，我更加深刻地意识到，上帝对他的子民的关爱，以及由于我们——个人与国家的贪婪、傲慢和自私，上帝不得不承受那个永恒的十字架。 骷髅地的罪恶①不是 2000 年前才有的，我们现在这个世界一直存在着这种罪恶，需要多久我们才拥有一个大同世界？

晚上 10 时 30 分。 我多么希望今夜能够宁静地度过，特别是为了孩子们，因为他们无法理解所发生的一切。

🈴 ｜ 8 月 21 日，星期六

凌晨 4 时 30 分～6 时 30 分。 我们又一次被警报声惊醒，我们又一次起床、穿衣、跑进防空洞。 幸运的是飞机没有飞临城市的上空，也许在城外遭到了中国飞机的拦截。

---

① 古耶路撒冷附近的一个骷髅小山，即耶稣被钉死于十字架之处。作者在这里泛指一切罪恶。

早上 7 时~7 时 30 分。 尽管做早祈祷的人数不多，然而气氛却很虔诚、良好。 我还没有听见一位中国基督徒祈祷上帝严惩日本，并使中国获胜。 7 月末，在天津事件①最严重的时候，许多中国基督徒怒火满膛，但现在这一切都转变为对国家罪恶的原谅。

上午 8 时 30 分~9 时。 我们又进了防空洞，途中遇见了吴博士，她正匆匆地去自己的办公室。 我们都不喜欢这种频繁的打扰。 警报解除后，我发现图书管理员吴小姐在指导学生如何裁剪防毒面具，裁好后将送给负责各个防空洞的队长们。

肖松②和品芝③从下关回来了，几天前他们曾去买过船票，但他们说必须等到星期一才有船。 很显然，所有去上游的船都很拥挤，必须提前好几天买票。

下午 4 时。 约八名北平协和医学院的学生来看我，我们谈论了去北平的事宜。 北平协和医学院通过美国大使馆给我发来一份电报，要他们的学生返回。 我的感觉是，如果学校说返回没问题的话，那么对他们来说，回程应该是安全的，特别是将会有人在天津迎接他们。

下午 1 时 30 分。 我上街购物。 街上不像以前那样拥挤，我们有理由相信数以万计的人已离开了这座城市。 许多商店已关了门。 我去了两家印度商店看看能否买到洗涤用品，但这两家商店都关了门。 卡什杂货店也准备关门了，经理姚先生说他在农村租了一间房子，他的大部分货物都存到那里去了，他已把他的家人送到宁波。 因为没有生意，电影院、书店和精品店都关了门。

下午 6 时 15 分~7 时 30 分。 我在回家的路上，警报响了起来，我匆忙回家，躲进防空洞。 我能不能洗头或洗澡？人们现在永远也不知道警报何时会突然响起来，从而打扰人们所做的事。 实际上，近来你要是能从头到尾做完一件事的话，会感到很自豪的。 现在我已经养成了一种习惯，在上床前把防空洞里所需的"装备"准备好，这样警报一响我就能立刻拿到。 这些东

---

① 七七事变后，日本在华北进行的一系列侵略行动。
② 金陵女子文理学院的教师张肖松。
③ 金陵女子文理学院的教师陈品芝。

西有深色衣服、鞋子、纱布、驱赶蚊子的扇子、防毒面具等。

8月22日，星期天

多么安宁的一夜。 昨夜警报一次也没响。 我一觉睡到早上 7 时，好像吃了安眠药一样。 自第一次遭到空袭以来刚刚过了一周，但感觉真像是过了几年。

上午 10 时～11 时。 我去了鼓楼教堂，那里有不少听众，人人神情严肃，因为近来人们的生活沉重而悲惨。 我很想念陈博士，他对教堂很有帮助。

晚上 7 时～8 时。 这次空袭好像是针对清凉山上以及附近的高射炮的。有时飞机好像就在金陵女子文理学院的上空。

又是一个月光皎洁的夜晚，在月光下，程夫人的孙子们、一些学生、凯瑟琳和我在校园里散步。 我很喜欢程夫人的第四个孙子小国玉。

晚上 8 时。 卜凯打来电话说，美国大使馆希望所有的妇女和没有特别任务的男子做好撤退的准备。 美国大使馆非常善解人意，他们的决定并不强加于人。 当然，我认为他们是对的，他们想让所有能走的人都撤走，因为没有人能够预料到将会发生什么事。

8月23日，星期一

半夜 12 时 45 分～凌晨 2 时。 在此期间，我们又开始了防空洞的生活。人们很快适应了新情况，而且动作也很麻利。 同我在一个防空洞的花匠和女勤杂工们带来了扇子，甚至还带来了蚊香。 我们用了不到 10 分钟的时间起床、穿衣、关门、上锁，并来到防空洞。 现在我们甚至还能听到几句玩笑话和一点笑声。 今天早上，当我们到防空洞的时候，我问队长王花匠在哪里，负责人（队长）说：“他在阴沟门口。”①我们的看门狗总是跟着我们去防空洞，然后趴在防空洞的顶上。 我不知道它怎样评价我们。

今天上午，程夫人、陈斐然和我制定了在南京一旦不安全的情况下，如何

---

① 这位队长将既潮湿、蚊子又多的防空洞比做“阴沟”。

安置学生、工人和教师家属的措施——到目前为止我们这里还是安全的。 我们决定将尽一切可能保护生命，但是，人们不能因为担心城里可能会有抢劫，而把整箱值钱的东西和其他家庭用品带进来，这样校园就可能会成为抢劫的目标。

今天中午 1 时 10 分的《晚间信箱》节目说，一枚炸弹落在上海的先施百货公司，可能有许多人被炸死或炸伤。 我们现在还不知道伤亡人数以及是谁投的炸弹等详情。 有消息说，南通的基督教医院和女子学校也被炸毁，但我不相信这个消息，因为它们都位于市郊，远离政治和军事机构。

下午 4 时 30 分，凯瑟琳和我去了美国大使馆，使馆的工作人员在夜以继日地工作着。 帕克斯顿（Paxton）先生说，如果他再工作半个小时，那么，他就连续工作 24 小时没有合眼了。

街上正在建造更多的防空壕，局势似乎越来越紧张。 一天似乎也变得很长，我已完全忘记了日期，现在时间似乎是以空袭来计算的。 南京的"新生活运动委员会"搬到了我们的邻里中心，该组织原来在机场附近，那里是个特别危险的地方。

晚上 9 时 30 分。 今晚到现在还没有空袭，愿今夜平安。 危机时刻人们的价值观变化得很快，外表变化也很大。 何时开学这样一个重要的问题已变得不那么重要了，如果目前的局势持续下去的话，再过几星期，不会有大学在南京开学了。

🗓 | 8 月 24 日，星期二

12 时 ~ 1 时 15 分。 我们又去了防空洞。 很明显，飞机被拦截在城外，对此我们非常感激。 通过美国大使馆的善意帮助，我们给北平协和医学院发了一份电报，通知他们六名学生在 30 日将动身去北平。

今天上午，吴博士和我拟订了一份应急课程表，以便在下午与埃尔茜制定一份紧急预算。 上午 11 时，程夫人、陈斐然和我就花匠、管理员和宿舍勤杂工的去留问题制定了一项政策。 万一我们无法开学的话，我们就无法保留这么庞大的队伍。

下午 1 时 10 分。 今天的广播说，在昨天先施百货公司的轰炸事件中，有

151 人死亡，373 人受伤。

晚上 7 时 50 分～9 时。 这段时间，我是在中央楼的地下室同一名年轻的教师和学生们一道度过的。 我想我们开始能够区别中国飞机和日本飞机所发出的声音了。 当日机在你头顶上空飞的时候，你的心脏都要停止跳动了。 学生的精神很好，现在校园里仅有九名学生。 学校的工人一直很好，没有一个人要求回家，也无人抱怨，尽管有挖防空洞、搬设备等额外的工作。

日复一日，没有信件，没有报纸。 我最后收到的一份《字林西报》是 8 月 15 日（星期天）的。 自空袭以来刚过了九天，但好像过了许多个月。

8 月 25 日，星期三

从午夜到凌晨 1 时 30 分，我们又一次躲进了防空洞。 然而，这几个晚上我所得到的补偿是皎洁的月光、繁星闪烁、一尘不染的夜空和我们校园里婀娜多姿、婆娑起舞的垂柳。

我花了一个上午起草了一份有关我们校园的位置和建筑物数量的报告。 大约在上午 11 时，我把该报告送到美国大使馆，交给了帕克斯顿先生，他和蔼地说，这正是他所需要的。 我想美国大使馆将会把它交给日本大使馆。 凯瑟琳把校园和建筑物的蓝图送到一位摄影师那里，将它拍成照片，一旦完成，我们也将把这些照片送到大使馆。

12 时。 裁缝来给我裁了几条裙子，现在我只剩下三条裙子了。 在这么热的夏天，三条裙子有点令人尴尬。 裁缝说他的帮工都走了，一旦我的两条裙子做好，他也将到合肥去，那里更安全些。 他还说，现在什么生意都没有了。

下午 1 时 10 分。 广播说在上海先施百货公司被轰炸的事件中，有 173 人死亡，伤 549 人。 官方还没有判定哪方应对此负责。 我们还听说，在上海地区发生了激烈的肉搏战，中国军队正在尽最大的努力阻止日本军队登陆。

下午 3 时 30 分～5 时。 今天下午，我做了从青岛返回后一直想做的事——拜访附近的老朋友。 总的来说，人们都很友好，我的老朋友见到我很高兴。 大多数普通人现在都有某种简易的防空壕或防空洞。 孩子们似乎被飞机吓坏了。

我匆忙回家以躲避一场暴风雨。

晚上 7 时。 吴博士对聚集在科学楼大厅里的所有工人和学校卫队讲了话。 她提到当飞机在头顶时躲在防空洞或地下室里的必要性，以及在夜晚警报响过以后不要使用手电筒的重要性。

晚上 8 时~9 时。 我们又躲进了防空洞。 我没去我通常去的位于东院后面的防空洞，而是去了我们中央楼的地下室。 在进地下室之前，我停了下来，以确定校园的任何地方都看不到手电筒的亮光。 我们听说有许多间谍，为了得到一笔钱——或多或少，用灯光向敌人发信号。 这也是我们为什么对手电筒特别谨慎的原因。 吴博士、程夫人、F·陈和我今晚开了一次会，讨论工人的问题。 一连数天没有信件，发电报或是打长途电话同样也不大可能。

🗓 ｜ 8 月 26 日，星期四

早晨 6 时 30 分。 过去的一夜平安无事，但显得很漫长。 没有飞机来打扰我们的睡眠，真是感谢上帝。 昨天下午下了雨，今晨的空气凉爽、清新。 今天早上来信了，不过与以往不同，这些信来自曲阜、牯岭、上海。 今天又有两名学生离开南京去了长江上游，现在校园里仅剩下七名学生了。

上午 11 时。 程夫人、陈先生和我，重新分配了地下室和防空洞，因为现在校园里多了 20 人，他们是国家气象台的工作人员。 前天晚上，他们的工作地点北极阁遭到了轰炸，他们从那里搬到我们这儿来了。 他们在诵经厅里生活、工作和睡觉。 他们晚上使用手电筒比我们更随意，或者说胆子更大。

今天，美国大使馆给我送来了一份电报，北平协和医学院在电报中叫学生返回北平。

下午 4 时~6 时。 今天，我再次外出拜访我们西北角的邻居。 许多人来问我，美国政府为什么不充当调停人。 毫无疑问，作为一个国家的普通人并不希望战争。

中央大学校长罗博士[1]今天下午到我们这里来，并说他仍计划在 9 月 20 日开学。 他来的真正目的是想知道，能否将他们艺术系的一些希腊雕塑像存

---

[1] 罗家伦博士。

放在我们这里，他担心他们学校的情况可能会比我们更糟。 我们同意他们将模特像存放在我们的北画室里。

今天天气很闷。 在过去的 24 小时里没有空袭，这是好迹象，还是坏征兆？ 他们是在准备一次更大的攻击，还是放弃了进攻？ 一些人认为，他们真正的意图是摧毁整个南京城。

今晚 10 时 10 分将有关于今天情况的报道，但我想早点睡觉，不等了。愿我们再有一个安宁的夜晚。

🎗 | 8 月 27 日，星期五

大约在午夜时分，防空警报响了起来。 我们爬起来，穿上衣服，然后躲进地下室。 很快，我们就听到日本飞机缓慢而单调的轰鸣声。 在接下来的四个小时里，我感觉这些飞机好像六次飞临南京。 我们偶尔能听到飞机投下的炸弹爆炸声和断断续续的防空炮火声，但在大部分时间里，除了缓慢飞行的重型轰炸机所发出的沉闷声音外，大地一片寂静。

一次，当飞机就在我们头上飞过时，学校的警察暂时躲到了我们的防空洞里。 他说飞机好像是从四个方向飞来的，每架大型轰炸机都有几架小飞机护航，这些飞机还有办法照亮下面的大地，这样，他们就能够看清向何处投炸弹。 4 时警报解除，我们才疲惫地上床，疲劳是紧张造成的。

上午 8 时。 我刚醒来就被告知，广播要到早上 8 时 30 分才开始，谢天谢地。 有传言说，昨夜的空袭造成了许多伤亡。

中午 12 时。 据我了解，昨夜有 12 架飞机空袭南京，正如那位警察所说，这些飞机的确是从四个方向飞临南京的，每组由两架轰炸机和两架护航的战斗机组成。 飞机在城里大约投了八枚炸弹，炸死数百人。 据说一枚炸弹落在立法院，你们可能还记得立法院位于张侯府附近。 还有一枚炸弹落在不远处的贫民区，许多穷人被炸死。 我们门卫的兄弟被炸死了。 据说安徽中学①被炸，卫生署附近的一座建筑也被炸。 这些说法我还没能证实。

下午，我们决定把图书馆顶楼的所有报纸、杂志搬下来。 几天前到我们

---

① 原文为 Middie School，显然是 Middle School 的笔误。该中学当时位于南京市内白下路东段。

这里来的德国顾问说，我们应该把所有的阁楼都清理干净，但我们看不出怎样才能做到这一点。 我们把这些报纸和杂志存放在英语和历史系办公室。我们还把瑟斯顿夫人的书橱和书，以及档案柜搬了下来。

下午 6 时 40 分~8 时。 凯瑟琳和我去拜访了老邵和洗衣工的家。 正像客人来访时会让客人看自己的假山花园或玫瑰花园那样，在这两家，他们都带我们去看了他们的防空洞①，并征求我们的意见。 现在带朋友看自己的防空洞并征求他们的意见已成为一种时尚。 陶姓农民和他的家人正坐在树下，当我们路过时，他问我们是否认为战争有望很快结束。 他说炸弹的爆炸声使他感到害怕。 洗衣工说，在防空洞里很难让孩子们保持安静，他在防空洞里放了一张小竹床，这样，孩子们就能够在上面睡觉了。

晚上 8 时~8 时 30 分。 我们进了防空洞。 那位警察今天告诉我一个秘密，他得知未来的三天里情况将很糟糕。

晚上 9 时。 美国大使馆的信使送来了一封信，他们要求所有男人和妇女撤退。 这是封措辞毫不含糊的信。 大使馆内的所有妇女明天将撤离。 我个人很感激大使馆的态度。 他们两次很有礼貌地让我们撤离。 如果我不走，以后发生了任何事情都不是他们的责任。

我认为我不能走，因为我要是走了，正承受着巨大压力的吴博士除了要做她现在正在做的事情外，还将不得不承担应由我做的那份工作。 我觉得我在金陵女子文理学院 18 年的经历，以及与邻居 14 年的交往经验，使我能够担负起一些责任，这也是我的使命，就像在危险之中，男人们不应弃船而去，女人也不应丢弃她们的孩子一样。 正如我前面提到的，美国大使馆比以往任何时候都更加理解这一点，对此我深表赞赏。

🈂️ | **8 月 28 日，星期六**

午夜，空袭警报响了起来。 像以往一样，我们做好准备，进入防空洞。现在我已学会，在前一天晚上，把我在防空洞里所需的用品准备好，这样，在需要时，我就能立刻拿到所需的东西。 我们在防空洞里仅呆了一个小时，没

---

① 原文为 daves，根据上下文，显然是 caves 的笔误。

有飞机来。 警报解除后，我们满心欢喜地从防空洞里出来，上床睡觉。

整个上午我都在为学校写各种各样的信件。 由于缺少睡眠，精力不济，生活节奏放慢了。

下午 1 时 10 分。 我们去伊娃家听每日新闻。 很明显，全世界对许阁森勋爵①的受伤很关注。 日本人以为那是蒋介石的汽车，这种解释似乎不能令人满意。 广播说英国提出了强烈抗议。 我听说，日本持续轰炸了 4 小时的那个晚上（8 月 27 日），有 30～40 枚炸弹落在了国家公园②的住宅区，这也许是日本希望炸死中国的一些高级官员。 我们还听到了日本海军封锁中国东海岸的消息。 许多人认为南京处于极大的危险之中。

下午 1 时 30 分。 我们让所有的工人（男人、女人）都参加了消防演习。医务室被定为假设的火灾现场，所有人员都带着桶到那儿，然后排成一队，一直排到池塘。 火是在屋顶上，梯子队首先到达，竖起梯子，很快，一桶桶水就传递到了屋顶。 邻居们都来观看，工人们也觉得很有趣。 不过在开始时大家都一本正经，特别是妇女更是这样。

下午 4 时。 从我所在的实验学校窗口看出去，一切都很正常：高一的一名女生把她的弟弟和妹妹带来，她们在那儿玩槌球游戏，玩得很开心；那位管绿化的工人正在修剪草坪；实验学校的一名工人正在清理池塘。 整个校园呈现出一派美丽和宁静的景象。 绉纱般白色、樱桃色的长春花今年开得特别茂盛。③

下午 5 时。 希尔达·安德森（Hilda Anderson）来了，叫我们到埃尔茜家去做客，庆祝埃尔茜的生日，她的生日是下星期二。 格蕾斯·鲍尔、张夫人以及她的两个小女儿也在那儿。 当我们喝茶、吃冰淇淋的时候，帕克斯顿先生来取希尔达的箱子，她明天早上将和使馆的妇女们一起撤离。 我并不嫉妒帕克斯顿的工作，大约在 10 年前，他也有过相似的任务——撤离所有美国人。 埃尔茜在池塘边建了一个很不错的防空洞，她甚至在防空洞的地上铺了席子，墙上糊了报纸。

---

① 许阁森勋爵是英国驻华大使，8 月 26 日在乘车从南京到上海的途中遭到日本飞机的扫射而负伤。
② 即中山陵园。
③ 原文的 cerese 和 luxurient 显然是 cerise 和 luxuriant 的笔误。

在 4 时～5 时之间，我到商业区购买了一些东西。 10 家商店有 8 家关了门，上了门板。

晚上 9 时。 胡斯曼夫妇到我们这儿来了。 胡斯曼夫人明天早上动身前往汉口。 他俩不久将回德国，回去做什么，他们也不知道。 胡斯曼夫人劝说我收养一只小狗，这只小狗是她在街上拣来的。

今晚我终于洗了头，又洗了个澡。 到现在为止警报还没有响，因此我感到很得意，这可是一个了不起的成就。

🗓 | 8 月 29 日，星期天

休息了一整夜。 我们已有 30 个小时没有遭到空袭了。 我们不知道这意味着什么，是因为日本正在考虑和选择和平而停止轰炸呢？ 还是意味着在为更猛烈的轰炸做准备？ 我们只能期待和祈祷。

在空袭期间，我们听到了许多关于汉奸或叛徒的议论。 我间接地听说，有 18 个男女，其中一些人还身居要职，昨天被当做汉奸枪毙了。 由于在被击落的日本飞机里发现了地图，中国当局知道，政府的秘密和计划被泄露给了敌人。 在我看来，这是目前危机中最可悲的事情之一。 当一些人为自己的国家牺牲一切的时候，另外一些人却在发国难财。 当然，这种情况每个国家都有——无论在战时或是和平时期，难道不是这样吗？

有谣传说，日本将在星期五、星期六和星期天对南京进行毁灭性的轰炸，但这一谣传并没有兑现。 近来我一直在祈祷，希望在日本无情的战争机器集结到中国之前，一些国家或是西方集团作为调停人站出来。

上午 10 时～11 时。 我去鼓楼教堂做礼拜。 做礼拜的人非常认真，有大约 50 人参加。 做完礼拜后我去了克尔（Kerr）家，听说了有关南通州医院和学校被炸的经过。 这件事发生在 8 月 17 日上午 9 时，一枚炸弹直接落在医院，一枚落在克拉伦斯·伯奇（Clarence Burch）家中央，一枚落在中国护士的家，一枚落在女子学校的体操房。 他们看不出轰炸的理由，因为附近既没有军事目标，也没有政治目标。 数名医生、两名护士以及约 30 名病人被炸死。 昨晚的广播说，南昌的葆炅（Baldwin）学校也遭轰炸，但我们不知道这件事。

下午 1 时 10 分。 电台的《晚间信箱》节目报道，上海南站遭到轰炸，

120 名难民被炸死，400 人受伤。 今天，上海北站也遭到轰炸。

下午 5 时~5 时 30 分。 我们躲进防空洞，但很快警报就解除了。 这是星期六早晨以来的第一次警报。 也许，就像我们在一段时间里听不到警报而感到担心一样，我们听到警报发出后也感到恐惧。

吴博士的确是一位伟大而无畏的将军。 我在想，当她应该离开的时候，她会走吗？ 金陵女子文理学院需要她远远胜过其他任何人，但她却不这样看。 在一段时间里，她认为我们（凯瑟琳和我）应该撤走。 她在 7 月底表现出的紧张和痛苦情绪，现在已消失得无影无踪，她镇定自如，甚至心情愉快地从事各种各样繁重的工作。 我认为她已为最坏的情况做好了准备： 中国的这一地区被彻底摧毁，然后西迁，一切再重新开始。

🖋 | 8 月 30 日，星期一

很奇怪，程夫人、吴博士和我都有着相同的经历，当一夜没有空袭时，我们却都失眠了。

早上 6 时。 10 名学生（我们学校和其他学校所有的准护士和实习医生）动身前往北平协和医学院。 我们不知道他们需要多少天才能到达。 根据北平的指示，他们将途经济南、曲阜到天津，北平协和医学院的一位老师将在天津迎接他们。

中央大学校长罗博士除了在我们这里存放 8 件希腊雕塑外，还送来了 10 架钢琴。 现在北画室里存放着华贵的钢琴、雕塑、女校友的毕业照片和大米，程夫人觉得应该将大米存放在两个地方，而不是将所有的大米存放在一个地方。

下午 4 时。 吴博士召开教工会议，教育部来指示，再次推迟开学时间，并要求学校把所有的学生送走。 行政人员在 4 时开会，教师在 4 时 30 分开会。 对教师，她做了一个精彩的演讲，说只要学院需要，她将留在这里，但教师可以自由撤离。 她要求教师们就学院应在何处开学——河南、湖北、广西、四川或是上海——提出自己的建议。

金陵大学想把高年级的学生送到成都，但这对学校和学生来说花费都很大。 教育部没有说明推迟开学的原因，但我认为这不仅是由于不断的空袭，而且，如果日本军队占领上海的话，他们会向南京挺进。

下午 6 时 15 分～7 时。 我们躲在防空洞里。 吴博士、我和学生以及青年教师，到中央楼的地下室，在那里，吴博士向学生们传达了教育部的命令。警报很快就解除了，日本飞机又没来。

今天我收到了《字林西报》，这是 8 月 14 日以来的第一期。 每天都处在这种紧张、压抑的气氛中，精力有些不济，更不可能有创造性的思维。 我常常觉得这一切都是可怕的梦魇，这一切都不会是真的，当我醒来时，会发现生活一切依然如故。

8 月 31 日，星期二

现在夜间没有空袭了。 今天上午，F. 陈主持了我们清晨的祈祷，这个活动很有帮助，且令人深思。 我对他们的精神感到惊奇。

上午 8 时 30 分～9 时 50 分。 我和唐先生去检查了山坡上的新房子、里夫斯（Reeves）①先生的平房，以及实验学校一间房间的音响改造的进展情况。 山坡上房子的工程几乎全部停止了，只剩下两三个工人，其余的工人都回到乡下的家中去了。 这个工程刚进展到钉房顶的木板，瓦还没有盖，我们不知道何时才能铺瓦。

上午 10 时。 吴博士去金陵大学参加一个重要会议，在这个会议上，与会者试图制定出他们未来的计划。 我用上午其余的时间思考学校和实验学校未来的计划。 中午，吴博士为埃尔茜准备了生日午饭，午餐很简单。 近来我们过着简朴的生活。

下午 1 时 30 分～2 时 30 分。 我们躲进了防空洞，但敌人的飞机又没有飞临南京。 据说中国飞机起飞迎战，日机调头逃走。

下午 4 时～6 时。 我去看明德中学和中华女中的校长。 目前，他们绝对没有在南京开学的计划。 把女孩子从她们父母身边带到另一个地方，这个责任过于重大。

走在街上，我注意到似乎有更多的商店关了门，并出现了更多的防空壕

---

① 中文名黎富思。

和防空洞。 我们正迅速返回到洞穴时代。 6 时，沃德（Ward）①夫人和我们共进了晚餐。 她今天上午才到达南京，从上海到南京的旅途花费了 20 个小时。 她说与上海相比，南京相对宁静。 在上海，一天中的大部分时间人们都能听到枪声和轰炸声。

下午 1 时 10 分。 电台播出了我们已听到过的事情——那所学校的体操房被彻底摧毁；科学楼和 3 幢宿舍楼被部分炸毁。② 希特（Heater）援引近卫首相的讲话说："日本的方针是通过武力迫使中国屈服，这样中国将不再有战斗精神。"当日本这样做的时候，能得到中国的合作和友谊吗？ 日本人没有意识到，只要日本给中国人民一点点机会的话，中国人原本会对日本友好并购买日本产品的。 真可惜! 德法关系史正在东方重演，人们没有汲取历史的教训。

🈶 | 9 月 1 日，星期三

我们在小山谷里又度过了一个宁静的夜晚，几个星期以来我第一次睡了一个安稳觉。 今天上午我写了三封信，给北上北平协和医学院的 10 位学生发了一份电报。 在吴博士的要求下，我制定了一个计划，将金陵女子文理学院的人员根据专业、学生和教工原籍分为几块。 王明贞③仔细了解了学生的来源地。 有了这些资料，我们制定新学期的计划就简单多了。

下午，在实验学校我的起居室里，吴贻芳、陆慎仪④和我讨论了使金陵女子文理学院继续存在下去的计划。 除非马上发生奇迹，否则在南京开学是绝对不可能的。 没有一所学校计划在这里开学，教育部也不允许。 当坐在那里听着两位中国妇女讨论未来计划的时候，我多么希望世界能够了解这样的中国女性啊! 她们是多么勇敢地面对祖国的未来和可能的失败! 慎仪说："魏特琳小姐，如果我们被打败的话，那不是因为我们的人民缺乏勇气，而是我们的

---

① 沃德(Ralph A. Ward)，中文名黄安素，卫理公会会督。
② 原文"…party destroyed"显然是笔误，应为"…partially destroyed"。
③ 1926~1928 年在金陵女子文理学院学习，之后转入燕京大学，获物理学学士、硕士学位，后来回金陵女子文理学院任教(1931~1939)。
④ 1920~1921 年在金陵女子文理学院学习，之后赴美留学，1925 年获康奈尔大学数学硕士，后来回金陵女子文理学院任教。

队伍中有汉奸。"

日复一日，当读报纸的时候我认识到，在现代战争中，中国的物资装备是多么的落后呀！日本已为此准备了数年。中国几乎没有重炮，缺少飞机和训练有素的飞行员。人们只能呼唤调停者，并寻找呼吁对象——人民和社会团体。我常常想到日本的基督徒，并为他们祈祷，他们可能对这里的真实情况一无所知。

迈纳·瑟尔·贝茨（Miner S.Bates）仍在日本，我猜想他渴望回家。我们没有收到他的信。明天，住在我们这里的20名气象台的工作人员将动身去汉口。我们多少松了口气，因为校园里的人越少越好。

🗓 | 9月2日，星期四

又是一夜安宁。吴博士和我一起给武汉的华中大学写了一封信，提出让我们的部分学生在那里入学的设想。我们在那里组成了临时金陵女子文理学院委员会，委员会成员包括张肖松、陈品芝和伊娃，熊博士为顾问。我们第一学期的临时计划似乎渐渐地产生了。我们计划，根据学生的原籍，把高年级学生按照专业分开，一些人到武昌，一些人到上海，但教工和设备仍是一个问题。陆小姐今天上午走，她将把该计划带到武昌。

上午10时30分。今天上午去鼓楼参加一个教会中学校长和教育长会议。他们认为，今秋在南京开学是没有希望了。汇文中学①的姜文德先生说，昨天，没有一名学生来参加入学考试。会后，中华女中的校长陈小姐带我们看了她的防空洞，我惟一的意见是，她将过多的人安置在一起。我知道我们没有有效的手段能使自己免遭炸弹袭击，因此，我反对把太多的人安置在一个地方。

当我回家时，注意到街道上几乎没有行人。现在我们校园里仅剩下三名学生。我们都在那个600号宿舍楼吃饭，在那儿我们有两张桌子。南山的人（现在还有三人）在南山吃早饭，但另外两顿饭到600号宿舍楼来吃。

下午4时~5时30分。贻芳和我起草了几封信，给低年级、高年级、新

---

① 汇文女中位于中山路金陵中学对面。

生和二年级学生，以及实验学校的教师们，告诉他们新学期的计划草案：即两名低年级班学生到他们所能找到的学校借读，但建议两个高年级班学生到我们为他们选择的某些中心去就读，我们将尽力派专业顾问去那里。我们写完了这些信，将在明天寄出。

现在是 9 时 30 分。今天没有空袭，两天安宁，但在潜意识中我们正焦虑地等待着。我们的上空乌云密布，不知道何时会下雨。我虽然很爱月光，但现在我们不希望夜晚有皎洁的月光。

据报道，上海发生了激烈的战斗。

㉚ 9 月 3 日，星期五

又是一夜平静，谢天谢地。空气中已能闻到秋天的气息，紧张的神经又恢复了往日的平静，精力也恢复了。早上 6 时，我醒来时感到十分惬意，我急切地想把那些由我负责的信件定稿。当我们能够享受校园的美景和宽敞的住房时，我的心为那些拥挤在火车中、车站里、小船上，以及栖息在各种意想不到的地方的难民而痛楚。

今天早上，我跟王先生学中文，他向我解释了"焦土政策"：中国宁愿把南京和其他大城市变成焦土，也就是彻底摧毁它们，也不让它们落入日本人手中。

我的老师全家都到乡村去了。开始他竭力反对，但最终还是妥协了，因为他家所在地，除了他一家外，已别无他人了。

今天 1 时 10 分的广播说，上海地区正进行着激烈的战斗。地处交战地区的同济大学已被彻底摧毁，这些建筑是 1932 年"淞沪事件"①后重建的。到今天，已有三整天的宁静，对此现象，我的解释是，日本飞机正在别处忙碌着。

凯瑟琳正忙着为伊娃、鲁丝、弗洛伦斯和艾丽斯②收拾秋冬装。今晚，我们将按沃德夫人的计划，把两只埃斯特③的箱子寄到汉口。

---

① 即 1932 年一·二八事变。

② 艾丽斯(Alice Ellzey Morris)，1936～1937 年在金陵女子文理学院工作。

③ 埃斯特(Esther Elizabeth Tappert)，中文名戴蔼士，金陵女子文理学院教师。

记 | 9月4日，星期六

又是一夜宁静，睡了一个好觉。警报声和飞机的轰鸣声正逐渐从我们的记忆中消失。在我的想象中，我们正过着"新生周"和"返校日"，这些活动本来应在9月初进行的。

我们听说，政府计划将在西安、成都和长沙开放一些大学，这样受战争影响地区的学生可以到那儿去上学。但我认为无论在何处，集中过多的学生都将是危险的。弗洛伦斯于8月14日在青岛发的电报今天才收到。贻芳起先看不懂电报内容，直到我们看了日期后才恍然大悟，大家大笑不已。

整个①上午，我忙着把信寄给实验学校的教师，通知他们学校无法开学。很幸运，在此之前，我没能聘到一名英语老师和一名理科老师。上午我还给几所中学写了信，向这些学校推荐我们的学生。

今天，吴博士和蒋夫人共进午餐。蒋夫人今天住在一个地方，明天可能住在另一个地方。今天，我们集中了500个慰问袋，里面装有肥皂、牙刷、一双袜子、一双鞋、一件衬衫和一块手帕，用以慰问士兵。吴博士担任执行委员会委员的那个组织收到了许多捐赠的金戒指，为了筹款，所有这些金银饰品将被拍卖。

下午2时30分。吴博士派我去见佩克（Peck）先生，征求他对我们计划的个人意见，该计划包括我们选择三个地方作为金陵女子文理学院的办学点。佩克一开始就直截了当地告诉了我们官方的意见——今天早上国务院来了指示，建议撤走所有的美国人。他认为日本会像其宣称的那样，轰炸所有的机场、军事中心和通讯设施，并觉得现在中国没有一个地方是安全的。日本飞机已光顾过武汉和长沙，近来厦门、福州和广州也遭轰炸，很有可能轰炸还会持续下去。他同时表示，美国政府只是劝说，而不会强迫人们撤离。此后，我们进行了非常友好的交谈。

我的确想告诉朋友们，我非常欣赏美国大使馆处理问题的方式。他们两次告诫我们离开，又两次敦促我们离开，但他们似乎每一次都理解我们肩负

---

① 原文 shole 显然是 whole 的笔误。

的责任，这一责任使得我们很难撤离。 下星期一，大使馆将用专车把使馆的妇女从汉口送到广州，然后让她们回美国或到马尼拉。

下午 3 时 30 分。 我去埃尔茜家同沃德夫人告别，她明天一早将去成都。成都方面传来消息说，如果我们必须西迁的话，他们真诚地欢迎金陵大学和金陵女子文理学院去那里。 我更倾向于成立金陵女子文理学院特别委员会来研究局势，但我希望仅此而已。 这很像基督教学院的联合大学，难道要用中日战争的形式使我们实现这一目标吗？

晚上 8 时～8 时 30 分。 警报响了，我们躲进防空洞，但敌机没有来。当我们在防空洞躲避的时候，吴博士和何廉在图书馆的中厅进行会谈，我们认为这个建筑物很安全。 吴博士告诉他，我们计划在武汉、上海，也许还要在长沙，建立金陵女子文理学院分校。 他认为除了西部外，目前中国没有真正安全的地方。 他正在考虑把他的妻子和家庭从重庆迁到成都。

真不知道该如何做。 今晚我在房间的烛光下制定了三个选择性方案，并在每个方案的下面列出了各自的优、缺点。 希望在夜晚，我的潜意识能帮助解决这个难题。

🔔 | 9 月 5 日，星期天

天气又热了起来，尽管没有 1936 年 9 月 5 日和 6 日那么热，但正在迅速地接近那时的湿度和温度。（路易斯你还记得那些日子吗？）自上一次空袭以来，已有许多晚上没有空袭了。 我已经不再有等待空袭的习惯了。

上午 8 时 30 分。 我去特威纳姆小教堂听杨效让[①]的丈夫倪博士布道。他多次用防空洞和炸弹来比喻——这些比喻对听众有特别的意义。 他讲的主要问题是，目前的形势是上帝还是人造成的？

上午 7 时 30 分。 学院的花匠、房屋管理员和其他工人举行了一个特别的礼拜，到场的人很多，而且态度认真，并在沉思。 他们非常忠诚，面对额外工作的负担，无怨无悔，没有一个人抱怨。 F·陈、凯瑟琳和我计划为他们每星期举行两次活动。

---

① 杨效让，1937 年毕业于金陵女子文理学院体育系，1937 年在加州大学获硕士学位，1929～1934 年以及 1943～1947 年，曾两度在金陵女子文理学院任教。

上午 9 时 30 分。 我去伊娃家听上海全国基督教委员会的广播。 他们为中国的基督徒播音。 陈博士首先用中文广播，然后，罗纳德·里斯用英语讲述基督教组织的救济工作。 今天没有空袭，只有平静与安宁。

9月6日，星期一

今天，金陵女子文理学院本应开课了。 吴博士和我把最后一批给学生和教工的信发出，告诉他们我们所提出的方案。 这件事工作量很大，有许多人来帮忙。 我们还没有给学生寄出转学证明和选课的具体指示。 今天上午收到了我所订的昨天的上海报纸，你们可以看出通信有了很大的改进。

下午 5 时～5 时 30 分。 我再次躲进了防空洞。 这次我随身带了一些文具①，在等待解除空袭警报期间，我写了两封信。 我们听到中国飞机在头顶上飞过，但没有日本飞机。 我想我们没有遭到轰炸的原因是由于那些飞机都集中到上海去了。

我们还没有得到上海南站被炸的详情，报纸还没到，但广播说 100 多名平民被炸死。 据说乔治·谢泼德（George Shepherd）、艾尔伯特·N. 斯图尔德（Albert Newton Steward）、特里默（C.S.Trimmer）、科拉·普特西伏罗夫（Cola Podshivoloff）和乔治·菲奇（George A.Fitch）回来了，不过，我想他们回来都是暂时的。

唐先生报告说，只有两名工人还在山坡上的新房子工地施工。 如果工人在乡下有家的话，大多数都返回他们在乡下的家里了。 他说工地上现在非常安静，他将很快把回家的工人找回来。

你们中认识伊丽莎白·钱伯斯（Elizabeth Chambers）的人，可能会对她在几天前嫁给联合报记者田伯烈（Timperley②）的消息感兴趣。 婚后他们去了上海。

9月7日，星期二

今天上午，吴博士忙着把信寄给沃德主教、华西大学的张校长及在成都的

---

① 原文是 stationary（固定的），根据上下文看，应为 stationery（文具）。
② 田伯烈是《曼彻斯特卫报》的记者。

里夫斯博士和埃斯特。 我们把信直接寄到西安，再从西安用航空信寄到成都。

我上午给系主任们写信，寄给他们低年级和高年级的学生名单。 龙博士①想把自己系的成员，以及低年级和高年级的学生带到一个县城，集中一段时间从事社会学的学习——理论和实地考察工作。

上午，吴博士与王明贞商量了去上海为我们在那里的工作进行早期准备的事宜，后来决定王明贞今天下午就动身。 近来，要想赶上火车，必须提前几个小时动身，因为你永远无法预料警报是否会在你去车站的途中响起来，而使你错过火车和轮船。 注册员和我正为王明贞收拾东西——学生花名册等材料，还有我写的一些介绍信。 我们将会很高兴听到她安全抵达的消息，因为最近轰炸车站的事件时有发生。

下午 4 时～6 时。 我去了大学医院，发现大部分外籍工作人员都在那儿，他们在尽力坚持工作。 我还注意到，他们在屋顶上放置了一个红十字标记和美国国旗，这是美国使馆的命令。 除了顶层外，每层楼都住满了人。 我还去了特护部，并同艾娃·海因兹（Iva Hynds）进行了愉快的交谈。 她说，尽管警报响起时许多病人吓坏了，但她正在尽其所能，使病人过正常的生活。 医院为所有的工人、医护人员及能够行走的病人准备了防空洞，其他病人则被安置在一楼。她说，他们的收入减少了一半，因为能付钱的病人已经离开了这座城市。

晚上 9 时。 今晚我用打字机为你们写日记，在我打字时，常常怀疑让你们花时间看日记，以及自己花时间写日记是否值得。

下午下了雨，现在很凉爽。

📷 | 9 月 8 日，星期三

天气非常好，凉爽、清新、令人愉快。② 这是为学校认真工作的大好时机。 要想真正地体会到宁静、和平及充足睡眠的宝贵，你至少要有两个星期经历空袭的体验。

现在只有老师和工作人员（陈先生和他的助手）参加清晨的祈祷会，因为学生们都走了。 我们按照凯瑟琳所定的程序进行祈祷——仅在星期三和星期

---

① 金陵女子文理学院的教师龙冠海。
② 原文 exhilerating 拼写有误，应为 exhilarating。

六集中，其他时间按这个仪式各自进行。

今天早上来了两名警察，谈论了我们养的鹅的问题，因为当警报响起或是飞机在我们头上飞的时候，这些鹅发出可怕的叫声。 我倒是认为这会使敌机飞行员误以为这里是不值得轰炸的农村，但是，我无法使他们相信这一点。我想我们将不得不对公鹅采取一些措施，因为它们叫得最凶。 警察还询问了狗的情况——我们只有一只狗，在实验学校，它是一只出色的狗，总是跟着我们到防空洞，然后躲在防空洞上面等我们，直到我们出来。

晚上 7 时。 今晚 6 时后，吴博士开会回来，她是会议的主持人，会议开了四个小时。 她不仅看起来面带倦容，而且的确也是筋疲力尽。 她说有关上海附近的防线被轰炸的报道令人心碎，有许多可怕的破坏。

晚上 8 时～8 时 40 分。 学院工人开了一次会。 会刚开完，警报就响了起来，所有的人都躲进防空洞里。 没有敌机飞来，40 分钟后就解除了警报。沈先生和他的家人明天走，陈尔昌的家已迁离，而他自己搬到了医务室。 闵先生也回老家去了。 陈斐然把他的家人送回老家，他们走的是汉口这条路。现在他无牵无挂，可以全身心地投入工作了。

现在只有九个人在 400 号宿舍楼吃饭了，我们已搬到那里，虽然人数不多，但很团结。 武昌来了信和电报，似乎一切进展顺利。 他们很乐意接受金陵女子文理学院的学生。 肖松在那里帮助学生注册。 一切都好，紧张的心情也渐渐稳定下来。

🔲 | **9月9日，星期四**

天气很好，凉爽而晴朗。 校园和往常一样美，如果学生和老师还在这儿的话，他们会多么高兴地欣赏它呀。

利用这个机会，我上午学了两小时的中文。 似乎一切都恢复了正常。 中午吴博士应邀到洛辛·卜凯家去吃午饭。[①] 她说去的时候非常担心，以为十有八九是卜凯先生受大使馆的委托，来劝说凯瑟琳和我撤离南京的。 令她感到吃惊的是，这只是一次正常、友好的聚会。

---

① 原文 tiffen 拼写有误，应为 tiffin。

刚刚听到黄丽明孩子的死讯，这孩子只活了 16 天。 在孩子出生前，她刚撤退到上海。 听说孩子出生刚 5 天，由于医院过于拥挤，她就出院了。 她和她的另外两个孩子都生病了。

今天早上，美国大使馆转来一份电报，通知我们，10 名去北平协和医学院的学生平安到达北平。 我们听到这个消息都松了口气。 这么长的旅途，对这些年轻学生来说真是一次冒险。 我们从收音机里听到了乘火车的难民在淞江附近的车站被轰炸的悲剧。 我们非常担心王明贞的安全，我们派她到上海，安排在上海设立金陵女子文理学院分校的事宜。

在青岛的鲁丝·切斯特来信了，她想知道下一步该如何做。 你们熟悉的即将升入大二的医学系学生王民英，将离开上海到成都去完成她的学业。 现在，似乎许多人都认为成都是中国惟一安全的地方。 尽管路途遥远，但许多人正在考虑去那里。 我们在武昌的教师发给我们的电报刚刚收到，电报说华中学院能够接受我们学校的 30 名学生。 现在似乎有迹象表明，教育部愿意让几所学校在南京悄悄开学。 我感到我们有可能让个别的系在南京开学，不过明天我可能改变想法，一切都取决于最近的空袭情况。 乔治·谢泼德打来电话，下午他又来我们这里呆了一会儿，他鼓励我们中的一些人留下，这正是我们所希望的。

🈲 | 9 月 10 日，星期五

没有想到会一夜平安，睡了九个小时，一次也没有醒。 上午大部分时间为那些想到其他学校去学习的同学开转学证明。 我还给这些学生写了一系列的建议，帮助他们在别的学校如何选课。

下午 1 时～晚上 10 时。 当贻芳、凯瑟琳、邬静怡①和我在伊娃的平房里听《晚间信箱》节目时，空袭警报响了起来。 由于后来没有发出紧急警报，我们第一次没有躲进防空洞。

以前我总是很苛刻，坚持要人们去防空洞，并呆在那里直到警报解除，所以这次我得忍受一点揶揄。 空袭警报很快就解除了。 今天下午我花了 3 个

---

① 金陵女子文理学院教师。

小时写日记的第二部分。 傍晚，吴博士、埃尔茜和我试图为教工们制定下一步的去留方案。 谁将返回美国？谁将留下？似乎所有人的薪水都要减至通常的 40%，这对一些人来说，将低于基本生活水平。

晚上 8 时。 吴博士、龙博士和我一直在为社会学系制定计划。 我们决定在武昌开学，如果那儿有地方的话——我对此表示怀疑。 我倾向于临时在这里开学，尽管我知道这样做会招来批评。 毫无疑问，一些学生家长也不会允许学生来。 幸运的是，社会学系的老师都是中国人，这使得问题简单多了。

我忘记告诉你们，今天下午，我们附近家庭手工学校的负责老师来看我，我们决定这所小学校在 9 月 20 日开学。 她已经家访过一些学生，这些学生很希望学校开学，这样她们就能继续学业了。 在做出决定后，我们立刻让人写了一张色彩鲜艳的海报，我们将把它张贴在这所小学校的门口，向公众宣布开学的日期。 小学校附近有两个防空洞，因此，一旦有空袭的话，学生们将有一个安全的避难场所。 这个小学校位于三个国家的大使馆附近，在目前形势下，这将对学校有利——但并不全是这样。

我们决定从这个星期天起，开始我们每周日下午定期举行的邻里福音传道者的礼拜。 至于邻里学校，我们仅有一名正式老师，但我相信这个小学校的一些毕业生愿意来任职，帮助教缝纫课程。 我不能肯定基督教女青年会是否有一笔资金来支付邻里学校教师的薪水，如果没有的话，我将向你们——我的日记的读者呼吁，我相信你们会做出回应，这样，邻里学校就能够继续办下去，周围的百姓们也就不会担心了。 正如你们所知，这所小学校完全是由我们学生中基督教女青年会的成员赞助的，现在该机构不再运转，尽管它可能会在别处的几个金陵女子文理学院分校重新开始活动。

🏮 | 9 月 11 日，星期六

今天早晨天气有点凉，几乎要穿毛衣了。 南京及校园又恢复了往日的平静。 长沙的海伦·怀特迈克（Helen Whitmaker）发来电报说，如果需要的话，湘潭长老会学校的房子可以借给金陵女子文理学院分校。 刘恩兰①那里

---

① 1925 年从金陵女子文理学院毕业后，在该校附中任教，1929 年赴美留学，1931 年获硕士学位，后任金陵女子文理学院地理系主任。

还没有消息，她目前在山东老家和父亲在一起。 今天上午，吴博士和凯瑟琳给学院董事会写了一封信。 我大部分时间都在帮助龙博士构思、起草给社会学系的学生和教工的信。

我们正设法通过美国大使馆的无线电与目前在北平的周励秋①联系，周是米尔伯（Mereb）的接班人。

收到了恩兰的信，她在信中谈了在目前情况下她的人生哲学，写得很好。由于大雨，她在山东受阻，同样，华北日军的行动也受阻。 她渴望回来工作，她的同事希普曼（Shipman）小姐不幸在日本被拘留。 原来计划整体迁到重庆去的中央大学对这个决定开始有些动摇了，并在考虑一些系能否在此地开学。

下午 4 时 30 分~6 时。 凯瑟琳和我到校园的西面去散步。 我们发现到处都是充满善意的人。 我们试图到常去的城墙上，或是古林寺及其附近的山上，但我们没有获得允许，因为这些地方都标着"禁区"。 我们想沿着一条僻静的通向城墙的小道散步，但立刻来了一个士兵，很有礼貌但却十分坚定地说，根据上面的命令，他不能让任何人到那儿去。 他说："你知道周围有许多汉奸和间谍。"我告诉他说，我们都不是，他说，他当然知道这一点。 我们很钦佩他的坚定态度。

今晚我和贻芳在一起工作，帮助她寄出了 40 份《字林西报》的社论，该社论题为《苦难深重》。

明天是南京遭空袭一周年的日子。② 一方面是为了纪念，一方面是为了逗趣，我们给卜凯送去了一只很不错的鹅。 你们还记得他是我们的"上司"，也就是说，在危险的时刻他会通知我们撤离，帮我们摆脱危险。 当然，如果我们愿意撤离的话。

由于警察说我们应该处理掉这些鹅，或是把它们涂成黑色，我们开始处理它们了。 明贞从上海寄来一封信，感谢上帝，她平安无事。 由于许多火车和车站被炸，我们后悔不该派她去。 她报告说，那些学校的负责人还无法制定方案，他们不知道能否像他们所希望的那样在 10 月 1 日开学。

---

① 金陵女子文理学院教师。
② 原文有误，南京第一次遭日机轰炸是 1937 年 8 月 15 日。

🏮 | **9月12日，星期天**

吴博士和凯瑟琳参加了特威纳姆教堂 8 时 30 分的礼拜，而我去鼓楼教堂参加了 10 时的礼拜。

在此之前，我安排了同杨丽琳（1937）见面。 我不知她以前是否定期做礼拜。

下午 1 时。 凯瑟琳和我去了卜凯家吃午饭。 席间，我们同克劳德·汤姆森（Claude Thomson）和刘易斯·斯迈思（Lewis Smythe）进行了愉快的交谈。 这两人都把他们的家人留在牯岭，只身来到南京。 斯迈思将尽可能地留在南京。 明天他们可能要回牯岭，至少汤姆森肯定要回去。 我们听了来自上海的广播。 饭后，我们聊得很开心。

下午 4 时。 刚才同沈谱①闲谈了一会儿。 她的父亲是被监禁在苏州一年多的几位著名人士之一，刚获释。 她说她父亲其实并不是共产党员，目前正在为他的国家夜以继日地工作着。 一些中国人被日本收买，出卖政府机密和其他有价值的情报，为此他十分难过。

今天下午 2 时，恩兰到达南京，她说，在济南等了 8 个小时的火车，除了不时有军列通过外，其他一切都很平静和正常。

🏮 | **9月13日，星期一**

上午大部分时间在参加本市的基督教女子学校的校长和教务主任会议。我们决定建立一所临时联合学校，并将学校划为几个分校，这样可以避免过多的学生集中在一起。 例如，初中一年级可能在一所学校里，而初中二三年级则在另一所学校里。 我们将在 9 月 28 日进行入学考试，大约在 10 月 1 日开学。

会议结束时，卫理公会女子学校的姜先生作为东道主，带我们去看了他的防空洞。 他将防空洞建在葡萄架下，他非常相信稻草防御炸弹的作用，因此，他在防空洞顶部放置了 5 英寸厚捆得非常结实的稻草把，上面再盖上一

---

① 金陵女子文理学院 1939 届毕业生，沈钧儒女儿，范长江夫人。

层土。 他的防空洞大约能容纳 20 人。 如果炸弹落在我们的藏身之处，我怀疑我们能否保护自己免遭炸弹的伤害，为此，我们尽量使防空洞能够防御弹片和机枪子弹。 知道吗，我们都成了战壕和防空洞的专家了，并有丰富的理论。

下午，我同恩兰商量了一些问题，我们想为地理系选择一个最好的地点。希普曼小姐目前在日本，但她渴望返回中国投入紧张的工作。 恩兰似乎也希望工作，但我们怎么能让她来呢？ 要获得美国当局的许可比登天还难，恩兰似乎更喜欢远在四川的成都，而我此刻更倾向于南京。 但是，如果再有大规模的空袭，我会很快改变我的想法。

龙博士将于明天离开南京去武昌，他几乎买不到船票。 他随身携带了一些社会学的参考书籍，幸好对社会学系的学生而言，社会就是个大实验室，我们不必把显微镜和天平都为他们搬去。 社会学系的教师可能在湘潭下船，因为我们知道武昌非常拥挤，如果我们让更多的系在那里上课的话，我们真是给那儿的朋友增添了许多麻烦。 左敬如①于 1 时到达南京，她从长沙来，随身带了伊娃的一封长信。 我们现在大约有 28 名学生在武昌。 她们要我们派一位英国老师和两位中国老师到那儿去。

今晚，吴博士准备了一顿简单的中餐，并邀请了中国铁道部部长与他研究哲学的兄弟、约翰逊（Johnson）大使、佩克先生、卜凯先生、菲奇、刘恩兰、邬静怡和我吃饭。 虽是便饭，但很可口，大家吃了不少。 总的来说，这是一次开心的聚会，对我们大多数人来说是某种解脱，但很难不谈论战争和轰炸。 席间气氛融洽，但后来那个哲学家看了看我，又看了看约翰逊大使，说："我想你们的政策是撤走所有的美国人，当然，我指的是妇女。"约翰逊犹豫了一会儿说，我们只是劝告，而不是强迫我们的公民。 接着他又补充说，总统先生只是对那些没有重要事情可做而又不愿离开的人表示不满。 随后，我们的话题又回到了永恒②的欢乐主题——谈论中国的美味佳肴，这引起了开心的笑声，紧张的气氛消失了。 对这个问题，吴博士和我在第二天都想出了许多我们原本可以回答的妙语，但当时我们太傻，都没有想到。

---

① 1932 年毕业于金陵女子文理学院，任该校附属实验中学主任。
② 原文为 immoral（不道德的），根据上下文看，应是 immortal（永恒的）的笔误。

晚上 10 时 10 分。 我们从广播中听到蒋夫人在星期天早上对美国听众发表的演讲。 我不喜欢她这次以及其他几次演讲，因为在我看来，她好像在呼吁美国人保护自己在东方的贸易。 此刻，这当然不是我们帮助中国的最强烈动机。

📖 ┃ 9 月 14 日，星期二

昨天下了一场雨，今天相当凉爽，空气的清新和虫儿①的鸣叫也说明了这一点。 今天早上，我试着通过长途电话与伊娃联系，可直到下午 2 时 30 分电话才接通，可见电话线路是多么忙!

我们让仍在青岛的鲁丝·切斯特和弗洛伦斯·柯克去上海，以协助那里的工作，我们希望那里的工作能尽快开始。

今晚，吴博士又设便宴招待美国大使馆的几位秘书和我们的一些女校友。 今天是平安无事的一天，我们几乎要忘记警报声了。 我们对上海的激烈战斗和可怕的屠杀感到痛心。 中国士兵遭到日本飞机的无情轰炸，这也许解答了为什么日军现在还没有到南京的原因。 好像金陵大学的教师家属又逐渐回到了他们在南京更舒适的家——他们在乡下所经历的生活对他们及他们的孩子们来说过于艰难了。 他们宁愿过遭受轰炸的城市生活，而不愿留在充满疟疾和痢疾威胁的农村。

📖 ┃ 9 月 15 日，星期三

今天早上的教师祈祷会有 6 名教工参加。 仪式中，中国同事的祈祷使我感到羞愧，特别是当我回忆起一次大战期间我的同胞们在祈祷会上的祈祷时更是如此。 有的人（中国同事）为在上海战斗中死去的中日两国士兵的父母妻儿祈祷；有的人为中日两国基督徒在目前困难岁月里的基督精神而真诚地祈祷；有的人为中日两国军事领导人祈祷，愿上帝向他们显示其意志，把他们引向和平。

上午花了许多时间来完善我们设立几个分校的计划。 同时还收到了来自

---

① 原文 insents 拼写有误，应为 insects。

湖南的一个令人振奋的消息，我们社会学系的师生受到湘潭长老会传教站最真诚的欢迎，他们那里有一所空校舍可使用。

下午 5 时 30 分。 晚饭前，我骑车外出转了一圈，路上遇到了一名德国军事顾问，他说最近在日机轰炸飞机库①之前，他们把所有的飞机都撤出了飞机库，不过，他却损失了一台收音机。 他完全不赞成人们撤离南京——无论是中国人还是外国人。 当我问他战争会持续多久时，他认为，如果日本内部能保持一致，中国的各派能像目前这样精诚合作，那么战争将会持续 6 个星期到一年半。 他认为在某个夜晚，特别是有月光的时候，将会有大约 40 架飞机飞临南京进行大轰炸。

地理系决定本学期到湘潭去办学。 不确定的因素太多，在涉及到师生的问题上很难做出决定。

上午将给伊娃打电话，这样，当龙博士明天到达汉口时，伊娃将敦促他做出决定，把社会学系带到那里去。 我个人倾向于让几个系在南京开学，但我担心学生的父母们不会让他们的女儿来这里。

今天平安无事，天气也很好，但是人们不应该忘记上海周围地区正遭受着可怕的苦难。

🈷 | 9 月 16 日，星期四

今天，吴博士再次编制应急预算。 当你知道收入将达不到预期的 40% 时，对这么多员工来说，做到很公平是不容易的，何况还要有一笔紧急支出，用来购买电缆、开设新分校等。

下午 6 时 30 分。 第一次预警和紧急警报都响了起来，但没有飞机来。约 1 个小时后，空袭解除警报响了。

晚上 8 时 45 分。 动物世界里也发生了悲剧。 皮特勒是我们捡来的小狗，养在实验学校，它流浪时受伤的伤口刚刚长出新的皮毛，它在街头流浪的日子一定很艰难。 它是一只非常友好、机敏的外国小狗，大家都很喜欢它。我特别喜爱它，因为劳累一天回宿舍时，它总是非常高兴地欢迎我。 今晚当

---

① 原文为 hanger，但根据上下文，应为 hangar（机库）。

我们从防空洞回来后，它在草地上玩耍，一条毒蛇很残忍地在它的左眼上咬了一口，它非常痛苦，眼睛立刻肿了起来。 我试图安慰它，并在它的伤口上敷了些药，但是没有用。 当我们确信它是被毒蛇咬伤后，立刻派人到科学楼取了一些氯仿，这个小家伙很快就"彻底解脱"了痛苦。 我们用白布将它包起来，并将它埋在一棵女贞①树下。 我们都非常想念它。

由于月光明亮，我担心今晚可能有大空袭。

抇 | 9月17日，星期五

今天上午，我们给地理系的学生寄了信，通知他们10月1日将在湘潭开学。 刘恩兰正在挑选有关的图书和仪器，准备带到那里去。 对她和她的学生来说，这有多大风险！ 如果社会学系也到那儿，我们就能够再派几名老师到那儿开设中文课，也许还有生物课，这样在湖南以及湖北将有一个小的金陵中心。

今天上午王明贞从上海回来了，向我们报告了她的工作进展情况。 我必须承认，进展并不理想。 上海的35名学生中，只有4人说父母同意他们离开上海。 法租界，还有公共租界都不愿意新学校在那儿开学，因为他们担心这会增加租界的危险。 我猜想他们是害怕学生惹是生非。 大多数基督教学院和大学的校长说他们希望在10月1日开学，但实际上他们还没有制定计划，而且他们的精神状态很糟糕。

租界里非常拥挤，人们无法摆脱枪声和飞机的干扰。 我们在南京开学是最佳选择吗？ 如果中国军队撤退，日本军队向南京逼进，那么我们的麻烦可能是交通问题——必要时，怎样撤出学生？ 我们要是有先知先觉就好了。 我们应该放弃开学的努力吗？

今晚，凯瑟琳和我请将在星期一结婚的吕锦瑗（1936）和孙先生吃了一顿非常简单的晚饭。 这些天中国报纸登满了结婚启事，因为许多家长急着让他们已订婚的女儿完婚，这样，他们总算是把一个完好的女儿嫁出去了。 在晚饭前，我们约法三章，不谈战争和轰炸问题，但是很快我们就食言了。

---

① 原文 privot 拼写有误，应为 privet。

我们给在青岛的鲁丝和弗洛伦斯发了一份电报，要她们推迟去上海的日程，因为，目前看来在上海开设中心困难重重。 今晚开始下雨了，我们都很高兴。 愿整夜都乌云密布!

今天下午，家庭手工学校的老师薛小姐和我去家访，通知学校于 9 月 20日开学，还邀请人们参加星期天在邻里中心举行的定期礼拜。 我们走访的每户人家都很友好，而且这种友好真有点让人心酸——我们似乎成了他们所渴望的正常生活与工作的象征。

🔟 ┃ 9 月 18 日，星期六

金陵大学决定 10 月 4 日在南京开学。 他们的农业经济系迁到了汉口，农业专修科在他们的农村实验基地之一乌江开学，而其他的系和学院准备在这里开学。 在投票表决时，我认为应该将一些理科专业、音乐和一年级新生留在我们的校园里。 但如果今晚有一次大规模空袭，就可能会改变我的主意。

斯迈思为《世界的呼唤》写了一篇长文，他在文章中谴责传教士在大使馆或国务院的命令下撤离南京，他使用了蒋夫人曾用过的"逃跑"这个字眼。我个人认为，如果可能的话，带着孩子的母亲应该撤到安全的地方去。 但是，如果身体能够承受目前压力的话，我们其他人应该留在自己的工作岗位上。 我们最大的感情投资是与年轻的教会成员保持友好合作的关系，当人们最需要我们的时候，我们却离开，在我看来这是丢掉了一次需要我们服务的绝佳机会。 当然，我们应该自己承担留下的风险，并使传教董事会和大使馆清楚地明白这一点。 如果我们留下将威胁到中国同事的生命时——我们认为不会出现这种情况，如果出现这种情况，我们应该尽快离开。

在我的传教生涯中，一个长期期待着的日子终于来到了——担负特别责任的妇女得到了与担负同样责任的男子相同的待遇，没有要求我们与带有孩子的妇女同时离开。 我对自己在美国传教协会及美国董事会①的立场感到自豪。 他们相信我们的判断力，允许我们自己做出去留的决定。

---

① 设在纽约的金陵女子文理学院董事会。

今晚我们通知所有生物专业的学生去武昌，6名学生在该系陈品芝博士的领导下，已在那儿开始学习。

可怜的吴博士从下午2时到6时30分一直在开会，她开完会来到餐厅时，看起来疲惫不堪。中国"全国妇女士兵救援会"正在从事非常繁重的工作，其中相当一部分工作落在了吴博士的肩上。我不知道，她除了校长的职责外，怎能承担这么多的工作？今天上午她做了一次演讲，接着又到一个公共剧院帮助募捐，还有妇救会的工作。她对美国五个和平组织目前的态度深感失望。在她看来（我们大多数人都有同感）这并不是和平主义，而是民族利己主义。这些组织的所作所为正是日本所希望的，即进一步削弱中国，因为这将使中国得不到军需物资，而日本却能自己生产。①

📅 | 9月19日，星期天

根据中国的阴历，今天是八月收获节②，今晚人们应该赏月。在正常年份，今天是合家欢聚和吃月饼的日子。天气非常好，晴朗、清新、凉爽。在漫长而炎热的夏季后，这是人们喜欢的天气，秋雨之后，这也是一个美丽的世界。人们应该崇拜和感激收获的赐予者。

上午8时20分～10时。在我刚要吃早饭的时候，凄厉的警报声发出了警告，我匆忙地吃了几口饭，就跟着别人到东院的防空洞。一个在防空洞外面逗留时间比我们长的花匠估计飞来了40架飞机，后来我们在广播中听说有34架飞机从上海起飞，但实际上只有21架飞临南京。它们的主要目标是国家广播电台、自来水厂和城西供水的系统，城南的一个军事设施也被日机光顾，上述三个地方都挨了炸弹，但我还不知道遭受破坏的程度。

上午10时30分～12时。我去拜访邻居，一方面是邀请他们参加下午的聚会；另一方面是让他们知道我们的社区一切正常。每拜访一家都使我感到

---

① 1937年9月16日，美国总统罗斯福宣布对中日交战双方实施《中立法》，该法案规定，禁止向交战双方提供或是帮助运送任何援助物资。由于当时日本已封锁了中国的沿海，因此该法案实际上有利于日本。《中立法》的通过实际上也是美国当时盛行的"孤立主义""和平主义"的产物。

② 原文如此，指中秋节。

很高兴，因为我仍然在这里安慰人们、振作人心，并使人们放心。

下午 1 时 30 分。 我很早就去了邻里学校布置会场，为 2 点钟的聚会做准备。 在拱形门口，我遇见一群欢乐的孩子，他们告诉我，他们早就来了，好像是在批评我来得太迟了。 到下午 2 时 30 分，来了 30 个孩子和 18 名成人，我们开始了仪式。 鼓楼教堂的李牧师也来帮助我们。 我们先为孩子们做了礼拜——唱了一首他们熟悉的歌，接着李牧师给他们讲了一个非常好的故事。 此后，孩子们很开心地回家了。 这使我很吃惊，因为通常他们也想留下来看大人们的活动。 下午 3 时 15 分，成人的仪式刚结束，警报声又发出了警告，在此后的一个半小时里，我们躲在由"新生活运动委员会"修建的防空洞里，该组织正借用社区之家作为其总部。

晚上 8 时 30 分。 我通过长途电话与武昌的伊娃通了话，伊娃告诉我，社会学系的学生说服了龙博士留在武昌，而不是像我们所希望的那样到湘潭去。 她正在设法把另一所教会的房子改成学生宿舍。

晚上 9 时 30 分。 我们听了上海全国基督教委员会的广播，广播用中、英文介绍了在最近的危机中该委员会的工作情况。 罗纳德·里斯还讲述了分布在中国各地的一些地方教会组织的工作。 我觉得这个广播很有帮助，它使基督徒感到自己是全国运动的一员，并使他们的思想统一。

罗纳德·里斯鼓励传教士在目前困难的日子里与中国同事并肩工作。 但他过于含蓄，没有公开说明他们可能不得不拒绝领事馆要他们撤离的命令。 他们正在考虑组建一个全国基督教战争救济委员会。

🈶 | 9 月 20 日，星期一

经过长时间的休息，今天早上醒来后很惊喜地发现，尽管昨晚的月光有利空袭，但一整夜都没有空袭。 但愿他们没有利用这皎洁的月光，残忍地轰炸其他没有设防的城市。

今天上午吴博士和我进行了长时间的讨论，重新审定了有关在上海和湘潭开展工作的决定。

上午 9 时 30 分。 美国大使馆的帕克斯顿先生来访，并宣读了日本驻上海舰队司令一份很长的声明，声明称，为了尽快结束战争，毁灭南京所有的军事设施、机场和通讯中心，从明天中午开始，他们要对南京展开真正的攻击，使南京不再是军事决策中心。 换句话说，我认为他们期望通过这种方式，竭尽全力扩大同中国的友谊与合作。①

帕克斯顿劝我们离开几天，也许不超过芜湖以西。 所有的使馆人员也许都将撤离。 尽管我对自己决定要做的事情绝对没有什么怀疑，但在感谢他通知我们之后，我告诉他，我将同凯瑟琳小姐商量一下撤离的问题，并尽快将我们的决定告诉他。 如果当时就拒绝他有点不够含蓄，但几小时后我写信给他，明确表示了我的看法：撤离使馆人员是不明智的。 下面是我大胆地写给帕克斯顿和佩克的几句话："我认为，如果城里所有的使馆都降下国旗，并撤走人员，这将是一个悲剧。 因为，这意味着日本甚至在没有正式宣战的情况下，就可以对南京进行无情的、毫无顾忌的狂轰滥炸，我希望日本空军无法得到这种满足。"在我和凯瑟琳进行了短暂的商量之后，我们俩都向大使馆表示，我们将同我们的同事在一起，在这种时候，我们认为自己会发挥很大作用。 我们还清楚地表明，我们是自愿冒险留下的，无论发生什么事情，我们都不愿以任何形式使政府或学院感到他们对此负有责任。

上午 10 时～下午 1 时。 我参加了吕锦瑷在特威纳姆教堂举行的婚礼，遗憾的是新娘迟到了。 在她来之前，第一次空袭警报已响了起来。 仪式刚要结束，紧急警报就响了，我们开始听到远处轰炸机的轰鸣声。 我从未用中文这么快地说过"上帝的祈祷"，这应该在礼拜结束时说。 我们本可以跑到金陵大学的地下室去，但我们决定就呆在这个小教堂里，尽管这是个不明智的决定，特别是由于它离何应钦将军住宅附近的高射炮很近，这门高射炮就在他的住宅那儿。 轰炸很猛烈。 我们试着逗在场的孩子，并和他们一起玩。现在还不知道轰炸、很糟。

下午 1 时 30 分。 我给住在卜凯家的斯迈思打了电话。 他反对撤离，并已开始为大学医院组织救护车。

下午 2 时。 由于空袭期间炊事员无法做饭，到现在我们还没有吃午饭。

下午 3 时。 刚吃完饭，我们现在全在 400 号宿舍楼吃饭。

下午 3 时～6 时。 在信使把凯瑟琳和我的信送到大使馆前，帕克斯顿先

① 原文在"同中国的友谊与合作"下加了下划线，这显然是讽刺的语意。

生打来了电话。 我有点过意不去，因为我知道他太忙了。 在和我谈话中，他表示非常理解和尊重我们的立场。 他说只让使馆的部分人员乘炮艇溯江而上，离开南京。

在和吴博士商量后——她非常愿意，我给大使馆的参赞佩克写信，询问他们对我们在校园使用美国国旗持何种态度。 他打来电话说，他认为这是一个很好的主意，他很大方地借给我们一面新的 9 英尺长的美国国旗。 我们把它平放在我们校园方草坪的中间。 尽管旗帜有 9 英尺长，但在那块大草坪上看起来却很小。 程夫人、陈先生和我决定明天买布做一面比这个大三倍的旗帜。 我还与南门教会以及基督教女子学校的朋友联系，询问他们是否准备了美国国旗。

晚上 7 时。 我们请胡斯曼夫人吃晚饭，因为她和丈夫明天早上将动身去青岛，然后回德国。 胡斯曼先生 3 点钟把他们的行李送到浦口，没能来吃晚饭。 我虽没对她说，但我想他可能在送行李时遇到了麻烦，因为今晚和明晨，数以千计的人将从不同的方向撤离南京。

今晚，刘恩兰和一名学生去了武汉。 我们认为，在事情发生前，如果可能的话，最好让她撤离。 她和几名学生一整天都在忙着包扎地理系的书籍和仪器。

陈中凡先生明天去武汉，他去那儿教中文。 我们想让他今天就走，但船很挤，由于身体瘦弱，他觉得自己无法承受这种旅行。 据说一位中国高级官员为了撤退他的家人和朋友，占据了一整艘中国商船。

今天下午斯迈思来访。 可怜的孩子看起来气色不好，夏天那场病之后，他还未痊愈。 不过他充满活力，并有各种计划和打算。 他原本可以如他所说的那样"逃跑"，但他没那样做。 因此，他以前所未有的精力，为鼓楼医院组织救护车队，他觉得在大使馆的眼中，这一工作能够证明他留下的合理性。

卜凯先生明天去汉口，他的办公室已搬到那里去了。 他计划先到那儿，然后再到上海去一段时间。 现在租车到上海要 200 元。 吴博士回来了，看起来对自己很不满意。 她说她对卜凯发了火，并要他转告大使馆她对使馆决定撤离的看法。 她认为这是不友好的行为，也正是日本希望外国政府所做的事。 后来，卜凯给她写了封信，告诉她已把她的话转告了约翰逊大使。

自我从青岛回来后，今天刚好是两个月，但感觉像是两年，这样说还打了折扣。

是睡觉的时间了。 今晚的月光美极了，但我认为今晚不会遭空袭，我认为日本会利用这段时间来完成下次轰炸的准备工作。 据说今天实业部遭到轰炸，41人被炸死。 这种时刻往往谣言四起，并且传播很快。 斯迈思告诉我，他听说中国空军已很难发挥作用了。 今天，每当中国飞机试图做点什么的时候，就有4架日本飞机追逐它。 今天早上，那个较大的军用机场被彻底摧毁。 从现在起，南京只有挨炸的份了。

晚饭时，胡斯曼夫人给在座的鼓劲，说今天早上有七架日本飞机被击落，昨天也是七架，这使我们感到很有希望。 正如我前面所说，这些都是谣传，折中一下也许更接近事实。

今晚当我回到实验学校的房间时，在月光下，我忍不住站在铺在草坪上的国旗旁。 我想，这些年来，我们国家的动机和所作所为如果不自私、不贪婪的话，这面国旗以及它所代表的国家将具有多么大的和平和正义力量啊! 即使现在，如果英国和美国能够为了人类的最高利益而联合采取行动的话，人们还有可能为了后代而拯救这个世界! 我们是怎样在不同时期，利用我们民族的遗产，并出卖我们与生俱来的权利，这些权利是我们清教徒先辈们历经磨难后才得到、并转赠给我们的!

🈷 | 9月21日，星期二

零点来到了，感谢上帝，一夜平安，睡了个好觉。 7时，我去诵经厅等汉口伊娃的长途电话。 昨晚就想和她联系，但邮局说电话线路太忙，我要等好几个小时。

上午8时。 我与伊娃通了电话，谈得不错，我告诉她，恩兰和地理系正在去汉口的路上。 她说，不知道他们如何安排我们的学生，因为宿舍已爆满。 当我告诉她吴博士宁愿把我们的学生集中在长江上游的一处而不是两处时，她说将设法再找一处房子。 到目前为止，武汉没有遭到空袭，但我们不能指望它未来也安全，这倒是实话。

上午 10 时。 帕克斯顿打来电话，邀请吴博士、凯瑟琳和我去吃午饭①，同时，在空袭时也可以躲进大使馆的防弹地下室——根据长谷川清海军中将②的最后通牒，大家似乎都以为空袭在 12 时开始。 我们对帕克斯顿的邀请表达了深深的谢意，但同时让他明白，如果空袭开始了，我们不想离开我们的集体。 在电话中他还告诉我，他同约翰逊大使谈了很久，大使同意他留在自己的岗位上。 他笑着说，现在他同凯瑟琳和我属于"同一个阶层"的人了。

今天上午，陈斐然先生去了南京的主要商业街，看看能否买到我们准备做旗帜所需的红、白、蓝布，但他说，唉，所有的商店都是铁将军把门，门关得紧紧的。

昨天深夜和今天一大早，我们能听到汽车匆匆驶向下关——长江码头的声音。 我想知道在过去 24 小时里有多少人离开了这座城市。 吴博士去了教育部，看看能否得到批准，当上海圣约翰大学开学时，我们的学生能在那里借读。 她从教育部得到的保证，足以让我们有理由向在上海地区的学生发出通知。 圣约翰大学正在向政府申请注册，我们的一些老师将到那里去，这两个事实是我们得到口头保证的原因。

万一今天有大范围的严重破坏，我们组织了一些自愿人员——一些老师和两名看门的工人，在警报解除后立即到鼓楼医院去。 中央大学校长罗家伦来看吴博士，他说中央大学已决定迁到四川重庆，并力争 11 月 1 日在那里开学。

我刚刚给里斯、贝茨、斯迈思、谢泼德和威尔逊·普卢默·米尔斯（Wilson Plumer Mills）写了信，提出把这里的实际情况转告给日本农民、工人和教育工作者的方法，因为我相信日本有许多有头脑的人，如果他们能了解真实情况的话，将会对日本军事当局产生一些影响。 我的设想是弄一架快速邮政飞机，在夜里飞过去，撒下成千上万的小册子和传单。 我们可以把斯坦利·琼斯（Stanley Jones）③的信投给日本人，还可以告诉他们通州屠杀和上海事件的真相——这两个事件被他们不断地用来煽动日本人民的愤怒情

---

① 原文 tiffen 有误，应为 tiffin。
② 即日本海军第三舰队司令长谷川清中将。
③ 卫理公会传教士，长期支持印度独立运动，宣传和平反战，是具有影响力的宗教领袖。

绪。 我怀疑他们会认为这是一个疯狂的设想，但在我看来这个设想并不比轰炸医院和难民火车更缺乏理智。 这一设想很可能意味着损失一架飞机，牺牲飞行员及其他一些人，但是为了和平，这一牺牲难道不值得吗？

午饭吃得很仓促，实际上，我认为吃得比平时要早。 一些人吃得比平时多，他们说不知道何时能吃上下顿饭。 现在已快下午 2 时了，什么都没有发生。 我有点后悔，我们没有接受帕克斯顿的邀请去吃午饭。

下午，我为吴博士写了一些重要的信，一封是给圣约翰大学的代理校长沈先生的，另一封是给青岛的鲁丝和弗洛伦斯的，叫她们去上海；两封给武昌的教师。 在 5 时至 6 时，我骑车到附近转了转。 谁说中国普通老百姓不知道世界上正在发生什么？ 如果有一位绅士同我谈起美国大使馆决定撤离的话题，那么至少有六位其他的人也会谈论这个话题。 他们确信，美国大使馆之所以撤离，是因为他们害怕，而其他的使馆都不会撤离。 我很高兴地解释说，美国国旗还在飘扬，至少大使馆里还有一名美国人。 一位慈祥的老农走过来问我，战争要持续多久？ 他噙着泪水说，穷人忍受不了多久了。 看着他那张饱经忧患的脸，我不忍心告诉他，基督教国家曾经打了四年漫长而又激烈的战争①，我只能安慰他说，我希望并祈祷这场战争很快结束。

晚饭后，我同林玉文（1934）聊了很久，她在市立医院做社会工作。 她说她在大学学习的时候，老师告诉她要珍惜生命，但在上个星期天，当她看到几十具残缺不全②的尸体时，她对所学知识的价值提出了疑问。 有两次她离遭到猛烈轰炸的地方很近。

现在是 9 时 30 分了，大轰炸还没开始，但是凶兆还笼罩在人们心头。 我们对未来一无所知。 别为吴博士、金陵女子文理学院，以及我们和其他人担心，因为我认为一切都会顺利的。

解释：本日记开始于 1937 年 8 月 12 日，写日记时特别想到金陵女子文理学院的教职员工——那些熟悉校园生活的人。 由于这些日记是抽空写的——有些是在空袭的间隙写的；有些是经过一天漫长而繁忙的工作后于夜晚写的，因此日记中有许多打字错误，但没有进行

---

① 这里指第一次世界大战。
② 原文 mutiliated 有误，应为 mutilated。

修改。由于没有时间重读一遍,所以也有许多重复之处。既然有这些理由,日记就这样写了。希望这些日记能向许多金陵女子文理学院的朋友展示,在这些特殊的日子里,我们在金陵女子文理学院校园的生活是怎样度过的。

M · V(明妮 · 魏特琳)

9 月 22 日,星期三

今夜不适合轰炸——天气阴沉,下着小雨,因此,我们可以不受打扰地休息。 我们无法预测白天会带来什么,因为在我们脑海中还清楚地记得那位中将的警告。 有某种不祥之兆笼罩在我们心头,但正所谓"征兆并不等于就是威胁"。

凯瑟琳主持了早上的祈祷和团契活动。 在这些忧伤的日子里,祈祷似乎是多么的现实和重要。 现在打招呼时说"祝你平安"显得多么意味深长,而以前只是寒暄之语。 这些熟悉的赞美诗和祈祷,对我来说有了新的更深刻的意义,特别是这几句话:"你的愿望会实现,因为你就是力量和荣耀。"

上午 10 时 15 分。 第一次警报响了。 10 时 45 分,紧急警报又响了起来。 我检查了所有防空洞和地下室后,去了东院的防空洞。 不知怎么,我原以为天空将会布满飞机,有点像秋天的天空中大群黑鸟飞过时的情景,但实际上飞机的数量并不比以前多。 很快我们就听到重型轰炸机飞行时发出的嗡嗡声。 11 时,第一批炸弹落了下来,好像在东面玄武湖附近。 后来我们听说目标是国民党的总部。[①] 接下来安静了一会儿,到 11 时 25 分,日本飞机又开始投掷炸弹。 这次听起来好像就在附近,在我们南面的五台山区域,一门新部署的高射炮也响了起来。 我们的防空洞里有三个孩子,幸运的是,在这个乱哄哄的时候他们都睡着了。 接着又是一阵安静,11 时 40 分,我们听到北面很远的地方有炸弹的爆炸声,大概在浦口——江北的铁路枢纽。 中午响起了空袭解除警报。 我们在防空洞里伸展疲惫的四肢,但由于它很矮,我们无法站立。

---

① 指国民党中央党部,原文为 National Party,但显然是指国民党。国民党中央党部位于距玄武湖不远的湖南路上。

事务主任助理、两名女校友、两名工人和我立刻到鼓楼医院，看看我们能够做点什么。 斯迈思已到了那儿，正在打电话联系汽车。 一些医生和护士已前往轰炸现场。 6 名受伤的警察和两位平民已被送到医院，他们是在国民党总部附近受伤的。 很明显，国民党总部损失不严重，但附近的民房被毁，两人死亡。 斯迈思一直在努力工作，帮助组织医院附近的救援工作。 他最大的难题是空袭后难以弄到足够的汽车，因为医院没有救护车。

下午 2 时。 我刚刚从医院回来，吃完饭，这时警报又响了起来。 到 3 时 30 分，警报才解除。 当我们从防空洞出来时，看到下关上空浓烟滚滚。 后来人们告诉我们，轰炸的目标是火车站附近的铁路枢纽，但是炸弹落在了几个十分贫穷的村庄里。 一枚燃烧弹落在一个村庄，一些受伤的人被烧死。

下午 4 时~6 时。 吴博士和她的秘书写完了给上海地区 50 名学生的信。我们在尽量实现我们与圣约翰大学及上海大学的合作计划。

我写完了吴博士致全体教工的信，这封信是有关本学期教师基本工资情况的。 许多人的工资仅为正常情况下的 40%，正常上班者也只是 60%。 但即便如此，学院还将出现赤字。

大使馆的帕克斯顿先生在第二次空袭后打来电话，询问我们的情况，我们很高兴地报告说一切平安，他告诉我们，约翰逊大使已返回大使馆。 我希望今晚再下雨，白天的空袭要比夜晚好些。 刚刚收到埃斯特的来信，她接受了重庆大学的一份差使。

🗓 | **9 月 23 日，星期四**

好哇! 今天下雨了，云层很低，而且很厚，这意味着我们的"访问者"今天不会来了，对日本飞机来说，夜晚的天气也不够好。 程夫人去了太平路，看看能否买到做旗帜用的红、白、蓝布。 同陈先生一样，她也说除了水果商店外，所有的商店都是铁将军把门。

上午为吴博士写了几封信，并写了两页日记。 没有空袭的时光真是太好了。 中午，上海的电台报道说，西方国家强烈抗议日本的行径，特别是对中国首都的轰炸。 很显然，美国也提出了非常强烈的抗议。 我很高兴，因为这在一定程度上缓解了 9 月 21 日大使馆撤离所遭到的批评。 我们是多么希望有一个强硬而又具建设性的和平建议——它是如此的强硬和具有强制性，这样双方就会停止战斗。

今天中午我又帮吴博士写信。 这些天她把许多时间和精力花在全国伤兵救济会①的工作上。 下午 5 时，我骑车去看斯滕尼斯（Stennes）队长，听听他对我的计划（派一架"友好"或是"和平"飞机到日本去，把真实情况告诉那些现在还不知道真相的普通老百姓）的看法。 有一辆看起来是官方的汽车停在他家门口，因此，我没停下来，而是去了杨丽琳家。 她劝我留下吃饭，我同意了。 她的丈夫在外交部工作②，他说，昨天日机共投了 80 枚炸弹，但是，国民党总部似乎是惟一具有军事意义的地方。

今天中午，贻芳去了蒋夫人家，并同蒋总司令和蒋夫人共进了午餐。 他们讨论了怎样使中国的朋友得到确切消息这一问题。 贻芳穿的是件旧的蓝色布袍——战争改变了人们的习惯。

下午 4 时。 帕克斯顿先生来看我们的防空洞和地下室。 他说我们的防空洞修建得很好，选址也不错，并认为我们的防空洞能够抵御轰炸。 但我个人认为，这些防空洞经不起炸弹的直接命中，但是直接命中的机会毕竟很少，干嘛要庸人自扰。

晚上 11 时。 每晚天黑后我们都能清楚地听到外面路上的声音。 我们不知道这意味着什么，但听起来像是浇筑水泥的声音。 也许是在我们附近修建防空洞。 今晚我们收到了纽约"创始者董事会"的一封电报，告诉我们美国的朋友没有忘记我们。 他们用的词是"站在我们一边"。 我们觉得他们不妨说"坐在我们一边"，因为我们每天有数小时是坐在防空洞里度过的。

9 月 24 日，星期五

今天可能也不会有空袭，因为天阴，而且云层很低，早上也有点凉。 当女勤杂工给我送开水的时候，我说："今天天气很好。"对我的话，她愣了一下，然后她笑着说："是的，天气很好。"

她是一个称职的老童子军，沉着、坚定。 她是我们东院的队长。 正是她

---

① 全国妇女战时救济联合会。
② 原文为 one of the ministries of Foreign Affairs，ministry 可能是 minister 的笔误。

带着那只装有化学物品和防毒面具的箱子。 空袭时她的防空洞里没有声音，真的！ 我认为她相信日本飞机上有一种特殊的设备，能够听见几千英尺下的防空洞里的声音。 无论人们怎么好奇，总想到外面看看，她总是让人们呆在防空洞里，直到空袭解除。

今天，我把大部分时间花在校长秘书工作上，因为凯瑟琳辞去了这一职务。 我申请这一工作，并被批准。 在许多方面我不如她，因为我有许多别的事要考虑。 尽管她不愿离开南京，但她还是做好了去武昌的准备。

今天白天没有空袭，我想夜晚也不会有。 有消息说对广州的空袭造成了许多平民的死亡。 我很遗憾地说，由于我们所在的这个区域获得了相对安全的名声，这就意味着官员们将在此租房、办公，这使我们感到不很开心，我们可以保护他们，但他们肯定给我们增加了不安全的因素。 很抱歉，今天我们没有外出到附近的居民区去。

🕮 丨 9 月 25 日，星期六

我很难过，今天早上朝霞很美，似乎将是一个好天气。 在我凝视窗外的时候，玫瑰色的绚丽朝阳已悄悄顺着我东面窗外长长的垂柳枝溜了进来。 我在想，白天会给人们带来什么——多少痛苦、悲哀和破坏，多少残缺不全的尸体将溅污断垣，正像最近的空袭所造成的那样。

贝茨刚从日本回来，目前在上海。 我们知道他正忙着同那里的基督教徒以及其他人交流他过去两个月在日本的经历。 全国基督教委员会想要他把全部时间都用来为他们工作，如果不行的话，他们希望他能付出一半的时间。然而，他觉得必须回南京，因为他的愿望是回到这里，与他的同事在一起。我看见一封他回到上海时写的信，信中说日本的基督教徒对所发生的事情感到深深的悲哀，但他们只是少数。

我们同汉口的伊娃通了长途电话，讨论了音乐专业的有关事宜。 接电话的伊文斯（Evans）小姐说，昨天下午日本飞机到汉口、汉阳和武昌，准备轰炸弹药库，但却炸了贫民区，炸死、炸伤 200 多人。 日本飞机还击中了武昌的一所学校，她想那是一所天主教学校。 我为我们在那里的教工和学生担心，他们在武汉可能得不到在南京所能得到的保护。

上午 8 时 45 分。 今天第一次空袭在 8 时 45 分。 警报是在 8 时 15 分响的。 空袭一直持续到 11 时。 坐在那里耐心等待空袭警报的解除真是难以忍受，特别是当人们能够听见单调的飞机声和炸弹的爆炸声时更是如此。 今天上午的轰炸和防空炮火都特别猛烈。 据说有 3 架日本飞机被击落。

中午 12 时 45 分。 第二次空袭发生在 12 时 45 分，持续到下午 2 时 30 分。 第三次在下午 3 时，持续到下午 4 时。 我们听说下关电厂、财政部、中央医院、卫生署和一个军事机关遭到轰炸，还不知道有多少人死亡。 我们附近部署了几门新的高射炮，一门在南面，两门在我们的北面。 在其中一次空袭时，我在图书馆的一个壁橱里，因为当时我在海伦①的办公室里写信，不想花时间到地下室去。 窗户被震得嘎嘎作响，房屋在抖动，我担心北面所有的玻璃会被震碎。 我听见一块弹片击中了诵经厅屋顶上的瓦片，但似乎没有造成什么破坏。

晚上 7 时。 我去了商业街，打算买些糖，但是城市一片漆黑。 东方的天空有闪电，这给笼罩着黑暗的城市带来一种不祥之兆。 很显然，电厂遭到了破坏。 大约半个小时后，路灯亮了起来，但是我们被告知，电是来自刚建好的备用电厂。 除了有的房屋里点了蜡烛，大多数房屋还是漆黑的。

金陵女子文理学院很幸运，因为我们有自备发电机，可以使用。 大约在晚上 8 时，我带了一名花匠去看斯迈思，他现在与布雷迪（Brady）医生一起住在马克斯（Marx）家。 我从他那里得知，晚上他们把中央医院的病人转移到大学医院，因为他们认为明天肯定会有更多的轰炸。 我听见他在电话上同谢泼德谈话，后者不同意转移，因为他认为对医院的无情轰炸会在西方引起广泛的报道，这有可能阻止日本重复这一行动。 然而病人、护士和医生觉得仅凭这种推断是不行的。

他们继续执行着转移计划。 许多人担心月亮一出来，夜里就会有更多的轰炸。 我多么想向你们提供伤亡人员的数字，但是，现在提供准确的数字是不可能的。 我们得知，今天上午轰炸电厂时，4 名记者在扬子饭店里不仅看到了飞机，还拍摄了飞机扔炸弹的照片。 我们还听说今天中午在中央医院，

---

① 海伦·卢米斯（Helen Loomis），中文名鲁含美。1932~1937 年任吴贻芳校长的英文秘书。
　此时，她已返回美国。

这几名记者在屋顶上拍摄到了日本飞机用两枚 1 000 磅炸弹轰炸一所建筑的情景，该建筑的屋顶上有一巨大的红十字标记。 他们拍摄了这次空袭的全过程。 我想这些图像是无法否认的。

路透社、美联社和其他几个通讯社都有代表在南京。 如果他们愿意的话，应该能够向全世界提供准确的报道。 你们也许能够比我在南京更快地从纽约的报纸上看到有关事实。

📅 | 9月26日，星期天

今天凌晨 3 时～4 时，我们是在防空洞里度过的。 飞机并没有来，但我们还是睡不安稳。 位于鼓楼的警报器又能工作了，住在本地区的居民对此很高兴。 昨天南门和东门警报器的声音传到我们这里时不是很清楚。

今天上午下雨了，朋友见面打招呼的时候都面带微笑，因为人们肯定日本飞机不会蠢到在这么低的气压下飞来。 我们不再喜欢繁星闪烁的夜晚，或是阳光明媚的白天。

上午 10 时 30 分，我们几个人去了鼓楼教堂。 来的人不多，约有八位妇女，男性也只有十六七人。 尽管有谣传说日机离南京只有 300 里远，但礼拜仍像以前一样进行。 教堂宣布，基督教徒每天要为中国与和平祈祷。

同布雷迪和斯迈思一起吃了晚饭，然后又看了他们的地下室。 他们应该在防空洞上面放一些沙袋，并用沙袋把防空洞里面隔开。

下午 2 时 30 分，我去了长老会女子学校，参加在南京的中国和西方基督教徒领导人会议。 会议讨论了两个问题： 第一，南京的基督教教会能够在满足难民的需求方面，以及为每次轰炸中受伤的平民做些什么？ 现在南京的难民每天以 1 000 多人的速度递增；第二，为了让西方国家了解由于日本的军事侵略中国所遭受苦难的真实情况，教会能够做些什么？ 会议从 2 时 30 分一直开到 5 时，讨论了这些重要问题。 吴博士是会议主席，她在引导议论这方面很有方法。 有一个教会已经在做上述两方面的工作了，但是一些人认为，即使是这个教会，做得也很不够，应该有更多的基督徒参与进来。 为了解决这些问题，在下个星期天成立正式机构之前，成立了一个临时委员会来制定计划。 我是多么希望所有身体健康、体力充沛并能脱得开身的传教士，都在这里与中国的同仁一起工作啊！这是一个充满机会的时刻，因为"烈士的鲜血是教会的种子"。因此，在危机的时候，如果教会称职，将加强教会的基础，并使教会在社区永远有一席之地。

下午 5 时。罗伯特·威尔逊（Robert O.Wilson）医生带吴博士、格蕾斯·鲍尔和我去中央医院，查看了昨天中午遭轰炸的后果。尽管屋顶漆了一个很大的红十字标志，但仍有 16 枚炸弹被故意地投在中央医院和卫生署所在的院落里。幸运的是，两枚 1 000 磅重的炸弹落在了相邻的网球场上——那么重的炸弹必须同时投才行。如果这两枚炸弹向北偏不到 50 米，就会落在医院的防空洞上，防空洞里躲藏了医院的 100 多名医生、护士和工人。如果炸弹向南偏几百英尺的话，将彻底摧毁那幢漂亮的医院大楼。最大的弹坑有 30 英尺宽，15 英尺~20 英尺深，你可以想象炸弹在松软的土地上爆炸后所溅起的泥土。网球场东面礼堂的西墙倒塌，所有的窗户都破碎了。位于爆炸现场北面、离现场有一段距离的卫生署大楼的窗户玻璃也全部震碎了。

就在这次爆炸之前，医院的代理院长沈克非博士正同记者们在医院的屋顶上，由于有个会议，他下去了，其他的人还在那儿。轰炸结束后沈博士说，在确信自己的骨头没有断后——他原以为断了，他想到了那几位记者，以为他们被炸成了碎片①，但是，他后来发现记者们正兴高采烈地庆贺他们拍摄的影片——他们还从未坐过这么豪华的座位。② 更使记者们高兴的是，此后不久，蒋夫人来到医院查看所发生的事情。她发现了记者，并让他们为她拍照。在防空洞里的医生和护士说，他们被震坏了，但没有人受伤。在树下和汽车里的 5 个人被炸死或是炸伤。所有的建筑物都遭到机关枪的扫射。门房被炸毁，护士楼、附近的乒乓球室也被彻底炸毁。整个院落看起来很凄惨。这次轰炸是精心安排的。

医院的伤兵被送到一所专门医院，伤势较轻的人回到自己家，正如我前面所说的那样，70% 没钱的病人被送到我们教会医院。你们能在星期天的报纸上看到这个消息。

人是多愚蠢啊，干嘛要组织国家？我是指那些人，他们惯于诉诸武力，动

---

① 原文 smitherines 有误，应为 smithereens。
② 指摄影记者离日本飞机和轰炸现场很近，如同坐在剧场的包厢里。

辄发动战争，而且总有理由去干这些事。

如果一个国家的妇女不支持战争，一旦这个国家的男人想打仗时，妇女就停止缝补、编织和做饭，这样我们就有可能阻止战争。 日本人正在让中国人作为一个民族比以往任何时候都团结得更紧密，他们要是明白这一点就好了! 以前我从未见过中国人的这种勇气、信心和决心。 在街上走一走，看到许多新挖的防空洞，这使你感到中国正在深挖洞，并决心在必要时，准备牺牲一切而不屈服。

因为还没有电，很遗憾，我们无法听全国基督教委员会的广播。

晚上11时。 当我快要写完这些时，我能听见抬水泥的苦力们喊号子的声音。 他们正在不远处修建防空洞。 中国首都的确将其基础建造得越来越深，中国不会轻易屈服。

幸运的是，看起来今夜月亮不会出来了。 今天是阴历二十二，因此，这个月没有几夜会有月亮了。

🈸 | 9月27日，星期一

由于今天看起来很适合空袭，7时～8时30分，我去办公室打字。 我想把日记的第三部分寄出去。

上午10时～11时。 从空袭警报至解除警报这段时间里，我去了中央楼的地下室，听到远处的轰炸声，可能是浦口火车站或是那个方向的化工厂。

中午12时～下午1时。 我们正在去食堂的路上，这时警报响了起来，因此未能去吃饭，而是在防空洞里坐了一小时。 日本飞机又在远处轰炸，我们听不出在什么地方。 我记起今天是我的生日，但我希望别人不要想起这件事。 然而情况并非如此，程夫人还记得，她为我们大家准备了面条。

下午3时～4时。 斯迈思来了。 他、吴博士和我讨论了救济委员会的人事问题。 傍晚，一些高级官员来问吴博士是否可以帮助他们在附近找到办公室。 由于我对邻里比较熟悉，吴博士让我带他们到附近的一些空房子去看看——在我们学校的南面。 我们去了，但发现所有的房屋都被人租用了。 后来我们又去了另外两处以前是空置的房屋，但也住满了。 正如我以前说过的那样，这一地区享有安全的美誉，这意味着越来越多的人要求到金陵大学和金陵女子文理学院来，或是在附近租赁房屋，或是就住在学校。 这成了这两所学校一个头疼的问题。

下午 5 时 45 分。 我去吕锦瑗家吃晚饭。 她是在目前这种形势下于一个星期前结婚的。

晚上 7 时 30 分。 吴博士和我去看贝茨，他刚从上海回来。 在两个小时的谈话中，我们不断向他提问。 他认为除非西方国家在经济方面施压，或是俄国出面，否则日本必然会在南至黄河甚至陇海线建立另一个缓冲国，此外还对全中国实施相当多的限制。 日本领导人真正担心的是共产党俄国，部署在满洲北部边界的日军比部署在中国本土的还要多。 为了对付北方的威胁，日本还保留着一支更年轻、训练更有素的部队作为预备队。

金陵大学仍准备在 10 月 4 日开学，对此我很高兴。 今晚下着雨，下半夜不大可能有月光了。 在我回家的时候，我注意到街上空无一人。

🈷️ | 9 月 28 日，星期二

除了修建防空洞的工人的号子声外，夜里很安静。

我们正在焦急地等待武昌方面的来信，因为，自从那里被轰炸后还没有收到他们的信，为此我们非常担心。 我们知道我们的学生在那儿挤在一间不大的宿舍里，而且他们可能还没有防空洞。

我们希望鲁丝和弗洛伦斯今天能从青岛动身去上海。 我们已经多次询问怎样用最佳方式将她们的衣物和书籍寄到上海，近来，人们不知道哪种方式是安全的。 现在从南京寄往上海的信是每天早上 6 时由卡车运送的。 铁路线上有几座桥坏了，乘客必须下车走很长一段路。 整个上午没有工作，这是一个最受欢迎的变化。

中午 12 时。 我们刚要去食堂，紧急警报响了起来，尽管如此，我们还是决定先吃午饭，并认为，当我们听到炸弹爆炸时，还来得及跑到地下室。 饭已经端了上来。 不久，勤杂工跑来说，他接到电话，这是第一次警报，不是紧急警报。 即使知道还有不少时间，我们也无法慢慢吃了。 到 12 时 30 分，我们听到了轰炸机的声音，我们不得不在防空洞里呆到下午 2 时。 我读报纸，吴博士看信和写信，而那位木匠则美美地打了一个盹。

下午 3 时刚过，我去了南门教堂，该教堂的牧师来自卫理公会教派，是位女性，实际上她是我们学校的毕业生，也是市立医院的社会工作者。 我们讨论了一些问题： 每次轰炸后，由教会工作人员负责照顾空袭中父母双亡、并被送到市立医院的孩子。 另一个问题是为空袭后一无所有的人提供衣物。这位牧师说，她们的工作人员 10 人中至少有 8 人已撤离到内地较安全的地方去了。 由于撤退，她的妇女组织几乎已不存在了。 在此之前，她的教会募集了不小的一笔钱，用于购买急救设备，她们还在教堂和社区建筑的地下室准备了防空洞。

在从南门到我们学校的路上令人沮丧。 到处都是防空洞，有些仅相隔 200 英尺，有些很大，是由市政府建造的，有些是由个人修建的。 政府和个人正在花费数以万计的金钱修建这些防空洞。 商业街上的大多数商店都关了门，这座城市看起来有被遗弃的荒凉感。 没有一家商店门前再挂鲜艳的旗帜，仅此一项就使得城市与以前大不一样。 几乎看不见妇女和儿童。 别人看我的神情好像是在问："怎么，你还在这儿？"我们实验学校的主任左敬如小姐下午去了教会女子学校，了解这星期学校注册的情况，学校报告说第一天的情况令人鼓舞，但在几次猛烈的轰炸后，就没有一名学生来报到了。 长老会学校有 20 人注册，卫理公会学校有 11 人，基督教学校有 11 人，我们的实验学校有 3 人。 据我所知，我们的 3 名学生，已有 2 人在报到之后离开了南京。 金陵大学附中有 50 多名学生注册，去年他们有 1 000 名学生。 南京的小学被无限期关闭了。

外出时，我在首都剧院①门口看见一张海报，上面写着："最后一次放映。"这已是一个多月前的事了，电影的名字是《遮住月亮》(TURN OFF THE MOON)！这个名字对我们很有意义，因为，目前这正是我们在有月亮的夜晚所期待的。 近来，老天对我们很照顾，阴雨天比去年同期要多。 在回家的路上，我想找一家商店买些日用杂品，发现只有一家这样的商店还开着门。

晚饭后，贻芳和我讨论希普曼小姐的去留问题，她是教地理的，合同是一年。 她目前在日本神户。 贝茨告诉我们，她仅收到了我们给她许多封信中的

① 原文用的是 Capitol 一词，但根据南京的历史，应为 Capital。

一封，电报一封也没有收到，她想知道我们为什么不同她联系。 现在是否可能让她回中国？ 如果让她回来，有没有足够的地理学生使她觉得不虚此行。她很想开始工作。 今天仍没有收到武昌和青岛的来信，这使我们的计划有两个不确定因素。

9 月 29 日，星期三

今天，埃尔茜从芜湖回来了，她在那儿休息了一个星期，对她来说这是非常需要的。 她说昨天那儿至少有三架中国飞机在机场被炸毁。 人们怀疑有汉奸，但我们却无法知道实情。 埃尔茜将住在金陵女子文理学院，并吃中国饭菜，因为近来外国食品很贵。

收到上海圣约翰大学的一封信，说他们欢迎与金陵女子文理学院一起行动，并于 10 月 15 日～16 日注册，18 日开学。 报纸报道说，西方日益严厉地抗议日本对中国侵略。

今晚，吴博士举行了一次最有趣的晚餐——一顿非常简单的中国饭菜。来吃饭的有： 著名的地质学家翁博士①，著名的哲学家张博士、何廉博士、杭立武博士、教育部的张先生、贝茨博士、埃尔茜小姐和我。 整个晚上我们都在谈论日本、俄国和中国的现状。 贝茨在过去的两个月中深入地研究了日本的现状。 他说日本的新闻完全是一边倒，他发现尽管自己有这么多的中国背景，也受到了微妙的影响。 感谢上帝，今晚下雨了。

9 月 30 日，星期四

今天下雨，因此没有空袭。 上午，我们让人在校舍拱顶的阁楼地板上放置了两层沙袋。 将沙袋放在阁楼的地板上，还是放在二楼的地上？ 我们讨论了很久，最终还是选择了前者。 因为我们想，如果可能的话，在那儿就阻止炸弹，不想让它们在图书馆里爆炸。 可谁又知道哪个是最佳方案？

终于收到了等待已久的武昌来信。 伊娃说她一到武汉就受到空袭的迎接。 到目前为止，她的 7 名学生还剩 2 名。 现在武汉总共还有 34 名金陵女

---

① 即中央地质研究所所长、资源委员会主任委员翁文灏博士。

子文理学院的学生和教师。 由于凯瑟琳的 3 名学生已到武汉，因此，她将坐一艘英国船去那儿。 我们还从另外两个人那儿听到，鲁丝和弗洛伦斯已安全抵达上海。 我们希望第二所金陵分校将在上海组成。 又有两名学生开始考虑去四川成都。 自从上个星期电厂被轰炸后，我们差不多有一星期没有听到 1 点钟的新闻了。

下午 3 时。 贝茨、斯迈思、吴博士、马文焕博士、玛丽·特威纳姆（Mary Twinem）夫人①和我，在杭立武博士的办公室开会讨论宣传的问题。我们的目的是把实情告诉中国在西方的朋友。 贝茨和马博士同意每天抽部分时间帮助在南京的国联工作人员。 斯迈思和我将每星期把新闻消息传给纽约的联合董事会。 杭立武将帮助立刻开播短波广播——现在有人提出这项建议。 如果开播，马博士和贝茨也将提供协助。 我们认识到，如果美国、英国、加拿大的朋友能够定期听到中国的可靠消息的话，那将是非常有意义的。特威纳姆夫人已成为每晚 8 时 30 分的英语长波播音的替补播音员。 通过选择和缩短新闻，她已大大地提高了广播质量。 我们还起草了给全国基督教委员会的一封电报，全文如下："敦促 10 月 10 日作为国家与和平的祈祷日；鼓励为难民自我节衣缩食。"

今天晚上，我听说南京有 5 000 个防空洞。 我完全相信这是真的，因为每次我们外出都看见新的防空洞。 这些防空洞用草伪装得很巧妙。 几天前，我看见一些小孩在他们的防空洞上摆放数盆鲜花。 据报道，正在建造的一些防空洞的造价是 1 万～2 万元。

天有点凉了。 寒冬会给难民和伤员带来可怕的痛苦。 老百姓还没有被动员起来面对这一巨大的困难。 今天没有空袭，天下着小雨。

🕘 │ **10 月 1 日，星期五**

一个晴朗的早晨。 在迎接新的一天到来的时候，我们勒紧裤带，因为我们知道这样的天气会带来什么。 上帝是多么怜悯我们，创造阳光让我们享受，但又让我们在期盼它的时候忐忑不安；为恋人和儿童创造了月光和星光，

---

① 即戴籍三夫人，中文名戴费马利，1936 年加入中国籍。

但又让我们渴望云彩来遮挡它们。

　　大约在 9 时，第一次警报响了，但没有紧急警报，约 11 时，空袭警报解除了。 我一直呆在我的办公室里，打算在听到紧急警报时立即到地下室去。由于紧急警报没有响，我才能为《传教新闻通讯》写一段有关金陵女子文理学院的新闻。

　　我们现在每天面临的一个问题是，答复要求使用我们校舍的各种机构。我们希望这些校舍将被用来救济普通老百姓，而不是让政府机构使用。 大约有 20 名"新生活运动委员会"的工作人员占用了邻里中心。 市立医院要求使用家庭手工学校的校舍，我们同意了。 如果必要的话，我们将把小小的邻里学校搬到主校园里来。 我们星期天下午的礼拜也可以回到科学报告厅进行，多年来这一活动都是在那里举行的。

　　由于没有电，收音机还是无法使用。 凯瑟琳在分别同吴博士、程夫人和我长时间的讨论，以及自己的长期考虑后，终于决定星期一乘英国轮船去汉口。 她原先想乘中国轮船，这样价格要便宜得多，但我们觉得风险太大。 如果中国的交通工具是日本空袭目标的话，那么中国轮船是不安全的。 我们非常需要一个娱乐委员会，因为我们根本没有娱乐。

10 月 2 日，星期六

　　今天早上的祈祷会刚结束，我就接到了上海牛（New）夫人①的一个长途电话。 她给我们带来了许多欢乐！ 首先是对她的大学同学贻芳的关爱和邀请。 然后她告诉我们一个好消息——她们已在上海开始为金陵女子文理学院的学生注册了。 她帮助鲁丝和弗洛伦斯在静安寺路 999 号楼建立了一个临时总部。 她们对与圣约翰大学的合作计划很热情。 幸运的是要到 10 月 18 日才开学。 她们计划为仅有的 7 名学生再进行一次入学考试。 这 7 名学生中有 6 人在上海参加了我们的第二次考试，1 人是在南京考的。 如果我们能够招到一个小班的新生那就太好了。 她们在贝当路 321 号 A 座找到了一个带家具的小公寓。 校友和以前的教师如王国秀和刘麟生等都在帮助她们，那儿有

---

① 牛惠生夫人徐亦蓁，金陵女子文理学院 1919 年第一届五名毕业生之一。

很多朋友在分担重任。

上午 8 时~10 时。 在我吃完早饭前，警报响了，结果没事，因为我们根本没有听到飞机的声音。 上午收到了鲁丝和弗洛伦斯的两封令人鼓舞的信，信中她们讲述了校友聚会和金陵女子文理学院学生聚会的事，有 40 名学生参加了聚会。 学生的情绪很好，她们庆贺自己又能上学了。 要找到一个安静的学习场所确实是个问题，一个学生说，现在她家有 40 个人，其中许多是来自其他城市的难民。

看完这些信后，我们立即召集在校的招生委员会成员开了一次会，决定在 10 月 11 日考试，并在一天内考完。

下午 5 时~6 时。 我拜访了邻居，发现即使是菜农家，所有的年轻妇女和儿童都被送到农村去了，只有老母亲以及可能是长子的孩子还在家里。 有一户人家，虽然屋内的地面是泥土，屋顶是稻草，我却发现他们花了 100 多元修建了一个防空洞。 他们很大方地让穷邻居共享他们的防空洞。

我忘记说了，中午我去了布雷迪医生家，看看能否听到中午的广播。 他们那儿还是没有电，但是我发现布雷迪、贝茨、斯迈思、米尔斯在吃中国餐。由于价格昂贵，许多外国人已经放弃了外国的食品。 我听到了四次广播，而我原想只听一次。 我在 2 时 30 分艰难地回到家。 怎样鼓励越来越少的礼拜者？ 怎样帮助教会应付难民和伤员日益增长的需要？ 这是我们谈话的主题。当冬天来临的时候，中国无法独自满足难民的需求。

吴博士收到了蒋夫人的一封信，其中一句话是这样写的："我们正在同日本进行一场殊死的战斗，我的那份任务使我的每根神经都很紧张，而且占据了我的所有时间。"

🕪 | 10 月 3 日，星期天

上午 7 时 30 分。 凯瑟琳和我步行去了乔伊·史密斯（Joy Smith）[①]家，她刚从青岛回来。 我们在她那儿吃了早饭。 我们所吃的都是些难得的东西： 喝咖啡，吃烤薄饼和黄油！ 这是她从青岛带回来的。 凯瑟琳想吃烤薄

---

① 金陵女子神学院教师。

饼已有几个星期了。

上午10时30分。 我去了鼓楼教堂。 来的人不少，听众里有20多名妇女和相同数量的男子。 要求妇女们下个星期三下午2时来，并带上剪刀和针线。 她们似乎对开始为伤兵工作感到很高兴，也许以后还要为难民做棉袄。

下午2时。 4名花匠、事务主任助理和我送凯瑟琳上船。 我们在一辆卡车上装了40件行李，其中有几箱子书，但大多数是目前在武昌学生的行李。 她们一直在要自己的冬装。 有关方面慷慨地借给我们一艘小艇，在我们到达英国趸船之前，我们向上游航行了十多英里。 我们来到第一个趸船——"贾丁号"，但是，他们到星期三才有船，我们不能把凯瑟琳留在那儿这么长时间，因此，我们去了"巴特菲尔德号"趸船，他们明天有船。 由于水流湍急，我们试了四次才靠上去。 四名男子——两人在拉，两人在推，帮助凯瑟琳上了趸船。 他们用绳子将40件行李吊了上去，而且没有一件掉入长江！工人们觉得在江上航行很有意思，特别是那个从未坐过船的工人更是如此。但是，在回来时浪很大，不幸的是，有两个人很快就晕船了。 直到第二天他们才恢复过来，还嘲笑自己的无能。

我没能参加邻里的福音传道者礼拜，但那所小学校的老师来告诉我，礼拜很成功。 李牧师给他们布道，老师教他们唱了支歌。 我也没能参加在长老会学校举行的南京基督教领导人会议。 吴博士又一次主持了会议，她说会议的气氛不错，并认为工作有所进展。 南京教会委员会和其他专门委员会将与这个规模更大、更具代表性的基督教委员会一道工作。 因为今天阴有雨，没有飞机光顾。 在吃早饭的时候，我们就知道今天一切都会顺利的。

我想以对凯瑟琳表示感谢来结束今天的日记。 自8月以来，她为争取和同事们留在金陵女子文理学院而进行悄悄的抗争，真是很了不起，在精神上是一个胜利。 尽管大使馆不断地警告，但她不愠不火地坚持——没有人会称之为顽固，她还是留了下来。 她坦诚地告诉帕克斯顿，作为一个基督教徒，她不能离开。 如果她知道她的存在对别人有用的话，那么撤离虽能保存生命，但那样的肉体生命又有什么意义呢？

有一段时间，甚至吴博士都认为凯瑟琳应该撤离，但她温柔而又坚忍地坚持自己的主张。 现在她去武汉，是因为她认为自己的责任是去那儿帮助音乐系的学生，因为一些学生已先期到了武汉。 我留下的理由仍很充足，如果我离开的话，我所承担的管理工作就会落在吴博士肩上。 人们很尊敬她，完全理解她的处境，不愿增加她已很繁重的工作。 在 8 月初，吴博士认为我应该撤离，但现在她再也不提此事了。 有时人们应该服从上帝，而不是服从个人或是政府。

10 月 4 日，星期一

今天的天气潮湿、阴冷，而且有点凄凉，但是，南京没有人希望天气是另一个样。 今天一天都在起草给上海金陵女子文理学院分校、武汉金陵女子文理学院分校及纽约"创始者董事会"的电报和信。 这些电报和信需要花很多时间来讨论，因为当许多因素尚不确定的时候，很难作出明智的判断或决定。

你们可能会认为近来我们的生活毫无规律，但实际上并非如此。 信件必须在 4 时之前写好，以便能赶上去上海的汽车。 电报必须在 5 时之前送到邮局，到 6 时，所有的寄往武汉、中国西部以及美国的航空信件必须送到指定地点，以便用汽车运到芜湖，因为现在飞机已不再从南京起飞了。 由于今晚一定要把一封信和入学试卷交给上海分校，我们让事务主任助理李先生亲自将信件和试卷带到上海。 他很愿意去，并喜欢冒险。 他将在明天早上 7 时 30 分动身。 路上，由于桥梁被炸，有好几个地方他必须下车步行一段路。 今天下午，蒋夫人通过端纳先生索要了一些材料，她要给澳大利亚的一个妇女组织写篇文章。 在繁忙的一天结束时，她写了一页提议，我们把它打好。

金陵大学附中在 9 月 20 日开始招生时有 53 名学生，但现在慢慢地增加到了 97 人。 金陵大学的报到今天开始，明天结束。 有 80 名学生注册，这是一个不错的开端。 收到上海金陵女子文理学院分校的一封信，他们估计将会有 40 名学生，这是一个好消息。 今天没有空袭。

10 月 5 日，星期二

上午 8 时 45 分～10 时、下午 5 时 20 分～6 时 30 分。 我们在防空洞里躲避空袭。 第一次空袭时，我们根本没有听见敌机的声音，后来我们得知飞机去了芜湖。 第二次空袭时，我们听到了远处轰炸机的声音。 防空炮火几乎没有开火。 不知是什么原因——也许是全世界舆论的关系，飞机似乎比以前谨慎了一些。 今晚，在我们社区做社会工作的小个子妇女罗小姐的突然出现，着实让我吃了一惊，我以为她正安全地同她的姐姐住在上海。 她乘汽车花了两天时间才从上海到南京，途中他们不得不多次下车，因为飞机就在他们的头顶上。 她说上海的情况很糟，每天大部分时间她都很紧张。 她渴望回到自己的小家，并同社区的妇女一道工作。 我肯定这儿的妇女们一定很欢迎她的归来，因为她们常常谈到她。

收到了武昌陈品芝的一封信，她在信中描述了她们在那里的生活情况。她说五名教师住在一间房子里，如果独自住在一间房子的话，她们会感到孤独。 她们似乎遇到了许多困难，但精神状态很好。 弗洛伦斯来了一封信，说金陵女子文理学院的学生已到鲁丝这儿注册，到上海沪江大学学习，而她们更想到圣约翰大学学习，那所学校是 10 月 15 日开学报到的。 鲁丝的四名高年级化学专业学生已经到了那儿，也许她们将到圣约翰大学的实验室做实验。 在学生们入学之前，每个学生都必须有家长的书面同意信。 我们感到在许多星期的努力之后，计划终于开始实施了。 弗洛伦斯还说她的三名英语专业的学生也到了，这样，我们对那个系的希望完全实现了。

在注册第二天结束时，金陵大学有 111 人注册。 一星期或者 10 天后，可能会达到 200 人。

你们可能还记得，我们社会学系和心理学系计划让两到四名校友回来同费尔顿（Felton）博士一起工作，他现在是南京神学院的访问教授，从事"妇女在农村教会的作用"这一项目的研究。 我们对此项目希望很高，希望在费尔顿博士的指导下，金陵女子文理学院将做一件创造性的工作，这项研究对我们农村教会的妇女很有意义。

我刚给费尔顿博士写了封信，他现在仍在朝鲜。 从我们的校友或是从农村教会的立场上看，今年要进行这项研究似乎不可能了。 这只是在日中开战期间，许多必须放弃的项目之一。

⽇ | 10 月 6 日，星期三

午夜到凌晨 1 时 45 分、上午 9 时 45 分～11 时 30 分、下午 2 时 30 分～4 时、晚上 8 时～9 时都在防空洞里度过，这占了 24 小时里的 7 小时。 你们可以看出这对日常工作所造成的影响。 在早上空袭前后，我将日记的第四部分打完，并用航空信将一份寄到纽约的办公室。

下午2时。 我去鼓楼教堂和基督教女子学校，与自愿来为伤员做棉袄的妇女联系。 我们刚开始讨论，警报就响了起来。 我们所有的人都跑进防空洞，直到4时才出来。 一些妇女说她们还没有吃午饭。 由于上午的空袭，她们没有做午饭。 她们最后决定在三天内做完24件棉衣。

今晚，我们刚开始为学校的工人举行星期三定期的祈祷会，空袭警报就响了，他们不得不跑到各自的防空洞里去。 近来，人们无法掌握自己的时间。 我们听说在今天的第二次空袭中，有两架日机被击落，这意味着100万元化为灰烬，这还不包括炸弹在内，据说炸弹也很贵。 此外，还有轰炸机飞行员的生命，在战争中他们的生命算不了什么。

对金陵大学刚开学的班级来说，今天糟糕透了，但是，埃尔茜报告说士气很高。 金陵大学为所有的学生和老师提供了防空洞，并精心组织了防空工作。 第二天，确切地说是第三天，他们注册的学生就达到了135名。

今晚，美国大使馆请吴博士去吃饭。 我很高兴，因为这能使她放松一下，她把所有时间都用在了工作上。 我比她好多了，实际上，我差不多每天晚上5时～6时都骑车到外面去转转，这一点，我的老朋友恐怕也不知道。

前面我提到，在尝试了两次后，我们终于买到了做一面大的美国国旗所需的材料。 这面旗帜将有27英尺长，空袭的时候我们将把它摊放在大草坪上。 程夫人找到了一位裁缝来做这面旗帜，详细地告诉他如何做，并把美国大使馆借给我们的9英尺旗帜给他看。 今天早上，我们将做好的旗帜取了回来。 当我们把它摊在草地上的时候，发现它做得非常好，只是带有星星的蓝色被缝在了左下角而不是在左上角。 我们把它摊在大会客厅的地板上，经过长时间的讨论后，制定了修改方案。

我想起了我最喜欢的一个故事，这个故事是关于柳拉·米勒（Luella Miner）小姐的，她是一名传教士，在中国北方呆了许多年。 在一个夏天，她叫瓦匠和木匠修缮她所负责的学校校舍，并表示她将放弃假期，留下来监督修理工作。 传教会的其他成员不乐意地说，难道你不能明确地告诉这些瓦匠和木匠他们应该做的事情？ 她的回答是："是的，我可以告诉他们应该做的事，但我不可能想到他们不该做的事情。"现在旗帜做好了，自那以后，当警报第一次响起时，两个管理员就把它摊在我们的四方草坪上，当空袭警报解除后再把它收起来。

实际上，除了用于军事目的工程外，南京所有的建筑施工都停了下来。正如我前面所说的那样，每天都有新的防空洞建成，而且似乎比前一天的更大、更好。 我们在山坡上的房子和里夫斯博士的平房几乎完全停止了施工。前者刚铺上油毛毡，后者已盖好了大部分瓦。 好像瓦匠都回家了，这个秋天是盖不上瓦了。

📅 | **10 月 7 日，星期四**

夜里大部分时间都在下雨，白天仍在下着，这意味着我们晚上可以休息，白天能够工作了。 有报道（未经证实）说，昨天高射炮打下了两架飞机，也有人说打下了一架。 一个知情者说，到目前为止，中国财产损失的总价值是日本损失的轰炸机和炸弹的一半。

中央大学的罗校长说，修复他们学校要 20 万元。 到目前为止，金陵大学的注册学生是 145 人，返回的外籍教师有贝茨、斯迈思、考德威尔（Caldwell）和汤姆森。 埃尔茜小姐是这里的行政管理人员，她继续和我们住在金陵女子文理学院，这比她单独住要好。 如果其父母同意的话，我们建议历史系的高年级学生俞志英返回南京，并在贝茨的指导下在金陵大学学习，但她的父母不同意。 刚刚听说到目前为止，神学院有 16 名学生，金陵女子神学院还没有开学。 他们觉得，鼓励女生到南京要承担过大的责任。 她以齐鲁大学为例，他们在 9 月初开学，有 100 名女生，还有男生。 随着日军向南推进，现在他们处在窘迫的境地，不知该怎样安置这些学生。

今天上午，吴博士花了几小时参加了一个委员会会议，与会者还有冯玉祥夫人和"新生活运动委员会"的领导人威廉·王夫人及郭博士。

我们系里的年轻女教师们，每天花许多时间为伤员裁剪做棉衣的布匹。像以前一样，上午我的大部分时间用来为校行政写信。 下午 4 时，我们 10 个人（6 名中国人、4 名美国人）在卜凯家聚会，而房主今天已乘一艘中国船从香港回美国了。 我们成立了一个非正式的宣传委员会，其成员是自我任命的。

卜凯的厨师为我们做了很好的茶点，吃了这些茶点我们都很高兴。 我不知道这是谁安排的，但我猜是金陵大学的陈校长。① 我们的讨论集中在如何把事实毫不夸张地传给中国在西方的朋友。 我们批评了把歪曲了的事实向外传播的做法。 大多数有思想的中国人对此也非常痛恨，但这也是一个很困难的问题。 我们向全国基督教委员会建议，扩大他们的传教士报道员或是基督教领导人的人数，这些人分布在全国各地。 这些来自全国的材料可以寄给在美国和英国的基督教组织。 我们还批准了南京的三所教会大学给教会联合委员会所发的电报，电报对罗斯福总统在芝加哥的演讲表示赞赏。 罗斯福在演讲中对远东局势表示关注。

我们正在探索每周向西方的基督徒进行短波播音的可能性，但还停留在建议的阶段。

🔖 | 10 月 8 日，星期五

上午的两个小时花在了一项愉快的工作上——跟"中国最好的老师"大王学中文。 他刚从家里回来，他家已搬到了距南京 60 里的一个村庄。 他说他的家人来信表示，如果他不离开南京，他们就回来。 由于不想让他们这样做，他除了回去外没有别的办法。 他说农村人看见这些大型轰炸机飞过的时候，都聚集在村庄的道路上。 实际上，他们没有必要害怕，到目前为止，日机还没有轰炸他们，而他们的好奇心很强。 陈美玉（1920）今天从距上海不远的绍兴老家来到学校，为了在 11 月 1 日——中央大学开学的日子之前赶到重庆，她计划在下个星期一二离开南京。 她说中央大学的学生必须去重庆，或者表明自己已在另一所高校借读，真正是②另一所高校的学生，或是证明他们正在从事战争工作，否则，他们将被除名。 杜隆元（1931）刚从下关打来电话说，明天上午她将来看我们。 7 月事件③时她在天津。

在这个星期里，吴博士两次被要求代表中国出国演讲，一次是去欧洲六

---

① 即金陵大学校长陈裕光。

② 原文 boni fide 有误，应为 bona fide。

③ 即七七事变。

个星期，另一次是去美国。 对她来说很难作出最佳的决定，因为她完全愿意在这次危机中为中国献出她的一切。 她咨询过的人都认为，在目前的危难时刻，她最大的贡献是呆在中国。 在这些日子里，她确实贡献很大。

今天，程夫人让学校食堂为 600 名伤兵准备牛肉，这是在 10 月 10 日国庆节前，为伤兵们聚餐准备的，这些伤兵在南京附近的医院里，另外还要做几餐特别的饭菜。 全国妇救会也提供了资金。

雨断断续续地下了一整天，天气也变冷了。 我去阁楼拿了一些厚衣服，并情不自禁地为中国许多地方无家可归的难民感到难过。 我很讨厌半夜起床到潮湿的防空洞去。

🈷 ┃ 10 月 9 日，星期六

上午 8 时前杜隆元来了，向我们讲述了天津的情况。 她和张汇兰①及张的母亲终于坐船到了上海，她们无法乘火车。 她说，7 月 28 日，在她离开学校一所房屋一个小时后，她的学校（一所省级女子师范学校）遭到了 4 枚炸弹的袭击。 这些炸弹摧毁了一些次要的建筑，如门房、食堂、厨房等，但没有波及到教学楼。 最大的破坏是由那些发国难财的中国人的抢劫造成的。 他们甚至开来了卡车，把图书馆里所有的书和仪器等搬走了。 南开大学挨了许多炸弹，后来又起了火，她认为有 80 枚炸弹，并认为学校被彻底摧毁了，但她没有去看。 她认为炸毁学校的原因是，首先它是一所男子学校，其次该学校被认为是许多抗日宣传材料的发源地。

隆元今天将溯江而上，她现在还没有工作，但我们希望不久为她找到一份工作。 今天上午，我的部分时间用来给各地金陵女子文理学院分校的学生写信，鼓励她们任命一些正式的通信员，并要她们直接给纽约的格雷斯特（Griest）②小姐写一些有趣经历和活动的材料，格雷斯特小姐很想得到有关金陵女子文理学院的材料，用来扩大金陵女子文理学院的知名度。 我也希望给那些有着不同寻常经历的校友去信。

---

① 曾任金陵女子文理学院体育系主任。

② 吕蓓卡·格雷斯特（Rebecca Griest）曾在金陵女子文理学院任教，后任该院在纽约的创始者董事会成员，魏特琳有时称其为格雷斯特，有时称其为吕蓓卡。

下午 3 时。 黄俊美①和我步行到明德中学，该学校被改建成了一所平民急救医院。 我们同校长谈得很好，校长是李美筠，我们的一个校友。 在目前情况下，她没有开学的打算，觉得这对孩子们来说风险太大了。 此后，我们步行到金陵女子神学院。 我们在那儿看到乔伊·史密斯和她的三个同事正在为大学医院做枕头套。 空袭时，她们在防空洞里绕绷带。 乔伊·史密斯对自己回来很高兴。 我深深地感到，对基督教领导人来说，现在正是为教会服务和领导其成员救济百姓，从事各项有益工作的绝好时机。 我还感到，现在是我们基督教徒更深刻地理解基督教教义的绝好时机。 他们能更加深刻地理解耶稣在十字架上所说的话："上帝原谅他们，因为他们不知道自己在干什么。"这不是撤退的呼吁，而是在中国和日本继续基督教计划的前进号角。

贻芳继续把大量的时间和精力花在妇救会的工作上，今天下午和晚上都是这样。 在执行计划的时候，程夫人是她的助手——正如你们所知道的那样。

晚上 8 时。 黄俊美、王明贞、陈兰英（1935）、左敬如、薛玉玲（邻里学校的教师）和我去了金陵大学陈校长家，听蒋将军为纪念国庆节而向全国发表的讲话。 他的讲话里没有提出虚假的希望。 他强调了牺牲和永远的忠诚，他呼吁所有的公民战斗到底，并准备牺牲。

今天，有两个中国人对我讲了一番话，我认为很有意义。 一个是在官办学校教书的老师（实际上她在过去的六年中只教过一年书），她谈到金陵女子文理学院和那个官办学校在精神上和在韧性上是如此的不同。 另一番谈话是，政府医院的职员同教会医院的职员在职业道德和牺牲精神方面的不同。 我认为应该有这样的差异，而且应该比现在所有的差异更加明显。 正如第一世纪的基督教徒所具有的声誉一样，我们能永远超越那些从未皈依上帝的人②，毕竟我们知道，正义的力量终究要战胜邪恶与黑暗的势力，这使我们有前进的勇气。

---

① 金陵女子文理学院 1932 年毕业生，获燕京大学硕士学位，1935 年至 1939 年在金陵女子文理学院任教。

② 原文用 those who have never named the Name，意为从未姓上帝的姓，即未以上帝为父亲——信奉基督教。

🔒 | 10 月 10 日，星期天

国庆节。 如果日本空军非常希望在今天轰炸中国首都的话，那么，他们一定会大失所望。 今天一整天都阴雨连绵。 我们非常厌倦这些阴郁的日子，已经连续四天是这样的天气了。 但我们不希望阳光灿烂、蓝天白云的天气。

斯迈思说，从 9 月 21 日以来，在晴朗日子里的每个小时我们都遭到了轰炸。 我不敢肯定他说的是否完全正确，但我也无法证明他是错误的。

上午 7 时 30 分。 我们在南画室举行了一个特别的宗教仪式。 吴博士进行了演讲，其余的活动由我主持——大部分是祈祷。 现在没有多少仇恨了，只有坚定地前进和在必要时牺牲一切的决心。

今天上午，我们非常高兴地得知，李先生①平安地从上海返回了。 他坐火车去上海花了 14 个小时，由于日本飞机的轰炸，火车停了 4 次。 回来时他花了 24 个小时。 他说，尽管苏州火车站本身没有遭到重创，但是，它附近的建筑却遭到了严重的破坏，在轰炸三天之后，人们还能看到尸体。 我猜想，苏州的大部分居民都逃到郊区去了。 他发现我们在上海的教师情绪高昂，她们在贝当路 321 号 A 座找到一间很小的公寓，并在那儿建立了家务管理的规则。 他对厨房的整洁和她们乐意自己做饭留下了深刻的印象。 以前一位厨师的妻子吴嫂子，每星期去打扫三次卫生。

同以前一样，10 时 30 分我去了鼓楼教堂。 那里人们的情绪很好。 妇女们很高兴为伤兵做棉衣。 下午 2 时，我们在邻里学校举行了一个很好的仪式。 孩子们对我们的礼拜特别高兴，因为这给他们一个聚会的机会。 当罗小姐进来的时候，全体起立，热烈地欢迎她，许多人还不知道她已从上海回来了。

一开始，李牧师为孩子们布道，他讲得很好。 他似乎同孩子们一样喜欢自己所讲的内容。 我猜想，在他演讲的时候想到了自己的孩子，他们早就撤离到了庐州。

下午 3 时。 南京基督教战时救济委员会执行委员会在长老会女子学校举

---

① 李鸿章，金陵女子文理学院事务主任助理。

行了第一次例会，现在这一工作已组织得相当不错了——这在很大程度上归功于斯迈思的努力。 他们每月必须为大学医院募捐8 000元。 杭博士说，他口袋里有一张用于此目的的1 000元的支票，是捐款。 南京的教会已募捐到600元，并交给了委员会。 这个星期已向美国发了三份电报。 现在非常需要救护车，目前他们是用私人汽车运送伤员。

金陵大学校长陈裕光是执行委员会主席。 我们计划每个星期天下午举行定期的会议。

一所军队医院最近建立。 虽然已有300名伤员，但什么也没有准备好，没有设备，没有病床。 我们刚听说医生和护士将从上海调来。

贝茨在特威纳姆教堂5时举行的礼拜上进行了布道。 他通过许多实例，描述了日本基督教徒的精神、他们所反对的民族主义的顽固性①，以及他们中的一些人冒着极大风险勇敢地起来反对它的情况。 我希望中国的每一位基督教徒都听到了他的讲话。 如果贝茨把他的讲话写成文字的话，我一定会给你们寄一份。 礼拜有20人参加，因为我知道你们对此感兴趣，我告诉你他们的名字： 埃尔茜·普里斯特、格蕾斯·鲍尔、玛丽·特威纳姆、吴博士、马吉、米尔斯、查尔斯·里格斯（Charles Riggs）、菲奇、布雷迪、克劳德·汤姆森、乔伊·史密斯、两名中国女教师、考德威尔、斯迈思、特里默、威尔逊、中国驻国联的秘书周先生、贝茨和我。

晚上7时～8时30分。 我们为学校的工人做了一个很好的礼拜，其间，我们同他们一起庆祝国庆节。 他们学唱了一首歌，学得很好，同他们的老师唱得一样好，歌词是："我们爱我们的祖国，噢！ 上帝拯救我的祖国！"吴博士讲了话，她的演讲简明扼要，非常精彩。 她讲述了这一天对他们以及对中国的意义。 陈斐然带领他们高呼"中国万岁"，然后以这种方式结束了礼拜。后来，我问实验学校的女工人是否听懂了吴博士的讲话，她说当然听懂了，吴博士总是讲得很清楚。

我无法知道城里是如何庆祝国庆的。 今天下午，在我沿街散步的时候，我注意到几乎每家每户、更不用说每个机构都升起了国旗和党旗。 一家电影院放映了三遍卢沟桥事变的纪录片。 我没有听说我们这里有人去看这部

---

① 原文 stonewell 有误，应为 stonewall。

片子。

在这一阴郁的日子结束时，我希望明天是个晴天。 阴郁的时间如果持续得过长，就会比空袭还要糟糕。

11 | 10 月 11 日，星期一

就像我们挂在衣柜里的衣服和鞋发霉一样，我肯定我们自己也要发霉了。 今天又是个阴冷天气。 如果天气持续这样的话，日本的侵略行动将无法实施，这可能比联合抵抗更有效。 日本飞机已有五天没有来拜访我们了。

今天上午和下午，我都在替吴博士给上海和武汉分校写信。 吴博士向这两地的师生建议，用适当的形式纪念 10 月 30 日的"创始者节"。 我认为，那天她会去上海同师生们在一起。

我们能为留在这里的为数不多的校友做点什么。

化学专业的高年级学生沈谱今天下午来看我。 为了使她整个身心都投入到为祖国服务的事业中去，她父亲劝她放弃今年的学业。 她说她的一天常常从早上 6 时开始，一直持续到午夜。 现在，她正在为伤员裁剪棉袄。 她说有许多伤员被运送到下关，他们的情况很糟糕，在受伤数天后得不到任何救治，伤势也很严重，一些伤员失去了胳膊和腿；还有一些伤员丧失了视力。 当她试图安慰他们的时候，伤员们却常常就没有能更好地尽他们自己的责任而向她道歉。

今天下午 4 时 30 分，陈美玉和王瀛因（1936）来了，我们在实验学校吃了一点简单的茶点。 前者明天早上动身去重庆，后者到上海继续她的医学课程。

下午 5 时过后，警报响了起来，但这是一个错误的警报。 美玉讲述了绍兴农村的征兵情况： 每 50 个家庭征一个兵，但是，如果有自愿者的话，那么其他的 49 家将保证帮助这一家。 征兵的比例在城市要高得多，因为部队需要有文化的士兵。 程夫人和我去了埃斯特的家，看看我们是否能找到一些她需要的东西，并让美玉带给她。 我们找到了两顶帽子，我们认为她可能需要。 不幸的是，第二天晚上我们了解到，早已为她准备好了两个箱子的衣物，正放在总务处办公室，我们事先不知道。 没有教师及他们的家属，东院

似乎很荒凉和凄惨，以前可不是这样。

今天我替吴博士写了封信，是写给滁州基督教会那位年轻而又充满活力的牧师的，问他能否让他们教会的妇女立刻为伤员做 200 件棉袄和 200 条围巾。全国妇救会将提供资金购买布料，但要求妇女们献出她们的劳力。我不知道这个国家如何在冬天照顾自己的难民和伤员。

在今晚的饭桌上，埃尔茜说成立了一个委员会，来敦促所有的农民在每一块可利用的土地上种上冬小麦。今年的水稻长势非常好，真是老天保佑。

🕮 | 10 月 12 日，星期二

今天早上，当我凝视窗外的时候，阳光透过我东窗外飘动的垂柳洒进房间。过了一会儿，我看见阳光把塘边树叶上的露珠染成了多彩的钻石。我意识到今天日本飞机肯定会来。我对进来冲开水的女勤杂工说："天气糟透了。"她似乎对中国的防空火炮很有信心，答道："但它们无法进城。"它们后来真的来了，而且是三次。第一次大约在上午 11 时，第二次在下午 2 时，第三次大约在下午 4 时。在第二次空袭时，中日两国各一架飞机被击落。

负伤的中国飞机领航员被送到了大学医院。我们还未听说空袭的目标及伤亡的情况。今天的大部分时间又是花在写公务信和为星期天执行委员会会议写备忘录上。今天收到了上海的两份报纸，而昨天一份也没收到。这给我们带来了希望——《九国公约》的签字国可能要召开会议。我们每天都希望能够设法同日本人民——劳动者、教师和普通的市民联系上，帮助他们了解他们军队的真实情况。

今天天气非常好，秋天和菊花开放的日子即将来到。

🕮 | 10 月 13 日，星期三

尽管今天上午的天气不好，8 时 10 分，第一次警报就响了，但这之后没有紧急警报。很快，空袭解除警报就响了起来。9 时 45 分，第二次警报又响了，10 时刚过警报就解除了。下午 1 时 30 分，第三次警报响了，紧接着是紧急警报，但没有飞机飞临南京。下午 5 时，第四次警报响了，20 分钟后，又响起了紧急警报。

　　由于上海分校的师生送给我一篮子苹果，我认为这是举行聚会的一个很好的借口。 于是，我邀请了我们的女职员、程夫人和她的儿媳以及可爱的孙子们、乔伊·史密斯和神学院的一名女生。 大多数人立刻就到了，而且来的人比我预料的还要多。 虽然我只有 12 只苹果，但我们是一个非常友好的群体，并不觉得尴尬。 我们喝了茶，吃了点心。 此间，总是有人觉得好像有警报，我们象征性地在外面安置了一个耳目，以便报警，如果需要，随时准备结束这一社交聚会。 考虑到近来南京的情况，我们的聚会获得了很大的成功，而且是以自然的方式结束——警报响了。 我们都挤到中央楼的地下室里，而工人们关上门窗，躲到他们的防空洞里。 实际上，我们在地下室继续我们的聚会，因为我们和孩子玩得很开心。

　　尽管人们不是很害怕，然而持续的警报确实使生活充满了紧张气氛，既使人紧张，又浪费时间和精力。 贻芳来到我的办公室，面带微愠，因为不断有警报，却没有飞机。 她今天给纽约办公室写信。 她很难有时间能安稳地写点什么，因为她的电话不断，而且常常是重要人物的电话。

　　在武汉的凯瑟琳和恩兰来了一封有趣的信，信里画了金陵女子文理学院分校的宿舍、社会地理系的教室和办公室。 我们太宽敞，而她们过于拥挤。我承认，社会地理系分校没能在湖南心地善良的凯瑟琳·伍兹[①]那里开办，我感到难过，不然他们本可以做些有趣的专业化实验，并且也会有一幢楼供她们使用，教师和学生也会体验到在一个内陆城市生活的欢乐。 正如你们所知，这种经历对我来说总是很珍贵的。

　　南京有一些人也从战争中得到了利益，但我肯定这并不是有意识的，他们是苦力和劳动者。 过去，他们工作一天挣 0.4 元，而现在是 1 元。 这是我在几天前找老吴时发现的，当时，我准备同他约定好时间，在今秋适当的时候来栽树，我的目的是想表明我们对中国首都南京和金陵女子文理学院未来的信心。 但是，去找他的人回来说老吴很忙，他在挖防空洞或是壕沟，每天至少挣 1 元，现在他的活干不完。 自那以后，我注意到有一大批这样的人在我们附近的路边。 他们在附近的山坡上挖防空洞。

　　今天一定是阴历初十了。 今晚天空很美，繁星闪烁。 我们要是能在未来

――――――――――

① 从 1910～1941 年珍珠港事件爆发，凯瑟琳·伍兹一直在湖南湘潭传教。

的 12 天里"遮住月亮"就好了，这对我们所有人都有好处。 我是多么希望他们不要像他们在 8 月份所干的那样，破坏这些可爱的 10 月的夜晚。

🈷 | 10 月 14 日，星期四

今天阳光明媚，是个美丽的秋日。 尽管我们知道这样的天气会招来空袭，但我们不能再希望阴天了，因为阴天太多了。 在这种纯粹的自然美中，我们是多么的高兴。 今天上午大部分时间，吴贻芳在与全国妇女组织的两名妇女讨论问题，其中有一部分时间由于空袭，她们的讨论是在行政大楼最里面的一间小屋里进行的。

我一直在工作，直到紧急警报响过后才到防空洞去。 今天上午，第一次警报是在上午 9 时 45 分，接着我们就听到中国飞机向西飞去的声音。 10 时 50 分紧急警报响了起来，11 时刚过，警报就解除了。 程夫人说她听到了远处的轰炸声音。 大约在下午 5 时，又有一次警报，接着是紧急警报，很快，我们在南面的天空看见了轰炸机，飞机飞得很高。 城市东南部的军用机场似乎是日本轰炸机喜欢光顾的目标，我想不出那儿现在还能剩下什么。

贻芳花了几小时给纽约的促进委员会写信。 我在 3 时和 4 时之间为她打了出来，此外还打完了我日记的第五部分。 下午 4 时～5 时，我去了卜凯家，参加每周一次的我们自己任命的宣传委员会的会议。 斯迈思是一个多产的作家，他一篇又一篇地给美国的机构和杂志寄文章。 我们又一次讨论了如何提高对西方读者报道的质量问题，并在这方面取得了一些实质性的进展。实际上，全国基督教协会现在有办法向西方寄这类材料，这很有帮助。 有关向西方朋友进行短波播音的计划没有取得进展，虽然专门起草了一份报告。

弗洛伦斯来信要书，埃斯特来信要鞋子、通讯簿和唱片。 要是凯瑟琳在这儿就好了，因为她找这些东西比我有耐心得多。

中午，贻芳带我们到南山公寓吴懋仪①的屋子，她的窗户、窗户玻璃以及对面墙上各有一个洞，很显然是由一片弹片留下的。 据我所知，这是我们到目前为止遭受的惟一损失，而且不是很严重。 我想，过几天我能根据弹片的

---

① 金陵女子文理学院教师，同时兼任学籍注册主任。

角度，找到爆炸过的弹壳。

今天，七名外国男子搬到了卜凯家，大概是准备在那儿过冬。 他们是贝茨、斯迈思、威尔逊、米尔斯、考德威尔、汤姆森、布兰农（Bran，他是新来的英国教师）。 威尔逊被推选为他们的管理员。 每顿饭他们都要高谈阔论！选择这所房子是因为它有收音机、一个不错的炉子和一个很好的防空洞。 一旦我们准备好，埃尔茜和我打算邀请他们过来吃顿中国饭。

晚上 11 时。 听！ 你能听见在美国大使馆西北面，苦力们正在浇筑水泥防空洞。 他们已在那儿干了几个星期了。 我很好奇，不知防空洞是什么样子，但不敢去看，担心他们怀疑我是间谍。

📖 | **10 月 15 日，星期五**

上午没有空袭。 我花了两小时跟我的老师大王学中文，我们一起阅读了由赵（Djao）写的《耶稣生平》。 我们俩一次次地被书中的情形与目前中国情况的相像所打动。 米尔斯过来同我们简短地讨论了安娜·莫菲特返回南京以及住在我们这里的可能性。 我们真心地欢迎她，但她可能不喜欢一日三餐吃中国饭，尽管中国饭做得很好。

吃完午饭，我就带着两个花匠到邻里学校帮助学生在他们的花园里栽花，这些花明年春天开。 这些小家伙干得很卖劲，而且非常虚心好学。 学校现在有 10 名学生。

下午，另外还有几个人来帮助为伤员做棉衣。 那位小老师工作做得很出色。 俞先生是在我们邻里中心工作的“新生活运动委员会”的负责人，有 20 名工作人员在那儿工作。 俞先生对我们学生做的棉衣留下了深刻的印象，他让我们的学生为伤员做床单。 很显然，他负责做大量的衣、被。他领我进去看他画的战争宣传画，这使我想起了第一次世界大战期间的宣传画。 麦卡伦先生来找我。 他和马克斯先生都回来了，现在同布雷迪医生住在马克斯的家里。 在我们回学院的路上，警报响了起来，我们立刻去了图书馆楼。 在接下来的等待解除空袭警报的一个半小时里，我们有许多时间讨论教会面临的所有问题。 我们都认为，但愿考普伦（Corpron）博士和古尔特（Goulter）先生能够返回中国，因为在这非常时期，他们能够胜任那些需要勇气①的工作，人们是多么的赞赏他们。

下午的晚些时候，我帮助吴博士给在纽约的格雷斯特小姐发了一封电报，告诉她鲁丝身体健康，上海分校需要她；还告诉她，我们将把金陵的校历寄到纽约，供他们使用。

在下午5时～6时间，我去拜访了杨丽琳，她现在已经是张瑞夫人了，她丈夫在外交部工作。她目前住在美国大使馆西面的一所房子里，那里被认为是一个很安全的地方。在她那儿听说，由于炸弹爆炸，昨晚中国损失了两架宝贵的轰炸机，这两架飞机是刚刚买来的。还听说今天下午滁州和浦口遭到轰炸。

今晚阴雨。如果警报响起来的话，那将是多么可怕，我们还得起床，躲到防空洞里去。为此，我准备了一件大衣和一条毯子。

🈷 | 10月16日，星期六

树叶的沙沙声使我意识到秋天已经来临，冬天也不远了。今天上午相当冷，我们这些白天有衣穿、夜里有被盖的人都感到很冷。对于那些四处漂泊的难民来说，将是什么样的感受呢？

尽管今天的天气非常晴朗，不知是什么原因，日本飞机却没有来。我为吴博士和课程委员会起草信件。南山住宅的承建商、黄丽明的丈夫陈裕华今天上午来看我。他最近刚从上海回来。他说他的孩子们很好，但担心丽明还得再做一次乳房手术。尽管有惨重的生命损失和财产破坏，但他对战争的前景倒是很乐观。他觉得受过训练的人和工业正在大规模地迁到内地，在正常情况下，这种迁移50年都难以完成。他还说，受过训练的人向政府提供他们的服务，一年只要1元，而且他们的工作热情很高，这在正常情况下也是难以想象的。当我谈到加快南山住宅的建设的时候，他解释说，是他的瓦匠在耽搁工作。他们都去了内地城市，现在几乎不可能把他们弄回来。他们特别不愿在屋顶上干活。很自然，承建商将不得不给他的工人付更高的工资，而工人们的工作时间几乎每天都在大大地减少，因为空袭时他们到防空洞里去躲

---

① 原文 valient 有误，应为 valiant。

避，花去许多时间。 我们非常希望承建商利用目前适合盖房子的好天气，加快施工进度。 据我判断，现在惟一还在建设的建筑是属于军队和政府的，而且在加速进行。

在今天上午的全国妇女组织执行委员会会议上，贻芳不得不当会议主席，会议开了四个小时。 大约在下午 2 时，李先生和我骑上自行车，到外面去转转。 今天是星期六，天气也很好。 我们先去看看斯滕尼斯队长是否在家，我想告诉他一些新闻。 佣人说他将在上海再呆一个星期。

接着，我们转向西去看罗小姐。 我们刚在她的小客厅坐下，她正要给我们倒茶时，警报就响了起来。 没有更多的寒暄，我们跑出她的小屋，骑上自行车，飞奔回校。 路上所有的人都笑了，他们在做同样的事。 我们没有听到炸弹的爆炸声，但有人说，他们看见南门外有一处大火。 警报解除后，吴博士口授了几封信，我把它们记了下来，但不是速记，这对她来说是件悲伤的事。

大约在下午 4 时 45 分，警报又响起来了，但我们决定，在实际看见飞机之前，我们将继续写信。 这次吴博士口授，我直接在打字机上写。 黄昏时分，警报仍未解除，我们在没有灯的情况下继续着我们的工作，因为城里所有的灯都被关掉了，直到空袭警报解除才会有电。

月光出现了，我们仍在继续工作。 在拉上所有窗帘后，我们点燃了蜡烛，最后我们终于写完了第三页。 这封信是给格雷斯特的，我们决定写完这封信，以便能赶上中国的邮船。

通常 6 时开饭，但今晚到 7 时 30 分才开饭，因为，当空袭警报发出的时候，所有的火都必须熄灭。 晚饭后，我去看杨丽琳，她病得很重，她年轻的丈夫非常担心。

路透社今晚报道说，10 月底，《九国公约》的签字国将在比利时召开会议。

📷 | 10 月 17 日，星期天

说来奇怪，昨夜月光皎洁，然而却没有飞机来访，我们不知道这应该归功于谁。 上午，贻芳和我去了乔伊·史密斯家吃早饭。 乔伊同她的老师和几名

学生住在学生宿舍。 但是，每天早上回家吃早饭，其余的都是中餐。 她觉得留在这里是很值得的。 她每天忙于战争救济工作。 有关方面还没有决定是否让金陵女子神学院开学。

上午 9 时之前，我们去金陵大学参加 9 点钟的礼拜，贻芳坐人力车，我骑自行车。 贝茨主讲，他论述了"真理的价值"。 大约有 40 人参加了礼拜，这个演讲值得更多人来听。 人们那么快就适应了新的环境。 陈博士在礼拜前宣布："如果做礼拜的时候有空袭警报的话，我们将继续我们的活动，直到紧急警报发出，然后到地下室的房间，在那里继续做。"

上午 10 时 30 分。 我去了鼓楼教堂，参加那里例行的礼拜。 参加礼拜的人较多，有 50 多人。 圣餐仪式上的祈祷给我留下了深刻的印象，这些祈祷非常虔诚，已不再仅仅是话语。 对我们大家来说，生活变得更加充实和丰富了。

下午 2 时。 我们的邻里学校有一个很好的礼拜，与往常一样，还是先由李牧师为孩子们布道，他讲得非常好。 妇女们报告说，今年南京柴草的价格会很贵，因为政府不允许她们上山砍柴，担心这样会暴露分布在山上的防空洞。 被割去枯草的山坡是中国秋天特有的一道可爱的风景线，我会想念它的。

下午 3 时。 我又去了明德女子学校，参加全国基督教战争救济委员会南京分会执行委员会会议。 所有与会者都认为今冬的难民问题将会非常严重。 这个问题必须在全国范围内加以解决。 解决难民问题的目标必须是重新安置，而不是仅仅把难民从一个城市转移到另一个城市。

杭立武说，如果我们能制定出计划，那么资金就会解决。 大学医院的任务之一是医治最严重的伤员。 医院的全体工作人员——中国的和外国的已精神饱满地做好了准备。 下午 5 时。 尽管很累，我还是去参加了英语礼拜，因为斯迈思将演讲，我也将对为数不多的听众讲几句话。 据我所知，这个城市现在还有五名外国妇女——埃尔茜·普里斯特、格蕾斯·鲍尔、海因兹、乔伊·史密斯和我自己。 玛丽·特威纳姆在这里，她工作得很好，无论什么地方需要她，她总是乐于帮助，但是，她已不再被算作外国人了。 晚上 7 时 30 分，我主持了学校工人的礼拜，并把它当做一天工作的结束。

🔲 | **10 月 18 日，星期一**

今天早上，我与女勤杂工有下面的对话：

"早上好，魏特琳小姐。"

"早上好，尽管昨夜月光皎洁，但没有飞机来轰炸，太好了，不是吗？"

"噢，"她非常自信地说道，"因为我们现在有了新式高射炮，所以他们不敢来了。"

今天有两次空袭，第一次警报是在上午 9 时 15 分发出的，第二次是在下午 3 时 15 分。 下午，我们清晰地听到了炸弹的爆炸声，声音来自城东南方向的军用机场。 到目前为止，据说已有 66 次空袭，但据美国大使馆的统计共有 77 次。

今天上午，明德中学的校长李小姐前来和我们商量，他们也想做一面与我们的一样大的美国国旗。 金陵大学现在有 212 名学生，金大附中有 113 名学生。 除了神学院外，南京目前只有这两所学校开学。 我非常希望金陵女子文理学院也能在南京开学，但我也意识到，这对女孩子来说是非常困难的。大多数父母都不愿意让自己的女儿返校，如果我们开学的话，最多只有 30 名学生。

在美国大使馆反对的情况下，如何让外籍教师返回南京也是一个值得考虑的问题。 由于持续轰炸，通往北方和上海的交通线已很危险，而且也靠不住。

下午 5 时。 我去金陵女子文理学院附近转了转，发现许多政府机关迁到这里，似乎每天都有更多的迁来。 在我们周围的山上，防空洞正被建造得越来越大、越来越深、越来越安全。 其中许多防空洞有两个出入口，并且被小心地用树和草伪装起来。

今晚很冷。 今天吴博士给纽约寄了一份修改过的预算方案，虽然我们已经大幅度削减了开支，但仍有 1.1 万元的赤字。 我想我已经告诉过你们，现在我们仍在工作的老师仅拿正常薪水的 60%，不工作的老师仅为 40%。 今天的报纸报道说，在上海工作的职员以前月薪不足 50 元者，现在只有 15元；以前月薪超过 50 元者，现在也仅为 30 元，但人们几乎听不到抱怨声。

今天我们听到传言，由于大批学生被捕，燕京大学已被关闭。 我真希望这只是谣言。 今天北平的沈谱来信说，他们那儿的工作一切顺利，但没有提到燕京大学。

📖 | **10 月 19 日，星期二**

凌晨 2 时~4 时。 我们是在防空洞中度过的。 昨夜月光皎洁。 上帝啊！ 从温暖的被褥中爬出，躲进寒冷的防空洞中是多么困难啊！ 当我们以为空袭已经结束，正准备回去睡觉的时候，又听见城市东南方传来了爆炸声，一定又是那个机场。 我们听说，中国人使用假飞机来欺骗敌人。 终于响起了空袭解除警报。

我们回到宿舍。 我刚要睡着，警报又响了，我们又一次起床、穿衣、进防空洞。 这一次，我们在那里只呆了一小时，警报就解除了。 如果我是孤岛上的鲁滨孙的话，那我夜里肯定是不会起来的。 但是在这里，我起来了，并去了防空洞，这只是考虑到我对别人的影响。

我到办公室刚开始工作，那可怕的警报又响了起来。 很快我们就听见了轰炸声，又在那个飞机场。 马市长的夫人打电话给吴博士说，军用机场遭到轰炸，飞机似乎来自海州。①

我们刚吃完午饭，大约在 12 时 15 分，警报第四次响了起来。 这次我们去了中央楼的地下室。 爆炸声很响，似乎就在附近。 到 2 时，空袭警报解除了。 下午，老邵把第一批菊花摆在四方形的草坪上。 他感到很难过，因为来观赏菊花的人很少。 下午 5 时，我骑自行车去看杨丽琳和她的丈夫张先生。他们劝我留下吃晚饭，我高兴地同意了，因为我对呆在校园里有点厌倦了。

在目前紧急状态下，中国新建了九个部，她的丈夫张先生在其中一个部工作。 他对即将在布鲁塞尔召开的《九国公约》会议不抱什么希望。 他认为，日本毫无希望，军国主义分子的控制太强，如果不使用武力，即使西方国家也没有办法。 要是日本的文人领导人强有力的话，也许还有点希望，但是现在不行了。②

---

① 朝鲜海州，位于朝鲜西海岸的中部。
② 原文用了两个 now，根据上下文，第一个 now 显然是 not 的笔误。

🈯 | **10 月 20 日，星期三**

感谢上帝，夜里没有空袭。 今天又是一个美丽的秋日。

上午 9 时。 在我们离开宿舍的时候，第一次警报响了起来。 我立刻去海伦·卢米斯的办公室，并开始工作。 因为我认为，紧急警报发出后，在躲进小屋之前，我还能完成一些工作。 紧急警报终于响了，但在这之后，我们没有听见飞机的声音，于是继续工作。 我们让管理员到外面放哨，我们在里面继续打字。 吴博士在给哈丽雅特·惠特默（Harriet Whitmer）①起草电报稿，同意她在东京女子基督教学院工作。 她还给我一份提纲，要我起草一封信，信是写给哈丽雅特和希普曼小姐的。 由于以前寄给日本的许多人的信，他们都没有收到，因此，我们现在信的开头是这样写的："亲爱的朋友"，然后我们将信一式两份寄出。 平信似乎更容易收到。

上午部分时间用来寻找有关和声学的教材，这些书将寄给在武汉的凯瑟琳。 我还把私人收藏的一些音乐唱片寄给在重庆的埃斯特。 我们在 12 时仓促地吃了午饭，12 时 25 分，警报响了起来。 到 12 时 45 分，远处传来了猛烈的轰炸声，但我们难以确定方向。 躲在我们东院的防空洞里的学院警卫说，看起来有 30 架飞机。 飞机飞得很高，几乎没有高射炮射击的声音。 下午 1 时 30 分，空袭警报解除了。 这场战争带来了民主，在防空洞里我们依次坐的顺序是： 木匠、邻里学校的老师、女佣人、我和那位警卫。

上午，一名美国海军水手从下关来取我们种的一些生菜。 他说，昨天他看见日本飞机扔下 12 枚炸弹，企图摧毁轮渡码头，6 枚炸弹落在了长江里，另外 6 枚落在附近的建筑物上。 他说，如果可能的话，他将把所有轰炸机和军需品的制造者拉出去枪毙。 他说，他明年退伍，并将永远离开海军。 所有陆军和海军战士都有这种想法吗？ 下午 5 时～6 时，我骑车去拜访爱德华兹·詹姆斯（Edwards James）夫人，她说神学院有 24 名学生，7 名高年级学生回来了。 詹姆斯夫妇的返回使英国领事很生气，因为他们没得到领事的允许，而他们则认为，他们只不过是度完暑假回来上班而已。 领事坚持要他

---

① 中文名惠迪穆，金陵女子文理学院教师。

们立即离开，或是去芜湖，或是去牯岭。 他们正设法让他改变主意，但是，他们也认为，最终他们不得不离开，因为领事态度很坚决。 她认为，英国领事有权逮捕或是驱逐他们。

从宁海路到广州路的途中，我数了一下，附近有 12 辆汽车，这表明我们附近有许多政府机关。 唉，我很遗憾我们有这么好的声誉，现在这一声誉对我们反而不利了。 如果我们这里有危险，他们是不会来的。

📖 | 10 月 21 日，星期四

又是一个好天，阳光明媚，秋色怡然。 草地上放置着许多菊花，形成了一个大的长方形。 尽管昨夜的天气很适合空袭，但奇怪的是没有空袭。 现在我在 400 号宿舍楼吃早饭。 但只有一张桌子有人在吃早饭——程夫人、程夫人的助手、王明贞、陈兰英、黄俊美和邻里学校的教师。 如果我继续独自在家吃早饭，似乎太不善于交际了。

上午 9 时 30 分。 警报响了，但是没有飞机来，因此我们都没有停止工作。 吴博士现在正忙着筹划"创始者节"22 周年的纪念活动。 她在列一份可能在南京的董事会成员、校友及她们丈夫的名单。 她认为，由于我们削减了"创始者节"的经费，因此最好不要再会餐了，但我请求会餐，因为即使是粗茶淡饭，会餐也意味着一种真正的友情。

上午，我给长沙、牯岭、九江、怀远和重庆的校友会写了信，建议他们以某种形式纪念这一节日。 令我们吃惊的是，长沙有 24 名校友。 最近，长沙的鲁淑音①给我们来了一封信说，他们成立了一个协会，范琯（1928）为主席。 在这之前，我也给上海、武汉和成都分校写了信。 我们也很想给天津和北平的校友写信，但由于担心给他们惹麻烦，因此觉得还是不写为好。 10 月 30 日和 31 日，金陵女子文理学院的妇女，包括她们的家庭，虽然人在天南海北，然而却将在精神上相聚在一起，纪念金陵女子文理学院创始者的卓识远见和他们的信念。

由于金陵女子文理学院的老师和另外一些校友也在那里，那天对好几个

---

① 1928 年毕业于金陵女子文理学院，后赴美留学获硕士学位，1932～1938 年在金陵女子文理学院任教。

城市的校友来说，将更有意义。

中午 12 时 25 分。 警报又响了起来。 已经连续三天是这样了。 很快，紧急警报就响了起来。 我们没有拖延，因为听见了远处飞机的轰鸣声。 又是轰炸位于城市东南方的军用机场。 我想不出那儿除了弹坑外还会留下什么。 这次飞机好像在我们所在地的上空盘旋了几次，但飞得很高。 我可能错了，但我猜想飞机又在拍照。 我冒昧地说，不久我们还会听到它们的声音。

下午 3 时 15 分。 我去了我们的邻里学校，一间房屋里有 6 名妇女在为伤员做棉衣。 隔壁房间也有 10 名学生在做棉衣，并已做好了 40 件棉衣。 她们对自己的工作业绩感到骄傲。 胡大妈问我两天后是否所有的国家将要开会，然后就会出现和平，她问我这是不是真的。 这是她听说的有关《九国公约》缔约国将要开会的消息。 我告诉她，我希望一切如她所说的那样，让我们真诚地祈祷，到时和平就会来到。

弗洛伦斯来了一封信，讲述了上海分校的情况： 在两天注册结束的时候，共有 48 人注册，沪江大学有 16 人、圣约翰大学有 32 人。 如果根据班级来划分，高年级 13 人、三年级 14 人、二年级 13 人、新生 8 人。 武汉分校也来了一封长信，讲述了她们目前的情况。

下午 4 时。 我去了卜凯家，参加我们自我任命的宣传组的每周例会，共有 10 人参加会议。 贝茨和马博士将起草一份建设性的行动计划，我们希望中国代表团在去布鲁塞尔前考虑这个计划。 我们所有的人将在星期一开会讨论这一计划。

斯迈思后来也加入到这个两人起草委员会里。 我们意识到这样的计划是不会被采纳的，但是该计划如果被中国官员考虑的话，可能很有价值，至少值得一试，尽管这要耗费那些忙碌的人许多时间。

但愿今夜皎洁的月光、美丽的夜色不会引诱日本飞机来轰炸。

马市长事后告诉吴博士，在今天早上我们听见的猛烈轰炸中，有 39 枚炸弹投在了那个军用机场，但没有飞机被炸毁，也没有人员死亡，这就是防空洞的价值！ 但是，附近的办公室受到严重损坏。

🈐 | **10 月 22 日，星期五**

这是一个非常美丽的夜晚，日本飞机没有来。 我们有点迷惑，不知为什么。

整个上午没有工作。 中午 12 时 25 分，我们以为飞机要来，但没有来。我们在 12 时之前就去吃午饭，在饭桌上所有人都留心空袭警报，甚至远处的轮船或是火车的汽笛声都使我们心惊胆战。 有人说："警报响了。"其实并非警报。

上海分校来了一封长信，她们已开始筹划纪念"创始者节"，她们的计划听起来很不错。 她们决定在中西女中（Mctyeire School）举行庆祝仪式。让我们祝愿那个地区平安无事（战火似乎正在向那个方向蔓延）。 她们决定在星期天下午举行纪念活动，因为一些学生星期六下午有课，而星期六晚上又不安全。 我们一直批评①她们爬上屋顶观看空袭，以及在我们看来是不顾危险、随意外出逛街购物的做法。 离我们这么远，我们很难了解上海的实际情况，但我们认为越少上街越好。 她们已经表示以后会多加小心。

今天下午，事务主任陈斐然和我检查了校园的前半部分，我们是从门房开始检查的。 三年来，我一直想帮助他开始他的计划，但似乎总是抽不出时间。 由于我们提前一星期通知了他们，促使门卫、电工和木匠做了很多清理工作。

我们的工作又被警报打断，警报是在 3 时 30 分发出的。 轰炸很猛烈，地点似乎又在浦口。 也许日军想进一步摧毁轮渡码头和火车站。 近来，好像日机集中投掷所有的炸弹，因此爆炸声很响，非常恐怖。 所有迹象表明，日本空军正竭力持续破坏所有的交通线。 他们不断轰炸南京到上海之间以及浦口到济南之间的火车站。 我猜想漂亮的济南火车站被炸毁了，唉！ 但是，没有人能摧毁泰山的美丽景色。

武汉分校刚刚来了一封信，要金陵女子文理学院的校歌，他们也在准备"创始者节"的纪念活动。

下午 4 时 30 分～6 时 30 分。 我在南山公寓的阁楼里为鲁丝找冬衣。 由于油漆地板和壁橱，卧室被腾空了，所有的东西都堆在两个小阁楼里。 这时准备撤退真是再糟糕不过了。 你怎么也找不到皮带，然后你就认为她可能把皮带带走了；你找与一件衣服相配的领圈，突然又觉得她穿这件衣裳的时候

---

① 原文 scholding 有误，应为 scolding。

不戴这个领圈。

🈳 | **10 月 23 日，星期六**

我们开始感到好奇，如此明亮的月夜，我们为什么会如此幸运地一夜未受打扰。 今天又是一个秋高气爽的日子，这样的天气使人想去森林，去登山。 我必须去灵谷寺，哪怕我一个人去。

空袭是在上午开始的，8 时 45 分～10 时 45 分、11 时 15 分～11 时 45 分，12 时 15 分又开始了第三次空袭。 我们原以为空袭会在 12 时 25 分开始，因为过去三天都是在这一时间开始的。 但是，今天他们提前了。 在第一次空袭时，两架飞机离南京有一定的距离，我们还没有听到它们在何处从事它们的“友好”工作，但在第三次空袭时，我们听见城外猛烈的爆炸声——我们对轰炸发生在什么地方有不同看法。 在最近的一连串的轰炸中，飞机飞得很高，高射炮甚至无法向它们开火。

今天上午，吴博士和我花了近两个小时给“创始者董事会”写信，她希望今天下午用航空信寄出——我们还能以这种方式寄信真是太好了。

我在艺术楼里呆了一段时间，收集校歌。 金陵女子文理学院的两所分校需要校歌庆祝“创始者节”，而且将来也都要唱这些歌。 我还给在南京的外国客人写了请柬，我们将邀请他们参加我们简朴而友好的聚餐。 邀请中国客人的中文请柬也正在准备中。

下午 4 时。 我骑车到古林寺后面，那里阿月浑子树的叶子已经红了，非常美丽。 南京街道给人们一种奇怪的感觉——我很怀念许多白墙红瓦的房屋——现在几乎都是单调的土褐色。 这座城市似乎像一座死城，在一些街道上我看不见任何人，有的街道上行人稀少。 我访问了一些非常友好的人家，老百姓是多么希望和平和过正常的生活啊！ 许多人天真地问我和平何时能到来，仿佛我知道这一疯狂的举动何时会结束似的。

一群农民正在为军队挖防空洞，严格地说是一条穿越一座小山的隧道。 人群中有人说隧道将在地下 40 英寸深。 他们挖出的泥土很坚硬，几乎同岩石一样。 这些人说，他们每天得到一元多一点的报酬。 我笑着说他们要发财了，他们说他们太穷，永远也不会发财的。 我听说他们中的一些人为了多挣点钱，24 小时两班倒地干活。 我敢肯定，要不是一些农村人认识我，或是听说过我的话，我会被当做间谍而受到盘问的。

金陵大学的考德威尔先生刚从上海回来，他是去那儿送他的妻子回美国的。 从上海回来花了 44 个小时，而在正常情况下只需要 6 个小时。 你们还记得，一次我们驾驶"飞牌"汽车去上海，用了不到 5 小时的时间。 他到苏州花了 30 个小时。 在途中，令他印象最深的是人民不屈的勇气。 有一处火车站被轰炸，一段铁轨被炸坏，飞机刚一离开，工人就来修理，几小时后就通车了。 一路上他看见许多被炸坏的汽车。 在他看来，许多火车站已部分被毁坏了。 我从一个了解情况的人那儿听说，在上海到南京之间还有八个火车站未遭轰炸，但我想它们是小站。

🗓 | 10 月 24 日，星期天

为了打破数星期的单调生活，乔伊·史密斯叫我每个星期天去吃早饭，并带上一两个朋友。 今天早上，邬静怡、陈斐然和我步行去赴早宴。 国家公园的傅先生也在那儿同我们一起吃早餐。 他说，他手下有几名工人被炸死了，但自从挖了防空洞后，所有的人都平安无事。 你们还记得那个夜晚有 39 枚炸弹投在那个地方？ 他说炸弹爆炸时强烈的冲击波令人难以置信，你感觉到它好像要压断你的骨头。 他的一名助手回南京途中在无锡附近被炸死在火车上。 他认为这是一个巨大的损失。

今天上午，鼓楼教堂的礼拜刚开始，空袭警报就响了起来，牧师宣布他将继续布道，直到紧急警报发出。 10 分钟后，紧急警报响了起来，李牧师对他的听众说："我们是继续我们的礼拜，还是去防空洞？"一位听众答道："继续。"于是，我们就继续我们的礼拜。 当我们能够清楚地听见城内的爆炸声时，李牧师停止了布道，要求所有的人为和平默默地祈祷。 当轰炸停止，飞机飞离南京后，礼拜又开始了。 我知道这个牧师是一个胆小怕事的人，尽管他有一阵子脸色苍白，但他却勇敢地面对这一事件。 祈祷、赞美诗和布道是多么有意义啊！ 真的，最近生活显得充实和真诚了。

同往常一样，在邻里学校为妇女和儿童举行的礼拜于下午 2 时进行。 3 时，南京基督教战时救济委员会执行委员会在长老会学校开会。 会上宣

布，美国给大学医院电汇来了 1 500 元，作为 10 月份的经费；杭立武从政府各部门募集到了 4 000 多元（中国货币），用于大学医院和难民救济。"国际扶轮社"上海分社出资 750 元，购买了一辆旧汽车底盘，以便改装成救护车。 会议投票决定派朱继昌牧师去采石矶，实地考察在最近的轰炸中那里平民的伤亡情况，据报道，上次空袭炸死了许多人。 奇怪的是，我们的一个邻居告诉我，他把他的儿子和孙子送到采石矶去避难，他认为那里安全。

上海周围的战斗令人恐怖，有报道说，在猛烈的轰炸中，每天有数以千计的中国士兵被炸死，更惨的是伤员要在几天后才能得到救治。

下午，马吉在特威纳姆教堂布道，他讲得非常好。 詹姆斯博士及夫人也来了，但据说下个星期三他们将不得不去芜湖——英国领事对此态度坚决。如果领事的看法是如此，并且这样做的话，我们没有把英国人安排到我们学校来工作是件好事。 长期以来，我一直想让莉莲·柯克（Lillan Kirk）小姐到我们学校来协助吴博士工作。 我们学校工人的礼拜在晚上 7 时 30 分进行，礼拜的气氛很好。 星期天日程排得满满的，几乎没有时间娱乐和阅读。

🔖 | **10 月 25 日，星期一**

又是一个美丽的秋日。 我有旅行的嗜好，但我是个胆小鬼，不敢离开校园去紫金山，担心出事，此外我还会受到责备，关于"那个女人"的传说已很多了。[①] 贻芳上午 8 时~12 时参加了全国妇女组织的一个特别会议。 在这段时间里，我给校友写信，并为吴博士约定和有关人员会见的时间。

下午的部分时间及晚上，我为《教育评论》写一篇文章。 下午 4 时，我们自我任命的宣传委员会在卜凯家开了一个特别会议。 会上我们讨论了《中国在九国会议应采取的立场的备忘录》。 贝茨、马文焕、斯迈思和杭立武花了几天时间起草该文件，已经拟出了一个非常合情合理的方案——至少在我们看来是合乎情理的方案。 其目的是把它交给各个部的关键人物，希望它对中国政府在九国会议上所采取的立场有所启发和帮助，然后再以简要的形式，

---

① 在这里，魏特琳以第三者的语气来谈论自己。

或是以另一种形式，交给英国和美国大使馆，并给那里的关键人物。

我们热烈地讨论了文件的部分内容，但宣传委员会并没有区分中国成员和外国成员，因此，是按照西方的观点，还是按照东方的观点来起草文件，这是一个问题。

来自权威的消息：济南的齐鲁大学关闭了；医学院迁到了成都，同西南联大的医学院合并；刘校长离开了济南。9月份，这所学校果断地开了学，没有想到结果会是这样。还有几位外国人留在校园，也许是希望在可能的情况下，保护仪器、图书馆和校舍。

由于我们学校是6时整开饭，现在开饭的时间已经过了，我暗示他们留我在卜凯家吃饭。他们中只有威尔逊、汤姆森、考德威尔和布兰农在那里吃晚饭，其他三人被人邀请去吃饭了。同他们一起吃饭很有意思。这些人是多么想念他们的妻子和孩子啊！考德威尔给我们讲述了他最近从上海回来时发生在旅途上的事。他又一次说，旅途给他留下的最深的印象是中国人——普通老百姓的勇气和耐心。火车在夜里开，白天停在小站上。在听他谈话的时候，我在想，为什么铁路官员不把车厢伪装起来？

有人说，中国的轰炸机晚上飞到上海去了，但我从未听到。我听说今天有1500名重伤员被运到南京。上海周围的战斗仍在激烈地进行着，双方一定都有重大的伤亡，结果是仇恨加深和更强烈的报复。这是用战争解决问题的必然结果。然而，我必须再次指出，人们很少听见中国人表达自己的仇恨，我认为这很了不起。

🈷 | 10月26日，星期二

平静的一夜。晴朗的早晨，天气温暖，沁着芳香。我上午大部分时间为《教育评论》写一篇文章，文章的题目是《金陵女子文理学院的目前状况》。吴博士上午大部分时间参加全国妇女战争救济协会会议。

今天，上海报纸报道说，上海地区发生了激烈战斗。飞机轰炸和重炮轰击所造成的伤亡，一定超过了我们的估计。我的中文老师今天下午说，南京的《中国日报》报道说，中国军队被迫从一些地方撤退。

下午2时30分。警报响了起来，接着是紧急警报，然后就是轰炸。我们还不知道日机轰炸的确切地点。 在大使馆，记者们站在草坪上观看轰炸。但在我们校园，为了别人的安全，我们控制住了我们的好奇心，躲进了防空洞。 4 时，第二次警报响了起来，但是没有轰炸。 晚上 7 时，贝茨和我参加了一个中国宴会。 宴会的目的是让城里的一些外国记者同中国官员见面。这些官员了解目前中国的工业、交通、通讯等情况。 参加会议的有《纽约时报》的德丁（Durdin）、德国新闻社的埃格勒（Eigner）、军事委员会经济部的何廉、军事工业的负责人翁文灏①、铁道部的两名官员、上海社区教会的埃默里·勒科克（Emory Lucoock）和吴博士。 勒科克将代表中国去美国演讲，他到首都来采访。

在座的中国人并没有泄气，他们承认受到了很大的压力，但他们正得到非常宝贵的经验，这些经验将能够用来重新改造中国。 过去，他们书生气十足，但是，现在他们愿意并渴望面对现实。 何廉估计到目前为止，在上海地区有 10 万中国士兵伤亡。 现在需要面对的一个问题是，在这些伤员康复后如何识别其身份，并使其重返部队。 过去的传统似乎是这样： 一旦一个人受过伤，他就可以不再当兵。 很遗憾，他们对九国会议不抱什么希望。 我个人从未对国联或是类似的国际组织失去信心。 很奇怪，我发现在这次危机中，中国人没有表示出巨大的仇恨。 当我想到第一次世界大战期间我自己祖国的情况时，我对此感到惊奇。

⏰ | 10 月 27 日，星期三

由于上海地区的激烈战斗，以及日本飞机集中在那里轰炸，我们有了一天的宁静。 当这样的一天来到时，你不禁想到，在下一次警报响起的时候，人们是否还能辨别出警报声。

上午大部分时间，贻芳又参加了委员会的会议，讨论战争救济问题，特别是委员会如何才能得到救济品，并把这些救济品送到伤员手中。 会议在早上 7 时 30 分开始，她说，当她到会议室的时候，马市长的夫人沈慧莲②已到了

---

① 翁文灏当时为军事委员会资源委员会的秘书长。
② 沈慧莲（1891~1974），女，广东番禺人。1910 年加入同盟会，1936 年任红十字会南京分会会长。

那里。

我写了一些信，是回信，这些信已经拖了一段时间了。 我还为南京基督教战争救济委员会执行委员写了备忘录，为在上海的全国基督教委员会写了一份报告。 逐渐传来消息说，太仓将要失守。 我们对北站的中国士兵感到担忧。 很难想象，整个上海地区看起来是什么样子，破坏一定很可怕。

自由的民族和有思想的人们还会允许像战争这样疯狂的举动持续多久？那里的人们遭受的痛苦一直萦绕在我的心头。

午饭后的两小时，我在布置菊花，把菊花摆放在中央楼前展览。 这是在花匠精心培育数月后我一定要做的一件事。 今年秋天菊花似乎特别美丽。在我们摆放菊花的时候，花匠总是说："这是瑟斯顿夫人最喜爱的"，"切斯特小姐喜欢这种矮花"，"这是两年前林夫人给我的新品种"。 我想离开战争的话题，谈一下我们的花匠老邵。 你们有一些人已经很了解他了，他几乎无法理解这场战争，要他相信战争会持续一年或是更长的时间，对他来说这似乎是不可能的。 他继续为明年春天种豆子、白菜和生菜。 他身体里没有一根懒骨头，因为 24 年来，我一直看到他这样勤劳地忙碌着。 他的勇气要是与他的勤劳一样，那么他将是一位真正的勇敢者。 他和他的家人在空袭期间躲在他们的第三个防空洞里，每个防空洞都比前一个更深、更牢固。 你们大多数人都知道，他住在一所小房子里，小房子在原医务室的外面，即校园后面的小山上。 他说清凉山上的高射炮开炮时，在他那儿听起来特别响。 有一天，他在我的办公室给我一份账目，这时空袭警报响了起来。 他的脸上出现了一种奇怪的表情，说了声"要命"，便匆忙跑回家，躲进他自己的防空洞。

今天没有空袭，如果我们能够阻止日本军队把空袭南京的飞机都用在上海战场的话，我会很高兴有更多这样的日子的。

🗓 | **10 月 28 日，星期四**

早上有一次空袭警报，但是什么也没有发生，因此我们继续工作。 在别人的箱子和橱子里找东西，结果这些东西并不在别人所说的地方，这种经历颇有启发性。 我主张建立铁的纪律，每个人在去度暑假前，必须在她的行李上贴上标签，并把钥匙放在财务室。

今天中午前，两卡车的货物运到我们的方草坪上，这是给伤员的慰问品，是由全国妇女协会组织香港妇女寄给伤员的。 这些物品包括医药、内衣、手电筒等。 香港的妇女为战争募集到了 1.8 万元。 我们学校的妇女将把这些物品分成小包，然后直接送到前线士兵的手中。 很显然，这些物品是用船从香港运到上海，再由卡车从上海运来的。

不断有消息传来，中国军队开始溃退，确切地说是撤离上海地区。 几天来，我们知道那里的战斗异常激烈并令人恐怖。 我的同桌感到很沮丧，今天吃饭时，她们没说什么话。

下午 4 时。 我们非正式的宣传委员会（是我以前提到的由一些中国公民和中国朋友组成的）开了一个重要的会议。 杭立武、马吉、贝茨、斯迈思一直在努力工作，起草一系列建设性的建议，为准备出席九国会议的中国官员提供参考。

这些建议似乎是一些假设，然而我们希望这些想法对中国官员有所帮助。 这个星期他们会晤了一些重要的中国官员，今晚他们将会晤更多的官员，因为明天早上 7 时，中国最高军事官员将要开会讨论这一问题。

吴博士很容易就同孔部长①及蒋夫人联系上了，这是非常重要的。 杭先生夜以继日地组织人员把这些材料翻译成中文，并把中英文的材料油印出来。 今天晚上有一个女教师会议，会议将制定纪念"创始者节"的计划。 八个人出席了会议，会上任命了四个委员会，明天我们将全力开始工作。

吴博士非常疲惫。 这个星期她每天早上都出席委员会的会议，下午也开会。 有时人们在早上 6 时 30 分或是在深夜就来采访她。 我们想明天下午 4 时劝她去灵谷寺放松一下，尽管可能不会奏效，但我们至少得试一下（后来我们没有成功，因为她必须参加一个会议）。

注：我写上述日记的时候没有注意分段，不仅是你们，而且连我自己看起来都不方便。不分段的原因是为了节省空间，因为有一份日记将要用航空信寄到美国。这以后我将用一种更佳的方法——每一段落的第一行都缩进几个字。②

---

① 财政部长孔祥熙。

② 在翻译过程中，译者根据日记的内容分了段。

🗓 | 10月29日，星期五

昨晚下了一夜雨，今天白天大部分时间也在下雨。 因此没有出现日本飞机。 昨夜，我情不自禁地想到上海的局势。 过去两天的报纸充满了有关中国军队溃退或是撤退的报道，我们对生命的损失和对财产的破坏感到震惊，这些消息像棺罩一样日夜悬挂在我们的心上。

上午花了一些时间，给在明天纪念"创始者节"聚餐会上正式发言的人写了些短信。 我们大部分客人似乎都是校友的丈夫。 今天上午，吴博士和我起草了一份电报，电报将发给我们在长沙和武汉的师生。 最后，我们发出了下列电文："我们民族的抗战向金陵女子文理学院的全体人员提出了挑战，要求她们积极地追求丰富的生活，无私地奉献自己的一切。 —— 1937年10月29日8时30分，你们的母校。"

吴博士下午的大部分时间参加全国妇女协会委员会的会议。 晚上8时，她将到电台讲话，但她没有多少时间准备。 她请求我们不要去听。 我做出保证，将遵守诺言。 她使我想起了艾丽斯，她有能力在不做任何准备的情况下做一个很有条理且很有趣的报告。 今年6月，她为实验学校的毕业生做了一个非常精彩的告别讲话。 在仪式要开始前，她才知道由她发言，因为就在那个时候，早已做好安排的主持人打来电话，说自己把日期弄错了。

🗓 | 10月30日，星期六

这是个阴天，云层很低，这是我们已逐渐喜欢的那种天气。

今天上午的第一件事，就是给在上海和香港的金陵女子文理学院分校发电报。 贻芳刚收到香港翁辉兰（1935）的一封信，使我们得知香港的校友将在那里纪念"创始者节"。 她对昨天发的电报不是很满意，因此建议今天把下面的电报发出："愿金陵女子文理学院的全体成员通过不懈的自我修炼，无私地承担起民族的危难，使自己无愧于学院创始者和金陵女子文理学院的理想。 —— 1937年10月30日8时35分，你们的母校。"

今天上午，妇女协会执行委员会又开了一次长会。 香港妇女捐赠的许多大箱子到了，里面装有厚衣服、手电筒和其他东西，它们是给战士的。 尽管日本飞机不断巡逻和持续封锁，但他们还是把这些东西从上海运来了，这真是个奇迹。

刚收到北平克赖顿（Creighton）先生的一封信，信中清楚地表明他对这里的情况一无所知。他告诉我们怎样管理教师房屋里的锅炉，他似乎以为同以前一样，现在所有的学生和教师都已回到了校园。他没有意识到今冬，确切地说是这个学期，整个校园一个锅炉都没有用。我们对下学期的计划一无所知，至少现在还不知道。他寄信的日期是 10 月 19 日，到我们这里是 10 月 29 日。

"新生活运动委员会"的一位年轻妇女和我们一起吃了饭，今天上午她帮助卸那些箱子。她说昨天从前线运来了 3 000 名伤兵，其中一些已经四天没有吃上饭，非常可怜。

武汉分校今天发来了一封很好的电报，电报写道："虽被分开，但不沮丧，依靠信念，不久又会欢聚一堂。母校久长。"我们从未有过这样的"创始者节"，学校没有一名学生。我们是多么想念她们以及许多教工的家庭成员啊！今年聚餐时没有好节目，在上每道菜之间也没有唱歌。我们的小合唱也不成功，因为校园里已没有一个能歌善舞的人，也没有会演奏乐器的人了。但我们仍然很高兴，因为我们在一起吃了友情晚餐，所有的客人都说吃得很开心。聚餐地点安排在南面的大客厅里，共有 36 人，其中有 18 名男士、18 名女士，共坐了 6 张桌子。美丽的菊花和以前一样使大厅艳丽，且有节日的气氛。晚饭后的节目半喜半忧。我们觉得应该暂时忘掉民族的悲伤。我们的节目单：

《面对当前危机的金陵女子文理学院》　吴校长

《以前面对危机的金陵女子文理学院》　魏特琳

《信心与勇气寄语》　马吉

《让我们别忘了笑：学生生活的回忆》　陈竹君（1923）

《一名思想开小差的教授》　邬静娴①

《从金陵女子文理学院教师中娶个妻子不容易》　贝茨

---

① 邬静娴是邬静怡学生时期的名字。

《娶个金陵女子文理学院学生的难处》 自愿者

《金陵女子文理学院校歌》

马吉先生说，正是对中国的信念，对中国妇女的信念，更重要的是对上帝的信念，才有了金陵女子文理学院。 他强调说，在目前的国家危机中对上帝的信念是多么的重要。 贝茨的讲话非常有趣，逗得我们捧腹大笑。 两名校友的丈夫讲述了从金陵女子文理学院学生中找个妻子的艰难。 在今天结束的时候，我情不自禁地想起了去年的今天。 当时南京在庆祝蒋介石将军的 50 岁生日，并有许多飞机作为生日礼物赠送给了他。 当时到处充满了热情和欢乐。 人们觉得对国家的忠诚这一理念正在这片年轻的土地上出现，在那些日子里，人们可以感觉到"民族的诞生"。 我永远也不会忘记聚集在飞机场的一望无边的人群。 那时我住在实验学校的宿舍里，我将永远不会忘记那些中学女孩子们的热情和欢乐。

今天的《字林西报》报道了蒋夫人发生的意外，幸运的是事故不严重，然而在许多方面显示出人们对她是多么尊敬；如果事故严重的话，损失将是多么的巨大。

10 月 31 日，星期天

上午 7 时 30 分。 埃尔茜·普里斯特、陈兰英和我去了乔伊·史密斯家吃早饭，另外还有四名中国客人，这使得早饭变成了一个欢乐的聚会。 金陵女子神学院的钱牧师刚从山东回来。 尽管由于沿线各地遭到猛烈轰炸，他没能从常走的路线——津浦铁路回来，而是从另一条路回到了这里。 以前没有听说过的各种路线都被想到了，以使交通保持畅通。 这里有一条河被阻断，汽车载着乘客绕过这个障碍；那里有一段铁路遭到轰炸，人们就乘船绕行。有志者，路竟通。 尽管中国受到很大的压力，但中国没有被打败。

今天早上《中国新闻》的地方版报道说，由于大批学生被捕，燕京大学决定关闭。 我希望这是谣言，并且根本不相信它，除非我从北平直接了解到更多的情况。

上午 10 时 30 分。 我步行到鼓楼做礼拜。 雨仍然下得很大，因此路上交通拥挤。 最近一直关门的许多商店又开门了。 雨天是安全的，是外出办事或是跑腿的好机会。 礼拜开始时李牧师说，上个星期天由于空袭时我们坐在教堂里，一些人吓坏了，今后当紧急警报响起的时候，我们将到隔壁大学医院的地下室去。 人们高声唱着："上帝，拯救我的国家。"他们在歌词的字里行间倾注了多么深厚的感情啊！

下午 2 时。 邻里们在我们邻里学校聚会，有 25 人参加。 虽然路很糟糕，还下着雨，但来参加聚会的人数似乎增加了，而过去可不是这样的。 感谢李牧师为孩子们精心准备的讲话，在这方面他花了很多精力。 他们是多么喜欢他，而且记住了他的讲话，这一点将在七天后他对他们进行的小测验里得到证明。 今天，一个害羞的 10 岁小女孩站起来，讲述了上个星期的内容，讲得很好。 我能想象出她是多么紧张。

同以前一样，下午 3 时，南京基督教战争救济委员会执行委员会在明德中学开会。 会议很有意思，大家真正在工作，忙着计划和组织。 基督教男青年会制定了社会服务计划——他们将立刻到南京和南京附近的三所军队医院去服务。"国际扶轮社"南京分社将为他们提供资金。

有一个问题几乎使我们束手无策： 无家可归且无力工作的难民往哪里送？"国际扶轮社"上海分社给我们资金买了一辆旧"福特牌"卡车，并改装成救护车给了大学医院，用来在空袭后运送伤员。 陈竹君①（1923）是妇幼救济委员会的主席，她做了一项了不起的工作——为难民募集衣服和被褥。她还在为伤员赶制棉衣、被褥方面做了大量的工作。 会后，我去了神学院的女生宿舍，晚饭在那里同她们吃了饺子。 我们非常渴望有一个正常而幸福的生活，因为这些天压力非常大。

我们正焦虑地注视着上海大陆仓库里 500 名中国士兵的命运②，这似乎是无谓的牺牲，然而它的影响却很大——对许多人产生了影响。

从纽约来的航空信终于到了。 信中说她们收到了我的一些日记。 信是 10 月 19 日写的。 大约在 8 月 15 日，我寄出了大约 100 份油印的信。 到目前为止，我还没有听到这些信到达了目的地，我不知道发生了什么事。

---

① 英文名 Mary Chen，金陵大学校长陈裕光的妹妹。

② 即四行仓库，中国军队第 88 师 524 团的一个营在团副谢晋元的率领下，在这个仓库孤军奋战，坚守了四昼夜。

今天上午 11 时，当我们知道她们将去圣希理达女子中学教堂做礼拜的时候，我们的心与武汉金陵女子文理学院分校的学生连在一起。 下午 3 时，当上海金陵女子文理学院分校的学生聚集在一起的时候，我们为她们担心，因为，她们计划聚集的地方正发生激烈的战斗。 我们还知道其他城市的金陵女子文理学院分校也将聚会，我们的思绪和祈祷与她们在一起。

🗓 ┃ 11 月 1 日，星期一

吃早饭的时候，我听说在蒋介石下了命令之后，中国那个营的士兵才同意离开仓库，他们被允许进入公共租界，并在那里解除了武装。

今天有点冷，天也开始放晴了。 我们有了两天多的和平。 有时，当我早上醒来的时候，听见窗外小鸟在叽叽喳喳地叫，我总觉得过去发生的一切只是一场可怕的噩梦——它不可能是真的。 在我做好上第一节课的准备之前，我一定会听到 7 时 35 分的铃声。

我打完了我日记的第六部分，下午将写上地址，并将用航空信寄一份到纽约。 把我们的信送到纽约仅用 10 天时间，这真是上帝对中国邮船的保佑。 每当我打到一半的时候，我总感到腰酸背疼。 这些内容似乎没什么意思，我想这简直是在浪费时间，既浪费我的时间，也浪费朋友们的时间。 剩下来的时间都变得单调乏味，直到我打完日记。

昨天上午 11 时，贻芳去蒋夫人那里谈了一会儿。 她认为自那次事故后，蒋夫人看起来好多了，而几个星期前她看起来非常疲倦，眼眶也有些发黑。 贻芳给她一份由马文焕、杭立武、贝茨和斯迈思起草的备忘录，并问她是否能仔细阅读。

今天上午 10 时，孔令俊①来找贻芳，后来贻芳又带她去同蒋夫人谈话。蒋夫人仔细阅读了由我们这个非正式委员会起草的备忘录，并只对其中两个地方表示不赞同。 我们希望蒋将军有时间阅读和思考这份备忘录的中文译本。 我们认为，如果这有助于中国制定一个解决两国问题的方案，该备忘录起草人员的辛勤工作也就得到了回报。 在美国和英国的朋友也会同日本的一

———————————

① 孔祥熙次女，后更名为孔令伟。

些人沟通，帮助他们对其政府施加压力，使日本政府愿意接受一个合理的解决方案。一些在中国的外国人已同一部分日本人取得了联系，确切地说是保持联系，但这十分困难，必须十分小心。

我在中午吃饭的时候听说，中国空军的外国顾问表示，如果数字倒过来的话，更能代表两国损失的实际情况，也就是说，到目前为止，中国损失了79 架飞机，而日本损失了 300～400 架。

下午 3 时。沈谱到我办公室来拜访。她和她的父亲刚从上海回来，是乘一辆卡车来的，一路平安，来得也很及时。她给我们带来了上海分校的同学和鲁丝·切斯特小姐的问候（如果你们在听的话，你们现在能听见警报声，我将继续打我的日记，直到发出紧急警报，然后我将奔跑到安全的地方）。

下午 4 时，玛丽·特威纳姆开着她的"奥斯汀牌"汽车来了，并带上程夫人及其儿媳、孙女和我，去灵谷寺看那里的秋色。尽管已是深秋，但不知什么原因树叶还未变黄。除了有不少士兵和许多防空洞外，国家公园看起来一切正常。我必须告诉你们，孙博士的陵墓①和它前面的牌坊，都用编织的竹子覆盖着——像某种编织的篮子，从远处看不清楚。

中央医院好像空了。我们在美龄宫门口停了一下，留下了吴博士送给蒋夫人的一件厚睡衣。今天没有空袭，南京成了一个和平、宽松和美丽的地方。

🗓 | 11 月 2 日，星期二

今天上午下雨，天气阴郁而潮湿。除非飞机希望自己被打下，否则不大可能飞来。在这日记成为历史之前，我想澄清似乎存在的一个误解。我们经常收到学生和朋友的来信，这些信对我们仍留在校园里表示关注，并赞扬我们的勇气，但成都的里夫斯博士和重庆的埃斯特例外。没有一名教师所在的地方比我们这儿更加安宁，想一想那些可爱的秋色满园的树木、美丽的菊花以及透过树丛远远望见的紫金山的身影——我们拥有这一切。此外，我们还有在一起工作的珍贵友情。

---

① 即中山陵。

　　可能是由于西方国家激烈批评的缘故，自9月份以来，空袭主要在城外。南京有许多外国记者，因此，每次空袭的消息很快就传遍了世界，实际上，第二天早上就会出现在伦敦和纽约的报纸上，不是所有的中国城市都如此幸运。 没有一座城市的高射炮有我们这里这么多。 请不要为我们感到难过。

　　尽管云层很低，上午9时10分还是响起了空袭警报。 当时我正在同克劳德·汤姆森通电话，他认为那可能是一架海上飞机，不可能是一架普通的轰炸机。 近来，我们不断听到将对首都进行毒气攻击的传言，我想这次可能就是，因为这样的天气很适合进行毒气袭击。 我得三思而行。

　　上午9时30分。 空袭警报解除了，我们的结论是，这是一次虚假警报（听，你们能听见紧急警报和敲钟的声音）。

　　今天早上，吴博士邀请我到南山公寓与她共进早餐。 我们吃了黄油——新鲜的黄油和吐司，这是蒋夫人送给吴博士的礼物，这算得上是盛情款待了。当然，我也很喜欢普通的中国早饭。

　　今天我们收到两封美国来信，第一封信中说，我8月12日寄出的油印信收到了。

　　从现在起，学院将在晚上9时30分熄灯——削减学院开支的一个办法。发电机用的燃油既贵又难弄到。 我在考虑把我的日记名称改为"烛光下的沉思"，因为我总是在熄灯后写日记。 明天《九国公约》缔约国将要开会。 我们常常想到这个会议，会议一定不能失败。 许多中国人对会议的结果表示悲观。

📖 ｜ **11月3日，星期三**

　　今天又是阴天，云层很低。 上午，我为吴博士取信，下午，我把信都写好了。 她下午2时~6时参加妇女协会执行委员会会议。 下午3时又有一次警报，这时天开始晴了，什么也没有发生，我们推测可能是假警报，或者是飞机从南京旁边飞过。

　　上午，宋竞雄（1935）从南昌来了，她说那里的机场一次又一次遭到无情的轰炸，所有炸弹被同时投放，像雨点般地落下来。 火车站也遭轰炸。葆灵女子学校没有遭到轰炸，但是外籍教师的住宅被燃烧弹烧毁，她不知道这是故意所为还是意外。 尽管葆灵女子学校已在牯岭开学了，但是，学校的一部分可能搬回南昌，目的是防止校舍被人占用。 艾达·卡恩（Ida Kahn）医生位于机场附近的医院已经倒塌。 医院的建筑已陈旧，也许建造得不牢固。 儒励女中已开学了，一切还算顺利。 学校花了 800 元为小学生建造了一个防空洞。 牯岭遭到空袭的次数不多，只有机场和火车站遭到了轰炸。

在午饭的餐桌上，贻芳透露了上个星期她参加妇女组织开会的次数，我们意识到会议的次数有点不同寻常，但我们以前没有记下具体的数字。 上午 8 时~12 时她开了三次会，下午又开了三次长会和三个委员会分组会议。 一点也不奇怪，她经常看起来很疲惫。

明天早上，在新街口广场①将有一个群众集会，我们也派三名代表参加。 集会的目的与中国在九国会议上的要求有关。 即使我们必须承担严重的后果，我也希望明天是一个阳光灿烂的日子。

在今天的《字林西报》幽默专栏中有一则笑话："美联社布鲁塞尔电：'日本政府公开承认日本不想击败中国，但是想迫使其同日本合作，出于同一原因，还想迫使其离开莫斯科。'从中可以看出，似乎不会有人再来骚扰中国的膝盖了。"

🗓 | **11 月 4 日，星期四**

在 11 月 2 日的《字林西报》上有一则消息，该消息援引松井将军②的话说： 上海市将在 10 天内被彻底包围，与南京的一切联系将被切断，但前提是天不下雨。 掌管天气的神显然与这个将军作对，因为昨夜大部分时间大雨倾盆，今天雨还在继续下着。

今天中午收到了成都来的航空信，信中说有 20 人参加了"创始者节"的庆祝活动。 她们的主题是《植物》。 她们准备了最有趣的祝酒词和歌曲。 除

---

① 当时在南京的外国人，常常把新街口广场称为 the Circle。
② 即日军上海派遣军司令松井石根大将。1937 年 11 月底，日军又组建华中方面军，统一指挥上海派遣军和第十军，松井为华中方面军司令官。

了查普曼（Chapman）先生和夫人①以及另外一些客人外，还有五名金陵女子文理学院的学生、一名教师和三名校友，他们的节目是：一只画的手，中间有一个学院的校徽。

下午收到来自武汉的一封航空信，信中讲述了她们庆祝活动的情况。66名校友、学生和教师参加了在圣希理达女子学校教堂举行的宗教仪式，武汉的校友还邀请她们参加了一个午宴，这听起来像是一个幸福的家庭聚会。她们说，天在下雨，在她们看来这真是幸运，她们为此很高兴。她们的主题是：《有巢的鸟》。她们有许多妙语连珠的祝酒词，并唱了许多首歌。

上海今天也来了一封信，讲述了她们的庆祝活动。她们策划了一个非常好的节目，如果一切进展顺利的话，本来会有100多人来听罗伯茨（Roberts）主教演说的，然后参加一个茶会，不幸的是那里离交战地区太近了，许多人，特别是学生无法参加，结果只有50多人参加，大多数是阅历丰富的校友。日本飞机的轰炸和中国高射炮的回击伴随着那个仪式。鲁丝不得不唱了本来应由欢乐的集体唱的赞美诗，纽夫人不得不演奏了"创始者节"的赞美曲，她已有20多年没演奏过这首曲子了。她们觉得尽管有各种困难，但举行这个活动很值得。留在学校的我们觉得今天一直在吃一顿丰盛的大餐——在同一天收到了三封这样的信。

今天上午的一段时间，吴博士和我在考虑分发金陵女子文理学院校历的办法，由于我们没能处理掉这些校历，因此有不少积压。我们发现上海有1 500份校历需要我们在中国分发。

今天下午，在卜凯家举行的非正式宣传委员会会议上，有一份关于我们备忘录情况的报告，报告令人鼓舞。上星期四，我告诉过你们这份备忘录的情况。现在许多高级官员至少手头有了这份备忘录供参考，至于他们是否采用它，我们不得而知。我们中一些人的辛勤劳动快要有结果了，我们希望是好结果。我们还讨论了在可能的情况下，我们应采取什么措施，在日本创造一种合情合理与接受劝告的气氛。会上提出了几种建议，这个星期将贯彻这些建议。

---

① 查普曼夫人的名字是伊丽莎白·顾切（Elizabeth Goucher），1914～1920年在金陵女子文理学院教授英文，结婚后，再度于1930～1932年在金陵女子文理学院图书馆工作。

至少有两封航空信将寄给美国的"关键"人物，看看他们是否能从某个方面发挥影响。 今天晚上花了一些时间为在青岛的艾丽斯找厚衣服，并将这些衣服包好。 必须尽早把它寄到上海，我担心几天之后就无法用这种方式邮寄了，因为松井将军曾这样预言过。

🏮 | 11 月 5 日，星期五

这是平凡的一天，阴冷而潮湿。 同这些坏天气相比，我似乎更喜欢空袭了。 今天收到了昨天的《字林西报》，上面第一次有了九国会议的报告。 总的来说，戴维斯（Davis）①和艾登（Eden）②的讲话令人鼓舞。 我们真诚地希望他们在委员会会议上能够对日本施加更大的压力。 要是这些消息能传到日本就好了——但是希望不大。 一位在日本度暑假的朋友说，像她这样有很多中国背景、并以此来理解和解释所发生事件的人，在日本呆了三个月后，也开始觉得日本的观点似乎是合乎情理的——宣传的威力是多么大。

上午，除了秘书的工作外，别的什么都没做。 为分发金陵女子文理学院校历，寄出了许多信。 下午 4 时 30 分，我到商业街去买东西。 真是难以置信，卡什食品杂货店又开门了。 姚先生自 8 月份后，就回宁波老家去了，他的货物存在离南京不远的农村，他商店门外贴的告示写着："新鲜商品。"但是，店内的商品看起来是陈货。 他的家人还在他的老家。

贻芳为妇女协会一件重要的事去见蒋夫人。 我想娱乐一下，但是没有足够的精力来筹划一个聚会——应该说没有兴致。 需要一些教工回来，才能使我们过上正常的生活。

🏮 | 11 月 6 日，星期六

又度过了一个阴天。 晚上雨下得很大。 中午太阳想出来，但还是被乌云所阻挡。 今晚，大雁南飞，这意味着寒冷的天气将要来临。 可怜的菊花，强劲的寒风会使它们感到悲哀。 我要是在下午把它们都拿进屋里就好了。

---

① 美国出席布鲁塞尔会议代表团团长。
② 英国外交大臣。

上午花了许多时间学习中文。 我发现，耶稣时代同中国目前的情况有许多相似之处，这使我多次受到震撼。

整个上午，吴博士又参加了全国妇女组织执行委员会会议。 她们成功地为伤员从香港运来了几十箱物品。 现在我们学校正忙着为伤员制作被褥。我试图将衣物通过上海寄给在青岛的艾丽斯，但没有成功。 今天早上又通过济南寄去，希望这条路线仍然畅通。

中午，我们听说燕京大学还没有关闭，正在勇敢地坚持着，这使我们很高兴。 这是金陵大学一位教师带来的消息，他刚回来。 他说，当他到徐州时就有人劝他不要去南京，因为南京被彻底摧毁了。

上午，收到了怀远李泽珍（1926）的一封信，说那里有 10 名校友、金陵女子文理学院学生及朋友举行了"创始者节"的庆祝活动。 梅布尔·海尔（Mabel Hall）制作了一个蛋糕，上面还有 22 支小蜡烛，这给她们一个意外的惊喜。 好消息，鲁丝刚刚在一封信里给我寄来了三只发网，我是多么想念她们啊！ 我一定看起来衣冠不整，我很土气？ 是的。 在南京买不到它们，就像看不到电影一样。 我们已有许多天表面的和平，但是，从上海和山西传来的消息却不那么令人鼓舞。

今天，贻芳做了件前所未闻的事，她花了一个下午的时间，在南山公寓里整理一个起居室。 今冬，她们将把图书馆作为起居室。 她们还住在一楼，把书房当做卧室，过些时候她们可能会搬到二楼。 由于有木制地板，在那儿她们会感到舒服多了。 当每个人都遭受巨大痛苦的时候，人们现在不想考虑个人的舒适。

🗓 | 11 月 7 日，星期天

一夜大雨未停，现在还在下着。 我不记得以前在这个季节有过这么大的雨。 今天早上，邻里学校的老师、事务主任助理和我去了乔伊·史密斯家吃早饭。 去那里的还有普赖斯（Price）博士和夫人，他们是星期五从上海回来的。 从上海回来花了他们五天时间。 他们先是从上海坐小船，然后乘汽船开始了旅程，接着在南通乘汽车和汽艇绕路走，最后在江阴又乘上江轮。 他们说，齐鲁大学的确关闭了，而燕京大学还在开学，但必须小心谨慎。

今天早上，在鼓楼教堂做礼拜的人很多，超过了 50 人。 牧师布道的水平有所提高，内容也十分有益。 这种时刻，对我们的宗教信仰是一个挑战，这坚定了我们的信念。 我也注意到圣歌常常被作为课本使用，在祈祷会上用得也很多。 下午，邻里学校的礼拜做得也很好。 学校老师教了一首新歌。 在做礼拜前，一些妇女说："很奇怪我们的变化多大呀?！ 现在我们坚持认为，坏天气好，而好天气坏。 在下雨的星期天，我们肯定要去教堂。"

在今天的南京基督教战争救济委员会执行委员会会议上，我们新成立了一个"下关伤兵接待部"。 从基督教男青年会来的一位代表朱牧师和马吉负责启动这一工作。 我们仅仅是对这项工作感兴趣的许多组织中的一个。 新福音传道会和星期天成立的个人工作部的有关人员说，他们将在四个中心开展工作——三个军队医院和一个难民收容所。

斯迈思和我留在陈竹君家吃晚饭。 陈家八个孩子现在都在城里。 同笃信基督教的幸福的一家在一起，令人快乐。 我们的谈话集中在战争和九国会议上。 自从麻烦开始到今天正好四个月，但我感觉好像过了许多年。 我从青岛度假回南京还不到四个月时间? 真是难以置信。

🗓 | 11 月 8 日，星期一

天终于晴了，阳光明媚，但是冷多了。 今天从一个消息灵通人士那里听说，仅在上海地区的战斗中就有 10 万人受伤，还有 3 万~4 万人阵亡。 我还听说，国家经济委员会和财政部花费了 10 万元修建了几个防空洞。 我不知道这些消息是否属实。 似乎这些部门打算留在南京。 从下午 4 时起，我同花匠在一起工作，把一品红和菊花搬到室内，因为天气越来越冷了，今晚可能要上冻——花匠是这么说的，他们通常知道天气变化。 我们开始考虑安装火炉。 今天，我穿上了第一件毛衣，不知今冬要穿几件毛衣才能保暖。 我还要告诉你们，住在校园里的孩子们也帮助我们搬花，他们搬得很开心，就连最小的孩子也参加了，并对自己的工作感到自豪。

尽管天气晴朗，但没有空袭。 好几次我们侧耳倾听，因为好像有警报的声音，结果却是汽车的喇叭声。

里夫斯博士会对这种事感兴趣的： 今天早上老吴可怜兮兮地来了，说他的妻子带着他的小女儿逃走了，她们过了长江去了江北。 泪水顺着他的麻脸流下来，在他告诉我他是多么想念小女儿时，他的嘴唇在颤抖。 他原打算让她上小学的。 我只能安慰他，并鼓励他到北方去找她们。

📖 | 11 月 9 日，星期二

上午，我写了有关 1937 年"创始者节"庆祝活动的报告。 来自七个城市的庆祝活动报告已经寄来。 在 10 月 30 日、31 日，金陵女子文理学院精神出现在这么多地方——从香港到成都，想到这一点真是令人激动。 高仁瑛（1929）来了一封信。 她说，朱骝（1922）现在住在天津。 她在信里没有提到北方的情况。 下午收到恩兰和凯瑟琳的信，信写得很好，讲述了她们庆祝"创始者节"的情况。 晚饭后我们在阅览室读了这封信。 我们时而开怀大笑，时而眼含泪花。

昨夜真的有霜冻，今天很冷。 由于连日阴雨，我们的一些防空洞里进了水。

两天没有收到上海的信了。 我们警惕地注视着最近日军战略的变化。我们担心将来有一天日军会从京杭公路开过来。 近来苏州、无锡等城市在空袭中遭到了重大损失。 山东省长韩复榘是个疑问，他会忠于中央政府吗？

吴博士希望不久给教师和校友们写封信，但是，最近她手头似乎全是迫切要处理的事，因此，那些不很急的事就被无限期地推迟了。 由于现在邮路不畅，我们意识到给美国圣诞节的信今年要早点寄。

由于我已经写满了 10 页纸，我将结束日记的这一部分，这样，明天我就能把它寄出了。 万一我无法给你们这些在美国的朋友——能够收到我日记的人寄圣诞节祝福的话，那么就让它带去我最诚挚的问候，不仅给你们个人，而且给在各地的所有人——在受到战争蹂躏的西班牙，在被践踏的阿比西尼亚①，在遭受苦难的中国。 愿这些国家享有和平，这种和平是来自对上帝的信仰，因为在上帝诞生时，天使曾高唱："和平降人间，人类永善良。"

---

① 现在的埃塞俄比亚。

11 月 10 日，星期三

整个上午都在写"创始者节"庆祝活动的报告，据我们所知，八个城市举行了这一活动。 这样一个鼓舞人心的题目应让一个比我更强的作者来写。寄来的报告显示，金陵女子文理学院精神已存在于全中国。

大约在 12 时 30 分，警报响了起来。 由于连续阴雨，警报声在我们的记忆中已变得有些模糊了。 在紧急警报后，传来了猛烈的爆炸声。 据后来的报道说，轰炸仍发生在军用机场。

有人研究过谣言吗？ 今天吃午饭的时候，有一个人说，她听说，从星期五开始，将有四天或是五天的不间断轰炸。 我听说是 24 小时不间断轰炸。

城里充满了恐慌和不安。 人们不是很了解日本军队在杭州湾登陆后的下一步意图是什么。 很明显，如果有争夺南京的战斗，那将是长期而激烈的。除了焦土和荒芜外，不会再剩下什么。

下午 4 时~6 时。 我接待了来自金陵女子神学院和金陵神学院的 12 名妇女。 她们是多么喜欢客厅里展出的菊花啊！ 愿所有读此日记的人也能看到它们。 我们从未用整个客厅来展出过菊花。

陈先生今晚给学校的工人开了一次会。

11 月 11 日，星期四

停战日！ ① 19 年前的今天，我在纽约看见数百万人欣喜若狂。 当时，我们认为不再会有战争了，用战争结束战争的战斗已经打完了！

贻芳同威廉·王夫人谈话，我在打字机上写关于庆祝金陵女子文理学院"创始者节"的情况报告，该报告将寄给校友们。

已有四天没有收到上海的报纸了，校园里也没有收音机。

下午 1 时刚过，第一次警报就响了起来，接着是紧急警报。 很快，远处传来了轰炸机的声音。 当飞机飞近的时候，我进了一个壁橱。 很快听见附近官方机构租用的房屋里传来惊慌的呼喊声，然后听见了炸弹的爆炸声。 一架

---

① 指第一次世界大战的停战日，即 1918 年 11 月 11 日德国签订停战协定。

日本飞机被击落。

下午4时。 我参加了每周的宣传会议。 会议讨论的问题是:"下一步我们能做什么?"会议成立了一个委员会以起草一份要求对日本进行制裁的报告,另一个小委员会将写一份关于战争期间中国基督徒在做些什么的报告。接着,我们讨论的另一个问题是: 敦促西方国家派遣友好访问团到日本和中国访问的建议是否明智。 当然,不一定非叫这个名字,但一些西方领导人和哲学家的访问会促进两国的和解。 中国国际宣传委员会的负责人董显光①想同我们会面。 我们愿意在下星期四和他讨论有关问题,但认为他没有必要与我们定期会晤。

很难得到消息,非常希望九国会议取得成功。

晚上9时,吴博士已经上床了,有电话说,妇女战争救济协会的更多慰问品将运到。 后来他们运来了43箱慰问品,并存放在诵经厅。

🈹 │ 11月12日,星期五

天下着雨。 今天也许没有空袭。

我们举办茶话会和菊展是很值得的。 我们邀请了50人,实际上来了41人,大多数是男人。 见到普赖斯博士和夫人真是太好了。 看起来他们容光焕发。 普赖斯夫人告诉我,他们一天都很忙。 里奇(Ritchey)夫妇也是很受欢迎的客人。 由于英国领事的要求,里奇夫人现在虽住在芜湖,但一有机会她就设法回来。 除了董显光外,还来了六名记者: 路透社两人、美联社三人、《纽约时报》一人。 他们很想结识新朋友,当然,这是一个好机会。 约翰逊大使、佩克先生和帕克斯顿先生也来了。 莱恩(Lane)先生带来了赖斯(Rice)医生,他在苏州一个很大的南方卫理公会教派的医院工作。 现在这家医院迁到了南京,并几乎成了一所军队医院。 很明显,他们认为苏州的沦陷只是时间问题。

情况不太妙。 今天下午的消息说淞江和嘉兴已被占领。 今天上午,无锡的基督教医院和教堂也遭到轰炸,我不知道这一消息的真实程度,也不知道

---

① 即国民党中央宣传部国际宣传处负责人董显光。

轰炸是否是故意的。 已有五天没有收到上海的报纸了。

要是某个大国愿意约束日本就好了。 难道整个华东地区都要被无情地摧毁？ 难道南京一定要变成焦土吗？ 我们知道将进行防御。

明天，除了为南京基督教战争救济委员会执行委员会会议写备忘录外，我还要写两篇文章。 近来，我是多么想具有多种才能啊！ 写作、演奏等。

🏳 | 11 月 13 日，星期六

今天天气很暖和，像是印度的夏天，很适合到灵谷寺或采石矶去郊游。要是生活能再次恢复正常就好了，这是有可能的。

上午早些时候，我学习中文。 王先生对今天中国报纸的报道感到沮丧，前景确实不太好。 路透社昨天和今天的电文说，中国军队已撤离南市，这样，上海被日军完全包围了。 松井对租界和他下一步的计划所表露的态度也十分傲慢。 当他被问到是否打算进攻南京的时候，他回答说："问蒋介石去！"日本军国主义分子提出了他们的五项要求，如果这确实是他们正在策划的事情的话，我个人认为是件好事，而且越早越好，这样九国就可以有针对性地进行调解了。

近来，我们很少娱乐，生活变得相当拘谨，然而，今天中午杨丽琳和住在我们附近的一位年轻新娘（今年 6 月刚结婚）邀请吴博士、程夫人、玛丽·特威纳姆和我参加了一个菊花螃蟹宴。 宴会很有趣。 我蘸着醋和姜调成的佐料吃了三只螃蟹。 菊花碗实际上是在碗里放着菊花的花瓣。 吃完螃蟹后，我们在一个有菊花叶的盆里洗手。 我们没有喝茶，而是喝了姜茶。 显然，姜能够防止螃蟹的不良影响。

回到学校后，我教花匠如何移栽美国石竹和黄水仙花，前者是里奇夫人今天早上带给我的。 她对未来也充满了希望，因为，她在移植灌木，并为春天的花园做准备。

今天，我们中的一些人准备收路透社的电文。 这将每月花去我们 50 元，但我们必须有消息。 我们已有六天没有收到《字林西报》了。

尽管天气晴朗，但没有空袭。

🏷 | **11月14日，星期天**

天气非常好，阳光灿烂。今天可能会有空袭，或是由于这里的高射炮防御系统很好，他们在等待时机，准备用别的方法"使南京屈服"。

今天，在鼓楼教堂做礼拜的人是战争开始以来最多的，共有90人参加，其中有许多妇女和女孩。她们再次撤退只是时间问题。街上异常地繁忙，且没人恐惧。

下午2时。有40人参加了邻里学校的礼拜。礼拜结束后，罗小姐和薛小姐把她们带来看菊花，然后到实验学校喝茶。

南京基督教战争救济协会执行委员会的会议从3时持续到6时。有关救济工作取得进展的报告令人振奋。在过去的一个星期里，他们开始在下关火车站帮助接伤员，每天3班，每班4人。上午有3 000名伤员，下午有5 000名伤员。他们是从苏州的军队医院撤退的。

上个星期，在军队医院开始了社会服务和个人宗教工作，后者主要是南京的牧师做的。今晚没有太好的消息。一些人认为，争夺南京的战斗降临到我们头上只是时间问题，它将比我们想象的来得要早。

今天大部分时间吴博士为妇女协会工作——到各家劝人们认购"自由债券"，有一些人说："把我所有的钱都拿去吧。"

我希望军队再次振作起来，士气再次高涨。

🏷 | **11月15日，星期一**

今天上午，我为中国新闻社写了一篇文章，题目是：《南京基督教战争救济委员会》。吴博士昨天一整天与大约70人在城里游说，鼓励人们认购"自由债券"。他们卖了约5 000元的债券。今天一上午，她又从事同样的工作。

大约在下午2时30分，发生了一次空袭。猛烈的防空炮火伴随着空袭，震撼着我们的窗户。后来有报道说，空袭还是发生在军用机场。

下午4时~6时。我们董事会的九名成员参加了一次重要会议，决定不把学院的设备搬走。实际上，即使我们愿意搬走，似乎也没有现成的交通工具。 董事会还授权学校行政部门，自行制定战争期间他们所认为的最佳方案。 现在几乎没法做决定——各种因素变化太快。

形势看来很糟。 谣言四起，局势动荡。 太湖上有 200 艘机帆船。 日军似乎切断了苏州北面，似乎也企图占领杭州，然后从那里向南京发动进攻。此外，他们还要在江阴下游过江。

有谣传说交通部正在征用船只，部分工作人员已撤出了南京。 我们不知道中国军队是否能遏制日军的进攻？ 如果不能，南京被占领只是时间的问题，那时，将会有激烈的抵抗，还是仓促的撤退？

今天把我日记的第七部分用航空信寄给了吕蓓卡（Rebeca）。 为了避免新闻检查，我将怎样寄我其他的日记？

11 月 16 日，星期二

真是不安的一天，倒不是日军发动了总攻，而是在这之前的动荡不安。南京又开始了迁移，这已是入秋后的第二次了。 我们学校里谣言多得就像黄昏时的蝙蝠。

当我在办公室工作的时候，石甘霖（1933）来看我，她是昨天深夜乘私人汽车从湖州来的，因为现在已没有定期的交通工具了。 临时在湖州开学的湖郡女中和东吴大学都暂时停课了。 战场目前在距湖州以东 50 里的地方。这两所学校的教师和学生正在撤离。 林弥励（1936）上午来了，她正在去芜湖的路上。 由于南通医院遭到轰炸，她一直在芜湖实习。 她去看过了她的姐姐林福美（1929），她住在江北的一个小城市里，8 月份她已把孩子转移走了。 此后，我们邻里学校以前的老师吴小姐来了。 她说她家的房屋可能已被摧毁，家中的其他成员已分散到各地，他们和去山西的那伙人在一起。

下午 5 时。 我去看了杨丽琳，她正在收拾行李。 她说，教育部和外交部接到命令，后天撤往重庆，他们将把重要的资料带去。 军事委员会也将撤离，但不是去重庆。 每个部还有部分人员留在南京。

今晚我看见两种汽车——载着军官和行李的汽车。

金陵大学几天来在讨论自己的问题，不知如何是好。 有人主张暂时停课；有人主张迁到牯岭或是成都。 令我感到宽慰的是，金陵女子文理学院在南京没有学生上课。 金陵大学明天开会后将作出最后的决定。

下个星期我们将会面对什么？

📖 | 11月17日，星期三

两年前的今天是金陵女子文理学院的登山节。 那天我们租了艘汽艇，沿长江而上去采石矶——诗人李白的家。① 你们中去过那里的人会记得那天的欢乐——学院的校歌、轻松的聊天、美丽的秋色及扬子江的波澜壮阔。 我们认为这种无忧无虑的日子还会再现。 然而此刻，这似乎是一种不可能的奢望。

今天稍微平静了一些。 中午，吴博士宣布，今天上午冯玉祥夫人告诉她，中国军队的抵抗正在加强，一小撮抢劫的士兵被处死，后来查明，他们是张学良手下的人。 总的形势有所改观，这给吴博士带来的欣慰和高兴是难以言表的。 昨天一整天她都非常沮丧。 然而各部仍在撤离他们的人员、档案，只留下一些核心人员。

昨夜，南京来了5万名士兵，不幸的是没有给他们安排地方住宿，因此，他们自己随意占据了一些空房子。 他们去了估衣廊卫理公会教堂、金陵大学的农业专修科等，但不知什么原因，他们没到我们学校来。

今天早上，黄俊美和王明贞走了。 陈兰英和吴元清②明天走，因此，以后我们的注册办公室将迁到武汉。 一些女勤杂工也决定走。 今天早上6时，当我听说我们实验学校的女勤杂工得了紧张性消化不良时，我劝她带着儿子和儿媳回老家去。

上午，妇女组织开了四个小时的会议，她们想把从香港运来的箱子运到北方去。

贝茨下午来问了我两个问题，这是美国大使馆问过每一个美国公民的两个问题。 第一，现在你能撤离吗，或者你认为现在走不开？ 第二，如果南京陷入非常危险的境地，你愿意到美国大使馆的防空洞来躲避吗？ 我们的回答是同意。 万一形势变得非常排外，我们在这里将会危及到我们教会的同事，

---

① 原文如此，确切地说应是李白的衣冠冢所在地。
② 金陵女子文理学院图书馆工作人员。

我们当然会离开。 但是，如果我们对一些特定的人有帮助的话，我们希望和他们在一起。 你们难以想象，今天有多少人来问我下一步的打算。

下午，金陵大学开了三个小时的会议，决定去成都，如果他们能租到一艘轮船的话。

🗓 | 11 月 18 日，星期四

尽管城外人们仍在继续逃难，但今天局势稍微有点好转。 几乎所有能走的人都在撤离南京。 神学院正迁往牯岭，并希望能在那里租到场地，以便开展工作。 普赖斯博士和夫人将同他们一起走（这是传说）。

上午，金陵大学好不容易弄到卡车后，把他们最珍贵的 60 箱东西运到了下关，但今晚他们又不得不把东西运回，因为，在船上租到的地方被一些官员占据了。

吴博士非常疲倦、沮丧和苦恼。 她受到中国军队士气暂时低落的影响。她对董事会决定要我们把所有的东西留在南京、仅靠运气来决定它们能否度过这场浩劫的做法感到担心。

我希望她去成都，并考察那里的情况，然后去武汉。 万一我们在武汉的集体也不得不撤退的话，他们会很欢迎她的帮助的。

在今天我们非正式的宣传委员会会议上，我们听说了成立"安全区"的计划。 这个想法仅仅是两天前提出来的，现在已取得了不小的进展，真是了不起。 昨天，成立了一个具有影响力的国际委员会。 明天早上，委员会成员将同南京市市长会面。 美国大使馆愿意以后帮助他们同日本当局取得联系。如果安全区能够顺利成立的话，还有大量的组织工作要做。

今天晚上，我的脑海里有无数个没有答案的问题： 南京会被彻底摧毁吗？ 中国军队会被迫撤退而不是被困在南京吗？ 会发生抢劫吗？ 在南京的战斗会持续多久？ 会有长时间的围困吗？ 尽管九国会议似乎在积极工作，但会议能够及时避免华东地区被彻底摧毁吗？ 据说苏州遭到猛烈轰炸，90%的居民已经逃离。

当我在校园里散步的时候，我在想，从现在算起，6 个月后情况会怎么样？

机密 在我们的会议上，米尔斯提出了一个想法： 与其让所有受过教育的人都向西撤退，不如组织人员到南面去鼓励、安慰中国军队，并使他们明白，他们中即使有少数人不守纪律并抢劫的话，这将对中国意味着什么。 马博士和吴博士对此很感兴趣，就这个问题讨论了很久。 他们后来打电话给黄仁霖上校，他说立刻就来（你们还记得他多年来一直在负责励志社的工作，现在他负责部队社会服务工作）。 他说，日本军队在杭州湾的登陆确实使中国军队措手不及，那里出现了慌乱的溃退，结果是士兵常常找不到他们的长官。他说，一支新的广西军正被派往那里，以接替那些部队，然后再重新组建替换下来的部队。 他认为，目前按米尔斯的提议派人去那里是不明智的，并建议不如今晚派人到下关，帮助照顾在船上等候去上游的七八千名伤员。 斯迈思立即带着 15 名金陵大学的学生，在晚上 9 时去了下关，帮助马吉和王先生，他们俩在那里负责南京基督教战争救济委员会的救济工作。

我们留在单身汉的住所①吃了晚饭。 原打算放松一下，玩些游戏，但晚饭后，我们继续进行讨论，并看了路透社的消息，收听马尼拉和伦敦的消息（但不成功）。

🗓 | **11 月 19 日，星期五**

> 忧郁的日子来了，
> 是一年中最凄楚的。
> 树叶凋零北风号，
> 草地变黄人亦凉。

这是一个凄凉的暮秋日子，悲切的秋风整夜都在哀号。 对我们这些在南京的人来说，世界仿佛成了悲伤和被人遗弃的地方。

机密 上午 8 时 30 分，我同吴博士在南山公寓进行了长时间的谈话。我们俩组成了一个紧急委员会，该委员会的任务是留在南京，在危险的时候为邻里们服务，并尽可能地保护金陵女子文理学院。 吴博士正考虑去成都考

---

① 指卜凯家，有 7 名男性外籍人士住在那里。

察那里的情况，也许很快我们将明确下一步该如何行动。 如果我们立刻包装最有价值的仪器、图书和钢琴，也许能够将它们运走。 她一想到过去中国人是如何对待外国人的时候①，她就眼含泪花。

下午 1 时。 我去听上海和香港的广播。 广播中一个字也没提有关战局和九国会议的情况。

下午 3 时。 我去了美国大使馆，讨论有关在南京权力易手时保护金陵女子文理学院的事宜。 他们建议在学院门口挂一面美国国旗。 大使馆正在准备印章，以便在权力易手时期贴在美国人拥有的财产上。

我们被告知，已安排四名成员留在大使馆。 如果形势过于混乱和危险，并危及到外国人的安全时，那么，所有的美国人将被送到美国炮艇上去。 当我表示，我不能离开金陵女子文理学院的同事和邻居，因为他们需要我，有时他们可以帮助我，有时我可以帮助他们时，帕克斯顿先生说："我很羡慕你的位置，很遗憾，我不得不依靠军事手段来保护你们。"我很高兴他们如此理解我的处境，他们将不会要求我离开。 "安全区"的计划几乎取得了奇迹般的进展，早一点定下来将是件好事。

下午 5 时。 我拜访了罗小姐，尽管她不是一个有胆量的人，但这些天她对邻里中的贫穷妇女和女孩子们却非常有帮助。

逃亡在继续着，但现在大多是装满行李的黄包车，而前几天却是小汽车和公共汽车。

🈷 │ 11 月 20 日，星期六

如此凄凉而悲伤的一天。 几乎一整天都在下雨，晚上 8 时 30 分，我在写日记的时候还下着大雨，风也在呼啸。

上午，我设法为我们图书馆订做一些箱子（现在实际上买不到木板、钉子，就是弄到了这些材料，也没有木匠来做）。 我们还叫人制作了美国国旗，以便在紧急情况下挂在我们校园外的房子上。 助理馆员和一些勤杂工在挑选教师和学生常用的书。 如果我们能弄到箱子的话，我们将包装这些书。

---

① 魏特琳亲身经历过发生于 1927 年 3 月 24 日的"南京事件"，这里她显然是指这件事。

上午，我给大使馆写了一封征求建议的信，信中我们提到了三种可能的选择：

1. 尽管有运输、安全储存等方面的种种困难，我们是否应该将大多数有价值的仪器运出南京？

2. 应该让所有东西保持原样，什么也不做？

3. 将我们的东西储存在地下室？

我们得到的建议是第三种选择。 但他们也说，没有人能够预见到哪种是最佳方案。

同吴博士一起，下午花了两小时给纽约写了一封重要的信。 经由汉口至香港的邮路似乎还通畅，对此我们十分感激。 已有几天没有听到上海的消息了。

中午的广播稍微有了点好消息，但华东地区正成为一片不毛之地！ 据说苏州成了废墟。

我们知道在这样的雨天里，许多新的、速度快的飞机正在被集中起来，再有几天就能完成这一任务。 林森①一到重庆，就有人传出话说南京已不再是首都。

下关有许多伤员非常需要帮助。 金陵大学的学生整天都在那里工作。昨晚有 20% 的伤员死了，有人说今天死了 30 人。 一个年轻的门卫李先生和我将去下关尽我们的一份力。 马吉像一个乐善好施者，正在尽他最大的努力解决这个难题。 在伤员从苏州、无锡和其他地方运到南京之前，军队医院的医生和护士已撤离了南京。

🔲 | 11 月 21 日，星期天

机密 昨晚，玛丽·特威纳姆大约在午夜把我们送回来。 我将永远也不会忘记这一经历。 我们发现伤员们一群一群地聚集在火车站的各个地方，也许有 200 人，但我不能肯定。 没有医生和护士，有些伤员处在极大的痛苦之中。 由于没有足够的被褥，普通的麻袋也当做被子。 那里还有其他像我们这

---

① 林森当时为国民政府主席。

样的志愿者。 我们尽自己所能安慰他们。 有一个眼睛和鼻子都严重受伤的士兵在痛苦地呻吟，但我们只能用这样的话安慰他： 我们会尽快将他送到医院。 另一个伤兵从腿到臀部都被炸掉了，他的伤口已有数天没有得到医治。我永远也忘不了腐肉所发出的气味。 当我回到家时，首先用来苏尔水，然后用肥皂洗手，但手上还是有气味。 后来我用了面霜，然后又用了香水，但今天一整天，我都能感觉到那种气味。

我希望所有在 7 月和 8 月份认为有必要进行战争的人，要是能先看一看昨晚大批重伤员的痛苦情形就好了。 我肯定他们会向我承认，当战争导致了这样的结果时，战争就是一种犯罪。 这些士兵只是些普普通通的青年和孩子，就像我们在我们邻里中所看见的人一样。 面对现代战争，他们看来缺少训练，缺乏装备。

我不会轻易忘记一个可怜的人，当我从他担架旁经过时，他请求我不要在今晚就把他送进医院。 他说他太累了，已经在火车上呆了两天，并且很疼。 当我帮他调整一下位置，使他舒适些的时候，我发现他的被子已经湿透了。 我试图找一条被子，但只找到了一些麻袋，于是我只好用麻袋当被子。他说早先的外国医生对他很好，每天为他换药。 他还说："你知道吗，在那里的最后一天，我对那名医生说，如果我年轻一些的话，我想让他做我的教父。"说到这里，他的脸上露出了笑容。 我在想，在以后的几个月中，谁来照顾这些伤员和穷人？ 他们不可能到西部去，他们会被留下，并成为鸦片馆的牺牲品①吗？

今天上午去教堂的人不多，大约 40 人。 下午，在邻里学校的礼拜中，仅有 14 名妇女和儿童参加。 这些妇女不知道自己应该留下还是应该走。 她们对南京可能发生的事感到害怕，有谁敢向她们担保呢？

今天的南京基督教战争救济委员会会议有一些人缺席，与会者中有四人在下个星期天之前可能也要走。 然而，这些工作必须继续下去。

越来越多的难民来到下关，凯普勒（Kepler）博士在下午的英语礼拜上布道，这个布道很有益。 现在听众越来越少。

---

① 原文用了 pray 一词，但根据上下文的意思，应为 prey。

晚上，工人们做完礼拜后，我们告诉了他们有关我们学校紧急委员会的情况。

📖 ┃ 11 月 22 日，星期一

又是一个晴天，但天气很冷。8 时，第一次警报响了，但我们没有听到飞机的声音。也许它们在城外干自己的事。10 时，警报又响了，没有在城里轰炸。

吴博士和我忙着写一些信，我们急切想让凯普勒博士将这些信带到上海去，他今天将乘船去，据说这是最后一班了。詹姆斯夫妇、老普赖斯夫妇、乔伊·史密斯和伊沙·纳格勒（Etha Nagler）也将同船去上海。船是"坤国号"，1927 年该船帮助过许多南京人。

盖尔（F·C·Gale）先生来访，他最近从牯岭回来，目前在南京的医院工作。

下午 1 时，去卜凯家听了上海和香港的广播。上海的电台证实苏州被占领了。北方现在很冷。

机密 听到那里的传言说，苏联已经进行了动员，因此，日本人在撤退（凯普勒先生说，他对贺川的态度非常失望，贺川非常肯定地认为目前的战争是自卫，是中国挑起的战争）。

下午 1 时 30 分。在香港的广播开播之前，警报响了起来，不久就发生了空战。有一架飞机被击落，但我们不知道是哪国的。日本飞机用铝粉巧妙地伪装起来，很难看清它们。空战很壮观，看起来像是中国的新飞机和飞行员。后来，我们听说有两架飞机被击落。

下午 3 时 30 分。我们开了第一次紧急委员会会议。我很高兴我们开了会，有时间来讨论一些事情。我们得出结论，我们必须为四个阶段或是四种情况做好准备：① 战斗阶段；② 中国军队撤退；③ 城里没有军队，很可能也没有警察，不法分子可能要利用这一机会；④ 日本军队进城。我们无法预见将会发生什么事情。我们应该就每个阶段可能发生的紧急情况做好充分准备。一些人认为，再有一个星期就会爆发战斗；另一些人认为，还有三个星期，谁知道呢？委员会是由闵先生、陈尔昌先生、陈斐然、程夫人和我组

成。 可以看出男性成员最担心第四阶段，因为他们认为可能无法从自己家里出来。 金陵大学有一个 7 人紧急委员会，总共有 30 多人留下，这对我们是一个安慰。

下个星期，将在美国大使馆举行感恩节聚会。

🈶 | 11 月 23 日，星期二

今天阴郁且寒冷。 人们无法忘记难民和伤员的状况。 没有人能像中国老百姓那样忍耐着这些痛苦和折磨。

上午，我同学校的一名工人、电工及其助手以及花匠谈了一会儿，得知他们都想回家。 恐惧已渗透到穷人们的心里——当稍微富裕一些的阶层已逃离南京的时候，这也就不足为奇了。 工人们担心日本人进城后会强迫他们当兵，或者是砍他们的头。 谣言四起。

上午 10 时 45 分。 我去同罗小姐——那位住在金陵女子文理学院西面模范住宅里的福音传道者教会的小个子工作人员谈了一会儿。 我们要她以家访的形式了解一下附近有多少妇女儿童将留下，这样，我们就能大概知道会有多少人想到金陵女子文理学院来避难。

神学院在没能为他们的教师和学生弄到交通工具后，最终不得不停课，并要求每个人对自己负责。 金陵大学租来运送他们大队人马的船的起航时间从星期一推迟到星期三，现在在他们又听说要到星期四才能起航。 现在几乎无法出城，所有费用都过于昂贵。 把箱子从堤岸运到船上要价是 3 元。

吴博士和我从我们家禽实验场买了三只鹅，一只送给了美国大使馆，用于感恩节的聚会，两只送给了住在卜凯家的那七个人。 对他们这几个星期给我们的帮助，我们至少能以此表示感谢。

我们听到了伦敦电台有关九国会议的报道。 最真诚地祈祷各个国家的各种组织继续努力，因为，必须采取一些行动来制止战争。 我多么希望日本的态度和一些固定的看法能够改变啊！ 我也希望所有可能的道义力量被动员起来，对日本人民产生影响。 也许日本人只能通过痛苦的磨难才能了解这一点。

通过吴博士，我被邀请去参加在张群（外交部长）①公馆举行的招待会。他邀请了南京所有的外国人与马市长、南京卫戍司令唐生智将军、警察局长王将军②见面。 主人讲了话，并向我们保证，将采取一切必要的措施来保护外国人生命和财产的安全。 他们还有一个非常好的想法，并已开始实施，就是每晚 8 时 30 分～9 时 30 分，这三个重要机关的代表，将在国际俱乐部同任何愿意来的人交流情况。 大约有 50 人出席，其中有各大使馆的代表、外国商业机构代表、几名传教士和一些记者。 吴博士和我是仅有的女性。 出席招待会的中国人大多数面带微笑，显得平静，尽管他们所有的人内心深处都很悲伤。

今晚我生了火炉。 当今晚有许多人在遭受痛苦和寒冷折磨的时候，享乐几乎是一种罪过。

今天有两次警报，一次在上午 11 时，另一次大约在下午 2 时，但两次都没有飞机，也许是假警报，或许是在演习。

📅 | 11 月 24 日，星期三

今天有三次空袭。 前两次我们没有听见轰炸，但最后一次，大约在下午 2 时，轰炸非常猛烈。 林玉文报告说，大约有 40 人被炸死或炸伤。 一些高射炮被转移到别处去了。

校园里一片繁忙。 在科学楼里，人们正在包装科学仪器；在图书馆中，人们在包扎图书。 袁博士在图书馆帮忙，在这方面他是个专家。 上午，徐振东来说，南京的私人银行将在星期六溯江而上。

1 点钟的广播暗示日本官员已收到了有关安全区的设想，到目前为止，日本方面还没有拒绝。 我不敢奢望他们会划定安全区的范围，但出乎预料的是，他们已划定了一块包括美国大使馆、意大利大使馆以及金陵大学和金陵女子文理学院在内的地区。

机密 为安全起见，气象台要把一些贵重的设备存放在我们这里，今天，我们在考虑这一请求。 要么，他们将这些设备作为礼物送给我们，要么，我

---

① 原文有误，张群时任国民党中央政治委员会秘书长，兼外交专门委员会主任委员。
② 警察局长王固磐。

们就得对此撒谎。 他们运来了 10 只箱子，是在我们得知此事之前运来的。

今天，在帮助包装物理仪器时，我似乎第一次意识到这给金陵女子文理学院带来了多大的灾难，以及这场战争对中国意味着什么。 我已有两次听到所谓华东自治区的说法。 吴博士根本不想听这样的话，因为这使她感到恶心。

今晚，吴博士、程夫人和我讨论了如何处置留在这里的钱的问题。 南京很快就要没有银行了。 我们决定，最好把教师、工人 11 月和 12 月的所有的薪水都支付掉；在保险箱里只放 100 元，以防它被砸开，而将其他钱分别藏在几个地方。 在这一时期，支票将没有用处。 许多人担心中国军队的抢劫。我个人认为，有关方面会做出巨大的努力来防止这类事情的发生。

📖 | 11 月 25 日，星期四

今天是感恩节。 天晴了，但很冷。 美国社团每年一次的仪式将于下午 4时在美国大使馆进行，贝茨将进行演讲。 下午 5 时将吃午茶。 留在南京的五名使馆官员中的负责人艾奇逊（Atcheson）先生在发请柬。

今天上午，物品包装还在继续进行着。 吴博士开始收拾档案，陈斐然和我去确定四根新旗杆的位置。 一根选在西山上；一根在两幢男教师住宅的中间；一根在门房的拐角；一根在南山两幢教师住宅中间。 实验学校也有一根旗杆。 后来，我们又去了男教师住宅，以确认这些住宅是否完好无损，所有的东西是否都放进了阁楼。 万一我们这里成了安全区，这些房子可以给难民派上用场。

寻找老金陵女子文理学院以前挂在前门的两块旧牌子是一次有趣的经历。 这两块牌子上写着"大美国女子学院"。 我确定牌子在阁楼上，但我们在阁楼里找了又找，却找到了两块学院在国民政府注册前使用的牌子，上面只写着"金陵学院"，但是，我们却找不到另外两块牌子。 最后，我们决定就用我们找到的这两块牌子。 当我们把它们翻过来准备从阁楼里向外拿的时候，发现牌子的背面"大美国女子学院"的字被一层红色油漆覆盖着。 我们决定用黑底白字重新写。 在日本人入城前，我们就用"金陵学院"这一面，而日本人进城后用另一面可能对我们更有利。 吴博士说这是一个悲喜剧。

当我写日记的时候，猛烈的轰炸一直在进行着。听起来好像是三架轰炸机把它们携带的所有炸弹都投了下来。没有多少高射炮开火，也没有中国飞机拦截它们。据说，高射炮被部署在更需要的地方。据说，昨天日本飞机的目标是电话大楼，今天我听起来是在水厂或是兵工厂方向。也许将有一段时间我们无法打电话，没有电，没有自来水，也许没有警察。

感恩节的仪式与以前一样好，有 20 人参加，其中有 5 名妇女。下午 7 时，我去卜凯家吃了感恩节的晚餐。里格斯、杭立武、埃尔茜和我是客人。杭立武将负责把故宫艺术品运出南京。很奇怪，这些宝藏被留在这里这么长时间。他将用火车取道徐州、郑州运送 100 箱文物，另外 1 500 箱用一艘专门的船来运。

🗓 | 11 月 26 日，星期五

我已经完全丧失了时间概念。自我在 7 月 20 日回到南京后，好像已过了数年。城里有一种紧张气氛。董显光敦促吴博士今天就走，但是，她说自己不能走。今天早上的第一件事就是安排大王（以前是语言学校的）把他的家人接来，住到东院去。他很担心把家人留在自己家里，由于闵先生走了，我很为将来可能要写的中文信件以及同城里的联系担心。现在这个安排解决了我们两个人的问题。

孤儿院的马先生来了，我们作出安排，如果他们那里情况变得危险的话，就把他们的 20 名孤儿搬到我们邻里中心来。以前借用这所房子的"新生活运动委员会"将要迁往汉口。

今天早上，陈兰英、吴元清同金陵大学的第二批人走了。我听说自那以后，金陵大学校园几乎空了。陈竹君（1923）和她的母亲今天去了汉口。据说，下关江边堆满了各种箱子和家具，等着搬运上船。

大学医院的所有护士都走了，留下 200 名病人由别人来照顾。麦卡伦成了总务主任，他正在招募人员。今天，我向他推荐了一名护士、两名女勤杂工和一名跑腿的男孩。

中午的广播表明，《东京日日新闻》不赞成安全区。

机密 米尔斯非常反对这种将中国人从危险地区大规模撤离的做法，并

认为，如果中国不能做得比到目前为止所采取的抵抗措施更好的话，那么，中国就不配赢得这场战争。

下午重新给注册员的箱子打包，并把新书捆扎好，这些书是给迁移到上游的各个系的。 吴博士正在整理档案——挑选她应该带走的材料。 这是一项很繁重的工作，她非常疲倦。

今天的消息不是很妙。 今晚，城里有许多士兵。 最后一家卖外国货的商店也关门了。 很多人担心抢劫。 由于我在帮助别人打包，因此没有收拾自己的任何东西。 如果发生意外的话，我将损失所有的东西。

反对战争的马吉为了照顾下关的伤员，正像奴隶般地工作着。 12 家私人银行明天将登上一艘包租的船撤离。 现金将很快成为一个问题。

🗓 | 11 月 27 日，星期六

近来无法事先安排个人的时间，因为会发生许多预想不到的事。 9 时 15 分，警报响了，但很快就解除了。 我们对这些警报早已习以为常了。 上午，蒋夫人把她的钢琴和手摇留声机送给了学院。 我担心她很快就要撤离南京。

吴博士仍在挑选重要的材料，然后把它们捆好，但其间有各种各样的干扰。 大约在 11 时，我们把属于财务处和校长办公室的几箱子非常重要的材料运走，徐振东将带着这些材料乘南京私人银行包租的船走。

下午 1 时 30 分的香港广播表示，英国开始对日本在租界的行为提出质疑。 日本越放肆越好，这样就会使西方国家对日本的真正目的不再有任何怀疑。

下午 5 时。 建筑委员会开会。 山坡上房子的建筑施工已经停止，但屋顶已架上了，这至少能防止雨水落入屋内。 我们将尽最大的努力帮助承建商，防止发生抢劫的事。 里夫斯博士的平房差不多建成了。 城里所有的建筑公司都停止了工作。

晚上 7 时。 我在神学院的女生宿舍里吃饺子。 他们最后一名学生——来自北方的一名姑娘将住到我们实验学校来。 她将是一名很好的帮手。 晚上 8 时，我在回家的路上，除了看到军用卡车外，街道上空无一人，没有看到一名警察。

有传言说，蒋将军和蒋夫人已经离开南京，还有人说，他们将在三天后离开。

克劳德说，星期三，"巴特菲尔德号"是最后一艘抵达南京的船，因为在靖江的下游设置了障碍。

自 11 月 14 日以来，我们就没有收到上海的报纸。寄往上海的信是经过汉口—广州—香港这一线路去的。我们还能寄航空信，至少我们这样认为。

📖 | 11 月 28 日，星期天

现在悲哀的气氛在南京占主导地位，一些人认为，日本人三天后就要到了；还有一些人说要几个星期。今天一些城门关闭了，目的是防止散兵游勇进来。伤员现在不再送进城里。

上午 10 时。我到大使馆开会，参加会议的还有神学院的哈伯特·索恩（Hubert L. Sone）、基督教男青年会的菲奇、金陵大学的贝茨、鼓楼医院的特里默。帕克斯顿先生谈到士兵抢劫的可能性和对外国人产生的危险。他说，外国人应该尽可能多地立刻撤离南京，现在不能立刻走的人应该做好撤离准备，当大使馆撤离到美国军舰"帕奈号"上去的时候，这些人也一道走。如果城门关闭了，大使馆选定了两个地方作为用绳索爬出城的聚集地。然后要我们每个人代表自己或是所在的单位表态。贝茨和我认为，我们的责任使我们有必要呆在这里。我们的解释被接受，并受到尊重。

今天，去鼓楼教堂做礼拜的不到 20 人。

今天有 90 多人参加了我们邻里学校的礼拜，原因你们可以猜到，不是为了面包和鱼，而是为了了解在危急时他们能否到我们校园来。我们的回答是："我们将尽我们所能保护妇女和儿童，但只有当情况变得非常危急的时候你再来。只带被褥和食物，不允许带箱子。"

2 时 30 分。我从上海路步行到明德中学。我的心情很沉重。我不断碰到一群群妇女和儿童在寻找"安全区"。她们依稀听说了安全区的事情，想确定一下它的位置。我不得不停下和她们交谈。我告诉她们，安全区还没有最后确定下来，但是，一旦定下来后，市政府会通知她们的。她们多么像没有牧羊人的羊群。

我去参加了礼拜，沿着中山路步行。 中山路是南京的主干道，它看起来也很凄凉，实际上所有的商店都关了门。 我只看到四种运输工具：拖着战争物资如高射炮的军用卡车呼啸而过；坐着军官的救护车呼啸而过；北方的骡车和拉着穷人及行李的人力车。

在卜凯家参加了英文礼拜，有 18 人在场，由米尔斯布道。 他做了一个非正式但很有益的布道。

下午 6 时。 我同斯迈思、贝茨、米尔斯和菲奇参加了在中英文化协会举行的"记者"招待会。 市长、警察局长和卫戍司令的代表出席了招待会，目的是给人们一个提问题的机会。 卫戍司令给了我们一些布告，这些布告应该能够避免士兵使用教会建筑和私人住宅。 我们将在明天把给我们的布告贴出来。

今天，除了下关邮局外，所有的邮局都关门了。 安全区还没有确定。 路透社的记者向我建议，在安全区计划无法实现的情况下，如果我们允许妇女和儿童到我们学院避难的话，我们应该让美国大使馆把这一情况通报日本指挥官。 虽然，我并不对自己是在场的惟一女性感到高兴，但感到了自己存在的价值。

🈯 | 11 月 29 日，星期一

这是有校长参加的最后一次紧急委员会会议。 有许多令人困惑的问题：我们应该将保险柜锁上，还是为了应付可能的抢劫而让它开着？ 我们应该将留给我们的钱藏起来，还是放进保险箱？ 如果藏的话，藏在哪里？ 我们应该如何处理许多重要文件、建筑计划等？ 会不会有一段时间南京和校园都没有警察？ 我们是否应该挑选一些最好的工人，把他们训练成警卫？ 如果我成了危险根源的话，委员会的成员保证把我藏起来。 工人们正在清理中央大楼的底层，以供可能会来的女难民，大多是我们的街坊邻居。 很多人今天来询问，万一有危险，他们的妻子、孩子是否能进校园。

下午，陈斐然和我贴布告，确切地说是卫戍司令禁止部队占据我们房屋的布告。 1 时之前，我去了卜凯家听广播，但是，空袭警报响了起来，停电了。

吴博士在继续挑选重要的文件，以便带走。 即使头脑清醒，这也是一项艰巨的任务。 如果你已经很累的话，这个任务简直无法完成。 我刚了解到她将要乘坐的那艘船被征用，以运送北平故宫的文物和化工厂的设备。 船将比计划推迟一天起航。

我们正在尽一切努力销毁"新生活运动委员会"在我们邻里中心留下的证据。 明天早上，我们将把他们留在那里的数百份传单以及一些战争宣传画烧毁。

下午6时。 程夫人和我一起去参加"记者"招待会。 尽管男性们很热情，但有人陪同好多了。 市长和卫戍司令的代表在场，他们回答了许多有关紧急情况下应急措施的问题。 尽管日本还没有答复，但人们对安全区仍抱有希望。 马市长鼓励国际委员会继续他们的计划。

今天城里所有的银行都关闭了。 三个交易中心还在营业。

今晚，埃尔茜把资金交给了我，并教我如何使用保险箱的密码。 我将教程夫人使用密码，这样我们俩都知道如何使用。

🕊 | 11月30日，星期二

吴博士于下午5时30分动身去下关，考德威尔先生驾驶卜凯先生的汽车跟在她后面。 她将去金陵大学带上埃尔茜·普里斯特，她们俩将一起走。 她们说，那艘船将去化工厂，今晚在那里上货，然后白天再回到下关装船（大约一千箱艺术珍品）。 她可以在星期四上午上船，但是，可能会发生许多意想不到的事情，那样可能会阻止她登船，所以我们敦促她现在就走。 她非常疲倦和沮丧。 据我所知，海因兹小姐、鲍尔小姐和我，是今晚在南京仅有的三名外国女性。

中午的广播说，江阴城和炮台已经陷落，日本军队正在清除长江里的障碍。① 看来日军同时也在向芜湖逼近，如果中国军队打算留在南京的话，这将使中国军队陷入危险之中。 有人认为，可能不到一个星期，战斗就会蔓延到南京。

---

① 为了阻止日本军舰溯江而上，中国军队在江阴附近的长江中沉入多艘船只作为障碍。

詹姆斯·亨利·麦卡伦（James Henry Macallum）说，每天都能看到非常疲惫、脚上有伤的士兵朝北面的下关走去。 当他们在路边坐下时，立刻就睡着了。

在今晚 6 时的记者招待会上，国际委员会主席拉贝宣布了安全区的位置。 我以前想都不敢想安全区会在市内。 安全区的范围从上海路的十字路口延伸到汉中路和中山路的交叉路口，从金陵女子文理学院西面的街道到中山路，包括了美国大使馆、意大利大使馆、金陵大学和金陵女子文理学院。虽然日本军事当局还没有同意，但安全区的计划正在执行。 国际委员会将管理财政、住房、食品和卫生工作。 乔治·菲奇[1]被选为计划负责人。 据说，大约有 20 万人留在城里。 市长说，市政府将要提供 10 万元的资金和大量的大米。 中国对这一计划似乎真的感兴趣。

今天，我们把那个大会客厅里的家具搬走，以便为将要到来的难民做好准备——主要是附近的妇女和儿童。"大王"把他的家搬到东院来了，他对我们允许他搬进来很感激。 神学院的王小姐今天也搬来了，她是神学院留下的惟一学生。

我们的家庭手工学校现在还有五名学生，这可能是南京惟一还在开学的学校。 学生们要求继续上学。

里奇先生说，邮局的工作人员将从 1 200 名减少到 600 名，他们租了一艘船，晚上有 600 人住在那里。 日本占领南京后，万一在对待中国人方面有问题的话，这些人将是安全的。 今天没有银行开门。 交通问题几乎无法解决。

犯 ┃ **12 月 1 日，星期三**

今天有一次警报，但没有空袭，这是第 103 次警报。 我们不再关注警报。

吴博士和埃尔茜·普里斯特大约在 9 时终于离开了金陵女子文理学院。昨晚，在她们到达码头之前，船已经驶离码头，因此，她们被迫返回学校过了一夜。 我非常高兴吴博士安全地上了船，首先，在经历了四个月超负荷的紧

---

① 原文是 George Firth，但根据其他资料，这里应该是 George Fitch。

张工作后，她已是身心疲惫；其次，我认为她现在必须把精力转移到下学期的工作上，也许是明年的计划上去，这一点她在南京是无法做到的。 此外，没有人知道日本舰队何时会来，或者会发生可怕的轰炸，到那时就没有人能够离开南京了。

上午 10 时，大使馆打来电话，叫我去参加会议。 参加会议的还有其他教会的领导人。 帕克斯顿先生把我们分为三组： 今天能够走和应该走的人乘一艘商船撤离；现在必须留下，但在最后时刻要乘美国军舰"帕奈号"走的人，如果必要的话，借助绳子爬城墙撤离；准备留下不走的人。 在我们离开后，我问贝茨属于哪一组，他说他属于第二和第三组之间，我们笑着说，这将是挂在城墙的半腰——一个危险的位置。

吴博士上午离开后，我写完了她给总领事的报告。 报告评估了学院财产，并在大使馆存了档。 陈先生和我还去了校园，选择了一些地方贴上了大使馆提供的布告。 明天将有八面美国旗帜飘扬在我们的校园里，再加上一面放置在大草坪上的 30 英尺的旗帜。 城里有个裁缝把他所有的时间都用来制作美国国旗。 金陵女子文理学院与众不同的是策划了第一面旗帜。

11 时 30 分。 紧急委员会召开会议，会上任命李先生负责组建一个治安小组，组织并训练六名工人，为他们做臂章。 会议还任命我们邻里学校的教师薛小姐负责把她的学生和校园里大一点的孩子组成一个难民服务队，训练他们，并为他们准备胸章。 罗小姐报告说，在最危险的时候，附近大约有200 多名妇女和儿童可能想来避难。

我把约 2 000 元现金、瑟斯顿夫人的结婚银器、学院的发票送到美国大使馆保存。 我们决定不锁保险箱。 至于我的东西，我想我是不会收拾一件的。

在今晚的记者招待会上，国际安全区宣布成立，同时还组建了四个委员会，分别负责食品、住房、财务和卫生。 市政府提供了大米和 2 万元钱。

一些人估计，日本军舰大约三天后就会来。 当我们把包装好的书放进地下室、为可能到来的难民腾出地方的时候，陈先生说，他觉得好像是在准备一次葬礼。 的确，好像所有的一切都快要结束了。

12 月 2 日，星期四

今天有三次空袭，但都在城外。 中国飞机起飞迎战。 至于被击落的飞机数量有各种说法，从一架到四架不等。 现在，我们是如此地适应了空袭，空袭期间我们照常工作。

给上海和纽约寄了几封航空信——取道汉口和香港。 今晚听说，今后将不再有送信的飞机。

大约 11 时。 金陵女子文理学院的女舍监程夫人和我清空了保险箱，我们把重要的文件和建筑计划包在油布里藏了起来，希望藏在一个安全的地方。

今天下午，我犯了一个严重的错误——我中午想睡一会儿，由于非常疲惫，直到傍晚才醒来。

下午 6 时。 我又参加了记者招待会。 安全区的计划正取得进展。 大米被运了进来——问题是只有一辆卡车。 日本方面的答复来了，这一答复被理解为日本方面对安全区的成立是赞同的。 没有多少时间来完成准备工作了。有消息说，日本军队正分三路向南京逼来。

每天，玛丽·特威纳姆都友善地跟着程夫人和我，并把我们带回家。 后来，她同我们一起吃晚饭。 今天晚饭后，程夫人同她到下关去照顾伤员了。我很希望程夫人去看看那里的情况，因为，她可能会有所帮助。 我也想去，但我的精力是有限的，而且我的责任首先是料理学校的事务。

新的警察局长来参加记者招待会。 据报道，300 名警察将分配给安全区，他们将同我们一起留下。 我的预言是守军会很早撤离南京，南京不会被摧毁，也不会有抢劫，让我们拭目以待吧。

我们得知，吴博士乘坐的船今晚离开了下关。 当她通过芜湖后，我将松一口气。 船上有数百箱故宫博物院的文物。 这次陈博士①也离开了。

老邵今天种了豆子——为了你们明年春天的返回。 我希望他心目中的春天常在。 实际上，他不相信旧的秩序可能会改变——他按照季节工作的时间太长了。

🈳 | **12 月 3 日，星期五**

现在很难得到消息。 昨天和今天，当上海和香港的电台开始播新闻时，

————————

① 指金陵大学校长陈裕光。

这里都遭到了空袭，因此没有电，也就无法听新闻了。 我记不清了，今天好像有两次空袭。 在后一次空袭时，高射炮猛烈开火。 没有中国飞机追击，这意味着日本飞机不在我们上空。 日本飞机飞得很高。

吴博士的船今天一大早出发。 陈博士和杭立武也同船离开，估计杭立武很快就会返回。 我肯定吴博士在离开首都南京时心情很沉重。

大半天都用来整理建筑委员会的备忘录和文件。 我们准备了两份完整的文件，因担心发生抢劫，将它们放在两个不同的地方。

昨天，我们把大部分家具从中央楼里清理出来，今天又把两个宿舍清理完毕，以供难民使用。 有人认为只需几天就会有难民来，另一些人认为还有10天，没有人知道确切的时间。

今晚的记者招待会非常有趣。 市长和卫戍司令的代表都出席了会议。安全区的计划正在取得进展。 安全区国际委员会的办公室在宁海路5号张群的家（外交部长）。 现在委员会正在设法把足够的大米运进城里和安全区内。 卡车奇缺。 程夫人成功地弄到一辆。 市长明天将尽其所能弄几辆汽车。 大米存放在金陵大学的教堂里。 人们不断来问安全区的情况： 它在哪儿？ 何时能进入？ 等等。

大使馆打来电话。 我们必须在三项选择中选一项，并签上我们的姓名：① 现在就走； ② 过些时候再走； ③ 在任何情况下都不走。 我选择了第三项，当然，如果中国同事认为我的存在威胁到他们安全的时候我就走。

还是没有《字林西报》，也没有信件。 我们听到有关上海的种种传言。

🈷️ | 12月4日，星期六

今晚，门卫报告说，白天有数百名平民到我们学校门口来问，金陵女子文理学院是否真的是一个难民所。 他把他们送到宁海路5号国际委员会总部去了。

由于缺少卡车，如何把大米运进城成为一个难题。 现在已买不到盐和油。

销售挂毯的吴来看我和刘，过去我们曾从他那儿购买过土地。

我们继续把家具从宿舍搬到阁楼，以便为难民腾出地方。 我们继续销毁以后可能引起麻烦的所有传单。 程夫人花了一个上午，在吴博士办公室里挑选东西。

通过大使馆给"创始者委员会"发了有关吴博士情况的电报。 我也首次向五名记者透露了吴博士和金陵女子文理学院的情况。 大使馆发来紧急通知，要我们在接到通知后几小时内做好撤离的准备。

尽管我不打算走，但我很高兴收到这些通知，因为这有助于使我了解局势的最新进展。

今晚记者招待会的主要内容是中国军队保证停止在安全区内的一切军事活动，如挖战壕等，并且撤走所有的军事机关。 在完成这些工作之前，安全区国际委员会的职能将受到限制。

上午，南门附近遭到轰炸。 我们听说意大利人在帮助日本，而俄国人在帮助中国。 像西班牙战争一样，这里会成为第二个意识形态的战场吗？ 但愿这只是谣言。

美联社的记者耶茨·麦克丹尼尔斯（Yates Macdaniels）说，在南京东面，许多美丽的树被砍倒，因为它们妨碍了大炮的射击。 在中山门到汤山之间的村子里已没有人了，所有人都被命令离开，部队在各地修筑工事。

当我想起一年前的那个充满活力、希望、快乐和展望未来的南京时，我内心如同刀绞。 为什么有理性的人无法阻止战争？ 如果愿意的话，我们本来是能够做到的！

扣 | **12 月 5 日，星期天**

在我们刚要去鼓楼教堂时，紧急警报响了起来（现在已不再发两次警报了，因为日本的战线离我们太近了），很快就传来了轰炸的声音。 后来，威尔逊医生告诉我，空袭发生在清朝修建的"西华门"。 我很难过地说，空袭造成的灾难都落在了穷人身上。 他说，有一户人家母亲和女儿被当场炸死。 当威尔逊发现那个已麻木的父亲时，他仍然抱着他的孩子，小孩头的上半部被炸掉了。

我的心为中国士兵痛楚，我得知有 50 名伤员从 20 英里外的地方跋涉到南京。 他们说，许多受伤的同伴倒在了路边。

大学医院现在非常需要医生和护士。 所有的中国护士、绝大部分医生（除一名医生外）都撤走了。 格蕾斯·鲍尔除了做技术员的本职工作外，还当饮食调剂师和出纳。 麦卡伦也被动员当了总务主任。 玛丽·特威纳姆今晚自愿帮助格蕾斯。

今天上午，空袭警报一解除，李先生和我就去了教堂。 令我们吃惊的是有45人到场。 一位刘先生进行了很好的布道。 由于正式牧师已经走了，麦卡伦先生和我召集了一个小组，帮助他们成立了一个三人委员会，这个委员会将继续教会的工作，并为礼拜提供服务。

白天的空暇时间，我在制定一个房屋分配方案，标出有多少房间能提供给难民使用。 我们把所有的宿舍都搬空了，把家具搬到阁楼上去，尽可能地腾空科学楼、艺术楼和中央楼。

刚吃完午饭，我们紧急委员会就开了一次长会，讨论难民的管理问题。要是有更多的人来帮助我们就好了！ 我们计划在门口贴上很大的布告，告诉人们把哪些东西带进来，如果可能的话，我们将把它登在日报上（该报纸现在已压缩成一版了）。

参加妇女会议的人很多，我抽时间去了，并对妇女们宣布她们应该带些什么，何时可以来。 今天，每日一次的记者招待会时间很长。 我同马市长谈了好一会儿。 他认为在一个月的激烈战斗之后，日本军队才有可能进城。 中国方面正采取一切措施把军事机构和防御工事从安全区内撤出，因此，现在可以挂旗帜了。

大使馆来了最后一个电话，要人们在明天上午9时30分前做好准备。我们准备留在城里的人甚至没有时间来考虑这一要求，我们非常忙。

🗓 | 12月6日，星期一

今天很冷，但幸运的是在阳光下很温暖。 没有足够被褥的难民一定很痛苦，这种痛苦在雨雪天会增加多少啊！ 上帝呵，今年冬天的苦难将会多么可怕啊！ 美联社的记者麦克丹尼尔斯今天告诉我们，昨天他去了句容，所有的村庄里都空无一人。 中国军队把村民带走，然后把村庄烧毁，这就是现实中的"焦土政策"。 农民们被带到城里，或是经过浦口送到北方。

在通往明孝陵的路上，许多可爱的树及小竹林已经被砍倒。 我永远也忘不了去年春天那里艳丽的桃李花。

一整天学校里都有各种活动。 陈先生和李先生在指挥工人把艺术楼的所有家具搬到阁楼上去，那里还有够 200 名难民住的空间（后来几乎住了 1 000 人），阁楼真是帮了大忙。 今晚，可以说那幢楼的清理工作已结束了，还有两幢宿舍楼也是如此。 明天，我们将尽力使科学楼和中央楼也做好接待难民的准备。

明天，我们将完成计划，并组织好签字程序。 我很高兴能留在这里协助这一工作。 程夫人无法单独指挥这一工作，别的人又没有经验。

在今天的记者招待会上，发布了更多与安全区有关的通知，将插上红十字外加红圈①的旗帜以标出安全区边界。 要中国军队放弃这一地区不是件很容易的事，他们很不情愿这么做。 国际委员会正迅速落实计划，继续运进大米、煤、盐等。 许多记者还是来参加记者招待会，尽管其中一些人在下关的美国军舰"帕奈号"上过夜，白天再到城里来。 据我们所知，日本人已到距城市 25 英里的地方。

今天有五六次空袭，由于太忙，我没有数，更没有时间到地下室去躲避。

贝茨、特威纳姆和我们一起吃晚饭。 现在对程夫人来说，邀请客人吃顿普通的晚饭都很困难，但她还是做到了。

我的好朋友程夫人让人为我做了一件中国服装，今天我穿了，也许在权力易手的某个阶段我可能需要它，因此做好准备是件好事。

🗓 | 12 月 7 日，星期二

今天早上 7 时。 我听见下关传来枪声，我的第一感觉是日本军舰到了，我们已处在被长期炮击的境地。 幸运的是我错了，但我一直不清楚究竟发生了什么事。

在校园里，我们继续把家具搬到三楼或是专门的房间。 上午，一些工人还在清理中央楼、科学楼和实验学校，其他人在清理宿舍，助理注册员在写告

---

① 这是南京安全区国际委员会的标志。

示和牌子，而戴师傅在总务处为"引导员"①做袖标。 我完成了我们能够接纳的难民人数的估计，共为2750人（8幢房子分配给难民，每16平方英尺1人）。 这个数字尽我们的力量是可以办到的（后来在我们6幢建筑里的难民人数实际上超过了1万人）。

上午10时30分。 我去了安全区国际委员会总部，同他们讨论了有关可以带进安全区的物品的通知等事宜。 斯迈思、米尔斯和菲奇把他们的所有时间都花在这件事和许多其他事情上。 看见英国、德国、美国的商人同传教士在一起密切合作，真是太好了。

自9月30日我们的家庭手工学校开学以来，今天第一次没有上课。 几个星期以来，它是南京惟一开学的学校。

上午我带"引导员"看了有关的建筑，并向他们解释了编号方法。 后来，李先生和我去核对了住房情况。

城里谣言四起。 来自南门的数千人拥进安全区，说警察命令他们在5点钟之前离开家，否则，他们的房屋将被烧毁，他们将被视为间谍。 今天的记者招待会只有三名中国人参加，其余的人要么很忙，要么已离开了南京。

据报道，蒋总司令在今天早上4时离开了南京。 有人认为，几天后城市就会被占领，另一些人则认为，将会有一个长时间的围困。 据说，孝陵卫正在燃烧——出于军事需要被焚烧。 好几个人说，国家公园的许多树被砍掉了——同样也是出于军事需要。 我们听说300枚炸弹落在了淳化镇。

吃过晚饭后，我去了邻里中心，今晚，附近的好几户人家住在这里，包括胡大妈和她的儿子、儿媳（因为她的房屋将被拆掉），吴家（卖挂毯的）以及其他许多人家。 一位78岁的老教师在我们门口停了下来，说他是被强迫离开家的，他的老伴不愿意走，因此他独自来了。 今晚，南京有许多悲剧，许多人饥寒交迫。

釦 | **12月8日，星期三**

上午9时。 我们实地练习了接收难民的工作，为的是准备好相关的办

---

① 指按照计划引导难民住宿者。

法。 我们邻里学校的学生、大王的三个孩子和程夫人的孙子都担任了"引导员"，他们带着袖标，看起来很重要。 六名工人也来帮忙。 陈斐然和杨师傅站在大门外，让难民以家庭为单位有序地进来。 我们将把当地的难民安置在宿舍里，把从无锡等城市来的难民安置在中央楼。 我们允许本地的家庭住在邻里中心，现在，那里已经住得很满了。

今天，我们听见远处隆隆的炮声，声音似乎来自南面。 我们不知道还要多久日本人就会到城里来。 我担心中国军队被困在这里。 今天晚上，我们接收了第一批难民，他们讲述了令人心碎的经历。 中国军队命令他们立刻离开，如果不愿意的话，他们就被当做汉奸，并被枪毙。 大部分人来自南门附近和城市的东南地区。

安全区的旗帜竖了起来——红十字外加一个红色圆圈。

今晚，我看起来有 60 岁，感觉像是 80 岁。 今天我没去记者招待会，因为要帮助接收难民。 这几天很冷，但幸运的是有太阳，既没下雨，也没下雪。

罗小姐今天搬到了实验学校，她将帮助我们照顾难民，并管理住在实验学校的难民。

大使馆来了一个通知："随着其他国家的外交官离开南京，美国大使馆的剩余外交官今晚将去美国军舰'帕奈号'，并在那里建立临时大使馆。 预计大使馆官员将在明天白天回到岸上的大使馆里。 当得知下关城门关闭的消息后，'帕奈号'将驶离目前的三岔河锚地。 用于撤离时帮助翻越城墙的外国人，绳索现在已由贝茨保管①……"

📖 | 12 月 9 日，星期四

今晚，城市的西南角火光冲天。 在下午很长一段时间里，除了西北方向外，到处浓烟滚滚。 中国军队的目的是把所有妨碍他们的障碍清除掉——妨碍他们射击，并可能利于日军埋伏或成为掩护日军的屏障。

美联社的麦克丹尼尔斯说，他看见火是用煤油点燃的。 这些房子的主人

---

① 原文 custory 有误，根据上下文应为 custody。

是过去两天大批涌入城内的难民。 如果这种方法能使日军延缓 12～24 个小时进城，我不知道这是否值得，因为它给平民造成了如此大的灾难。

现在几乎无法寄出信了，邮局不再接收任何信件。 上午我写了四封信，先试着让首都饭店的一个人帮忙把信带出去，然后我到英国大使馆，最后去了美国大使馆。

今晚，当我们参加记者招待会的时候，一颗巨大的炮弹落在了新街口，爆炸声使我们都从座位上站了起来，一些人的脸色都吓得变白了。 这是我们第一次遭到大炮的轰击。 今天每个小时我们都能听见飞机的声音。 有一段时间，记者招待会只有两名记者和两名中国人，其余都是传教士。 看起来不再会有记者招待会了。

当我到家时，发现爆炸的震波是如此的厉害，我的一盆花从窗台上掉了下来。

今晚，校园里大约有 300 名难民，一些人来自无锡，另一些人来自城外，还有一些人来自附近。 金陵女子神学院已有约 1 500 名难民了。

下午 1 时的新闻广播提到了南京被占领后的和平迹象。 我不敢去了解日本将要提出的停火条件。

难民讲述的情况令人心碎。 今天来了一名痛哭流涕的妇女，说她有事到南京来，但她 12 岁的孩子不能进城，她也出不了城去找她的女儿。 这个小女孩在光华门，那里的战斗最激烈。 另外一名来自三岔河的妇女发疯似的找她的母亲。 她在我们学校没有找到她的母亲，我们把她送到金陵女子神学院去了。

明天很可能将发生激烈的战斗，日本人将会尽全力攻入城内（后来从福田那里了解到，日本的先头部队的确在 12 月 10 日占领了光华门，但又被击退了）。

🔔 | **12 月 10 日，星期五**

早上 7 时 30 分。 我原以为入夜后会有持续的炮击，但除了偶尔有人在街上走动外，夜里出奇地安静。 上午 7 时，空袭警报响了起来，但没来飞机。 此刻，我能听见南面的机枪声。

天气依然温暖、晴朗，这对流浪街头的难民来说真是不幸中的万幸。

（上面一段应该删除。 吃早饭的时候，别人都说夜里枪炮声不断，一直持续到凌晨 4 时。 显然我过于疲劳，没有听见。）

上午难民继续涌来。 旧的教师宿舍快住满了，中央大楼也开始住人。《芝加哥每日新闻报》的记者斯蒂尔（Steele）早上来看了看。

在我们前门外，难民们在搬砖头，准备砌房子。 很快，砖变成了一间间小屋——不需要瓦匠，然后再用一两张芦席盖顶，就有了自己的屋子，有了享受天伦之乐的地方。 但他们没有意识到，这可不是一个非常安全的地方。 他们很自豪地邀请我去参观了其中几间屋子。 街上挤满了带着行李的难民，这使我想起了村庄里的庙会。

下午，陈斐然和我去了安全区的西部边界，帮助插上安全区的界旗。 我们希望明天所有的中国军队都能撤走，这样，我们就可以给交战双方发电报，说明这一情况。

当我们在外面的时候，遇到了严重的空袭，几枚炸弹落在神学院的西面。我第一次听见了呼啸而落的炸弹声，还看见了高射炮吐出的火舌。 当飞机在我们头顶上的时候，我们躲在了坟地里。

在白天大部分时间里，枪声大作，据说日军离光华门很近了。 城市周围的大火烧了很长时间。 今晚，西面天空被大火映红了——正在摧毁城墙附近穷人的房屋。 马吉说，他的院落①看起来像是在一片余火未烬的废墟中的一座孤岛。

在今晚的记者招待会上，有人提到了在城市易手时穷人的问题。 在未来的几个月中谁将照料他们？ 被困在城外的那个 12 岁小姑娘的母亲在我们大门外站了几乎一整天，她审视着人群，期待着看到她女儿娇小的身影。

🗓 | 12 月 11 日，星期六

猛烈的炮火夜以继日地轰鸣，城里城外一片枪炮声，尤其是在城市的西南部。 在我们学校所处的小山谷里，炮声听起来不那么响，也不那么恐怖，

---

① 指马吉在挹江门附近的住宅。

但整个城市的情况却很可悲。 马吉说，在福昌饭店、新都大戏院门前以及新街口广场，横卧着许多尸体。 入夜，城市东南部激烈的枪炮声似乎结束了。他还说，下关尚存的部分今晚将被烧毁。 我对这种破坏造成的痛苦怒火满膛，无法控制自己的情绪。 我们的飞机一架①也没有了，而日本飞机却径直飞来。

难民们继续涌入我们的校园，到中午已达 850 人，除此之外，还有 3 户人家住在东院，约 120 人住在邻里中心内。 我们正在北面两幢宿舍楼之间用芦席搭个棚子，让我们熟悉的人在里面卖食品。 尽管我们多次施加压力，设在我们学校大门外的粥厂仍没有开张。 难民们似乎对安全区有一种天真的想法，认为在空袭时站在马路中间也不会有事。 在今晚的记者招待会上，大家催促我们要告诉难民们呆在屋里，或躲在墙后。

今天为《芝加哥每日新闻报》写了一篇短文，还把 38 名金陵女子文理学院的雇员名单送给了美国大使馆，大使馆工作人员将为我们制作臂章。

下午 4 时。 我决定到南山公寓，尽可能将值钱的东西藏到阁楼里。 一些忠实的工人和我一起去了那儿，不到两个小时，我们就把大多数值钱的东西搬了上去。 我们打算在房门口放些东西。 我们将凯瑟林的钢琴留在了起居室，这架钢琴在 1927 年的抢劫中被损坏过，这次也许又将遭受同样的命运。

在今晚的记者招待会上，我们有 20 人——都是外国人，除了四名记者、两名德国人、一名俄国小伙子外，其余都是传教士。 贝茨报告说，中国军队指挥部已经失灵，情况令人沮丧。 下级军官拒绝服从卫戍司令的命令，士兵与大炮没有撤出安全区。 实际上，今晨我发现他们仍在校园围墙内挖战壕。

当我写日记的时候，城市的东南方和西北方响起了猛烈的炮声和激烈的机关枪声。 人们预计敌军将在三天内进城，在日军攻占城市的过程中，将会有可怕的破坏。

明天是星期天，但现在每天都一样。 王小姐、薛小姐和罗小组给了我们无法估量的帮助。 程夫人在这种时刻的表现也很了不起。 陈斐然开始很害怕，今天他说很高兴在这儿，现在他已无所畏惧了。 今天的祈祷做得很好，宗教就是为这种时刻创造的。

---

① 原文用 signal（信号），但根据上下文，应为 single（单一）一词。

𝟏𝟐 月 𝟏𝟐 日，星期天

晚上 8 时 30 分。 我在写这些日记的时候，城市西南部又响起了激烈的枪炮声。 窗户被震得摇撼。 为慎重起见，我离开了窗户。 一整天轰炸不断，有人说，日军已进城了，但我无法证实。 一个士兵告诉我们的守门人，日军曾数次突破光华门，但都被赶了回去。 我们还听说，87 师正在接替 88 师。 但很遗憾，整天都有中国军队从安全区经过。

在今晚的新闻发布会上，听说卫戍司令唐生智已无法指挥自己的部队。除了安全区以外，城里的许多地方都发生了抢劫（从可怕的爆炸声来看，我想那古老而美丽的城墙恐怕所剩无几了）。 现在日本飞机可以自由出入，投下大批炸弹，他们既没有遇到高射炮火的阻挡，也没有中国飞机的拦截。

我认为，把城墙外面所有的房屋以及城墙内的部分房屋烧毁是个严重的错误，这种牺牲没有多少价值。 谁遭受破坏的痛苦？ 还不是中国的穷人！ 为什么不把城市完好的交出？

今天上午 10 时 30 分，我去了鼓楼教堂，那儿大约有 60 人。 教会紧急委员会的一名成员做了很好的布道。 教堂院落里住了许多难民（现在枪炮声实际上已经停了下来，我不知道这是否意味着城墙已被突破，日军进了城）。

难民继续涌入校园，三幢大楼已住满了难民，现在，艺术楼也开始接纳难民。 不幸的是，由红十字会管理的粥厂仍未开张，因此，对没有带食物的难民来说，日子非常艰难。 在我们的一再催促下，粥厂可能明天上午 9 时开张，但如果今夜城市陷落，恐怕连这也做不到了。

在危难和恐怖之际，也发生了一些有趣的事。 我们东门街对面的那个姓管的裁缝，傻乎乎地让"新生活运动委员会"的工作人员在撤离南京前，将他们的一些物品存放在他家的一间屋子里。 随着日军的临近，他开始担心起来。 今天，我打电话叫来了菲奇先生，我俩叫他把所有的文字材料都销毁，并由我们来承担销毁的责任。 整个下午，他和他的妻子以及所有的亲戚，把一堆堆材料搬到我们的焚化炉里烧掉。 他们一趟趟地搬着，累得满头大汗，及时销毁了所有的材料（从枪声可以听出，日本人已经进城了）。

一向精干的中央楼林管理员，由于竭力要这些难民保持地面整洁，今晚嗓子都喊哑了。 下午他对看门人说，要孩子不在地板上小便比登天还难。 看门人说："你为什么不阻止他们？ 叫他们不要随地小便？"林用沙哑的声音说："我哪能不说？！ 但我一回头，他们又尿了。"

今天下午 5 时。 在我去英语部时，看见紫金山上有一条着火带，环绕在山顶部的 1/3 处。 我不知道火是怎样烧起来的，但这意味着许多松树被毁了。

今晚 9 时～10 时。 我和陈先生巡视了校园，洗衣房姓胡的工人和他的邻居都来了。 他们担心今晚有撤退的士兵过来，因为他们家有年轻的姑娘。 今晚，城里是不会有多少人睡觉的。 从南山公寓，我们可以看见城南仍在燃烧，下关也一样。 今夜我得和衣而睡，以便在需要时随时起床。 但愿黑夜快点结束。

刚好一年前的今天，蒋将军在西安事变中被拘留。

🈷️ │ 12 月 13 日，星期一

（听说凌晨 4 时，日本人已从光华门入城了）。 重炮彻夜轰击着城门，据说是在城南，而我听起来却像在城西。 城内枪声也很激烈。 一夜我都没怎么睡。 在半睡半醒的状态下，我感到日军似乎在追逐撤退的中国士兵，并向他们射击。 由于担心出事，我们没有一个人是脱了衣服睡觉的。

5 时过后，我起床到学校前门，那儿一切都很平静，但看门人说，大批撤退的士兵从门前经过，有些人还乞求给他们一些老百姓的衣服。 今晨，在校园里也发现了不少军装，我们的邻居也想进来，但我们试图说服他们，如果他们在安全区内就和我们一样安全，安全区任何地方应该都一样安全。

今天早上，我们学校门前的那个粥厂终于开张了，我们根据难民们到校园来的先后次序，依次向各幢宿舍楼发送早饭。 这顿饭到 10 时 30 分结束。 下午我们将再开一次饭。

贝茨大约在 11 时过来。 他说国际红十字会已经得到了 5 万元，用以建立伤兵医院，第一所医院将设在外交部。 已经组建了一个 17 人的委员会。

下午 4 时。 有人告诉我们，西面山头上有好几个日本兵。 我去南山公寓察看，在我们的"西山"顶上果然站着几个日本兵。 不久，另一名工人叫

我，说有一个日本兵进了我们的家禽实验场，索要鸡和鹅。 我立刻赶到那儿，我打手势告诉他，这里的鸡不是出售的，他很快就走了。 碰巧，他是一个有礼貌的人。

在经历了猛烈的炮击与轰炸后，城市异常平静。 三种危险已经过去——士兵的抢劫、飞机的轰炸和大炮的轰击，但我们还面临着第四种危险——我们的命运掌握在取得胜利的军队手中。 今晚人们都十分焦虑，因为不知道未来会怎样。 米尔斯说，到目前为止，和日本人打交道还算愉快，但是，毕竟接触还很少。

下午 7 时 30 分。 食堂负责人报告说，日本兵正在强占我们校门对面存有大米的房子。 陈斐然和我试图同这批日本兵的头目取得联系，但是没有结果。 门口的卫兵凶神恶煞，我真不愿意看到他。 后来，我为此事见了安全区委员会主席，他们说明天来解决这个问题，但所有的人都一致认为，在处理这个问题时必须谨慎从事。

今晚，南京没有电灯，没有水，不通电话和电报，没有报纸，没有广播。我们与你们所有的人确实被一个无法穿透的区域隔开了。 明天，我将通过美国军舰"帕奈号"，向吴博士和纽约发一个电报。 迄今为止，金陵女子文理学院的员工及建筑物均安然无恙，但我们对今后几天的命运毫无把握。 大家都疲倦到了极点。 几乎在所有场合，我们都发出低沉疲倦的呻吟——周身的疲惫（今晚安全区内有许多放下武器的士兵，我还没有听说城里是否有其他士兵被捕）。

扣 | **12 月 14 日，星期二**

早上 7 时 30 分。 昨夜外界似乎很平静，但在人们的潜意识里存在着一种莫名的恐惧。 天亮前似乎又有猛烈的炮火轰击城墙——也许是在轰掉那些阻碍日军主力入城的路障，不时还夹杂有枪声，也许是日军士兵在向撤退的中国士兵开枪，或者是向抢劫者开枪。 我还能听见下关方向的枪声，在我的想象中，这些子弹是射向坐在拥挤的舢板上、拼命向江北划去的中国士兵们的。 可怜的人啊，他们几乎没有机会逃脱这些无情的子弹。

在我看来，如果人人都应对战争尽责的话，所有主张宣战的人们都应该志愿参战。 妇女们可以在医院服务，为伤员提供衣物和安慰。 在装备和维持一支部队所需的无数工作中，甚至女中学生也可以发挥很大的作用。 中学或大学男生可以参加军队或是红十字会，或者去社会服务部门服务。 当战争结束时，妇女或青年们将面临更繁重的任务，照顾阵亡将士的孤儿寡妇，更不用说帮助伤残士兵这一光荣的任务了。

我们这些人认为，战争是国家犯罪，是违背上帝创世精神的一种罪恶。我们可以把自己的力量奉献给那些无辜的受害者，献给那些家庭被烧、被抢，或是那些在战争时期被飞机大炮炸伤的人，帮助他们康复。

真是上帝保佑，天气像 10 月份一样温和。 一些被迫睡在外面山头上可怜的人们，在这种气候下还不算太受罪。

不少人说，昨夜他们被日本兵赶出家门，今晨又发生了抢劫，挂着美国国旗和贴有日本大使馆告示的苗先生家也被日本人闯入。 我不知道他家被抢走了什么东西。 他们睡在老邵家屋子外面，用柴草当褥子，老邵以及全家已搬走了。 有许多年轻妇女被强奸的消息传来，但我没有机会证实。

下午 4 时。 我到安全区委员会总部。 委员会主席拉贝和刘易斯·斯迈思一整天都试图与日军司令部取得联系，但他们被告之司令要到明天才来。他们遇到的日本军官，有的彬彬有礼，而有的蛮横粗暴。 马吉正在组织一所国际红十字医院，一整天都在外面忙碌着，他也是同样的说法，一些日本人有礼貌，而另一些人却十分可恶。 他们对中国士兵残酷无情，对美国人并不太在乎。

4 时 30 分。 米尔斯要我与他一起到水西门去看看长老会在那里的房子。我的任务是为他看汽车。 除了一些窗户玻璃被打碎外，其他情况还算不错。日军进来过，但未抢劫。 我坐在汽车里，米尔斯到屋内向看门的人了解情况。

当我们返回时，在山谷附近看到一具尸体，考虑到南京所经历的炮击，周围的尸体还不算多。 过了一会儿，我们遇见了索恩先生，并叫他上车。 他说，他把车子停在门前，进去几分钟后车子就没有了，车上悬挂着美国国旗，并且上了锁。

许多贫穷或富有的住家门口都挂起了日本国旗，人们事先制作了日本国旗，悬挂起来，以期获得较好的对待。

当我们回到金陵女子文理学院时，前面空地上满是日本士兵，约有八个士兵站在我们的门口。 我到门口站着，直到他们离开，并找了个机会把陈师傅从他们手中夺了回来。 如果我没有赶到的话，日本人将把他抓去当向导。学院送信的魏早上被派出去，到现在还没有回来，看来被他们抓走了。 当我站在门口的时候，好几个日本兵看了我的国际委员会徽章，其中一人还向我询问时间，同昨天那个凶神恶煞的日本兵相比，这些人和气多了。

今晚，人们很害怕，但我认为情况将会比昨天好一些。 似乎日本兵已经进驻了安全区的东部。

《纽约时报》记者德丁原来想出城，要到上海去，但被阻挡了回来。 他说，成千上万的日本兵正在进城的路上。

今天，我们的难民吃了两顿饭，他们对此很感激。 我们原以为今天弄不到米了，因为日本兵呆在储存大米的房子里。

我决定把前天晚上撤退的士兵丢在我们校园内的军装埋掉，但当我到木工房时，发现我们的花匠更聪明，他们把军装全部烧掉了，把手榴弹都扔到塘里。 陈先生把丢弃的枪藏了起来。

但愿今夜平安无事。

🗓 | 12 月 15 日，星期三

今天一定是 12 月 15 日，星期三了，现在很难记住日期，一个星期内不再有任何规律。

除了中午吃饭外，从早上 8 时 30 分到晚上 6 时，我一直站在校门口，看着难民们源源不断地涌入校园。 许多妇女神情恐怖。 昨夜是恐怖之夜，许多年轻妇女被日本兵从家中抓走。 索恩先生今晨过来告诉我们水西门那边的情况。 此后，我们就让妇女儿童自由地进入我们校园。 同时尽可能地请求年龄大一些的妇女呆在家中，以便给年轻妇女腾出地方。 许多人恳求只要草坪上有一个坐的位置就行了。 我想，今夜一定进来了 3 000 多人。 来了几批日本兵，没有带来麻烦，也没有强行进入校园。 今晚索恩和里格斯先生睡在南山的房子里，刘易斯·斯迈思和陈斐然先生睡在门房，我住在下面的实验学校。我们还让我们的两名警察穿便衣巡逻，守夜人也将整夜巡逻。

晚上 7 时。 我带了一队男女难民到金陵大学，其中一位妇女说，她是她四口之家的惟一幸存者。 我们仍不接收男性难民，不过，我们还是让许多老年男子住在中央楼的教工食堂里。

昨天和今天，日本人进行了大规模的抢劫，摧毁学校、杀害市民、强奸妇女。 国际委员会试图拯救的 1 000 多名已解除武装的中国士兵被日本人强行带走了，此刻可能已被枪杀或刺死。 在我们南山公寓，日本人破门而入，抢走了一些果汁和其他东西（真是门户开放政策！）。

拉贝和刘易斯·斯迈思先生与日军司令取得了联系，那人刚到，还不算坏。 他们认为，明天情况就会改善。 今天，四名外国记者搭乘日本驱逐舰到了上海。 我们既得不到外界的消息，又无法向外界传递消息。 人们还能听到零星的枪声。

📖 | 12 月 16 日，星期四

今夜我问菲奇情况怎样，在恢复正常秩序方面取得了哪些进展？他回答说："今天简直是地狱，是我一生中经历的最黑暗的一天。"当然对我来说也是这样。

昨夜很平静，我们三个外国人没有受到什么打扰，但白天情况却糟糕透了。

上午 10 时。 金陵女子文理学院经历了一次官方视察——彻底地搜查中国士兵。 100 多名日本兵来到校园，首先搜查了一幢大楼。 他们要求我们把所有的门都打开，如一时找不到钥匙，日本人就很不耐烦，其中一人备有一把斧头，以便强行劈门。 当彻底搜查开始时，我的心便沉了下来，因为我知道，在楼上地理系办公室里放着数百件为伤兵做的棉衣，这些棉衣是妇救会做的。 我们还来不及处理这些棉衣，我们不想把它烧掉，因为我们知道，今冬许多穷人非常需要棉衣。 我把日本兵带到那个危险房间的西面房间，日本人想从一个相邻的门进去，但我没有钥匙。 幸运的是我把他们带到阁楼上，阁楼里有 200 多名妇女和儿童，这分散了日本兵的注意力（天黑后，我们把这些衣物全部烧掉了，陈先生也把他的一支枪扔到塘里去了）。

有两次，日本兵抓住我们的工人，说他们是士兵，要把他们带走。 但我

说："他们不是士兵，是苦力。"他们才得以逃脱被枪杀或是被刺死的命运。他们搜查了我们所有住有难民的大楼。 四个日本兵，其中还有一个低级军官想要点喝的，我们把他们带到程夫人的宿舍。 当时，我们并不知道校园里架着六挺机枪，还有更多的日本兵在校园外站岗，并做好了射击的准备，如果有人逃跑就开枪。 当那个级别最高的军官离开时，他写了一个证明，说我们这里只有妇女和儿童，这帮助我们在今天其余的时间里，将其他小股日军挡在了校门外。

中午刚过，一小股日本兵从原医务室的边门进来，如果我不在的话，他们将会把唐的兄弟抓走。 后来他们沿路而上，要求从洗衣房的门进来，我也及时赶到了。 如果日本人怀疑哪个人，那么其命运将与在他们身后被捆着的四个中国人一样。 日本人把那四个人带到西山，我听到那儿响起了枪声。

今天，世上所有的罪行都可以在这座城市里找到。 昨天，30 名女学生在语言学校被抓走，今天，我听到了数十起有关昨夜被抓走女孩子的悲惨遭遇，其中一位女孩仅 12 岁。 日本人还抢食物、床上用品和钱。 李先生被抢去 55 元。 我估计这座城市每一户人家的门都被打开过，并被反复抢劫。 今晚，一辆载有 8～10 名女子的车从我们这儿经过。 当车开过时，她们高喊："救命！救命！"街上和山上不时传来的枪声，使我意识到一些人的悲惨命运，而且他们很可能不是中国士兵。 一天中的大多数时间，我都像卫兵一样守卫在前门或是被叫去处理其他问题——跑到学校的其他地方，去对付进入校园的一批又一批日本兵。

今晚，我们南山公寓的工人程师傅过来说，房子里的灯都亮着。 我的心一沉，我想一定是被日本兵占据了。 我上去后发现，瑟尔·贝茨和里格斯先生昨晚忘记关灯了。

科学楼管理员蒋师傅的儿子今天早上被抓走了，还有一个姓魏的也至今未归。 我们想做点什么，但不知如何做。 因为城里没有秩序，我不能离开学校。

拉贝先生告诉日本司令官，他能够帮助恢复市内电、水和电话服务，但这只能在城市恢复正常秩序后才能办到。 南京今夜成了一个可悲而破碎的空壳，街上空无一人，所有的房子一片黑暗，充满了恐怖。

我不知道今天有多少无辜、勤劳的农民和工人被杀害。 我们让所有 40

岁以上的妇女回家与她们的丈夫及儿子在一起，仅让她们的女儿和儿媳留下。 今夜我们要照看 4 000 多名妇女和儿童。 不知道在这种压力下我们还能坚持多久，这是一种无以名状的恐怖。

从军事的角度来说，占领南京或许会被认为是日军的一个胜利，但是从道义的角度来看，这是失败，是日本民族的耻辱。 这将破坏未来与中国的友好与合作，而且将永远失去今天居住在南京的居民的尊敬。

要是日本有良知的人知道南京发生的一切就好了! 噢，上帝! 阻止日军凶残的兽性，安慰今天无辜被屠杀者的父母们破碎的心，保护在漫漫长夜中备受威胁的年轻妇女和姑娘吧! 愿没有战争的日子早日到来! 正如你在天国所为，你也一定会恩泽芸芸众生。

📖 | 12 月 17 日，星期五

我 7 时 30 分到校门口，给与陈斐然在一起的索恩先生捎了个信，红十字会的粥厂必须有煤和米。 又有许多疲惫不堪、神情惊恐的妇女来了，说她们过了一个恐怖之夜。 日本兵不断地光顾她们的家（从 12 岁的少女到 60 岁的老妪都被强奸。 丈夫们被迫离开卧室，怀孕的妻子被刺刀剖腹。 要是有良知的日本人知道这些恐怖的事实就好了）。 但愿这里有人有时间写下每一件可悲的事情，特别是那些抹黑脸庞、剪掉头发的年轻女子的遭遇。 看门人说，她们从早上 6 时 30 分就开始进来了。

整个上午我都奔波于出现日本兵的大门口、小门、南山和宿舍。 今天早饭和午饭时也跑了一两次。 数天来，没有一顿饭不被跑来的工人打断:"华小姐，三个日本兵进了科学楼……"

整个下午都在校门口，管理交通，阻止难民的父亲、兄弟和其他携带了食物和日用品的人进入校园。

校园内原有 4 000 多名难民，现在又来了 4 000 多人，食物成了一个非常复杂的问题，因此，我们对进来的人必须谨慎选择。

人群不断涌入，我们简直无法应付。 即使有房间，我们也没有足够的力量来管理。 我们与金陵大学联系，开放了他们的一个宿舍，他们将派一名外国人在那儿整夜守卫。 下午 4 时～6 时，我接受了两大批妇女和儿童。 这真

是一幅令人心碎的景象，惊恐的年轻姑娘、疲惫的妇女拖儿带女，背着铺盖和衣物，拖着沉重的步履走来。 我很高兴我和她们一道走，因为一路上我们遇到了好几批日本兵正在挨家挨户地搜查，他们身上背着各种各样抢来的东西。

好在玛丽·特威纳姆在校园里，因此，我认为我能够离开一会儿。 我返回时她告诉我，下午 5 时，两个日本兵进来，看见草坪中央那面很大的美国国旗，他们把它从旗杆上扯了下来，企图把它带走，但旗帜太重，放在自行车上太累赘，于是就把旗帜扔在科学楼前的一个土堆上。 玛丽在配电房找到了他们。 当她与他们交涉时，他们脸红了，因为知道自己干了坏事。

我们吃完晚饭时，中央楼的那个男孩跑来说，校园里有许多日本兵正向宿舍走去。 我看见两个日本兵在中央楼前推门，坚持要求把门打开。 我说没有钥匙，一个日本兵说："这里有中国士兵，日本的敌人。"我说："没有士兵。"和我在一起的李先生也说了同样的话。 他们打了我一记耳光，也狠狠地打了李先生，坚持要开门。 我指了指侧门，把他们带进去。 他们在楼上楼下到处看，似乎在找中国士兵，当我们出来时，看到另外两个日本兵绑着我们的三个工人出来。 他们说："中国士兵。"我说："不是士兵，是工人和花匠。"他们确实是工人和花匠。 日本兵把他们带到前面，我也跟着去了。 当我到前门时，看到一大批中国人被迫跪在路旁，包括陈先生、夏先生以及我们的一些工人在内。 一名日军中士及他手下的一些人在那儿。 很快，在日军的押送下，程夫人和玛丽也来了。 他们问谁是学校的负责人，我说我是，然后他们让我来指认每一个人。 不幸的是，有些新人是最近刚雇来帮忙的，其中有一个人看上去像是一个士兵，他被粗暴地带到路的左边，并被仔细地审查。当我来指认工人时，陈先生开口说话，想帮助我，他被日本兵狠狠地揍了一顿，并被带到路的右边，强迫他跪在那里。

在整个过程中，我们真诚地祈祷，求主保佑。 这时一辆车开来，上面坐着菲奇、斯迈思和米尔斯。 后来，米尔斯留下来和我们呆了一夜。 日本兵强迫他们下车站成一排，脱下他们的帽子，并且搜身，检查他们有没有手枪。幸好菲奇和那个中士能说一点法语，那位中士同他手下的人讨论了好几次。起先，他们坚持要求所有的外国人以及程夫人和玛丽离开，当我说这是我的家不能离开时，他们终于改变了主意，随后，他们让男性外国人坐车离开。当这些被抓的人站着或是跪在那里时，我们听到尖叫声和哭喊声，并看见有人从侧门出来，我猜想是日本兵把大批的男性帮工带走了。事后，我们发现了他们的计谋：把负责人困在前门，由三四个士兵假装审查和搜捕中国士兵，而其他人则在大楼里挑选妇女。当这一勾当干完后，日本兵带着陈先生从前门出去，我们肯定再也见不到他了。他们走后，我们还不敢肯定日本兵确已离开，而是以为他们还守在外面，并准备向任何敢动的人开枪。

我永远也不会忘记这一情景：人们跪在路旁，玛丽、程夫人和我站着。枯叶瑟瑟地响着，风在低声呜咽，被抓走的妇女们发出凄惨的叫声。当我们默默地站在那儿时，"大王"过来说，有两名在东院的妇女被抓走了。我们叫他赶快回去。我们为陈先生和其他被抓走的人祈祷，希望他们能够获释，我肯定以前从来没做过祈祷的人，那一夜也做了祈祷。

时间似乎凝固了，在恐惧中我们长时间没敢动，到 10 时 45 分，我们才决定离开。看门的杜偷偷地向门外看了看，没有人在那里。他悄悄走到边门，边门似乎也关上了。我们所有的人都站起来，离开了那里。程夫人、玛丽和我到东南宿舍，那里没有人，程夫人的儿媳及所有的孙子都不在了。我被吓坏了，但程夫人平静地说，他们一定和难民们躲到什么地方去了。在她的房间里，东西被翻得乱七八糟，显然是被抢劫过了。接着，我们到了中央楼，程夫人的一家、王小姐、薛小姐和邬静怡都在那里。后来，我和玛丽到实验学校，令我吃惊的是，陈先生和罗小姐正静静地坐在我的客厅里。当陈先生告诉我们他的经历后，我想真是奇迹救了他的命。我们举行了一个小小的感恩会，我从未听到过这样的祈祷。后来我们到门房，在门房隔壁的陈先生家呆了一夜。我上床时肯定是午夜了，恐怕大家都没睡。

🗓 | **12 月 18 日，星期六**

现在几乎每天都一样，整天都听到各种各样我以前从未听过的悲剧发生。一大早，神情惊恐的妇女、年轻的姑娘和孩子就潮水般涌了进来。我们只能让她们进来，但没有地方安置她们。我们告诉她们只能睡在露天草地上。不幸的是，天气现在冷多了，她们又得忍受另一种新的痛苦。我们必须尽更大的努力，劝说年龄大一些的妇女和已婚带着孩子的妇女回家，以便腾出地方给年轻未婚的女子。

这些天，我整天都在校园里从一个地方跑到另一个地方，大声地说："这是美国学校!"大多数情况下，这足以让日本人离开，但有时他们不理会，并凶狠地盯着我，有时还对我挥舞刺刀。 今天，当我们到南山公寓去阻止日军抢劫时，其中一个日本兵用枪对着我和与我在一起的守夜人。

由于昨夜的可怕经历，我带着现在是我私人秘书的大王一起走，我们决定到日本使馆去报告情况，看看是否能够得到帮助。 当我们到了汉口路与上海路交界处时，我停了下来，不知是否应该叫瑟尔·贝茨和我一道去，还是我独自去，或是先到美国大使馆寻求帮助。 我们很幸运，在美国大使馆找到了一位非常有用的中国秘书或是职员，他叫邓泰诚（T.C.Teng）。 他给我写了两封信，并用大使馆的车把我们送去。 我们立即来到日本使馆，报告了我们的困难、经历以及星期五晚上发生的事情，然后，我要了一封可以带在身上的信，以便用它将进入校园的日本兵赶走。 我还要求在学校门口贴上告示。 这两个要求他们都答应了。 回来时我高兴得难以形容。 日本使馆的田中副领事还说，他将去找两个日本宪兵在夜里站岗。 他是一个善解人意和稍带忧郁的人。 当一切都办妥，我准备给大使馆司机小费时，他说："使中国人免遭彻底毁灭的惟一原因，就是南京有为数不多的十几位外国人。"如果对这些毁灭和残忍没有任何限制的话，将会是什么样呢？ 由于有米尔斯先生和两名宪兵在大门门口守卫，数日来我第一次安静地上床睡觉，并认为一切都将会好起来。

当我在办公室里写这些日记时，我希望你们能听到我门外的喧闹与嘈杂声。 我猜想，仅这一栋楼房里就有 600 多人，我估计，今晚校园里一定有 5 000 人。由于缺少住所，今晚他们只能睡在水泥路上。 所有大厅和走廊都住满了人。 我们不再分配房间，开始时，我们在理想主义的驱使下曾试图这么做过，但现在在他们能够挤在哪里，我们就让他们挤在哪里。

玛丽和布兰奇·邬都搬到实验学校来了。

🔟 ┃ 12 月 19 日，星期天

今天又有大批惊恐万状的妇女和年轻姑娘涌入校园。 昨晚又是一个恐怖之夜。 许多人跪下请求让她们进来。 我们让她们进来了，但不知今夜她们将在何处睡觉。

8时。 一个日本人同日本使馆的一位官员一起来了。 由于我们已经知道难民的米不够了，我要求他把我带到安全区总部，他同意了。 在总部，一辆德国车送我去见索恩先生，他负责大米的分配。 他许诺 9 时把大米送到学校。 随后，我坐这辆车回宁海路 5 号。 现在惟一能保护汽车的办法就是有外国人在场。 在我走回学校的路上，许多父母亲和兄弟们一再请求我，要我把他们的女儿、姐妹带回金陵女子文理学院。 有一位母亲，她的女儿是中华中学的学生，她说，昨天她家被反复抢劫，她已无法保护自己的女儿了。

上午其余的时间，我都从校园的这一边跑到另一边，把一批批的日本人赶走。 我去了南山三次，然后又到校园的后面，接着又被急呼到教工楼，据说那里有两个日本兵上了楼。 在楼上 538 房间里，我看见一个家伙站在门口，另一个正在强奸一名姑娘。 我的出现和我手上那封日本大使馆的信，使他们慌忙逃走。 在我内心深处，我真希望自己有力量把他们揍扁。 如果日本妇女知道这些恐怖的事情，她们将会感到多么羞耻啊！接着，我又被叫到西北宿舍，发现两个日本兵正在偷吃饼干。 看到我时，他们匆忙离开了。 下午晚些时候，分别来了两批军官，我有机会对他们讲述了星期五晚上的经历和今天发生的事。

今晚，我们校园有四名宪兵站岗，明天还来一名。 入夜，城里至少有三处燃起了熊熊大火。

📷 | **12 月 20 日，星期一**

晴朗的天气似乎是这些悲哀与痛苦的日子里惟一令人欣慰的事。

8时~9时。 我在大门口，试图劝说年长的妇女回家，腾出地方来保护她们的女儿。 她们原则上都同意，但还是不愿意回家。 她们说，日本兵白天不断地到家里来抢所有的东西。

10时~12时。 我在办公室写一封有关日本兵在我们校园所作所为的正式报告，准备交给日本使馆，但没有写成，因为，我不断地被叫到校园的这边或是那边去驱赶一批批日本兵。

在南山公寓里，又有两名日本兵正在抢劫吴博士的五斗橱和手提箱。 吃午饭时，玛丽和我到学校的三个地方去赶走日本兵。 他们似乎很喜欢在吃午饭时来。 我们正在设法要一名宪兵白天在校园里站岗。

下午 3 时。 来了一位高级军官和其他一些日本人。 他想视察大楼和难民工作。 我真希望他在校园时来几个干坏事的日本兵。 当我们看过拥挤着难民的中楼后，西南宿舍的一名工人报告说，那儿有两个日本兵正要带走五名妇女。 我们匆匆赶到那里，这两个日本兵看到我们时急忙逃走。 一名妇女跑过来跪在我面前，求我救她。 我回过去正好挡住一个日本兵，不让他逃走，并故意拖延时间，等那位日本军官的到来。 那位日本军官训斥了他，然后就让他走了，没有给他应有的严惩，以避免这类无耻行径再次发生。

4 时。 大王和我去了我们的大使馆，大使馆的人带着我们去了日本使馆，再一次报告了我们的情况，要求交还我们的两名工人，并要求他们白天也派宪兵来站岗。 艾奇逊的厨师报告说，他的父亲被日本人打死了，但没有人敢回去埋葬他。

出乎我的意料，刚吃完晚饭，25 名宪兵被派来守夜，显然中午发生的事起了作用。 通过地图，我向他们指出了学校的危险地点，特别是西北角，日本兵常从那里进来。

今晚，我们大约有 6 000 多名难民，校园内的路上全是人。 夜里，东边的天空很亮，城市里的抢劫还在继续着。

钿 | **12 月 21 日，星期二**

现在日子似乎很漫长，每天早上都在想这一天如何度过。

早饭后，我们开始收集有关昨晚 25 名宪兵所干坏事的材料（两名妇女被强奸）。 但我们知道，在处理这一事件时必须小心谨慎，要讲策略，否则，可能引起这些士兵的仇恨。 对我们来说，这可能比我们目前遇到的麻烦更糟。

玛丽和程夫人要求女难民吃饭时排队，如果她们有耐心的话，这倒是需要的。 我们的米饭总是不够，但有些人拿了超过她们需要的数量。

11 时。 王先生和我到我们的大使馆去预定一辆车，下午送我们去日本使馆。

下午 1 时 30 分。 我和艾奇逊的厨师坐着使馆的车向西开去。 他听说他75 岁的老父亲被打死了，急着要去看一看。 我们看到那位老人躺在路中央。

我们把他的尸体抬到一个小竹林里，用席子裹好。 据说，这位老人拒绝到大使馆接受保护，说他肯定不会有什么危险。

当我们 2 时到达日本使馆时，领事不在，因此我们准备 4 时再来，幸运的是，当我们出门时看见了领事的车，于是，我们就回去与他见面，并告诉他我们很抱歉，无法为 25 名宪兵提供木炭、茶和点心，能否晚上安排两名宪兵，白天安排一名。 他很聪明，猜到昨晚 25 名宪兵在我们那里表现不佳。

今天下午，南京所有的外国人给日本使馆送去了一份请愿书，要求为了 20 万南京居民以及日本军队的自身形象，恢复南京的和平。 由于我刚去过日本使馆，所以我没有同他们一起去。

离开日本使馆后，我和美国大使馆的工作人员一起到三牌楼詹金斯（Jenkins）先生家。 尽管他的房子有美国国旗和日本使馆的告示，以及致东京特别电报的保护，但仍然被彻底洗劫。 在车库里，我们看到了他信任的佣人的尸体。 在这以前，他拒绝离开主人的房子到大使馆躲避。

你们曾在南京住过的人永远也想象不出面前的街道是什么样子，那是我所看到的最悲惨的景象。 公共汽车、小汽车翻倒在街上，东一具、西一具地躺着脸已发黑的尸体，到处都是被丢弃的军服，所有的房子和商店不是被洗劫一空就是被烧毁。 安全区内的街上挤满了人，而在区外，除了日本兵，看不到其他人。

不管悬挂哪国国旗，只要没有外国人在场，任何小汽车停在街上都是不安全的，于是，我们把使馆的汽车开回使馆。 我同大王、老邵一起走回学校（我不愿独自一人行走）。 这时，一名神情黯伤的男子走了过来，问我们能否帮助他。 他 27 岁的妻子刚刚从金陵女子文理学院回家，就碰上了三个日本兵来到他家，这三个日本兵逼迫他离开，而现在他的妻子还在日本兵的手中。

今晚，校园里一定有 6 000 或 7 000（也许是 9 000~1 万）名难民。 由我们这几个人管理，简直累坏了。 我们不知道在高度紧张下自己还能支撑多久。

现在大火映红了东北部、东部和南部的天空。 每晚大火都把天空照得通亮，白天浓烟滚滚，这表明日本人的抢劫和破坏还在继续着。 战争的结果是死亡和凄凉。

我们与世隔绝，不知道外面发生了什么事，也发不出去信件或消息。 今晚，我到前门去视察时，守门人说，现在度日如年，生活已没有什么意义。这是实话。 悲哀的是，我们看不到未来。 这个曾经充满活力和希望的首都，现在几乎是一个空壳，可怜与令人心碎。

还没能把我几天前写好的电报发出去。

▥ ┃ **12 月 22 日，星期三**

今晨响起了剧烈的机关枪和步枪声。 这是演习还是更多的无辜者被打死？

我突然感到没有力气了，这些天的紧张与悲伤使我精力耗尽。 除了早上与日本使馆警官会晤，下午与福田先生会晤，晚上与我们卫兵的负责人会晤外，今天我什么也没干。 白天尽可能多休息。 有玛丽·特威纳姆和"大王"在这儿帮忙，真是上帝的恩赐。 程夫人的许多意见都非常明智、有价值，但她也是疲劳至极。

今天，我们没有向难民们提供米饭，原因仅仅是管理问题。 我们重新安排了供应的办法，在真正穷得买不起食物的人身上缝了个红标记，以后他们将首先得到食物。 我们还准备了票给当天没有领到米的人——每次还没发遍，米就没有了，下次分发时将首先照顾到这些人。 我不敢估计现在我们有多少难民，有人认为大约 1 万人。 科学楼只开放了两个房间、一个大厅和一个阁楼，里面就住了 1 000 人，因此，在艺术楼里一定有 1 200 人，他们说，仅仅阁楼里面就住了 1 000 人。 在水泥路上，夜里一共有 1 000 人。 今晚，菲奇先生过来问我们，是否愿意开放汇文楼，我们说当然愿意。

下午，美国教会团的欧内斯特·福斯特（Earnest H. Forster）先生来了，他讲述了一个悲惨的故事： 日本使馆想把电厂修好，以便恢复供电。 于是，拉贝先生找了 50 名雇员，把他们带到电厂。 今天下午，他们中的 43 人被日本兵枪杀了，理由是他们过去是政府雇员。 福斯特还想知道，我们星期天能否在这里举行英语圣诞礼拜。 玛丽和我认为，把所有的外国人聚在一起是不明智的，这会引起太大的注意。

现在，日本方面每晚都派 25 名日本兵到我们这里来。 他们第一晚来时就发生了几起不愉快的事件。 昨晚一切正常、平静。 今晚，我们策略地建议采取昨晚的办法，即让他们守卫在外面，里面由我们来守卫。 人们说，城里的情况稍许好了一些，当然火是少了些，不过还是有。 我们与外界仍没有联系。

扭 | **12 月 23 日，星期四**

离圣诞节只有两天了。 今天的情况与以往这时的校园生活是多么的不同啊! 那时一切都很繁忙：节前的准备、美好的期待和欢乐，而现在拥有的只是恐惧和悲哀，不知下一刻会发生什么事情。 我们校园今天和昨天还算平安。 昨天来了三批日本兵，今天只来了一批。 过去的两个晚上也还平静。 卫兵一天一换，每次新的来时，王先生和我都尽一切努力解释，要他们守卫在校门外，而我们守在里面。 今天下午 2 时，一位高级军事顾问和三位军官来了，他们想视察难民住的房子。 我们反复说，一旦城市恢复和平，我们就敦促难民回家。 他们说，城里的情况好多了，并认为难民很快就能回家。

住在我们东院的邻居孙说，昨晚有 60～100 人，大多数是年轻人，被日本人用卡车运到古林寺南面的小山谷里，用机枪打死，然后把尸体拖入一间房子里，连同草房一起烧掉。 我一直在怀疑，我们晚上看到的那些火是用来掩盖抢劫与杀人的。 我现在越来越担心，替我们送信的男孩以及生物系工人的儿子都被日本人杀掉了。

我们认为，外国人一起参加圣诞节不安全，因为，当我们都不在时，校园里也许会发生什么事情，玛丽和我还担心聚会会引起日本人的怀疑。

现在食品越来越少，我们已有好多天没有吃过肉了，现在街上根本买不到任何东西，就连鸡蛋和鸡也买不到。

今晚 8 时 30 分电灯就熄灭了。 连日来，我们仅在实验学校里点蜡烛，以免引人注意。

一旦交通通畅，我将让陈斐然、李先生和陈先生离开南京，因为，我觉得年轻人在这里非常不安全。 今天，玛丽的家被彻底抢劫，大多数住家都被抢劫过，除非有外国人在场，否则很难幸免，然而这几乎是不可能的，因为我们是如此地忙。

今天下雨了，所有睡在走廊上的人，无论如何必须挤进屋里。 过去几个星期的好天气是天公最大的恩赐。

📖 | 12 月 24 日，星期五

再过一天就是圣诞节了。 10 时，我被叫到我的办公室，与日本某师团的一名高级军事顾问会晤，幸好他带了一名翻译，这是日本使馆的一名年长的中国翻译，他要求我们从 1 万名难民中挑选出 100 名妓女。 他们认为，如果为日本兵安排一个合法的去处，这些士兵就不会再骚扰无辜的良家妇女了。当他们许诺不会抓走良家妇女后，我们允许他们挑选，在这期间，这位顾问坐在我的办公室里。 过了很长时间，他们终于找到了 21 人。 日本人认为，姑娘们听到这一消息后会躲起来。 许多姑娘来问我，日本人会不会从她们中间再挑选另外 79 名？ 我所能回答的是，如果我能阻止的话，应该不会。

今天下午，玛丽一直在装饰圣诞树和用于圣诞礼拜的房间。 我们选择了楼上一间朝北的房间，房间的一面窗子上有厚厚的绿色窗帘。 现在这间房间很可爱，有如从天堂来的竹子、圣诞树和红色的圣诞飘带。

晚上 6 时 30 分。 我们举行了一个简单的圣诞礼拜，程夫人的儿媳及四个孙子也参加了。 孩子们非常喜欢他们的简单礼物。 尽管他们的奶奶不同意，我们还是为他们准备了一些小礼物。 明天有其他四批人来使用这个房间。

下午 4 时 30 分。 我去了金陵大学。 在这之前，有一批哭哭啼啼的妇女告诉我，她们听说日本人从难民中挑选出一些男子，如果没有人能够证明他们的身份，他们将被杀死。

许多妇女面临着可怕的困境： 和丈夫呆在家里，日本兵来时用刺刀将丈夫逼走，她们遭到强奸；到金陵女子文理学院来躲避，把丈夫留在家里，丈夫又有可能被当做士兵抓走，并被枪杀。

自从校门口有岗哨、巡逻人员以来，零星的士兵几乎不再来了，这减轻了我们不少负担。

大火仍然映照着南面与东面的天空，很明显，所有的商店都被抢劫，然后放火焚烧。 我不想看南京，因为我肯定它已是一片废墟。 人们说情况现在好了一点，但我们与外界仍然无法联系，这是我今天从美国大使馆了解到的。

扣 | **12 月 25 日，星期六**

今天在吃圣诞午餐时，瑟尔·贝茨说他一直准备写一篇题为《地狱里的圣诞》的文章。 然而，对我们在金陵女子文理学院的人来说，情况还没有那么糟。 实际上，我们校园里多少还有一点天堂的味道。 当然，今天和我以前在这儿度过的圣诞节大不相同。

今夜又是一个平安之夜，25 名岗哨在大门外、在宁海路和汉口路巡逻。几个星期以来，我第一次安稳地睡了一夜。

今晨 7 时 30 分。 在南面的音乐教室，陈斐然为我们主持了一次非常好的祈祷。 我们唱的每一首赞美诗，现在对我们都有着特别的意义，我们非常热切地接受它给我们的安慰和力量。 包括大王在内，我们共有九个人在场，这些天来，没有人想到事先准备祷文，我们都是发自内心的祈祷。

8 时 30 分～9 时 30 分。 来了两批日本兵，但没有找什么麻烦，他们主要对发电厂感兴趣。

12 时 30 分。 邬静怡和我到卜凯家吃饭，格蕾斯·鲍尔也来做客。 瑟尔·贝茨和里格斯不时被叫出去，或是到金陵大学，或是到住所；要么就是去保护一辆卡车，要么是去救一批男人或女人，他们现在每天都做这些事。

再说说我的一次有趣的经历。 我们刚出大门，一名妇女过来要我救救她的女儿，她的女儿刚从家里被抓走。 我们向她指的方向跑去。 我们往南走，到了上海路，但被告之他们向北去了。 正当我们准备往北去时，看见米尔斯在一辆汽车里，便把他拦下，然后同那位母亲及邬静怡一起上车。 很快，我们看见两个日本兵带着那个女孩。 她一看见我就转身喊救命，当她看见她的母亲也在车上时，便径直跑进汽车。 那个士兵看到所发生的一切，坚持认为我们亏待了他，赖在米尔斯的座位上不肯下车。 一个懂一点英语的军官走过来，用一种在我们看来完全不必要的温和方式，把那个日本兵请出来，然后再让我们继续陈述。 直到米尔斯说很抱歉，我们必须带走那个女孩时，他才让我们走。

下午 2 时。 在学校的小圣诞节教堂，王小姐成功地为学校员工举行了一次圣诞祈祷。 3 时，罗小姐为附近的女基督徒以及校园里的一些难民家庭主持了圣诞祈祷。 薛小姐为白日制小学生以及其他在服务团帮助过她的学生举行了一次圣诞祈祷。 至于大多数难民，因为人数太多无法进行这一活动。

今晚我们没有宪兵，大使馆给我们派来了一名警察。 日本兵正在从城里撤走，一些难民回家了。 不过贝茨说，就劫持妇女而言，今天对金陵大学来说不是一个好日子。

📖 ｜ 12 月 26 日，星期天

又是一夜平静，前门只有一名使馆的警察，但他的存在给人一种安全感。人们说美国大使馆是宪兵的总部。

今天早上来了几批日本兵，但不像以前那么讨厌。 一队宪兵来视察，当然，他们要优于一般士兵。

早晨 7 时 30 分。 我们举行了小组祈祷。 下午 2 时，我们为校园里的中国员工做了礼拜。 我很遗憾不能去鼓楼教堂，不知他们这两天有没有做礼拜。 很可惜牧师撤离了。

学校的信使魏今天回来了，由于过度疲劳，没有讲述他的经历。

今天下午，我又一次觉得没有力气，我休息了。 今天，对住在金陵大学校园里的难民进行了登记，一两天后，我们或许也要这样做。 因此，今晚我让陈先生开始准备花名册。

白天天气晴朗、温暖。 除了日本的《读卖新闻》提供的一些情况外，我们还没有外界的消息，外界也没有我们的消息。 这将是没有圣诞节的一年，甚至没有时间来想念朋友。

📖 ｜ 12 月 27 日，星期一

今天对我来说是个休息日。 这两天有些不舒服，因此，朋友们坚持要我躺在床上。 玛丽在这儿，这使我能够安下心来休息。 我很高兴有一个休息的借口。 今夜又是平安无事，大门口还是只有一名使馆警察。 一个外国人也过来和陈斐然住在一起。 不知什么原因，我们实验学校的狗夜里叫个不停，我认为或许有小偷。 我真不知道狗是怎么逃脱日本兵的刺刀的。 宪兵白天来检查，一切平静。 他们似乎是一些清白和守纪律的人，大多数人的面相

和善。

下午有一些官方电话，一名日军军官明天上午要来找我。 破坏仍在城里继续着，大概在北门桥一带，因为我们仍能在那一方向看到滚滚浓烟和大火。 我猜想，从南门到北门桥之间的商店都被抢劫和焚烧了。 现在，日本兵抢劫时动用卡车，大的东西，如床和地毯等都用卡车装运。 他们说，这些赃物被送到句容。 今天早上，一位妇女来说，抢劫仍在私人家中进行，而且连一个铜钱这样的小钱也不放过。

玛丽说，今天开来一辆卡车，车上的日本士兵向我们要三名姑娘，当她给他们看了日本使馆的信后，他们走开了。

金陵女子文理学院作为难民所的状况如何？ 这需要更严格的纪律来约束，然而这超出了我的能力。 不用说，它是不会因为环境卫生而获得蓝绶带①的。 起先我们只有 400 名难民时，我们设想过每天打扫房间与大厅，随时捡起废纸，而现在可不是这样了，有 1 万名或更多的难民在这儿，除了劝说难民们不要把校园当做厕所外，我们什么也做不了。 哈丽雅特所谓"草坪上可以行人"的理想在这里得到了如此充分的体现，以至于现在不再有任何草坪了。 许多地方，尤其是打饭的地方则是泥土和卵石。 树木和灌木丛也严重毁坏，有些灌木被踩得无影无踪。 一到晴天，树上、灌木上、篱笆上、围栏上，到处都挂着各种颜色的尿布、裤子等东西，当外国人来时，他们都笑了起来，并说从未见过金陵女子文理学院是如此绚丽多彩。

到目前为止，难民所里共出生了 14 名婴儿，死亡 4 人，程夫人是惟一的护士，她每天超负荷地工作。

📅 | 12 月 28 日，星期二

我们现在进入了一个新阶段，即登记阶段。 今天早上 8 时开始登记。 我们这里是安全区第五区的登记点，男性首先登记。 我们把自己的人集中在一起，通过翻译，他们首批接受训话。 日本人称，如果是中国士兵，应该自首，他们将不会受到任何伤害，并被送去干活。 我不明白他们所说的士兵是

---

① 英国最高荣誉。

指现役还是曾经当过兵的人。 第一个承认的是给陈裕华干活的工人。 我知道他不是现役军人，我正努力让日本人放了他。 接着，那些承认自己是士兵的人四个一排，每人发了一张登记表，然后走到校园东北角陈中凡的屋子去登记。 我仔细看了这些人的脸，他们大多数是老弱伤残者，因为所有的年轻人都到校园的西面去了。 这时，昨天打电话的那个日军军官来了，他坚持说，他在上海时就许诺保护所有的美国人，他要求我们住到一个地方去。 我告诉他，我们不能离开各自负责的地方。 我们既客气、礼貌，同时又坚决不同意离开，因此，我们赢得了这场斗争的胜利。

中午前，我们的教工回来了，但没有登记上，因为人太多。 现在开始下雪了，这一带看起来很凄惨，但比起城南来要好得多。

今天下午，米尔斯来报告说，事实上，所有国家在城南的财产以及中国人的财产都被抢劫过，只不过是程度不同而已。 我们这里的损失还比较轻，如果我同时可以去四个地方的话，这些损失甚至还可以避免。 因此，我们这儿发生的抢劫完全应该怪我，因为我的动作太慢。

但愿你们熟悉南山公寓的人能看到这些。 你们还记得暑假时所有的家具要么堆在阁楼，要么堆在大食堂，这样漆匠就可以油漆地板和墙面了。 至少有四个五斗橱和一个大衣柜放在食堂。 这些东西就像花蜜吸引蜜蜂一样吸引着日本人，他们一批批地到那个房间，我不得不多次阻止他们翻抽屉。 我们没有将东西整理得井井有条。 储藏室的门上有一个洞，上锁显然是徒劳的，一些食品和罐头被拿走了。

他们说"艾尔楼"（Elmion）成了一个景点，三层楼所有的地板上堆了约一英尺厚乱七八糟的东西。 最近，两张床和床垫也被抢走了。

说来奇怪，实验学校仅被光顾过两次。 在 12 月 17 日那个致命的夜晚，来了一个日本人，工人在起居室里给他倒了茶。 据我所知，他没有抢什么东西。 从那以后，又来了一个日本人，但到了厨房就没有再往里走。 我认为，我们的狗起了很大的作用，再就是我们晚上不开灯，仅用蜡烛。

📖 | 12 月 29 日，星期三

这个区以及其他地区的男子登记工作还在继续。 早在 9 时以前，长长的

队伍一直排到大门外很远的地方。 今天，日本人比昨天厉害得多。 昨天，他们叫当过兵的人自己承认，并许诺给他们工作和工资。 今天，日本人检查他们的手，并把他们认为可怀疑的人挑出来。 当然，被挑出来的许多人从未当过兵。 无数母亲和妻子要我为她们的儿子或丈夫说情，他们是裁缝、做烧饼的、商人。 不幸的是，我无能为力。

王先生、夏先生和赵先生 7 时前就去登记了，到 10 时才登记完。 其余的人明天 6 时 30 分去。 他们似乎没有遇到什么困难。 据说，许多普通的日本兵不把登记证当回事，好几次他们把登记证撕得粉碎。

今天下午，我到美国大使馆，还没有外国人返回南京，使馆人员也不知道他们什么时候可以返回。 到目前为止，我们还是与外界隔绝，没有一个外国人能够从外面进来——无论回到大使馆或是公司。 自南京陷落以来已有两个星期了，据说，到上海的火车已通车了，但只运军需品。

今天早上，我和一些在校园里出售热水的人一起出去，目的是帮他们弄一车煤。 他们不敢独自外出，怕被抓或车子被抢。 我站在煤店门前等着车子装完煤，这时过来了一名妇女，她说她来自孝陵卫，在城外国家体育场附近。她说孝陵卫被彻底烧毁了，先是中国军队烧了一部分，接着被日军彻底烧毁。她家 10 口人中仅剩下她与丈夫及一个孙子，她的两个儿子、三个女儿、一个儿媳及一个孙子都走散了，不知道他们去了哪里。 这只是每天从外面听到的许多悲剧中的一个。

现在城里的日本兵少了一些，因此抢劫也少了一些，不过抢劫、放火还在继续。

外面难民的人数现在稍有减少，由于登记，今天只能开一顿饭。 校园成了一片烂泥地。 今夜，我们仍然只有一名来自使馆的警察。 我们三个守夜人也在值班。

📖 | 12 月 30 日，星期四

男人的登记仍在继续。 清晨 5 时以前，我就听到人们在宁海路排队的声音。 我 6 时 30 分起床，接着去了男教工排队的地方，他们 6 时就开始在外面

排队了。 詹荣光先生①善意地把我们的人早早带进去，这样就可以早一点回来为难民们工作。 由于这个缘故，他们 8 时就回来了。 登记的队伍四人一排，一直延伸到汉口路那边，第一排的人说，他们 5 时就来了。

今天下午，我又一次去了我们大使馆，看看能否向纽约及吴博士发一份电报，但仍然不行。 他们希望艾奇逊能在几天后返回南京。 你们应该看看上海路。 如果安全区之外的地方已经冷落成"无人区"的话，那么安全区内的街道看上去像是热闹的"大市场"——拥挤的人群、各种各样的买卖。 据说，上海路形成一个正规的自由市场了，当没有日本兵时老百姓就很多。

从大使馆回学校的路上，我遇到了一个小伙子，他刚刚登记过，他的号码是 28700，我猜想，在过去的三天里，许多人在金陵女子文理学院进行了登记。

当我进入学校大门时，一个母亲跪在我面前说，今天在校园值班的一个日本兵把她 24 岁的女儿抓走了。 我立刻同那位母亲一道去了詹先生家，报告了这件事。 詹先生和日本官员都说，今晚不可能找到那个姑娘，但如果明天能够认出那名士兵的话，将对他予以严惩。 这位官员说，他手下已有六个人被严惩。 我认为他的意思是指"枪毙"，但我不敢肯定。

今天为年龄在 17～30 岁的妇女登记，我不知道目的是什么，据说是要了解这个年龄层的妇女，因为她们从事反日宣传最积极。 妇女们对此都很害怕，但我不敢肯定。

我们希望市场很快开放。 现在买不到肉，买不到鸡蛋，更买不到水果。我们今天中午和晚上吃的仅仅是蔬菜与米饭。

下午，王先生和赵先生到日本使馆参加了一个会议。 似乎在新年要举办一个招待会或欢迎会，要求人们对此表现出热情。 他们说每个区都要有所表示。"自治政府"正在筹备中。 我们听说要使用过去的五色旗。 明天得把那面旧旗子找出来。

🔟 ┃ **12 月 31 日，星期五**

今天早上进行登记的不是学院的 260 名妇女，而是年龄在 17～30 岁的约

---

① 日本使馆的中国翻译，后担任伪自治委员会的负责人。

1 000名女难民。到9时，她们排队站在中央楼前听训话。首先由一名日本军官训话，接着是詹荣光先生，他们都讲中文。他们说了一些事情，我没听清，我听到的是："你们在婚姻方面必须遵循风俗，让父母作主，不要上剧院，不要学英语，中国和日本必须融为一体，这样国家将会强大"等等。训话结束后，她们单列排成两队，沿着我们卖饭处的栏杆，一队向南、一队向北走去。大多数妇女和姑娘一次就登记上了，大约有20名妇女被挑选出来，因为，她们看上去与众不同，要么烫发，要么穿得太好。后来，这些人也都被释放了，因为有母亲或是别的人为她们担保。我不时地能"得到上帝的赐福"。

妇女们登记完后，又开始登记男子，看门的杜说，今天凌晨2时，男人们就开始排队了。5时，我听到他们在宁海路排队的声音，队伍一直延伸到实验学校。现在登记暂时停止了，要到1月3日再进行。

今天下午，我没有到办公室，除了捻了一些线外，别的什么也没干，但这似乎和我这几天所做的事一样费神。

瑟尔·贝茨今天下午来了，并带来一些消息，据说，已要求人们撤离牯岭，蒋介石命令在撤离广州前，在那里实行"焦土政策"。科拉先生（一位年轻的白俄）今天去了太平路（花牌楼），说那里什么也不剩了，两边的大商店先被彻底抢劫一空，然后被烧毁。

今晚7时。我们在楼上房间进行了一次祈祷，用宽慰和感恩的祈祷来辞旧迎新，因为在苦难和悲哀中也有福佑和奇迹，而我们不应该忘记这些。祷告以后，我们到楼下的起居室吃了菠萝罐头。

今天上午，有位名叫远藤的日本人来访，他的司令部在过去的首都饭店。我很喜欢他及与他一起来的宪兵。他们表情友善，且善解人意。远藤先生说，他对难民工作很感兴趣，后来，他还提出要帮助我们。中午，一个少佐来访，他就是12月13日以后不久某午夜来访的那个人。

新的一年将给中国、南京及金陵女子文理学院带来什么？我们一定不能失去信心。

1938 年

加 | 1 月 1 日，星期六

今天是元旦! 1938 年的第一天。 人们不再说"新年好"，而是说"祝你平安"。 我们有九个人出席了 7 时 30 分的祷告，我们想，以后每天都进行这一活动。 由于我们同外界的联系被彻底切断，因此为别人祈祷只能是靠想象。 我们不知道朋友们的情况。

除了程夫人给我们做了令人意外的早饭外，上午平淡无奇。 早饭有菠萝、炸糕、可可以及平时的食物，这的确是一次盛宴。

中午，程夫人和玛丽去卜凯家参加新年聚餐。 请程夫人去很不容易，因为她太悲伤，太难过，无法高兴起来。 下午轮到我在办公室值班。 在 4 时以前发生了两件事。 大约在 3 时，一名工人跑来说，一个日本士兵正带走一位女难民。 我匆忙赶去，在图书馆北面的竹林里追上了那个和姑娘在一起的日本士兵，他听见我的声音后飞快地逃走了。 后来，我又赶走了同时来的另外两个日本士兵。

校园里的一些姑娘很傻，尽管我们一再告诫她们，但她们仍不愿呆在屋里，而是在大门附近闲逛。

大约过了半小时，有三名军事顾问来访。 他们看起来很整洁，似乎真的对难民的处境感兴趣，并为此表示遗憾，但他们却把这一切归罪于蒋介石! 他们走后，我去拜访翻译詹荣光，看看他能否间接地阻止再在我们校园里为男子登记。 我们一直非常谨慎，不让所有男子——无论是上层还是下层带食品到校园里来，或进来看望难民。 但是，让男子在这里登记暂时打破了这个惯例。

在北门桥附近大火冲天，抢劫还在持续着。 我们相信，强奸妇女的事件已有所减少，但是，几天前在金陵女子神学院的校园里有 27 名妇女被强奸。我们得知，举止似乎文明一些的宪兵今天抓了一些普通士兵，理由是有严重的不轨行为。 据说这些士兵被枪毙了。

下午，当局在鼓楼公园召开大会，要求我们区派 1 000 名代表参加，新的市政官员在会上就职。 到处是五色旗和日本国旗。 我们还没有听到有关的细节，但我知道，我们的一位代表对此感到恶心，连晚饭都没吃。 毫无疑问，你们会看到人们对新政权热情支持的电影。

今晚是元旦之夜，使馆的警察们还没有来，这使我们很着急。

🗓 | 1月2日，星期天

今天天气温暖，阳光明媚。 对于那些房屋被焚毁、铺盖遭抢劫的人来说，这是件大好事。

早上开饭时，一辆载有三名日本老年妇女的小汽车驶进了校园，她们是日本全国妇女国防组织的代表。 她们没发表什么评论，但似乎对到处看看很感兴趣。 我多么希望自己会说日语，向她们讲述这些难民所遭受的苦难。

10时。 李先生和我去了鼓楼教堂。 他们做了一个很好的礼拜，布道者曾在我们位于南门的星期日学校工作，后来弃教从商，这在很大程度上是出于自私。 他的布道表明，他已在精神上从苦难中汲取了深刻的教训。

一定有80多人参加了礼拜，在许多人的生活中，宗教已成为一种重要的支撑力量。 麦卡伦说，上个星期的礼拜做得也很好。 教堂以红色装饰，很有节日的气氛。 在停了四五个星期之后，今天下午4时30分，英文礼拜又重新恢复了。 我上午做礼拜，玛丽则下午去。 我们俩不想同时离开，我们中总有一人留在这里，用日本宪兵写的条子赶走四处游荡的日本士兵。

今天，我们在校园里做了三次礼拜：早上7时30分的祈祷；下午2时为妇女举行的一次；晚上7时30分为勤杂工举行的一次。 校园里有足够的帮手，因此，我们轮流主持——王小姐主持早上的，罗小姐主持下午的，而陈先生则主持晚上的。

中国人的登记工作明天在8个地点继续进行。 人们天真地希望尽快登记，以为有了良民证就可以护身了。 我们已听说好几起日本士兵撕毁良民证的事件。

今天下午2时。 五架中国飞机飞临南京，投掷了几枚炸弹。 我们的老朋友——高射炮没有开火。

贝茨收到了由日本记者带来的莉莲斯·贝茨（Lillath）[1]的信。 她最后一次收到贝茨的信是 11 月 14 日。 虽然她写了 12 封信，发了 6 次电报，但一直没有得到她的消息。 到目前为止，还没有人获准进入南京。

🗓 ┃ 1 月 3 日，星期一

登记仍在继续，应该是在 8 个地方进行。 在金陵女子文理学院登记的人很拥挤。 上午 8 时，日本哨兵来了，8 时 30 分开始训话，先对妇女，然后是男子。 今天，自治政府提出的登记方案被日本官员粗暴地否决了，至少在金陵女子文理学院是这样。

上午，我去了金陵大学，看到登记是在农学系大楼进行的，但与我们相比，人数没有我们这里多。 对我们来说，人数太多意味着要将米饭的供应减为一天一次，这对孩子们来说是难以忍受的。 我认为，男子宁愿在这里登记，因为万一他们被当做士兵，他们的女人能够证明。 只有在进行登记的时候，我们才没有零散士兵的骚扰。

今天为五位妇女写了一份请愿书，以帮助她们找到丈夫。

今晚，我们的信使魏对我详细讲述了他的经历。 去年 12 月 14 日，他去给国际委员会和鼓楼医院送信时，在鼓楼附近被两个日本士兵拦住，一个用刺刀顶住他的腹部，另一个用枪顶着他的背。 他当时佩戴的美国大使馆的袖标从臂膀上被扯了下来。 他被押到下关，在以后的 10 天里，每天为日本士兵挑抢来的赃物，然后把赃物装上卡车。 他说，他看见成千上万的人被屠杀，有士兵，也有平民；有年纪大的，也有年轻的，到处都是尸体。 下关几乎没有房屋了，他记得只剩扬子饭店和教会房屋还立在那里。 他说，没有被运走的家具被当做柴火，不是在炉子里，而是在篝火中焚烧。 在以后的两天里，他被带到中央大学西面的一所房屋，继续为日本士兵挑赃物。 最后，他被迫挑东西到句容，天未亮就动身，天很黑了才到达，一整天都没吃没喝。 在 18 日到那里后，日本人给了他及其他有同样经历的人路条，并告诉他们可以返回南京了。 尽管在黑暗中行走很危险，但他们仍决定冒险。 他们一再被日本

---

① 即瑟尔·贝茨夫人。

士兵用刺刀拦住，但最后总算回到了南京。 后来，除了两人外，其他人又被抓去当挑夫。 他说，他们路过的每个水塘都满是人和动物的尸体，尽管如此，为了解渴，他们不得不喝塘里的水。 他在12月28日回到了家，既消瘦，又疲惫。 即使现在，他仍然因过于疲劳而走不动路。

下午来了两位年轻妇女，要我帮助找回她们的丈夫。 有一户在南门开鸭子店的人家，三个兄弟中有两人在12月14日被抓走。

妇女们逐渐学会了排队买米，她们觉得这种方法比拥挤和争斗好得多。 我们学校附近的上海路看起来像是中国春节时的夫子庙。 现在已可以买到一些食物了。 我们杀了袁博士的一只羊，供我们和工人吃。 此时还是买不到肉。

🗓 | 1月4日，星期二

上帝一定是将风调和得适合于剪了毛的羊羔，因为，这几天天气仍然晴朗温暖。 登记继续在校园里进行，似乎男人们大部分都登记完了。 应该说，有5 000～10 000名妇女今天登记了，或者说，至少完成了接受训话、领预备登记条等第一个步骤。 8时刚过，登记就开始了，一直持续到下午4时多，仅在中午休息了一会儿。 虽然，日军宣布17～30岁的妇女才需要登记，但有许多人年龄小于或超过了这一规定。 总的来说，妇女比男人的待遇要好一些。 然而，站岗的日本兵把人像牲口一样驱赶，并在她们脸上涂上令人难堪的标记，以此为乐。

田中先生应该在下午3时去上海，我原本希望他能将我给鲁丝的第一封信带出去，不幸的是，他下午1时就出发了，我的信还在南京。 我的电报仍在美国大使馆，等待美国军舰发出去。

南京被占领三个星期了，外国人仍然不许进来，也不许离开。 安全区内的街道上有许多人，不少小贩出售食品。 看不到多少日本兵。 今晚，我从南山公寓看到两处大火，一处在南门附近，另一处靠近东门。 但大火比以前少多了。

登记工作一旦完成，日军当局就要催促人们回家，并保证他们的安全。 遗憾的是，有那么多人无家可归，即使那些有幸家还在的人，其住所也屡遭抢劫。

扣 | 1 月 5 日，星期三

由于登记，今天早上 7 时 30 分开早饭（我们一直是 8 时开早饭）。 8 时 30 分，当我站在那儿和一名中国警察说话的时候，有三四千人从我身旁经过。 真是一个可怜的场面。 妇女大多是四人一排地进来，因为她们离开时也要这样列队走。 虽然宣布说只有 30 岁以下的妇女需要登记，但有许多年老的妇女在这儿。 通常四人中有一个有力气的人，拖着另外三个人，并催促她们，似乎这是生死攸关的大事。 一个看上去有病的妇女由丈夫背来，另一个年老的妇女被儿子扶来，还有一位显然有心脏病的妇女倒在我身旁，她说，这是第六次来登记了。

9 时。 当局的小汽车来了。 令我惊讶的是，他们不是来为妇女们登记的，而是告诉她们不必登记了，于是，她们又疲惫而蹒跚地往回走。 我们的门卫对我说，有些人凌晨 4 时就来排队了。 我们仍然为那些登记时站岗的日本兵提供取暖的篝火，但是，我们的柴火就要告罄，陈中凡家的桌椅都拿来当柴烧了。 取消妇女登记，使薛小姐和王小姐松了一口气。

情况略有好转，紧张的气氛有所缓和。 今天下午，我的三个好助手——程夫人、邬静怡和王小姐因感冒和劳累而躺在床上即是明证。 然而，安全区外面的情况仍然很糟糕。 今天，米尔斯带来一位来自户部街的 56 岁的妇女，她昨晚被强奸。

今晚在校园门口，有个男子想为住在我们校园里的女儿送些吃的东西。当被告知我们不让男子进来时，他说："现在我只有这个女儿了。 三天前的晚上，在安全区内，我的妻子因反抗日本兵时呼喊，被刺刀穿透了心脏，小孩也被扔出了窗外。"

下午我在办公室时，一名刚结婚 18 天的新娘来问我能否帮助她找到丈夫。 他是位无辜的裁缝，12 月 25 日在家里被抓走，至今未归。 另一位结婚两个月的新娘恳求我帮她找回 12 月 16 日被抓走的丈夫。 虽然两人都不是当兵的，但找回他们的希望却很渺茫，因为，我听说在最初几天疯狂的日子里，许多年轻人被枪杀。 在前一个例子中，那位男子是 10 口之家惟一挣钱养家的人，后者则供养 8 口之家。 我们时常听到这样的悲剧。

我和王先生在五六时之间去了日本大使馆，请求继续派使馆的警察每晚在我们大门口站岗。 只要有一名使馆警察，对我们就很有帮助。

🗓 | 1月6日，星期四

显然，日本人昨天傍晚改变了难民登记的方法。 我们接到通知，妇女登记继续在金陵女子文理学院进行，男子登记则在金陵大学进行。 这次登记改由文职人员负责，而不是军人。 刚到 8 时，又有许多妇女拥进来登记。 然而，这次没有人训话。 难民们约排成 12 行，在每行队伍前面有两张桌子，在第一张桌子前领许可证，在第二张桌子前领登记卡。 所有的登记都由中国人负责，不过，有几个日本警察，还有几名日本兵在附近围着篝火取暖，今天天气很冷。

几个日本记者来拍照，他们要求妇女们面带笑容，显出高兴的样子，她们尽力而为了。 我得到批准，带着五名工人和程夫人的儿媳及四名女勤杂工去登记。 登记很快就办完了，这就免去了那些繁琐的程序，而这些程序令人厌烦。 邬静怡及一名女勤杂工还躺在床上，但我没费周折就为她们拿到了登记表。

在事先通知了日本大使馆的情况下，上午 11 时，三名美国官员——我想是领事，来到了这里。 他们在平仓巷 3 号吃了饭，今晚，日本大使馆将正式宴请他们。 为此，日本使馆的高玉（Takatama）先生来这里找一些鸡蛋，我是从他那儿得知这件事情的。 我为晚宴找了 10 个鸡蛋，并很高兴作为礼物送给他们。

Ｙ·冈中佐于上午 11 时善意地来访，并带走我写给瑟斯顿、鲁丝、贻芳和吕蓓卡的信，他下午将飞往上海。 我们希望鲁丝明天上午就能收到信。 这是封非常难写的信。[1] 令我惊喜的是，下午 5 时，斯迈思带来了鲁丝、弗洛伦斯和艾丽斯的信，这是 12 月 5 日以来我第一次收到的来信，这些信的日期为 12 月 19 日和 20 日。 请记住我最后收到的是 11 月 14 日的《字林西报》。此后，我连信箱都想不到看了。 斯迈思还告诉我，明天中午之前送到大使馆

---

[1] 由于是通过日本人带信，魏特琳担心日本人看到信的内容。

的信，可由明天下午的船捎往上海。

今天下午，五个日本兵被派来站岗，现在他们都在门房——确切地说是詹先生一家住的房子。 在我们这儿呆了八天的使馆警察是最令人满意的。 我们极不情愿由士兵来接替警察。 我们的难题是无法区分哨兵和普通日本士兵，因此，我们常犯一个可怕的错误： 试图把哨兵当做普通士兵赶走。

新成立的自治委员会的陶保晋先生上午来访，他是个 62 岁的老头。 他最后一次担任公职是在齐燮元①手下（大约 1924 年）。

我们这里年纪大一些的难民都陆续回家了，但是，大多数年轻的难民还在这里。 在我看来，这样很明智。 对很多无家可归的人我们备感心痛。

🗓 | 1 月 7 日，星期五

妇女们的登记大约三天就结束了。 最后两天的登记办法令人满意，这使得妇女们不那么紧张和恐惧，因为负责登记的都是中国人。 只有少数几个日本兵在边上站岗。 几名日本使馆的警察在这里配合中国警察执勤。 中午，我遇见一小群匆忙进入校园的妇女，她们说，是从南京西面 17 里的地方来的，她们认为登记过了就会安全。

今天上午，一群日本军官和一名宪兵来访，他们自称与邮政服务有关，其中有两个人在离开办公室时，看见一些中文的福音书，并问我能否送给他们几本。

邬静怡重感冒，还躺在床上，但今天好多了。 虽然很冷，但天气晴朗，充满阳光。 人们都在房屋的南面晒太阳。

上午我在写报告，这是昨天抵达大使馆的三名美国人所要的报告。 他们回来，对我们来说很有帮助。 他们似乎还没有等到允许就回来了，原先，他们只是说会在某个时候到达。 在送这份报告时，我还带去了给鲁丝、弗洛伦斯和艾丽斯的信，因为有一班船今天将去上海，可以通过这班船带信到上海。由于不知道上海的新闻检查有多严格，我不知道在信中该写些什么。

今天，红十字会开始采取新的方法为校园里的难民供应稀饭，以前是在

---

① 北京政府时期任江苏督军。

校园大草坪的两处开饭，而现在将在伙房里卖。 伙房在北面，从我们教工花园穿过马路就是。

今天，我们第一次收到零星的无线电广播，听到了我们一直在担心的消息： 在那几个月光皎洁的夜晚，日本飞机对汉口进行了猛烈的轰炸，在人口众多的城市，其后果是非常可怕的。 据说与南京一样，杭州也成了一座恐怖的城市。 上帝可怜那些穷人吧！ 但愿他们不要经历我们这里 10 天来的恐怖！

4 时 30 分。 我去了平仓巷 3 号，仍住在我们木工房的唐老板与我一道去了。 我仍然认为，最好不要单独外出，以免发生不测。 有几位先生非常担心他们的妻子（她们原先在牯岭，后来到了汉口），尤其是米尔斯和斯迈思。 安全区国际委员会的成员工作都非常出色，他们为众多中国人的利益奉献了所有的时间和精力，而他们自己的房子却遭到了抢劫。 德国商人也非常了不起，相互配合得很好，委员会主席拉贝无所畏惧。

🔲 | 1 月 8 日，星期六

今天很冷，没有阳光。 没有足够衣服和被褥的人们要受罪了。 虽然外面的局势还不很稳定，但越来越多的人回家了。 现在，校园里约有 5 000 名难民。 家住我们学校西面姓陶的邻居一直和家人住在校园的东院，他早晨回来说，即使是男人，现在也无法在他家所在的地区安居，因为日本兵随时都会来要钱，如果不给，就强迫他们去找花姑娘。 他说，家里现在一无所有，他回家是为了保住门窗。 下午，从校园可以看见三个方向的大火，这意味着抢劫仍在继续。

贝茨给我看了埃尔茜发来的电报，她在电报中说收到了我的电报，她还说，1 月 16 日，金陵大学的办公室和职员迁到了成都。 我希望得到金陵女子文理学院武昌分校的消息，真为他们的安全担心。 不知道吴博士在哪里。 现在，我们的大使馆里有三个美国人了，这真让人感到宽慰。

午后，日本大使馆的高玉来访，要我提出赔偿损失的要求——学院的损失和美国公民的损失，他带来了翻译，翻译明确地说，他们不考虑中国教师的损失。 学院的损失很小，我对他们说不要赔偿了，大概共毁坏了六扇门。 至于私人的损失，艾丽斯是惟一有损失的人。 其他外国人的财产均在南山公寓的阁楼里，没有被发现，或者说到目前为止尚未被发现有损失。 由于昨天给了高玉 10 个鸡蛋宴请美国大使馆官员，他欠我的人情，因此，我大胆地请他帮忙，希望他婉转地让日本哨兵在汉口路和宁海路站岗，而我们自己守卫校园。昨晚 9 时～10 时之间，两个日本哨兵到养鸡场，把里面的工人吓得要死。

谣言传播起来像野火一样迅速。 据说，中国军队已临近南京城，并说，日本军队想借老百姓的衣服化装逃跑等等。 我承认，日本兵想要老百姓的服装也许有上述原因，但我知道几个更接近事实的动机。 我问高玉，南京什么时候能够恢复安宁，让难民们回家？他回答说："大概两天以后。"从农村来的妇女说，她们那里的情况可怕极了。 严格地讲，她们只有将自己埋葬才会安全。

4 时～5 时。 王先生、程夫人和我乘汽车到格蕾（Gray）小姐家找王师傅。 从来没有见过她的家如此乱七八糟。 大部分东西扔在外面的院子里。我们不知道王师傅是死是活，既没有找到人，也没有找到尸体，估计他在 12 月 13 日之前去了芜湖。 后来，我们去了新街口，主干道中山路两旁的许多商店被焚毁，剩下的商店好像都被抢劫过。 我们看见街上有两辆卡车，日本人正往车上装掳掠来的物品。

6 时 30 分～7 时。 在我们教会的团契活动之后，王先生、玛丽和我到大门口去拜访哨兵——他们每天都换。 我们的主要目的是让他们明白我们在校园内执勤。

🈷 | **1 月 9 日，星期天**

今天阳光灿烂，但却相当寒冷。 池塘里结了一英寸半厚的冰。 没有难民睡在有顶的长廊里，但有些人睡在大厅里。 很多人晚上来，白天回家。 可怜的贝茨在金陵大学蚕桑系和金陵大学附中所遇到的许多麻烦，我们这里还未遇到——难民中的负责人相互争吵，然后到日本人那里去告发对方；难民将赃物带到难民所，然后为分赃而争吵；难民内部有告密者。

王先生、李先生、薛小姐和我去鼓楼教堂做礼拜。 你们想象不出上海路上稠密的人群，主要集中在宁波路（美国大使馆）和金银街之间。 路两边，数以百计的小贩开设了店铺。 很遗憾，我不得不说，他们卖的东西大部分是从商店里抢来的赃物。 我们的工人也开始买这些东西，因为，诱惑力实在太大了。 教堂的礼拜做得很好，约有 50 人参加。 中山路上现在有不少车辆，主要是日本人的卡车和小汽车。 安全区外还有许多日本兵。

玛丽在 2 时的妇女礼拜上帮忙。 南画室座无虚席，由罗小姐布道。 星期四，我们也为妇女们举行了布道会。 在今晚为工作人员举行的礼拜上，南画室被挤得水泄不通，许多人可能是出于好奇而来参加的。

4 时 30 分。 我们 14 个人参加了英文礼拜，礼拜由马吉主持。 大使馆的埃斯皮（Espey）先生也来了。 我第一次确切得知美国军舰"帕奈号"被炸沉，同时沉没的还有美孚石油公司的两艘船。 这似乎是日本人故意干的，我不明白他们为什么要这么做。 在与所有日军官兵的接触中，他们似乎对美国人很友好，并且无一例外地告诫我，要警惕俄国人和英国人。 我们非常高兴，今天有三名英国官员抵达南京，除了我们之外，又增加了六个人，这说明现在的局势更加稳定了。

善良的程夫人今天"打劫"了伊娃的屋子，顺便说一下，这屋子还没有人进去过。 她在屋里找到了一些油，并让老厨师陈本立（音译）做了蛋糕。 晚饭时，我们将蛋糕吃了。 她原准备将蛋糕送给平仓巷 3 号的人，当我对她说，他们那儿有一个很棒的厨师，因此，常有蛋糕和饼干吃。 我这样说了后，她才让我们吃蛋糕。 过一阵子，玛丽和我要请厨师做肉馅饼，因为，玛丽发现日本兵并没有将她屋子里的肉馅抢走。

特里默医生说，一家日本商店在中山路开张了。 里格斯先生把他的时间都花在为粥厂运煤炭上，而索恩先生的时间则花在送大米上。 如果不是他们的努力，我怀疑很多人都得挨饿。

1 月 10 日，星期一

这是一个多么美好的日子啊，特别是最后的几小时。 晚餐时，我发现鲁丝寄来的一封厚厚的信，日期是 1 月 5 日，这显然是由英国大使馆的人带来的。 信中夹有一封吴博士 12 月 20 日寄自汉口的信，还有弗洛伦斯 1 月 3 日写给格雷斯特小姐一信的复写本。 刚吃完晚饭，我们便围坐在起居室的圆桌旁，把信读了一遍又一遍。 得知金陵女子文理学院上海分校正不断发展，这真是太好了! 已来了四位新老师, 估计还有更多的人会来。 看了吴博士和鲁丝的来信, 我们多么希望讨论一下金陵女子文理学院的远景规划啊! 在校园内开办一所中学的设想目前还无法实现, 但是, 为那些丈夫被日军无情杀害的妇女们开设一所技能培训学校则非常必要, 并且是切实可行的。 今天上午, 程夫人和我讨论了鼓励在明德中学开设一所小学的计划, 但即使这样也不大可能, 我们将视情况而定。

阅读了信件之后, 玛丽和我到大门口的门房, 认识一下新来的哨兵, 并试图对他们表明, 如果他们愿意到宁海路和上海路去巡逻的话, 我们将负责校园内的安全。

此后, 程夫人带来了一些蛋糕, 想想看, 这是自己做的蛋糕! 昨天她"打劫"了伊娃的橱子, 结果, 今天我们就有烤鹅和蛋糕吃。 今天的菜肴真够丰盛! 在程夫人走之前, 我们朗读了弗洛伦斯致格雷斯特的信, 大多数得不到解答的问题现在终于有了答案, 对外界的情况也有了一些了解。 在烛光下, 玛丽和我吃了一大块蛋糕。 我们不知道是否为今后留下一些蛋糕, 但最终决定不留, 因为今晚我们心情很好, 对未来充满了希望。

下午4时之前, 我带几封信去了美国大使馆, 希望通过使馆送往上海。想想看吧, 城里已有九位外国官员——三名美国人、三名英国人和三名德国人。 生活几乎恢复了正常, 不过, 今天下午远方仍有浓烟, 这无声地证明了抢劫还在继续。 今天上午, 离我们校园不远处, 两名姑娘被强奸。

下午来了四个日本兵四处看了看, 他们还不算讨厌。 那个头目和我交换了邮票, 并很自豪地给我看了他妻子和孩子的相片。 但愿我能将所有的敌人转化为朋友, 帮助他们认清自我。

1月11日, 星期二

你们很难理解我们对这些平静的夜晚是多么感激不尽。 在这样的夜晚, 我们可以好好地休息一整夜, 同时, 也对校园内大量女难民的安全感到放心。最近几个晚上为我们站岗的是新派来的五名宪兵。 此前的八个夜晚, 由大使馆的警察住在学校门房里。 除了平时的守夜人, 我们又增加了两名曾当过警察的人守卫校园, 他们现在已身着便装。 在此之前的五个晚上, 我们这里有一大群普通士兵（约25名）站岗，我们对他们很担心，因为不论我们怎么说，他们坚持要在校园内及校园外站岗。 就在他们来的第一个晚上，两名妇女被强奸了。 这一事件发生不久，我们便让使馆警察来站岗。 全城只有17名宪兵，如果多一些宪兵的话，情况会好得多，因为，他们似乎素质较高，我遇到的几个相当不错。

上午9时～12时。 陈斐然和我一起到国际委员会总部，这是第一次召集所有难民所的负责人开会。 会议开得很成功。 一开始，拉贝先生和我们在一起，他对各难民所负责人（大约20个难民所，35人参加了会议）所做的工作表示赞赏和感谢。 我们交流并讨论了各自的困难和问题。 和往常一样，金陵女子文理学院比那些男女混住难民所的问题要少得多。 那些难民所里的坏人——吸鸦片、赌博者招惹出不少麻烦。

下午3时。 我带了一大包信件去我们大使馆。 在我的劝说下，程夫人终于给牛夫人写了一封信，她以前不愿意写这封信。

4时～5时。 我在办公室。 来了许多妇女，恳求我帮助寻找她们的丈夫，他们有的已失踪数周，实际上，从12月14日以来就再没有见到过。 如果我直接对她们说，我认为他们永远回不来了，这未免过于残酷，但对那些被抓走的年轻男子来说，这是事实。 在最初的那些恐怖的日子里，他们被枪杀了。

今天晚饭后，我和王先生到大门口与卫兵交谈。 我们得到了他们头目的姓名，并让他们知道由我们负责校园内的安全，我们认为这样做更明智。 东北方的天空闪烁着火光，又是一幢房屋被焚烧。

此后，我和薛小姐去巡视了艺术楼，我们原打算安排490人住在这里，有些人认为，我这样安排过于拥挤，但在人数最多时，我敢肯定那幢楼里住了2 000人。

🏮 | 1月12日，星期三

天气冷多了，我们担心要下雪。 如果有可能，我们想把房屋后面的粪便打扫干净，否则，大雪融化时将使其蔓延。 不幸的是，我们到处都弄不到石灰，因此，没有石灰作消毒剂。 不可能让所有的妇女都将马桶倒进我们挖的粪坑里。 自从校园外面每天提供两顿饭，以及登记工作结束以后，学校的工人稍多了一些打扫卫生的时间。

上午 7 时左右。 我看见九架似乎是中国的飞机向句容方向飞去。

10 时~12 时。 王先生在艺术楼会客室里统计丈夫或儿子至今仍无下落者的资料。 今天下午，我将把这些资料送给福田先生，但愿他对此能有所帮助。 要求获得红票免费吃饭的人数在不断增加，其部分原因是人们把钱用完了，还有一部分原因是又有贫穷的人们进来了。 此外，还有许多人要被褥。

今天下午，王先生、赵先生、夏先生、詹先生和我到美国学校北面的寺庙仓库，看看能否为学校弄一些大米。 我们能够得到大米，但没有办法运进来。

在拥挤的上海路上，数十个小贩在路边兜售赃物——衣服、被褥、布匹、各种盘子、花瓶、铜器等等。 我们还看见，男人们挑着床架、门框、窗户和家具。 所有的不法分子正在忙碌着，没有什么约束。 很显然，留下来的少数中国警察没有相应的权力，而为数不多的日本宪兵连自己的士兵都管不住，更不要说管老百姓了。

许多人从安全区回到自己的家，尽管他们的家还不安全，但这是保住房屋、门窗和地板的惟一办法。

今天，程夫人、陈斐然和玛丽都感冒了。 大家工作极为辛苦，也非常紧张。

菲奇和斯迈思今晚来访，并给我带来了一些黄油。 黄油是首都饭店的经理送的，虽然不太新鲜，但这毕竟是黄油。 首都饭店现在已成为日军宪兵总部。

今晚，王先生和我去结识新来的四名哨兵，我发现他们很聪明，并且很友好。 军曹是个中学毕业生。 每晚我们都记下日军哨兵头目的姓名。 我觉得今晚将平安无事。 我仍旧把自来水笔放在牙膏盒里，而不是放在抽屉里。

𝄢 ┃ 1 月 13 日，星期四

一个月前的今天，南京沦陷了。 现在局势有了一些好转，抢劫、纵火少了一些，人们稍许多了一些安全感。 安全区内只有为数不多的日本兵，而且强奸事件也几乎停止了。 至于安全区以外的情况，我们只是听说了一些，但不知道事实。 抢劫还在继续着，不仅是日本士兵，而且还有老百姓。

今天上午，我花了很多时间设法解决五名年轻妇女的问题，她们是从短期护士培训班毕业的护士，来这里寻求庇护。 我们认为，不能将她们集中收留在这里，这将会给她们，也会给其他难民带来危险。 我们选择了包括金陵女子文理学院在内的五个难民所，让她们抽签。 后来，我们为她们写了几封介绍信，派一名工人送她们去。

我们送信的小伙子魏，自从经历了那段苦难之后，不敢再走出学校大门了。

下午，我花了四个小时设法把米运到学校来，最后，总算运进来 12 袋大米。

国际委员会已把运送大米的有关事宜移交给了自治政府，而他们却遇到各种困难。 他们在美国学校附近设立了销售点，但现在又被迫迁出了安全区，我们不知道为什么。 现在他们从日本人那里得到了大米，这些大米以前是中国军队的。 听说，里格斯先生今天去了七家煤店，但都没有煤。 燃料越来越成问题，除非能从外面运进煤来，否则，将有越来越多的房屋木料和家具被用做燃料。

能使人保持健康的食物也成了问题。 实际上，农村已没有什么绿色的蔬菜。 一度有 7 万军人住在这片土地上，几乎没有鸡、猪或牛留下来。 驴子被宰杀了，马也是如此，今天有人看见有马肉卖。 已设法去上海弄蚕豆、花生和绿色的蔬菜。

玛丽、程夫人和邬静怡仍然患感冒卧床。 陈先生已经可以起床了，但还不能出门。

今天有 200 人参加了罗小姐为妇女们举行的祈祷会。 事实上，举行祈祷会我们并没有声张。 但愿这里有一个能将全部时间投入到这一工作中去的能干的人。

📖 | 1月14日，星期五

今天又是阳光灿烂，是一个相当温暖的日子，上帝继续给我们无尽的恩赐。

我一整天都在设法将 28 袋大米，从美国学校附近寺庙的仓库中运到金陵女子文理学院来。 如果里格斯无法为我们弄到卡车，我们就得花一天时间，用独轮车或板车运送大米。 下午 3 时，正当我们已不抱希望时，里格斯开车来了。

上午 11 时 30 分。 王先生和我再次去了门房，认识一下新来的卫兵。这些卫兵的头目是个农民，另一个卫兵是个机修工，还有一个是兵工厂的工人。 我们认为，结识这些卫兵虽然费时间，但却值得。 到目前为止，一批又一批的卫兵还没有给我们带来什么麻烦。 如果他们挑选四个较好的卫兵长期为我们站岗，而不是每天换人的话，那我们就更放心了。

城里至少有一个地区现在有电了，我们又开始收听无线电广播。 据说，中日双方在徐州附近集结了大批军队，我是多么可怜那里的老百姓啊！

今天想买头活猪，但一个知情人告诉我，南京周围几十英里之内已没有猪了。 马肉、骡子肉，甚至狗肉都有得卖，但就是没有猪肉和牛肉卖。

埃尔茜今天发来电报说，吴博士目前在成都。

情况好转后——如果能够好转的话，我想给实验学校的看门狗授予一枚"卓越服务奖章"，它的确是一个忠实的守夜者。

下午和晚上，我看到两处大火，一处在西北方，另一处在东面。 抢劫和纵火仍在继续着，数目惊人的赃物在市场上出现。 那些社会上的渣滓赶上了好时光，当警察撤离时，这些人被释放了。

今天，我发现一名日本宪兵和一个日本士兵在外国人的住宅里抢劫。

📅 ┃ 1 月 15 日，星期六

今晨 6 时～7 时之间，10 架日本飞机飞越南京上空，向西南方向飞去。估计这些飞机要经过几个小时的飞行，去轰炸九江、汉口或长沙，为此，我们非常担心。 飞机在阳光的照耀下闪闪发光，看上去像是欢乐地载着一群愉快的旅客去度假。

（以前从事过布道工作、两个星期前进行登记时为日本人当翻译的詹荣光，今天早晨独自悄悄地来到我的办公室，询问他及家人能否住在校园里，他可以帮助我们做一些布道工作。 他现在似乎处于危险之中。 因为，前面提到的一个日本军官与一位年轻的中国女子结婚后住在他家，而其他军官由于嫉妒或别的什么原因，不同意这桩婚事，于是，这些军官对詹荣光也不满。 显然，他很害怕，觉得最好从现在住的地方搬出去，并辞去现在的工作。 他的话真实程度如何，我们不得而知。）

福斯特今天上午来说，他的工作人员每周可以来五天，协助这里的布道工作。 我们将制定计划，他们会准备题目，进行布道，下个星期开始举办布道会。 他还告诉我，陈越梅①的钢琴和"维克多牌"留声机及床都被抢走了。

今天下午，我向日本大使馆报告了 26 名妇女的丈夫或儿子被抓走至今未归的情况。 这些人的丈夫没有一个是军人，其中许多人是一大家子的惟一供养者。 不知有多少人在初期的野蛮屠杀中被杀害了，在那些日子里，每天听到的枪声都意味着一些人的死亡——很可能是些无辜的人。

许多天来，第一次有日本兵来到我们校园，他不理会门卫。 我发现他进入西南宿舍楼住有难民的屋子。 当我把他送出来时，他表示愿意离去。

我们从美国大使馆得到一份礼物——两只鸡和几个鸡蛋，这是他们在美国军舰"瓦胡号"附近的农民那里买的。 我还得到一个好消息，我们装贵重物品的箱子可能被打捞上来了，是由一名俄国潜水员从沉没的美国军舰"帕奈号"中打捞上来的。 由于军舰已迅速被长江河床的泥沙掩埋了，他们无法把军舰打捞上来。 我特别为瑟斯顿夫人高兴，因为她结婚用的银器都在箱子里（她曾把这些东西保存在学校的保险柜中）。

今晚，拉贝、克里斯汀·克鲁格尔（Christian Kruger）、马吉、贝茨、斯迈思、鲍尔、特里默、米尔斯和我，在日本大使馆做客。 我们度过了一个美好的夜晚。 虽然，我们嘴上开着玩笑，但心情却常常十分沉重。 我认为，增进相互了解还是十分必要的。 田中、福田和福井先生是主人。 晚餐与这些客人一样，也具有各国的风味，有中国菜、日本菜和西餐。

今晚，我们学校大门口没有卫兵，但愿我们一切都好！

---

① 杭立武夫人，陈裕光、陈裕华、陈竹君的妹妹，金陵女子文理学院 1930 年毕业生。

犯 | **1 月 16 日，星期天**

又是一个上帝赐予的阳光灿烂的温暖日子。 一直威胁着我们的大雪似乎改变了降临的打算。 和往常一样，今天一大早，我们就听到许多飞机飞越南京上空，这些飞机是去破坏城市和铁路的。 这两天，校园里异常繁忙，妇女们洗涤衣服，晾满了所有的树木和灌木丛。 有些人到学校外面的粥厂要稀饭吃，还有的人白天回家，晚上再回到校园。 通往校外的道路似乎始终很拥挤。 我们仍然不让男人进入校园，他们认为这一规定是有道理的，因此能够接受，因为他们知道我们在尽力保护他们的女人和孩子。 他们的赞美之词表达出对此的感激之情。 城里每天都有大火，只是没有以前那么多。

你们应该看看宁海路和汉口路，特别是上海路。 道路两旁建起了许多小商店，数以百计的人在此贩卖各种物品，有食品和抢劫来的衣物、盘子等。鱼卖 0.4 元一磅；白菜卖 0.1 元；胡萝卜卖 0.03 元，等等，价格在逐渐下降。 现在，安全区里没有多少日本兵。 金陵大学和我们学校的卫兵都已撤掉了。 今天上午到教堂做礼拜的人很多。 我去教堂参加中文礼拜时，玛丽呆在家里，下午，她去教堂，我呆在家里。 贝茨陪她回来时，我给贝茨看了鲁丝和弗洛伦斯的一摞信。 贝茨仍然不知道妻子在哪儿。 他妻子应该在 1 月份的第一个星期离开日本，但目前还没有抵达上海。

今天下午，员工们织了一张鱼网，他们后来从池塘中捕捞了 25 条鱼，其中有 3 条鱼每条都重达 4 磅，我们将和朋友们分享这些鱼，同时，也足够职员和工人们吃。 池塘里还有一些大鱼，因为我们看见它们漏网逃跑了。

明天，我们将开始一系列的布道活动。 今晚给确实想去教堂参加布道会的人发了 200 张票。 我们不让儿童入场，也不许想看热闹的人入场。

新的统治者在安全区外面张贴了大幅招贴画，敦促人们返回自己的家。这幅画上画了两个日本兵、一个农民、一个母亲和几个孩子，日本兵显得非常友好和善，画中的人对他们的恩惠感激不尽。 画上的文字暗示人们应该回家，一切都会好起来的。 城里的紧张气氛肯定有所好转。 许多人，特别是老年人已尝试着回家。 开始时，他们只是白天回去，如果没事，就留在家中。但年轻妇女们仍然很害怕。

🗓 | **1月17日，星期一**

今天下起了雨，上帝赐予的阳光已离我们而去。 到处都是一片泥泞。 你们应该到难民的住处去看看。

已经有几个夜晚没有卫兵在我们学校的大门口站岗了，甚至连使馆的警察也没有来。 上个星期六，我将此事报告了日本大使馆，但是，他们并没有采取任何措施。 安全区内看不到多少日本兵。 不幸的是，中国的警察现在还没有多少权力。

整个上午都被浪费了。 我现在已经没有创造力了，有许多事情要做，但似乎都做不成。

下午2时。 我们开始举行一系列的布道会，圣公会的工作人员来协助我们。 他们将每星期来五次，分别向五批不同的人进行同样的布道。 昨晚，我们在艺术楼发了200张票给那些真正想参加布道会的妇女，她们将不带孩子来，14岁以下的小姑娘也不让进场。 在布道会上，她们秩序井然，引座的人员一点也没有遇到麻烦。 她们学唱简单的赞美诗时既快又好。 今晚，我们发了200张票给科学楼里的妇女，她们明天下午参加布道会。 今天下午，她们听得很认真。 南画室里挤满了人。 很高兴，城里有足够的工作人员组织这样的布道会。 我们已带信到上海，向全国基督教委员会要新的小册子。

今晚，我们始终能看到南面升起的浓烟，也许是在南门外，有时夜幕被火光照得通亮，破坏仍在继续着。 南京能保存下来多少，这取决于日本兵及平民抢劫时间的长短。 老百姓被催促回家，但是，他们怎么敢回家?! 年纪大一些的妇女已逐渐回家了，但年轻的姑娘还留在这里。

今天没有日本兵到校园来。 玛丽和福斯特先生去了城南及外国人公墓。公墓没有受到什么损失，只是围墙上有个洞。 在他们查看的所有街道中，太平路似乎被残酷无情地彻底摧毁了。 一个月前的这个晚上，日本兵从校园中抢走了12名姑娘，我们能忘记那个恐怖的夜晚吗?!

🗓 | **1月18日，星期二**

我们听说城里的日本兵换防了。 当我外出时，来了四批日本兵，玛丽接待了他们，并带他们四处看了看，她觉得这些日本兵不是很有礼貌。 9 时～12 时，陈斐然和我到宁海路 5 号参加难民所负责人会议。 会议的大部分时间用来讨论一份调查表，这份调查表是为那些最贫困的被剥夺了生计的人们制定的。

每天上午 10 时～12 时，王先生都在收集、整理那些男人被抓、至今下落不明的妇女们的材料。 也许我们应该停止收集这些材料，因为，最近两天又有 100 多名妇女进入了校园，今天来的人非常多，我们担心会出问题。 似乎12 月 16 日是最糟糕的一天，我担心许多人被枪杀了，恐怕连他们的尸首也找不到，大概是被焚烧了。 很多人认为，我们可以帮她们的忙，实际上，我们能做的只是交一份名单。

福音布道会是为科学楼里的妇女举行的，大约有 160 人参加。 这又是一次秩序井然和非常安静的布道会。 虽然牧师所说的内容太深奥了一些，但我肯定她们中的许多人将从中受益。 今天下午，我们打扫了科学楼报告厅，明天下午在同一时间为孩子们举行布道会。

今天没有看到大火，也没有听到多少飞机声。 虽然人们害怕回家，但我们仍催促年纪大一些的妇女回家。 我们担心她们家中已所剩无几了，因为，不仅是日本士兵，而且平民也参与了抢劫。 我想知道，从南京抢劫来的赃物，最终是否会出现在日本人的家庭中。 考虑到有可能保住杭立武夫人的钢琴和留声机，我请福斯特先生去查看一下，他报告说，那两样东西和床都被抢走了。

上午 9 时～12 时。 我参加了第二次难民所负责人会议。 上午大部分时间用来讨论为那些失去生计的难民制定的调查表。 很难做到公平，因为，有许多人并不是真正需要，但也希望得到救济，同时，那些真正需要帮助的人也将会很多。

天气暖和了一些，没有下雪。 还有 5 000～6 000 名难民在金陵女子文理学院。 生病的程夫人能起床了，但只能呆在屋子里。

🈷 | 1 月 19 日，星期三

今天大部分时间都在下雨。 你们可以想象，我们的道路成了什么样子。

两周以前，成千上万来校园登记的人们把泥土带了进来，现在，雨水再将其变为泥浆。 我们无法在屋子里采取措施，因为有数千人带进泥浆。

今天下午，我们举行了两次很好的布道会，在南画室，大约有 170 位从中央楼挑选出来的妇女参加了布道会。 王小姐教她们唱歌，汤保罗先生进行了布道。 妇女们进出都排着整齐的队伍。 由于 14 岁以下的孩子不准进场，布道会非常安静，大家聚精会神地听着。 与此同时，我们还为科学楼内 9 ~ 14 岁的孩子们举行了布道会，大约来了 150 个孩子。 在他们学唱第一句赞美诗"这是上帝的世界"时，非常高兴。 他们非常喜欢薛小姐讲的故事。 举行这些布道会的时机很好，因为每个人都渴望得到安慰。

今天上午，王先生和赵先生继续收到那些丈夫或儿子下落不明的妇女们提供的资料。 一名妇女的丈夫和四个儿子都被抓走了，无一归来。 来这里恳求我们帮忙的妇女人数之多，使我们担心这会引起注意，给学校和难民们招来危险。

今天没有得到外界的消息。 我们没有收音机，而且，也没有一直和为数不多的有收音机的外国人——国际委员会、金陵大学医院、平仓巷 3 号的人，以及约翰·马吉保持联系。 克鲁格尔先生今天来看我们，他说，最近没有船从上海来，他不能肯定什么时候可以离开南京。

今晚，我们的一些工人集中在程夫人的客厅里，完成了在 1 500 个牌子上编号、盖章的工作，并将把牌子缝在每一位家长的衣服上，我们希望以此来辨认这里的每一个难民，我们不想让其他难民所的难民因为便利而到我们这里来（听说他们想这么做），这也有助于我们粥厂的负责人，确保我们的每一个难民每天都能吃上饭。

晚上 10 时 30 分，这是我上床的时间了。

⚘ ｜ 1 月 20 日，星期四

今天下雪了，但并不太冷。 你们可以想象，难民们把泥浆和雪水带进来，那些大楼会成什么样子。 不知道我们能否将其打扫干净。

王先生和孙先生继续收集丈夫或儿子被抓走至今未归的妇女们的资料。 一位妇女刚才对我说，她 38 岁的丈夫和 17 岁的儿子都在 12 月 16 日被抓走，家里只剩下她和小女儿。 我怀疑，在那几天恐怖的日子里，即使她呆在家里也未必能救下他们。 这又有谁知道呢？程夫人认为，我不应该将这些妇女的材料交给福田先生，我们永远不要忘记中国是他们的仇敌，日本根本不在乎他们使中国遭受的深重苦难。 过一两天，我要去见福田先生，告诉他许多妇女恳求我帮忙的情况，并问他能否提供帮助。

今天上午，我开始起草给学院创建者委员会的报告。 发生了那么多事情，很难在一个简短的报告中反映出来。 在我写报告的时候，我被叫到办公室和一名年轻的日本军官会面，他马上就要离开南京，他想请我收留两位中国姑娘，一位 20 岁，一位 14 岁，她们现在住在外交部附近。 他说，她们住在那里不安全。 我觉得这很有趣，因为，日军当局正在催促难民们回家。 我明白地向他解释，作为难民，住在这里是很不舒服的，并让他看了这里的妇女们是怎样生活的。 他是否会带她们来，这倒是件很有趣的事情，我真希望她们不要来。 我猜测，他可能对大一些的姑娘感兴趣，不敢将她留在安全区外的家中。

今天，吕蓓卡来了电报，这是由美国大使馆转给我的，我明天去发个回电。 我们已得知，我们大使馆现在已有了无线电台。

今天下午的布道会开得很好，为妇女举行的布道会有 170 人参加；为孩子们举行的有 150 人参加。 今晚，玛丽和我到宿舍去发票。 一些妇女向我们要票，我们校园里的人太多，无法从事更多有益的事。

你们中那些还记得宽阔的上海路的人，现在已很难辨认出它了。 今天下午，我们走到汉口路和宁海路之间，后者就是美国大使馆北面，我数了一下，上海路右侧新建了 38 个店铺，当然，它们是用芦席或木材粗制而成的，但在出售食品和各种赃物方面却生意兴隆。 这些店铺有些是茶馆，有些是饭店。到目前为止，人们仍不敢住在安全区外面。

红十字会的 G 先生说，1 月 17 日外出运米时，他在汉中路外看见一大堆尸体，附近的人告诉他，这些人大约是在 12 月 26 日被押到这里用机关枪打死的，很可能是在登记时承认自己当过兵的那些人，日本人对他们许诺，一旦坦白，就有工作做，并有工钱。

📖 | 1月21日，星期五

尽管地上有雪，但今天的天气还算温和。 现在，泥泞是一个大问题。 数百人到粥厂买饭，另外，还有数百人来这里给亲戚送食品，他们带到屋里的泥土多得令我们无法招架。

午饭后不久，当我去西北宿舍楼宣布下午妇女布道会的有关事情时，几名难民跑来对我说，校园后面有日本兵。 我向后门走去，去得正是时候，四个日本兵看见我后，便放了三名姑娘，这些姑娘是从姓朱的农民家附近的难民棚户中抓来的。 日本兵翻过小山消失了。 不一会儿，一群宪兵来到校园，我向他们报告了这一事件。 此后，又来了两名日本军官，说他们驻扎在南京城外。

近几天来，神情悲哀、心神不安的妇女们，报告了自去年12月13日以来失踪的568名丈夫或儿子的事件，她们仍希望他们是被抓去为日军干活的，但我们中许多人担心，他们的尸体和那些许许多多被烧焦的尸体，浸泡在离古林寺不远的池塘中，或是汉中门外那一大堆被烧得半焦而未掩埋的尸堆中。 12月16日，这天就有422人被抓走，这主要是我们校园里的妇女报告的。 许多十六七岁的男孩被抓走，据说还有一名12岁的男孩失踪。 大部分被抓走的人是家庭生计的惟一来源。

我们下午继续为妇女和孩子们举行布道会。 我们着手准备为失去生活来源的妇女开办一所生活技能学校。

下午5时。 我去了大使馆，并和秘书约翰·阿利森（John Allison）进行了一次令人满意的交谈。 他急于想报告所有损害美国人利益的行为。 德国、英国和美国的官方代表回来为我们争辩，并采取相应行动，我难以表达，这对可怜的南京意义有多么重大。 阿利森先生似乎相当善解人意。

新出版的《新申报》在1月8日有一篇题为《日本温和抚慰难民，南京城里气氛和谐》的文章，文章有25句话，其中4句是真话，即关于太阳的一句、鼓楼的一句、有关宪兵的一句和日本国旗位置的一句；有一句话一半是真的；19句是假的；还有一句我无法确定。 在"是非题"的测试中，这一得分可不高啊!

今天，我给吕蓓卡发了电报。

昨晚，在安全区内的二条巷，日本兵四次闯入王先生的亲戚家，他们想去抓一个小姑娘，但她逃走了。 另外三次，他们抢了一些小东西。 你们可以看出，我们为什么不能劝妇女们回家。

🔲 ┃ 1 月 22 日，星期六

今天天气寒冷，但非常晴朗。 我们这里有来自相邻街坊的难民，许多这样的年轻难民，白天回家，晚上再回来过夜。 今天和我谈话的两个日本兵说，他们希望到二月份秩序能够恢复，这样，所有的人都可以回家了。

今天上午，我正想用打字机把信打出来，这时来了四个日本人：一个军官，三个士兵。 其中一个士兵会讲英语，他说他在神户的教会学校读过书。我问他是不是基督徒，他回答说不是，但他的妻子是基督徒。 他的两个孩子也上教会学校。 他为军官做翻译，他第一句话就说，他们对南京所发生的一切非常抱歉，并希望情况很快会好转。 李先生和王先生带他们到各处查看，然后回到办公室，我请他们喝茶。 当军官问我有没有日本兵到校园来时，我利用这个机会说，今天没有来，但昨天来了四个，想抢走三位姑娘。 他要我把这个情况报告给宪兵办公室，于是，我下午去报告了。

（在此之前，那个年轻的日本军官把想让我们收留的两位中国姑娘带来了。 我真不想收留她们，但不知道如何拒绝。 其中 20 岁的那位姑娘曾经是我们一所教会学校的学生，她认识埃德娜·吉什〈Edna Gish〉夫人和凯丽〈Kelly〉小姐。 我很乐意以后关注这个案例。）

今天中午，我们刚吃完午饭，就收到了来自上海的一些食品包裹和一大摞信件，这是我们 12 月 13 日以来发出信件的第一批回信。 晚饭后，我们给大家读了所有的信。 听到外界的消息是多么高兴啊。 这些食品大受欢迎，丰富了我们相当有限的食品。 信件是 1 月 16 日或是 17 日写的，是由"全日本劳动总同盟"的一辆卡车运来的。

我们中的大多数人下午都花了几个小时写信，我于 6 时把这些信送到美国大使馆。 信件明天将随军用列车去上海——由德国人克鲁格尔先生带去。除了 12 月 13 日之后不久离开的四名外国记者外，他是南京陷落后第一个离开南京的外国居民。 想想看，我们被关在南京37天，没有外界的消息，也没有机会送出信息。

情况肯定好转了，至少在安全区内是这样。 我们不再惧怕恐怖的夜晚，不过我们仍使用厚厚的窗帘，我们不再用图钉将窗帘钉死，也不只是使用蜡烛了。

约翰·马吉带来了广播新闻。

📖 | 1月23日，星期天

一天平安无事。 天气相当寒冷。 玛丽上午去了鼓楼教堂，我下午去参加了平仓巷3号的英文礼拜。 我们仍然认为，在校园内最好一直都能看见外国人的面孔。 米尔斯主持了下午的礼拜，他的主题是:《即使在困境中也要争取胜利》。 在这样的日子里要充满希望是很难做到的。

今天上午，我们这里一位难民的侄子来见我，说他离开南京34天之后于昨天回来了。 他于12月18日和其他400人一起被抓走，他为一个队长扛被褥到长兴，还为这个队长烧饭。 在给这个队长干了八天之后，队长放了他，并告诉他可以回家了。 在回家的路上，他在宜兴又被另一个军官抓住，并把他留到1月14日。 第二个军官喜欢他，人也和善。 让他走时，这个军官一直将他送到城门外，并告诉他不要走大路。 520里路，他走了八天才回来。他说，像湖州那样的城市已经没有老百姓了，7/10的城市被焚烧，广德城已所剩无几了，因为那儿发生了长时间激烈的战斗。 他报告说，在一个地区，村庄都由"大刀会"保护，以免遭土匪、中国军队和日军的骚扰。 这些人身背大刀，眼睛里流露出奇特的目光。 村民们很尊敬他们，为他们烧香磕头。他说，像溧水、溧阳、宜兴这些城镇几乎都被摧毁了，并认为，这要花30年才能重建起来。 他还说，一路上人们对他很好，给他吃的，并让他在家里过夜。 我多么希望更多像他一样的人能够回家。

与海德（Hyde）小姐一起工作的长老会传教士吴爱德（音译）小姐，在下午的妇女礼拜上讲述了她逃出来的奇特经历。 日本兵在寻找花姑娘时，她在草堆、猪圈、船上和荒废的屋子里躲藏了40天，后来，她听说了金陵女子文理学院，就决定来这里。 她把自己打扮成老太婆，借了个6岁小男

孩背在背上，并借了一根棍子蹒跚而来。 她排除了一个个障碍，安全抵达
这里，当时，我们正在举行礼拜。 那天下午，正是她的嗓音很大，精力充
沛地放声高歌。 因此，我才想知道她是谁。 她现在和 500 多名难民住在北
长廊里。

1 月 24 日，星期一

今天上午，我开始写非正式报告，但没有写多少，福斯特先生来了，他带
来了很多新闻，给我们讲了上个星期六发生在大使馆的事情。

好像是阿利森先生和别人一起用餐，乔治·菲奇和普卢默·米尔斯也在
座，这时一个仆人报告说，在 3 号车库里有两个日本兵。 阿利森先生去看
时，他们正在玩麻将，他让他们离开。 但后来他回到餐桌时，觉得这样做有
点过火，不知道是否妥当。 阿利森先生还没坐定，另一个仆人来说，他的女
儿被抢走了，他们一家人住在 5 号车库。 阿利森先生肯定地说，是不是弄错
了，因为，他刚命令两个日本兵离开大使馆大院。 但仆人说，这是第三个日
本兵。 这个日本兵要他的小女儿，被父母断然拒绝了。 后来，阿利森先生出
去寻找那个姑娘，当他见到那个姑娘时，她已往回走，好像是抢姑娘的那个日
本兵遇到了先前那两名士兵，那两名士兵告诫他必须放了这个姑娘，因为这
姑娘是从美国大使馆抢来的。

我虽然并不希望伤害任何人，但是，扫射许阁森爵士、轰炸"帕奈号"、
打伤意大利人和美国官员、在美国大使馆抢姑娘，这些事情使我感到高兴，因
为，这些能引起日本和西方国家的注意。

我们继续进行下午的礼拜。

午饭后，我到美国大使馆要车去日本大使馆。 在与福田先生的谈话中，
我告诉他，大批妇女恳求我帮忙找回她们的丈夫。 这些人中有一些是在 12
月 13 日被抓走的。 他让我给他资料，他将尽力而为，因为，他对这种情况也
感到很悲哀。 明天将给他带去 520 份资料，这会使他大吃一惊。

出大门去大使馆时，一个小姑娘来告诉我，三个士兵刚刚到她家想劫持
一些年轻妇女。 我跟她去时，日本兵已经离开了。 他们想抓的姑娘们非常机
智，成功地从后门逃到了金陵女子文理学院。 我们一起往回走时，小姑娘告

诉我，日军刚进城时，她 67 岁的父亲和 9 岁的妹妹被刺死了。

今天有大批轰炸机向西飞去。 城里的大火少了一些，但仍然有，每天都有一到两处大火。

📅 | 1 月 25 日，星期二

我们在适应新的情况。 我们曾一度在窗户上装了窗帘，用黑罩子遮住所有的灯光，而现在我们觉得，用灯光来显示这个地方有人居住更为明智。

昨晚，两个工人傻乎乎地关上所有的窗户，把煤炉放在屋里。 今晨，他们煤气中毒，失去了知觉。 程夫人和我，以及在这儿的所有人，都帮忙救醒他们，到晚上，他们的情况好多了。

从 9 时 ~ 12 时 30 分，我在宁海路 5 号参加难民所负责人会议。 要是每个难民所都有一个有经验的社会工作者负责，或了解每个难民所的需要，我们就有可能开展有益的工作。 很难了解每个家庭的真实情况，这很容易使人养成依赖性，而不是独立性。 每个难民所都在对最贫困的家庭进行调查。 从上海传来已募集到资金和获得额外药品（如鱼肝油）的消息，这个消息令人振奋。

长老会的福音传播人吴爱德，是这儿一个知恩图报和快乐的难民，她今天上午为 20 个姑娘开了一个语音班，下午又到祈祷会帮忙。 如果有更多的工作人员和空教室，我们就开办一些圣经班。 下午将 532 份表格带给了福田，并向我们的大使馆报告了同样的内容。 我们还去了"木偶政府"①的秘书那儿——这个名字是陈先生为自治政府起的，目的是看看他们能否在安全区内取缔那些销售赃物的店铺。 数以百计的小店铺在宁海路和上海路开业，意味着越来越多的抢劫是平民干的。 如果不是日本士兵带头抢劫的话，他们原本是不敢这样干的。

现在，我们每天如饥似渴地阅读从外国男士那儿得到的零星消息。 他们不厌其烦地将广播里听到的消息记录下来，再给我们。 我们是多么想知道撤往汉口、武昌、长沙和重庆的朋友的情况啊！从广播里的消息来看，好像重庆

---

① 指伪"自治委员会"，并将其喻为受日本人操纵的木偶。

也遭到了轰炸。 一切都如同噩梦： 朋友们各奔东西，学校也分成数处，生命、财产被可怕地摧毁，这难道是真的吗？

黄包车?! 我确信这是我自 12 月 12 日以来在街上看到的第一辆黄包车。 我们曾见过许多没有车胎或轮子的黄包车被藏了起来，但没有见过一辆在街上行驶，因此，我们只能步行或乘汽车。

下午，我和程夫人去谢文秋①（Grace Chu）家，但不是去喝茶。 屋里挤满了难民，你没法想象屋里是什么状况。 程夫人带回一些剩下的东西，她的大部分东西都不见了，如收音机、碗、碟等。 有些东西被日本兵抢走，剩下的被难民拿去了。

🈷 | 1 月 26 日，星期三

今天早晨，几架轰炸机向西飞去，傍晚时又飞了回来，它们显然是从句容起飞的。 我们为杭州、武昌、重庆等城市担心。

今天，我们的几位难民要铺盖。 有些难民想呆在家里，但日本兵仍来要铺盖和花姑娘。 王先生兄弟和岳母的铺盖前天晚上被抢走了，他们想住在水西门附近的家里。

今天上午和下午的部分时间，我一直在写一份题为《第一个月的回顾》的报告，但被打断的次数太多，没法全神贯注地写下去，有时写一段就被打断三四次。

一直忙到差不多 5 时，我们壮起胆子，决定到金陵女子文理学院西边的一条叫做"虎踞关"的路上去散步。 路边的房屋都关了门，上了门板，街上几乎荒无人烟。 第一个见到的是阿齐森（Atcheson）的厨师的母亲，由于担心日本兵再回来，她不敢进自己家。 而是和一个熟人住在她家对面的房子里。 她一直在监护着家，这样，老百姓就不会拿走她为数不多的剩余物品。 我去了龚家——明朝第一代皇帝赐予的府第②，这里已成一堆烧焦的木头和焦

---

① 1920 年至 1921 年就读于金陵女子文理学院，后赴美留学，主修体育，1925 年毕业后回到金陵女子文理学院任教。她 1928 年与朱世明结婚，婚后的英文名字为 Grace Chu。
② 疑为龚贤故居。龚贤为清初著名画家，其住宅位于虎踞关附近的清凉山。此处可能有误，不太可能为明朝第一代皇帝所赐。

黑的瓦砾。 年老的看房人出来招呼我，并讲述了他对房屋被烧毁原因的看法。 日本兵偷了一头牛，牵到屋子里来烧，在一间屋子里生起火。 他们离开时没有把火熄灭。 烧焦的木头和牛骨架证实了他的说法。 从此，又一座有趣且具有历史意义的遗迹消失了。

离开那座废墟，我遇到一位熟悉的妇女，她问我是否听说在杨家附近山谷池塘里有大量尸体。 我告诉她已经听说了一些情况，并想去看一看，她愿意带我去。 不久，我们遇到了她的丈夫，他说要跟我和工人一道去。 我们找到了那个池塘。 池塘边有许多具焦黑的尸体，尸体中间还有两个煤油或汽油罐。 这些人的手被铁丝绑在身后。 有多少具尸体？ 他们是不是先被机枪扫射，再遭焚烧？ 我不得而知。 在西边小一些的池塘里还有 20~40 具烧焦的尸体。 我看到这些人穿的是平民的鞋，而不是军人的鞋子。 山丘上到处都是尚未掩埋的尸体。

📖 | 1 月 27 日，星期四

今天，飞机活动频繁，许多飞机飞往西北方向，有些是重型轰炸机。 城里充斥着各种谣言，有人认为，中国军队就在附近。 天寒地冻，衣服单薄的军人肯定要受罪了。

红卍字会今天给了我们 300 元，为那些持有红证免费吃饭的难民买一些蔬菜和食油，作为中国新年春节的礼物。

我们打算启用东北宿舍楼的浴室，这意味着又有了额外的工作，但这将给许多人带来欢乐。 煤是第一个难题，找到可靠的人来管理浴室则是第二个难题。

终于写完了我的《第一个月的回顾》。 在写这份报告的过程中被打断了无数次，我觉得今晚不值得再花时间读一遍。

大量的赃物被带进安全区，这使我感到很担心。 安全区原先是为了拯救生命的，但现在则成了储存和销售赃物的天堂。 街道两边排列着小店铺和摊位，这意味着老百姓的胆子越来越大，到安全区外所有的房屋里拿他们想拿的东西来卖或用。 索恩先生说，他位于安全区边缘房屋的门被人拆掉了。 在我看来，安全区应该禁止这些赃物进来，但是，这需要安全区国际

委员会具有比现在更大的权力。 麦卡伦先生说，他已派人到中华女中，以防止进一步的抢劫。 我想知道今后几个月将会发生什么事，因为社会上的"潘多拉魔盒"被打开了，正像炸弹在海里爆炸时，会把海底的沉积物都泛起来一样。

1 月 28 日，星期五

整个上午，飞机活动频繁，重型轰炸机载着死亡和毁灭从我们头顶飞过，往西北方向而去。 我们觉得整个中国正在被摧毁。 我常想知道，庐州的情况怎么样了？

整个上午，我都在给外界写信。 如果在今晚 9 时 30 分把信送到美国大使馆，就有可能让美国军舰"瓦胡号"把信送出去。 我将于 5 时 30 分从这里出发，因为，我晚上不离开校园，好像多年来始终如此，实际上，我是从 12 月 12 日以后才这样的。

今天下午，我参加了在"木偶政府"总部召开的安全区内各区负责人会议，这是陈先生为自治政府起的名字，我们觉得这非常准确，无法替换。 一名日本军官出席了会议。 会议宣布： 安全区内的所有难民必须在 2 月 4 日前回家；安全区内街道上迅速蔓延的所有店铺在此之后将全部拆除。 城里的秩序将得到维护，并已采取了相应的措施，当人们发现日本兵行为不轨时，可以举报，这些士兵将被处置。 日本兵将被限制在一定的区域内。 我们真诚地希望所有这一切都能按宣布的实施。

城里的三个慈善机构计划分发 1 000 袋大米和 2 000 元给最贫困的人们。我们提出了申请，并得到 200 元，可以为免费吃饭或持红证的难民购买蔬菜和食油。 包括孩子在内，这些难民约有 1 000 人。

今天上午 10 时左右，由一艘外国轮船从上海带来的一大包邮件送到了学校门口。 我们是多么渴望得到朋友的消息啊！ 今天晚饭后，我们在程夫人的客厅里聚会，一起阅读这些写给我们的信，以及大家都感兴趣的其他信。 到目前为止，我们还没有收到从外国寄来的邮件。

我们这里的难民中有四位盲姑娘，她们目前住在由程夫人管理的宿舍楼里。 她们是多么欢快、热切的姑娘，渴望地等待着我们去看她们，她们现在能够辨认出我们的脚步声。 星期天下午，我们带她们去做了礼拜，自那以后，她们就问祈祷文中某些词语的含义。 我希望将来能送她们到上海读盲人学校。

自从我们收留了难民家庭之后，校园内晚上 8 时 30 分熄灯，夜里大部分时间，我在蜡烛或马灯下书写。 安全区内某些区域已恢复供电，城里已开始供水，至少在安全区内是这样，但是，仍不通电话。

Y·冈中佐今晚很友好地来访。 他把我给鲁丝的第一封信带到了。

📖 | 1 月 29 日，星期六

今天下雪了，但并不冷。 似乎任何事情都无法阻止人们迎接中国春节的准备工作! 城里有一种期盼的气氛，街上有额外的食品供应，价格也涨了，贵得离奇。

上午，又送来了更多的信和几份 12 月的《基督教世纪》，以及我订的 1 月份的《大西洋》杂志。 从美国寄给我的邮件呢? 我不相信南京的邮局。

程夫人、王小姐、薛小姐和我，今天花了四个小时为国际委员会把表格填写完。 我们这里最贫困的难民能否得到来自上海或国际的救济款，这取决于我们的推荐。 在填表时，对那些有孩子的妇女，我们总是这样写道:"如果其丈夫回来便不会有问题，但如果回不来，就让她们进家庭工业学校或家庭手工学校，我们希望从 3 月 1 日到 6 月 30 日，在金陵女子文理学院开办这些学校。"我们还推荐许多妇女，使其获得小额贷款，直至使她们能与在中国西部的丈夫联系上。 对另外一些人，我们则推荐每人得到 5 元赠款，帮助她们开始新的生活。 很难知道应该怎样帮助这些人重新自立。 如果我们的社会学系及其学生在这里就好了!

程夫人和我为油菜饭做最后的准备，以便明天晚上给"免费就餐"的人吃。 明天晚上是农历的除夕。 资助我们的钱可以做 10 顿这样的饭，这将有助于健康。

今天没有见到日军官兵。 瞧，情况好转了。

一位在原金陵女子文理学院给我们当女佣的妇女今天从农村来，恳求我们收留她 14 岁和 18 岁的两个女儿。 她说乡下的情况仍然很糟，日本兵把他

们的东西都抢走了，姑娘、妇女一直处于危险之中。 她将负责为她们化装，并设法带她们进城，因为，外国人还不允许出城，无法把她们接来。

听说德国大使馆的罗森先生一定要去高尔夫俱乐部，但我无法证实此事。

今天下午，红卍字会的负责人张南梧告诉我，他们掩埋了 2 000 具尸体。我请求他掩埋寺院附近那些烧焦的尸体。 这些尸体一直萦绕在我的脑海中。

1 月 30 日，星期天

今天没有飞机出动。

零星炸响的爆竹声迎来了中国的新年，却吓了我们一跳，因为这与那些枪炮和刺刀支配一切的日子离得太近了。

今天上午，参加礼拜的人不多，这可能是人们在家为中国新年做准备吧。从这里到金陵大学之间的街道上密密麻麻挤满了人。

下午的礼拜要门票，因为，这是为基督徒或上教会学校的妇女和姑娘举行的。 南画室里座无虚席。 罗小姐作了精彩的布道，题为《为新年做准备》——不是在家，而是在心里。 与此同时，还有一所为孩子们开办的星期日学校也在做礼拜。 四束可爱的一品红和即将发芽的柳枝给房间增添了节日的气氛。

轮到玛丽参加平仓巷 3 号的英文礼拜。 她得知，菲奇昨天搭乘给我们带邮件的英国军舰去了上海。 他是第二个获准离开南京的外国人。 在我的想象中，我们跟他去参加了在社区教堂举行的礼拜。 那些丈夫在南京的妇女迫切想从他那里得到消息。 他得到保证，允许他再回到南京，但对此我表示怀疑。 住在平仓巷 3 号的人得到了来自上海的食品——牛奶、黄油、苏打粉、罐头食品。 在经历了数周只有单调的储藏食品之后，他们的厨师一定非常高兴。 许多星期以来，我们看不到蛋糕和饼干。

今晚，为工人举行的礼拜采用新年除夕的形式： 宽恕过去，鼓起勇气，迎接未来。 工人们情绪很好，他们一直忠心耿耿，承担了繁重的工作。

国际委员会送了两份礼金，我们把一份作为只管饭吃、而从事许多额外工作的临时工的小费，另一份用来给所有的人加餐。 今天，猪肉 0.7 元一磅。 给免费吃饭的难民加了蔬菜和油。

🏮 | 1月31日，星期一

如果爆竹有驱散邪魔、给新年带来昌盛力量的话，那么来年肯定是幸福欢乐、丰衣足食的一年。 天还没有亮，人们就开始放爆竹，不是零星的，而是响成一片，约持续了一个上午。 这是一个阴郁、满是泥泞的日子。 我感到非常遗憾，因为，中国的新年应该是一个阳光明媚的日子。 当人们觉得不该用惯用的"新年如意"、"恭喜发财"这类词语时，我意味深长地说："新年平安!"

下午，为妇女、儿童做了礼拜后，老花匠（老邵）和我一起去了去年我们弄到几枝漂亮蜡梅的农民那里，看看能不能再买几枝蜡梅。 我们沿着校园西边的路往北走，在路上，我们遇到两具没有掩埋的尸体，其中一具 12 月中旬就在那儿了。 路西边的乡村荒无人烟，没有生命的痕迹。 每个小屋子的窗户上都钉了板，门也被封死了。 我们抵达寺院所在地区时，这里看上去一片荒凉，即使是买蜡梅，我们也不敢冒险穿越这一地带到那个农民家去。 于是，我们往回走，快到校园时，我们爬上了山坡，看见那三具尸体还在那儿，这三个人是 12 月 16 日在这里被枪杀的，当时，我听到了枪声，我认为他们是平民。 在花匠家里，他一定要请我喝一碗热气腾腾的鸡汤和水煮荷包蛋。 他也应该是《大地》①一书中的一个人物，因为，他是勤劳的中国农民的典型形象，和大地贴得那么近。

回到校园时，几群年轻姑娘围着我，恳求我允许她们在"自治政府"规定难民必须回家的日子——2 月 4 日之后继续留在这里。 她们面临的是怎样的困境啊!

🏮 | 2月1日，星期二

今天天气较为晴朗、温和。 又有飞机活动了，四架重型轰炸机往西北方向飞去。 今天，气球"飞艇"又升起在浦口附近上空。 为什么那么近? 我们不得而知。

---

① 原文为 Book of Earth，显然指的是赛珍珠所著的 *The Good Earth* 一书。

今天上午9时，我们希望在难民们回家之前，对他们的家庭情况有一个更为详尽的了解，为此，我们在六幢难民楼里进行我们自己的难民登记，每幢楼里有两名工作人员从事这项工作，这要花费两天时间才能完成。 王先生和陈斐然去参加难民所负责人会议。 最好由王先生代替我去参加会议，因为，他们要讨论有关难民回家的重要问题。 会议的大部分时间被男女难民回家后所遭遇暴行的有关报告所占据。 年轻姑娘怎么能回家? 这超出了我们的想象力。 我难以理解，日军当局为什么要她们回家? 因为，这些虐待和暴行的事实将会广为流传。 参加会议的人们认为，由于日军一名高级军官将要来这里，所以很有可能会推迟难民返家的日期。

午前，一位6时30分就来的39岁的妇女讲述了她的遭遇。 今天上午，她劝一个曾和她一起在一户人家干过活的男子一同回家取些剩下的东西。 这个妇女被日本兵抓住，五个日本兵强奸了她，男的则被打了耳光，并被抢去九元。 这位妇女的丈夫于12月27日被抓走，至今未归。 这位妇女刚走，另一位57岁的妇女进来，她和丈夫在星期天回家时，她丈夫被赶出家门，两个日本兵调戏了她。 妇女们并不愿意对我讲述这些遭遇，因为，她们认为这很不光彩，难以启齿。 怎么能让年轻姑娘回家呢? 今天又有这样的事发生。 每当我经过校园，人们就围过来恳求我尽可能让她们留下。 我的心真为她们痛楚!

上午，承蒙马吉借给我们车子，玛丽和程夫人带了两个老汉到姓蔡的基督徒家里，看看能否保住那别致古老的住宅里剩下的东西。 虽然遭到了严重洗劫，但有些沉重的红木家具还在那儿。 邹静怡和我在1时30分去了位于城东的中央研究院。 那真是个令人恶心的场面! 各处的房屋和商店都被焚毁或洗劫一空。 除了日本兵，我们实际上没有见到其他人。 在中央研究院内，五幢主要建筑有三幢被烧毁，我们还能见到多年经营的标本室被烧焦的残垣。 生物楼遭到洗劫，但没有被焚毁。 我们去了秉（Ping）博士①的办公室，收集了看来是他留下的研究资料。 我们想让一些年老可靠的人去那里看守房屋，保护剩下的东西。 我们回去后，程夫人和玛丽又去了一趟中央研究院，还去了陈竹君的家。 这是怎样的场景啊! 所有的东西均遭洗劫或被破

---

① 秉志，著名动物学家。

坏。 到春天时，古老的南京还能剩下些什么呢？

今晚，请教职员工吃了一顿特殊的晚餐。 饭后，每个人吃了半个蜜橘和一些巧克力。

🈶 | **2月2日，星期三**

虽然天气阴郁、寒冷，但上午，有许多飞机将死亡与伤残带到西北方向去了。

10时，我和福斯特及麦卡伦先去了位于城南的基督教会大院，然后去了美国基督教会。 印第安那大楼外表的损坏并不严重，但被彻底洗劫了，特别是顶楼的套房。 大院西部的教学楼被焚毁。 我觉得中华路上80%最好的房子都被烧了。 基督教男青年会的房屋首先被烧。

日军进城的最初几天，纵火的情况并不严重，但是一周之后，开始了蓄意的抢劫和纵火，并持续数日，我们今天上午看到的就是这些行为的结果。 中国军队在撤离前除了抢些钱外，几乎没有抢劫行为，这使我们感到很意外。 我们许多人都害怕长期的围攻和中国军人的抢劫，我们较为相信日军的军纪，相信他们不会抢劫和纵火。

美国基督教会的情况也一样。 传教士的房屋虽然有美国和日本使馆公告的保护，但仍然被洗劫一空。 教学楼主要是被一枚炸弹摧毁的，但教堂并未严重受损。

为了掩盖大肆洗劫的罪证，太平路上的商店几乎被逐一焚毁。 日本军车把抢劫来的物品运走。 如果日本商人以后希望占据这座城市，那将需要大批资金来修建所需的房屋。 除了几家日本人开的店外，其他商店都不存在了。

11时15分。 我到日本大使馆去见刚从上海回来的福田先生。 他收到了我给他的涉及658名失踪人员——我们这里难民的丈夫或儿子的资料，其中大多数人于12月16日被抓走。 他说将尽力而为，我相信他是真诚的，因为，他认识到这些失去丈夫的妇女将要依赖社会救济，而现在没有一个可依靠的社会体系。 我还与他简略地谈到强迫所有难民回家的命令，以及最近三天强奸妇女的事件，他说，这需要更多的事实。 此后，我去了红卍字会总部，报告了我们的西面还有尚未掩埋的尸体，特别是那两个池塘边被烧焦的尸体。 自从日军占领以来，他们已将 1 000 多具尸体装进棺材掩埋了。

5 时～5 时 30 分。 我在办公室里，但不是在工作。 好几位妇女来向我诉说她们遭遇的那些似乎令人难以相信的、残酷而充满兽行的悲惨经历，有朝一日，希望日本的妇女也能知道这些悲惨的遭遇。

我们的工人在所有六幢大楼里对难民进行登记。 工作量虽然很大，但这以后对我们将很有帮助。 下午为妇女举行的祈祷会开得很好。

当国祥①和我在分发明天下午布道会的票时，年轻姑娘哀求我尽量不要强迫她们在 2 月 4 日回家，她们说，宁愿在难民所干活，也不愿离开。

🔄 | 2 月 3 日，星期四

雪下个不停，天气相当寒冷。 除了两幢教学楼外，我们的登记工作都已完成。 这两幢楼每幢都住有 900 人。 斯迈思上午和下午都来了，商量如何把鱼肝油、奶粉分发给婴儿和生病的儿童。 他说，安全区委员会要求我们这些难民所负责人在明天——难民被迫回家的日子，必须坚守岗位。

摆在人们面前的是一个多么可怕的决定啊——回到仍有严重危险的家，有被抢、被杀、遭强奸的危险。 我们今天费了一番工夫，劝年纪大一些的妇女回家，这尽管有危险，但将使留在这里的年轻妇女更安全一些。

神学院的前舍监李夫人被神学院难民所的年轻妇女派到我们这里来，向我们表示，当她们的难民所被迫解散时，她们想到我们这儿来。 她们听到了一个异想天开的谣传，说我们将用船把所有年轻姑娘送往上海。

福斯特先生来访，并带来了他和马吉为我们记录的广播新闻，他还告诉我们，来城里呆几天的国际出口公司的毕晓普瑞克（Bishopric）先生，明天乘汽车去上海，他将用使馆封缄的信封把邮件带走。 如果我们有时间写信，这又是一个送出信的机会。

我的一只眼睛火辣辣地疼痛，程夫人为我处理了一下，将眼睛包扎了起来。 现在，我更加同情那四位盲姑娘，她们怎么会那么欢乐呢？

---

① 程国祥，程夫人的二孙子。

玑 | 2月4日，星期五

对于可怜的妇女和姑娘们来说，今天是恐怖的日子，她们必须回家。 这一天会发生什么事？我们不得而知。 我们不希望强迫人们回家，他们要负责任。

今天，有五个姑娘从金陵女子神学院来，说那个难民所昨天解散了。 她们回到家后，日本兵晚上就来了。 她们翻墙跑回金陵女子神学院，并想到这儿来。 我们不敢收留她们，生怕会引来大批的人，给我们这儿已有的4 000多难民增加危险，但后来我们还是决定让她们来。 如果以后几天，从其他难民所回家的姑娘觉得她们无法呆在家里，我们将不得不收留她们，并将承担其后果。

10时和12时30分。 有两个宪兵来拜访，并检查了一些大楼。 他们说，来看看我们是否一切都好（尽管他们可能还有其他目的）。 我们解释说，许多人已经回家了，我们这里原来有1万人，而现在只有4 000人了，我们还说明有些难民是从上海、无锡和其他地方来的，路途不通，他们无法回家；另外一些人家中维持生计的丈夫或儿子被抓走，生活失去了来源；还有一些人家中房屋被焚毁，无家可归。

下午3时。 两名大使馆的警察和一名中国人来了，要我们召集全体难民，以便向难民解释让他们回家的计划。 我们建议让科学楼里的人到报告厅，他们可以先和这些人谈，然后再一幢楼一幢楼地进行。 他们同意了这个计划，但在第一幢楼讲完后他们就结束了。 让女难民们理解以下三个要点不是件容易的事：

1. 大家必须回家。 宪兵、普通警察和特别的地区组织会保护她们（城里有四个特殊区域机构）。

2. 如果丈夫被抓、房屋被焚，或极度贫困，她们应该向特别区的机构报告。

3. 从此以后，将不再对安全区加以保护，只有那四个地区受到保护。 不准把财物带回安全区。

那个中国人迟走了一会儿，他低声对我们说，他认为让年轻妇女回家不安全，她们应该和我们在一起。

下午 5 时 30 分。 米尔斯来谈论救济计划，他还报告说，各个难民所中都没有出现强行驱赶的现象。 5 时，约 200 名年轻妇女来磕头，恳求我让她们留下来，而我们并没有强迫她们回家的想法。 后来，当米尔斯走时，她们在他的汽车前哭泣和磕头。 可怜的姑娘们!

🔲 | 2 月 5 日，星期六

按照中国的阴历，春天从昨天开始。 今天，阳光明媚而温暖，雪都融化了。

由于眼睛发炎，我一天都呆在屋里。 王先生整天都在我的办公室接待客人，并把失踪的人员按职业分类。 如果可能的话，我想就这件事会见日高先生。 其他人员忙于将本周花了三天时间收集到的资料分门别类。 国际委员会的救济金将根据我们的建议发放。 在南京，受过训练并有能力处理这一问题的人员是不够的! 我们五个人花了三小时为难民写推荐材料。

四位昨天回家的妇女今天回来了，其中一位 40 岁的妇女昨天出城门时，被岗哨搜去了 3 元钱，走了一小段路后，她又被另一个日本兵拖到防空洞。 当抓她的日本兵看到另一名 20 岁的妇女从田里走来时，便将她放了。 即使年纪大的妇女也宁愿在我们这里挨饿而不愿回家，确切地说，是回到只剩下断壁残垣的房子里。 有人预测，一周之内，所有的人都将回到安全区。 可怜的妇女们处在怎样的困境之中啊!

许多年轻妇女溜了进来，连门卫都没有察觉，她们来自被解散的难民所。 昨天，我们试图阻止大批从其他难民所拥到我们这儿来的人。

我们觉得，今天还有 4 000 人在难民所里，绝大多数为年轻姑娘。 到目前为止，我们这儿出生了 37 人，死亡 27 人，死亡者中有 5 个成年人。 今天我们设法让艺术楼一楼大厅里的姑娘搬到楼上的屋里去，这样，我们可以清扫非打扫不可的大厅走道。 还有些姑娘住在楼梯下面用玻璃围着的地方，她们是住在玻璃屋子里的人。

今天下午，响起了清晰的警报声。 这带来什么样的回忆啊! 可能是中国飞机飞往句容。

🗓 ｜ **2月6日，星期天**

2月4日立春，天气暖和了一些，阳光灿烂。 一些春天的小鸟在四处叽叽喳喳地叫着。 即将来临的春天似乎太令人伤感。

由于眼睛的原因，我今天呆在屋里。 如果是左手有问题的话，我至少还可以读书、写字。

今天只来了一个日本兵，王先生带他四处看了看。

据说，人们必须在2月8日离开难民所。 我怀疑他们是否会对我们采取过激的行动，因为我们的难民所与众不同，现在大部分都是年轻姑娘了。

下午的礼拜做得很好。 王小姐讲述了"浪子"的故事。 年轻姑娘们是多么喜欢唱歌啊! 她们恳求王小姐教她们唱歌。

昨天，邹静怡和麦卡伦带了两名老年难民去中央研究院住，看看他们能否使剩下的生物标本免遭破坏。 这两人愿意去，由于他们年纪很大，没法指责他们是年轻的极端分子。 想一想植物标本被毁的损失有多么大吧?!

斯迈思上午来访，告诉我们如何给营养不良者分配奶粉和鱼肝油。 不久，米尔斯来了，给了难民300元救济款——100元用于捐赠，200元作为贷款资金。 以后，该资金将增加到500元。 委员会认为直接救济非常急需，以至于他们无法为学校留一笔资金，尽管他们都赞同这一计划。

今天有很多重型轰炸机飞越城市上空。

🗓 ｜ **2月7日，星期一**

上午，我们的女勤杂工开会，重新考虑我们的计划。 我们在难民居住的每一幢房子里派了一个人，这个星期的任务是结识难民，安慰她们，并制定出直接救济的最佳方案。 同时，非正式地与她们讨论将要开办的家政手工班，我们将其称之为"班"而不是"学校"。

王先生上午来报告年纪较大的妇女回家后受虐待的事件。 一个已被解散的难民所负责人今天带着两个女儿来这里，他和妻子想在户部街住下，并说，昨天日本兵开卡车去把他左邻右舍所有较好的被褥都抢走了，幸亏他们的被褥既不新也不干净，所以没有被抢去。 好像在西华门附近的一户人家，日本兵找不到年轻姑娘，就找十来岁的男孩。

到目前为止，我们这里妇女报告的所有失踪男子的分类统计为：商人 390 人，园丁、农民和苦力 123 人，工匠、裁缝、木匠、瓦匠、厨师、织工等 193 人，警察 7 人，消防队员 1 人，年轻男子（14～20 岁）9 人，共计 723 人。他们中的绝大多数是在 12 月 16 日被抓走，至今未归。

今天下午，马吉给我带来了打印出来的广播新闻。好像合肥处于危险之中。真想知道农村的情况啊!

🔖 | 2 月 8 日，星期二

为什么如此美好的时光会令人伤感？这很难解释。我窗外的松树和玫瑰枝上，缀满闪烁的露珠。不知为什么，小鸟在叽叽喳喳地叫着。虽然天气寒冷，却给我一种春天已经到来或即将来临的感觉。然而，谁会在此欣赏春天的美丽景色?! 一枝枝迎春花、野瑞香、水仙花和玫瑰花，只会勾起我们对一年前还与我们在一起，而现在已各奔东西的朋友的思念；只能使我回想起那些幸福岁月中的工作和娱乐，这些幸福的时光已经消失，并很可能在我的有生之年不再回来了。

10 时，一个工人来告诉我，南山上有日本兵。我急忙穿上外衣和球鞋赶去，发现一个日本兵和一个姑娘在伊娃家平房的后面。我试图弄清他的番号，但没有成功。于是，我命令他离开。他目光凶狠地盯着我，但还是走了。后来，那位姑娘说，她和四名姑娘在学校南面围墙附近的池塘边洗衣服，那四名姑娘逃走了，而她被抓住。日本兵用刺刀对着她，并划破她的衣服。无奈之下，她不情愿地解开了纽扣，正在这时，我出现了。我的第一个冲动就是要抓住他的刺刀，我的确有这样的机会，并叫已经聚集过来的工人设法抓住他，但我很快意识到那样做不太明智，于是就叫他爬篱笆走了。

11 时。我带着一份报告去日本大使馆见代理大使日高，幸好在代理大使去上海前 5 分钟见到了他。我代表 738 名尚未归来的男子——我们难民的丈夫、儿子、父亲，请求大使协助查找。

1 时 20 分。三个日本兵来了，他们四处看了看，没干别的，只是给孩子拍了照片。2 时 30 分，又来了一个军官和一名宪兵，他们还带了一个中国话讲得很好的日本兵。 很难使他相信 10 时发生的事情,实际上,他们根本不相信。

2 时 45 分。 拉贝和斯迈思来带我去参加在日本大使馆举行的吹奏音乐会。 我们无心听音乐,但觉得应该去。 20 人的乐队在指挥的安排下演奏了很好的节目,但我无法沉湎于音乐之中。 当他们演奏序曲《轻骑兵进行曲》时,我的思绪却离不开 12 月 14 日路过我们大门口的队伍——那群手被绑着、在日军骑兵押解下行进的 100 多位平民,这群人一去不复返了。 当他们自豪地演奏《我们的军队》时,被摧毁的城市、荒芜的乡村、遭强奸的妇女和小姑娘一一展现在我的眼前。 我觉得并没有听到音乐。 大约有 20 名分别代表德国、英国和美国的西方人出席了音乐会,日本大使馆的官员想帮我们忘掉那一幕。

英国军舰"蜜蜂号"今天下午驶来,并带来了一名荷兰官员。 我期待着邮件。

🗓 | 2 月 9 日,星期三

上午为美国大使馆准备了一份报告,记述了昨天在校园发生的事情,下午将这份报告送去了。 在此之前,老邵来说,日本兵去了他的家,比平时更加凶狠。 他想知道能否再搬回来。 上午,齐先生和福斯特先生来呆了很长时间,福斯特给我们带来了 2 月 4 日发自上海的信件,还有一些水果,这令我们十分感激。 齐先生给我们讲述了他作为难民所负责人的苦衷,这听起来很熟悉。

在大使馆,我得不到有关海伦的进一步情况,我们很为她担心。 他们也没有庐州的消息。 在我的想象中,见到了那片广袤的内陆平原遭受蹂躏——抢劫、纵火、大肆屠杀和不分老幼地强奸妇女,这就是赢得友谊与合作的战争?!

我第一次查看从美国军舰"帕奈号"中打捞上来的珍贵物品。 必须说,这些东西看起来很凄惨,但是,比我们想象中在长江里浸泡数周后的物品要好一些。 钞票和其他文件都已干了,钞票尚可使用。 阿利森似乎较为沮丧,因为,南京情况的改善如此之慢。

同盟社的经理松本来了一会儿，他打算飞回上海，所以不能耽搁。 我应该与他认识一下。

下午 5 时。 我从大使馆回家时，两次遇到了妇女，第一次是位母亲带着两个女儿。 她说，她们两天前回家，但无法忍受。 日本兵频频地来找年轻姑娘，她们得时时刻刻躲藏。 自然，我们让她们进来了，但我们不知道她们要呆多久。 另一个人的经历使我非常悲哀和沮丧，她丈夫以前在南京一所很大的学校当教师，她出身书香门第。 灾难来临之前，他们逃到乡间，盘缠用完了，决定不论南京情况如何都要回来。 他们的归途是个多么可怕的故事啊：14 岁的女儿和同龄的侄女脱掉鞋袜，跑到田野里，试图躲避日本兵，尽管如此，在他们进城门的时候，他们的侄女被强奸了三次，女儿被强奸了一次。14 岁的姑娘啊! 做母亲的脑子已记不清时间了，苦难竟如此接连不断。 她并没有要求到我们这里来，说自己能忍受，但恳求我们允许小姑娘进来。 金陵女子文理学院的大门又一次敞开了，如果能为她们做点什么，我一定尽力。

🔔 | 2 月 10 日，星期四

我们男教工宿舍和邻里中心真是一片凄惨的景象，那里仍挤满了难民。今天上午，陈先生和我去调查，再次恳求一些年纪大的人为了年轻妇女回到安全区外的家中，但她们只是说："好，好。"却就是不走。 两栋两层楼的住宅都挤满了难民，一间屋子里就挤了几户人家。 地板上、墙上一塌糊涂。 更糟的是，一间屋子里还住了个鸦片烟鬼和他的妻子，他们还收取高额的房租①，说是我们叫他们为学校收的。 对付鸦片烟鬼，我们都不够聪明。

今天下午有四个人来访： 马吉来送广播新闻；贝茨先生到这里来找斯迈思，后者在这里讨论用奶粉喂养婴儿问题。 斯迈思有很多奶粉，但没有足够的人来教会妇女如何用奶粉喂婴儿。 汤博士在下午的布道会后也来了。

5 时~6 时。 魏师傅和我到西面的广州路去。 自从 12 月 11 日我们去插安全区界旗以来，我还没有去过那儿。 那里的情况是战争破坏的一个无言而生动的证词。 甚至小棚屋也大都荒芜了，有些则被烧毁。 只有几间屋子里还

---

① 原文 rant 有误，根据上下文应为 rent。

有人住，并且都是些上了年纪的人。 我们问他们情况怎么样? 他们说，日本兵并不是经常来，有些日本兵体面一些，而有些则抢劫钱财，还有的硬要花姑娘。 我们在路上遇到许多回安全区过夜的人。

在一间屋子里有四个人。 他们不必承认，但我们可以看出，他们是靠到无人居住的水西门一带拆房屋的门和地板，并劈成一捆捆柴火卖给难民为生的人。 我们在路上遇到一个年轻人，他的麻袋里有许多布匹，他说是买的，也许是，但这是赃物。 我们想让他明白，不管这些东西的诱惑力有多大，如果大家以各种方式加以抵制，南京便会不大一样。

📅 2 月 11 日，星期五

这是一个美丽、晴朗的日子，春天离我们不远了。 今天早上，隆隆的轰炸机声萦绕在我耳际，我仿佛看见在徐州附近的战场上，数百名肢体残缺的士兵躺在战壕里，没有医护人员照顾他们，直到死亡，他们才得以解脱巨大的痛苦。 可怜的人啊! 愿男大学生能平安地在大学里读书! 愿人们能听见这些伤员的呼唤! 志愿者能帮助他们，因为志愿者能做许多事情。 我们非常担心海伦·鲍登（Helen Baughton），有关她被绑架的情况还没有进一步的消息。

在没有安全区而只有两三名外国人的蚌埠和怀远的情况如何? 合肥一定是一个战场的中心。 我一直在思念那里的朋友。 愿上帝给他们额外的力量与勇气，愿他们习惯过保护和安慰别人的生活!

卡尼（Kearnry）神甫乘法国炮舰回到了南京，他将在这里呆几天。 好像炮舰立刻就又回上海了。

在美国大使馆，我发现他们在储存大量的煤。 似乎汉西门附近的那个煤贩子的煤还没有遭抢劫。 他敦促美国大使馆接管煤场，以防止别人抢劫他的煤。 在可怜的南京似乎正在进行一场比赛，看谁能首先得到大米和煤炭。

5 时。 我去医院看邬静怡，发现她住在三等病房里，很痛苦。 医院很拥挤，但医生护士少得可怜，仍然只有两名外国医生，我想还有位中国医生。

大约下午 2 时 30 分，日本大使馆的警察和两名军警来访，看看我们是否受到士兵的骚扰。 他们还询问了我们的难民人数，我们不由得想到，这是否是他们来的真实目的？ 我说，有一段时间我们这里的难民多达 1 万人，现在只有 3 000 人了，他们对此似乎很满意。

🖎 | 2 月 12 日，星期六

今天是林肯的生日，但我们没有举行庆祝活动。 好天气在持续着。

菲奇今天乘美国军舰"瓦胡号"回来了。 我非常急切地想从他那儿得到消息。 听说，他给我们带来了许多包裹，这些东西是我们在上海的好朋友捎来的。

4 时～6 时。 我们在实验学校举行了一次聚会。 其间，我们吃了从上海带来的橘子和爆米花，以庆祝陈斐然生了个儿子。 他收到了来自汕头的信，得知了这一消息。

下午 6 时 30 分，马吉带着大包小包来了——菲奇从上海为我们带来的东西。 玛丽收到了她的第一封信，她非常高兴。

除了常看到飞机活动，使我们意识到轰炸还在持续外，我们对外界几乎一无所知。 今天下午，听见了高射炮的射击声，也许是在演习。 各种谣言不断，因此，我们不知道芜湖和汉口在谁手中。

今天没有任何日本人来访。

今天，一个带着两个孩子、非常漂亮的年轻妇女来看我，在过去两个月里，她一直住在普通生物实验室里的一张桌子上。 她说，她丈夫在上海有一家古玩店，但自己现在没钱，在这里一直靠免费大米生活。 她是老贵格会女子学校的毕业生。 她说，她想回家。 她觉得日本士兵不会骚扰她，因为她家附近有不少男子。 我有点担心，她回去后可能会发生什么事。

🖎 | 2 月 13 日，星期天

今天上午雨很大。 终于听不见重型轰炸机的声音了。 由于咳嗽、喉咙疼，我今天将呆在家里。

今天，有人向我们报告说，昨晚午夜时分，四至六名日本士兵来到住在我们洗衣房附近的苏姓农民家，用力敲门，要花姑娘，但门没开，他们最后走了。 我猜想今晚姑娘们又要搬回金陵女子文理学院了。

大约下午 3 时。 两名军官、一名士兵和"自治委员会"的四名中国人来到学校，问我们能否为他们找四名洗衣妇。 他们想要 30~40 岁的妇女，报酬是大米。 他们明天早上来领人。 在这段时间里，我们将尽我们所能为他们找人。 我也把这件事告诉了我们的洗衣工，他说，如果晚上能回家的话，他也很愿意去。 说来奇怪，在我回实验学校之前，一位妇女来申请这份工作，我碰巧知道她曾被三名日本士兵强奸过，她当然有这份勇气。

菲奇回来了，并得到了救济组织提供 20 万元的承诺。 我现在考虑的问题是如何合理地分配这笔钱。

今天收到了更多的信和来自上海的包裹。 我们的朋友对我们太好了。如果我们要他们帮我们购物的话，他们就把物品当做礼物寄来。 邮路正在恢复。 想一想昨天，我必须为难民寄 20 封信——大部分是寄给在上海的亲戚的，而且都是要钱。

今天收到了吴贻芳从成都寄来的一封信，日期为 1 月 27 日，还有凯瑟琳 1 月 28 日从武汉寄来的信。

🗓 | 2 月 14 日，星期一

早上多云，没有飞机声。 苏姓农民今天来报告昨夜 1 时日本士兵去他家的情况： 共来了七八个人敲门，但他没让他们进来。 后来，他们到隔壁的杨家，用刺刀把门撬开，一定要花姑娘。 当主人告诉他们没有花姑娘时，他们很生气，挥舞着刺刀。 这时，有人说要去报告，他们就离开了，并用生硬的中国话说："他们要报告。"

中午 12 时。 或者下午 1 时左右，洗衣工的妻子跑来说，他们家有日本士兵。 当我们赶到那里时，日本士兵已经走了，他们也在找花姑娘。 洗衣工想给他们倒茶，但他们没有等。

今天上午，我们只为他们找到了一名年龄在 30~40 岁、自己愿意去日军总部做洗衣工的妇女。 我们的洗衣工和另外一名助手也愿意去，但不幸的是日本军官没有带他们去。

大约在 3 时。 大王和我去了模范监狱。 我们的主要目的是，如果可能的话，了解监狱里是否有平民。 但我们意外地经历了许多有趣的事情。 北门桥尽头的唱经楼附近原是条熙熙攘攘的商业街，但现在看起来很凄凉。 我们偶尔看到几个勇敢的人已回到了铺子和饭店里——一个钟表工、两个开饭店的、一个做烧饼的。 他们的主要目的是保住残存的饭店和铺子。 街道几乎空无一人。 所有商店都遭到彻底抢劫，更糟糕的是被烧毁了。 那里实际上已没有商业活动了。 再向东去一点，我们发现了一位 65 岁的老太太，她说，差不多有两个月，她每天白天都回到自己家里。 日本人首先抢劫了值钱的东西，但她的存在能防止老百姓拿走她的其他财产。 我们还遇到一个三口之家：丈夫、妻子和儿子。 妻子向我们哀叹道，中国军队把她的三个儿子带走了，她丈夫试图安慰她说，他们还有回来的机会，而大部分被日本兵抓走的人再也没有机会回来了。 在我们经过的两幢房子里有日本妇女，我猜是艺妓。

在证实了模范监狱里有平民的报告后，我们去见了拉贝先生，并把监狱里的人写的请愿书交给了他。 为他们做点事很不容易，因为稍微出点差错，对他们所有的人来说就意味着死亡。

自 12 月 12 日以来，我第二次看到黄包车。 我不知道所有拉黄包车的人都到哪里去了。 下午买了一些猪肉①，价格是每斤 0.45 元。

📑 | 2 月 15 日，星期二

报春鸟来了。 我起居室里的迎春花正在开放。 上午，我们让一些难民把报纸和杂志搬回图书馆的阁楼上——所有打扫阁楼的工作都白干了。 搬报纸的原因是我们需要书架，而书架上堆满了报纸。 后来，李先生和我在中央楼里呆了一个小时，设法以一种更好的办法来清除夜间的粪便。

一条壕沟接一条壕沟被粪便填满了——到处都是粪便，这已成为一个长期困扰我们的问题，但人们说，我们解决这个问题比其他难民所都要好。 如果我们不能很快弄来石灰的话，在夏天结束前我们都将死于疾病。

昨天，我买猪肉花了 1 元钱，今天午饭我们吃了猪肉。 天啊，味道好极了!

人们想知道究竟有多少中国士兵在守卫南京中牺牲了。 今天早上我收到

---

① 原文为 port(港口)，显然应为 pork。

报告，红卐字会估计，在下关有 3 万人被打死。 今天中午我又听到另外一个报告，数万名中国士兵被困在燕子矶，没有船送他们过江。 可怜的人啊!

几星期前，我告诉你们上海路两边几乎在一夜间出现了许多店铺、茶馆和饭店，就像雨后春笋。 今天它们也以同样的方式消失得无影无踪，因为有命令说，如果在晚上之前他们自己不走的话，所有的店铺将被拆除。 性格温驯的人们将这些店铺拆了，并将拆下的材料带走。 我看见"幸福人茶馆"消失了。 这些店铺里卖的东西大部分是赃物，我们一部分人认为，本来就不应该允许他们在安全区里做买卖。

为了把街道打扫干净，我愿意当一两个月的城市卫生负责人，由我来指挥大批的苦力。

我们听说南京邮局的前董事里奇先生已回到南京，正在恢复南京的邮政服务。 我们现在同外界的惟一联系就是炮舰。

玛丽和我计划在星期四为拉贝先生举行一次告别茶会。 我的起居室只能容纳八个人，因此，我们只能邀请五位客人，至于茶会上的点心，我们发现还缺少许多重要的东西。

📖 | 2 月 16 日，星期三

今天刮起了寒风。 朴和老吴开始栽树，因为现在是栽树的季节。 上午 9 时，李先生和我再次检查了卫生。 卫生问题是如此严重，而且解决无望，我们的努力如同杯水车薪。

但愿你们能够看见中央楼后面山上的状况，并闻到那里的气味。

王小姐和她的助手完成了用新的黄标记更换红标记的任务。 现在有 653 人能得到免费大米。 我们是否在分发领免费大米的标记时过于谨慎了? 要是我们不这么谨慎的话，就会有更多的人呆在这里。 我们还从国际委员会得到一笔钱用于借贷和救济，但是，如何合理地借贷与救济是非常不容易的。 今天我们贷出两笔款，并收了戒指和手表作为担保。

Y·G·严先生 5 时～6 时之间来访，我们曾听说他被打死了，但没有告诉他这件事。 他听说，在南京被占领的初期有 1 万人在三汊河被屠杀，燕子矶有 2 万～3 万人被屠杀，下关也有 1 万人被屠杀。 他很肯定，许多妇女的丈夫和儿子永远回不来了。 不少妇女常来询问我们的请愿是否有回音，我现在越来越确信她们的丈夫永远也回不来了，但我如何对她们说？ 阿利森先生从上海给我带来了一个包裹、两封信和关于斯托拉（Stalla）的电报。 美国人不知道现在来南京几乎是不可能的。

邬静怡还在医院，罗小姐也病了。 现在很难保持健康而不生病。

包裹里是 2 月 5 日的《字林西报》，这是自 1937 年 11 月 14 日以来我第一次看到这份报纸。 我必须写 2 月份的报告，但是什么时候写？

赵先生自愿要办理图书馆的借书业务。 我们要是有更多的好书供出借就好了! 他正在准备，很快就要开始了。

🗓 | 2 月 17 日，星期四

今天春光明媚。 天上不时有飞机飞过。 高射炮也在演习。 今天是那个可怕的 12 月 17 日的纪念日。①

今天，我再次同李先生巡视校园，并设法让人将校园后面清扫干净。 中央楼后面的西南角污秽不堪，但索恩说，同其他难民所相比，我们这儿还算干净。 304 房间进行了彻底打扫，妇女们把所有的被褥都拿了出去，并擦窗户和拖地板。 希望这将影响其他的房间。

今天下午，两名军官、一名士兵和一名翻译来访，说是来看看。 这很容易使我们怀疑每位来访者都暗藏着险恶动机。

今天上午，我花了两小时整理账目，自从 12 月 1 日以来我就没有过问过它们了。 幸运的是，这期间没有买多少东西，因此账目不多。

今天下午，玛丽和我为拉贝举行了告别茶会，在目前的情况下，这可不是件容易的事。 客人有拉贝先生、罗森（Rosen）博士、阿利森先生、菲奇、里奇先生和贝茨。 程夫人也来帮助我们。 我们吃了色拉、巧克力糖和橘子。蛋糕也不错，是一种水果蛋糕，但用的是肉糜，而不是水果，肉糜是从埃斯特那儿弄来的。 还没有一家中国商店开门，因此，菜单必须根据即将耗尽的食品储藏室里所剩食物，或是根据好朋友的家中的食物储备情况来定。

---

① 即 1937 年 12 月 17 日，日军以搜捕中国士兵为名，在金陵女子文理学院搜寻中国妇女，并殴打了魏特琳，见魏特琳 1937 年 12 月 17 日日记。

阿利森是由日本卫兵陪同来的，因此，我们建议他先走。 程夫人听说我们的女难民想见见拉贝先生，并恳求他留下。 当我们到科学楼的时候，我们没有想到会见到这样的一幕： 在拉贝先生走过去的时候，两三千名妇女都跪了下来，并开始哭泣和请求。 拉贝说了几句话，然后玛丽从小路把他带走了。 我努力让妇女们让开，这样，罗森博士和里奇先生才能够离开，但这可不是件容易的事。 当我分散她们的注意力，把她们领到操场的另一边时，玛丽带着罗森等人步行离开了。 过了很长时间，我们才把他们的汽车弄出了校园，但此时，这些先生们一定在回家的路上走了好一会儿了。

里奇先生明天乘汽车去上海。 他说，邮局大概很快会在中国人的经管下开业。

🏯 | 2月18日，星期五

这是个晴朗的春日。 许多轰炸机向西北方向飞去。 当我想到一些城市将被摧毁、许多士兵将遭轰炸时，我的心情就十分沉重。

我们花了好几个小时讨论圣经班的开课问题，圣经班将在下个星期开学。有646名高中三年级的学生想加入我们的班。 南京现在买不到《圣经》、铅笔和笔记本。 我们的三位难民将协助这项工作——王小姐将负责，明德中学毕业的杨小姐和吴小姐将教课。 玛丽上午到难民所，鼓励儿童服用鱼肝油和牛奶，程夫人负责我们学校难民所的分发工作，三位女难民当她的帮手。

今天没有日本人来访。

里奇先生没能按计划去上海，他希望明天动身。 大使馆同意他们离开的决定似乎被取消了。

今天，一位从农村来的妇女来看她的女儿，她的女儿是这里的难民。 这位妇女说，昨天，在她家附近有一些妇女作为慰安妇被带走。 我们听说，明天将采取更强硬的措施使男子离开安全区。 我怀疑妇女会被强行赶出安全区，日本人可能通过关闭我们红十字会粥厂的方式，用饥饿把难民们赶出去。

🏯 | 2月19日，星期六

今天天气非常好，春天来临了。 当我们想起往日此时的欢乐和工作时，春天反而使我们感到非常难过。 在艺术楼里，一些难民在打扫房间。 住在入口处玻璃隔间里的姑娘们也搬走了。 现在艺术楼、科学楼和中央楼的大厅里已无人居住了，剩下的难民搬到房间里去了。 我们确实不知道还有多少难民，估计约 3 000 人。 许多人白天回家，晚上再回来。 这样一来，门锁、捆扎物和屏风都派上用场了。

听，警报器又响了! 我们不知这警报的意思。 近来高射炮常常演习。 昨天，江北上空有一只飞艇。

上午和下午的部分时间用来准备明天的礼拜——由我主讲。 现在很难静下心来学习。

马吉来喝茶，他说，他去了位于栖霞山的难民所，有两名丹麦人①一直在那儿，他们为 1 万名农村的难民做了件很有意义的工作。

福斯特先生将搬到白下路的圣公会教堂去住。 如果南京所有的教会都让他们外国和中国的牧师回到各自的教堂，这将是件大好事。 每个教堂都将成为一个安全、宽慰和教育的避难所。 我很遗憾，米尔斯和麦卡伦陷于事务性的工作中，无法回到他们教会的工作岗位上去。 现在，门和心都是敞开着的。②

今天，我们看到了辛勤劳动的成果： 中央楼西面山上挖了一个新的大坑，用来装夜里的粪便。 堆在那里的所有垃圾都被埋掉了。 保持卫生是一项繁重的工作。 那里的味道一直很难闻。 即使去抢，我们也要弄些石灰来，否则天气转暖后，可能会发生传染病。 由于大部分工人已离开了南京，现在很难找到好的工人。

2 月 20 日，星期天

今天春光明媚。 天上飞机仍在不断地飞。

玛丽去鼓楼教堂做礼拜，我留在家里。 中午过后不久，曾在我们生物实验室里住了两个月的难民秦太太来参加下午的礼拜，她的小儿子想回来看我

---

① 记述有误，栖霞山有两处难民所，一处在栖霞寺，由中国人主办；一处在江南水泥厂，德国人京特（Karl Gunter）和丹麦人辛德贝格（Bernhard Sindberg）是负责人。
② 这里指在经过这场浩劫后，人们渴望得到某种宗教的安慰和信仰。

们。 她说，他们几家住在一起，包括一些年轻妇女，到目前为止，还没有受到日本兵的骚扰。 我们从贷款基金中借给她 15 元，她用这笔钱购买了大米和燃料。 她丈夫在上海有一家古玩店。 但愿我们所有难民的情况都像她这样。 她是个友善、知恩必报的人。 她说，她的许多邻居都是我们这里的难民，如果我们有空去作客的话，我们将会受到热情的欢迎。

我主持了今天下午 4 时 30 分的英文礼拜。 我很遗憾，今天的礼拜我没有太多的新内容，因为最近不常有学习和思考的时间。

晚上，我留在平仓巷 3 号吃了饭。 现在菲奇已离开，布雷迪医生有望回来。 这儿虽有电，但干扰太厉害，我们收听不到广播。

🔲 | 2 月 21 日，星期一

圣经班今天开课了。 10 时 30 分，初、高中的女生在大教堂开始上课，六年级在南画室，五年级在科学楼。 下午 2 时，福音布道在南画室继续进行（有 170 人参加），三年级在科学楼上课。 很自然，人数将会减少，但这些女孩子很渴望学习。 我们将继续开设宗教课，直到难民全部离开。 我们要是有更多的老师就好了! 我们仍然有个梦想，那就是为那些完全失去生活来源的妇女开设某种家政课和技能培训班。

今天坐了黄包车，这是自去年 12 月 12 日以来，我第四次看见黄包车。我还听说有 100 辆这样的车子已经注册，并被允许上街。 宁海路、汉口路和上海路上曾一度迅速涌现出的店铺已被清除。 据说，这些店铺现在集中在安全区南面的街道上。 顺便说一下，安全区国际委员会已不复存在，而是变成了南京国际救济委员会。

下午 4 时。 我参加了在宁海路 5 号为拉贝先生举行的告别招待会。 我只参加了招待会的前半段，玛丽和程夫人后半段才出席，遗憾的是，聊天是在后半段时间进行的。 人们向拉贝表示了真诚的感谢，他无私地帮助了南京的难民。 贝茨代表委员会的其他成员向拉贝致谢。 一份由全体委员签名的声明交给了拉贝、德国大使馆以及西门子公司。 他是一位不同寻常的商人，是在无意之中为自己的国家赢得了朋友的那种人。

晚上 8 时。 我在平仓巷 3 号参加了为拉贝先生举行的另一个招待会，大

使馆的成员也出席了招待会，包括日本大使馆的福井、田中和安井。 人们发表了演说，拉贝也致了辞，他的讲话得体、谦虚和真诚，并表达了为了南京的难民而进一步合作的愿望（罗森博士在忍了又忍的情况下，才对日本人表现出了最低限度的礼貌，今晚，他为了不见日本人而情愿呆在壁橱里）。

🔔 ┃ 2 月 22 日，星期二

今天是华盛顿的生日，但美国大使馆没有举行招待会。

整个上午，以及下午的几个小时，我都用来为在上海的教师找书，并把一些书包好，送到大使馆，英国皇家海军的"蟋蟀号"军舰明天早上动身去上海。 大使馆似乎不辞辛劳、毫无抱怨地为我们传递一包包的书、食物和信件。 实际上，每当难民听说有船要去上海的时候，他们也有一大捆信要捎去。 我们不知道还要多久中国人才能去上海——许多人迫切想离开南京。 我听说，仅有两人离开，而且代价很高，据我所知，一个富有的人支付了 1 500 元才成行。

我参加了在罗森博士家为拉贝举行的午餐会，又一次感受到了正常的生活，真是太好了! 罗森博士虽然对日本军队及官方的行为直言不讳地表示不满，但他却公开购买日本的货物。 然而，不购买日本货，是我和为数不多的人的一种抗议日本行为的方式，我还会继续这样做。 据说，城里已开了几家日本商店，但是，只对日本人而不对中国人开放。

🔔 ┃ 2 月 23 日，星期三

今天上午，拉贝先生离开了南京，并带走了一名中国佣人。 据我所知，这个佣人是第三名被允许离开南京的中国人。

今天下午，一位母亲领着三个女孩子来了，请求我们收留她们。 一名是她的女儿，去年 12 月初曾到农村去避难，另外两名女孩子来自农村。 她们说，农村情况非常糟糕，女人不得不躲进地洞里。 日本兵常常以脚踏地，看看下面是否有地洞，企图找到她们的藏身之处。 她们说，自去年 12 月 12 日以来，她们大部分时间是在地洞里度过的。

下午 5 时~6 时。 陈斐然和我到我们学校周围转了转，我们行走的路线

是从汉口路、虎踞关到广州路，路上遇见了一些晚上回安全区过夜的老人，他们说，白天抢劫仍在继续。

由于我们担心会遇到相同的情况，我把陈先生的钱放在我的口袋里。 在虎踞关，我看见仅有四人留在那里过夜，大多数房屋仍然上着门板，这看起来确实荒凉和凄惨。 我们没有看见一个年轻人，所有正常的生活都陷入停顿。

上午9时。 两名年轻姑娘沿着金陵大学和金陵女子文理学院之间的路跑到我们校园来，说日本士兵闯入她们家，她们逃了出来。 碰巧斯迈思在我们学校，因此，我俩开着他的汽车到那所房子里去。 当我们到达时，日本士兵已经离开了，在他们走之前，其中一个士兵抢走了一个穷人7元钱。

飞机继续从我们的头顶往西北方向飞去。

我们校园里的植树和清扫工作仍在继续着。 我们在山后挖了一条巨大的壕沟，还将在图书馆北面的山上再挖一条。

程夫人、陈斐然和我在估计难民给金陵女子文理学院造成的损失，这一估计还不包括房屋的损失，我肯定仅房屋的损失就超过了2000元。 我们的学校在许多方面还算是幸运的，这在很大程度上是因为我们仅收容妇女和儿童，还因为我们的难民无需在自己的房间里做饭。

🗓 | 2月24日，星期四

天气仍然晴朗。 我们的难民每天早上都在忙着洗头、洗衣裳，能有充足的水真是她们的福气。

今天上午，又有四名化装成老太婆的姑娘从农村来到我们这里。 她们在柴火堆里躲了好几个星期。 她们长相不错，也十分坚强，但情绪很悲伤。 下午，她们已梳洗干净，并参加了下午的聚会。 当她们坐在那里的时候，好像在想什么。

11时。 马吉、福斯特和其他四名定期来布道的牧师来开会，他们十分乐意做这样的工作。 他们在这里吃了饭，多么丰富的午餐啊! 有鸡、糖醋鱼和虾子。 我们打算每天在小教堂聚会一次，愿意来的妇女可以参加每天的活动。 我们将模仿耶稣的生活，直到复活节前这一周结束。

晚上，我们起草了2月份难民开支的报表以及3月份的预算。 马吉、福斯特几乎每天都向我们提供广播新闻，我们这个区还没有电，因此我们听不到广播。

今天下午，一个小男孩来到我们这里，他的父亲是拉黄包车的，他的父母、外婆和小妹妹都被日本士兵杀害了，他目睹了屠杀的场面。 当他和一个盲人妇女听说了金陵女子文理学院难民所后，便来到了这里。

今天上午，一位来自金陵大学的女难民问我是否能帮助她，让日本当局释放她的丈夫，她认为她的丈夫在下关。 她的丈夫是在 12 月 13 日被抓走的，她的兄弟可能也是在同一天被刺死的。 她是位穷苦的农村妇女，有三个年幼的子女。

⚐ | 2 月 25 日，星期五

温暖的天气还在持续着。 春苗悄悄地探出头来，花园里没有遭践踏的迎春花正在盛开。

我花了一个上午为难民所制定新的计划。 由于缺乏人手，所以工作进展缓慢。

为儿童接种疫苗的工作从下午 2 时开始，持续到 5 时 20 分，共为 1 117 人接种了疫苗。 布雷迪医生和三名助手承担了这一工作，地点是在户外的阳光下（南面的宿舍之间）。 我们应该强迫所有的人都接种疫苗吗？

下午 3 时。 我在鼓楼医院的小教堂参加了南京基督教工作人员的会议。 圣公会有五名男性、三名女性福音传教士出席，这同其他的传教组织相比，他们的出勤率不错。 所有与会者都认为，现在是一个充满机遇的时期，人们都真诚地渴望听布道和做礼拜，但不幸的是，城里的一些教堂没有牧师。

米尔斯说，南京似乎安定了下来。 现在莫愁路变成了商业街，而以前的商业街还没有恢复，因为许多店铺都被毁坏了，如果恢复要花许多时间。

下午，我去参加会议的途中，在路过安徽墓地时，看见红卍字会的人正在忙着埋葬无人认领的尸体，这些尸体大多数是日军占领初期的受害者，他们被芦席裹着拖进壕沟。 尸体的气味非常难闻，埋尸者不得不戴上口罩。

🔳 | 2月26日，星期六

又是一个美丽的春日。 春苗出土，燕子归来。

今天，花匠们在栽黄水仙和植树。 这似乎有点奇怪，我们生活中的某些方面已变得很正常，而另一些方面却是如此的不正常。

上午，我在为准备发往纽约的电报收集损失的数据，在没有承包商的情况下，我们怎样才能估算出维修房屋所需的费用？ 我们知道的惟一建筑师齐先生，现在正忙于难民工作，我们不忍心去打扰他。 另外，当我们不知道箱子和衣柜里装着什么东西的时候，我们如何估计出个人的损失？

金陵女子文理学院的损失很小，把这点损失报上去似乎有点可笑。

今天，接种疫苗的工作仍在继续，有700人在排队。 玛丽得了重感冒，并发烧。

邻居的三个小男孩和我去了校园的西面。 他们很乐意去，我也喜欢带他们去，这有利于互相保护。 在我们学校的西面，我看到了一些政府机构花了许多钱建造的防空洞，战争是多么浪费啊！ 一顶钢盔的价值相当两个月的食物，一个仅用了几个月的防空洞相当于一所小学的造价。 我们看见许多穷人的房屋和一些机关的房屋都遭到抢劫，门、窗和地板都没有了，有的房屋除了屋顶，什么也没有剩下。 我想，这些抢劫是老百姓干的——在日本人抢劫之后。

附近的人对我们都很友好。

我外出时，几个并非不友好的日本新闻记者来访。

🔳 | 2月27日，星期天

上午，第一场礼拜在南门基督教教堂举行，有近60人参加；第二场在圣保罗教堂举行，大约有40人参加，一名日本基督徒参加了第二场礼拜。 要是这两个教堂有妇女工作者去家访就好了！

我们下午的礼拜在小教堂进行，有350人参加，由王明德先生布道。 看见许多年轻人，这对我们来说真是一种挑战！ 年轻人喜欢唱歌。 下一次我们得用大教堂来进行下午的礼拜。

我们邀请神学院的女舍监李夫人到金陵女子文理学院来住，但她无法离开她现在住的地方，因为那里的工作很快就要开始了。

米尔斯主持了平仓巷 3 号的礼拜，题目是：《在一个更好世界里的信仰问题》。

我们当中有多人生病了，玛丽和吴小姐卧床，邬静怡住院，王小姐也不太舒服。

春天的好天气仍在持续着。 据说日本兵换防了，这是否意味着情况要改善了？

🔲 ┃ 2 月 28 日，星期一

好天气继续着。 阳光下，难民们喜欢到外面去四处挖野菜。 花匠们把折断和被踩坏的灌木挖出来，然后栽上新树。 艺术楼的屋顶也正在维修。

唐老板花了一整天来评估因难民居住而造成的损失，六幢建筑的损失总数约为 6 800 元。 所有的木制结构、地板需要重新油漆，大多数墙需要粉刷，一些五金配件，如窗户插销等，受到了人为损坏。

我今天大部分时间用来起草一份给纽约的报告，下午 5 时我把这份报告送到大使馆。 我还起草了一份日军所造成损失的清单。 但愿其他人的损失也像我们一样轻!

由于重感冒和咳嗽，玛丽今天去了医院。 邬静怡在医院住了八天，今天回来了。 她坚持要住在科学楼大厅里，无论我如何反对都是徒劳的。

下午 1 时 30 分。 一名军官和两名士兵来查看难民所的情况，他们询问了难民的人数。 我借此机会向他们讲述了许多女难民的丈夫和儿子至今未归的问题，那位军官说，在模范监狱有 1 000 多名俘虏，但都是士兵和军官，没有平民。

约下午 3 时，四名士兵来观光，他们很友好，对图书馆感兴趣，最聪明的那个士兵手上拿着一张地图，显然他是想游览南京的景点。

红卍字会一位负责掩埋平民和军人尸体的人说，被扔进长江的尸体现在浮出水面了，他答应给我一份有关死亡人数的报告。

📖 | 3月1日，星期二

天气非常暖和，就像春天一样，我们担心会发生流行病。

上午9时。 我和程夫人坐车去赵太太家拜访。 在考试院附近，她有两幢西式房子。 我们希望看到她的车子仍然停在那儿，然而，唉，两幢房子都被烧毁了，一片凄惨的景象。 被毁坏的一幢房子当过马厩，车库是空的，正如我们所担心的那样，什么值钱的东西都没留下。 离开那里后，我们去了中央研究院，在那里，我们看见一辆日本卡车，一个日本人——他不是士兵，还有不少中国人正在搬生物标本。 我听说，这些资料已经送给金陵文理学院了，并已安排了两个人在那儿看守，假使我们有汽车的话，早就搬走了。 他们说，正在把东西搬到中央地质研究所，以便安全保存。 我们和他们一起去了中央地质研究所，见到了那里的负责人。 他说，他们把所有的科研材料都保存在那幢楼里，是为了安全。 他认为，我们日后可以拿到那些标本，但他也没把握。 如果，我们想将它送到金陵文理学院，必须得到驻扎在新街口的日军允许。 我们到了中央地质研究所后，程夫人先走了。 奇怪的是，我发现那里的两个年轻人开车跟着。 我去了中央研究院和中央地质研究所，这两个年轻人命令不必搬那些标本了，然后，将我带到他们的办公室，给了我一封信，允许我将这些东西送到金陵文理学院去。

在回家的路上，我去了平仓巷3号，安排救护车和卡车，下午去运标本。下午4时，两辆车满载而归。 希望这项工作明天仍然能顺利进行。 但我不指望会有好运气，因为，在任何环节都可能会受阻，但友善，并持之以恒，就一定会有回报。

下午，在实验学校看到的一幕令我很恶心，我的狗莱蒂叼来一颗小孩的头颅，可能是被抛弃的或是没有被掩埋好的尸体。

附近的妇女们报告说，由于日本兵的到来和他们不断地寻找"花姑娘"，她们仍然不能呆在家里。 昨天，人们身上的钱财已经被搜刮殆尽，就连20个铜板也不能幸免。 当我们今天早上去南京城东时，除了正在搬运掠夺物的人之外，看不到其他中国人。 抢劫还在继续。 我们看见许多士兵、军车——坦克、装甲车及军火等。 除了少数几家日本人开的商店在营业外，大多数商店都没有开门。 在目前这种情况下开店是十分冒险的。 到今天，日本人进城已两个半月了。

📖 | 3 月 2 日，星期三

今天天气有些凉，飞机活动也少了一些，至于为什么，我们不知道。

上午，八个年轻女子被她们的母亲从南京西边靠近广播电台的村庄带来我们学校，她们说，她们村一直是比较安全的，因为，村子周围一直淹着水，现在水退了，日本兵在夜晚不断进村找年轻女子。 我们劝一位年仅 13 岁的女孩跟她母亲一同回去，因为她看起来还不到 10 岁或 11 岁。 一位妇女说，她的丈夫被日本兵用刺刀刺死了。 过了一会儿，又有三位年轻的妇女进来了，她们是从城东的村子来的，并报告了同样的情况。

王先生的三个孩子和程夫人的三个孙子、孙女，下午在忙着建一个花园，花匠小董是他们的老师，他是一个好老师。

我们继续从中央研究院搬资料。 假使这些东西和植物标本在麻烦发生前就搬走的话，该有多少年的科研成果能得以保存啊!

📖 | 3 月 3 日，星期四

我在艺术楼设了一个办公室。 由于国际救济委员会愿意拨专款为每 1 000 名难民支付四位工作人员和两位助手的费用，于是，我们雇用王先生、赵先生和詹先生帮忙管理难民所。 一旦煤运到，我们就要开设一两个澡堂。

今天，我支付了 2 月份的薪水。 现在，我已把钱存到银行去了，相信这样比较安全。 但遗憾的是，我以前一直没有将它存在那儿，而是放到"帕奈号"上了，如果有人帮我们捞回我们的钱，那该多好啊!

不出所料，我们的教职员工大多病倒了，玛丽住进了医院，吴小姐和薛小姐无法上课了，罗小姐也累倒了。

新规则是所有新来的难民，首先必须到宁海路 5 号去，由那里作出决定：是否允许入住以及如何分配。

我们真希望更多的难民能够回家。 我们这里实在是太拥挤了。 我们特别担心春天的流行病。 假如我们能买到石灰消毒就好了! 我们已挖好了两条存放粪便的壕沟，壕沟长 20 英尺，宽 5 英尺，深 4 英尺。

今天有 300 多人参加了礼拜。 王小姐领唱得非常好，不幸的是由于玛丽病了，我们找不到人弹钢琴。

英国皇家海军军舰"蜜蜂号"明天要去芜湖，我们顺便让它捎去邮件，星期六它可以带邮件去上海。

今天的天气更凉了，还下着雨。

📖 ┃ 3 月 4 日，星期五

今天下起了春雨，天气更凉了。 这场雨对树木来说真是太好了! 黄水仙不久就要开了，紫罗兰也十分可爱。 难民在校园里到处挖掘绿色植物，我们不得不禁止，因为他们把花挖掉了，包括紫荆、一枝黄等。

我一直在努力平衡账目收支，只是一点都想不起来 12 月 9 日我在哪里支出了 50 元。 我知道，我把它花在家禽计划上了，我也知道，所有属于金陵女子文理学院的钱都被安全地藏起来了，或者是存放到了"帕奈号"。

午后不久，来了一位芜湖的 17 岁女难民。 只要一看这孩子的可怜相，就知道她的故事有多悲惨。 她说，日本人一到芜湖，日本兵就到她父亲的商店里去了——她父亲是个商人。 因为她哥哥理的是平头，看起来很像士兵，所以她的父亲、母亲、哥哥、嫂嫂和姐姐全都被日本兵用刺刀刺死了。 而她则被两个日本兵带走了，和她一起的还有另外八个姑娘，被他们看管起来，过着地狱般的日子。 大约两周前，他们将她带到南京的南门，一位看起来比其他人和善的长官告诉她来我们这儿。 我们给她发了被褥、脸盆、饭碗和筷子。明天，我们将送她去医院。 我想，这就是许多家庭的命运吧! "中日提携?"以这样的方式他们能取得胜利吗?

今天收到英国皇家海军的"蟋蟀号"军舰从上海带来的邮件，还有一封11 月 30 日写的信，这封信曾被寄到汉口。

📖 ┃ 3 月 5 日，星期六

天气阴沉沉的，空中没有飞机活动。 灌木和新移栽的树木需要这种天气。

我花了一个上午为在上海的教师找书。 下午则用来写信和给在各地的许多朋友回信，他们写来的短信，让我意想不到，而且十分珍贵。 美英大使馆被迫取消为中国人发信和收信的特权，这真是遗憾，因为对我们来说，这意味着那些缺乏钱而困在这里的妇女们不能随时写信求援了。

中午前，有三位宪兵来访，其中有两位我以前见过。 他们对我们的图书馆很感兴趣，而且态度很友善。 我高兴地挤出时间带他们参观，因为，我想那样也许会有好处。 其中一个懂点英语的宪兵说，他听说过京都的同志社大学。

今晚，我们为全体教职员工举行了一次晚会，晚会安排了许多游戏，还有点心和饮料，大家似乎玩得都很开心。 开晚会时，我们仍然把厚厚的绿色窗帘拉起来，而这在过去是没有必要的。

学习《耶稣传》的圣经班情况如下： 高中和初中有两个班，六年级有两个班，五年级（70 人）分成两个班，三年级、四年级（300 人）分成四个班，总共十个班。 早祷之后，我们于 8 时开了个教师会。

📖 | 3 月 6 日，星期天

昨晚下了一夜的雨，到今天傍晚开始下雪了，真让那些回到被毁的家园的人们备感寒冷与凄凉! 今天没有日本人来打扰。

沈牧师在下午的礼拜上布道，参加的人很多，约有 350 人。 他告诉我们，今天早上在原安全区外面的五座教堂举行了礼拜活动。 今天，在估衣廊的卫理公会教堂首先举行了礼拜活动，第二个礼拜活动是由麦卡伦先生在南门基督教教堂举行的，第三个礼拜活动是在圣公会的圣保罗教堂举行的。 这些教堂对那些返回这些地区的人们来说，该是多大的安慰啊!

下午，德国大使馆的参事罗森博士在英语礼拜活动中发表了讲话。 尽管他很谦虚，而且看起来局促不安，但他的讲话很好，主要是强调基督教的谦让精神，这种精神来自于我们对上帝的崇拜。 这不是自我贬低，而是我们对人类与万能的上帝之间的真正关系的感知。 他还阐述了基督教教义中的兄弟之爱。

礼拜结束后，传教士们留下来吃晚饭。 饭后，讨论了如何让更多的传教士回到这儿来。 我们是根据老规矩，请求所有的传教团体都来，还是让很少几个我们急需的人来呢（但这样会不会使其他的团体泄气呢）？ 由于中国军队开始一次攻势，战火会蔓延到这里吗？

我们打算在 9 时 30 分收听基督教广播节目，但由于干扰，我们什么也听不到。

那可怜、勇敢、幼小的黄水仙、紫罗兰和茉莉花，今晚要受冻了，因为，天上正在不停地下着雨夹雪。

🗓 | 3月7日，星期一

现在，我们有 14 个人做早祷告。 早祷后，宣布当天的通知和计划。 现在是 7 时吃早饭，7 时 30 分做早祷。 我们正对这里的难民重新进行登记。 我们决定，努力说服年龄大一些的妇女回家。 我们似乎无法防止不了解这里情况的新难民悄悄地溜进来，看门人无法查明他们的身份，即使是管理大楼的工友也弄不清。

上午 11 时。 米尔斯、索恩和我一起去美国大使馆，向阿利森先生询问让传教士回来的有关事宜。 艾奇逊先生大约星期四到这儿，在他停留的短短几天里，阿利森先生将试图召集三个大使馆的代表联合行动。 他们还将努力找到去城外的布道团基地的途径，比如淳化镇，至今只有麦卡伦和里格斯曾经到过城外，前者为医院买蔬菜，后者为难民所采购大米和煤等生活必需品。 罗森博士也只出城去了国家公园中两个指定的地区。

上午在下雪。 花匠们用了一天的时间，将杂志搬回图书馆顶楼，将我们去年夏天所做的工作全给毁了。 不久，我们必须将地下室里许多已装箱的书全都搬走。

学习《耶稣传》的 10 个班还在继续上课，下午的全体会议也照常开，大约有 250 人参加。

我去大学医院看望玛丽，医院里充满了悲剧。 住在玛丽隔壁的是一位 54 岁的农民，由于他说不知道哪里有牛和妇女，便被日本兵吊在两棵树中间，下面燃着一堆火。 后来，一位军官可怜他，才停止用火烧。 邻居们一直等到日本兵走了，才割断绳子放他下来，并将他送到大学医院里来。

已经两三天没有飞机活动了。

大约下午 2 时。 来了两名普通士兵，但未制造麻烦，我和李先生带他们参观。 玛丽说，从她住的病房窗户，能看到中山路上有许多车在运军火。 战争什么时候能结束呢？

3 月 8 日，星期二

早晨，大地银装素裹，覆盖着一层美丽的白雪，这是冬天最美的景色，当然也非常冷。

我花了一上午重新仔细阅读了吴博士的来信，并给她写了一封长达五页的回信。 她不久将离开成都。 一年前，我们真是做梦也想不到今日中国的状况啊！哦，何处才是尽头啊？ 在目前的情况下，是不可能有自由和进步的，因为，在我们心中只有恐惧。

大约 2 时。 有一两百名妇女和女孩跑进校园。 据报告，日本士兵正在邻近地区挨家挨户搜查，找钱财和"花姑娘"，人们都被吓坏了。 这些妇女中约有 100 人后来参加了下午的礼拜活动，这使出席的人数达到 370 人左右。

礼拜活动后，我们为本周将开设的四个或更多的班制定计划。 要是我们有更多的布道者和教唱歌的人就好了！

现在，我们在东南餐厅开两桌，五位给我们帮忙的女难民和我们一起吃饭。

3 月 10 日，星期四

早上，一片美丽的洁白世界，可惜，明媚的阳光使雪很快融化了。 我有一个感觉，这将是我们度过的最后寒冷的天气。 如果人们敢种菜和庄稼的话，那么这场瑞雪对春天的田园是很有益的。 斯迈思估计，农村的田地至今只有 1／3 是正常栽种的。 如果士兵继续威胁农村居民的话，下个秋冬季节就有闹饥荒的危险了。

今天，又有一些飞机活动了。 下午，警报响了两次，至于为什么，我不知道。 现在已没人留意警报了。

今天，我们这里发现了第二例猩红热。 假如她母亲在家的话，我们只能将这个女孩送回家，因为，那是我们能进行的最好的隔离。我们害怕万一某种流行病在我们的难民所里或在这个城市流行开来，医院的人手就会严重不足或工作过度紧张。布雷迪医生 2 月 21 日到这儿，至今已为难民所里的 7 582 人打过预防针。其中，金陵女子文理学院约有 2 000 人。要是我们这里有校医和护士就好了！程夫人目前无法做更多的事了，她和她的三个帮手，要给 34 个婴儿喂牛奶，给 240 名 12 岁以下的孩子喂鱼肝油。

今天上午，我见到第一个班的学生（35 位 20 岁以上的妇女），在旧式的私立学校上过半年到四年的学。现在，女人们身上有一种我以前从未注意到的温和和敏感，这是因为痛苦和害怕的结果。其中几个女人谈到，由于她们暂时抛开对家庭的惯常照顾，才获得现在这种机会。

在课堂上，我解释了主祷文，我希望到星期六她们中的许多人能熟记。假如我能说更好的中文就好了！

美国大使馆的艾奇逊先生今天该到了，要是他来了，我们就能收到上海发来的邮件，另外我希望能收到一些教学材料。他会停留几天，然后去芜湖，再从那儿回上海，然后转道香港去汉口。

📖 | 3月11日，星期五

我们继续组班。现在，三年级有 10 个班——相当于高中水平，有 5 个班的姑娘或妇女，她们曾经在各地的私立学校上过半年到四年的学。还有的是根据年龄分班的，有 7 个班是从未受过教育的，年龄在 12～30 岁之间。我不敢确定除了这 1 000 人之外，到底还有多少人。

我们的最大问题在于缺乏教师和教室。没有一个班能在教学楼上课。因为，所有的教室都被难民占用了。我们有一半的班在艺术楼用于礼拜的房子里上课。今天，我们又将舞台用做了教室。我们还需要更多的书。

下午 4 时。我们召开了全体教职员工会议，会上对复活节前五周的工作、工作重点和复活节前一周的节目，以及对我们的最高年级 50 位初、高中女孩正在准备复活节的日出聚会、复活节庆典活动作了安排。我们正在考虑是否将庆典活动放在复活节当晚举行，问题是能否保证有灯。所有这些工作是由我和七位难民负责的，神学院的王小姐在指挥这些活动，可以说，她是头。

下午2时。 三位军官和两位士兵来我们这里检查。 我知道，礼拜堂正在做礼拜，科学报告厅有一班未受过教育的姑娘们在上课，因此，我故意将客人们拖在四方草坪的北边。 我们带他们参观了图书馆和中央楼，中央楼里仍然住满了难民。 他们问了许多问题，但我无法查明他们的来访有何不良动机。他们带了一个翻译，就是以前到这儿来过两次的士兵，他在神户的一个教会学校学过英语。

今天，我们收到了由美国军舰"瓦胡号"带来的上海邮件。 上海的朋友如此慷慨使我们很羞愧。 就食物来说，我们不再十分紧缺，因为，现在在街上既能买到蔬菜，又能买到肉。 程夫人担心以后一旦储存的食物消耗光了，外面的食物又无法运进来，那我们就会缺乏食物了。

我们的红十字会粥厂使我们很伤心，某个地方出了大漏洞，但我们不知道漏洞究竟出在哪儿。 今天早上，难民们在痛苦地抱怨，一些人还给我看了她们分到的早饭： 非常稀的粥，而且量也不足。 这种为填某个人的私囊而让这些妇女和儿童饿肚子的事情让我愤慨不已。 我们真希望能亲自掌管这个粥厂，除掉所有的压榨行为。

8时30分。 灯照例熄了，我借着烛光在写日记。 我养的狗狂叫不止，我猜想是否有人正在试图进入校园。 窗户上仍然挂着厚厚的绿色双层窗帘。城里警察很少，然而我们还算平安，没有遇到什么麻烦。

犯 | 3月12日，星期六

我现在有一个奇怪的习惯，似乎还生活在去年12月，总是想写12月份的日期。 也许是因为去年12月根本没有日期可言，那只是一连串的苦难日子，所有的日子都多多少少相似。 今天很冷，但阳光灿烂。

上午9时。 王小姐组织了最后一个班，学生都是十八九岁的未受过教育的姑娘。 现在，我们已经为未受过教育的人组织了7个班，有335名学生登记在册，年龄从12~30岁左右。

上午9时。 我见了我自己班上的妇女们，她们在其他各地的私立学校（旧式的中国私塾）上过一到四年的学。 我原以为有35位学生，现在却有

43 位。 有些人的脸看起来有强烈的责任感。 班里已有一半人抄写并熟记了主祷文——这是第一个任务，因为主祷文中蕴涵着我从未认识到的一种完整的意义。 我们下一个任务是熟记"耶稣与我们同在"。 然后我们要讲第 121 首赞美诗。

我花了大半天的时间为上海的全体工作人员收集书，给他们寄信。 下午 6 时 30 分，终于将邮件送到了大使馆。 我们深深感谢大使馆，他们给我们带来了一件件大包裹。 到目前为止，我们从未听到他们对此有什么抱怨。 南京的悲剧，让我们认识到了我们大使馆代表的价值及其为南京人民提供服务的重要性。 我们有任何麻烦都可以随时去找他们。

我们遇到的一个最令人沮丧的问题，就是那个为我们的 3 000 名难民供饭的粥厂。 我们得知，这个粥厂没有给穷苦的难民充分的好处，而是以难民饿肚子为代价赚了一大笔钱。 我不敢相信这是真的。 我觉得，用刺刀很快地刺杀一个人比不给他食物而让他饿死可能还要人道一些。 陈先生希望把粥厂移到校内，这样，它就处于我们的监管之下了。 当人们得知，他们并未享受到他们应该享受的国际委员会给的大米时，他们都义愤填膺。

晚上，我们在实验学校按惯例第二次举行周六晚会，游戏节目有九柱戏和游览，点心有甜土豆、爆米花和花生糖等。

天气仍然很冷，但我总觉得春天很快要来临。 玛丽还在医院。 回到城里的里奇先生来信说，他希望能在 3 月 24 日前通邮，到那时莫兰德也将回来了。 我们在上海聘请教师时，遇到了困难。 在南京和上海，邮件都可能受到检查。

🗓 | 3 月 13 日，星期天

今天很冷，但天气晴朗。 从东南方飞来了许多轰炸机，城市上空有许多飞机在进行训练。 我们很少注意这些飞机，但是，轰炸机的嗡嗡声令我很烦闷。

邵静贞①小姐来吃晚饭，谈起我们下午的礼拜活动。 那些妇女和姑娘，

---

① 英文名 Lucy Shao，南京基督教女青年会负责人。

现在能把《赞美上帝》和《上帝与我们同在》这两首赞美诗唱得很好了。 由于大多数人已经记熟了主祷文，而且知道了它的含义，所以她们唱得更加投入，更加有感情了。 当我今天站在讲台上，面对 250 人时，我似乎觉得这些人就是我们的学生，因为，我到处都能看见一张张酷似我们某个学生的脸。较年轻的难民现在看来好些了，因为她们洗了头和衣服。 在这最初的日子里，没有人想洗脸梳头，衣服也越旧越好。

礼拜活动后，一位妇女告诉我，她刚把她的三个女儿从六合附近带回来，去年秋天她们就躲避在那里。 她说，士兵把鸡、被褥、水牛、钱等东西都抢走了，没抢去的则都被强盗抢走了。 他们经常来找"花姑娘"，如果不交给他们，那些父母亲常常就有生命危险。 在回来的路上，年轻的女子几乎都穿得破破烂烂以逃避检查。

程夫人、王瑞芝小姐和我一起去平仓巷 3 号，参加英语礼拜活动。 在礼拜活动前后，我们谈论的主要话题是德国人接管奥地利的事。 麦卡伦说，上午在南门做礼拜的有 60 人，全是老头老太，而他们自己的信徒却只有 8 个左右。 福斯特报告说，在圣保罗教堂只有 50 人做礼拜。

刚吃过晚饭，一位约 60 岁的母亲和她 37 岁的女儿来到粥厂，我们还没来得及阻止，她们就向我们叩头，求我们去保释这个年轻女人惟一的年仅 15 岁的儿子，据说，他被关在模范监狱。 她们给我们提供了那些使她们确信他在那里的证据。 那位老太太说，她有四个早晨去了监狱附近，看见七八辆卡车装着男人们去各地干活。 一些男人穿着士兵服，一些人穿着平民服，还有一些人只穿着裤子和衬衣，而且她说，他们的脸色都糟透了。

告诉她这一消息的人还说，大约有 3 000 人关在监狱里，其中约有 1 000 人是平民。 她听说，其中有一些人饿死了，还有一些人被冻死了。 监狱的地上连一棵草都没有了。 我该怎么办？ 我已三次间接地设法使那些平民得到释放，都未成功。 明天，我要去自治政府见一位有影响的人。

3 月 14 日，星期一

天气晴朗，但是很冷。

上午 10 时。 斯迈思和里格斯先生来访，在我的办公室与两位农民进行了商谈，这两位农民是我们西面地区的邻居。 国际救济委员会迫切希望农民和菜农返回家园，种植春季作物。 但是，人们都害怕回去，正如姓陶的农民所说的那样： 当他们回家时，所有的东西都会被抢走，首先是钱，然后是被褥、衣服、食品，连农具都不会留下。 如果他们抵抗就会受到威胁。 他说，他的儿子被指控为士兵，就因为他的草帽在他的头上留下一个印记。 年轻妇女自然是不能回去的，甚至连老太太都会遭到强奸。 就在今天，一位40岁的妇女一大早就被家里派出去买米，她长得一点都不漂亮，但是，到晚上5时她还没回家。 南京城里正常的生活和工作实际上已陷入停顿。 而全世界都被告知，在南京被占领的那几天里商业活动正常进行。 如果今年夏季和秋季不能种植庄稼，那么食物就成一个大问题了。

临近中午，我到宁海路5号见许传音博士，恳求他帮助我们从军事监狱里保释平民（现在绝对不能称之为模范监狱了）。 他对此非常感兴趣，并说他将尽力而为。 他是自治委员会的一位成员。

金陵女子文理学院难民所新的办公室是个非常忙碌的地方，因为，他们刚刚完成新一轮的登记，正准备给每人编号并发给标签。 今天，地面被弄平了，粥厂也将被移到校园里来，这样，我们就可以让年轻女子远离前门，但更重要的是，可以帮助我们在粥厂管理上根除压榨，给难民应得的食物。 每当我想到竟有人要从这些危难之中的身无分文的人身上榨取钱财，我就十分愤怒。

程夫人今天送了四位难民去大学医院。 一个14岁的女孩今天下午在文学楼死了，我们不知道是什么原因。 明天上午8时30分，两个澡堂开门，程夫人除了要做所有的分内工作外，还要管理这两个澡堂。 洗衣工要负责烧炉子，有四个难民打算来帮忙。 我看见一位母亲拿着一块"救生带牌"肥皂进来，她说，明天要给两个小儿子洗澡。 她是多么高兴啊!

当我在写这篇日记的时候，三架重型轰炸机亮着灯、"兴高采烈"地返回句容的基地去了。 看它们的样子，你可能会以为它们做了一次短程旅行，而不是去执行毁坏性的作战任务。

📖 ┃ 3月15日，星期二

今天暖和一点了，阳光灿烂。 空中有许多飞机活动。 我们被告知，城里来了新部队，但这并不能增加我们的安全感。

上午 9 时。 为了更换转移属于中央研究院的资料的新通行证，我去了一趟原交通银行（现在是日军司令部）。 今天，我们也许有一辆卡车用，我准备将资料全部搬完。 如果可能的话，我们还想带走两架钢琴——那是我们朋友的。 我现在多么希望以前已经将这些东西运进学校了呀。 我们得到一个为期五天的通行证。 在那里，我看到两个在那里工作的中国人，我恳求他们从模范监狱释放平民。 我认为，他们多少会为此作出努力的。

我 10 时 30 分上课。 现在班上有近 50 人登记在册。 我多么希望我能说一口流利的汉语，写一手好中文。

11 时 30 分。 马吉和我去城南拍了一些有关一件惨事的照片：一位 48 岁的妇女被强奸了 18～19 次，她的 76 岁的母亲被强奸了 2 次。 这件事残酷得让人难以置信。 南门的一些大街上仍然很少有人，即使有人的街上，除了几个老妪也几乎看不到妇女。 整条莫愁路是个忙碌的市场，有许多人在做买卖。 有人说 10 个人中有 8 个在做生意，因为没有其他事好做。 我猜想，人们聚集在街上的一个原因就是他们觉得那样会更安全。 对妇女来说，危险确实是小了，可是抢劫仍然时有发生。 可悲的是有的中国人常常带领日本兵到有点钱的商人家里去，在日本兵的枪或刺刀的威胁下，他们不得不将钱交出来。

我们刚刚重新登记过这里的难民，现在有 3 310 人。 刚刚又收容了 14 个新难民，都是去年深秋撤往乡村的妇女和姑娘。 她们的钱用光了，土匪又猖獗，所以她们选择了回南京的艰难历程，她们可能听说过安全区或某个难民所。

今天上午，我在城南看见许多日本兵，有骑兵，也有步兵。 看见他们趾高气扬地走在街上，就像走在自己的国土上一样，我的内心极为反感。 我们经过大街时，看到大部分店铺要么被烧光、抢光，要么就是用木板封门。 以前的巧克力店被日本人接管，但我不知道现在店里在卖什么。

今天有两批日本兵光顾。

写完这一页，我听见几架轰炸机从西北方返回句容。 今夜月光皎洁，它们可以畅通无阻。

🗓 | 3月16日，星期三

今天春光明媚，但不太暖和。 从凌晨4时开始，空中就有大批的飞机活动。

一个苦力在四周平土，老吴在栽种、移植花木。 男人们又在挖新的壕沟盛放粪便。 终于弄到了石灰，撒在不清洁的地方消毒。

今天，陈先生给了我下列难民数据： 中央楼528人，科学楼517人，文学楼885人，宿舍（东北）487人，宿舍（西南）497人，宿舍（西北）431人，共计3 310人。

我们希望难民们回家，但我们不想强迫年轻女子也回家。

我们的澡堂现在已经开张两天了，第一天有154人洗了澡，今天有161人洗了澡。 对成人的收费是四个铜板，孩子减半。

据报告，新士兵连铜板都感兴趣，我们听说了几例有关平民连少得可怜的20个铜板都被抢走的事例。 街上现在有许多鸡蛋出售。 当我问他们是如何通过城门口士兵的检查时，他们说，现在士兵不再没收农民所有的携带物了，而更愿意得到四五个鸡蛋。

今天我去南山公寓为玛丽找一本书。 那儿负责管理的姓沈的小伙子说，现在没有士兵到公寓附近来了。 我们没人有时间将散乱的物品放回衣箱或带抽屉的橱柜。 用来储存东西的食堂看起来像遭过飓风袭击似的。 哪一天，我和程夫人必须上南山公寓将东西放回原处。

可怜的陈先生在粥厂问题上遇到了麻烦。 如果将它搬进校园，原想可以消除压榨，但这也正是困难之所在。 即使是战争和苦难也不足以改变人们的内心。

巢县、合肥以及其他离南京不太远的地方的难民，现在都打算回去了。每天，我们都能听到他们在计划回家的事。 老邵今天来告辞，他要跟他的儿子、儿媳一起走。

🗓 | 3月17日，星期四

上午10时。 我和其他外国人去了宁海路5号，接受华丽的丝绸或缎面的画卷，这是对我们在这几个月对南京市民所做的一切表示的衷心感谢。 孙叔荣①、程先生②和许传音博士是出席者中仅有的中国人。 他们发言简短，但很诚挚。 米尔斯先生代表我们做了答谢，他们给我们每人颁发画卷，然后，仪式就结束了。 虽然这三个人都是地方自治政府的成员，但是，这项赠送是代表所有平民百姓的。

后来，我去了约翰·马吉的家。 南京的外国男人实在是需要他们的妻子啊! 起居室兼做餐厅，显得乱七八糟，需要一个女人来好好整理。 马吉看起来也不是很健康。

下午，我和王先生制定了一个计划，在释放模范监狱里的平民的请愿书上征集签名。 许传音博士和孙叔荣先生已经帮我起草了这份请愿书。 这个消息也许会像野火一样迅速传遍整个城市，那样我们就难以招架了。 我希望本周内得到签名，请愿书及签名要一式三份，一份送往日本军方，一份送往特别委员会，还有一份送往自治政府。 今晚，我们给了一个难民和她的孩子 5 元的救济，明天他们要跟随一群人设法去汉口。 她说，如果钱用完的话，她就要去讨饭了。

还有一个年轻妇女带着四个孩子来求我给她在重庆的朋友写封信，看看她的丈夫是否到过那儿。 她的丈夫起初肯定是跟着一群人乘小船逃离的，但后来她听说，许多船只都沉掉了。

王师傅来学校看我，他和他的一家人曾逃往和州。 他说，他们离那个山谷里的小镇有 40 里，那里很太平。 他看起来又黑又瘦，他说，他必须找到工作。 如果我有办法的话，我会送他去上海找鲁丝。 他进城时没遇上什么麻烦。

今天，三个女人经过艰难跋涉，从农村来到学校，恳求我帮忙，看看是否能找到她们的丈夫。 其中那个最年轻的女人的公公被杀害了，她的丈夫在 12 月 26 日登记时被抓走了，到现在还没回来，也许再也不会回来了。

我们这里每天都有悲剧发生! 我祈祷我不会变得麻木不仁或漠不关心。要是我们的请愿书能成功地使模范监狱里的平民获释，该多好啊!

---

① 孙叔荣为伪自治委员会会长。
② 程朗波，伪自治委员会副会长。

夜空明朗，月光皎洁，那意味着在汉口、安庆，也许连长沙和重庆的空袭都很猖獗。 欧洲的局势也令我们感到不安。 难道另一次世界大战开始了吗？

📇 | **3月18日，星期五**

春天美好的天气一直持续着，晴朗、暖和。 总有许多重型轰炸机朝西北方飞去。 但愿上帝怜悯那些中国士兵！白天，有消息说，城门口搜查很严，连人们身上的铜板都不放过。 那些没有良民证的人不许进城，这也许会使李汉铎博士回城受阻。

可怜的中国妇女真是不惜一切，抓住任何一线可以救回她们的丈夫、儿子或兄弟的希望！今天早上到9时，我们已经得到许多人的签名，在接下来的三个小时中，我和大王以及他的小儿子，都在忙着让人们在我们准备好的三份请愿书上签名。 到中午已有104名妇女签了名，她们中大多数人不会写自己的名字，所以只好让王先生帮她们写，她们再按个手指印。 我帮着她们按手印。 许多妇女由于辛苦劳动，手被磨得又粗又硬，以致她们把手弯过来按手印都很艰难。 整个下午，人们接连不断地来签名。 她们大多数都有伤心欲绝的故事。 我真希望能坐在一边安慰她们。 其中一名妇女，她有四个儿子被抓走了，还有许许多多的妇女说，她们惟一的依靠丈夫以及三四个孩子都被抓走了。 这是一群多么心碎却又充满了希望的人啊！在过去的三个月中，我常常责备我们自己不收留她们的丈夫，不过，今天许多妇女都说，尽管她们的丈夫和儿子叩头求日本兵放过他们，可还是被带走了。 如果，日本的妇女得知他们的士兵——她们的丈夫和儿子如此野蛮、残忍地对待中国人，我不知道她们会怎么想。

下午，一位朋友来拍一些有关我们难民所及其活动的电影镜头。 可惜的是许多室内场景无法拍。 我们的校园里现在又在给所有难民进行登记。 登记结束时，我们努力将年长的妇女和孩子送回家。 这时，陈先生和他的助手在负责这件事，今晚，他们看起来疲惫不堪，因为这不是一件轻松的任务。要是人们肯说真话，那我们的工作就会轻松多了。

今天，我们从贷款基金中贷出了50元，用一幅画卷和一些金戒指做抵押。

3 月 19 日，星期六

今天是一个晴朗的春日。 飞机在空中不断地飞来飞去，从东南到西北，又从西北飞回句容的基地。

从上午 9 时到下午 5 时，在两位工人的帮助下，我和王先生以及他的小儿子，管理着源源不断地前来在三份请愿书上签名的妇女们。 这些可怜的心碎的女人！ 我永远也无法忘记她们那悲伤、绝望、忧心忡忡的面容和那双辛苦操劳的手。"他是我惟一的儿子。""他们抓走了我所有的三个儿子，我不敢去求他们。""我家里有四个男人被抓走了，再也没回来。""我只有三个孩子和我婆婆留在身边，无法维持生活了，我只有去讨饭。""我的两个孙子被抓走了，他们是我们这个家惟一的依靠。"诸如此类的话不断地萦绕在我的耳际。她们中大多数人认为，她们的丈夫和儿子仍然还活着，在这一点上她们的希望要比我的大，因为，我听说城门外或幽僻的山谷中的池塘边尸体成堆，不过还是乐观点好。 也许正是有了这个希望，这份请愿书才能使模范监狱里的那些人获释。 但事实是，安全区外的许多男性平民被当场杀害了，而安全区内的成千上万的男性平民则被带到安全区外加以杀害了。

在这两天中有 605 名妇女在请愿书上签了名。 我说她们签名，其实只有几位能写出自己的名字，还有一些人被要求下星期一再来签名。

就在正午前，一位叫方灏的先生上门来视察，他是自治政府第四区的头头，也是该区军事负责人，同来的有一个中国翻译、一个宪兵队长和一个普通士兵。 当我们去几幢住着难民的楼参观时，他们给孩子们分发糖果。 方先生还宣布说，现在难民们可以安全地回家了，如果发生什么事，他们可以立刻去汇报。 在他宣布时，那些妇女和姑娘们的脸上并未闪现出快乐的光芒，因为，她们经历了太多的苦难，不再相信这些口头承诺了。 他们要通过多年的良好行为和真正的友好才能改变目前人们对他们的不信任和恐惧感。

今天，我们通过恢复后的中国邮局收到了第一批邮件，这是一捆 2 月份的杂志。 他们显然是想通过邮寄二级印刷物来做试验。

传闻说南门被沙袋阻塞了，是真是假我就不得而知。

今晚有为工人举行的每周一次的聚会。 第一批黄水仙开花了，连翘也含苞欲放。

🀄 | 3月20日，星期天

今天就像是4月份的天气，黄水仙开花了，杏树开花了，李子树也开花了，垂柳的枝条就像许许多多柔软的绿色旗幡。 这本该是一个美好的世界啊!

上午和许传音博士进行了商谈，给他看了那份附有600人签名的请愿书，他赞成这一举动，并叫我们坚持做下去。 昨天，他获许进入模范监狱，他说，他被告知狱中有1 500名男人，其中部分是平民，大约还有20个男孩。 不许他和任何人说话，但他相信，能想办法使平民获释。 犯人们严重营养不良，因为，他们只有米饭。 他能送盐和加盐的蔬菜进去。 下次，他将努力送蔬菜和肉进去。 他看见的许多男人都病了，虚弱得无法劳动。

在我们下午的礼拜开始前，两名日本军人和三位平民以及一名中国翻译来访。 他们有兴趣去看难民。 我带他们看了三幢楼里的难民，然后去了图书馆。 他们似乎真的感兴趣。 我想任何一个翻译都是汉奸，尽管我意识到这种想法也许是错误的，但我却无法抑制。

下午大约有250人参加了由王小姐布道的礼拜。

4时30分的英语礼拜仍然在平仓巷3号举行，麦卡伦进行了布道。 罗森博士是参加这次礼拜的惟一的非布道团成员。 这真是一份非常珍贵的友谊，是危险将我们紧紧地联系在一起。 礼拜结束后，通常进行信息交流，我们有许多的消息要互相传达。 因为没有收音机的人总想得到最新的消息。

礼拜结束后，索恩先生带我和邬静怡去了两户中国人家，这两人是他在安全区的朋友。 第一家是周倪翰芳①家，虽然那里很脏，但难民们的存在对房子来说却是一种保护。 第二个是王太太的家，它已经被宪兵队占领了，并进行了抢劫。 尽管门上贴了告示，我们还是为王太太拿了两盏灯、三床毛毯和一些衬衣裤给她。 我原想拿那台维多利亚牌留声机的，然而，它已被人用枪托残忍地砸烂了。 那胡乱的破坏极其彻底。

今天，我收到了从上海寄来的信件。 该信是14日写的，到这儿已经是

---

① 1932年至1934年，倪翰芳曾在金陵女子文理学院任教，她是翻译家周其勋的妻子。

20 日了。

🔲 │ 3 月 21 日，星期一

就在 11 年前的这个下午，我们听到了从南京西南面远远地传来革命军的枪声。 那时，南京驻扎着十多万北方军队，然而不到四天，曾经说过要誓死守城的驻军却仓皇地逃到城墙外，成千上万的人被汹涌的长江淹没了。 历史真的又再重演了! 那时，我们也说过，我们的最大危险来自于撤退的军队，可是，正是胜利的军队给我们带来更大的危险。

上午，请愿书的签名仍在进行。 100 多名妇女在文学楼北面等着签名。王先生和他的儿子以及陈先生正在忙着写名字，我们希望这项工作今天结束。 这是我亲眼见到的十分可怜的场面之一。

我们意外地获得使用一辆卡车的许可。 我陪李先生去了秉博士的办公室，我们将办公室地上的重要报纸都拣起来。 其后，整个上午，李先生一直忙着从中央研究院搬资料。 后来，他又去了谢文秋的家，把她的钢琴带来了。

下午大约 1 时 30 分。 一名日本医生和三名士兵来访。 通常我们首先是带他们去几幢住有难民的楼里看看，最后带他们看一幢干净的楼，比如图书馆。 我们尽量不让他们参观班级或下午的礼拜活动，以防他们误解，以为我们开办了一所常规学校。

今天下午，我们必须迅速收集寄往上海的信件。 我上次的信件是 3 月 12 日寄往上海的，3 月 14 日就到了那里。 据说到 3 月 25 日，我们就有正常的邮政服务了。

今天，有许多姑娘从乡下来找我们，她们说，那里的情况仍然令年轻妇女和姑娘们无法忍受。 一个 14 岁和一个 16 岁的姑娘来时，除了身上穿的衣服外一无所有。

很显然，城里又重新开始登记了，因为，今天上午我们看到一大群男人和女人挤在自治委员会门外。

玛丽仍然在医院里，想彻底治好感冒。 程夫人躺在床上，保持温暖以使伤风痊愈。 我难得有如此忙碌的一天，到下午 4 时 30 分还没吃午饭。

天气阴冷，黄水仙却傲然开放。

李天禄博士（金陵女子文理学院董事会的主席）传来了消息，他和其他几位基督徒撤到了安徽巢县，白天，他们总是千方百计地躲避轰炸，夜里则在躲避盗匪。 好可怜，好可怜的人啊!

🔲 | 3月22日，星期二

天很冷，阴沉沉的。 没有飞机飞过。 有报道说，中国的非正规军破坏道路、烧毁桥梁等，这使得日本军队相当恼火。

在请愿书上签名一直持续到下午4时，共有1105人签了名。 我立即将它拿给许传音博士，他刻不容缓地呈送给当局，既给中国当局，也给日本当局。 同时，他认为让妇女们继续去恳求监狱是一个好主意。 组织100来名年长妇女，再让她们去请愿，难道不是一个聪明之举吗?

侯医生（他是牙医，是洛杉矶阿尔伯特·琼太太的父亲或哥哥，金陵大学1923年毕业的学士）今天来了。 他刚从芜湖来到南京，急着要去看看他的家。 也许贝茨陪他一起去。 几周前，我有一次路过他家门口，但没进去，因为，当时没有一个美国人坐在汽车里，是不能把汽车单独停在那儿的。 那房子现在被军队占据着。

今天从医院回来时，我看到老百姓（普通平民）搬着昂贵的西式门——那也许是他们从某所好房子里拆来的。 除非人们回到自己家里去，否则，他们的什么东西都不会留下的，因为抢劫一直在继续，既有日本兵，也有中国人。

我们听说，今天有500名男人从南京城北被带去为日本军队干活。

🔲 | 3月23日，星期三

今天又是晴天，空中有飞机活动。 在我离开房间前，那个老裁缝吴的妻子告诉我，她的丈夫昨天夜里被杀害，她说是盗匪干的，但我还没证实。

玛丽今天从医院回来了，为了迎接她，我已经搬回北面的房间，这样她就更自由、更安静了。 我们的小起居室里仍烧着炉子。

偶尔我能收到上海来的《新申报》，看来这份报纸有个日本编辑，或者是有个极好的中国傀儡编辑。

　　上午 12 时。 我学一个小时的中文后，和王先生去艺术楼，发现那里还有许多妇女想在请愿书上签名，我们安排她们下午 2 时签名。 这些妇女大多数是从城北和城东的农村来的，她们说，当她们的丈夫或儿子被抓时，如果为他们求情，不仅毫无用处，反而会使她们自己的生命遭受危险。 如果没弄错的话，今天来的这些妇女看来比前几天来的更穷。 一名妇女说，她和丈夫以种田为主，丈夫已经被抓走了，房子被烧了，只剩她和三个年幼的孩子，她现在害怕回到那个过去的家。

　　更多的农村姑娘进了难民所。 这些人什么时候才不再进来呢？ 11 年前的今夜，北方军队从南京撤退。 我清楚地记得，那时有好几百邻近地区的难民妇女和孩子住在体操馆。 那个晚上，人们几乎都没睡觉。

　　中午 12 时 30 分。 我去汇文中学参加了一个宴会，在南京的大部分外国人也应邀参加，总共三桌，有德国人、英国人和美国人。 蒋先生和他的儿子卢瑟（Luther）举办了这次宴会。 他的另外两个儿子及家庭目前在长沙。 侯医生刚从芜湖坐火车赶来，也出席了宴会。 他迫切地想回家看看是否留下什么东西。

　　金陵大学农经系的邵德馨来拜访，他从和县来到这儿，今天要回去找他的妻子和孩子们。 我们多么需要他和周明懿啊! 特别是我!

　　神学院已经决定这个秋天在南京重新开学，即使只有一小群学生。 我希望我们办一所初中，或许还可以办一所高中。

🖐 | 3 月 24 日，星期四

　　今天我的脑海中往事历历在目，我不时地想起 11 年前的这一天发生的事! 当时，我们高兴地迎来了新的一天，有消息说，北方军队正在悄悄地撤退，革命军队已经进城了；接着传来了威廉（William）博士不幸遇难的悲惨消息和新军强烈的排外情绪，我们焦急地等待着；在附近的山上出现了令人恐惧的黑影；我们撤退到金陵大学里。 那天晚上大约这个时候，我和约翰·赖斯纳（John Reisner）向外看着这个城市，黑暗中只看见焚烧外国建筑物的火焰。 我真想知道，1949 年 3 月 24 日的南京会是什么样。

　　上午，不断有上了年纪又非常穷的妇女进来在请愿书上签名。 她们听说了这件事，为了儿子她们甘愿不辞辛苦地长途跋涉而来。 来的人中有三名妇女说，她们已经在模范监狱看见过自己的儿子。 另外一些妇女说，已经一次又一次地去过那里，以辨认每天早上带出去劳动的犯人。 如果可能的话，我多么希望自己能和这些妇女一起去，然而，我知道我的出现不仅不会有任何帮助，反而是个障碍。

大约有 150 名妇女参加我们下午的礼拜。 许多人在忙着缝制衣物，还有许多人白天回家了。

陈先生仍在着手处理粥厂这一最难解决的难题。 假如我们自己能管理的话，就能提供特别的食物，多一些油和蔬菜，这样就可以减少难民所里的疾病。 我们已经有很多麻疹病例，并有许多患者死亡。 假使我们有一位好护士，我们就能开放医务室，隔离某些疾病患者了！

发往上海的邮件，今天下午由美国大使馆的人带去了。

农村姑娘连续不断地进来。

福斯特还在试图争取去上海，并争取得到允许他回来的许诺。 显然，日本使馆对菲奇先生去美国很不高兴。

今天，吕蓓卡发来的电报报告了好消息：金陵女子文理学院已获得资助难民款 500 美元，金陵大学医院获得了 1 000 元。

𝍤 | 3 月 25 日，星期五

今天又是大晴天，许多飞机向西和西北方向飞去，一架重型轰炸机早晨 6 时就飞去了。

今天，有更多的妇女从农村赶到学校来签名。 有两名妇女已经在模范监狱看到了她们的丈夫，当时，他们正从卡车上下来，其中有个男人求他妻子想办法让他获释。 我们该怎么办？ 许传音博士正着手解决这个问题，但他说，可能需要两个星期。

洋水仙开花了，金陵大学的花匠今天早上拿了一些水仙花过来，有两大篮，我们以很低的价钱卖给了这里的难民。 国家公园里的那个可爱的花园一定非常美丽！ 我真想知道那里现在是什么样子。 罗森博士获准前往一个封锁很严的地区，但我没听说有其他人可以去。

上午 11 时。 有位先生来找我，让我带他去 12 月 26 日那场惨剧发生的那个山谷。 我们幸运地找到那个山谷附近的一些人，他们很乐意陪我们前往。 在那个大池塘边，有 96 名男人惨遭不幸，在另一个池塘边大约有 43 具尸体，附近的农舍里大约也有 4 具尸体。 农民们已经收集了足够的证据，证明日本兵先将煤油和汽油倒在人们身上，然后点燃，逃跑的人遭到机枪的扫射，有四个人带着伤痛跑到那所房子里躲避，房子就被烧了。 当我们站在那个小池塘边，看见一个个像是人头的东西。 我们用竹竿和木钩将一具男人的尸体慢慢推到岸边，他穿着平民服。 这男人一定忍受了巨大的痛苦！ 有一个人逃进大学医院，但几天后死于烧伤，我们保留了一些照片。

贝茨先生寄来一封短信说， 他正在争取去上海一周。 我和玛丽都认为这是不明智的，因为，他很可能不能获准回来。 我们这个外国人的小团体已经减少了四人，虽然又增添了三人，但其中两人在邮局工作，不管难民救济工作。 对传播福音来说，现在机会很多，然而，人手不够，精力也有限。 希望能有一个假期，以作一些休整，但我不知道怎样才能实现。

11 年前的这个下午，所有的外国人都被护送出了南京城，登上停在下关的炮艇。 6 个月后，我们中只有几个人回到南京，不到一年，生活又重新恢复正常了。 我不知道这次需要多长时间？ 今天来访的齐先生说，他认为，1939 年秋天前学校是无法开学的。

📖 | 3 月 26 日，星期六

几乎每天上午，当然总是在那些晴朗的上午，当我们那一小组工人在南画室集中做礼拜和祈祷时，总有重型轰炸机从离我们头顶很远的上空飞过，我们能清楚地听到它们低沉的轰鸣声。 我们这个团体现有 15 人。①

我们难民所的总务处是个非常忙碌的地方。 总务处的负责人陈斐然，开始重新核对"免费吃饭"人员组和"红标签"人员组。 我们的 3 317 名难民现在人手一张标签。 许多姑娘给自己的标签绣了边。 玛丽坚持认为，校园里那块宽敞的运动场对姑娘们有吸引力，她们喜欢在运动场上挖绿色植物，而

---

① 指在南京的外国人。

不愿回到她们的庭院。 我希望我们能为她们组织一些游戏和一些常规锻炼，但那样的话也许会引起外边的注意，而且还有缺教师的问题。 现在，我们尽力让爱在运动场挖野菜的年轻姑娘离开那里，以免引起偶尔路过的日本兵的注意。

今天，我从恢复营业的邮局收到第一封一等邮件，这是从柏瑞（Berea）大学发来的一封航空信，信的日期是 2 月 27 日，没有受到检查的痕迹。 他们说现在市里有七家邮局开业了，不久，我们又会收到包裹邮件了。

大概下午 4 时以后，我去日本使馆见福田先生，早在 2 月份，我就交给他700 多名被抓走的男性平民的资料，大部分是 12 月 16 日被抓走的。 他说，他已努力去调查这些男人的有关情况，但没成功。 当我告诉他，有许多平民被关在模范监狱，他显得很惊讶，似乎这个消息对他来说很新鲜。 后来，我向他提供了一个男孩的详细资料，他的母亲今天上午来找过我，她说，她已经四次看见儿子了。 福田先生接过那份资料后说，他认为他能为此做些什么。我相信他的话，又给他送了一些类似事件的事实资料。 我希望他是真诚的。

今晚，12 名年龄在 9～19 岁的青少年来实验学校参加游戏，他们是我们职员的子女。 九柱戏、骨牌戏、游览和国际象棋，所有的游戏都让他们玩得很开心。 这些日子，点心很简单，只有甜土豆、爆玉米花，偶尔会有上海带来的糖果。 那位 12 岁的小姑娘玲生（音译）也来参加了，她曾被关在城外近一个月。 她的头发剪得像男孩子，看起来非常像个男孩子，这使她逃过了一场苦难。 这世界总算给了他们一些关爱。 这些人中有个 18 岁的姑娘，是在12 月 17 日那个永远难忘的晚上从我们校园被抓走的。

3 月 27 日，星期天

春天真美，但是仍然很冷，我们要继续生火取暖。 池塘里的青蛙开始鸣叫。 我那两只忠实的看门狗，高贵而又含蓄的莱蒂和漂亮得令人妒忌的朱力，都热恋上了一只来访问它们的端庄的小母狗。 这桩三角恋爱如何收场，只有等着瞧了。

上午，Y·冈中佐来访。 他是昨天乘飞机来的，今天下午回去，下周他要返回东京。 我真希望有机会让他知道，如果玛丽的小汽车还在的话，对难民的救济工作会起很大的作用。 以及如果那些女人的丈夫和儿子能从监狱里被释放，那她们会是多么的感激。 我真的希望能和日军中的部分人，真诚地谈谈关于日本正在犯的这个悲剧性错误，但至今没做到。 有时我想，过分小心谨慎是不明智的。

我去鼓楼教堂参加 10 时 30 分的礼拜活动。 有许多的士兵在中山路上走来走去。 看见这种场景几乎令人无法忍受，我怨恨他们的出现。

有近 300 名妇女和姑娘参加我们下午的礼拜活动。 她们喜欢唱刚学过的赞美诗，而且唱得很好。 下星期她们要学一首复活节赞美诗。 我们每天下午的聚会照常举行，然而，参加人数不如过去多，也许大教堂更适合布道。

下午，当我走出校门，来到汉口路和宁海路的拐角时，两个坐黄包车的士兵停了下来，其中一个叫黄包车夫给他弄一个"花姑娘"（年轻女孩），那个黄包车夫不肯，又是摇头又是摆手。 当这两个士兵看到我走过来时，连忙打手势，示意黄包车夫往前走。 日本兵一定恨我们呆在这个城市！ 然而，当友好、文雅的士兵来校园参观时，我们很高兴带他们去参观。

斯迈思在英语礼拜中进行了布道，主题是《爱你的敌人》。 罗森博士每个星期天都来，我们非常感激他的出席。 他一定很孤独，觉得时间难以打发，他非常有规律地去国家公园限定的地区散步。

🈶 | 3 月 28 日，星期一

春天的天气令人心旷神怡，但是，这种好心情被那些轰炸机和许多在进行训练的飞机的连续不断的轰鸣声破坏了。 李子树开花了，早绣线菊也开了。

上午来了两名妇女，她们在模范监狱见到了她们的丈夫。 她们已经能给她们的男人送食物和衣服。 蒋师傅去模范监狱看他的儿子是否在那里。 我们现在知道有些人，是在 12 月 16 日那个可怕的日子里被抓走的。 我将三名男子的外貌特征资料送给了福田。 我多么希望他能真的努力，使那些平民获释！

下午 5 时。 我去学校西面虎踞关一带散步。 玛格丽特·汤姆森（Margaret Thomson）前任厨师的母亲，依然守着她那小小的家，直到现在，她还是担惊受怕，希望我进去看看被破坏的情况。 她花了大约 10 分钟才拔掉门闩，打开门锁。 里面是一片令人同情的景象，所有的东西都乱七八糟，许多家具已被当做柴火烧了。 大概是 12 月中旬，当她那年老的丈夫说他没钱时，就被日本兵拖出屋子枪毙了。 我问道：“菜农在种春季的蔬菜吗？”她回答说，原安全区附近的那些菜农开始种了，但较远的菜农没种，因为，清凉山上的士兵们如果看见男人在田里，马上就会下来，还要菜农把蔬菜都挖给他们，否则就交钱给他们。 他们仍然来要姑娘，但不如以前频繁了。 现在，南京城里根本没有法制，有的只是偷盗和屠杀。 回校时，我顺便取下几面安全区的旗帜留作纪念。

我把本周想写的关于 1 月 14 日到 3 月 31 日期间的报告列了个提纲。 由于不断地被打扰，所以我现在无法在办公室里工作。

你们中曾来金大礼堂做过礼拜的人，现在见了这个地方一定会大吃一惊，南面一半堆着成麻袋的麦子，足有看台那么高；北面一大半堆着成麻袋的大米和面粉。 门廊里有两台机器忙着碾麦子，以便日后供给粥厂或出售给难民。 这些麦子是里格斯和索恩用了好几天甚至好几个星期，为难民“偷”来的。

3 月 29 日，星期二

上午，飞过金陵女子文理学院上空的飞机一批就多达 10 架，都是朝西北飞去的。 贝茨今天收到了 3 月 28 日的《字林西报》，这太好了。

新政府好像是昨天举行就职典礼的，它原本于 3 月 15 日就应该成立了。尽管人们一直在议论唐绍仪将出任这一职务，一位叫梁鸿志的先生担任名义上的首脑。 新政府和北京政府有什么关系我们就不得而知了。 有些人说，南京政府受北京政府的控制，另一些人说，南京政府控制北京政府，还有一些人说，它们是相互独立的。 如果通过不合作来阻止日本的企图，那该是多么容易的事啊！ 我们听说，所有政府成员都回上海去了。

我今天去看金陵大学的难民工作。 他们现在有 900 多名学生在学习，上课的老师大多是难民。 除了宗教课外，他们还要上英语课和日语课。 陈嵘博士除了干其他的工作外，还要组织上述课程的教学管理工作。 他们那里的女难民现在住在校园北边的三幢房子里，大约有 2 000 人。 在过去的 10 天里，他们接收了 500 人，几乎全是从农村来的。 今天，他们又允许 50 人进来，这说明离和平还很远。 在台阶上，我看见一名男人和他的妻子，还有四个小孩，早在去年 12 月，当他们下关的房子被烧掉时，他们就去了江北，回来的路上被盗匪抢劫一空。

我们现在通过火车、汽车和日本轮船与上海联系。 600 多名日本平民，包括妇女和儿童，已抵达南京，他们大多是来经商的。 然而，美国人要进城还是不可能，即使是医生和护士也不行，日本人的理由是南京还不安全。 盖尔先生已获准从芜湖来南京。 贝茨和福斯特先生正在努力争取前往上海办事，但还没有获得准许，这看起来的确有些歧视。 我不知道南京城里有多少家日本商店开张，但绝对不止几家。

早绣线菊正在怒放，野月桂树也开着花。 两种水仙花刚刚开花。 实验学校的树上栖息着许多鸟，垂柳不高不矮，优雅得体，一些翠鸟在长长的相互缠绕的柳枝间飞镖似的穿来穿去，真是一幅动人的景象。

有 16 人参加了今天早晨的晨祷仪式，曾经有一次只有我们 5 人参加。

📖 | 3 月 30 日，星期三

又是一个阳光灿烂的春日。 中国朋友们看起来瘦了，因为他们脱掉了几层夹衣。 飞机活动仍很猖狂。

程夫人已经安排许多妇女开始重新制作去年秋天为伤兵做的衣服，这是帮助我们这个难民所里最穷的妇女脱离贫困的一个办法。 一两天后，我们还要让一些最穷的妇女去除草坪和运动场上的杂草。 我有些担心难民们来申请干活，会弄得我们应接不暇。

上课和下午的聚会还在继续进行，但是，参加者已不如四周前多，因为，现在有许多妇女在白天回家。

下午 2 时。 我和李先生去南门附近的"寡妇之家"。 广州路以南的上海路和整条莫愁路挤满了人，川流不息。 各种小贩把他们的商品摆放在桌上、长凳上和地上，大多数东西是抢劫来的，似乎买卖是惟一的谋生方式。 这些日子在南京，商品只是换换主人，根本没有生产。

"寡妇之家"位于南门东面。 我们转进剪子巷不久，遇上了胡老先生和他的妻子，他们在金陵女子文理学院当了大约 20 天的难民。 他坚持要我们去他家喝杯茶，我们说，如果他们不大肆张罗来招待我们，我们就去。 但是，他和他那贤惠的妻子还是用花生、西瓜子和精心烹制的可口的糖藕来招待了我们。 他那一排三间小屋没被烧掉，然而，同它们连在一起的主屋全都被烧了。 当他带我们进入其中一间天花板上的纸已被烤焦而差点被烧掉的屋子时，他说，他之所以能幸免于难，是因为他供奉的神像——观音菩萨保佑了他。 确实，这一对老夫妻至今一直很幸运，因为他的儿子、孙子和三个曾孙，一个都没有受到伤害。 老人不和儿子同住，因为，他们的儿子喜欢吃肉，他和他的妻子吃斋。 他们还给我讲述了离他家不远的一个菜农家庭的事，这个家庭有 18 口人，死了 16 口人。 还有其他几个故事，都太凄惨了，在此不再详述。 毫不奇怪，他们觉得侵略者就是野兽。

回来的路上发生了一件有趣的事，实在值得一记。 一个小男孩看到我骑自行车过来时，大叫："洋鬼子！"但另一个离他不远的小男孩立即纠正他说："啊，那是华小姐！"仅从这件事就可以看出，人们对于我们这些呆在南京城里的人的态度实在是大不一样。 很难想到自己只是一个非常普通的人。 去城南的路途，总是让我伤悲，到处都是毁坏和残骸。 在许多地方，先前很繁荣的商店被毁坏后，正在建小店。

🗓 ︱ 3 月 31 日，星期四

我们的红十字会粥厂麻烦不断，粥厂的负责人指责工作人员在一点点地偷米，而工作人员又指控那些负责人大量地偷米。 令人厌恶的是人人都想得到好处，却让那些可怜的妇女和孩子们挨饿。 今晚很迟才给他们供应粥，粥稀薄且分量不足。 我们希望明天会好一些。

下午，许传音博士来说，我们那三份请求释放平民的请愿书起到了一点作用，他要我们去搜集有关这些人的更具体的资料，这就意味着我们的一些工作人员至少又要辛苦工作四天，艰难跋涉很多英里的路途去找寻那些痛失亲人的妇女了。 但是，我们都很愿意花这份时间和精力，希望至少有一些妇女的丈夫和儿子可以被释放。 上午，三名妇女来报告说，她们今天早晨看到了她们的丈夫，当时，他们正被带上卡车出去劳动。 我们以我们难民所的名义，给她们写了一封担保信，送到南京卫戍司令部办公室，并叫她们明天早上来听好消息。

下午 5 时～6 时。 我和两名花匠去金陵女子文理学院西面的山上挖一些野灌木和花。 这个春天特别美，因为，去年秋天这些山上的树和花未被完全破坏，我找到一些美丽的月桂树和白头翁。 我希望去明孝陵看看梅花和桃花，但是现在没有办法去那里。

王保林的第十个兄弟今天下午来访。 去年深秋，他们家 14 口人撤到安徽，一直住在三河镇，那里离合肥不远。 他特地来察看他兄弟的财产。 他有两幢房子遭到抢劫后被彻底烧毁，第三幢房子是小小的中国式的平房，所有的门窗已被老百姓拆光了。 在这最后一幢房子里，他们精心挖了一个很隐蔽的洞穴，用水泥封顶，里面存放了 120 个箱子。 但这个洞穴还是被人发现了，所有的箱子都被抢走了。 这个可怜的人看起来又瘦又疲惫，他一方面觉得日本人残忍，同时又觉得他的同胞们的违法行为也是不能原谅的。 他的兄弟失去了终身辛苦工作的积蓄。 王保林病了，当然是焦虑和担心导致的，这一损失更加使他难以接受。

🈲 | 4 月 1 日，星期五

这是一个美好的春日，不知什么原因，今天没几架飞机活动。 早开的绣线菊现在开始谢了。 朴师傅仍然移栽树和灌木，在种植完各类灌木之后，我们又要修缮科学楼的屋顶。

可怜的陈斐然将白天的大部分时间用于解决红十字会粥厂的问题。 负责的那个人不愿意降低他的利润，于是，陈斐然不得不和他反复交涉。 假使粥厂完全由我们掌管，那么，国际救济委员会投入多少，我们就能给难民们多少。

从上海寄来的包裹到了，但没有信。 令我惊讶不已的是，两周前我给在上海的同仁寄去的两大箱书被退回来了，到底为什么，我们不清楚。 我深深知道，我们在上海的全体教师都在盼望着这些书。

许传音博士今天上午来到我们学校，他告诉我们，如果要使模范监狱里的平民获释，我们还需要提供哪些资料。 我和王先生立刻准备了一份资料，并想将它油印出来。 为了得到这份资料，我们的两名工作人员和他们的四个孩子及两名工友，要花三四天的辛勤劳动。 如果那些男人最终被释放了，即使只有 10 人被释放，哪怕只有 1 人被释放，那所有这些努力都是值得的，而且这些资料对我们以后开展救济工作也很有帮助。

贝茨和福斯特打算星期天去上海，现在离复活节这么近，福斯特并不是很想去那里，而是觉得既然得到了批准，他最好还是去。

午饭后，程夫人、玛丽和我去了南山公寓，清理起居室。 我还向沈师傅说明，我们希望他为明天中午的宴会做好准备，我们总共有 20 人参加。

今天早晨我 5 时 30 分起床，写报告，我想赶在明晚能将这份报告捎到上海。 吕蓓卡的信让我意识到，我应该捎去一些消息。 我能写信的惟一办法是呆在实验学校，即使这样，我也不能避开打扰。

📖 | 4月2日，星期六

4 月的阵雨下起来了，但是，飞机活动仍持续不断。

上午 9 时。 我开始为第二份请愿书征集签名，这一天有 214 名妇女签了名。 这些妇女为了她们的丈夫不辞辛劳，尽管她们知道他们的归来是很难确定的，然而，她们仍然不懈地努力。 在两个工人和程夫人孙子的帮助下，王先生正在为请愿书收集资料和让签名的妇女按手印；孙先生、夏先生、一个工人和三个男孩在填调查表。 这次的签名比第一份请愿书上的整齐。

今天上午，我终于写完了从 1 月 14 日到 3 月 31 日期间的报告。 我期望通过英国军舰"蜜蜂号"送到上海去。

下午 1 时。 程夫人、玛丽、邬静怡和我用简单的中国餐款待了 16 位外国男士。 客人有： 罗森、索恩、特里默、米尔斯、贝茨、马吉、麦卡伦、鲍尔、科拉、邓拉普（Dunlap）、斯迈思、福斯特、里格斯、布雷迪。 我们原希望他们下午至少能呆上一段时间，但是，他们大部分人一吃完饭就必须回去工作了。

罗森博士报告说，国家公园那里还有许多未被埋葬的中国士兵的尸体，他希望能有一批中国人志愿去埋葬他们。 我的心为双方的士兵感到痛楚，尤其是为中国士兵。 今天有报告说，仅红卍字会自 1 月 23 日至 3 月 19 日，就埋葬了 32 104 具尸体，估计其中有 1/3 是平民。 如果中国政府不是让他们尽力保卫南京，而是让他们撤过扬子江，那该是另一种不同的情形了！

在我们为工人及其孩子们举行例行的周六晚会上，有 24 人参加。 我们不再认为晚上一开灯就得拉上厚厚的窗帘，我们又能平静地上床睡觉了，而且能确信夜里一切都会很好。 而在去年 12 月，我们总在想这样的日子是否还会再来。

钿 | 4 月 3 日，星期天

早晨在下雨，我没去教堂，而是花了一上午准备要发往上海的信。 午饭后，我立刻带上这些信去大使馆，他们说，打算将我两周前寄往上海、而后被谁于上周五错带回来的那些书再送往上海。 下午 2 时～3 时，我将那些书重新装进两只干净的箱子，标上"书"的字样，并加上下划线表明它的重要性。

约有 250 名妇女参加了下午的礼拜活动。 王小姐领唱，约翰·马吉布道。 我真希望自己生在中国，或者是在过去 25 年里已学会和掌握了中文，这样我就可以讲中国话了。

米尔斯主持了今天的英语礼拜活动，莫兰德先生和罗森博士都参加了。我没看见贝茨和福斯特，他们终于出发去上海了。 他们的妻子看见他们该有多高兴啊！

一切都很平静，今天没看见一个士兵，很显然，现在形势没那么紧张了。但当我踏着沉重的脚步走进实验学校宿舍，叫她们不要出声时，王小姐和薛小姐被吓得脸色有些苍白。 但她们发现只有我的时候，都大笑不已。

现在在街上，也就是在原先的安全区内，妇女们四处走动更自由了。

钿 | 4 月 4 日，星期一

真是个美好的春日，只是又被朝西飞行的重型轰炸机和另一些进行训练的飞机声破坏了。 李先生今天去了下关附近，他说，看见了许多满载士兵的坦克和军用卡车。

李汉铎夫人和她的四个孩子已经随李博士回来了，在和州附近的乡下寄居了很长一段时间后，他们很高兴返回家，她说进城并不难。 他们的家已被洗劫一空了。

昨天，美国大使馆转来许多上海寄给我的信件，今晚我借着烛光才读完。

今天上午，在我们全体晨祷后的教师会议上，我们打算结束为期六周的"主的生活"计划。 我将告诉你们各项活动的具体细节。 复活节后我们将有一周假期，然后开始另一个到 5 月底结束的计划。 大家对这项工作都很热心，对我们所有的人来说这是一个挑战。 我们已经得到消息说，所有的难民所要在 5 月 31 日关闭。 但愿到那时条件会允许它们关闭。 我再也不愿强迫那些妇女离开了，上次的教训太深刻了。 大约在 12 月 20 日，我们竭力主张一名已婚的 27 岁女人回到她的丈夫那里，在离开我们的三个小时内她遭到了三个士兵的强奸。 另一例是一名 48 岁的女人，在离开我们的当天晚上遭到 6 个男人的强奸。 我吸取这些教训，不会轻易忘记。

在请愿书上签名的活动仍在继续进行，到今晚 5 时，我和王先生数了一下名字，这两天有 620 人签名。 她们是多么悲伤、多么令人心碎的女人啊！她们的眼中饱含着泪水。 我们试图让她们对请愿书不要抱太大希望。 许多家庭的惟一支柱被带走了。 今天，有些农村妇女来签名了，明天也会有人来，也许后天还会有人来。 这种消息传得真快啊！

下午 5 时~6 时。 我和花匠们一起在伊娃的小平房周围补栽了一些树木。 我希望我们还有一个月可以移栽树木，但已经迟了。

丁香今天开花了。 傍晚蛙鸣阵阵，像在举行一场欢快的音乐会。 城外明孝陵的樱桃花现在一定盛开了。

📖 | 4 月 5 日，星期二

今天又是个春光明媚的日子，在我们的破铁蒺藜网栅栏和破竹门里的世界，可真是一个美丽的世界！

我们班上的成年人的确从学习中得到许多欢乐！ 我教的班非常有趣，班里大都是结了婚的女人，年龄约在 22~30 岁。 下课后仍有一些人在此逗留，相互交谈，不愿离去。 其中有一个人说，虽然这几个月来充满了悲伤，但是，当她必须离开校园时还是觉得很难过。

下午 1 时。 我和玛丽去罗森博士家吃午餐，其他客人有里奇先生、莫兰德先生、麦卡伦和里格斯先生。 里奇先生报告说，芜湖邮局本周开业了，镇江、浦镇、苏州和其他的邮局不久就会效仿。 他 4 月底要离开了，看来他真的很高兴。 我想，可能因为他累了。 男人们普遍反对让女人们回来。 我没有在战争来临之前撤离南京，绝对是个明智的决策。 要是我乘坐"帕奈号"离开了南京，现在该怎么办呢？

下午 2 时～4 时。 我帮那些痛失亲人的妇女在请愿书上签名，其实并不真的需要我，因为这项工作组织得这么好。 到今天结束时，有 900 多个签名。 要是所有这些妇女的儿子和丈夫都能安全地回来，我有什么不能奉献的呢？

4 时 30 分～7 时 15 分。"国际红十字会"在平仓巷 3 号聚会。 我实在不应该用这个名字称呼它，因为这个组织从未申请加入"中国红十字会"。这个组织是在面临极其危险的情况下成立的，即拯救受伤的士兵、军医和护士的生命；实际上，它已经完成了那项工作，现在正面临着未来的工作。 在今天的会议上，委员们赋予它一项新的符合其性质的工作，即为伤兵提供他们需要的假肢，并给他们一点救济金，他们可以带着这点钱离开，开始新生活。 真是令人痛心的战争恶果！

每天都有新的难民从农村来到学校，陆淑英的弟弟今天来到校园。

程夫人在过去的几个月里真是棒极了，非常了不起地应付了各种情况。她组织了大约 100 名最穷的妇女，正在将原先为伤兵做的衣服改做成平民穿的衣服。 她每天付钱给她们，这些钱足够她们买额外的食物，她还将她的医务室从我们的饭厅移到该楼的两间西北的屋子里，看起来像个真正的医务室，她需要一个有经验的护士帮忙。 明天我们还要发动妇女除草。

🗓 | 4 月 6 日，星期三

又是一个美好春日。 紫丁香开花了，还有红的蓓蕾。 玉兰也开花了。山楂树正在开花，一丛丛白色的绣线菊和粉红色的李子花可爱至极。 飞机继续在我们头顶上空进行特技飞行训练，它们在空中盘旋了好半天。 现在，飞往西北的轰炸机似乎少了。

我一个上午，一直到 11 时 30 分，都让妇女们在请愿书上签名。 最后，清点签名时，共有 935 人，这些人中只有 10 个人看见过她们的亲人在模范监狱。 我们全体职员标出 241 个陷入绝望境地的人的名字，这些女人拉扯几个孩子和赡养一个依靠她们的老人，而且完全没有收入。 在其他的难民所，签名活动也正在进行之中。

现在已经作出决定，在 5 月 31 日关闭所有的难民所，它们最终将不得不关闭。 国际救济委员会认为最好是规定一个确切的日期。 难民所不再接收新难民了。 今天上午，有一些去年秋天曾跑到乡下的难民来找我们，一名带着两个十几岁女儿的妇女说，她的家被烧了，无家可归。

国际救济委员会正在进行救济工作。 有 200 名男人正被雇用去为红卍字会埋葬那些还未掩埋的尸体，尤其在农村地区。 另有一大批人被雇用去清理南京城西南部，那里现在住着许多人。 还有一批人正在清理原安全区。

今天下午，一个三人委员会安排了在复活节前一周举行三次复活节礼拜活动的详细节目表，明天我们要印门票，还要通知在南京城里的真正感兴趣的基督徒。 我们希望将门票发给所有对这九次礼拜活动中任何一次活动深感兴趣并愿意参加的人。

🔳 │ **4 月 7 日，星期四**

今天上午大约 10 时，中国飞机在城市上空飞行，地面有防空炮在射击。显而易见，这些飞机正试图轰炸句容机场，在空中飞行了大半天。

大约下午 2 时。 两名军官和两名士兵来访，一名叫 S. 横井的军官是第 43 任南京邮政局长。 他们带来了一张放大的照片，是远藤博士拍摄的 12 月 31 日难民登记时的女难民，照片上写着："我随信给你寄上 1937 年 12 月 31 日在南京拍的一张照片。 你能告诉我那些可怜的难民出了什么事吗？"如果可能的话，我想回信告诉他真实情况，相信这封信能到他手里。

带他们参观结束后，我尽可能明确地写了封信给城里的基督徒们，告诉他们，我们正计划为复活节前一周及复活节举办九次礼拜活动，并邀请他们来参加。 之后，我骑着自行车和圣公会的汤博士一起去珞珈路 25 号检查。由于杭立武家离那儿很近，我顺便去了一下。 杭家由两名非常忠实的仆人——一名男子和他的妻子照看得很好，杭夫人的钢琴和收音机在 12 月 28 日被抢走了，而前前后后来的许多士兵，将大大小小箱子里的东西都抢走了。相框被砸烂，相片被抢走了；所有上锁的门都被砸开了；所有的碟子和花瓶，不是被抢，就是被砸烂；大件家具未遭破坏，我看见一块地毯留在房中，这些都是日本兵干的。 那位女佣人为那架钢琴和收音机被抢走感到极其伤心，但我觉得，她为保护女主人的财产所作出的努力是远胜于大多数人的。

更多的妇女和姑娘，从她们去年秋天逃去的乡村来到我们这个难民所。国际救济委员会命令难民所不许再接收难民，而我却想收容这些年轻姑娘。

4 月 8 日，星期五

有消息传来，徐州附近有一场恶战，日本军被迫退却了。 中国人在相互谈论时，自然觉得振奋不已，人人都想知道战争要持续多久。

仍有女人到我们这里来为请愿签名，她们报告说，南京南面的情况对农民来说非常危险，士兵还来抢劫，并且坚持要姑娘。 尽管我不知道真实情况，但我想象得出来，很少有年轻姑娘回到她们在乡下的家。

下午 3 时。 我和程夫人去了南山公寓，试图移走大饭厅里的东西。 士兵们将东西翻得混乱不堪，两只大衣箱、四五只大手提衣箱、四只网篮、五只五屉柜和一只衣橱基本上空了，里面装的所有他们不想要的东西都被扔在地上。 我们无法判断什么东西被抢走了，我们的任务是将剩下的东西放回原处。 我们一直干了三个小时，一个人举起一件裙子说：“这是肖松的，是不是？”另一个人说：“不，我肯定我见过吴博士穿过那条裙子。”等等。 不幸的是，大多数东西未做记号。 有件事是肯定的，那就是每个衣柜主人都会发现她的柜里有许多东西不是自己的。 我们将雪莉·坦普尔（Shirey Temple）的所有照片都放进品芝的抽屉，把所有看起来像结婚礼物的东西都给了田夫人。

今晚 7 时。 初中和高中的那些女孩在大礼堂举行她们的首次彩排，她们表演的历史剧是复活节的场面，演得非常出色。 多年之后，当她们与孙子孙女分享这些难民生活的悲欢时，那该是多么美好的回忆啊！ 参加演出的姑娘中有一位我认识，她是去年 12 月 17 日从我们校园被带走的，我真高兴她有这个机会忘记那个晚上的噩梦，她只是一个高中一年级的姑娘。

机密 今天我收到模范监狱里寄来的一封信，恳求我尽力去保释他们。真希望我能完成这一重托！

🏯 | 4月9日，星期六

中国军队在山东南部获胜的消息，给我们带来了新的希望和欢乐。 南京上空还有许多飞机在活动。

妇女们从南门外的乡村继续来学校为请愿签名，她们报告说，在她们的附近几乎没有人种地。 因为，士兵们还来抢劫，并威胁他们，而且她们的房子已被烧毁，无家可归了。 她们的水牛要么被杀掉吃了，要么被杀了扔在池塘里。 附近有许多男人被屠杀。 她们的面容如此悲伤，就像她们在讲述自己的遭遇。 今天下午，有个相貌非常漂亮的年轻妇女来签名，她说，她带着三个幼小的孩子，无依无靠。 下午我们得到100多人签名，使总数达到1 035人。

我一直努力工作到下午4时，但没有什么有趣的事值得写，而只是平常地工作。

我们今晚的晚会有28人参加，下个星期六晚上我们不再聚会了。

🏯 | 4月10日，星期天

晚上很冷，但白天美极了。 昨天的雨让我们这里的世界变得又干净又清新。 清晨，鸟儿在欢快地歌唱，天空中早早地就有重型轰炸机飞过。

早饭后，我和一位花匠及一位工人为下午的礼拜活动做准备。 我们用绣线菊、棕榈叶、欧薄荷（薰衣草）和黄色的花来装饰礼堂。

10时30分。 我在鼓楼教堂听周裕文牧师布道，他就信仰问题作了一场精彩的布道。 他的痛苦经历加深了他的信仰，使他将物质的东西看得毫无价值。 他说，他很高兴在他们撤到一个小乡村之前，就已失去了所有的好衣服。 因为，他知道如果不是那样的话，当盗匪来抢劫时，他的妻子会抗议盗匪们拿走他们的皮衣服，那她也许就没命了。

下午2时。 当我们下午的礼拜活动在大礼堂开始时，包括过道都挤满了人，至少有600人参加。 最令人激动的是，当我们听到这么多的人背诵第23

首赞美诗，即在唱《耶稣是怎样一个朋友》时，她们似乎懂得诗中每个字的含义。 有 60 人来自金陵大学，汤博士布道，讲述了"圣枝主日"①的含义。

有一件事我忘了说，刚吃过午饭，一名日本士兵来访，询问我们工作进行得如何，他说，他正在度假。 他是我以前提到过的那个神户一所教会学校的毕业生，他的妻子是基督徒。 我们第一次严肃地谈到战争、战争是如何伤害双方国家以及日益滋长的仇恨。 他认为战争之所以发生，是因为两国彼此不理解，并且认为战争是个错误。 最近，他被分派到模范监狱当看守，他告诉我一个人的名字，让那些正在寻找丈夫和儿子的女人去找那个人。 明天，我要试着将几名已见过她们自己丈夫的妇女找来，派她们带上我们难民所的一封信去找他。

今天的英语礼拜在特威纳姆教堂举行，由马吉主持，有 24 人参加。 玛丽、马吉先生和六名男子昨天工作很辛苦，将小礼堂和庭院都打扫干净了。 这真是一次有趣的礼拜。 当我们站着唱"前进！ 前进！ 在天国中前进"时，头顶上的飞机声很响。 罗森博士和阿利森先生也参加了，还有许多中国人，大约有 12 人。 下个星期天，我打算邀请日本士兵来参加。

啊，今晚我收到了昨天的《字林西报》，这太好了。 刘湛恩的死真让人伤心！

🈴 | 4 月 11 日，星期一

仍是春天里最美好的天气，微有凉意，但天气晴朗，阳光明媚。 榆树和白杨树已经长出叶子，石栗树和银杏也开始发青了，紫藤很快就要开花了。

今天，姓王的油漆工出现在校园，去年秋天，他和他的一家撤到扬州以东 280 里之外的一个小镇。 他说，那个地区到处是日本兵，但他认为，总的来说烧、杀、强奸比南京少。 他还说，扬子江两岸现在还有许多具死尸，沿江漂浮着许多浮肿的尸体，其中有士兵，也有平民。 我问他到底是几十具还是几百具，他说，在他看来有成千上万具。

在我们下午的聚会上，大礼堂里挤满了人。 用门票的主意好极了。 歌声

---

① 即复活节前的一个星期日。

是那么嘹亮！ 有个四重唱，唱了一支特别的歌。

程夫人和她的助手们组织了大约 100 名妇女从事缝纫工作，还有 19 人除草。 我们用这种方法对校园里的那些人实施现金救济。 陈先生大概已完成重组粥厂的工作，现在做米饭时掺入豆类，饮食丰富了。

下午 4 时。 我和玛丽、国祥（程夫人的孙子）、瑞豫（王先生的儿子）骑自行车出去。 我们去了徐振东的家，发现他家情况很好，至今未遭任何侵扰，幸好徐振东位居芬兰驻南京的代理领事这一显要职位，门上的政府徽章发挥了效果，因此，虽有士兵来访，但未抢劫。

下午 5 时。 我去附近一个妇女家，她病得很重。 我希望她能去金陵大学校医院就医，但我知道那已太迟了。 她的寿衣已经由她的一个侄女为她准备好，放在她的床边，这令她感到欣慰。 她一直在叫唤她几年前死去的儿子。

我们觉得，晚上不再需要拉起起居室窗子上厚厚的绿色窗帘。 现在，城里有几个地区到晚上 9 时才有电灯，但在我们附近地区没有电，因此，即使我们有一台收音机，我们也无法收听广播。 虽然还没有电话，但是，与上海有火车邮递服务，真让我们感激万分！

📖 | 4 月 12 日，星期二

今晚我太累，不想写了。 每天都承受许多必须完成的任务的重压，还有更多我似乎根本无法完成的事。 我现在在我的书房工作，因为我的办公室总是被人们围困，他们来请求我给他们各种各样的帮助。 现在先由王先生把关。 我这里有几份今天送来的请求。

我们粥厂的一个挑水工来说，他妻弟住在玄武湖边，正受到日本士兵的威胁。 他们已经带走了他家的小儿子，还威胁说，要烧掉他家的房子，杀死全家人，除非立刻将一个日本兵丢的钓鱼竿和鱼线还给他。 我不知道这件事是否属实。 因此，我和程夫人决定最好写封信给自治委员会，请他们去调查这件事。

金陵大学附中一位华小姐（魏小姐？）教过的一个男孩的父亲来求我帮忙，他说，他家已贫困潦倒。 我们决定请国际救济委员会的一位调查员去调查这件事，并向我们报告。

一位在三个多月前被抓走三个儿子的妇女来看看我们是否能采取进一步行动，保释他们回来。 另一位已看见自己丈夫在模范监狱的年轻妇女，也来求我们帮她保释她的丈夫。 这是我们一直在努力解决的一个问题，所以我们很高兴她们来找我们。 就是这样。

那些每天来求我们在某方面给予帮助的人非常多，因此，我们每个人在穿越校园时都一次又一次地被他们拦住。 我多么希望我们能比现在做得更多，然而我们的精力、耐心和资金都是有限的。

又有五六百人参加了下午的聚会。 我是多么希望你们能来亲身感受一下这一场面。

我们的食堂现在将小麦、豆类和米饭混掺在一起做，尽管有些人不喜欢这样的杂合，但这对他们的健康有益。

晚饭后我拜访了洗衣匠全家。 由于附近地区的两户难民住在他家，所以小平房里很拥挤。 他们说，昨晚日本兵到附近简陋的小屋要"花姑娘"。 附近一带的房子里所有的年轻姑娘，今晚将到我们的一个宿舍过夜。

晚上 10 时，这是一个美极了的月夜！ 就在写这段日记之前，我走到东面的窗户前，池塘四周环绕着美丽的垂柳，看起来是如此的平静。 我抬头凝视着星空，数着有 7 架轰炸机飞往句容机场，它们已经完成当天的任务。 也许在鲁南的战场上，战斗一定很激烈。 这种毁坏要持续多久？ 还有多久？

🈴 | 4 月 13 日，星期三

我非常像那辆奇妙的"单马两轮轻便车"，因为，我所有的衣服和鞋子都变得破破烂烂。 我们固定的裁缝去年秋天撤走了，吴裁缝最近被盗匪杀了，好在梅华（音译）刚回来，这样，我可以找他缝补我的春装。 但是，我到哪里去找衣服款式书呢？ 我的《时尚》季刊不再来了，所以，我对照什么款式做件新裙子一点主意也没有。 我想，我得将阿利森先生的《纽约时报》的星期日版借来，看看能否找到一款合适的裙子样式。

整天都有飞机持续不断地飞往西北。 大约在下午 5 时 30 分，有 11 架重型轰炸机从我们上空飞过，有飞向鲁南去的，有飞向西部某个城市进行夜间空袭的。 看见它们开始这样一个毁坏之旅，实在令人厌恶。

在下午的聚会上，约翰·马吉进行了布道，陈斐然独唱了一首歌，王小姐今天做主持。

4时30分，我和罗小姐陪同鼓楼教堂的周牧师及其妻子，去了李大妈的家，为李大妈主持入殓仪式。 她今天早上去世了，她是我们附近地区星期日下午礼拜的虔诚的参加者，她在一年前的复活节成为一个受过洗礼的基督徒。

玛丽12月份的《密勒氏评论报》昨天到了，我们一直对它感兴趣，尤其是对关于南京陷落的报道。 有篇报道说："所有的中国军队在12月13日都有秩序地撤离了。"我们在这里的人都知道，有成千上万的人根本没出城，而是像老鼠似的被围困在这里，被赶到一起，然后遭到机枪射杀。

📷 | 4月14日，星期四

这是一个非常美好的春日，一场阵雨之后，我们周围的世界又清新又干净。 只是在头顶上盘旋的飞机让我们觉得悲哀和沮丧。

今天上午，我送九名妇女带着一封特别信件去见负责模范监狱的那个军官，所有被送去的妇女都见过她们的丈夫。 这些带信的妇女回来后说信被收下了，但没有什么结果。

又有五六百人参加了下午的聚会，礼堂里摆放着白色的花，很漂亮。 汤博士讲了话。

下午5时。 约翰·马吉和蒋牧师为约35人主持圣餐礼拜，有一些人来自金陵大学，但没有其他教堂来的人。 南门教堂和鼓楼教堂联合在南门教堂举行了一次圣餐礼拜，也许还有其他活动，但是我不知道。

米尔斯送来消息说，两名医生和两名护士已经获准进入南京。 除了布雷迪医生和盖尔先生，这些人是自四个月前日本军占领南京以来仅有的获准来南京的美国人。

今晚陈先生及其全体工作人员召开了一次各宿舍的代表会议，宣布了一些重要的事项，结果来了一大群人，他们喜欢凑"热闹"。

📷 | 4月15日，星期五

我已经让三名男人将山上新教师公寓的四周弄平。 幸运的是，去年秋天房子加盖了屋顶，所以，在未竣工的情况下它能维持几年而免遭破坏。 今天，我看见一些同样是未竣工的房子正逐渐遭受破坏——先是窗框，接着是其他的木结构，最后是屋顶上的瓦。

上午，我去德国大使馆，和罗森博士商谈有关保释那些被捕的丈夫和儿子（都是平民）的下一步程序。 他已对日本民间和军方代表的真诚和善意完全失去了信心，他说，哪里缺乏真诚和善意，那就一事无成。 我害怕，如果中国人虐待山东的日军战俘，那这些男人等不到释放就都会没命了。

今天下午真是棒极了。 1 时～3 时，150 多名城里的基督徒在我们的南画室聚会，汤博士带领他们探讨十字架上七个词的含义。 2 时～3 时 30 分，在大礼堂有 500 多名妇女聚集在一起，为受难节做祈祷。 蒋牧师讲述的耶稣受难及其对世界的意义的故事十分生动，格外吸引她们。 颂唱了《古老的岩石》、《当我望着神奇的十字架的时候》和《远方有座绿色的山》。 那四个盲姑娘难民唱了一支特别的歌。 这像是一个奇迹，在这些悲哀而烦恼的日子里，她们能够把这生活的气息带给了这么多人。 我和王小姐负责楼上的祈祷，而我们其余的教师大部分参加了楼下的祈祷。

聚会结束后，当我到红卍字会总部拜访时，他们给了我以下的资料：

从他们开始掩埋尸体时起，也就是大约从 1 月中旬至 4 月 14 日这段时间，在城里，他们已经埋葬了 1 793 具尸体，这些尸体中大约有 80% 是平民；在城外，他们掩埋了 39 589 具男人、女人和孩子的尸体，这些人中大约有 2.5% 是平民。 这些数字不包括下关和上新河地区在内，我们知道那里还有大批的人丧生。

今晚 7 时～9 时。 有一场复活节庆典的彩排。 负责难民教育的王小姐做了一件了不起的工作，在我们校园开展了这些宗教工作，这将消除去年 12 月带给人们的一些恐惧，甚至是消除大部分恐惧，至少在今晚舞台上的姑娘中，有一位就是在去年 12 月 17 日那个永远也忘不了的晚上从我们校园被抓走的……

程夫人今晚给我看了浴室 3 月 15 日～4 月 14 日的记录，总共有 4 071 人洗了澡。

🗓 | 4月16日，星期六

广播中和报纸上的消息令所有中国人感到极大的鼓舞，人们都暗自感到欢欣和兴奋。 如果这只是暂时的胜利，我担心中国人也许要受到日本军队的报复。

我们办了六周的那23个班，今天要结束了，结束仪式将在星期一上午9时举行。 我一直认为，我自己教那个有22名固定学生的班级是值得的，她们一直表现得非常认真。 她们中有一人被挑选出来在下周一的仪式上背诵第121首赞美诗。

下午，我有一部分时间花在排练上，另一部分时间安置了28只小花篮，每只花篮中藏着找财宝的指示，财宝是三个彩蛋。 薛小姐给我帮忙，事实上她做了大部分工作，给蛋染色和决定每笔财宝的放置地点。 明天早上5时，我们必须挂上花篮，藏起财宝。 我们的客人是所有教师的孩子们。

今晚7时。 我们举行了复活节庆典的第一场演出。 演出相当成功，对许多观众来说很有意义。 大概有650～700人观看了演出，他们都聚精会神。 明晚，观众秩序会更好，因为12岁以下的儿童都不许进入。 王小姐取得的成绩值得高度赞扬。

包裹邮件到了，我收到上海寄给我的第一批包裹。

🗓 | 4月17日，星期天，复活节

这是充满欢乐的一天，也是非常忙碌的一天。 我和玛丽大约到晚上10时才吃晚饭。 这听起来似乎是我们生活没有规律，但部分原因是日程安排得太紧而造成的。

今天是以6时30分在大礼堂举行的晨祷仪式为开端的，之所以在那里举行，是因为我们无法在外面进行这一活动。 有500人参加，仪式由我主持。 达到6年级水平的学生演出了一个复活节戏的一幕，王小姐讲述了复活节的宗教训示，她讲得很精彩。 玛丽的唱诗班唱了两首复活节赞美诗。

7时30分～8时。 28个孩子和年轻人在做寻找财宝游戏时玩得高兴极了，他们是我们难民所教师的子女，财宝是我们昨天染色的三个鸡蛋。

下午 2 时～3 时 30 分。 在大礼堂里举行了复活节的礼拜活动，大约有 550 人参加。 李汉铎博士讲述了复活节的含义，他讲得很精彩。 可以肯定，人们经历了这些磨难，加深了他们对精神概念的理解，使得对生命意义的认识更接近于所应达到的水平。

程夫人、玛丽、邹静怡和我 5 时去参加英语礼拜活动，贝茨发表了关于耶稣精神的含义的讲话，对我们很有帮助。 礼拜活动结束后，我们还流连忘返! 罗森博士用他的汽车把我和程夫人送回家。

7 时～9 时。 举行了复活节庆典的第二场演出，大约有 900～1 000 名观众，大约有 75 人是在斯迈思的护送下从金陵大学来的；一小批人在布雷迪医生的陪同下从医院里来；另一批人是在约翰·马吉的护送下从圣公会难民所来的。 米尔斯也来了，还来了国际救济委员会的几位代表。 观众安静极了，我确信，今天用这么多方式传递复活节的寓意，一定能让许多人理解。

我们已为明天中午开始的春假做好准备。

每次礼拜活动的礼堂都被装点得很漂亮。 有紫藤装饰的菊花，有蝴蝶花做成的小枝花饰，还有一大盆郁金香。 这是花匠小唐布置的，没有人给他出主意，他真是个艺术家。

🔒 | 4 月 18 日，星期一

上午真是好极了! 到 8 时，我们已将学校的 11 名教师的名字张贴在四方草坪合适的地方。 我们的女难民班很快开始集合，她们很高兴地按身高排成两行。 到 9 时，我们让她们有秩序地进入礼堂，老师走在每一组的最前面，约翰·马吉在图书馆拍下了这个场面。 这真是一个大"学校"，大约有 600 人排队进入礼堂，按班就座，孩子们坐在前面，成人坐在后面，玛丽在弹奏《这是我们圣父的世界》。 节目单很长，因为这 23 个班，每班都有一个节目。 有些班唱歌，有些班站在她们的位置上朗诵赞美诗、《八福词》①或《哥林多书》第 13 章，为了声音整齐，有些班派代表到讲台上去朗诵。 其中有个班表演了一个短剧《真理》。 最后，给每个班上从不缺席的学生和进步最大

① 见《圣经·马太福音》，耶稣登山训众论福，其开端为"虚心的人有福"。

的学生颁奖。 也给每位老师各发了一本日历和一幅画。 邵静贞小姐正在金陵大学帮忙，她代表我们的客人发表了一个简短的演讲。 其他的客人有索恩、米尔斯和约翰·马吉。 约翰·马吉拍了一些礼堂里的镜头，我们希望这些照片能冲印出来。 这一周剩下的时间放春假。 那六周的宗教教学活动真是妙极了，我深信这一活动会加强人们对上帝的信仰。 教师们过去一直是最虔诚、最热情的信徒。 假如没有王小姐，我们无法取得这么大的成绩。 我多么感谢她没有撤离。

今天下午 5 时。 罗森博士带着德国新闻机构的一名记者格利曼普（Glimpf）先生来喝茶，威尔逊也来了。 喝完茶，我们带格利曼普先生参观了难民大楼。 校园里人们的精神面貌是多么不一样啊！ 所有的人都有机会洗澡，妇女们脸上的极度恐惧已了无踪影。 她们是那么热爱校园里的空旷场地！

我真希望能离开这里去度个真正的假期，但现在这是不可能的。 我感谢实验学校校园的美丽，尤其是那些鸟、好朋友以及同事们。

4 时 30 分。 贝茨过来喝茶，告诉我们他在上海的一切情况。 我和玛丽问了他将近一个半小时的问题。

上午天气晴朗，空中有许多飞机活动，许多重型轰炸机朝西和西北方向飞去。 今天，我们总能听到从城里或城外很远的地方传来机枪声，我们不知道为什么会有枪声。

今天我一直呆在屋里，一点精神都没有。 要做的事很多，压得我喘不过气来。

今晚，我在企盼医生和护士们的到来，福斯特先生也在回来的路上。 上海的来信今天到了，但我没有时间回信。

🈲 | 4 月 20 日，星期三

今天开始放春假，但即使我有时间也不能出去。 如果这一周能抽空去旅行的话，我希望能获准去南京城外。

下午，我见到了李克乐医生和伍德（Wood）医生。 增援的医生来了，这太好了！ 但还没见到护士。

米尔斯和麦卡伦明天早晨启程去上海，5 时 30 分，我收集了许多信让他们带去。

许传音博士来信说，有关请求释放模范监狱里男人的请愿书，已被送往驻上海的日本军事当局。

⛪ | 4 月 21 日，星期四

今天稍有寒意，中午前后天空一片晴朗。 南京上空低低的云层并不能阻止那些重型轰炸机频繁地飞向西北。 看到这些飞机我就战栗不已，因为对我来说，这意味着残缺不全的尸体和可怕的苦难。 我们从今天的报纸获悉山东的战斗非常激烈。

上午和下午，我共花了几个小时，试图写一篇反映我们校园里宗教活动的文章。 在我赶写这篇文章前，我真希望能休息一周。

马文焕博士刚刚回到南京，他和他的全家撤离到仪征，这是长江北面的一个小城市，位于南京和扬州之间。 显而易见，他们过去和现在的情况都难以言表。

我和玛丽一直想去国家公园，如果有车的话就乘车去，否则就骑自行车去。 我去日本大使馆要一份书面通行证，他们说，我们必须带一名军人护卫，当我说我们要骑自行车去时，田中先生问能否开汽车去。 我说，我朋友的汽车已经被偷了，至今没有还回来，他无言以对。 然后，他说他们会调查这件事，有结果就通知我。

⛪ | 4 月 22 日，星期五

我和王小姐一个上午都在为我们这里的难民安排新的活动。 今后的五个星期，我们增加了新科目，但是，详细情况得等我们确定课程表后才能告诉你们。 我们的安排已使我们这里的难民有了新的希望和新的精神面貌。

今天中午，索恩来接我们一起去圣经师资培训学校的教师公寓，在那里，我们和李汉铎博士及其太太一起吃了饭，郭牧师及其太太、贝茨、斯迈思和威尔逊也都在。 他们说，这是对我们这些经历过那些恐怖日子的人表示感谢或者是安慰的宴会，但我们则坚决表示，那段经历给我们带来的欢乐远远多于苦难。 这是多么好的一顿中国餐，李太太还做了一块蛋糕和糖果作为甜点，因为，她知道这是我们特别爱吃的。 李氏夫妇非常高兴能回到南京，我们也同样高兴能有他们在这里。

下午 4 时。 金陵大学的马文焕博士来访。 他和他的全家体验了几乎长达五个月的痛苦和令人心碎的经历。 强奸、屠杀、焚烧、抢劫，所有这一切都在那里发生过。 除此之外，当地的警察逃离后，他们又遭受盗匪带来的苦难。 市民们不得不组织起来共同保护自己，而且似乎制订出了一个相当成功的计划，马博士在组建这个地方组织时一定给予了极大的帮助。 他证实了先前难民的叙述，即沿江两岸还有许许多多未掩埋的尸体，情形很恐怖，江面上还漂浮着大量尸体，其中有许多尸体还被金属丝反捆着双手。

晚上 7 时。 我们有 100 多名难民在科学楼报告厅聚会，他们是根据我们新的组织方式选出的各个房间的负责人。 陈先生（总务处的负责人）、程夫人（卫生部门的负责人）和王小姐（教育部门的负责人）都在会上讲了话。这是一个很好的聚会！ 我们确实有一批出色的难民！ 我们恳请各部门的负责人帮助我们，使我们的难民所成为一个模范难民所。

今晚有包裹从上海寄来了，我们又觉得圣诞老人已经来到了，我们今年已经度过了许多个圣诞节。①

🗓 | 4 月 23 日，星期六

今天下着毛毛细雨，但令人高兴的是没有飞机活动。 一上午我都在写文章，但进展很慢，部分原因是我的水平有限，还有部分原因则是外界的干扰。

中午，我和玛丽应邀去了马吉和福斯特那里的难民所。 午饭很可口，但更好的是友谊和交流。 从栖霞山的难民所来的一位先生也在那里吃饭，他说，那条路上除了火车站很少有日本士兵。 农民们正在种庄稼，难民们全都从那个难民所回家了。

下午 4 时。 许传音博士、李汉铎夫人、索恩先生和洛（Lowe）②先生来参加有关救济贫困孤儿寡妇的会议。 当难民所关闭后必须为他们做些什么

---

① 魏特琳将收到的包裹比做是圣诞节礼物。
② 刘怀德，原首都饭店经理。

呢？ 人们提出几条建议，但是，要在进一步调查之后才能做出决定。

我们全体人员今晚在伊娃的平房里举行晚会。 布兰奇是女主人。 我的脑海里总是闪现着士兵们的苦难——肢体残缺不全，缺乏医疗保健。 当他们正在遭受如此可怕的痛苦时，我们却在享乐，这似乎很不应该。 然而，我知道我们必须正常地生活，否则，我们就不能继续生存下去。

收到了来自上海的一大批邮件，在收到下一次邮件之前，我为必须做许多事感到压力很大。 有这么多事要做，而我完成的似乎太少了。

4 月 24 日，星期天

上午很冷，下着雨，路上一片泥泞。 南京上空没有飞机活动。 7 时～8 时，我一直在写文章，已经开始用打字机打了。 感到压力很大，因为有太多事要做。

10 时 30 分。 我在鼓楼教堂做礼拜。 他们说，那个原先的牧师目前在四川，滁州的周裕文牧师在这儿干得很好，他已经开办了一个星期天学校、主持了星期三的一个祈祷会，并给星期五的一个《圣经》班上课。 不幸的是，我们尽了最大努力也只是找到一架音调非常不准的钢琴和一个盲人来弹奏。

放了一周假后，我们下午 2 时的礼拜好极了，大约有 350 人参加，周牧师做的布道深深地吸引了他们。 牧师懂得如何用通俗语言对那些未受过教育的听众讲话。 他引导他们去理解那意外向他们揭示的“了不起的礼物”。 我是多么高兴地看到他劝告人们去崇拜上帝而不是崇拜人。

西边的一个邻居龚老太替她的一个姓焦的房客来恳求我帮忙，她的那个房客现在在日本人的手里受尽折磨。 可能是不久前的一个晚上，一个醉醺醺的士兵来到一个姓何的人家，要找一个年轻姑娘。 何先生为了保护自己的爱人和女儿，见那个日本兵醉了，就杀了他，并将他掩埋在防空洞里。 一切都平安无事，但附近的一个孩子将消息走漏给了正在寻找这个失踪士兵的日本兵，那些日本兵去了何家，但杀了日本兵的何先生和全家都出逃了，他们捉住了一个孩子，那孩子惊骇之下大叫姓焦的人的名字，向他呼救。 日本兵以此为证据，抓走了姓焦的人，并百般加以折磨。 他的全家自然很伤心、害怕。 我能做什么呢？ 我建议，知道那人是无辜的那些邻居们，去地方自治会为他请愿，随后我得知，地方自治会已被解散了。

我们又在平仓巷 3 号举行了英语礼拜活动，由福斯特主持，用留声机播放由斯坦纳（Stainer）讲述的耶稣受难的整个过程，有近 30 人参加，其中有中国人、德国人和美国人。 对了，还有一个苏联人和一个英国人。 我们的两名新医生，即李医生和伍德医生，以及两名新护士格丽尔（Grier）小姐和格伦（Glenn）小姐也在场。 辛普森（Simpson）小姐回到了南京，而且在这里她似乎很愉快。 米尔斯和麦卡伦在上海。

侯医生在礼拜活动中看起来很悲伤，而且忧心忡忡，他的损失惨重，直到上个星期，日本军队一直住在他家，当他们离开时，毫无疑问地用卡车带走了他的大部分财物——收音机、冰箱等。 他提出抗议，但什么用都没有。

📖 | 4 月 25 日，星期一

今天是个美丽的晴天，这意味着从黎明开始就不断有重型轰炸机飞往西北方。 到 9 时，我已经数到六架飞机完成毁坏任务后带着空弹架返回基地。有些人说，他们今天早晨听到中央政府的飞机轰鸣声和对空射击声，但我无法证实。 他们还说自治委员会已经解散了，并已经由一个地方自治政府接替，这件事我也没有证实。

上午 8 时 30 分。 当上期的学生全都集中起来按顺序进入礼拜堂时，我们这个为期五周的计划开始了。 一些班被合并，宣布了新的中文课程；老班学生想学英语，但还未能确定。

10 时 30 分。 大约有 100 名新生来到礼堂。 我们根据这些人的水平分了班，并配备了老师。 中午，有关老师聚集在一起吃午餐，接着开教师会，安排了这五周的工作。

在下午剩下的时间里，我骑自行车拜访了城里的牧师，和他们讨论工作，并试图找一位英语教师。 在我访问金陵大学附中时，我发现他们仍然有 6 000 名难民。

📖 | 4 月 26 日，星期二

我想应该有人数过一天中飞向西北的飞机数量。 似乎轰炸机的轰鸣声总是不断。 不用读报就知道，在贫穷落后的中国的某个地方正进行着激烈的战斗，飞机正持续不断地实施可怕的轰炸。 当我写这篇日记时，已是晚上 9 时 30 分，还能听见远处的枪声。

早上，李医生和几位助手、护士来接种霍乱和伤寒疫苗，这些疫苗要接种两次，这是第一次。 8 时 30 分～10 时 30 分，有 363 人接受了疫苗接种。程夫人组织得有条不紊，没有一声抱怨。 如果这第一针组织得不好，要让她们来注射第二针就困难了。

我花了一整天查找寄往上海办公室的东西。 上海寄来了一封明确而紧急的信，提醒了我所犯的疏忽之罪。 我现在很容易将南京的任务放在第一位，却忘记上海的需要，否则，至少可以让好多事变得没那么紧迫。

下午 5 时。 在写了大半个下午的信之后，我去了金陵女子文理学院西面的街上，在十字路口，我发现一些邻居在议论最近发生的事。 一些日本宪兵带走了老焦，他是龚家的一个看门人，46 岁，邻居们都称他没做错什么事，他错就错在日本兵与他说话时，他由于害怕急忙走开了。 邻居们想帮他摆脱困境，却完全不知道该怎么办才好。 那个地方的菜农们在菜地里劳动，但晚上却很少有人敢呆在那里。 这些纯朴的人们一次又一次地问战争什么时候才能彻底结束。

王师傅正在设法去上海，为那里的外国人家做厨师。

凌萍夫人的厨师今天来要钱，他说，他们在中山门外的新家已被彻底毁了，包括里面所有的东西。 由于他害怕，没有呆在那里照看。 可是谁能责怪他呢？ 他说，一个庐州的仆人留下来保护一个邻居的房子，由于他的勇敢而被砍了头。 军队竟然进行这样无情的破坏和大规模的抢劫！ 我不知道这些掠夺品是否正被运往日本，如果真是这样的话，日本的那些文雅的人民会怎样看待他们军队的道德规范？

🈴 | 4 月 27 日，星期三

今天早上，我第一次往上海寄包裹，相信它能安全抵达。 虽然，就我们所知邮件迄今未受到检查，但是，人们还是不愿意将重要的信件托付给邮局。

星期六，我将乘坐美国军舰"瓦胡号"去上海。 吴博士下周二要离开上海去成都。 我们要抓紧时间给吴博士和中国西部寄去重要的信件。 白天时间太短，完成不了所有必须完成的任务。

几乎每天都有令人欣慰的事。 今天发生的一件事是关于住在科学楼实验室里的一个约 4 岁的小男孩的。 去年 12 月的一个早上，在我去吃早饭的路上，我发现他正把运动场当做厕所，我告诉他，在金陵女子文理学院我们没有这样的习惯，他必须用他母亲的马桶，并让他一定要记住。 他从未因我对他的责备而恨我，当我遇见他在外面玩时，通常是在科学楼后面那个日渐减少的沙堆上，他总是怪怪地、狡诈地微笑。 今天中午当我遇到他时，他害羞地跑过来，将他的小手放在我手中，说他想到我的房子里去跟我玩。 我离开那小家伙时，我答应我一定会邀请他——我肯定会邀请他的。

一些年轻女难民正焦虑地准备去上海，她们担心自己出什么事，想确保万无一失。 但是，办通行证的过程似乎很漫长。

显而易见，杭州周围的战斗很激烈，不断有飞机飞来飞去。

今天有 314 人注射了疫苗。

哈丽雅特——那只"疯狂"的鸟今晚已经出现了。 它那怪异的叫声萦绕在我心头！ 听起来像一个孤零零的幽灵在徒然地寻找它的配偶，它似乎正从校园的一端飞向另一端搜寻、呼叫，呼叫、搜寻。

📷 | 4 月 28 日，星期四

上午 7 时，18 架飞机掠过校园上空飞向西北。 8 时 30 分，又有 14 架飞机慢慢地朝同一方向飞去。 下午 1 时 15 分，21 架重型轰炸机飞向西北。 我想到了随之而来的破坏和苦难。 东北方传来枪炮声，不知是游击队还是实战演习。

我一上午都在给吴博士写公函。 我现在冒险通过地方邮局寄送邮件，因为，这么久以来似乎没有信被拆过。 今天下午，我起草了一份给吕蓓卡的电文去了大使馆，但他们现在不发电报了，因为电报局已恢复营业。

王小姐和其他教师已问过他们所有的班，多少人愿意参加调查人员培训班，有 235 人已表示想去。 根据他们的水平将这些人分成五个班，在以后的五个星期中，每星期六上午，我们请五位牧师教他们，这是一次非同寻常的机会。 明天下午，我们希望召集这五位牧师开一次会，安排材料，理清思路。

在星期四下午开设的系列布道中，周裕文牧师开始了五次布道中的第一讲，内容是关于基督教教徒生活方式的意义。 大约有 300 人参加，其中有 59 个姑娘表示有兴趣参加家禽饲养班。 我正在寻找一位英语教师。

除了老金女院的女舍监毕夫人外，今天还有谁会在实验学校出现呢？ 她和她的女儿去年 11 月撤离，他们显然不像许多撤离的人那样经历了困难的时期，她们住在一个小岛上，因此，那里很少有士兵出现，也没有盗匪。

今天有 214 人注射了疫苗。 早晨第一次听到了金莺叫。 白天来了几位日本人。

🎴 │ 4 月 29 日，星期五

今天响起了警报声，又响又长，似乎没人知道为什么，有大量的飞机活动。 常常听到飞机飞向西北方的轰鸣声。

直到 2 时 30 分，我一直在收拾信件和材料，包括论文、综合测验、地图、毕业证书和护照，准备送往美国军舰"瓦胡号"。 这是在吴博士离开上海前，我们最后一次将东西送给她。 我寄出的一篇文章是《共享难民所丰富多彩的生活》。

今天是接种霍乱和伤寒疫苗的最后一天，又有 310 人接种了疫苗，使全部接种的人数超过了 1 000 人。 程夫人及其助手们极其有效地组织了接种疫苗的收尾工作，校园里有一半人愿意随时随地提供帮助。

今天下午，芜湖的布朗（Brown）医生来访，他是乘坐"瓦胡号"去上海的。

下午 4 时。 城内的六位牧师被我和王小姐请来开会，明天，我们要为 200 多名需要更多地了解基督教的调查者们开课。 根据这些人的水平分成六个班，每个星期六早上集中上课，到五周结束时，我们要根据她们在城里所在地分班，希望她们在离开难民所回家后，能继续在当地的教堂学习。

城里流传着许多传闻，有传闻说，在程夫人的指导下由难民重新制作的那些衣服，在中央军队重新夺回南京时，将分发给日本难民。

今天，我们在办公室帮助一些邻居起草了一份请愿书，请求释放一位被日本兵抓走的无辜邻居。

🗓 | 4月30日，星期六

上午9时。 程夫人、玛丽和我坐着大主教汉耐克（Hannaker）的汽车去调查可以安置孤儿的场所。 我们首先去了马先生的"真诚"孤儿院，那里的情况令人遗憾，但可以修缮后再用。 主楼已被抢劫一空，但楼还较新，未遭破坏，大约有16台好的织布机还在那里；不幸的是织毛巾的机器已被当做柴火烧了。 餐厅和卧室曾被当做马厩。 我们从那里去了剪子巷，看看为穷人和残疾人设置的市属慈善机构，那里的人说，他们在南门外的场所也被彻底破坏，所以我们不打算去那里了。

我们鼓起勇气，决定设法去城外那些收养烈士遗孤的学校，学校内新的女生宿舍被彻底摧毁了，我们不能进去，因为，那里似乎被日本士兵和大量的中国妓女占据着。 我们离开那里去了收留男孩的地方，那里的一些建筑被毁了，另一些建筑情况也非常糟糕。 这里也被日本兵占据着，所以，我们也不想进去了。

由于有时间，再加上好奇，我们继续开车进了国家公园。 我原来听说，孙博士墓前美丽的树和灌木遭到了破坏，但是，眼前的景象证明那个传闻不是真的。 在黑黑的松树林里，到处都有大片大片像是死了的树，但我无法判断，它们是被火烧死的，还是枯萎而死的。 我高兴地看到灵谷寺里的那片可爱的树林未受损害，而我原来也听说它们被毁了。 事实上，整个灵谷寺地区似乎丝毫未损，尽管好几个月以来人们完全忽视了它。

无梁殿、纪念塔和纪念堂看起来都未受破坏，尽管我以为它们都遭到了抢劫。 谭延闿纪念墓未被损坏，只有一个朝东的窗户有破损。 但是，那些漂亮的瓷骨灰罐已被人残忍地用石头砸碎了，那些放在前面的旧的白色大理石骨灰缸也被无情地砸碎了。

孔祥熙的房子已被烧了，还有许许多多其他人的房子也被烧了。 马夫人的房子屋顶有一个炸弹窟窿，屋里完全是一副遭抢劫的样子，钢琴已被砸得没剩下什么了，所有装潢的家具已被砸成碎片，我猜是盗贼企图找钱所致。但房子没被焚烧。 公园里的绿色房子已被烧了，但一些铁的构件和支撑窗台依然在那里。 那两棵九重葛看起来好可怜。 当我们顺着林阴道朝家走时，我们看到几具中国士兵的尸体还未掩埋。 城墙附近的竹子和树由于军事目的已被砍了，总的来说，树木的毁坏不像我原来担心的那么严重。 从去年 11 月到现在已经有五个月了，这是我第一次到城墙外面来。

下午，我送王师傅去上海给鲁丝和弗洛伦斯当厨师。 他已经准备了好几天，但没有弄到票。 他要在下关等。

晚上，我和玛丽邀请金陵大学医院的格蕾斯·鲍尔、辛普森小姐、格伦小姐和格里尔小姐来参加在南山公寓举行的一次简单的晚野餐。

伤寒和霍乱疫苗的接种让我们许多人都累得没精打采。 现在正温和地飘落着一场及时雨，真是一个美好的夜晚!

🔲 | 5 月 1 日，星期天

下了一场雨后，今天真是美好可爱的一天。 鸢尾和山梅花盛开着，玫瑰也开始开放了。

鼓楼教堂的礼拜活动更正常了，参加的人数不断增加。 遗憾的是，我们的专职牧师和他贤淑的妻子远在四川。 假使他认识到他在这里工作的伟大意义，我确信他不会离开。 盖尔先生后来告诉我，今天早晨在卫理公会教堂有 150 人做礼拜，他说，他从不知道人们的兴趣有这么浓。

我们下午的礼拜活动有近 500 人参加，由西门基督教长老会的鲍忠牧师布道，他最近刚回到南京。 西边的一个邻居、80 多岁的夏老太太来参加了，她真是尽了很大努力，表现出真正的兴趣! 另一名来参加的妇女告诉罗小姐，她母亲是一位虔诚的佛教徒，她 19 岁成为寡妇，如今，她已 80 多岁了，还一直吃斋。 她现在每天为我叩 10 个头，祈求我能继续管理我们这个难民所，保佑这些年轻的妇女。

花匠老邵的儿媳、儿子以及两个孙女刚回到南京，他们是去年 11 月撤离的。 他们说了日本兵在庐州北面 90 里外一些地方的情况，还说了 "大刀会" 和其他类似的自卫组织中所有受过训练的成员的情况。

种灌木的朴师傅今天告诉我，他的家已经被毁了，全家人离散了。 他说，津浦铁路沿线 80 里内的所有东西都被彻底毁了。 他十分担心他年轻的

271

妻子和孩子，不知道他们现在在哪里。 最近，我常常想到伯奇先生独自在庐州千方百计地维持医院的事。

里奇先生结束了他为中国邮局多年的服务，今天上午离开了南京，我想他是又累又沮丧，并且很愿意离开中国。 像所有其他的中国人一样，他大概也想死后落叶归根。

今天，远处传来许多枪炮声，大概是在进行演习。

ⅱ | 5月2日，星期一

今天很凉，而且多云。 在我看来，今天的飞机似乎比往常少，尽管我们很少注意从头顶上空飞过的飞机数量。

发电房的工人苏今天得知他那位于滁州西北约 90 里的家乡传来的不幸消息后，已经哭了好多次，据说，那里的大多数建筑被毁坏了。 他还得到更为确切的消息，说他的妻子、孩子和母亲已经逃离，而他的岳母却被日本兵砍掉了头。 任何人都无法从这样可怕的灾难中很快恢复平静。

四水先生和大使馆的两个人今日来访，他已在美国呆了五年，英语讲得很好。 他说，我们请愿要求释放的人中，有一些是士兵或是与军队有联系的人。 对此我难以相信，因为，那些妇女全都坚决否认这一点。

我一整天都忙于财务工作，支付 4 月份的薪水。 本周我必须清理账目，然后将报告送去成都。

今晚 6 时 15 分。 离我们学校大门不远的地方，一名年轻女人被一名士兵抓走了，宪兵队得到报告后去搜寻，但我们还未听说是否已找到她。 说来遗憾，这件事发生前仅 15 分钟，我正从西面经过那条路。

吴博士今晚一定很忙碌，明天她要出发，先乘船去香港，然后坐飞机去成都。 上海离南京这么近，但她却不能来这里，对她来说一定很难受。

5 时 30 分。 我骑着自行车出去，姓周的邻居还未被释放，明天我要重试另一种办法。

今晚 9 时 30 分～10 时 30 分，我在看书，在这期间，我听到从邻近地区传来了九声枪响。 为了什么呢？ 我不知道。

🖊 ┃ 5 月 3 日，星期二

今天没发生什么事，我在财务室干了大半天的财务工作。

在晨祷会之后，我们讨论了难民所结束时如何选择真正需要帮助的人，我试图在明天上午制定出详细的挑选步骤。

疫苗接种今天上午又开始了，而且要持续四天。 我担心许多人要生病，因为规定应该接种三次，而我们只接种了两次。

5 时 30 分。 我骑自行车去了位于我们校园西面的十字路口，在虎踞关西面叫吴家巷的那一小片房屋附近，发现四个菜农在田里劳动。 他们说，近两天的情况已经好一些了，大多数人白天到菜地干活，晚上返回安全区。 有两个人很勇敢，晚上敢呆在那个地区。 他们说，在他们小小的家里现在已一无所有。 士兵和老百姓连最穷的人家都抢劫过了。

今天，我收到了第一封发自汉口经香港转来的航空信，信是 4 月 24 日写的。 同时，还收到一些杂志，其中信件似乎未受到检查。

那些丈夫被抓走以及丈夫被关在模范监狱的妇女的状况令我焦虑不安。绝望中我给一位一直在当地政府中工作的可信赖的中国人写信，求他与新政府拉关系。 他回答说："关于你建议我去和新政府拉关系，我真不知道说什么，新政府什么用都没有，指望他们做什么事会令人失望的。 如果你提到的那名妇女想为她丈夫的释放写信去上海，她当然可以写，但是，我怀疑这是否会有希望。"

🖊 ┃ 5 月 4 日，星期三

这是一个美好的春日，只是有轻型和重型轰炸机飞过，不断发出轰鸣声。今天的报纸上刊有中国人写的否认日本胜利的文章和日本人写的否认中国胜利的文章，人人都想了解事实真相。

我整个上午在办公室努力做账目报告，4 月份的账快做完了，但 3 月份的还没做。 我知道我是累了，脑筋也转得慢了。

我写了一封信给在上海的一个人，她和一位日本要人有联系，我请她设法，看看是否能采取进一步的行动，以保释平民犯人。 妇女们天天这么可怜地来哀求我，我觉得我必须做些什么。 这么久以来，所有的请愿似乎毫无结果。 为什么不能采取一些行动呢？

今晚，我期待米尔斯和麦卡伦从上海回来。 特里默和马吉现在正在设法搞通行证。 我不知道谁没有通行证就去的话会发生什么事。 获取一张通行证似乎是毫无希望、遥遥无期的事。

5月5日，星期四

下午，王师傅的妻子和孩子们到了实验学校，他们刚从和县北面的乡下来这里，她和那些孩子晒得很黑，头发蓬乱。 她其余的男亲属仍在城外，一直要等拿到登记表格才能进城来。 她说，和县城里有一部分被焚烧了，巢县县城被占领了。 她和她的孩子们要呆在白日制学校，直到他们有一个较固定的住处。

今天，从上海来了成堆的信件和包裹，我们不知道是怎么来的。 也许是米尔斯和麦卡伦坐火车带来其中的一些，两艘英国炮舰来时也带来一些。 水果是上海的三位好友送的，可是由于错过了一艘炮舰，样子真令人惋惜：芒果由于时间太长发黑、香蕉长满了霉，这让我们很悲伤。 我这才想起，我们已有六个月未见过这两种水果了。

我刚刚收到去年10月份和11月份的《大西洋》杂志，还收到了在日本的一个朋友于去年6月20日寄出的一封航空信，我不知道这些月以来这封信是在哪里的。

麦卡伦从上海坐火车来到这里，他报告说，沿途田里的麦子似乎要准备收割了，稻秧正在茁壮成长，郁郁葱葱，等麦子一收，它们就要被栽种下去了。 中国农民是难以打败的，即使经历了这些可怕的破坏，也无法使他们离开这片"大地"。

我收到埃斯特从重庆寄来的一封信，署的日期是4月13日，信上说，那个城市至今未遭到轰炸。

5月6日，星期五

上午8时30分～10时30分。 我在努力平衡3月份和4月份的账目，我必须将它们写清楚，然后寄往成都。 由于人们很愿意接受香港和上海银行的支票，到目前为止，我支取现金还没有困难。 在南京，日元的使用正日渐成为必需。

10 时 30 分。 我连着接种了霍乱和伤寒的第二针和第三针疫苗，那真是要了我的命，不到一小时我直打寒颤，然后紧跟着就是发烧。

令人遗憾的是，这使我不得不取消参加在中华女中举行的一次简单的宴会。 周裕文牧师，也就是那位滁州来的牧师，现在和他的全家住在中华女中，他们对能安全地逃离江北乡村感到很高兴。 他曾经邀请我们布道团的外国成员和许多中国人去吃饭，宴会是由他太太准备的，丰盛极了。 为了感谢我们为他们的同胞所做的一切，我们的中国好朋友准备了这些饭菜表示感谢，这已变成他们的习惯。 反对似乎没用，事实上，他们表示的感谢太多了，这对白人来说真是个危险，他们会变得得意洋洋。

🕮 ┃ 5 月 7 日，星期六

我在实验学校我的房间里度过了这一天。 如果有必要，我就起来工作，但是，整个上午都下着很大的雨，这给了我一个很好的抱病卧床的借口。

这里和上海之间的铁路运输，由于某种原因已被切断了，所以，今天我没收到《字林西报》。

下午，玛丽款待了大学医院的护士们，邀请她们来南山公寓做客。 她们真高兴能放松一下自己，这是她们盼望已久的事。 大学医院的救护车将她们送来，烧饼是主要的点心，这是在我们自己的校园里制作的。

下午，我们的一个难民来访，她至今已在大学医院工作了六周。 她仍然感觉很苦恼，因为她在夫子庙附近的房子被焚烧了。

另一个年轻的难民来告别，她明天去上海，然后要长途跋涉去汉口和重庆。 她一直在王小姐的班上，她很难过要离开这里。 过去的那些日子虽然恐怖，但我们难民所的各种活动也给我们带来了欢乐。

🕮 ┃ 5 月 8 日，星期天

这是一个阳光灿烂的日子。 由于最近下了场雨，空气凉爽、清新，一切都干干净净。 玫瑰开得很美，大草坪从未像今天这么"可爱"，因为去年冬天曾有 4 万名男子在这里登记，还有买米的妇女不断地在上面践踏。 草坪上现在没有杂草，因为，它们的根被这么多双脚踩死了。

贝茨在鼓楼教堂布道。 对上帝和邻居的爱是最伟大的圣训，而对父母的爱只是普通爱的一部分。

李汉铎博士在 3 时为我们的难民举行的礼拜上布道，只有约 200 人参加，一部分原因是许多人由于疫苗接种还在生病，另外一部分原因是太多的人今天回家了，他们是庄稼人，担心我们的难民所总有关闭的一天，所以要借机回去看一下。

下午，盖尔先生在特威纳姆教堂举行的礼拜活动中讲了话。

我们今晚都很放纵自己，去平仓巷 3 号听罗森博士的一些好录音带，直到 10 时 30 分后才回家。 想象一下吧！ 我们很少晚上冒险外出。 对王小姐来说，从去年 12 月初以来，这是她的第一次夜晚冒险。

我一直担心会失去我那两条可爱的看门狗，它们已经病了好多天，最后我从尤兰姆（Urlam）博士那里拿到药，今天早上给它们服了，我想今晚它们感觉要稍微好些。

今天有许多飞机在活动。

🏛 | 5月9日，星期一

到早上 8 时，我发现有 16 架飞机扔完炸弹返回，还有其他飞机，但从我的窗口无法看到，它们一定是大约凌晨 5 时就飞往西北了。 听到这些飞机声我们真心痛啊！

今天的天气像人们所希望的那样阳光明媚，空气凉爽，天空晴朗；正是玫瑰盛开的季节，也是办花展的最佳时间。 可是，唉！ 南京今年是不会办花展了，让我很高兴的是上海正在计划办一个花展。

我今天大约花了四个小时，与一些人和南京国际救济委员会讨论了南京难民工作的未来计划，我能肯定届时会有很多棘手的难题。 现在，所有有家可归的人和所有无家可归的人，都应该尽一切努力去重新开始生活。 他们在难民所呆了这么久，以至于只要一想到离开就让他们极其害怕。 所有的难民所到 5 月底都要关闭，这是已明确决定了的。 我们不知道今后会发生什么事。

上午我送了两份请求书，请求准许哈丽雅特回来。 一份送给日本大使馆，另一份送给日军的一位军官。 其结果也许会遥遥无期，但我还试图再给东京写一份。

一天里有这么多的事要做，我却只有这么少的精力去对付这些事。

就我所知，我们的门房和艺术大楼之间的电话，是目前南京惟一的一条非军用的专线。

从上海到南京的旅程现在需要 12 小时，有一列车可以乘坐，但车上挤满了人，似乎对年轻妇女来说也没有危险。

自南京恢复供水、电后，任何时间任何地方只要有水电供应，它们似乎一直是免费的。 现在已经张贴出公告，要从个人家里切断水和电，直到支付了费用后再接通。 我们在金陵女子文理学院的人可以对此不以为然，因为只要我们的燃油够用，我们就可以维持自己的需要。

5 月 10 日，星期二

下午 5 时～ 6 时。 我去看了甘米·格雷（Cammie Gray）的家。 在路上，我看到大批部队朝下关方向调动，骑兵、步兵和供给，源源不断。 朝南的汽车正在快速地运送着还装在箱里的新飞机。 今天，飞机的活动几乎一直就没停过，大概中国快要面目全非了。 今天没有上海来的报纸。

我一整天都在处理公函，但进展不大，我的工作积下这么多，要迎头赶上似乎是没有指望了。

从下午 6 时 30 分几乎到晚上 8 时，玛丽和我邀请在 400 号楼吃饭的所有职工，去南山公寓吃草莓和烧饼，我们还唱了中国歌。 年轻人很快就忘记了生活中的悲剧，也许是我不理解他们。

5 月 11 日，星期三

这是一个值得纪念的日子。

上午一直到 10 时，我都在与人们谈话，鲁淑音的弟弟来说，他明天出发，经上海和香港去重庆。 一位在政府机关工作了 10 年的年轻女子来述说她现在的麻烦，她也是去年秋天撤离到乡下去的，现在回来，发现家里一无所有。 然后来了龚老先生，他是宗教书店的负责人，他的情况也是一样，他的家里连一件家具都没留下。 上午剩下的时间我用来整理账目，在整理账目的过程中，四水中佐来访，他说，他已给上海发了一份关于哈丽雅特申请来南京的电报。 那有用吗？ 至少他亲自来访已很好了。

下午 3 时 30 分，程夫人和我去罗森博士家喝茶。 然后，在一位日本宪兵的保护下，罗森和我们带上篮子和剪刀，一起去国家公园剪玫瑰。 尽管有许多东西让我们悲伤，但是，玫瑰却让我们高兴，不会让我们悲伤。 尽管有点过了盛开的季节，但它们仍然很美。 我们很高兴罗森也像我们一样喜爱它们，否则，他一定会为我们的流连忘返而烦恼。 我多么乐意呆在那里，哪怕就呆上一周，我可以照料它们！ 那些甲虫正在吃玫瑰花心，可是，我们对除掉这些害虫却一点办法都没有。 许多美丽的雪松已经被移走了，但总体上看这个公园的情况还好。 我们从沿途各地闻到的气味能判断出还有未掩埋的尸体，可能是中国士兵的尸体留在不远的灌木丛里。 日本士兵死的地方有标记。 我们到晚上 7 时才满载着美丽的花回家。

晚饭后，我为在上海的金陵女子文理学院分部的外国人员的家庭装了一大箱豌豆、洋白菜、生菜和玫瑰。 电工苏明天凌晨 4 时出发，他花了整整三天才弄到票。

我快乐地在草地上插着玫瑰。 外面有皎洁的月光，我希望它们会复活。但我的快乐又伴着痛苦，因为，我担心在今晚美丽的月光下，也许有许多地方要遭到空袭。 今天，又有飞机在不断地活动。

🈺 ┃ 5 月 12 日，星期四

多么美好的一天啊！ 宇宙万物美轮美奂。 要是这些飞机不在我们上空不停地飞并不给人们带来死亡和毁坏，那该多好啊！ 14 架一组或 18 架一组的飞机一阵阵地朝西北飞去，我猜想，在那些像宿州和合肥那样的小地方，几乎没有防空炮阻止它们恶魔般的轰炸。

今天上午，一些已见过自己的丈夫在模范监狱的女人又开始在王先生处登记。 王先生打算和她们一一面谈，以完全确定她们的丈夫和军队从未有过联系。 然后，他要向我保证这一点，我再向四水中佐为他们担保，希望他可以想办法保释他们。 我无法去和日本军官交涉将一切事办妥，真令人生气。

下午，我在整理账目，直到 5 时我才骑自行车去甘米·格雷家。 我已经安置两位老人住在那所房子里，希望可以防止它遭受破坏。 但是，那里现在什么也没留下。

我们身处金陵女子文理学院这小小的山谷，甚至不知道南京城里正发生着什么事。 今天，当我到中山路时，我又看到几十辆军用卡车正载着士兵和军需品朝下关驶去。

今晚吃过晚饭后，我做了一些草莓果酱，也做了一些草莓酱罐头，只是制做罐头需要的糖无法解决。

两名新市政府官员来访，我实在忍不住了，就直截了当地责备了他们。如果这里有个甘地，领导一场伟大的不合作运动，日本人根本就不可能前进一步。 说到底，除了中国人民自己，没有人能真正伤害中国、打败中国。

5 月 13 日，星期五

我花了一上午，或者是更长的时间，为初、高中秋季学期排课程表。

今天上午，我在办公室听到两则典型的事例。 姜老太和她的女儿来见我，谈了她的情况： 她有一个 53 岁的儿子，患肺病多年，有妻子和儿子；她的另一个 33 岁的儿子在碾米厂开机器，每月挣 50 元，这个儿子有妻子和四个孩子，孩子的年龄在 3~10 岁。 全家 9 人都靠这个 33 岁的儿子为生。 去年秋天，这一家有 8 人逃往江北，用光所有钱物，但这个 33 岁的儿子却被日本兵杀死了。

随后，来了一个人告诉我一个有关刘老太的故事： 她是住在三牌楼附近的一个大约 50 岁的妇女，她有三个儿子和两个儿媳。 四天以前，大约在晚上 10 时来了两个日本兵，推不开门便破窗而入，他们要她交出两个儿媳，她拒绝并动身去找宪兵。 他们在她脸上砍上两刀，又一刀刺进心脏，她重伤致死。

这两个悲剧都是今天听说的，几乎每天我都听到类似的令人心碎的故事。 当人们可怜兮兮地问"这种恐怖情况将持续多久？ 我们怎样才能忍受下去？"这类问题时，你也会情不自禁地问同样的问题。

今晚5时~7时。 李先生和我出去办了几件重要的事。 我们先去了中央研究院，去看看那两位老人过得怎样，还试图鼓励住在中央研究院后面的邻居们和那两位老人合力保护剩下的那点东西。 然后，我们去看了黄梦玉（音译）医生的老母亲，黄梦玉医生已经撤离到汉口去了。 那位老妈妈正尽力保护原先用做医院的三幢又大又空的西式房子。 她本来希望我们给她一面美国国旗，但我们希望安排两到三名可靠的难民住进她家，帮她保护这个地方，这样她能帮助这些无家可归的人们，他们也能帮助她。

我那忠诚的小看门狗胡利今晚病得很重，我担心会失去它。

5月14日，星期六

我们有六个班每个星期六上午上课，全都由城里的牧师讲课。 这六个班由那些想更多地了解基督教的人组成。 到下个星期六，我们将根据她们的所在地和距离教堂的远近分班。 现在的班是根据她们的文化水平来分的，这些班里有250多人。

上午8时刚过，当我们晨祷后回来时，玛丽和我注意到我们的小看门狗胡利病得更重了，过了一会儿它便死了，那时我们都在那里陪着它、抚慰它。 玛丽和我对它的死都一样难受。 我们不知道它的死因，不过我想可能是因为它吃了难民们扔在那些大壕沟里的东西。 工友管及他的小儿子和我将它葬在一棵水蜡树的东边，西边是我们去年秋天埋葬的皮特勒。 我们用一块干净的白布盖着胡利，那个小男孩小栓子还在布上放上花。 我整天都非常想它。 在不到一年的时间里，我已经失去了我心爱的三条狗。

上午，我花了几个小时为下个学期开办的一所初、高中制定人事计划。

今晚应是满月，但令人高兴的是正在下雨，许多无辜的人不用害怕空袭了。 尽管白天多云，但是，还是有许多飞机来来回回地飞往各个战场。

5月15日，星期天

尽管今天上午多云，但是，重型轰炸机几乎接连不断地飞过，上午已有好几十架飞往西北。 下午 1 时，我一次就数到 21 架，这些飞机分成三个编队。我不禁想起，今晚会有一些肢体不全的尸体倒在被飞机轰炸的地方。

今天下午收到了报纸——已经有三天都没收到一份报纸了。 情况看起来很糟糕，因为，看起来他们似乎正准备切断徐州西边的陇海线，那也许就意味着大量的中国军队被围困。

10 时 30 分。 鼓楼教堂举行的礼拜非常成功。 看起来好像有更多的教堂成员回来了。

下午 3 时的难民礼拜，尽管由于有很多难民回家了，参加的人数变少了，但礼拜活动仍然举办得很好。 李汉铎博士做了一次非常精彩的布道，罗列了丰富的例证。

麦卡伦在下午 5 时的英语礼拜上发了言。 他告诫大家不要骄傲，不要把我们所有的成功都归功于我们自己的能力。

邮局的莫兰德先生告诉我，现在无论面额多大的汇款单都能寄，而能收到汇款单的面额已达 20 元。 真令人奇怪，邮局现在营业顺畅，干扰最少。邮件寄到这里的方式不同寻常，汇款也是这样。

男士们对乔伊·史密斯（Joy Smith）、吉什夫人和其他请求准许回来的人的返回不是很乐观。

5 月 16 日，星期一

今天真凉，必须穿件毛衣了。 徐州一定是个恐怖的地方，在那里，人们要忍受接连不断的空袭。 我们害怕中国军队被围困在杭州东面，那将比南京的大屠杀更糟糕。

我花了整个上午准备材料寄往上海。 最后，我寄了一只装着我需要干洗的两件大衣、一条裙子的手提衣箱和两件相当大的大件。 南京现在没有干洗的地方，连我们的洗衣工都说他无法买到汽油。 我还寄了一个装着 15 封长短信件的邮件袋。 所有的东西都寄给鲁丝，这可怜的人儿，她必须给大家分发这些东西。

今天早晨的祷告会以后，我们讨论了班级结束的日期，最后决定于 5 月 21 日结束日常工作，并在 23 日（星期一）举行结业典礼。 在 5 月 21 日（星期六），负责调查的班级的六位牧师，将在他们各自所在的地区或教堂所在地与调查班的妇女和姑娘们见面。 在接下来的星期六下午，我们要为调查的人举办一次或是六次茶话会，那时，她们可以与牧师和他们的家人彼此熟悉一下。

🏮 | 5月17日，星期二

今天下雨，而且很冷。 早晨只飞过一架飞机，飞得很低，对在徐州等城市里的那些可怜的士兵和老百姓来说，这一定是求之不得的好事。

今天没有传来外面世界的消息，上海没来报纸，也没有看到来自校园外的人。 马吉、特里默和索恩明天早晨动身去上海，他们花了好几个星期才弄到通行证。 今天，我给哈丽雅特寄了一封信，让她转交现在东京的冈中佐。他兴许能帮她搞到通行证。

上午11时30分。 我们召开了教师会议，进一步明确了毕业汇报放在下星期一。

今天，我们有了一只新的小狗，我们已经为它取教名为黑利，因为它黑得像煤炭。 它的中文名字叫克力，是个非常动听的名字。 它的父母非常优秀，所以我希望它能成为一条出色的看门狗，因为，这正是我们校园所需要的。

🏮 | 5月18日，星期三

天仍然凉得要穿毛衣。 尽管多云，飞机群还是低低地掠过头顶。 我们多么想知道徐州和合肥周围军队的真实情况啊！

今天下午四水来访时说，那九个被他们的妻子在模范监狱看到的男人，其中四个人将在一星期后被释放。 他坚持认为，其他几个人中有三个人曾和军队有过联系，虽然王先生调查这些人时，非常仔细地调查了每个人，但仍然没发现他们与中国军队有联系。

今天早晨，特里默和马吉到车站时没能买到票，他们只能明天再试一下。

傍晚5时~6时。 我出去锻炼的时候，拜访了一户人家，他们说，四天前有两个士兵和一个老百姓在凌晨1时闯进了他们家，抢走了他们30多元。

我听说，弗洛伦斯和伊娃正在争取能回来看看。

📖 ｜ 5 月 19 日，星期四

真是一个好天气，天气凉爽，阳光明媚，空气清新，除了飞机之外，一切都使我们感到欢欣。 今天有一场大行动，似乎是同一批飞机一次次地飞回来重装弹药，然后又出发去执行他们杀戮和毁灭的任务。 看来，合肥肯定已经被占领了，而徐州也处于即将被占领的危险之中。 我多么希望李宗仁没有让他的士兵留在那里遭到围困，就像过去被留在南京的士兵一样。

国际救济委员会和负责各个难民所的人，现在面临的问题是如何挑选出真正需要帮助的人，以及如何给他们一些帮助。 每个难民所都有许多人能够回家、并且应该回家重建家园；另一些人无家可归，而且一无所有，难以重建家园。 今天，我们救济了一个带着五个孩子的寡妇，我们给了她五元的现金，她要把两个大女儿暂时留在这里，而将那三个较小的孩子带在身边，她要用这微薄的五元试着去做某种小买卖。 她那个负担全家生计的 20 岁的儿子被抓走了，可能永远不会再回来了。 昨天，一位带着三个孩子的女人也领到了五元，她的丈夫在日本人进城时被杀害了，她也要努力开始新生活。

今天晚上，程夫人和我商量，决定到 9 月 1 日为止，我们要尽力挑选出 100 名最需要帮助的妇女和姑娘，并为她们建一所手工学校。

钱牧师进行了第四次星期四下午的布道，主题是"基督化的生活及基督徒的家"，有近 200 名妇女参加。

今年春天蚊子肆虐。 现在我们给最穷的人发蚊香，并出售蚊香给那些能付得起钱的人。

📖 ｜ 5 月 20 日，星期五

上午 10 时。 在宁海路 5 号召开了一次特别委员会会议，研究如何安置难民所关闭后要留下来的最需要帮助的人。 人们非常想知道如何满足这些需求。

事实明摆着，我们的 25 个难民所，曾经接纳了 6.5 万～7 万名难民，而现在这一数字已锐减到只有约 7 000 人呆在六个难民所里，其中约 1 700 人急需帮助。

玛丽非常想去帮梅布尔·琼斯（Mabel Johes）摆脱困境，但问题是如何去。 从这里直接去，她很可能不能顺利到达，而如果她转道香港和汉口，又可能无法及时赶到那里。

没有关于徐州的确切的消息，大部分人都非常焦急。 那些士兵会像在南京的士兵一样牺牲吗？

今天，我收到了一份贵格会的日历和瑟斯顿夫人寄来的一张非常好的照片。 今年的日历在南京供不应求。

📖 | 5月21日，星期六

早晨7时。 这是一个阳光灿烂的春日，正因为如此，今天又有许多人要遭受极大的苦难了。 已经有14架重型轰炸机分两队向西北飞去，现在又有一组9架飞机飞过。 我真希望能有某种力量把它们从空中拉下来，让它们的炸弹沉入长江，看看开飞机的那些人心里想些什么！

今天上午9时~11时30分，由城里的六名牧师分别给我们的六个难民班讲授"基督教的基本精神"。 11时30分，所有的学员在大礼堂集合，由王小姐根据她们靠近的教堂把他们重新分班。 我估计有150人出席，但没有数。

下午5时~6时。 玛丽和我从金陵女子文理学院一直向西走到城墙。 我们估计，那条路以西只有不到10%的菜地得到耕种。 在靠近城墙的菜地里，我们总共看到六个男人在干活。 看到许多中国人的菜地里现在只有杂草，而这在往常是很难见到的。 一个人说，由于日本兵的原因，出来干活很难。 如果日本兵路过时看到了想要的东西，他们不仅要你把东西挖给他们，而且还要带走更多的东西。 我们在那里只看到三名妇女，其中两个是拾麦穗的，另一个说，她离开难民所只是回家几小时，然后就会返回安全区。 所有的男人都说，女人不能住在那个地方。

我们都为徐州感到悲伤。 你们在纽约可能有比我们更确切的消息。 我非常担心同样的情形在那里发生，就像日本兵进入南京后的头十天里所发生的情况一样。 如果真是如此，上帝可怜可怜这些人吧！

5 月 22 日，星期天

今天是个凉爽的好天气。

飞机活动似乎减少了，很可能是徐州陷落后，不再需要那么多了。 依然没有从那里传来确切的消息。

下午 3 时的礼拜好极了，赞美诗唱得也很动听。 四位老师唱了一首特别的歌。 鲍牧师精彩地讲解了《八福词》的前三节，女人们似乎聚精会神地在听。 大约有 250 人参加，许多人是我们的邻居，一位我已经邀请了多年但以前从未来过的女人也来了。

英语礼拜之后，罗森博士带着程夫人和我去了罗家伦家。 这是南京城多么荒凉的一个地方啊！ 我们看到的只有士兵。 那整个地方都属于军事区，每一所住宅都被那些军队抢劫一空，这是在军方认可下的一次大规模的抢劫，并经常动用军车参与。 在罗家隔壁的一所房子里曾经住过一位德国军事顾问，尽管德国大使馆在他门上贴了公告，他的房子仍旧被洗劫一空，他的一名忠实的仆人也被杀害了。

我们在平仓巷 3 号吃过晚饭，然后开会，研究制定秋季学期教育方针。今年秋天，我们该开设正规学校、小学，并同时开设初、高中，还是该致力于人们的教育和传播福音的工作？ 我们所开办的任何学校的学费都必须很低。麦卡伦打算去上海，我们请他与那里的传教机构的代表取得联系，弄清楚他们的想法。

5 月 23 日，星期一

上午 9 时~11 时 30 分。 我们举行了"难民所第三期培训班"的结业典礼，有 353 名学生出席。 33 个班都演示了所学的内容。 没有分数，不考试，不发毕业证书，但展示了丰富的内容和真正的兴趣。 她们唱了许多歌，中文班翻译了经典著作的部分选段，有些人讲故事，还有很多人背诵圣经的章节。 一个大约 9 岁的小女孩生动地讲述了一个故事。 她一直生病，不能参加排练，但她还是来了。 家禽班已经准备了一段对话，展示了她们所学到的一些重要知识。 我完全可以想象，当这些女人们老的时候，她们将会向孙辈们讲述在金陵女子文理学院当难民的这些日子。

本周继续上课，星期六将为那些想在难民所在地教堂继续学习的人举行一次茶话会。

下午 5 时~6 时。 我们走访了我们附近的地区，发现我们西边的情况还算好，可能因为大部分军队被调往北方了。 我们拜访了那座尼姑庵，得知那位老尼姑在那段苦难的日子里一直没有离开她的寺院。 她说，那些士兵来了不下 100 次，抢走了她所有的铺盖、厨房器皿、烧饭刀具，以及一个小神像，但是，没有骚扰她本人。 我看见两个年轻的女人现在住在那个地方，其余的女人仍留在原安全区。

🗓 ┃ 5 月 24 日，星期二

上午 9 时 30 分~12 时。 我们在宁海路 5 号召开了由难民所负责人组成的特别委员会的会议，重新尝试确定必须得到帮助才能重新开始生活的人的最低数目。 有 7 083 人仍然留在那六个难民所中，在那些人中，我们希望必须接受帮助的人不要超过 1 000 人。 已经明确宣布，在 5 月 31 日关闭粥厂。金陵女子文理学院现在有： 无家可归且又失去父母的年轻女子 32 名，无家可归而又没有亲戚的年轻女子 672 名，无家可归且十分穷困的年轻女子 237名，无家可归的还住在危险地区的年轻妇女 127 名，无家可归的寡妇 16 名，跛子、盲人和无依无靠的人 7 名。

最后，我们要选出大约 200 名最困难的人。

今天下午，我与金陵大学的一名难民交谈了很长时间。 去年秋天，她母亲惊吓致死，而她的父亲、叔叔和弟弟都被日本人抓走了，至今没有消息。

城里有许多关于徐州的传闻，我们却不知道在那里发生了什么事或正在发生什么事。

今天晚上与王小姐商议了很长时间，讨论我们难民所的关闭事宜。

现在，贝茨很多时间呆在宁海路 5 号，忙于调查南京城里和周围地区的损失情况。

下午大约 1 时。 两个士兵跳过了我们后面的篱笆墙进了校园，来到了600 号楼。 不幸的是那些工友们没有通知我，他们觉得自己能处理这件事，因此就没有叫我。

5月25日，星期三

从徐州传来的消息令人心碎，中国士兵的伤亡一定相当惨重！似乎更大规模地重演了南京的悲剧。 我为那里的受苦受难的人感到十分痛心！

上午，我花了很长时间用于会见来访者。 第一批是穷苦的妇女，其中一名妇女失去了三个儿子，另外两名妇女都失去了两个儿子。 我确信，如果这样的事发生在我身上，我无法像她们现在那样勇敢地面对生活。 一名只有 1 元做资本的妇女正试图做小生意。 没有人能责备她们卖香烟甚至是卖鸦片，因为她们必须生活。 我和米尔斯就如何处理这六个难民所关闭时约 1 000 名穷困的难民，商议了很长时间。

乔伊·史密斯的来信好像更有希望了，她们认为，可以在这个星期到达这里。

5月26日，星期四

今天早晨，一位 70 岁的老人带着他一个 9 岁的长孙来访。 老人有一个 30 岁的双目失明的儿媳妇和三个小孙子、孙女。 他儿子 33 岁，是个裁缝，每个月能挣 16 元左右，他在 12 月 13 日被带走了，至今杳无音信。 这个老人来求我帮忙。 什么人能有好办法来帮助这一家呢？ 与此同时，来了三个日本平民，他们说，已与宪兵取得了联系，并且急于帮助那些我们无法给予援助的人，而且还建议我们送他们过去。 他们离开之后，我断定他们不会伤害那位老人，所以，我把他送了过去。 他将向我报告他们能为那位老人做些什么。

下午 4 时～5 时 30 分。 国际救济委员会在宁海路 5 号召开了特别委员会，讨论该如何帮助那些最需要帮助的人，允许约 1 000 人留在这六个难民所里。 这是个非常难以解决的问题，我们还没有作出决定，星期一上午 9 时要再次开会讨论。

晚上 7 时。 我们为关闭难民所所举行的晚会进行了一场彩排。 我们给那些不参加学习班的年老的难民和年幼的难民分发特别的票，大约有 500～

600 人参加,这场节目包括唱歌、讲故事和一幕叫《青年和教堂》的戏。

要是我知道有关徐州的真实情况就好了! 我们听到的报道是如此的自相矛盾。

明天早上,将有一列为难民开的专门火车开往上海,各个难民所共有 600 名难民报名乘坐这趟列车,但直到约下午 3 时才传来确定的消息,如要通知到所有的 600 人是非常困难的。 明晨 4 时,将有一辆卡车停在我们的大门口。

国际救济委员会正在修理宁海路,这是向穷人提供以工代赈计划的一个部分,也可以为委员会的工作留下一块合适的纪念碑。

📖 | 5 月 27 日,星期五

今天早晨下雨,这使轰炸机几乎不停的轰鸣声有了短暂的停顿。

贝茨、斯迈思和许多调查者一起在努力工作,忙于城里和毗邻的乡村的一些非常必要的经济调查。 国际救济委员会总部将从宁海路 5 号迁入威廉博士在金陵大学里的旧宅,原来的地方将被改造成一家一流的旅馆。 我想旅馆经理将会是一个名叫亨普尔(Hempel)的德国人。

今天我们演出了闭所节目,大约有 600 名观众,其中包括许多客人。 历史剧《青年和教堂》的演出非常成功,也十分好看。 彩灯、花丛中的脚灯以及戏服组成了一幅幅十分美丽的图画。 我深信我们的年轻难民们不会忘记她们的难民生活,当她们离开时,也许会感到孤独。

今天,我收到 5 月 18 日从九江发出的一封信,寄的是普通邮件,我不知道是怎么寄的。 中国邮局在通讯受到干扰的这些日子里,肯定还是非常忠实地提供服务的。

📖 | 5 月 28 日,星期六

经过一天的忙碌和奔波,我感到十分疲劳,到上床的时候我已经精疲力竭了。

早上,我们一直在忙于油印那些小册子,我们希望今天下午能把它们发出去。 由于那 200 多人十分有兴趣与城里的教堂继续保持联系,而且她们一直参加每个星期六上午由本市的六名牧师来任课的为调查者开办的学习班，所以我们认为，应该给她们发一本她们已学过的赞美诗、圣经篇章的小册子。因此，我们决定把这些资料油印出来，尽管我们要克服许多困难，如缺少纸张、缺少封套等等。今天上午，要是你们在这里，你们会看到我们的餐厅里，有人正在一张桌上折叠封面，在另一张桌上折叠印好的资料，还有人在一张桌上将难民所里难民的名字写在封面上，到现在我们还没有干完。

今天上午，我给三位非常穷困的女人每人发了 6 元作为资本，她们有一个或几个儿子被抓走了，现在无依无靠。自从我第一次见到她们之后，她们一直在和自己家里的其他成员计划如何谋生，其中一个人打算去卖扇子、肥皂和蜡烛；另一个人和她的女儿要开一家小洗衣店。她们对这一帮助万分感激，并且郑重地保证要将这笔基金作为资本。我用于这一目的的这一小笔钱，是美国的一群人募捐并通过辛普森小姐转来的。

今天下午 2 时 30 分，那 200 多名调查者先在小礼堂集中，然后带着分别来自四个教堂的教会工作者，到校园里找了四个地方召开会议和举办茶话会。约有 30 人带着约 10 名从主教派教会来的工作人员在 400 号楼聚会；54 人和 9 个卫理公会的工作人员在北画室聚会；73 人和大约 11 名老人以及基督教圣公会的工人在南画室聚会；53 人和 4 名基督会教友教堂的工作人员在实验学校餐厅聚会。每一组都进行了音乐短剧表演，互相介绍和交谈，然后，各组举行了一个简单而又节俭的茶话会。我们希望这种工作方式将由教堂保持下去，并将使教堂在我们这个大难民所关闭后成为避难、慰藉和教育的中心。

5 月 29 日，星期天

西北的战斗一定非常激烈。从黎明开始就有飞机活动，到上午 8 时，弹舱空空的轰炸机已经开始返回它们的基地补充弹药了。我无法告诉你们，当飞机群编队掠过天空时带给我的恐惧感，我不是为我自己担心，而是可怜那些受伤害的百姓。

今天上午，周牧师在鼓楼教堂主持了一次精彩的礼拜活动，大概有 80 人参加。他热情洋溢，好像工作得非常开心。他上门拜访了许多户人家，没有多少固定的听众回来,一些人是不定期来的。

上午大约 10 时,我们以前的一个难民带着她 6 岁的小儿子前来拜访,她儿子看上去病得很厉害。 她想带他去医院,但是没有钱。 她的丈夫在去年 12 月被抓走了,给她留下了六个小孩。 她确实不知道,如果她丈夫不回来,并且永远不会回来了,她将怎样过下去。

据说,有许多农民从庐州地区到这里来了,这些男人和女人在日军先头部队到达之前就离开了他们的土地和家园。 恐慌爆发后,所有村庄的人都逃走了。 目前听起来似乎是真的,以后我要证实这一情况。

今天早晨 8 时以前,陈先生核查了我们难民所的人数,现在只有 923 人。

500 号宿舍 139 人,700 号宿舍 119 人,600 号宿舍 78 人,中大楼 212 人,朗诵厅 260 人,科学楼 115 人。

食堂将于 5 月 31 日(星期二)晚上关闭。 陈先生想起了有 174 人生活在靠近日本兵据点的危险地区,还有 141 人完全无计谋生。

下午 3 时。 我们举行了最后一次礼拜活动,我们希望下个星期日,我们的许多难民都能去当地的教堂做礼拜。 这是一次壮观的礼拜活动,有 200 多人参加,你们中那些了解通常的教堂听众的人,会对这次圣歌演唱感到惊讶,今天的这些听众一再唱着《八福词》,玛丽、王瑞芝小姐、陈先生和李先生也唱了,而且唱得很投入。

瑟斯顿夫人为 1937 年圣诞晚会订购的东西今天才到,这个星期我们将去取回来,并将其分成两份,一份给工友,一份给教师。

四水中佐带着两名军官和一个士兵来访。 他认为现在天气很热,但实际上他根本不知道南京的夏天有多热。 我指望着七八月的暑热和蚊子,能把那些帝国军队赶回日本帝国去。 因此,我希望今年夏天很热很热,就像 1926 年那样热。

🗓 | 5 月 30 日,星期一

我们的难民家庭不断变小,今天大约走了 200 人,看起来几乎像学期结束时的情形,只是没有马车或汽车,而只有黄包车。 我看见一个高大强壮的姑娘用一根扁担挑着她的铺盖。 她们精神饱满，许多人来感谢我们这六个月以来为她们提供的庇护和安全保障。

上午 8 时 30 分～10 时。 王小姐和其他四名女教师给那些真正感兴趣的人分发了我们油印的小册子，共发放了 200 多本。

上午 9 时～12 时。 我在国际救济委员会总部参加了一次特别委员会会议。 经研究决定将 30 岁以上的贫困妇女安置在大方巷，而将那些 30 岁以下的贫困女子、住在城里危险地区的女子和无法安排的女子安置在金陵女子文理学院。 我们要为这群较年轻的妇女开展一个教学项目，但是，我们的假期培训计划大约要到 9 月 1 日才开始。

下午 3 时。 我们在南山公寓为我们难民所的全体管理人员、教学人员和卫生人员举行了一次叫做"感谢您"的聚会。 想想看，我们吃了冰淇淋，冰是从通济门外弄来的，一个以前做冰淇淋的人来为我们做了冰淇淋。 他说他所有的东西都被抢走了。 聚会结束后，我们拍了一张集体照。

情况看来很糟，好像开封已被占领了，日本军队正向汉口推进。 现在，汉口大概发生了巨大的恐慌，聚集在那里的可怜的难民现在正拥向西部。 人们似乎再也受不了了。

米尔斯星期六收到一份电报说，他在上海的同事要来南京的申请已经遭到拒绝。

🗓 | 5 月 31 日，星期二

整个上午，难民们不断将许多黄包车停放在我们校园的路上。 到今晚为止，所有留下的人都在中央楼里。 明天上午，要将文学楼打扫干净，星期四，要将科学楼打扫干净。 星期五，难民们要搬回文学楼和科学楼，然后要将中央楼打扫干净。 时间不允许我们进行彻底的打扫，但这样总比什么都不做要好。

机密 金陵大学的一名教员马博士下午来访。 他深信，在被征服的土地上，一定有坚强的领导人来拯救中国人民。 他的工作计划有四点：自我保护、自力更生、自我教育和自我治理。 我要加上第五点，那就是自我牺牲。

上午 11 时。 玛丽和我去了我们的南门教堂，检查为星期四的活动准备好的东西，到时候我们想花一整天，在那里邀请我们的难民并在那个下午将他们集中。 我们去了太平路，那里一片令人痛心的景象。 我们看到 80% 以上的商店遭到了焚烧——而所有的商店都遭到日本帝国军队有计划的抢劫。我很难理解，他们是怎样刻意完成这件无与伦比而又毫无必要的毁坏性工作的。 街上开着许许多多日本商店，行走着很多日本士兵。

今晚 6 时。 程夫人在南山公寓的阳台上，用野餐款待一直在 400 号楼吃饭的全体人员。 8 时，玛丽加入了这群正在举行游戏晚会的人们。 为了年轻人，我们必须保持正常的生活，但对我来说，当我不断地想起那些战场和今天正在遭受轰炸的城市时，我很难欢笑和开心。

今天我们为"民众夏季学校"制定了第一批计划。

📖 6月1日，星期三

今天正在打扫文学楼。 工友们先是清理墙壁和擦窗户，然后用肥皂、水和消毒剂彻底清洗地板。 墙壁坏得很厉害，我们不知如何去打扫它们，但无论如何必须试一下。

厨师张师傅今天回来了。 这个可怜的家伙看起来一副疲惫不堪、没吃饱饭的样子。 他说，去年秋天，他回到在庐州东北的乡村，并播种了麦子，但最近没收割就离开了，他的稻秧也没插。 任何人都无法责怪，这些乡下人一听说敌人的军队正在逼近时就恐慌地逃跑。 他说，农民们将为数不多的财物打上包，并准备好一根扁担，随时准备"跑反"。 但他们还是尽可能多一点时间在田里干活。

今天下午 3 时，大约 450 人由南京国际救济委员会安排在我们的礼拜堂里开会，主要目的是给所有为总部委员会和 26 个难民所工作的人颁发证书，这些证书将证明那些留下来的人没有背叛他们的国家。 除了拍集体照，还有演讲、喝茶、颁发证书，另外，还有乐队！两个日本人，高玉先生和小野先生在活动期间来访，但他们没听到任何值得怀疑的事。

📖 6月2日，星期四

天气凉爽、晴朗。

飞机活动猖獗。 上午 9 时，玛丽、罗小姐和我去了南门基督教堂。 陈牧师及其妻子和王夫人在那里和我们会合。 我们分成三组往三个方向，访问已经返回那个地区的金陵女子文理学院和金陵大学的难民。 他们欢迎和感谢的话几乎令我难以承受。 主要街道以外的地方焚烧没有这么厉害，但每座房子几乎都被日本军队抢劫过了。 如果这些房子的主人们在 1 月份就已勇敢地回到他们的家，就能防止平民百姓的抢劫和其余的违法行为。

到下午 2 时 30 分，一大群听众，大约有 170 名，挤满了那座小教堂，随后进行了一场很好的礼拜。 激昂的歌声和第 121 首赞美诗的吟诵，使我们发现听众中有许多是金陵女子文理学院的难民。 礼拜活动后，我们把金陵大学和我们金陵女子文理学院的难民们请进了一个会客厅，在那里，我们记录了名单、喝了茶并致了欢迎辞。 有 64 人出席了这个聚会，其中大多数是我们难民所中的姑娘。 金陵女子文理学院的团队精神再次得到体现，我们感到我们同属于一个大家庭。 自然，这些姑娘们宁可回学校里住，因为在那里她们不用害怕。 据我判断，尽管主要的街道上有日本士兵，他们也很少闯进私人住宅，但是，人们总是害怕他们会进去，因为，他们忘不了过去发生的那些事。

当我不在的时候，有消息传来说，如果有丈夫在模范监狱的那些妇女，明天上午去某个地方，他们将被带到那个监狱去辨认她们的丈夫，这样就可保释他们。 如果男人们明天被释放，那是在 1 月份首次呈递的请愿书所取得的结果。 妇女们已经等待了漫长的五个月，在那期间，她们进行了多种形式的请愿都未成功。

美国大使馆今天收到的电报说，有 10 名美国人明天从上海来，还有 10 人过几天来。 如果这是真的，它标志着上海和南京进行的长达五个月之久的不断的请愿有了效果。 经历了这样一个冗长的过程，人们感到疲惫不堪。 人们厌恶中国自治政府，觉得他们无能。 哈丽雅特也许在第一批的 10 个人当中，但我没把握。

🗓 | 6 月 3 日，星期五

今天上午，在一个多小时内，我和程夫人将南山公寓的三个卧室稍许进行了改动，希望哈丽雅特、伊娃和弗洛伦斯今晚可以住在里面。

那位父亲、叔叔和弟弟都被日本兵带走的 21 岁的姑娘，今天上午又来见我，她要带着三个弟弟搬回她家去年秋天租的房子。 我从我的基金中拿出五元给她，她计划用它做谋生的资本。 她勇敢地去尝试这样做，但对她来说，显然她的弟弟们离不开她。

我们听说，有 30 个男人今天真的从模范监狱释放了，希望他们中能有人过来汇报那里的情况。

中午在辛普森小姐家吃午餐。

下午 5 时，两个护士从大学医院骑车过来，我们和玛丽一起骑车上了学校西面。 到了古林寺，我们进去看了那里的情况，那个和尚让我们从一个边门进去，因为前门被闩上了。 在最初的那几天，这里有 200 名平民被杀害，躺在庙里的地上，其中包括两名和尚。 其后，一个神像头上的那一小块金子被一个老百姓抢走了，大部分家具被其他老百姓抢走了。

现在是晚上 10 时 30 分，我们的上海朋友还没来。 他们能否在晚上进城门还令人怀疑。 我们走到前门交代门卫，如果他们夜里来到学校，要护送他们上山。

🖩 | 6月4日，星期六

我花了一个上午清理账目，特别是平衡从国际救济委员会收到的救济金。 国际救济委员会给了我们 200 元作为现金救济，现在已用了 210 元。每次我们都尽力把钱给那些最需要的妇女，她们带着几个孩子，由于丈夫被杀或被抓而无依无靠。

我们的难民所现在约有 500 名妇女，包括最近两天从金陵大学和金陵女子神学院接收的一些人。 几天后，等我们的难民所安顿好，我要开始计划办班和工作救济。 所有的难民将住进朗诵厅和中央楼，这两个地方已被打扫干净了。

我故意没去参加由基督教长老会为难民举办的招待会或欢迎晚会。 既然海德小姐和艾伦·德拉蒙德（Ellen Drummond）小姐回来了，我就能退出那个场面了，也应该退出了。

今天下午下了一场清新的雨，今夜的空气凉爽而舒适，只是需要加件外套。

晚上，我们到特里默医生家参加了一场充满友谊的盛宴，格蕾斯·鲍尔和她的全家款待了这个外国团体。 一共设了 6 桌，有 26 人一起分享了这顿丰盛的饭菜。 在座的人中有 3 位德国大使馆的、4 位美国大使馆的和 1 位英国大使馆的，除了布道团体外，福斯特夫人、贝西·西姆斯（Bessie Simms）小姐和麦卡伦是乘晚上的火车刚好赶上了这次活动。 马吉回来了，看起来神采奕奕，他戴了顶颇为自豪的新帽子。 特里默医生也回来了，但说话声音很低，由于坐了 12 个小时的火车，他嗓子哑了。 莫兰德先生说，今晚的聚会让他想起了 25 年前的旧南京协会。

哈丽雅特和吉什夫人今晚到达，但由于她们未被邀请参加晚会，所以由程夫人照料她们。 当玛丽和我晚上 10 时回来时，我们到南山去看她们是否睡觉了，但所有房间都熄了灯，她们今天凌晨 3 时就起床了。 日军认为布道团是无害的，所以现在准许她们回来，但对商人却不是这样的，目前，英国商船也禁止在长江上行驶。 经过几周的努力，那位年轻的白俄罗斯人科拉获得一张去上海的许可证。

🕮 | 6 月 5 日，星期天

哈丽雅特真的已经来了，她一早就出去看望人们，并到各处参观，在她看来，这个校园美极了，一点没有毁损。

上午 9 时 30 分。 斯迈思、麦卡伦、吉什夫人和我去了南门教堂。 我们带着吉什夫人到了太平路，那里真是一片可怜的景象，尽管现在好多了，因为许多平民百姓已经回来了。 那条街上至少有 90% 的商店被焚毁，在很多地方，人们正在旧商店的废墟上兴建小商店。 街上有许多年轻人。 难民和我交谈时说，她们的一切都很好。

金陵女子文理学院今天没有举行礼拜活动，我们正试图引导人们去那些正规的教堂做礼拜。 玛丽去了北平路上的中英文化协会刚开办的主教派新教堂，哈丽雅特去了鼓楼教堂，我去了南门教堂。

下午 5 时的英语礼拜活动挤满了新来的人，他们是多么高兴能回来。 由于是星期日，马吉主持了这次礼拜。

城里有许多士兵，只是我们还不知道什么原因。

我得知，何应钦的房子先是被日本人洗劫一空，现在几乎被中国的老百姓拆光了。 他们说，国家公园里的住宅也遭到了同样的破坏。

自从1月份以来，这个城市的人们就主要靠买卖赃物而生活。 这样的东西我一分钱也没买过，但是，有那么一些人认为可以买，因为，那是许多人或者是大多数人赖以谋生的惟一方式。

📖 | 6月6日，星期一

上午一直在下雨，一整天都是云雾笼罩，而且很冷。 令人高兴的是没有飞机飞过，也许那就是为什么今天看起来这么宁静和太平的原因。

我又在制定一个计划，这个计划为期3个月，将在8月底结束。 在这3个月内，我们将要收容大约500～600名30岁以下的妇女和姑娘，因为她们无家可归，其中许多人失去了家庭。 报名登记工作仍在进行。

下午，王先生、李先生、孙先生、程夫人和我去了在大方巷的难民所，我们从那里挑选了80人，她们将立即被转到我们校园。 这些年轻妇女是从今天被关闭的金陵大学附中送过来的，她们中许多人在这世界上是孑然一身，她们的父亲被杀害，母亲死了或是与她们离散了（我们担心日本人想通过市政府去接管大方巷难民所，我们不太清楚他们的目的）。 我们的难民所现在关闭了，但是，取而代之的是一个教育机构。

今晚，上海银行南京分行的一个雇员杨先生来访，他是我见到的第一个被释放的犯人。 两天前有30人获得释放。 他说，监狱里只有64名平民，其余的全是士兵。 平民们没有被派出去干活，因为怕他们逃跑。 这个监狱在开始的几个月里，许多人被冻死或饿死，但现在条件改善了。 目前，给每人发了少量的米，让各人自己做饭吃，偶尔还给点油和蔬菜。 那34位未被释放的平民大多来自别的城市。 杨先生试图弄到他们家人的名字和地址，那样，就可以通知他们，让他们来证实这些犯人的身份，尽力保释他们。 他说，犯人们现在正从徐州、固镇、宿州和其他地方被带过来。

扣 | 6 月 7 日，星期二

今天的大半天都在下大雨，没听到飞机的声音，然而，这是我们经历的最悲伤的日子之一，因为，报纸上报道，日本军队正迅速向汉口推进，而且他们的船只正沿江而上。什么时候战争才会结束？那结局又是什么呢？最终中国是不会被征服的，但一定要经历数年深重的苦难吧。要是没有傀儡政府该有多好！要是所有的人都具有不被征服的精神就好了！

上午，我去拜访了周明懿夫人。她认为，是因为她的祷告，她的全家才经历了几次奇迹般的脱险。她们去年秋天逃到和县。现在，周明懿夫人要去金陵大学帮忙，或者更准确地说，是做与国际救济委员会有关的乡村工作。今天上午周牧师也来了，他的儿子是金陵大学学生，他单纯地认为，自己不能呆在中国的这个地方了，然而，由于缺乏经费而无法西行。他的父亲为这年轻的小伙子深感忧虑，我想和他谈谈。我真为年轻的中国人心痛！

今天，我们委员会召开了三次会议：第一次会议计划了下面三个月的课程和人员安排；第二次会议是由我们的执行委员会来讨论楼房的修护，以及最近由于四处有这么多年轻妇女而引起的工友问题；第三次会议则是讨论将来三个月的规章制度。我们现在大约有 585 名渴望求学的女子在难民所，我们非常需要一个好护士，她不仅要对幼儿护理和家庭保健教学感兴趣，还要能照顾到校园中的健康问题。

当我结束今天的工作时，外面下起了倾盆大雨。

今天晚上，我写完了给辛普森小姐的一份报告，并留了一份底稿，她交给我 50 元，这是一些美国妇女专门捐给孩子们的。你们可以从这份报告中看到我们每天都遇到这类事。

两天前，我做了一件让我一直懊悔不已的事情。一个上了年纪的乡下妇女来看我，问我是否能帮她找到她那两个在"良民"登记时被带走的儿子。当她问我是否听说过那时被抓走的人回来时，我告诉她没听说过，而且我对她表示，我十分担心他们可能永远不会回来了。听了我的那些话，她的心碎了。我要是不说这些话该多好啊！

⁝ 6月8日，星期三

天仍在下雨，因此没有飞机。 池塘的水很快就满了，蚊子肆虐。

我早上花了些时间写了一份声明，准备给美国大使馆寄去。 因为罗森说他一再请求，但仍一无所获，因而我一直没有递交我们的请求。

下午1时30分~2时30分。 陈先生、程夫人和我为我们学院的三名工友开了一次短会。 很久以来，因为任何事都是如此的不合常规，所以总是很难让他们遵守规定。 他们一直抵制不了赌博这一诱惑。

一项投资：

一群美国妇女特别热衷于帮助一群中国孩子，她们通过在中国的一位朋友转交给金陵女子文理学院妇女、儿童难民所一笔相当于50元的中国货币。 经过对一些最迫切需要帮助的人的调查之后，决定资助10名难民。 下面是这项受资助者的简单情况。

受资助者1： 一位婚后姓陈而婚前姓李的妇女，现年60岁，丈夫62岁。 去年12月16日，她的三个儿子被日军带走，而且从此杳无音信。 最大的儿子35岁，已婚，留下他的妻子和四个孩子，他是个卖鱼的；她的二儿子29岁，留下他怀胎的妻子，他是做布丁的；她的三儿子17岁，没结婚，靠卖报纸为生。 这个妇女得到6元，她拿它做小生意。 她现在卖一种中国人当早饭吃的油炸圈饼，这能使她扩大生意、增加收入。

受资助者2： 黄云洲（音译），70岁，妻子已故。 他和他的儿子是裁缝。 他的儿子32岁，去年12月13日被抓走，从此杳无音信。 他有一个30岁的儿媳妇，眼睛瞎了，他还有三个孙子，最大的9岁，最小的3岁。 老人得到6元，他想开一个小店，这样就可以养家糊口了。

受资助者3： 李杨氏，35岁，她的丈夫是个制伞匠，去年12月15日被抓走，从此杳无音信，留下她和两个小女孩，一个14岁，另一个5岁。 她现在住在一些可怜她的邻居家里，她的家被中国军队为了军事目的焚烧了，她现在一无所有，连根筷子都没有。 她的铺盖在日本兵进城时被抢走了。 她得到6元，她指望用它去开一个卖蜡烛、肥皂等杂货的小店，努力养活她的孩子们。

受资助者4： 杨陶氏，43岁，丈夫47岁。 去年12月16日，她的两个儿子被抓走了，大儿子在一家当铺做事，25 岁；二儿子 18 岁，刚刚小学毕业，对他父母来说，花了很大的代价才使他接受了这些教育。 当我们问她，日本兵抓走她的两个儿子时，她是否哀求过那些士兵。 她说，她没敢求他们，因为那些士兵非常凶残。 这名妇女有一个 80 岁的老母亲跟着她住，还有一个 10 岁的小女儿。 她得到 6 元，她和她丈夫希望用它去重开一个小古玩店。

受资助者 5： 王胡氏，52 岁，丈夫 60 岁。 她的两个儿子在去年 12 月 16 日被抓走了。 最大的 20 岁，开了一个小电器商店；二儿子 17 岁，在他哥哥的店里工作。 她得到了 6 元，这可以帮她开一个洗衣店。

受资助者 6： 沈田氏，29 岁，带着三个小孩，分别是 6 岁、4 岁和 1 岁。她的丈夫在这次灾难中离开了南京城，她一直未能找到他。 她得到 5 元，可以帮她开一个小店，希望她能挣足钱养活三个孩子。

受资助者 7： 刘殷氏，49 岁。 她的丈夫 61 岁，去年 12 月 13 日被抓走，从此杳无音信，那时他正在寻找他的一个女儿。 她有四个女儿、两个儿子。 大女儿 29 岁，已婚，丈夫死了；其他三个女儿分别是 17 岁、14 岁和 9 岁；小儿子 12 岁；大儿子 21 岁，已去了西部。 我们给了她 6 元，可以让她买制鞋材料——这是那三个女儿在家里进行的一项生产。 她自己要出去替别人洗东西。

受资助者 8： 王秀兴（音译），是名 21 岁的年轻姑娘，她的母亲去年秋天在空袭中吓死了。 去年 12 月 16 日，她 43 岁的父亲、31 岁的叔叔和一个 19 岁的弟弟都被日本兵抓走了，从此杳无音信。 他们也许已经被杀害了。留下了这个姑娘和三个弟弟。 大弟弟 16 岁，智力发育不全；二弟弟 13 岁；小弟弟 6 岁。 我们给了她 5 元，她想用来开一个店，以挣到足够的钱来养活他们四人。 他们已经回到她父母亲的一个朋友家里，但是这些人也很穷，无法帮助他们。

受资助者 9： 马吴氏，她是从上海来的难民，有两个小孩，一个 7 岁，一个 2 岁。 她和她的丈夫在去年秋天的撤离中走散了，她不知道他现在在哪里。 她得到 2 元，可以暂时帮她一下。 她现在仍呆在一个难民所，吃免费的饭菜。

受资助者 10： 朱梁氏，35 岁，有三个小孩，她的丈夫去年秋天被带去为中国军队干活，她不知道现在他是死是活。 她仍然呆在一个难民所，我们给了她 2 元，可以为她的小孩们买点食物。

下午 3 时。 我们为新来的难民第一次布道。 大约有 200 人参加。 杨牧师做了一次精心准备的发人深思的演讲，主题是《上帝对我们的爱》。

今天下午东京外务省的小井石和九芝打来电话，说想亲自查看南京的情况。 然而，他们并没有问任何使他们了解真实情况的问题。 如果人们能与这些人坐下来，有机会向他们陈述日军大规模地屠杀居民中的男人和小孩，洗劫、烧毁全城的商店和住宅，到处强奸妇女，也许那时他们才会意识到战争意味着什么，它的后果只可能是何等强烈而永不停息的仇恨和报复。

今晚，我们等伊娃和弗洛伦斯到 9 时，但她们没来。 去火车站接人并不容易，因为，出城门得拿到通行证。

📅 | 6月9日，星期四

天气凉爽，但没下雨。 飞机在安静了几天后又开始活动。

今天，难民所有 650 人，还有更多的人想返回，这使我们苦恼。 因为，我们认为一些想来的女子可以留在家里。 当然，她们在这儿能少一些恐惧，但暑期难民所只是为那些实在无处可去的人提供的。 我为这个夏天做了预算，希望国际救济委员会能批准。

傍晚，乔伊·史密斯过来拜访，谈到今早拜访金陵大学及金陵女子文理学院难民的家的情况，他们现住在卫理公会教堂的邻近地区；也谈到今天下午盛大、狂热的聚会。 他们已开办了三所假日圣经学校，参加的人数比他们想象的要多。 玛丽和罗小姐去南门教堂，在聚会中帮忙。 今晚，吉什小姐和玛丽娅·布雷索尔斯特（Marie Brethoist）小姐住在那儿。 希望一切都好。

晚上，弗洛伦斯、伊娃和克劳德从上海来，8 时之前到校园。 毋庸置疑，她们充满了好奇和干劲。 我们把她们安置在南山教工楼，和哈丽雅特住在一起。 但三个人都在 400 号楼吃中餐，在吃中餐时，她们解决了许多问题。 除了日本人的商店，街上很难买到外国食品。

事情开始更糟。 据报道，日军离郑州仅有五里之遥。 今天电台报道了对广东可怕的轰炸。 日本人今天检查了来自美国军舰的邮件。 阿利森为此提出了抗议。 今晚有月亮，这意味着西部城市可能遭到空袭。 未来会发生什么？ 广泛地播种仇恨与恐惧会带来什么结果？

今晚，在大学医院为约翰·马吉举行告别晚会，他星期一将动身去休假。

6 月 10 日，星期五

天气放晴，空袭频频。 今天异常繁忙，要做的事情很多。 请求来学校的人超过了我们的承受能力。 当然，许多人想来，因为她们在这儿感到安全。但是，我们收容的难民必须是那些无处可去的人——限于穷人。

今天上午，我花了几个小时，与王小姐一起为我们夏季培训班安排开学典礼。 开展这项工作要花时间。 对我们来说，如果没有王瑞芝小姐，我们无法做这一切。

今天上午，一位从模范监狱释放出来的青年过来感谢我们。 他也说到，大约有 3 000 人被送往上海。 不知道我们能否与这些人取得联系。

下午 3 时。 我在鼓楼教堂主持礼拜，如果我能讲更多的汉语该多好! 大约有 80 人参加了礼拜。

南京教会会议　1938 年 6 月

祈祷——F·C·盖尔牧师

救济工作　下午 5 时～6 时

救济问题——斯迈思博士

红十字会——马吉牧师

大学医院——C·S·特里默医生

教育工作　下午 6 时～7 时

初等和中等教育现有的机会及问题——明妮·魏特琳

联合机构（金陵大学、金陵女子文理学院、金陵女子神学院、神学院）

讨论

晚餐　晚上 7 时

福音传教工作

陈述——米尔斯

讨论

总讨论　晚上 8 时 30 分～9 时 30 分

考虑到由报告和讨论可能引发的问题及额外问题，下午 5 时，大约 30 名外国人在平仓巷 3 号会面，晚餐前后都有报告和讨论，活动内容有：

救济问题——刘易斯·斯迈思

红十字会——约翰·马吉

大学医院——特里默医生

教育工作——明妮·魏特琳

福音传教工作——普卢默·米尔斯

显然，明年我们将面临最大的救援问题之一——如果水稻有好收成，这个问题就不那么尖锐。

至于学校，独立的传教机构将继续在小学工作，金陵女子文理学院将试图为低年级和高年级女孩开办实验中学。

🗓 | 6 月 11 日，星期六

今天仍然下雨。 天上没有飞机。 晚上，城市南面和广州路有机枪声。

上午 9 时~10 时 30 分是暑期培训班的开幕式。 小教堂和阳台里挤满了人，大约有 650 人。 程夫人、陈先生和我站在台上。 节目如下：

开头的赞美诗：《上帝领导我》

《圣经》：《以弗所书》第四条第 8～9 点——程夫人

祈祷 —— 陈先生

赞美诗：《古老的岩石》

通告：

　　商业系——陈先生

　　公共环境卫生——哈丽雅特·惠特默小姐

　　有关班级——王小姐

　　有关学校的集会

　　有关周日、周三下午 3 时的宗教聚会

　　有关星期六上午 10 时的讲座

结束的赞美诗：《你的王国来临》

主的祈祷

退场，只播音乐：《不朽的国王继续前进》

开幕式之后是教师集会，并宣布了班级安排。 现在我无法告诉你们教师的人数和班级的数目，但我们已有了来自方方面面的一大批老师。 我们的学生从文盲到高中毕业生——的确是一所人民的学校。 王小姐是很好的组织者和经理，她轻而易举地排好了课程表。 一位吴先生是大学毕业生，将教历史。 作为难民，他在农村经历了一段可怕的日子。 弄到教材是很难的任务，因为城里没有书店（都被烧光了），而且也没有正常的图书馆。

今晚 6 时，玛丽、程夫人和我作为东道主，为罗森博士和约翰·马吉举行送别会，也为刚到的人——吉什夫人、玛丽娅·布雷索尔斯特、乔伊·史密斯、简·海德（Jane Hyde）、艾伦·德拉蒙德和哈丽雅特举行欢迎会。 我们很高兴请到了伊娃、弗洛伦斯和克劳德·汤姆森。 我担心我们太喜欢讨论最近的暴行（这也是大脑最先想到的）——屠杀平民、强奸妇女、大规模地洗劫一空。 日本仍不肯承认这些是它的士兵所为，而这是千真万确的。

事情太多，我不堪重负，成效甚微。 有许多问题现在还看不出来。

⑪ | 6 月 12 日，星期天

今天多云，有时下雨。 几乎没有飞机。 天又凉了。 持续的阴雨可能意味着这个夏天会发洪水。

今天上午一位妇女来看我。 她的故事生动地勾勒出八个月来老百姓遭遇的一个侧面。

她是我们的难民，因为她 30 多岁，被送到大方巷难民所。 故事如下——

姓名：吴薛氏，37 岁。

丈夫及 21 岁的儿子于去年 12 月 16 日被带走，从此音讯全无。 18 岁的女儿去年 9 月份被匆忙送到她婆婆家，在那儿结婚，由于担心轰炸而被迫"跑反"，从此也下落不明，因为儿子和孙子都没有回来，其婆婆 1 月份忧伤而死。 吴薛氏 4 岁的女儿去年冬天在难民所死于麻疹。

这个妇女和 13 岁、7 岁及 2 岁的儿子一起生活，她毫无生活来源。 她是我希望在秋季能雇用的那种人。 我试着将她 13 岁的儿子送出去当学徒。

四水下午打电话来，问鲁丝是不是我们的工作人员。 由于她正在申请回国，他们在审查她的申请。

伊娃下午 5 时布道，相当成功。 主题是教堂，再度听她演说很不错。 礼拜结束时传来消息说，城里的大部分教堂里有很多做礼拜的人，他们很热情地在歌唱，这是难民所潜移默化影响的结果。

下午 3 时。 我们开始做礼拜，有 200 人参加，江鑑祖教士在布道。 马吉拿到了他的护照，明天离开。 我不知道他如何能收拾好自己的行李。 他期待着星期四左右出发。

城里秩序大乱，发生了很多抢劫的行为。 我注意到何应钦将军的房屋几乎完全消失了——被老百姓一片片地拆除。 罗小姐星期六早上返回她的小屋。 据说，近几个月日本兵没有进她的屋子。 但使她吃惊的是，在她返回的那天上午约 10 时的时候，来了两个士兵。 有一个进了她的房间，并关上了门，但这个日本兵没有调戏她，而是给了她一支香烟。 她胆子很小，被吓坏了。

📖 | 6 月 13 日，星期一

天空一片安静。 今天大部分时间在下雨。 为期 10 个星期的暑期班已开始上课。

伊娃和弗洛伦斯挑选、包扎书本。 她们到日本大使馆办理去上海的通行证，但要会面的那个人不在。

下午 4 时，伊娃、弗洛伦斯、哈丽雅特、程夫人和乔伊·史密斯在实验学校会面喝茶。 之后，大家一起读了我的日记。 5 时我必须离开，去参加国际红十字会的会议。

玛丽正想着去汉口，但看来她不可能成行。 她想到最需要她的地方去。

📖 | 6 月 14 日，星期二

今天很凉快，但天气晴朗。 飞机又开始出动，中午有 9 架轰炸机和 6 架驱逐机。 没有飞机才能让人安宁。

伊娃和弗洛伦斯去了德国大使馆，她们坐汽车到国家公园及城里大街上，汽车里总是有宪兵跟着，这是很必要的。

不断地有人向我求救。 一位中国女医生以前开了一家生意兴隆的诊所，她母亲今天下午来问我，是否能帮她阻止医院被强占，因为有人有此企图。日本人总是利用某些中国人来干这种邪恶的勾当。

下午 4 时 30 分以后，程夫人和我去严恩纹家。 留下来看家的年轻的佣人，已染上了毒瘾，每天服用价值约 3 元的毒品。 当然，得到它的唯一途径是卖严莉莉的东西。 小东西已卖掉了，现在他开始卖大件。 我们仍旧不知道处理此事的最佳方法。 我为这位年轻人感到痛心，考虑应当试着把他安置在医院里，以便他能戒掉毒瘾。

今晚灯一直开到 10 时，而不是 9 时，很方便。 因为没有照明，这个冬天我已用了许多支蜡烛。 昨天约有 100 多位女孩请求入校，并非出于恐惧，而是想学习。

🈟 | 6 月 15 日，星期三

天气晴朗、凉爽。 空中飞机活动频繁。 当黑压压的飞机从我们头顶飞过，去执行死亡与毁灭的任务时，我们怎能无动于衷？

从早上 6 时开始，整个上午忙着写信——给中国西部的吴博士和埃尔茜牧师，给美国的陈玉珍。 伊娃明天早上将信带往上海。

上午 8 时。 我去南山寓所与邬静怡一起吃早饭。 伊娃和弗洛伦斯是特邀客人。 很想多停留一会儿，但人人都很忙。 邵静贞小姐是我们实验学校教师中的一员，她被邀请来担任暑期培训班的老师。 罗小姐回到她的小屋整理东西，但已被洗劫一空，后来邻近的几个人未经允许便搬进去住。 现在她已开始上课了。

下午 4 时。 程夫人和我又去严恩纹家，看能否和她可怜的佣人取得联系，他已变成瘾君子。 根据严恩纹的要求，我们派第二个人帮她照料财产。

晚上 7 时。 我们去白下路圣公会教堂，参加在福斯特家举行的告别晚会。 真是个具有代表性的小组——有英国人、德国人和美国人。 危难已将我们团结在更亲密的友谊之中。

今天，克劳德坐人力车出去时挨了耳光，并被搜身。 先是车夫被搜身，接着轮到他。 大使馆立即就此事提出抗议，并不满足于让此事就此了之。 现在，人们经常被搜身，钱被抢走。

📖 ｜ 6 月 16 日，星期四

伊娃、弗洛伦斯和玛丽早上 4 时起来，5 时动身。 她们坐的是罗森博士的汽车，有宪兵跟着，医院派了一辆救护车和佣人也同去车站。 后来，佣人说玛丽花了 40 分钟才拿到票，但伊娃和弗洛伦斯没有遇到困难。 路上要花 12 个小时，仅有一辆车——能搞到的三等车。 虽说一路上会十分辛苦，但我希望她们旅途顺利。

今天上午，为暑期培训班编制预算。 国际红十字会将提供开办三个月的暑期培训班的必要的开支，但我得在别处为实施教学计划筹到资金。

我们的红十字会的粥厂一直存在问题。 他们想继续经营它，但如果我们能来管理，可能更令人满意。 对他们来说，这一方面是面子，另一方面也是从上海获得补助金的途径之一。 有一段时间我们意识到这也是事关个人利益的事。 对于有人在这种时候还从慈善基金中捞好处，我深感愤怒。

今天上午，那帮人去了下关之后，哈丽雅特和我讨论了改造校园的事。如果我们有资金，这时我们能做许多事，如绿化、整修道路等等。

昨天传来消息说，安庆已被占领。 当人们得知可怕的毁灭与损失时，很容易消沉，并丧失希望。 一位昨天曾与我们交谈过的丝绸商人说，中国将要花 100 年才能恢复。 有许多东西再也无法挽回，如丈夫们、儿子们被杀，艺术珍品被毁。 人类怎么会想到战争？

天又凉了。 下午开始下雨。 谭俊莉（音译）今天住进校园来教音乐。

📖 ｜ 6 月 17 日，星期五

今天的大部分时间在下雨。 这个六月比我记忆中任何时候更像雨季。如果今年发洪水而又无人修理堤坝那将会发生什么？ 开封附近一定会是一片荒凉。

整个上午，我试着为夏秋学期做计划。 很难进行长远计划，因为人们不知道未来会怎样。 去年夏天我还很乐观，因为，我以为北方升起的战火会像

它的爆发一样突然熄灭，但结果显然是我错了。 今天还召开了特别管理委员会的会议，制定夏季必要的整修工作，以及为教工们的假期做了安排。

今天上午，王小姐和我检查了暑期培训班的工作，下面是一些数据：

招生人数 785 人

能力等级　11（从低年级到高年级）　17 个部

班级：　67 人

教师：　20 人

实习教师或"小老师"：　14 人

对于后者，我们付的工资为每月 2 元，再加上免费的大米。 我们开了 8 个不同的课目： 中文，17 个班；英文，5 个班；历史，3 个班；宗教，17 个班；音乐，5 个班；数学，7 个班；体育，3 个班；生理卫生，10 个班。 每个人都得学习。 王瑞芝开展这项工作很出色，没有她的帮助，这项工作不可能进行。

下午 4 时。 王瑞芝、程夫人、陈先生、哈丽雅特和我在一起碰头，草拟明天上午 10 时开会的通知。 有哈丽雅特在这儿开展难民所和校园的环境卫生改善工作，真好。

今晚 8 时，我们在平仓巷 3 号举行会议，讨论如何鼓动日籍基督徒在日本平民并且如有可能在南京的日本士兵中开展工作。 我们已计划让一个两人委员会起草一份对日籍基督徒领袖的呼吁书。

罗伯茨主教今早回上海。 他昨天凌晨 3 时起床去车站，想返回上海，但没成功。

今天没有飞机。 天气凉快，一片安宁。

玛丽拍来电报，说她已安全抵达上海。

米尔斯今晚告诉我，艾伦·德拉蒙德已设法使学校开学，有 51 名学生，其中 35 名是住宿生，这是她能招收的极限。

6 月 18 日，星期六

上午 10 时。 举行第一次正规的礼拜。 小教堂包括走廊上都挤满了人。 我们的暑期难民所现在有 790 人。 许传音博士讨论如何面对困难。 接着是分别负责商业、健康、教育的陈先生、惠特曼小姐和王小姐先后发言。 我们拥有一群愿意学习的难民。

下午 4 时。 第一次正式的教师会议在南山公寓举行。 会后，我们有茶和茶点小饼。 大部分时间花在讲演和回答问题上。 会上充满了团结合作的良好精神和真诚的服务态度。 我想大家都意识到这是一个帮助中国的良机。

克劳德对他的"耳光"事件引起极大的震动而深感苦恼。 华盛顿开始处理此事，与此同时，克劳德急于返回上海，但没有获得允许。

雨持续下着，我们在想，郑州和开封之间的洪水已上涨到多么严重的地步。 尽管洪水可以阻挡日军的军事行动，但老百姓受害最深。 有时在我看来，整个华东、华中成了一片汪洋。 如果今天停战，中国得花多长的时间恢复啊!

6 月 19 日，星期天

今天早上，我本该去教堂，但我却留在家中工作。 看来这个星期四我得去上海。 如果鲁丝小姐来的话，或者让她去。 我的确想参加毕业典礼，但看来到那时为止，我不大可能完成必要的准备。

下午 3 时。 李汉铎博士布道，是个很好的聚会，约有 250 人在场。 这些天的布道比以往更有意义。 李博士说，今天上午在被毁的韦斯利教堂的体操馆，有 200 多人参加礼拜。 以前，他们拥有大教堂时，很少有超过 100 人参加教堂礼拜。 星期五大约有 200 人出席祷告仪式。

下午 5 时。 贝茨主持英文礼拜，就信仰布道。 像平常一样，他讲得含义深刻，令人深思。

今晚 7 时 30 分，杨绍诚牧师在佣人们的集会上讲话。 会后，我们分发了用瑟斯顿夫人的圣诞卡购买的圣诞礼物。 每个佣人收到一只精美的盒子，装有香皂和《新约》。 下星期天，杨牧师打算给他们上《圣经》课。

6 月 20 日，星期一

今天的大部分时间在下雨。 今晚，校园的东北角看上去像个小湖，而街上水流成河。 孩子们玩得很高兴，或蹚水，或划船。 我看见一个小孩坐在他母亲的浴盆里。

上午 10 时~12 时。 特别行政委员会开会讨论在暑期如何照管校园，保护图书、仪器、地图等。 同时也为暑假制定了计划。 程夫人和布兰奇声明不想离开校园——坐火车对她们来说不堪忍受。

下午 2 时~3 时。 我捆扎了将送往成都的教育书籍。 袁博士的信在 6 月 12 日寄出，今天就到了，速度够快的。 我对中国邮局肃然起敬。

下午 3 时 30 分~6 时。 程夫人和我在严恩纹家，与去年 12 月份留下看家的那位 26 岁的青年进行了严肃的谈话。 六个月以来他成了一个吸毒者，前三个月吸鸦片，后三个月吸海洛因。 他聪明、能干，然而现在却一蹶不振。 为得到海洛因，他当然需要钱。 为此他当掉严恩纹的物品。 我们已说服他星期四与我去上海，以便将他安置在医院里。 他去还是不去，现在还不能肯定。

晚上 7 时。 在南山公寓，我们参加了瑟斯顿夫人的"圣诞晚会"。 21 人出席，每人得到一份有用的礼物，给孩子们的礼物是玩具。 这一慷慨之举带给我们许多欢乐。

今晚，王小姐和我借着烛光，为周三、周六和周日的聚会做准备，我们既是演讲者又是接待员。 人人都乐意参与，以至于一共安排了 10 个星期的计划。 问题是我们的音乐教师大约两周后将离去，我们还没其他人选。 现在南京几乎没有音乐教师。

又下雨了，渴望知道黄河水灾的情况。

📅 ｜ 6 月 21 日，星期二

今天大雨倾盆。 实验学校池塘里水涨的高度前所未见。 如果今年夏天的洪水给可怜的农民带来又一场灾难，他们如何能承受？

我整个上午忙于参加委员会的会议。 在特委会上通过了 4 500 多元的财政预算，这一费用将用于暑期培训班的准备工作。 对于 800 名妇女和女孩来说，每人每月还不到 2 元。 我向南京战争救济委员会提交了用于支付上课费用的 495 元的预算。 许博士感到悲伤，因为，他认为收留 30 岁以上妇女的难民所现已落入市政府手中，他不清楚是什么目的。 当然，那儿没有开展建设性的工作。

这个会议之后，程夫人、陈斐然、哈丽雅特和我又开了个会，商讨暑期的维修工作。 我们感到，必须做一些必要的维修工作，如修补屋顶等。 我们还不清楚需要多少油漆以保护木头不腐烂。

下午 5 时。 在祈祷堂为德国大使馆的赫尔·沙尔芬贝格（Herr Shaffenberger）举行了悼念仪式，他在生病 24 小时之后，于星期天晚上死于食物中毒。 米尔斯和贝茨主持了仪式。 麦卡伦唱歌。 罗森博士致辞对来宾表示感谢。 沙尔芬贝格原计划在这个月底退休，然后回德国的家，他在这儿服务了 35 年。

今天上午，为下星期四能获准去上海，我写信给四水中佐，请他帮忙。下午 4 时，我去大使馆提出正式申请。 我或许应等一段时间，在短时间内被批准去上海不大可能，等等看吧。 克劳德突然获许明天走。

晚上，我收拾行李，在明天动身之前，我必须处理一些事情，因为，我有许多账目要处理，还有一些有关暑期培训班的信要写。 做出这样的决定不太容易，因为，我很久没有离开南京了。

📖 | 6月22日，星期三

多么忙碌的一天啊! 雨下了一整天，有时是倾盆大雨，没有飞机活动。

上午，我在办公室为哈丽雅特开出 6 月份的工资单和其他开支。 为使这一切对她方便一些，我开出六七两月的现金需求单和薪水袋，并教她保险箱的暗码。 我很高兴，当我不在的时候她在这儿。 福斯特一家本周搬入伊娃的房子，对此我也高兴，因为福斯特先生在紧急时刻会给我们很大帮助。

午饭刚吃完，我就继续收拾行李，因为，我不想把一切事情留到最后一刻去做。

下午 3 时。 去日本大使馆，发现我的通行证已签发。 我的诚心得到了回报，因为，昨天下午 4 时我才申请。

我花一个多小时在校图书馆的阁楼里，为中国西部①挑选教育书籍。

---

① "中国西部"指的是迁往成都的金陵女子文理学院。

今晚，我特地与王小姐就暑期课程班的事作最后的讨论，在收拾好行李之后，于 11 时上床休息。

6 月 23 日，星期四

真的做到了！下午 3 时 45 分起身，4 时 50 分，我们乘大学医院的救护车去火车站赶火车。 哈丽雅特和邬静怡为我们送行。 与我同行的有李先生，他去接妻子；有由于恐惧而忐忑不安的罗小姐，她探望她的姐姐；还有一名 26 岁的年轻人，我们打算将他安置在医院，戒掉海洛因的毒瘾。 我们终于说服了他，对此我很惊讶。 天仍下着大雨。

一路上，救护车驶过许多水深达六英寸的地方。 在路过交通部时，那座美丽的楼房的窗户已裂开，屋顶被掀掉，柱子被熏黑。 这是南京陷落后我第一次看到交通部，真是惨不忍睹。 我想不通"焦土政策"，我只感到毁灭这些大楼是错误的，战争也是错误的。 以牙还牙行不通。 接近下关时，我们看见勤劳的农民背着大篮子的蔬菜，一边拖着沉重的步伐往前走，一边唱着歌。 这意味着他不顾一切障碍，回到家园发展并帮助国家恢复。 当我观察他时，某种意义上他已成了象征——与任何其他阶层相比，农民更会帮助中国复原。 我们能否阻止他不泄气？ 我们能否为中国留住他们？

在下关我们不是没有遇到问题。 罗小姐和吸海洛因的青年没有通行证，仅有登记表。 我们为罗小姐从倒卖车票者手中买到了一张票，暂时解决了她的问题。 当军警检查我的通行证时，我递给他看四水的名片。 他带我、李先生及那位青年直接去票房。 上火车我们没遇到其他麻烦，但我们心中一点也不愉快，因为火车很拥挤。

我该怎么述说旅程？被炸毁的车站在告诉人们去年秋天恐怖的空袭。 在南京与镇江之间，我数了数，约有 50% 的田地种了庄稼，但从镇江开始有 90% 的田地种植了水稻。 在镇江和苏州之间，田地遭受水灾的情况比较严重。 我希望可怜的农民，今年除其他灾难之外，不必再受苦。 在苏州之外情况好得多，稻田看起来刚种植过。 苏州使我最伤心。 在铁路与城墙之间，建起许多日式木质房屋——表明日本人打算长期在此居住。 在被毁的车站上，小贩都是日本人，他们出售的货物都是日本货。

鲁丝和弗洛伦斯在车站接我们。 有一年没见到鲁丝，她看起来很好，生活似乎正常。 我的中国同伴在火车站受到毫无必要的野蛮对待。 罗小姐被推来推去，她吓坏了。 我们将吸海洛因的青年安置在医院里，我相信他会逐渐康复。

晚上，我与鲁丝、弗洛伦斯一起吃晚饭。 今晚住在莫里斯（Morris）家。

📖 | 6月24日，星期五

我休息得越多，心中烦闷越厉害。 离开南京对我来说似乎是个错误。 我在早上8时醒来，但直到中午12时才起床。 莫里斯夫人拒绝所有的来访者和电话。

下午4时。 在中西女中，我参加了金陵女子文理学院毕业生为毕业庆祝日举行的庆祝会——她们称之为"非常"会或"特殊"会。 有17名已经完成学分的大四毕业生和6名尚有一些学分未完成的学生参加了典礼。 由于我们上海分部的努力，才使她们有可能完成学业，并留在金陵女子文理学院这个大家庭中。 她们向母校赠送了一面可爱的旗帜。 再次见到他们——教师、学生、校友，真好。 晚会在中西女中体育馆举行。 沃森（Wasson）小姐已事先做了一番精心的装饰。

晚上7时30分。 我们的毕业生在福州路的一家餐馆请教师们用餐，交谈很困难，因为餐馆内外人声嘈杂。 我忘记了正常的生活——有结婚和订婚，有宴席和舞会。 在我记忆深处总是悲惨的画面——难民们的画面。

📖 | 6月25日，星期六

上午10时。 在大剧院参加华东基督教教会大学的毕业典礼，这是个令人印象深刻的典礼，安排得很好，在这种时候举行盛大的典礼，这正是基督教坚持不懈的精神的见证，因为，所有的人都在极其困难的情况下开展工作，得克服许多障碍。 这些学院的毕业生情况如下：

金陵女子文理学院17人；上海女子医学院4人；金陵大学3人；之江文理学院15人，法学院16人；东吴大学40人，法学院25人；沪江大学71人；圣约翰大学82人，医学院8人。

中午 12 时。 我们去基督教女青年会，在那儿，教师们为毕业生举行宴会，演讲主题是"道路"。 我想谈论"铺路"，因为大多数演讲者谈论旅行。 这些天来，人不容易轻松、活泼。 然而，让我惊讶生活可以恢复得如此正常，就像这儿一样。 今天上午，我除了看到毕业典礼和观众之外，在那一时刻，我仿佛也看到了金陵学院教堂容纳了 800 人。

我们离开宴会后，弗洛伦斯和我去同仁医院，去看我的那位吸海洛因的病人。 可怜的家伙正处在可怕的毒瘾发作期间。 一会儿，他会说他再也无法忍受；过了一会儿，他又保证要变得有耐心。 我想知道毒瘾发作该是什么滋味？ 他说他口袋里有海洛因，如果想要，可以拿，但他克制自己。 这当然是个幻觉。

下午 6 时。 我们去一所美国学校参加了一个以"南京"为主题的野餐。 约翰①展示一些有关南京的图片，其中还有关于金陵女子文理学院难民所的图片。 在那儿，看见这么多南京老朋友真好，这些朋友去年还是难民。 大多数妇女的丈夫在南京，有科妮莉亚·米尔斯（Cornelia Mills）、莉莲斯·贝茨、特里默夫人、玛格丽特·汤姆森（Margaret Thomson）和许多其他人。 在精神上，他们与我们紧密相连，用祷告激励我们。

来自徐州的麦克法登（McFayden）医生说，在徐州的 20 万人中，大约有 18 万人或 19 万人在城市被占领前撤离了。 他也安慰我说，将军们并没有像唐生智在南京所做的那样，弃他们的士兵于危难之中。 但在那儿如同在南京一样，日本军方进行了有组织的洗劫。 我希望尽快再见到他。

扭 | 6 月 26 日，星期天

中午，我到朱恩贞（1938）家，与弗洛伦斯、鲁丝、伊娃、恩兰及教育专业的学生吃饭。 每次参加此类聚会前，我总希望不讨论南京，但每次谈话都围绕这个话题。

下午 4 时。 参加基督教教友会和圣餐仪式。 马克斯先生和夫人在那儿，还有麦卡伦夫人，加上一部分中国人——南京和南通来的难民。 布道者以前

---

① 约翰·马吉。

是一位牧师，话题总离不开难民的经历和对人类的赞扬。 下午 5 时，在基督教女青年会参加大型的校友会议。 看起来有 50 多人到场，但我不能肯定。 我被邀请介绍学校的工作，并解释难民所的图片。 看见这么多女校友很高兴。 我还介绍了 1938 级的学员，提到了教师计划。 鲁丝说了一些话，对过去一年校友的情谊和合作表示感谢。

晚上 7 时 30 分。 在米利肯（Millican）夫人家，我与英纽博士和夫人一起吃晚饭。 整个晚上，讲述沦为囚犯的平民们的悲惨故事——这些囚犯的老婆和孩子在南京亟须帮助。 尽管看来成效甚微，然而，人们对这件事有了一些认识，而这种认识也许会出乎意料地带来结果。

马吉与罗森博士今晚将乘坐加拿大"女皇号"离开上海。 我们在苦难中结下了深厚的友谊，而现在我们却要分手了。

印 | 6 月 27 日，星期一

阳光灿烂。 我感到筋疲力尽，睡得越多，越感到疲劳。 经过一夜漫长的解乏的睡眠，我感到烦闷。

今天上午，我从莫里斯家搬到罗伯茨家去住。 他们对我比我应得到的要好。 两位细心的女主人察觉到了我需要什么。 我上午在家指望写点东西，但什么也写不出。

下午 5 时。 我去黄丽明和黄太太家。 日本人攻打上海时，黄太太一家曾是藏身于一个干洗店里的难民。 拜访黄太太和那些可爱的孩子们真令人愉快。 没有什么能阻止中国人民善待朋友的愿望。

我到得很早，回答他们提出的有关南京、他们的老朋友和财产的许多问题。 后来，有 20 多位金陵女子文理学院的校友也来参加，这给了我拜会校友的良机。

在上海，多么容易忘却扬子江流域普遍的苦难和毁灭。 在我看来，国民政府不要求更多的自我牺牲和整个国家的参与是不负责任的。 甚至每个儿童都应尽力，因为，这么做最终会给人以深厚的民族统一感。

6 月 28 日，星期二

当然，在上海的生活很快令人厌倦。 我写日记的动力已没有了。 今天上午给南京的朋友写信。

下午 3 时 15 分。 我在红十字医院与医护协会的负责人会面，试图为我们在南京的工作找到一个既体面又有经验的公共健康护士。 协会现撤到法租界的老房子里，新的医护中心在使用了六个月后被日本人占领。

下午 4 时 30 分。 在维多利亚私人疗养院，我参加了一次令人愉悦的茶话会。 莉莲·柯克现在是该院的工作人员，她还邀请了弗洛伦斯、鲁丝、丽明和伊娃。

今晚吃饭的客人有克劳德、玛格丽特和豪·帕克斯顿（Hall Paxton）。尽管帕克斯顿极不情愿，我们还是从他那儿得知了有关美国军舰"帕奈号"沉没的详细情况。 谢天谢地，我没有坐它撤离，因为船上的乘客遭受了两天痛苦的经历。

6 月 29 日，星期三

晚上 6 时，我参加了 1927 届毕业生的团聚会。 18 个毕业生中有 9 个在上海。 当我们坐在餐桌旁，聆听隔壁房间喧闹的赌博声和喝酒声时，这使人们不大容易想起轰炸机、战场和苦难。 我得承认，南京的生活更适合我。 那晚的友谊令人愉悦。

6 月 30 日，星期四

今天一天很有意义。

上午 11 时我与中央研究院的秉博士见面。 他一再感谢金陵女子文理学院对协会的帮助。 作为回报，他通过预先写信给科学家们，使我们的人在去四川的路上能得到帮助。

11 时 45 分。 我来到设于上海的女子俱乐部执行委员会。 他们已给我们今年秋天的手工、家政学校提供了 3 000 元。

下午5时。 米利肯夫人和我与《读卖新闻》社的松本先生会谈。 他对查明在南京及芜湖是否有平民沦为囚犯的事真的感兴趣。 他也认为许多人已被屠杀。

今晚，梅因（Main）先生和夫人、汤姆森博士和夫人、莱西（Lacy）先生、孙瑞璜先生和我，在陈鹤琴家做客。 这真是情投意合的一群人。 我们讨论了一切，从合作问题到皈依天主教，陈先生对此很感兴趣，并积极在俄罗斯推进这一进程。

7月1日，星期五

写了一上午的信。 中午在杨锡珍家中吃午餐。 她向我讲述了她的身为东吴大学校长的哥哥和他的学生、教师们的长途跋涉。 去年秋天他们在苏州开学，后移到湖州，又搬到皖南的山区，现在到了上海。 她说，经常听见他晚上在地板上走来走去，大学校长应承担的责任给了他沉重的压力。

下午2时～6时。 我在金陵女子文理学院校友之家，来了大约12人。能有闲暇时间和她们在一起聚会真好。

6时30分，一些老校友邀请我们去青年基督教协会吃晚饭。 刘蓉士（1925）、刘艾贞（1925）、姜静（音译）和邬明英（1923）充当女主人，恩兰、黄文玉（1923）、鲁丝、弗洛伦斯、伊娃和我为客人。 人们摆脱不了议论战争的悲剧，这成了一个永恒的话题。

8月23日，星期二

假期旅行之后，我回到了南京，在上海仅花了两天时间就拿到了返回的通行证，原因是我有以前的通行证。 但做好返回准备不容易，因为你只能带回自己能拿得动的行李，其余的你得靠美国海军运送，那得等他们有船过来。

我凌晨3时45分起床。 到5时，我租来的福特牌汽车在苏州桥等着，一个日本兵匆匆检查了我们的证件。 我递上我的通行证，驾驶员递上他的通行证，我们被允许通过。 到5时15分，我们到了临时车站，离原来的北车站不远。 人们已经排好队买去杭州和南京这条线的票，每天出售300张。 很幸运，我是队伍中的第30位，买到了票，但有其他四个想回苏州和镇江的外国人没能买到票。 当然有许许多多的中国人没有买到票，一位年老的佛教僧侣很高兴能买到票，因为，这是他第六次早上来买票。 车站几乎没有搬运工，但我设法找到了一个人帮我拎沉重的手提箱，他并不知道我在手提箱中放了2 500 元。

我很高兴没有中国同事与我在一起，因为，火车里的条件对他们来说难以忍受。 尽管我是队伍中买票的第 30 位，当我到达三等车厢时，实际上里面挤满了日本人，大部分座位已坐满。 中国人主要站在过道上或坐在行李上。 在真如即上海过后的第一站，一位士兵用枪和刺刀，试图让过道上的人挤得更紧些，以让车站上的人能挤入。 大部分车厢被士兵占领，仅有两节给平民。

沿途的车站看起来像我 6 月份出发时一样凄惨，不同的是现在有更多的日本平民。

地里的庄稼看起来不错，给人以农民们已回来耕耘的感觉。 我经常对中国的农民表示赞赏，他们周而复始地做他们的工作，而不管高高在上的人们所干的蠢事。 如果人类还能生存下去，全赖他们的辛勤劳作。 在镇江和南京之间的田地受到水灾，农民们站在齐腰深的水中收割水稻，放在支架上晒干。

下午 5 时 30 分。 布雷迪医生在车站接我，我出车站没遇到麻烦，没有碰到检查行李或通行证。 当你离开站台时，他们向你喷射抗菌剂。 我不喜欢抗菌剂。

回到金陵女子文理学院，我发现人人看起来很健康，并对夏天的工作很热情。

🈹 | 8 月 24 日，星期三

朋友们抱怨我把炎热带到南京。 天气当然很闷热、潮湿。 今天，有成千上万的日本兵全副武装地通过南京，人们一定会为此感到难过。 不过，这些日本兵或许并不比中国士兵更想进行这场战争。

上午，我在为秋季制定计划和面试求职者。 有一个人，负担包括他的妻子和小孩在内的 12 个亲戚，他来看他能否在我们的一个计划中教学，他说，他曾在傀儡政府开办的一所新学校教过书，每月拿 95 元，但他说，他不能忍受这种屈辱，而宁可在一个教会机构中拿糊口的工资。

今天下午，我们的紧急委员会开了两个小时的会，讨论秋季工作的计划。该计划待制定好后再宣布。 我们同意为南京的妇女和年轻的女孩服务，这是我们的目标。 细节将逐步制定出来。

下午我又听到士兵、马匹经过公共学校时沉重的脚步声。

13 个月前那个可怕的夜晚又生动地浮现于脑海，当时中国士兵被派往北方，这 13 个月发生了怎样的变化啊!

我去伊娃的小屋，与福斯特一家吃饭。 他们充分享受这间小屋。 对我们来说，拥有他们同样令人愉快，更不必说福斯特先生给予我们的帮助了。

🕮 ┃ 8 月 25 日，星期四

重型轰炸机今天早晨不断向西飞去。 人们可以形象地想象被摧毁的家园以及平民和士兵残缺的尸体。 尽管我几天没有读报，但我可以根据飞机的数目，判断出他们正在尽一切努力攻占汉口。

今天上午 10 时～12 时。 我们的管委会又开会讨论秋天工作计划的细节。 我们的信仰依旧执着，尽管缺乏人手和经费。

下午 4 时。 20 多人在南山公寓聚会喝茶，到场的有我们自己的工人和城里四个教堂的代表。 我就北方之行的一些印象，作了非常紊乱的报告，并回答了他们的提问。

最后，代表们就秋季计划作了报告，看来能做而未做的工作真是太多了。

今天很热。

🕮 ┃ 8 月 26 日，星期五

天气炎热，间有暴雨。 由于阴天，头顶上几乎没有轰炸机飞行。

上午 11 时。 程夫人和我去拜访天主教的修女们。 现在有八人在这儿工作，其中六人是三星期前到达的。 她们已开办了两家诊所，每天有 100 多人前来就诊。 药品很贵，没有一种药材在南京能弄到，因此，不得不从上海用炮艇将它们运过来。 她们也期望在院落里开办工厂，帮助贫穷的少女和妇女。 卡尼牧师昨天受到一个醉酒的士兵的袭击。 这个士兵身上佩有刺刀，幸

运的是，人们在他还未来得及伤害任何人之前，便成功地制服了他。 在两周之前，她们收容妇女的大院被一帮士兵占据。 他们这么做可真把那些姑娘吓坏了。

我们在学校继续从事我们两个项目的组织工作。 今天，我们拟好了通告。 然后我继续面试教师。 今天，我注意到在贵格会日历下端写着："做不能做的事是生活的光荣。"我们事实上是在验证这句话。 看我们能组建成怎样的教师队伍将很有趣。 我确信一定会有差距，我们该付他们多少工资呀！

8月27日，星期六

索恩先生与夫人昨天到达，他们十分幸运，因为在上海很难买到票，买票排队的人有 300 多人。

全天用来写信和发信，主要内容是关于秋季工作。 我们既没张贴海报，也没在报纸上登广告，一是因为城里没有报纸，二是因为我们认为不登广告更明智，只是寄信给教堂和有兴趣的朋友。 我们希望计划能实行。

儿子到了上中学的年纪，做父母的很焦急，因为没有好中学可上。 受日本人操纵的傀儡学校仅教授汉语、日语和英语。 几个教堂虽提供临时拟定的中学课程，但仅有英语、汉语、数学和圣经。

8月28日，星期天

我把早饭拿到南山公寓，与邬静怡、哈丽雅特一道吃。 王师傅是哈丽雅特得力的厨师。 在树林里散步是一种很好的娱乐和放松，林中到处是红色的百合花。

自哈丽雅特和福斯特一家离开校园去教堂后，我上午都呆在家里。 留下来很巧，因为，南满洲铁路大连图书馆的 M·治先生来访，他说，他正从南京的多种渠道收集图书，依照军方的命令，把它们集中到一个重要的地方。 他说，他认为汉口被占领之后会有和平，这是极其坦率的谈话的开头，谈话中我向他谈了过去八个月在南京发生的许多事。

下午 5 时。 在特威纳姆教堂参加礼拜。 大约 15 人参加，其中索恩一家是新来的。 我们得知，9 月 1 日起，在上海与南京之间，一列快车将运行。

我们在城里的分部正被日军骑兵使用。

📖 | 8月29日，星期一

今天早上5时30分之前，无数重型轰炸机向西飞去，它们担负着制造死亡和毁灭的任务。要是他们的炸弹全掉进扬子江里该多好！到7时，我能听到许多士兵在我们东面的路上行进的声音。

下午，冈先生来访，他是从洛杉矶来的浸礼会的信徒，一个在美国住了40年的人。他没有时间交谈，也没有提问，因为他的日程已排满。他由一个从日本领事馆来的懂英语的青年陪同。

从白天到晚上9时，我一直在筹备手工、家政学校。课时包括三种活动，即家政方面的简单课程，做实际的手工工作和学会烹饪。我们以前家政学校的薛小姐负责班级工作，惠特曼小姐负责手工工作，程夫人负责宿舍里的饮食起居。

明天，我们筹划中学计划，在目前不利的情况下，试图想出并实施新型的中学课程不容易，但我们在校园内，做不可能做的事已有很长时间，我们要么是有伟大信仰的人，要么就是傻瓜。

尽管近来天气仍很热，但今天稍微凉快了一点。

他们告诉我，许多马匹和士兵已从我们城里的分部撤走。

📖 | 8月30日，星期二

今天，除8月29日的《字林西报》外，我们与外界没有联系。据说日本人大规模的军事强攻暂时停止。但许多日军飞机仍向西飞去。我们意识到他们正努力逼近汉口。据说，日本最大的财阀之一三井，对道德重整运动开始感兴趣。如果这条消息属实，那将是伟大的胜利。但愿其他的大资本家，包括全世界的资本家也能受到他们的影响。

今天我干了什么？我们继续筹划两个培训班。今天我们制定了手工、家政计划的申请书和信息表，现在，正开始拟定有关中学的详细计划。

我的主要行李还没有用炮艇从上海运来。我现在只有一只衣箱和几件没穿的旧衣服。程夫人考虑到手工家政学校的计划，已派人把厨房保留起来。

你们或许想知道这个秋季我们在校园里怎么住。 哈丽雅特和邹静怡住南山公寓，王师傅是她们的小厨师，韩嫂子是她们的女佣。 西山的平房还没有建好。 去年秋天使用率较高的防空洞朝北的那一面有塌方。 福斯特一家住伊娃的房子，他们很高兴。 里夫斯博士的小屋就在伊娃房子的北面，尚未建成。 程夫人和她的家人住在 400 号楼。 700 号楼给家政学校的妇女，500 号楼给初中部使用。 我们的课堂设在诵读厅，中学在楼上，妇女在楼下。 实验学校给从高中到初中的女孩子们，当然我们仍不能使用图书馆。

8 月 31 日，星期三

今天发薪水。 事实上，我一整天都在算账，并与邹静怡、程夫人及陈先生讨论他们分工的问题。

自去年 1 月起，我试图帮助甘米·格雷保住她的房子，去年 12 月它被洗劫一空，但通过安置王师傅的妻子、母亲和岳父在那儿居住，我赶走了日本人。 今天，日本人又把他们逐出，占据了它。 当然我无法做什么，因为它不是美国人的财产。

不断地有人来找工作，他们说，宁可领取仅可糊口的薪水，也不愿在傀儡政权下工作。 我真希望能帮助他们。

盖尔先生说纺纱用的棉线非常昂贵，棉布却很便宜。 这是政策问题。

欧洲的局势又陷入危机。 一个来自某大使馆的拜访者预言，在汉口被占领前，俄国将突然袭击满洲里和朝鲜。 我们将拭目以待。 没有人知道日本人将沿哪条路线进军汉口。

毕夫人今天来访。 她穷困潦倒，我们找不到地方让她居住。

今晚，我在福斯特家吃饭，他们待人友好、亲切。

9 月 1 日，星期四

早晨 7 时。 九架重型轰炸机经过校园上空飞往西部。 有些日子我们数了数，多达 54 架。 一些飞机中午返回，它们可能飞往汉口。 我听到更多的飞机轰鸣声。

很难做日常工作，因为不断有人来谈论自己的或朋友的问题。 讨论他们的问题是很值得的，但太花时间。

今天上午，我们开始手工家政学校的注册：邵静贞小姐面试文盲，一个接一个。薛小姐面试识字的人。她们动员 18 岁以下的女孩不登记。对于那些可以上中学的人，不管多穷，都推荐她们申请进入中学学习。到中午时已批准 29 人的申请。注册日期从 9 月 1 日～6 日。我们的难题是选择真正贫穷的人，那些难以度过今年冬天的人。今天，芜湖的林弥励传来消息，说她愿意来负责手工家政学校。

弗洛伦斯 8 月 12 日～22 日的日记今天显然是经香港寄来的。我们很高兴这群人安全地离开汉口。他们在汉口的经历，既然已成为过去，对学生及教工很有价值，将帮助他们对中国西部的那群人解释"战争"。她的日记使我想起去年九十月份紧张的日子。可怜的武汉三市，白天受到轰炸，现在因为月亮渐渐变圆，夜晚也要受到轰炸。对于南京的我们来说，整个中国东部的 1/3 已被毁灭。

🀄 | 9 月 2 日，星期五

今天是一个秋高气爽的日子。在漫长的夏季之后，这是深受人们欢迎的天气。可惜的是，可怕的飞机和充斥于脑海中的想象有损这美丽的天气。

今天早上 6 时 30 分～7 时 30 分，我结算了 8 月份的开支。早饭后，我帮哈丽雅特结算六七月份的开支，列出财政收支账单。今天下午一个接一个地面试求职者，大多数的人宁愿拿很低的薪水，而不愿在市政府开办的学校里工作。

自我们回到南京以来，哈丽雅特和我今天第一次在校园西部的农村散步。在我们北面住宅区的新房子里有许多士兵。有些尚未建好的房子被"违法的"穷人拆掉，木材被卖掉。我们去看夏老太，一位 80 岁的老婆婆。她说，甚至现在每天黄昏时，她与家人仍去从前的安全区的一所房子。她在那儿住了好几个月。他们害怕晚上住在自己的房子里。士兵们几乎每天都来，要找"花姑娘"，即年轻的女子，并随意拿走鸡、鸭、猪、谷物和蔬菜。一位农民告诉我们，如果碰到较好的士兵，他会买下蔬菜，但大多数人不仅不付钱，而且勒令农民们把蔬菜运往军营。人们不断地问："你认为这种情形还将持续多长时间?"许多人不知道他们还能忍受多久。 路上,我们仅看到一个年轻女孩,大多数姑娘白天不敢出来。 城市看上去一片荒凉,道路毁坏得很厉害,因为一年多来没有人修路。

海因兹小姐今天上午过来,她看上去苍老、消瘦了。

9 月 3 日,星期六

秋高气爽,不知什么原因飞机很少。 夏天的闷热已逐渐远去,湿度开始下降。 今晚 9 时,当我写日记时,蟋蟀和其他昆虫在屋外的草丛中和柳树上唱着动听的歌,小蜥蜴忙着在窗外捉蚊子。

听到关于 8 月 31 日即上星期三的群众集会的报道。 在日本,天真的百姓将会读到讲述南京人民为摆脱了蒋介石政府、欢迎新的统治者而感到高兴的文章,他们甚至会看到成千上万的人在鼓楼举行集会的图片。 事实是南京的每个地区被迫一家出一人,新建小学的学生也得参加,政府发给他们五色旗。 为了怂恿他们去,发给每户 2 夸脱①的大米。 他们被迫喊反对中央政府的口号。 每个区的区长得交 75 元买米。

米尔斯和米里亚姆·纳尔今晚到南京。 两天前看到麦卡伦也来了。 贝茨在上海,他一拿到通行证便立即动身来南京。 莉莲斯一个月后过来。 9 月 1 日该启用的快车,但到现在还没使用。

上午的大部分时间花在面试上。 有个人面临一个问题,他在教育部有个较次要的职位,去年秋天,因为负担不起九口人的路费,而不能西行。 他现在不想在傀儡政府中工作。 他能做什么呢?

9 月 4 日,星期天

两年前的今天是夏季最炎热的日子。 今天天气很好,清新、凉爽,有柔和的微风和可爱的天空,到凌晨我甚至需要一条薄毯。

哈丽雅特今天上午去教堂,我留在家中。 没有来访者,我便写信。

今晚,我们在南山公寓请客人们吃晚饭。 客人有莫兰德先生、福斯特夫

---

① 1 夸脱为 2.273 公斤。

妇、麦卡伦先生和贝西·西姆斯。 晚饭后，我们到阳台上，两次看到飞机向西飞去。 月光让武昌、长沙和南昌等城市需提防空袭。 发光的飞机在夜空中看起来很美。

莫兰德先生说，邮件很快能送到北平（现在叫北京）。 无锡和苏州的邮局仍正在运行，每月亏损额为 12 万元。 这或许是日本人不想接管它的一个理由。 邮局在战争期间做了了不起的工作。

我和两个中国女孩昨天去教堂时必须出示通行证。 莫兰德先生开车过来时，也被哨兵拦截盘查。

🈷 | 9 月 5 日，星期一

写日记时是美丽的月夜，但是，唉，轰炸机低沉的轰鸣声非常清晰。 愿那一天快快到来，到时美丽的月夜不再被狂轰滥炸所摧毁和破坏。

上午，我们开始收到中学项目的申请表。 到中午，有 39 人注册，但大多数付不起学费，一些人甚至付不起伙食费。 我们认为，半工半读这种方式将是很有用的解决方法，其本身也是一种良好的训练。

现有 62 人。 我们相信，她们是手工家政学校所需的那类人。 上午，我们派人调查一些最贫困的家庭，并将人数增加到 100。 有许多申请者不满 18岁，但我们认为，她们能够而且应当等到下一个此类项目。 今天上午林弥励来帮忙。 有她在这儿真好。

下午，麦卡伦先生和我先去日本领事馆，看我们能否催他们快点批准凯瑟琳·舒茨（Katherine Schutze）①的通行证。 自 8 月 20 日以来，她一直试图拿到通行证。 之后，我们去甘米·格雷的家，却发现那里挤满了日本兵。 他们看到我们很惊讶，但由于我们找不到懂英语或汉语的人，因此，双方未能作进一步的交涉，明天该为此写封公函。 接着，我们去了中央研究院。 一个曾经繁华的都市变成了怎样的废墟! 沿途相当多的房屋正被拆掉。日本兵占领了许多房屋，包括中央研究院和以前的教育部。 看管中央研究院的两个守门人很难阻止日本兵和不法之徒进入。 大约每隔两天，就有几伙人

---

① 1936～1937 年在中华女中任教。1938 年 9 月重返南京，在金陵女子文理学院工作。1940年 4 月，魏特琳精神崩溃，她陪伴、照料魏特琳回美治疗。

进来抢东西或砸物品。 我想知道，从现在起，一年后南京城还剩下什么！

当我们沿一条主要街道返回时，我们发现许多城里人在做小生意，人们开了许多商店，中国人再度营业。

9月6日，星期二

今天过得很不平静。 上午，我们召开了委员会会议，进一步讨论手工、家政学校的细节。 我们——至少我们中的一些人感到，需要教妇女们合作做生意，但我们不知如何着手这件事。 我们的确没有足够的师资来实现我们所有的想法。 今天为织毛巾，我们订了八台织布机，也筹划买六台手纺车，这样，妇女们能学习纺织技术。 我们从上海订了四台织袜机及织袜所需的线。因为，现在你只能买到日本纱，而且价格昂贵，所以，人们将买加工过的原料。

两个项目的申请在继续。

下午 4 时，福斯特一家、哈丽雅特和我，招待了来自美国大使馆的四位先生，为庆祝邓洛普（Dunlop）先生的生日——他是使馆里的一位年轻工作人员。

我们先玩游戏，后去田径场打槌球、玩掷蹄铁套柱游戏、野餐和看夕阳。当我们吃晚饭时，六架大型轰炸机向西飞去，因为今晚月光皎洁。 以这种令人憎恶的方式破坏这样美丽的夜色，真是罪过。

晚饭时，从上海去芜湖的新教圣公会教堂的两位新成员到达南京。 他们说，有六节车厢供平民使用，一路较为愉快。

据说，目前南京有 1541 名日本平民，其中 700 人是女性，此外有 150 名朝鲜人。 士兵的人数每天都有变化，可能介于 2 万~4 万。 我们中没有人认为，如果汉口被占领，战争将结束。

9月7日，星期三

时间花在面试上，面试教堂送入的妇女和姑娘或者在我们的项目中找工作的人。

今天上午，我们与两位会编织浴巾的妇女进行了长时间的交谈，我们准备雇用她俩负责编织毛巾的项目。 她们说，现在只能买到日本的用于织毛巾的线，每捆 9.2 元，而过去只要 6 元。 市场上没有中国棉纱，日本棉纱的价格正逐渐上涨，与我最近告诉你们的相吻合。 她们认为，教妇女们在家中纺纱不可能。

今天祷告会之后，我们为亲爱的林夫人举行简短的悼念仪式。 她的死令人伤心。

贝茨回来了，但我还没看到他。

一想到汉口，我们就很难过，他们处在我们去年 11 月底所处的境地。

📖 | 9 月 8 日，星期四

申请加入我们两个培训班的报名还在继续。 到今晚，我们有 92 人申请上中学，其中，37 人将付 46 元的全部伙食费和学费，39 人将付伙食费 20 元和 6 元的小费用，不交学费，9 人除了交 2 元的申请费，不付其他费用，4 人不交费。

每学期费用有：学费 20 元，伙食费 20 元，杂费 4 元，实验费 2 元，服装费 2 元。

我们正设法安排，使那些不交钱的人能工作。 100 多人申请上手工家政学校，其中 42 人已被调查。 如果我们允许所有人来登记，将有 200 多人。

我们的三位新教工在忙入学考试。 他们都是金陵大学的毕业生。 很难说服我们自己的女毕业生回来，因为，她们的双亲认为，这是地球上最不能让女儿去的地方。 迄今为止，只有林弥励回来了。 我希望有更多的人能到这儿帮忙。

今天，我去海尔·莫兰德家，和福斯特夫妇、皮肯斯（Pickens）夫妇（去芜湖的新的一对）及哈丽雅特吃午饭。 这是我第三次经过样子凄惨的交通部。 这样对待一幢 300 万元的楼房对吗？我们玩得愉快，吃了一顿可口的午餐。 没有家人在身边的男人们感到孤单，但他们很难下决心让他们的家人返回南京，更何况他们也不知道以何种方式让他们来和安置在何处。

贝茨今晚停留了片刻，我们星期六将请一些人听他谈日本之行。 他看起来很有精神，而且胆子也大了，他仅穿着短裤! 我不知道我是否喜欢一贯衣冠楚楚的贝茨这副打扮。

今晚的《字林西报》，顺便说一声，这是当天的报纸，描述了九江之外的激战。 我无法忘记飞机轰炸时中国士兵遭受的苦难。

今天我听说在南京成立了两所市立中学，但有多少学生我不知道。

9月9日，星期五

去年此时，我们正遭受不断的空袭，通常在防空洞中过上几小时的夜晚令人憎恶。 可怜古老的武昌和汉阳正经历同样的命运，不过他们没有防空洞。 今晚的报纸说，广济及 20 里范围之内的村庄被炸毁。

如果我们的金陵女子文理学院旅行者成功地从重庆乘汽车，他们此刻应该已到达。 我很高兴他们在船上休息了 10 天，是的，还有去过汉口的经历。

今天没有新闻。 中学计划的注册今天结束。 手工家政学校的登记上星期二结束，但仍有人来报名。 有三人外出察看申请者的家庭。 林小姐和薛小姐正在排课程表。 今天，我们为中学项目召开了第一次教师会议，参加的有三个大学毕业生、王先生、王小姐和我。 我们仍然缺乏师资。

9月10日，星期六

又是一个美好的秋日——除头顶盘旋或飞行的飞机之外。 许多飞机以一组三架、一批三组的队形飞行。

到中午时，有 118 人在中学项目中注册。 申请手工家政学校的 200 人中，我们已决定招收 62 人。

今天下午，贝茨在南山公寓的讲话虽然十分有趣，但总的来说并不令人鼓舞。 他暑假期间与 350 个传教士和相对少一些的日本人交谈，也看到了一些外国包括日本的外交官。 一般来说，人们仍然相信政府的宣传，但热情减退，意识到这是长期斗争。 尽管人们看到一些军需品如皮革、煤、金属等带来的经济利益，但人们看不到人力、物力的匮乏。 在台湾，要求一切都中国化的压力在逐渐增加，如服装、家中的语言、学校等。 基督徒比其他人都更接近真理。 一些基督徒勇敢而机敏地反对目前的战争。 贺川在《每月论坛》上这么做了。

🏛 | 9月11日,星期天

直到最近几天,在金陵大学和金陵女子文理学院的山顶上及两所院校的空地上,挤满了马匹和士兵。今天却空无一人,他们或许西行了。新的部队可能很快到达。

农民们处于夹缝之间。有个例子,在淳化镇和城南30里之间的公路上的桥,今年夏天被游击队员炸毁两次。日军也修复了两次。第三次被炸毁时,日本人通知镇上的长者说,他们必须承担修复的全部责任,否则掉脑袋。镇上的当权者开始集资修复,但游击队员一听说这事就通知他们,如果他们那么做,将受到惩罚。镇上的长者们该怎么办?他们最后筹集了500元,与日本人取得联系,试图让他们修复桥梁。这一带的农民面临上述的困境。

到春天,我担心这一片地区将没有树木。两年前,我买下的在校园北部的五棵老松树,现已不复存在。一星期前我还见到它们,可今天上午它们全没了,我从未想到它们这么快遭受不测,或者本该想出保护它们的某种方法。

今天上午,鼓楼教堂几乎有100人,据说,所有教堂做礼拜的人数都很多。现在,没有什么(比如电影)可与它竞争的,人们愿意在一起。

米尔斯今天下午在英语礼拜上谈论信仰:"如果我们相信上帝,相信十字架的启示,相信天国,相信生命不朽,我们就知道目前的混乱不会持久。"

贝茨今天中午和我们吃午饭,逗留到2时30分。莉莲斯现在在日本,但期待着今年秋天回南京。

今晚在福斯特家吃晚饭,索恩一家是客人。

今天有许多飞机,它们总令我感到压抑。

我们听说从东部将树木运入城市,这或许是中山陵园的树木。我们正考虑向傀儡政府请愿。

🏛 | 9月12日,星期一

今天没有新闻,有的仅仅是工作,但有许多干扰。林小姐进退两难:如何把手工家政学校的注册人数限制在100人,因为有更多的人想来。

今天下午3时30分,中学课程的教师开会。有10人出席。很难按我们的思路设计出更有教育意义的课程，尤其是可能会发生什么事的时候，更是这样。 教数学、化学、体育和音乐的教师们没有出席，尽管有三个人已到任。

汉娜·斯塔克思（Hannah Stacks）与我们吃午餐，向我们讲述她从河北到汉口旅途中的一些事。 220 英里的旅程，几乎花了一个月。 她准备去芜湖。

城里现在没有多少士兵了。 下午 5 时~6 时，我从金陵大学走到神学院，没看到一个士兵。

这是一个秋高气爽的日子。

🗓 | 9 月 13 日，星期二

今天早上 8 时，高中的 31 名女孩聚集在艺术楼 26 号房里，参加入学考试。 有些人吓坏了，正如一个女孩所言，她在乡下避难好几个月，没看一本书，回到南京时，房子被洗劫、烧毁。 这些女孩中的许多人经历了地狱般的遭遇。 我们知道一组中有一个人曾被士兵从难民所中带走。 与她们交谈中，我发现有一些人毕业于南京的教会学校，还有一些人毕业于政府学校。 考试从上午 8 时持续到下午 4 时，中午有一个半小时休息、娱乐。

下午 3 时，召开了手工、家政课程的工作人员会议。 怎样挑选最贫困的人是我们的难题，因为有太多的人想参加。 手工、家政课程的新的主任林弥励负责会议。 5 时~7 时，我们去普劳伯尔（Plopper）住宅，看他们是否有兔子剩下，因为，我们想把养兔作为一门课。 但到那儿看时，笼子是空的。

城里实际上已没有士兵。

🗓 | 9 月 14 日，星期三

好几天没有看到一个士兵了。 在我们住的附近，我还没看见一名日本平民。 我回南京时，在我们这片市区，那么多的骑兵部队已经离开，至今尚未驻扎新的部队。

初中年龄段的考试今天举行，实际参加考试的有 98 人，有几人因病而未到。 我多想知道每个人的故事，或许有一天我们会知道的。

我正在搞两个计划的预算，但干扰太多，有太多未知的因素造成我的工作进展甚微。 下午 5 时～6 时，在南山公寓，我们举行了很好的教工祷告会。 杨牧师是我们的合作者和乐于助人的朋友，他主持了祷告会。 他与妻子住在我们的一间男教工宿舍。 两人既乐于助人，又忠诚。

吃完晚饭，福斯特及夫人克拉丽莎（Clarissa）来访，他为我们大声朗读田伯烈《战争意味着什么》，我得说，在听到某处时我想我应当离开，因为，回忆太令人心酸。 我们正在列出事实和印刷上的错误，以便告诉作者。 南京已出现了该书的中文版。

📖 | 9 月 15 日，星期四

我们在南京的人逐渐认识到，对那些在过去 8～10 个月中没有住在南京的中国人来说，下决心返回有多么困难。 今天，从苏州来了一个很好的人，但当他了解到他和妻子得住在远离校园的一间房子时，他便不能下决心把家人带来。 那些住在农村、住在南京附近的人没有这种感觉，他们很乐意回来。

我们两个项目的负责人继续筹划他们的工作。 今天，我们讨论了一些有关宗教计划的工作。

今天，上海的报纸载有似乎不祥的消息。 欧洲会卷入另一场战争吗？ 为什么清醒的世界人民让疯狂的人把他们的国家推入战争？ 当然不能这样! 我的祖国如此沉默，似乎还没有发出抗议照会，这令我伤心。

📖 | 9 月 16 日，星期五

9 月 15 日～21 日，城里宣布实行军事管制，以防止 9 月 18 日左右因沈阳事件六周年①而举行的任何起义。 今天上午，当我在宁海路上向南走时，看到在校园的东南角，所有的中国男性被盘查，被迫出示登记证。 两位士兵中的一位想拦住我，但另一人说应放我走。

最近几天，我们一直想知道该怎么安置两位 13 岁的男孩，其中一位孩子

---

① 日记原稿有误，应为七周年。

的母亲，她的丈夫和 20 岁的孩子去年 12 月被抓走，留下她和三个分别是 13 岁、8 岁和 2 岁的小男孩，没有生活来源。 我们可以让她与她的两个小儿子加入手工、家政班。 另一个是一位 21 岁的女孩的弟弟，她的父亲、叔叔和 20 岁的哥哥被带走，留下她和三个分别是 16 岁、13 岁和 6 岁的弟弟。 我们现在认为有解决的方法。 一个信仰基督的木匠将收 16 岁的男孩当学徒，一位退休的基督教妇女将像母亲一样照顾两位 13 岁的男孩，但我们要支付他们的伙食费。 两位妇女将自由地到我们这儿来。

下午 5 时去汇文中学与姜先生谈话，他转述了今天一所小学的开幕式，有 400 人注册。 他大约有 24 名贫穷的教师，每月支付他们 12 元。 他用学费养活学校，每个学生每学期收 3 元。 大约有 30 名学生不能交付任何费用，其他人仅支付一部分。 在拜访结束之前，我们去外教的住处。 12 月 12 日，两颗炮弹落在房子附近，大多数窗户被炸毁。

当我进汇文中学时，我遇到年老的姜先生。 他是我在庐州的第一个语言老师。 他去年秋天到了无为，之后，从那儿去了农村。 他说，在去年暮秋的轰炸中，大约有 200 人在无为被杀，接着，当日本人进城时，他们烧、抢、杀、奸，似乎到处都是相同的故事。 大约一星期后日军离开，中国军队进入，不料发现抢劫者忙于洗劫，又有大约 200 人被杀。 当他回到南京时，他家的房屋被洗劫一空，八间房屋中有三间被烧毁。

天气凉爽宜人。 我们焦急地阅读每天的报纸。 当然，战争不会再度在欧洲爆发。 今天的报纸报道，张伯伦为了与希特勒会面而访问德国。 我多么希望自己的祖国在这种关键时刻能为了和平更加坚定地站出来。

今天上午来了一位年轻的中国人，是金陵大学 1930 届的毕业生，看我们能否给他谋个教职。 他相貌英俊，为人坦率，我立刻喜欢上了他。 他最近刚从滁州过来。 他说，城里除难民所之外，到处都是一片废墟。 他眼里含着泪水，描述了妇女的遭遇： 一位 78 岁的老太太和一个已疯的女孩被六个士兵强奸等等。 令人惊讶的是，他的仇恨并不强烈。 但他说，他相信日本永远不可能成功。 因为没有哪一个残暴的民族能长久。

9 月 17 日，星期六

我们焦急地等待今天的报纸，今晚大约 7 时 30 分才收到。 对欧洲的和平抱有一线希望，至少我们祈祷下星期二，张伯伦的第二次访问能够开始调停。 我多么希望美国能积极地为和平努力，而不是焦急地观看。

你们将会从我的日记中知道日本人已有好几天没到校园来，据说，城里也没有多少日本人。 晚上有可怕的爆炸声，但我们不知道原因。

我们中学的教学人员今天上午举行会议。 我们招收考生与以往有所不同，让每个参加考试的人进校，但在某种情况下，让女孩分在更低的一个班。 今天上午收了 130 人。 下星期三，我们将为额外增加的 16 人举行一次考试。 我们只招 146 名学生，其中 68 名住实验学校宿舍，72 名住 500 号宿舍，6 名住 500 号阳台。 我们允许姑娘们一个月回家一次，但一次只允许一个班级，因为，我们认为一大批人同时外出不安全。 这将成为今年一个极有趣的实验，只有时间才会证明我们是否成功。

今天上午和下午，那些被手工家政学校招收的学生已进校。 她们将住在西北角的 700 号宿舍楼，一个房间住四人，她们将睡在地板上。 我们尽快买稻草，教每个妇女编草垫子。 有两天学校向她们提供食物，直到她们的厨房已完工，第一支烹饪队伍已组建。 程夫人干得不错，已建成一个小的、价格便宜的房子，四块隔板隔成四个厨房，每个花费不到 200 元，厨房面向南，在 500 号和 700 号之间，靠近后者。 下午 4 时，她们吃了今天的第一顿饭。 她们将一天吃两顿。 很快，教师将为年龄较小的孩子搭三张矮桌子。 教师和工人很热情，有各种有趣的计划。

下午 4 时 30 分～5 时 30 分。 18 名外国人在运动场上打棒球，然后到福斯特家喝茶。

今晚很冷，在下雨，树叶瑟瑟作响。

🗓️ | 9 月 18 日，星期天

天气很适合 1931 年沈阳事件的纪念日，既下雨又寒冷，足够降低爱国者的热情，但这种天气使得执勤的士兵感到不舒服。 今天甚至没有飞机，因为天空阴云密布，十分低沉。 今天大部分人将很高兴留在家中。 我们希望一整天都是这种天气。

今天上午不能去教堂，因为，我得寄出一封重要的信件，今天是做这件事

的最后一天。

下午 2 时 30 分。 举行手工家政学校的第一次礼拜，大约有 72 人出席，有 20 名儿童。 杨绍诚牧师做了很不错的布道。 杨夫妇非常乐于助人，有他们当我们的邻居真好。 他们住在 8 号楼中的一个房间。

麦卡伦在英语礼拜上就幸福布道。

我有没有告诉你们中国老朋友在哪儿吗？ 我将在这一页写他们中的一些人的消息。

黄太太去香港，出席她嫂子吴太太 70 岁的生日宴会。

王保林曾是一位承包商，去年 11 月份撤离到合肥南部的一个村庄——三河镇。 他现在在哪儿，天知道，也可能在成都。

李和富（音译）去年暮秋撤到无为，之后又去了九江。 现在他在四川的某个地方，我认为在重庆。

安娜·莫菲特又回到上海，她期待着动身到这里拜访。

陈安明（音译）夫妇去年 12 月去了重庆。 我知道他跌了一跤，现在好多了。

中华女中的陈熙仁去年先撤到合肥，之后去汉口，又从那儿到了长沙，在长沙过冬。 今年 8 月份，她经广东和香港回到上海。

汇文女中的姜文德和他的妻子从未撤离。 他们在最糟糕的月份去金陵大学之后回到汇文中学。 他在那儿办了一所 400 人的学校。

侯夫人（牙医）将很快回南京。

9 月 19 日，星期一

很幸运，今天继续下雨，天气很凉快。

下午 3 时多，凯瑟琳·舒茨坐了一辆二等蓝色软垫日本汽车来到学校，路上花了 6 小时，难以置信! 他们在 5 时 30 分去上海火车站，很难确定排哪个队——一条往南京，一条往杭州。

她说，维克·莫西诺西（Vincoe Mushrush）最近在上海呆了三天，之后又匆忙赶回通州。 她自从去年 7 月份起就在那儿，没放一天假。 自从 8 月份以来她独自一人，也就是说，没有其他外国人。

今天没有消息，我将道声晚安。 不知什么原因，今天没送报纸来。

今天聘请邹先生①来管理 500 号女生宿舍。 你们会记得，当我们住在过去的金陵校区时，她是政府孤儿院院长。 她是去年冬天马吉难民所中的一名难民。 她没剩下什么东西，有薪水糊口就很高兴了。

🗓 | 9月20日，星期二

有 16 个教工参加 7 时 30 分举行的晨祷。 我们现在在北画室集合。 已安排实验班使用南画室，一星期两次，并在星期天做晚祷。 住在 8 号楼的杨夫妇（杨绍诚牧师和他的做基督教顾问的妻子）每天早上加入到我们当中。他们对我们的活动予以极大的帮助，杨夫人在家政课中教家庭算术，杨牧师在实验学校课程中教几个班的宗教教育，还教一个班的历史地理。

今天早上 8 时 30 分，在科学会堂举行家政学校的正式开幕式。 95 名妇女和 28 名小孩到场。 林弥励（1935）是负责人，并主持仪式。 我用蹩脚的中文作了简短的欢迎词，并介绍了每一位教师（坐在前排）。 接着是吟诵祷词和杨牧师的演讲。 想到分发的礼物足够支付这些贫穷妇女的生活和教育费用达六个月，真不错!

凯瑟琳·舒茨今天下午去她在中华女中的家，重新发现它的状况比她预料的要好。 忠实的仆人仍在照看房子，并保持其清洁。 她的箱子、盒子都被摔破了，一些东西可能在去年 12 月被日本兵抢走。

下午拜访布雷迪家，他们 18 个月的小男孩是个可爱的孩子，他是第一个回来的白人婴儿。

陈斐然和我去看一栋未建完的房子，它属于詹先生和陈尔昌。 看门人无法阻止日本人进来拿走木材烧火。 如果，今年冬天城里有许多士兵，我预言下个春季，南京将剩下更少的未竣工的、未被占领的房屋。 日本兵喜欢用木头而不是煤来烧火取暖。

今天，我们在商量决定冬天需要多少煤。 当地商人仅允许购买 100 吨，软煤价格 40 元/吨，硬煤 50 元/吨。 我们将试着从武汉附近的煤矿花 20 元/吨

---

① 先生是对女性年长者的尊称。

购买。 日本人是否允许我们将煤运进城是个问题。 美国领事赞成我们的计划，将试着帮忙把煤运进来。

🏯 | 9月21日，星期三

今天持续多云。 天空中很少有飞机飞过。 这使武汉三镇的人民暂时免遭轰炸。 我为他们痛心，因为，他们不知道自己的未来会怎样。

今天，为中学入学举行第二次考试，大约 16 人参加。 我们招的初一女生比原先估计的要多，共有 50 多人。 邹先生或詹太太以前是市孤儿院院长，其任职达 16 年。 我不知道她在以前的职位上收入多少，但现在她很高兴每月拿到 25 元。 人民是贫穷的。 这么多财产被无情地、肆无忌惮地毁灭，至今尚未结束。

下午 4 时，哈丽雅特、凯瑟琳·舒茨、福斯特和我想拜访弗劳·菲尔格拉芙（Frau Fuellgraf）夫人，她是德国大使馆的秘书，她很友善，对我们的拜访很热情，星期天中午她将与我们一起吃午饭。

程夫人对我们的工作帮助很大，她干这项工作得心应手，不需要任何建议。 她现在把 500 号宿舍楼管理得井然有序。 我是实验学校的管理人员。学生们明天下午搬进来。 王瑞芝在这项工作中帮助很大。 她也知道怎样开展工作，想法很好。 她对学生态度很好。 我得提到"大王"，他对工作孜孜不倦，可以说是我的秘书。 我无法想象没有这三人的帮助，我怎样才能开展工作。

🏯 | 9月22日，星期四

今天没有阳光，天空阴云密布，有许多架飞机飞过。 我担心我们没有注意到它们。 一年前的昨天，日本对南京下达了最后通牒——对城市实行猛烈的轰炸。

昨天和今天没有信，已经三天没有报纸。 对此有不同的解释，即，由于游击队员破坏铁路，日本人无法制定出令人满意的新火车时刻表，或者是一个新的审查的开始。 所有这些解释都可能是错的。 莫兰德先生不在这儿，我们查不出真正的原因。

最近，一直在试图弄到石油和煤油。 前者价格是 165 元/吨，而以前是石油 95 元/吨，煤油 15 元/吨，过去常常是 9 元/吨左右。 考虑到汇率，我们不应当抱怨。 如果我们最终能弄到它，或许是我们的幸运。

老师们分成五组吃饭。 南山实验学校（一张桌子），500 号的饭厅（两张桌子），而陈先生在自己家里吃，程夫人与媳妇及四个孙子在 400 号楼单独吃。

实验学校的女孩们今天开始进校。 这群女孩们万分感激。 身处校园，她们颇感欣慰，比起家中这里相对安全。

学家政的女孩们今天开始自己煮饭。 她们为此感到多么自豪啊! 为 100 个成年人和 28 个孩子煮饭并非易事，但我想她们会以此为乐的，因为工作已被分配。

你想知道我们在南京怎样拿现金吗？ 长期以来，我从喜欢支票胜过现金的中国朋友那儿拿钱，他们总是根据通常的汇率，将现金转交给我。 近来，我请人用炮艇或请一个外国人坐火车从上海把钱带过来。 一星期前，因为缺钱用，我去美国大使馆，他们很高兴拿现金给我，因为，他们正为罗伯特·达拉尔（Robert Dallar）公司处理现金，所以，他们更喜欢支票。 在我们这片地区，我还没看见一张联邦银行的钞票。

📷 ｜ 9 月 23 日，星期五

天气晴朗。 今天早上有 54 架轰炸机向西飞去，那意味着灾难和毁灭，我们太清楚这点了。

我一天忙着寄走那些早该写的信件。 实验学校的教工整天为学生登记。 到晚上，已有 72 人登记。 我以后会知道付学费的人占多大比例。

三天没有通邮，今天终于有信件到了。 今天只有工作，没有新闻。

📷 ｜ 9 月 24 日，星期六

又一个秋高气爽的日子——那种以前只有驾车沿着城墙闲逛或爬紫金山的天气。 今天下午，我好几次从大草坪向外看，认为肯定会看到一个生物班或地理班外出去野外实践或一群教工出去远足。 正是这种天气，把人引到极好的户外活动中去。

校园道路的拓宽和整修工作在继续。 今天上午，工人们用沉重的压路机压路。 它本来属于南京市的，很奇怪现归我们所有，但我无法解释原因。

今天上午大约 10 时，来了一位穿便装的军警和一名中国翻译。 门卫老杜立即带他们到行政楼的会客室。 最近，我常在行政楼。 我派人请我的秘书王先生，这些日子里他也是我的聪明的顾问。 接下来的一幕持续了一个多小时。 首先，军警想知道校园里的美国人怎样看待欧洲面临战争的威胁。 我们的回答很简单，作为基督徒我们虔诚地祈求和平。 接着，他想知道校园里的中国人的想法。 王先生的回答和我差不多。 之后，翻译与王先生一起被派出去问家政班的女生们对此事持什么看法。 他们得到的答案是，她们很担心自己的生活与同胞的生活，她们没有考虑这些事情。 之后，他想看看我们的校园，我带他去五个盲女的房间、幼儿园刚建的部分、家政班的厨房和食堂。他对这一切有较深的印象。 然后，两人离去。

下午 3 时～8 时，家政班的 16 名教工在南山公寓讨论了一会儿，然后回到南山的寓所。 林弥励主持会议。 结束时，杨牧师做了祈祷。 我们一起吃了顿简单的中式晚餐。

莉莲斯、博比（Bobby）、伊娃·麦卡伦和大卫今天过来。 有这些人为伴真好。 今天球场上举行一场棒球比赛，参加比赛的外国居民包括从大使馆来的人和天主教的牧师等。

和 | 9 月 25 日，星期天

极好的天气。 经常听到头顶上有飞机的轰鸣声。 今天收到了星期六的报纸，带来了残酷的战斗和轰炸的消息。 武昌还能抵抗多久？ 还剩下什么？那一带的城镇还剩多少？

哈丽雅特今天上午去了教堂，我呆在家里。 我们依然认为，我们中有一人留在家里较好，因为有人来拜访。

布雷迪医生和夫人、襁褓中的女儿玛琳（Marylyn）、福斯特夫妇及菲尔格拉芙夫人（菲尔格拉芙夫人说，每个星期天早上，他们去国家公园散步。这时，他们总把他们的宪兵带到城门那儿。 她说，许多树木正在被砍，令人作呕）和我们一起在南山公寓吃饭。 在我们吃完之前，乔·惠顿（Joe Wheaton）来拜访。 这是他第一次离开芜湖外出。 他的难民所大约有 1 000 名难民，他说芜湖比过去好得多，但那儿的宪兵仍经常侮辱中国人。

下午 2 时 30 分。 在科学厅，卫理公会的沈牧师对家政班的妇女们演讲。 实验班的许多女孩也参加了，会场内很挤。 下个星期天，我们最好计划使用大教堂，因为，我们正计划让邻近的妇女也过来。

在特威纳姆教堂的英语礼拜上，新面孔是莉莲斯、博比、伊娃·麦卡伦、大卫、霍顿·丹尼尔斯（Hoton Daniels）和埃德娜·布雷迪（Edna Brady）。 布雷迪医生已结束 10 天的假期返回，他坚持认为这不是假期，因为时间都花在买东西上。

7 时在南画室，我们为实验学校的女孩子举行了某种程度上非正式的礼拜。 大概有 115 人出席。 我们为她们募集今冬训练所需经费的努力看来是值得的，不过还不知道多少人免交学费甚至伙食费。 我们将南画室的讲台搬到北端，使它变成一间具有吸引力的房子，并使灯光效果更好。 新的大钢琴在那一头，这是变动的一个理由。 我们一星期使用教室仅三次。 家政班将科学报告厅做教堂。

🗓 | 9 月 26 日，星期一

天气极好，但许多架飞机提醒我们，战争的恐怖以及汉口地区无辜人们的遭遇。 愿上帝怜悯他们。 昨天的报纸今天上午才到，报道说欧洲还没有渡过危机。

今天，本期望上课，但是，有一部分人没有注册，因此，明天开始上课。 今天上午按时工作。 我们把集中和做礼拜的时间放在上午，我们期望所有的人都能来参加。 每个班每周上一节《圣经》必修课。 下午，一位化学工程师来见我。 我认为，他能教我们需要的那种化学。 看上去他人不错。 与他一道来的还有一位青年，他说，现在在南京生活像住在枯萎的草丛里，没有生机和活力，如同死人一般。

上午 11 时开教工会议。 星期六举行第三次入学考试。 既然几位颇有前途的女孩想来，我们不想把她们拒之门外。 我们最多能招 146 人。 令人很惊讶的是，我们从主要途径、次要途径招聘到了相当好的师资。 暂时摆脱政府、学院的限制很有趣，以至于我们能制定一份合乎学生要求的课程表，这很有趣。

今天上午有两位日本人来访。 他们想知道谁资助金陵女子文理学院。

贝茨夫妇将与威尔逊、霍顿·丹尼尔斯暂时住在平仓巷 3 号。 麦卡伦夫妇已搬入麦克林（Macklin）原先的房子。 里格斯仍在芜湖，求购今年冬天取暖的煤。

📖 ｜ 9 月 27 日，星期二

高等教育项目班今天开课。 上午 9 时 45 分，我们在南面的音乐教室举行了正式的开学典礼。 屋内挤满了学生，大约有 120 人参加，节目如下：

> 赞美诗：《我们热爱祖国》
> 沉默的祈祷：为欧亚的和平。祷告人：杨绍诚牧师
> 赞美诗：《噢，上帝，来到你的天国》
> 介绍工作人员
> 由王先生解释两个计划以及它们的目的
> 赞美诗：《我愿意虔诚》

在典礼结束前，我被叫到图书馆大楼的客厅见一位宪兵代表和一位年轻的俄国翻译。 我认识他们。 当他们要求我们介绍正在进行的工作时，我感到尽可能解释清楚比较明智。 后来，我带他们去看家政班的厨房和宿舍。 小野先生说，如果我们任何时候有困难，我们应当直接告诉他，而不是通过总领事馆。

下午 1 时 45 分。 我在别人的陪同下来到家政学校的餐厅，发现 24 个小孩与程夫人的 3 个孙子坐在他们的低矮的桌子旁，看上去很高兴。 为什么高兴呢？ 原来是每张桌上有一块生日蛋糕，每个小孩面前有一只小盘子，放着糖果和香蕉。 程夫人和林弥励把它作为我给她们的生日礼物，分发给他们。 这是个令人愉快的主意。 我不知道有什么能够给我更大的快乐。 对这些可怜的小孩来说这是一顿盛宴，他们也喝了新鲜的豆奶。

正当我离开欢乐的宴会时，两名日本军官找到这里。 我很高兴带他们参

观。 打破他们的偏见和错误观念，是为中国赢得一位朋友。

下午 5 时~6 时。 凯瑟琳·舒茨和我沿着校园的围墙散步。 警察训练学校的所有楼房仅剩一堵墙——日本兵用大火将木架烧毁，砖头被老百姓卖掉或用掉了。 因此，许多楼房被拆毁。 到冬季，这种破坏活动将会日益严重。

程夫人和林弥励今晚为向我表示敬意而举行晚宴。 除了校园里的老师外，贝茨夫妇和博比以及杨绍诚也被邀请参加。 大家在一起真好。 我们的厨房准备的晚餐不错。

🈷 | 9 月 28 日，星期三

今晚有七盏探照灯同时照射天空，什么原因我们不知道。 当然，他们不期望在如此接近汉口时，中国飞机飞到这儿。 今天没有来访者，什么也没有发生。

我们在平稳、缓慢地试着组建我们的两个培训班，使它们进展顺利。

我们的问题之一是中国地理教什么，尤其是当该课程从学习"满洲"开始。 可怜的老师陷于无所适从的窘境，我也如此。

今天下午 4 时~6 时之间，家政班的妇女们种了许多白菜，约有六亩。 哈丽雅特负责这个特别的园艺课。 他们将使用大量的零星土地。 哈丽雅特声称，要把田径场改为菜地，但我们没有同意。

我们急切地等待欧洲进一步的消息。 很感激罗斯福总统终于发出了抗议的声音。 除非我们弄到煤，否则，今年冬天一星期只能洗一次澡。

🈷 | 9 月 29 日，星期四

天气阴沉，几乎没有飞机飞行。

今天有时下雨，很凉快。 小野先生今天早上过来，这是最近他第三次来。 他想了解金陵女子文理学院历史的一些情况，今天上午，他询问以前的学生及教师的规模。

今天，一直忙于开家政手工学校和实验学校的工资单。 明天是月底，我们想发工资，我们也正在起草合同。

下午 5 时。 哈丽雅特、凯瑟琳和我去拜访伊娃·麦卡伦，发现伊娃和莉莲斯正忙于整理自己房屋里和其他教师屋里的东西，她们也开办了"山顶"学校。① 学校设在麦克林的房子朝南的阳台上，有两张桌子，一张给博比·贝茨，另一张给大卫·麦卡伦（David Mccallum）。 母亲们是教员。

欧洲局势依然紧张。

9 月 30 日，星期五

大部分时间在下雨。 今天似乎没有轰炸机，但我们已不再留意它了，以至于没注意有一中队飞机飞过头顶。

今天是本月的最后一天。 我们忙着按照家政科、实验科的新教工名单来发工资和账单（真希望我们能为后者取上一个令人满意的名称）。 我们依然在等三名教师——体育老师、化学老师和生物老师。 已找到一个人曾从事过化工工作，因此，我们认为他擅长实验。 也有一个人擅长园艺，来教生物很合我们的意。

今天上午，田口座先生来拜访我们。 他是基督徒，从前是日本国会议员、基督教男青年会全国委员会主席，曾三度入狱，毫无疑问，他经常遇到危险。 他对了解学院很感兴趣，对我们目前的项目也感兴趣。 他没有任何日本人陪同，不同寻常。 他与大王交谈了很长时间，目的是了解日本基督徒在中国能做什么。 当然，他们能为日本军民做很多事，为中国人却做得很少。

下午 4 时～5 时。 陈先生和我到附近的军事警察局，认领一个看门人。我们让他看管一所以前由孔先生和陈尔昌先生建造的大房子，尚未完工，屋内有木材，士兵们用来当柴烧。 我们或许不能阻挡这种行为，但我们在努力。

傀儡市政府的房管委员会会长没有薪水，但我今天得知，他能从他收的每笔 1 000 元的房租中拿 400 元。 你们能看到这是个多么邪恶的制度，有点像基督时代收税人的制度。

下午 5 时。 我们给初三、高一、高二的 24 名女生开了个会。 她们要教

---

① 当时南京专收美国人子女的学校名为 Hillcrest。

点课以支付学费或学费兼膳食费。 一小时的教书及备课给她们的报酬是0.125 元。我们的问题是，她们该放弃哪门课。 我们已做出决定让她们放弃英语课，但姑娘们对此并不高兴。

🔲 | 10月1日，星期六

一直下雨。 几架飞机在校园上方低空飞过，看上去低到要威胁人。 我想到，今晚又将有门窗及家具被烧，以便让又冷又湿的士兵烤火取暖。

下午安排一张新的时刻表，允许许多不能支付学费的学生从事勤工俭学。 这个下午，王瑞芝一直在对初一、初二的学生解释她们勤工俭学的内容——洗盘子、打扫食堂和教室等。 今天上午在教师会议上，我们决定对那些交不起学费的人试行最短课程，对那些交得起学费的人试行扩充课程，而不是叫前者放弃一门课程，如英语。

今晚，我与哈丽雅特、凯瑟琳玩字谜游戏。 我太累，头脑不如往常清晰。 今天没有报纸，没有信，原因我们不清楚。

今年秋天，我们能买到香蕉，这比去年春天好多了。

🔲 | 10月2日，星期天

我不喜欢在星期天工作，但是，如果明天打算上课的话，今天必须完成新课程表的安排。 因此，我 6 时起床，7 时之前到了办公室，到上午 11 时排好并检查了课程表。 家政科建立在一日两餐的基础上，实验科建立在一日三餐的基础上，这种事实使我们感到安排学生上前一门课很难。

9 月 30 日、10 月 1 日的报纸今天上午来了。 得知欧洲可避免一场大屠杀，真令人欣慰。 我相信这是由祈祷所致，毕竟没有人真正渴望战争。 想一想慕尼黑的圆桌会议已拯救了无数男人与少年的性命。

下午 2 时 30 分。 在科学报告厅举行了宗教礼拜。

下午 3 时。 凯瑟琳和我去麦卡伦家参加宗教聚会，我们想借此机会见见普劳伯尔夫妇。 他们要在这儿停留几天。

4 时 30 分的英语礼拜由牯岭的盖尔主持。 现在尽管食物价格昂贵，但似乎能够运进来了。 莫兰德先生从上海返回，但因为欧洲不安宁，他没有带妻子和孩子。 米尔斯先生几天后将与科妮莉亚一道回来。 今天有许多架飞机飞过。 一整天没有客人。

10 月 3 日，星期一

这是一个阳光灿烂的秋日。 我不认为今天的飞机像往常一样多。

对我来说，今天是不断的开会与面试。 那位化学老师第一个到达，他是一位化学工程师，毕业于中央大学。 我起先向他说明了我们感兴趣的课程类型，接着是谈我们的学习、工作计划，再带他去科学楼。 之后，仇（Cheo）先生来了。 他是新的生物老师。 我又重复了我的说明。 聚会在科学报告厅举行，有 139 人出席。 如果我们不鼓励 12 人加入护理班和医院的话，我们应当有 151 人。 目前根据班级来看，我们的人数有： 初一 65 人，高一 14 人，初二 34 人，高二 6 人，初三 20 人，高三没有招生。

今晚 7 时，我们举行了高年级三个班的第二次会议，24 人参加。 她们得挣全部或部分费用。 其中两个无法支付要求缴纳的 46 元。 如果女孩们每周工作 10 小时，即教 5 小时的课，备课 5 小时，她们每学期能挣 20 元。 如果她们工作五到六星期，能挣一半学费。 我花了大量的时间才制定出课程表。

今天，校园里来了两名士兵。 把敌人变成友人，打破官方宣传的偏见，消除它的影响是很有意义的。

这两人是很好的青年，其中一人懂一点英语单词，因此，我们交谈了一会儿。

上海的报纸又来了，但却是在出版后的第二天到达。 游击队员事实上切断了离上海不远的铁路线，这就是上周收不到邮件的原因。 报纸清楚地报道了欧洲的狂喜，因为战争暂时被阻止。 但愿各国人民渴望和平、反对战争的心愿像汹涌的浪潮一样奔流，直到把战争不仅逐出中欧，而且逐出支离破碎的西班牙和中国。

现在，南京的大米比较便宜，因为今年收成不错。 我们为每位家政科的代课教师付 6 元，为实验科的代课教师付 6.4 元。 除米之外，其他东西价格昂贵得多，如衣服、燃料等等。

🕮 | 10 月 4 日，星期二

星期二、星期四的上午，9 时 45 分～10 时 10 分，这期间我的精力充沛。 我们在南画室为实验科的学生做礼拜。 今天上午，140 张椅子中有 139 张坐满。 大部分教工都在场。 我们没有要求学生参加，但今天她们都来了。 蒋牧师就农历八月或中秋节作了很好的演讲。 杨牧师将在星期四就同一个主题发表演讲。 礼拜结束后，我不得不宣布了几件事。 哎呀，就流利的中文而言，我是一个无知的笨蛋。

中午，我们传教机构中 12 名外国会员受周牧师邀请，到中华女中吃饭，他住在那儿。 餐桌上每个人都会说英语，我们谈论得很热烈。 教会工作是否在被占区（那儿有 1.5 亿名中国人居住）开展，或者所有的资源（人力和资金资源）是否被运到西部。 西部的一些人对这里所做的任何工作都持批评态度。 我自己觉得：要么去西部尽力，要么留在这儿服务。 在外国租界聚会，对我来说鼓舞了士气。 就他们的国家而言，这些人脱离了实际。

下午 5 时 30 分。 我骑自行车去科妮莉亚·米尔斯那儿。 她在上海当了长达 16 个月的流浪者，今天终于又来到了南京。 安娜·莫菲特和简·海德今天上午没有买到票，因此明天到。 她们抱怨火车太挤，要排很长的队。

美丽的秋天，温暖的阳光。

应当把今天下午校园里发生的一幕拍下来。 地点在图书馆和艺术楼之间。 演员是程夫人、王小姐、薛小姐、林小姐、李先生和我。 你们已经听我说过，让我们的两位年老的男难民住在中央研究院，保护大楼里留下的东西。 其中一人姓叶，有两个男孩，大概是 3 岁和 5 岁。 既然不能再保护这些建筑，既然我们校园需要另一位看门人，我们便决定让叶来做这项工作。 他的两个男孩没有衣服穿，可能一个夏天都没洗澡，我们带他们进幼儿园，看看怎么安置他们。 第一件事是让他们穿衣服，难题之一是劝说 3 岁的小男孩穿上新的蓝色长裤。 他为什么这么嫌烦？ 给他们洗澡时又将遇到麻烦。

🕮 | 10 月 5 日，星期三

今天天气温和、晴朗，阳光灿烂。 不断地有飞机的轰鸣声，一批九架一个中队。 日本人会在国庆节（10 月 10 日）到达汉口吗？

昨天来过的两名士兵中的一位，今天他与另一个朋友来，他想带朋友参观图书馆。

今天，初一、初二女生开始勤工俭学。 在实验学校有四个人洗盘子，四个人打扫餐厅，其他人打扫教室。 她们兴致勃勃地做这一切。 我想知道是否 9 月底把钱转交给她们来支付学费更好？

安娜·莫菲特今天过来，看上去她仍和以前一样，只是可能瘦了点。 她将在这儿呆 10 天，然后再回上海。

我发现昨天不肯穿裤子的小家伙，今天在幼儿园快乐地玩耍。 下一步或许是让他穿鞋。

扣 | 10 月 6 日，星期四

天气晴朗、美丽，但有许多飞机飞向汉口。 我们能想象得出那可怕的情形。 昨天深夜，当一名小孩躺在校园南面的茅草屋里奄奄一息时，他的双亲点燃一串爆竹。 我们宿舍里的另外几个人以为是机关枪的枪声。

我们仍缺人手，仍在组织人员。 今天上午，我请来伊娃·麦卡伦上高一、高二的音乐课。 我们请薛小姐帮哈丽雅特做手工工作。 然而，我们没找到人教织浴巾。 4 时 30 分，我们请女教工们来吃月饼和水果，这是一位家长送给我的礼物。

据说，新的省政府将搬到南京，但我尚未证实这一说法。 不过我知道，当地的房管人员会把手伸向能搞到的每一座房子，以便进行敲诈勒索。

今晚，王瑞芝告诉我，她认为最好到上海完成学业。 这使我几乎不知所措，因为，我暂时想不到其他人做她的工作。 但如果上帝要带她走，上帝当然会帮我们找到另一个人来代替她。

扣 | 10 月 7 日，星期五

我不知道今天有多少架飞机，大概它们没像以前那样穿越城市上空。

伊娃·麦卡伦今天开始指导高一、高二的姑娘们。 她们在北画室集中。今天又有五个女孩参加从初三到高二的入学考试。 我们已结束了上初一、初

二的报名。

今晚，一位相貌美丽的女孩来看我们能否允许她参加高二的入学考试。她到过农村，刚刚听说了我们培训班的事。

今天中午，科妮莉亚·米尔斯、伊娃·麦卡伦、莉莲斯·贝茨、米里亚姆·纳尔、安娜·莫菲特、程夫人、邬静怡、哈丽雅特、凯瑟琳和我一起吃午饭。 饭后，我们带她们参观我们的工作。

下午 4 时 30 分，哈丽雅特、凯瑟琳和我骑自行车去德国大使馆看望菲尔格拉芙。 在那儿，我们被邀请喝茶。 她为欧洲暂时的和平，至少感到很高兴。 没有外界的消息。 王小姐告诉我她去上海的决定已无法更改。 大概上帝向我召唤，要更好地了解女孩子们，要和她们更加紧密地工作。

🔲 ┃ **10 月 8 日，星期六**

今天是中秋节——农历八月十五，这是把月饼当做礼物分发给亲人、朋友和供奉明月的时候。 实验科的女孩们打扫完房间后，下午 2 时可以允许回家。 星期一，即双十节，我们要求她们下午 5 时之前返回。 既然城里的机构放六天假，我们认为我们可以放一天。

今天下午，在南京的外国人在田径场上打棒球，他们是英国人和美国人，有商人、外交官和传教士（天主教徒和新教徒）。 如果所有的人都参加，够组成两支队伍。

今晚 7 时，在科学报告厅，家政科的妇女、女孩和实验科剩下的女孩以及学校的佣人聚集在一起，参加林小姐筹备的感恩节的祈祷。 装饰品很可爱，有水果、蔬菜、谷物和鲜花。 杨牧师就中秋节的意义作了意味深长的讲话。

礼拜后，大家走到大草坪，抬头看皎洁的明月，唱《上帝热爱世人》。 今晚，中国有成千上万的人希望月光变得黯淡。

🔲 ┃ **10 月 9 日，星期天**

最近五天内，所有的中国人要携带良民证，因为，一些十字路口驻扎着日本兵，检查过往行人。 今天下午我去教堂时，拐角处有人被查出。

今天有很多架飞机，尤其是重型轰炸机。 今晚 6 时 30 分后，我们能听到它们向西飞行的声音，能看见飞机上的灯光，或许这意味着今晚大约 10 时，它们将轰炸武昌。

我还没有机会与贝茨核实此事。 但在今晚餐桌上的谈话中，我听说一位先生（他一直为国际救济委员会工作），日本人从他的住处将他带走。 但这个传播消息的人并不知道原因。 我确认此人正是贝茨几天前告诉我的那个调查日本人操纵鸦片和海洛因倒卖场所的人。 毋庸置疑，他们想除掉他。

贝茨在今天的英语礼拜上讲述了三个国际传教会议——爱丁堡大会、耶路撒冷大会和马德拉斯大会，将它们作了有趣的对比，并描述了马德拉斯大会的组建。 有 30 人参加了礼拜，其中只有 4 位中国人。 尼科尔斯（Nickols）小姐和凯普伦（Caipron）医生是新面孔。

据报道，津浦铁路的直达火车下个月使用。

今晚的月光美得难以形容，却带来太多的悲痛。

🔔 | 10 月 10 日，星期一

今天是国庆纪念日——双十节。 学校放一天假。 我知道今天不会有真正的庆祝活动。 今天，我听说一些人议论夜里飞过头顶的轰炸机的数目。 这些飞机大概为了今天清晨对中国军队发起偷袭。

今天，凯普伦医生给孩子们和家政科的女性作了体检。 他说，我们得弄到鱼肝油和胡萝卜，给部分营养不良的孩子们。 明天，他将开始检查实验科的学生。 我们希望在星期四中午前，安排时间为学校的佣人检查身体。 因为到那时，凯普伦医生坐的船将开往芜湖。

下午 4 时～6 时。 凯瑟琳和我外出散步。 在我们西面的吴村，我们发现大多数老人回到了村里，仅有两位年轻的妇女。 其余的年轻妇女白天回家，晚上回到以前的安全区。 她们说，白天总是提心吊胆，一旦有士兵在远处出现，她们便立即逃跑。 她们为今天上午发生的一件事深感不安。 几个士兵乘坐一辆卡车到她们西边的几座房屋。 他们要竹子，其中一个村民指向西面，示意那个方向能找到。 他们去了西边，没有找到竹子，便又回来了，用刺刀刺了那个村民几下，并从屋内把一名年轻妇女带上卡车开走。 那片房屋的其他青年妇女尖叫着跑到安全区，这就是城里偏僻地区的生活。 我们所到之

处，人们对我们都很友好。 他们都说，今年庄稼收成好，但他们种庄稼的条件太艰苦。

散步时，我们路过一座漂亮但未竣工的房屋。 对该房屋的毁坏刚开始。当我试图请邻居为不知姓名的房主（他可能去了四川）保护房子时，他们说，许多吸鸦片或海洛因的人为了购买毒品，就来拆除房屋，卖掉木材是获得资金的最便宜的途径。

弗洛伦斯的 9 月 11 日～25 日的日记刚到。

🗓 | 10 月 11 日，星期二

今天，因为天空阴云密布，没有多少飞机。 我在想汉口所遭受的苦难，因为，我太清楚他们的环境了。

我向你们提过马先生，他们说，他被带到下关，被指控买卖军火。 他的朋友们坚信这完全是个误会，中国人正竭尽全力把他弄出来。

王小姐计划明天或后天离开这儿，因此，我得试着接管她的工作，没有人能接替她已在做的工作，我也不知道该如何分摊这些工作。 除了邬静怡之外，教师中没有其他中国女性，而她正忙于家禽计划，没有时间。 下午 4 时～5 时，我监督参加勤工俭学的女孩们打扫教室，中午 12 时 45 分～下午 1 时 45 分之间，打扫宿舍。 今晚 6 时 45 分～9 时 30 分之间，王小姐把数据转交给我，她做了极为宝贵的工作，启动了勤工俭学的工作，并会见每个女孩，根据她所得的材料，我们决定每个女孩应付的学费数额。 下面列出实验班迄今为止的数据：

来自政府学校的学生 71 名，占 50%；

来自私人学校的学生 18 名，占 12.7%；

来自基督教学校的学生 54 名，占 37.3%。

总共 143 名学生，其中，初一 65 名女生，初二 35 名女生，初三 22 名女生，高一 14 名女生，高二 7 名女生，高三没招生。

支付全部费用的 52 人，占 36.3%（学费 20 元，伙食费 20 元，其他费用 6 元）；

没有支付学费的 51 人，占 35%（付伙食费和其他费用）；

支付学费 10 元的 19 人（付伙食费、其他费用和学费 10 元）；

不付钱的 9 人；

支付 6～16 元的 12 人。

你们能看到今年我们得为我们的计划筹集多少资金，这是一件真正的救济工作，很有价值，你记得我们推荐了高一、高二的 12 名女生去大学医院参加护理课程。 我多么希望陈玉珍在那儿。 我多么希望我有更多的能力策划各种试验，这些钱仅仅是以前的实验学校费用的一半。

🔒 ┃ 10 月 12 日，星期三

今天传来了在九江和南昌之间的德安战役中，中国军队获胜的消息，真是大快人心。

马先生仍在狱中，中国友人正努力营救他出狱。 如果外国人也想为此努力，只会帮倒忙。

今年春天，我告诉你们的那位普通士兵今天上午来访，你们记得今年春天的一个星期日上午，他来说获准回日本，今天上午他告诉我被派往采石矶，他一直呆在那儿。 他说，他对外面的世界一无所知，他渴望和平，但不知道和平何时降临。 他过去在东京为一家外国公司工作，他盼望回到妻子和两个小女儿的身边。

明天体检结束。

中午，我监督勤工俭学的工作，下午 4 时～5 时也是干这个工作。 我需要一个称职的人干这项工作。

🔒 ┃ 10 月 13 日，星期四

今天的工作太多。 多云，偶尔下雨，印象中没有飞机。 我们希望报纸上报道日本人进攻太行山受挫的消息属实。

王小姐今晚不到 7 时离开，直到最后一分钟，她还忙着将勤工俭学的单子列全，排出时间表。 管理这项工作需要花一个能干的人的全部时间，但我没有这样的人。 我不愿意让程夫人做这件事，因为她还没有时间休息。 由于煤和其他紧缺物资价格昂贵，我们将关闭实验学校宿舍的浴室锅炉，只用 500

号楼的锅炉。

今天上午我主持了祷告，做得很糟糕。 在这么多人面前讲话，我的中文太差了。 王先生为我现场翻译。

现在的生活似乎就是工作。 我感到困倦，准备睡觉，至少现在我还能睡觉。

今天对马先生来说似乎还有点希望。 没有人知道他为什么坐牢。

斯迈思的小册子《南京战祸写真》刚刚收到。

🗓 | 10 月 14 日，星期五

尽管天气阴沉，仍有许多飞机从我们头顶飞过。 今天的报纸报道了日军在大鹏湾①登陆，这对南中国而言意味着更多的毁灭、恐怖和屠杀。 有时我想知道是否会剩下些什么。 一想到即将来临的长期贫穷我就不寒而栗。 我不敢想象南京和华东地区的未来。

有消息说，马先生有希望被释放，据说，他们可能抓错了人。

今天上午召开学生会议，会上我们宣布了凯普伦医生的建议。 根据体检的结果，他建议大家从现在起到明年 5 月份吃鱼肝油，因为很多人营养不良，还有许多人得了疟疾。 我们也宣布了学生勤工俭学的计划。 今天下午 4 时～6 时，我指导了 31 名初一、初二女生的勤工俭学的部分劳动（打扫教室和办公室）。

福斯特夫妇与我共进晚餐，度过了一个愉快的晚上。 他们喜爱伊娃的小屋以及四周的树木。

下午 4 时～6 时 30 分。 我们在南山公寓的家中吃了第一顿晚饭。 程夫人、哈丽雅特、凯瑟琳·舒茨、邬静怡和我是女主人。 到场的客人中有：
国际救济委员会的许传音博士
刘怀德先生（前首都饭店经理）
齐兆昌先生及夫人
辛普森小姐

---

① 即大亚湾。

金陵大学医院新来的护士长施夫人

南京护士协会的秘书田小姐

米尔斯夫妇

福斯特夫妇

美国大使馆的史密斯、库泊尔（Cooper）、切普（Cherp）

到这儿拜访的安娜·莫菲特

麦卡伦夫妇和贝茨夫妇及儿子大卫（博比生病在家）

玛丽娅·布雷索尔斯特和埃德娜·吉什（现在一起住在南门）

德国大使馆的秘书菲尔格拉芙夫人

邮局的海尔·莫兰德先生（现在是邮政专员）

英国大使馆的杰弗里（Jeffry）先生

索恩先生及夫人

福斯特和玛格丽特

特里默医生（特里默夫人在上海教书）

盖尔先生（他仍在牯岭）

天主教教堂的李普南（Lippinan）神父

斯洛奇（威尔逊的狗）

吉比（狗）

难道你们不认为这反映了西方文化吗？正如科妮莉亚所说："我们这么做，仿佛什么也没有发生。"我们坚决主张把好的家具仍存放在南山的阁楼上，这些家具是 1937 年 12 月 11 日开始存放的。 我们用地毯装饰大的起居室。 椅子周围是玫瑰花。 你会感到很舒适。

10 月 15 日，星期六

这是怎样的一天呀！许多重型轰炸机令我感到压抑。 上午 7 时 30 分～8 时 30 分，我监督女孩们在实验学校宿舍打扫餐厅、洗盘子。 现在，早晨我们有两批学生来做工，我不得不教她们怎样打扫房间、洗盘子。 我们 143 名女孩中的 63% 在勤工俭学，除我之外没有其他人来监督。 由于煤很少，而且价格很贵，我们不得不放弃使用我们的国外热水器，又额外找了个人来运水。

上午 8 时 30 分～9 时。 我去参加家政手工学校的聚会，听了一位丹麦人关于消费者合作的通俗讲座。 我们这儿的确需要一位像他这样对消费合作有经验的人。 在薛小姐的指导下，我们家政手工学校的妇女以合作的方式开了一家小店。

9 时 40 分，一组四位富有经验的实验班的学生向其他学生介绍了三种治疗动物疾病的方法，她们在生物课上学会了这一方法。 班级每星期六上午轮流展示或解释他们所学的有用或有价值的东西，通过这种途径我们希望发扬"生产教育"的思想，指定了一个委员会筹备并落实这些讲座的计划。

在过去的两天中，有两位年老的妇女来找我，问我是否知道她们儿子的消息。

今天下午 2 时～5 时 20 分，我们为实验科的成员问题在南山公寓进行了讨论。 顺便提一下，我们将实践科改名为实验科，因为，人们一直称它为实验学校。 有 21 位教工出席（除了在上课的仇先生以外的所有人）。 教工中的 9 位男性中有 6 位是金陵大学毕业生。 林弥励和邬静怡是仅有的金陵女子文理学院毕业的女性，对此我很抱歉。 大家聚到一起，团结一致，进行尝试很有价值。 杨牧师以《只要有信念，就可以无所不能》为题作了开场的祷告，江牧师以《上帝的合作者》为题作了结束的祷告。

今晚，我们在体操房为实验科的女孩们举行娱乐活动。 有些人说，这是她们一年多来第一次玩。 没有茶点。 下星期六晚上，高二学生计划进行类似的活动。

金陵大学已开了三门课。

耕植课（种植学）有 20 名高中毕业生注册。 小学招收了 170 人。 中学生复习班招收了 20 人。

📕 | 10 月 16 日，星期天

天气转冷，这告诉我们冬天已不会太远。

上午 11 时。 我与高一、高二学生会面。 大家一起筹备今晚 7 时的礼拜。 她们全权负责。 五个女孩讲述去年自己信仰的转变，十分有趣。 一位

女孩说她已意识到拥有物质并不重要，最重要的是为他人服务。 王先生的女儿讲述了宗教在她的生活中怎样变得重要，而以前它仅仅是书上的词语。 另一个女孩讲述了赞美诗如何成为她慰藉的源泉。

今天下午，薛小姐在邻里中心开办了星期日学校。 两位实验科的女生帮助了她，有 50 名儿童参加。

下午 2 时 30 分。 我们在大教堂做礼拜，大约有 200 人参加。 林弥励主持了这个星期天的礼拜，家政班的合唱团唱赞美诗。 下星期日由我来主持，实验班的女孩们将唱赞美诗。

今晚我太累，无法多写。

🈂 | 10 月 17 日，星期一

今天太忙，我没有在意头顶上的飞机。 我似乎经常听到飞机的轰鸣声，但记不清了。

孟（凡波）先生，就是朱玉桃（音译）为我们请到的教织袜的那位先生，他今天上午到达。 我喜欢他本人以及他的态度。 看起来他很真诚，坚持说想睡在地上，如同难民一样生活。 他从事编织已有 18 年，当基督徒也有 3 年了，据说他过去有一家 5 台织机的工厂。 我在上海的基督教难民所中看到他的工作做得不错。 希望我们有一位同样水平的人教织毛巾、棉布和纺纱。

我还安排了另一位理科老师过来帮我们，因为，我们有许多物理和化学课，一个人无法胜任。

今天上午，在每星期的聚会上，吴先生谈论了学习历史的意义。

实验科的六个女孩和家政科的五个女孩得了疥疮。 今天她们被隔离，搬进我们的新医院——即过去中央楼的教研室。 我们觉得在这种时刻校医务室太远、太偏僻。

今天开始上体育课。 凯瑟琳教一个班，我在王先生的帮助下教另一个班。 我们先教棒球。 一位日本医生来访，我很高兴带他看我们为贫困的妇女所做的工作。 他说，他为日军所犯下的暴行深感难过，我相信他是真诚的。

🔖 | 10 月 18 日，星期二

顾天琢①发来消息说，她不能来南京，因为，她需要照顾徐振东的孩子们。我们一直希望她能来，一方面她可以休息；另一方面是帮我们摆脱困境。我已放弃从上海找妇女来帮忙的全部希望。她们很害怕过来，这并不令人奇怪。或许洛伊丝·艾丽能到中国，再到这儿来。她的热情和新思想将给我们很大的帮助。然而，我们需要一位全职的中国妇女帮我们做这项工作——指导勤工俭学。我对指导学生教课很感兴趣，然而，我却没有时间做。到目前为止，我的所有时间和精力都放在组织和管理上了。

晚上 9 时。今晚太累，写不动了。依然忙着安排计划，尤其是勤工俭学的计划。今天有三节体育课。凯瑟琳上一节，李先生和我上了两节。棒球是我们的娱乐项目。哈丽雅特正在监督学生打扫教室。

王先生主持了礼拜，就"善良"做了很精彩的布道（真、善、美）。有他如此慷慨地帮助我们，真是好极了。他的确是个忠诚、大方的帮助者。

《字林西报》刊登的消息令人痛苦，广州还能抵抗多久？城市还剩下多少？

下午 3 时 30 分。我去和辛普森小姐讨论找一位公共健康护士——她对教妇女和姑娘们预防疾病的计划感兴趣。我在中山路上呆了大约 10 分钟。在这短暂的期间，有 17 辆军用卡车从我身边开过。到处都有士兵，那片市区似乎属于他们。我难得亲眼看见这样的占领。我们的中国朋友们会是什么样的感觉？

🔖 | 10 月 19 日，星期三

天气晴朗，有许多架飞机飞行。报上的消息令人沮丧，到广州的交通已被切断。在今天的报纸上，我看到报道说，太平天国运动持续了 14 年，600 座城市被毁，2 000 万人被杀。这大约是 80 年前的事。中国已从这个运动中恢复过来。

---

① 金陵女子文理学院教师。

我们正努力从乡村搞来稻草，这样家政科的女生们能织草垫铺床。 而现在她们仍睡在地上，天气正变冷。 我们从一位农民那儿收购稻草，除非我们能为他搞到一张通行证，否则他无法将稻草运进来。

今天一位基督徒从庐州过来，路上花了四天。 他就同收破烂的人住在一起，因为，他被土匪抢劫过，土匪还杀了他的妻子和母亲。 他一无所有，悲痛不已。 他和他的三个小儿子安全地到达南京。 看来我们的心肠已变硬，因为，我们听到了这么多的悲剧，以至于我们变得不那么理解和同情受害者了。

从中国西部来的信件路上花了 12 天，弗洛伦斯的信讲述了前三个星期为大一新生所做的工作计划。 我很高兴他们投入到一个新的领域，但这很难，因为他们很累，在新的生活条件下有很大的压力。 我经常希望自己能到那儿帮忙，但我又知道我最好呆在这儿，可以说是为他们的返回做准备。 轰炸成都将对学生产生什么影响？ 学生们的情绪会怎样？

今天异常疲劳，因为万事开头难，而这个开头似乎永无尽头。 但我对同事们良好的合作精神、承担重任的自觉精神表示感谢。 王先生的帮助很宝贵，程夫人很乐意帮忙。

明天是 20 日，但我还没有时间算 9 月份的账，我希望每月把账目寄往中国西部。

📖 | 10 月 20 日，星期四

今天有许多架飞机飞过，没有人数它们，因为这已变成了日常生活的一部分。 报纸报道了广东邻近地区的坏消息。 我很能理解许多人正遭受着精神上的折磨。 今天的报纸说，大约有 100 万人已撤离广州，40 多万人仍在那儿。

今天一天一直在工作，今晚累极了。

为每月学生的请假制定了时刻表。 我们允许她们回家，但每月一次。 为防止这么一大群人同时上街，到时候一次只批准 50 名。 程夫人负责批准。

今天指定的班级指导教师举行了第一次会议，指导教师是：

初一（65 名学生）王先生和凯瑟琳·舒茨；

初二（36 名学生）邬静怡和吴先生；

初三（22名学生）杨牧师和夫人；

高一（14名学生）哈丽雅特和叶先生；

高二（8名学生）魏特琳。

星期五做礼拜的时间（上午9时45分～10时10分）被用来开班会。

如果你是这个人，你该怎么做？他今天来学校，看看图书馆是否有空缺的职位，随便多少薪水都行。他得挣足够的钱养活家人，包括他自己。他有妻子、父亲、母亲和小弟弟，全依靠他。他过去在国家图书馆工作，每月挣45元。去年秋天他失业了，和他的家人撤到合肥北部的一个村庄，那儿有土匪和强盗，但没有士兵。两个月前他返回时发现所有的衣服和床上用品都被抢走。当然，他没有工作，说自己愿意做任何事。人们是多么想帮助这样的人啊！如果他们最终在新政府里找到一个职位，能指责他们吗？一个人可以选择饿死，但他能眼睁睁地看着靠他养的四个人饿死吗？

今天我教两节棒球课。晚上我感到浑身僵硬。我已放弃找一名女教师的希望。

今天，一件价值100元的礼物被送给实验科。金陵女子文理学院有许多好朋友。

杨牧师和江牧师负责我们星期二、星期四上午9时45分～10时10分的礼拜。他们准备就耶稣的社会教义发表一系列的演讲。两个人都相当好，愿意利用每个机会来"见证"。今天杨牧师说，他很高兴自己是个跛子，因为，这使他无法远离这里的工作。今晚，五盏探照灯的光柱射向天空。当我写字时，我能听见沿中山路行进的重型卡车的不断的隆隆声。

📖 | **10月21日，星期五**

我感到很压抑，有一种无助的感觉。最新的消息是日本军队在离广州只有12里的地方。上帝可怜那些无法逃离这场可怕灾难的穷人们吧！我不想谴责任何想逃跑的人，因为他们知道战争意味着恐怖和苦难。

马先生今天被释放，但要求他不得说出自己怎样受折磨。日本人一直给他喝水，直到他昏迷，再踢他的肚子，直到他苏醒。他说有30人不能忍受折磨，承认干了一些他们并没有做的事。日本人不断问他许多有关国际救济委员会的许多问题。

今晚我又很累。 今天教了两节体育课，打棒球。 今天早上在做礼拜的时候，指导教师与他们不同的班级学生见面。

我们仍未开始我们的编织课，因为很难将所有的东西配全。

此外，你必须把上述之事当做机密，我后来了解到马先生说他没有受到日本人的刑法，而是别人受到了上述刑法。

卍 ┃ 10 月 22 日，星期六

今天下午传来消息，广州于昨天下午 2 时沦陷。 我没有勇气告诉中国的朋友们。 拒绝守卫城市的背后原因是什么，我仍不知道。

天气很好。 有许多架飞机飞过，上午有六架重型轰炸机编队飞过。

今天上午在科学报告厅的集会上，高一学生就家庭中的害虫和如何杀灭它们，做了有趣的表演。

下午 1 时～3 时是大扫除，30 多位女生在朗诵厅擦窗户、扫天花板、拖地等。

3 时 30 分在运动场上，有西式的球赛，从城市各处来的外国男士们兴致勃勃地参加比赛。

耶茨（Yates）博士和夫人在上海为拿到通行证等了两个多月，今天他们到达南京。 斯特拉·弗赖曼（Stella Fremaine）和玛格丽特·劳伦斯（Margaret Lawrence）住在南山公寓。 我星期三去芜湖。

2 时 30 分，我被邀请至杨牧师家吃螃蟹。 幸运的是当时我没有听说广州沦陷。

卍 ┃ 10 月 23 日，星期天

昨天有 43 架飞机从头顶飞过。 今天上午到 8 时，有 27 架飞机向西飞去，编成 3 队，每队 9 架。 天气很好。 大自然为它们的造物主增添荣耀，只有人类在相互憎恨和毁灭。

上午 10 时 30 分～11 时 30 分，高一、高二年级的学生和我筹备下午礼拜的仪式，排练她们准备为此演唱的歌曲。

我们的福音工作者方太太在会场上做了很有意义的布道。 家政科所有的女生都到场，但实验科的许多学生没来。

米尔斯在特威纳姆教堂的英语礼拜上布道，他的主题是《希伯来书》第11章第32句和《约翰福音》第5章第20句，他的布道是从"上帝会赢吗"这一问题开始的，上帝的答案是肯定的，而且离不开我们。"离开我们，上帝就不会使他们完美！"（《希伯来书》第11章第40句）

像平常一样，我们在小教堂外面讨论。 我想我们中的大多数人对广州之战局势的转变感到灰心。 对我来说，这似乎是浪费财富和生命。 今天报纸报道日本正对广州"进行扫荡"，这意味着屠杀无辜百姓、强奸无数的妇女和烧毁房屋。

扣 | 10 月 24 日，星期一

我们不理解广州为什么这么快陷落——日军在大鹏湾登陆九天后，很难让人相信这一切均由金钱所为。 看来汉口陷落只是时间问题了，这种趋势有无尽头？ 中国还有自由的土地吗？ 甚至在四川、云南也会没有？ 卫理公会教的信徒们计划今年秋天在这儿开年会，确切地说是在这个星期，如果参加者能从上海赶到这儿。 海勒·沃特斯（Hyla Waters）博士和塞尔斯（Sayles）小姐今天从芜湖赶来。

伯莎·卡西迪（Bertha Cassidy）今天从上海来了。 她仅花了一星期就拿到了通行证。 她希望星期六去芜湖。

今天上午来了一位男人，曾当过多年的图书管理员。 他要养活 14 个人，已经失业一年了，他不能到西部去，也无法忍受为日本人操纵的傀儡政权工作。

我让他做兼职工作，他很高兴拿到了 15 元的月薪。

今晚我们去麦卡伦家吃晚餐。 本希望轻松一下，但我们还是讨论了当前的局势。

扣 | 10 月 25 日，星期二

中国的朋友们已几乎学会了怎样请他们的外国合作者们吃顿家常便饭，

然而，他们仍为不得不这么简单的款待而道歉。 今天中午，杨绍诚和他善良的妻子请伯莎·卡西迪过来吃午饭。 我被请来陪客人。 在所有这种场合，谈话总是集中在他们怎样经历去年 12 月份那场可怕的灾难。 卡西迪小姐充满希望和勇气，这使得她的访问很受欢迎。 她明天将去芜湖。

今晚，苏道家（音译）的老祖母请弗赖曼小姐和劳伦斯小姐吃一顿简单的晚餐。 凯瑟琳·舒茨和我应邀赴宴。 这位可爱的老夫人讲述了这样一个故事。 她以 74 岁的高龄如此安然地渡过这种磨难，这是她坚定信仰的见证。 去年秋天，她和三个外孙撤离到兴口（音译），一个离滁州 30 英里的村庄。 这个村庄被轰炸、抢劫、焚烧。 她的被褥及她的毛巾被被抢走，她睡觉时仅盖一层草，持续了三个月。 在此期间没有澡洗。 她说，她经常一周不洗澡、不梳头。 为弄到食物，那些年老的女士常常装成乞丐到日本兵那儿要饭，然后，她会将食物分给自己及孩子们。 她说，她经常祈祷。 现在，生活对于她是个奇迹。 能够回来她多么感激。 难民也有自己的罗曼史。 她的孙子没有撤离，在金陵大学的难民所帮忙。 三个月前，他娶了一位难民，一位很好的年轻姑娘。 她为我们准备了可口的饭菜。

今天，卫理公会主教到了。 地区年会明天开始。 主教和他的人原来对能否到达南京并无把握，现在，他们显然安全地到达了。

明天早晨 6 时去芜湖的那些人动身到南门，他们将从那里坐日本时间 8 时的火车（所有火车按东京时间运行）去芜湖。

我多么想知道广州发生了什么，以及报纸报道背后的真相。

今天，我开始为 9 月份的账列财政清单。 你们瞧我已耽搁了很长时间了。 我希望明天上午把账做好，要是像上月一样，现金与账目轧平就好了。

🈯 | **10 月 26 日，星期三**

这真是悲伤的一天。 今天上午传来消息说，日军昨天进入了汉口。 有传言说，为了汪精卫上台，蒋将军已辞职。 广东、汉口的真实情况是什么？ 结果又会怎样？ 我不忍和中国的朋友们谈论此事。

美以美会的 17 位传教士来此开会，还来了许多中国人，是传教士的几倍。 哈梅克（Hammaker）夫人、琼斯（Jones）夫人、曼格贝拉·汤姆森

（Mangbelle Thomson）和黑尔（Hale）夫人今天上午来拜访。 陈裕华昨天从上海来到南京，今天上午来拜访，他想建完小屋。 看来我此时不能承担另一项重任。

今天上午算账，但有 25 元的缺口。

我在科妮莉亚·米尔斯家吃午餐。 程夫人和彼德·施（Peter Shih）夫人也是客人。 科妮莉亚的屋子看上去像往常一样诱人，呆在里面是一种享受。 她仅丢了几件东西：一个垫子、一只被砸坏了的扁行李箱和唱机的部件。 广播里传来的有关汉口的新闻给这顿午餐罩上了忧伤的气氛。

今晚下雨，天气阴沉。

一只气球在新街口广场上空一整天欢快地飞扬，说明汉口已落入日军手中。

🔲 | 10 月 27 日，星期四

今天仅有几架飞机飞过，尽管人们无法确定飞机的类型，但我估计没有轰炸机。 显然它们不再对武汉地区轰炸了。

今天我呆在家里，似乎要感冒了，眼睛也疼。 在情绪低落和感到饥饿时，我愚蠢地吃了一颗太妃糖，结果把一颗牙齿的齿冠黏掉了。

我正试图写一篇文章，但甚至找不到时间来思考，有太多的事情需要先做。

如果今天管理委员会召开一次会议的话，我们将决定举行一个简单的纪念"创始者节"的仪式，米尔斯将是发言人，他是惟一的在南京了解金陵女子文理学院的人。 上海那群人开会的日期一旦确定后，我们将再确定我们开会的日期。

我们总是不断地想到广东和武汉的局势，这并不奇怪。 我经常祷告上帝能阻拦那些随便烧、杀、奸、劫的人。

上帝，请可怜那些手无寸铁的男人、年轻的女人以及奄奄一息而无人医治的伤兵吧！

📖 ｜ 10 月 28 日，星期五

现在是下午 2 时。 昨晚我眼睛疼得厉害，8 时就上床。 今天凌晨 1 时 30 分我起床，写了一篇我答应写的文章的第一段。 我答应为罗纳德·里斯在马德拉斯大会前完成的一本书写一篇文章。 我不该说我想写这篇文章，因为我没有时间写作，而且对我来说写作也是相当困难的。 我写的题目是：《南京全体基督徒的生活和思想》。 两星期以来，我一直试着从多个教团的外国人那儿搞到材料，但他们像我一样忙，没有时间。 不管怎样，我得在下星期一晚上之前完成这篇文章。

我得承认我很累，一直忙于学校两个项目的思考和组织，即家政科和实验科，再加上没有足够多的具有开拓精神并受过训练的领导者。 这一切对我来说压力太大了。 我们如何找到人帮忙搞这两个项目，我们需要更多的金陵女子文理学院的校友。

噢，等待着黄丽明、刘恩兰、陈竹君和许多其他人。 项目的许多阶段将不得不等更多的受过充分训练的男人和妇女来参与。

过去两天，城里举行了许多活动，以庆祝攻占汉口。 庆祝胜利的气球带着"武汉陷落"的字幅一直在飘扬。 学校的学生举着五色旗游行。 昨天下午，古老的鼓楼飘扬着旗帜。 可怜的鼓楼，在漫长的历史中它看到了怎样的变化。

昨天下午 2 时，在鼓楼教堂有 22 名浸礼会教徒——6 名男士和 16 名妇女。 我没有看到妇女，但猜想其中一些人来自我们以前的金陵女子文理学院难民所（6 名男士中两名是我从日本兵手中救下的）。

弗朗西斯·琼斯博士及夫人和爱德华·詹姆斯（Edward James）博士，昨天中午在我们这儿做客。

煤从芜湖运到，我们过去为每吨煤支付 16 元，现在每吨我们要付 27 元。

📖 ｜ 10 月 29 日，星期六

我们的石栗树已开始显示秋天的景象。 也许由于过多的雨水，叶子迟迟

才露出鲜明的色彩。 今晚又下雨了。 这几天很少有飞机飞过，这说明日军没有继续进行轰炸，他们或许正如在南京一样享受胜利的果实。

两天前，我们分配去看管中央研究院的老看门人的妻子过来说，她的丈夫和另外两个人被军警抓走了。 我原想他们会放了他，就没有采取任何行动。 今天早上她又跑来，十分可怜地向我求助。 我给一名军警写了一封信。如果这不起作用，下一步该怎么办？ 她们说房子被烧了。

下午，海伦·丹尼尔斯过来拜访，她将在这儿逗留大约两周，然后回上海。 她要知道基督教团体正在开展的工作的类型。

由于乌云密布，今天仅有几个人过来打棒球。

今天，我试图写那篇文章，它像块石头般压在我心头，但干扰不断。 尽管我不愿这么做，但我明天得中断其他一切，来写这篇文章。

菊花几乎全部盛开。 年轻的花匠有一段时间很难照料它们，因为下大雨。

一组高一女生今天上午做了插花表演：告诉人们怎样插花是好的，怎样插不好。

莱蒂，我们的忠实的看门狗有两天没有回家了。 它被杀了吗？ 我从未看到过比它更忠实的狗。 它总是整夜值班。 丢失了它简直让人受不了。

🗓 | 10 月 30 日，星期天

根据金陵女子文理学院的传统，昨晚应当举行庆祝创始者节宴会。

今天下午应该举行礼拜。 由于和成都失去了联系，我们没有举行，也没有按原订计划确定日期。 今天，我们决定用上海分部使用的日期——2 月 13 日，尽管我们知道迟了，还是这样定了。 我以后再告诉你详细的计划。

小野先生中午过来告诉我，他已让看管中央研究院的那位老人获释。 我很愿意与小野有更多的交往，因为，我想我们能互相帮忙。 我通过让他们更清楚地了解局势，来为中国争取朋友。

我讨厌以这种方式过周末——主要是努力写一篇文章。 我明天打印，星期二寄出。 我为什么答应写这篇文章？ 它耗费了我很多精力，而价值不大。

鲍忠牧师在我们的 2 时 30 分礼拜中布道，他说，明德女中教堂用于聚会

太小了，因此，他们搬入了新教堂。 早晨的听众有 600 人，其中年轻人比以往多。 他们的星期日学校比以前更大。 有 160 人学习浸礼会教有关知识。他也说，在街上的布道时，他们比以往更小心，因为，听众中有朝鲜人。 同样，在平时的布道中，他谨慎地使用例证。

初三学生负责南画室晚上 7 时的礼拜。 他们正学会自己负责仪式的筹备和组织。 我们的工作进展得相当顺利，就在此时，我们想到这一期实验科全是新生，并没有老生帮助维持传统。 当陈玉珍回来后一切将好转。 我相信她将面临这项工作的挑战。

弗朗西斯·琼斯博士在英语礼拜上布道，30 多人到场，包括 M·E 的代表们：詹姆斯先生、海勒·沃特斯、琼斯和塞尔斯夫人，明天会议结束。

🕮 | 10 月 31 日，星期一

这几天没有多少轰炸机飞过，要么一时不需要，要么已改变了路线，要么他们正使用汉口机场。

可爱的晴天，有温暖的阳光，但有点秋意。 叶子已开始染上了秋天的色彩，灵谷寺的美景正在召唤，我有郊游的癖好。

以前实验科的一名女孩——吴裁缝的女儿，今天从庐州来到南京。 一年前的秋天她撤到那儿，当城市被占领时，她是基督医院的一名难民。 她一路上坐火车过来，显然没有遇到很大的危险。

今天早晨 6 时~下午 5 时，我一直为罗纳德·里斯写那篇文章。 下午 5 时我把它放入信封，交给琼斯夫妇。 他们明天乘火车去上海。

晚上 7 时，大约 50 名外国人——美国人、英国人、德国人在美国大使馆聚会，参加万圣节晚会。 男士们都来了，福斯特和凯瑟琳·舒茨努力做准备工作，晚会很成功。 每人得穿俗艳或古怪的服装，充满了乐趣，有许多鬼的故事、无数的游戏、一间闹鬼的房间，甚至假设了来自上海的特别广播，实际上来自隔壁的房间。 我们午夜时分回家。

🕮 | 11 月 1 日，星期二

今天所有的人都到了。 很高兴两年仅过了一个万圣节。

今天是欧内斯特·福斯特的生日。 今晚与他们进餐，吃生日蛋糕。

筹划今天下午的创始者节的节目。

教堂前通向北面的那条道路正铺碎石路面。 全部竣工我们需要花大约100元（通常要花600元），使用的材料是去年救济委员会捡到的，为了废物利用，他们送给了我们。 在我们的财政预算中没有这项经费，我们只好把电话费用于此项开支，因为现在还没有市内电话服务。 每当你让一位诚实的人去工作时，你就会感到你在救济这个人。

今天雇用了一位35岁的人，他有在日校工作的经历，他是一位基督徒，看他是否能为我们邻近地区的贫穷的孩子们开办一所日校。 他穷困潦倒，有三个孩子，妻子和母亲被土匪杀害了。

📖 | 11月2日，星期三

阿妮塔（Anita）修女和伊莎贝尔（Isabel）修女今天下午到达。 她们花了两个半月才获准从上海取道南京前往芜湖。 她们应当去武昌，但当然不能去那儿，她们在武昌的中心已全部被炸毁了。

自从上个星期天小野来通报释放中央研究院的看门人之后，一直没有日本人来访。

今天举行了教工会议。 很难防止我们的实验科变成一所普通中学，有常规评分制度和所有的规章制度。 在我看来培养学生良好的习惯——坦诚、真挚、愿意承担责任、为共同的利益合作的能力，这些在我看来比分数更重要。

参加了今晚7时的吃蟹晚会，我吃了三只。

今天上午，邬静怡、林弥励和我筹备创始者节的早餐。

📖 | 11月3日，星期四

又一个美好的秋日，有温暖的阳光。 那位年轻的花匠把他的菊花放在中央楼前面。 今年的菊花虽不像往常那样大，但仍然十分美丽。

他们说，今天日本臣民们庆祝天皇的生日。 今晚至少有两个小时——6时～8时，最美丽的烟花将绽放在市中心及邻近地区的上空，我不敢想它们花了多少钱。

实验科女生的反应，就是整个国家对目前日本入侵的反应的一个缩影，有无知麻木的欢乐，有阴沉沉的冷漠，也有人拒绝观看，我甚至听到啜泣声。

下午 5 时～6 时，凯瑟琳和我到邻近地区散步。 中国的菜园很美，庄稼不错，但价格很高。 人们看到了外国蔬菜——甜菜、卷心菜、洋葱，因为市场上有这一需求。 我们应该批评农民吗？ 过去的一年他们积蓄甚少。

我请伊娃·麦卡伦和王太太过来吃午餐。 之后，我们筹划圣诞节期间的教堂音乐。 今天，我吃了一碗米饭。

📕 | 11 月 4 日，星期五

今天，从很远的地方传来枪声，我们不知道出了什么事。

一中队的轰炸机从头顶掠过，时间大约是在上午 9 时～10 时。

中午，我收到一份电报，说弗洛伦斯·泰勒（Florence Tyler）星期六将到达南京，星期一离开，她将要去参加马德拉斯会议，这真是出乎意料。 一些人认为她不会来，因为她的电报是在一下飞机后就发的，她并不知道要获得一张通行证将是多么困难。 我却认为她可能会来，让她亲自看一下南京，这真是太好了。

经过我们请求，大学医院给我们一桶鱼肝油。 我们将免费把它发给所有需要它的人。 程夫人正帮我们学校的护士孙夫人处理此事。 家政科的妇女们的健康状况迅速好转。

织袜机已运到，并装配好。 到星期一她们将编织袜子和毛巾。 我们想让妇女们学习编织袜子和毛巾的整个过程。

凯瑟琳和我又到邻近地区散步。 到处都是菜园，每一寸土地都被耕种。人们十分友好，一些邻居和我试图阻拦一所很好的房子被拆除。

孙先生，一位和他的家人住在东院的邻居，已砍下他土山上的所有树。他有一个可爱的橡树园。 他说，如果不先砍掉它们，其他人会抢在他前面行动。

今晚，哈丽雅特和我为泰勒小姐安排旅行路线。 她会来吗？

𝟏 | 11 月 5 日，星期六

多好的秋日。 秋天的景色越来越美丽。 和煦的阳光，菊花放在中央楼前展览。 今天有几架重型飞机飞过。 此外，远处有枪声。

泰勒小姐今天来。 我们动用国际救济委员会的汽车去接她。 普赖斯博士也来。 哈丽雅特和我都没有费力去搞"安居证"，这意味着我们不能到下关去接泰勒小姐。

泰勒小姐大约下午 3 时到达，接下来是为她准备的三场附带节目，之后，带她看了城里的外国人在运动场上举行的球赛。 长老会年轻的修道院院长们已到达。 福斯特夫妇每星期六为人们准备茶。 他们多么好客!

晚上 10 时 30 分，我们从贝茨家的教会聚会上返回。 我们怎样为传教机构争取更多的受过良好训练的中国传教士？我们所有的牧师和大部分教师正为中国西部的其他传教机构工作。 我们缺乏人手。

今天听说南京有 100 多个鸦片贩卖场所。 鸦片来自大连，许多海洛因已被出售，因为它比鸦片便宜。① 中国人控制贩卖场所，但根子出在日本人身上。 尽管我们竭力阻止，但贝茨仍坚持送我们回家。 今晚月光皎洁。

泰勒小姐在南京的 31 个小时的计划：

下午 1 时 40 分，乘国际救济委员会的汽车和凯瑟琳去下关。

下午 3 时到达。

参观校园建筑、家政班、编织、护理学校、球赛。

在福斯特家喝茶。

6 时 30 分，在贝茨家吃晚饭，联合基督教传教士布道团在汉口路 20 号聚会。

星期日

早上 7 时 30 分以后，与惠特曼小姐和邬静怡吃早饭。

看家禽工程及家政班的菜园。

9 时 30 分以后参观城里的教堂：估衣廊美以美会教堂，圣保罗新教圣公

---

① 原文如此。

会教堂，南门基督教教堂，讲堂街①美以美会教堂，汉西门长老会教堂。

12 时 30 分，与程夫人和魏特琳小姐吃午饭，其他客人有侯医生及其夫人、丹尼尔斯夫妇、米尔斯牧师夫妇、陈裕华先生。

下午 2 时 30 分，观看金陵大学的礼拜。

礼拜结束后，坐美国大使馆的汽车去国家公园。

斯迈思先生、惠特曼小姐和简达曼（Gendarme）小姐，他们后来没去国家公园，而是到大使馆去喝茶。

下午 4 时 30 分，在祈祷堂举行英语礼拜。

晚 6 时在南山公寓吃晚餐。

出席的客人：林弥励、程夫人、哈丽雅特、泰勒、邬静怡、陈先生、凯瑟琳、魏特琳、王先生。

与金陵女子文理学院师生座谈。

与魏特琳会谈。

11 月 6 日，星期天

今天上午，泰勒小姐与哈丽雅特、邬静怡凯瑟琳吃早饭。 之后，邬静怡带她参观家禽工程，哈丽雅特带她参观菜园。

9 时 30 分，我们和福斯特一家去圣保罗教堂。 礼拜尚未开始，但已有一大群人在那儿，其中有相当多的我们以前的难民。 大门以及教堂被修过了——两者在城市被攻下前不久被炮弹部分毁坏。 整条太平路看上去和 1 月时截然不同。 当时街道空无一人，90% 以上的大店被洗劫、烧毁。 现在，许多门面已安装，开了小商店，大部分正在出售日本货。 人们不仅看到日本兵，还看到平民。 沿着我们经过的街道，你们会看到许多年轻的中国女孩身着蓝衣白裙站在商店、餐馆门前，吸引士兵们进入。

从圣保罗教堂出来，我们又去了西门，凯莉（Kelly）小姐过去经常去的地方。 他们在社区教堂做礼拜，外面有一大群人。 不幸的是，我们五位南京的牧师都在中国西部，因此，我们只看到麦卡伦先生和一位老教师站在讲台

---

① 位于升州路与评事街交界处。

上。 接着，我们又去韦斯利卫理公会教堂。 一幢三层的建筑物被烧毁，顶层又被盖住，门窗用蓆簾挡住。 整个地方看起来很干净。 我们发现过去体操馆所在之处有许多人正在参加礼拜。 正当我们离开之际，一位青年人指挥合唱团正在唱歌，值得赞扬。 最后，我们去了新的长老会教堂，里面有一大群听众。 善良的老人普赖斯博士正在布道。 听众人数太多，明德中学教堂已容纳不下，不得不搬到没有窗户的未竣工的新教堂。 他们正在积极安装窗户。 我们上午接下来是去神学院和金陵女子神学院，其中后者为53名妇女开办了一个非专业性的训练班和一个壁毯店，为西藏喇嘛编织。 很奇怪她们的织机没被用来当木材烧——尽管负责人说一部分已被烧掉。 负责人去年秋天撤到汉口，其他成员在安全区内。 他们早早回家，防止老百姓抢劫。 抢劫首先是日本兵干的。

中午，程夫人和我请泰勒小姐出席一个我们早已安排好的午宴。 客人们是侯医生及夫人、米尔斯夫妇、霍顿和海伦（海伦只逗留几星期），还有陈裕华和哈丽雅特。 非常可口的中餐，决非你们或我能做得出，但程夫人认为，这是我们为如此尊贵的客人最差的服务。

下午，我在侯家作了短暂的停留。 夫妇俩看上去苍老、消瘦。 他们还没能从个人损失中恢复过来。 他们的一所住宅中的一部分被炮火所毁，其余两处的门窗被日本兵拆下当柴烧了，而他们过去的家被日本兵占据。 侯医生回来得很早，当时他的家具仍在屋里，但他看着日本人搬走他的钢琴、冰箱、他的所有牙科设备及其他一切贵重物品。 侯医生现住在校医院，侯夫人住在汇文中学。 侯夫人看到我们美丽的菊花和鲜花时几乎哭起来，说她可爱的灌木都没有了。

下午2时30分。 美国使馆的史密斯先生带泰勒小姐和哈丽雅特去詹姆斯家和国家公园。 我负责星期日下午的礼拜。 盖尔先生布道，做得很好。

下午5时30分~6时30分。 泰勒小姐和我进行交谈，她问了我一些问题。 6时30分，我们请程夫人、王先生、吴小姐、薛小姐、林小姐和陈先生到南山，与泰勒小姐共进晚餐。 8时30分~9时30分或10时泰勒小姐和我交谈。

她早上6时离开。 我们多么高兴，她如此勇敢，精神上如此年轻，冒险作了这样一次旅行，上海的大部分人称之为疯狂之旅。

🔖 | **11 月 7 日，星期一**

国际救济委员会的汽车上午 6 时到达。 6 时 15 分，我们在去下关的路上。 我有点担心，因为，我没有南京通行证。 然而，我用了假期从上海返回到南京的通行证，它的确有效。

原先为交通部所建的大的四合院，有 20 多个大的草席仓库，大概 150 英尺长，40 英尺宽，有两层楼高。 我想现在它被用做军需品的仓库。 当我们 9 时坐人力车回家时，我们很高兴没有走大路，因为，大量的军用卡车和汽车在那条繁忙的大道上行驶。 许多卡车装的是中国人——当苦力。

我们又想到（就像我们经常想的那样）"焦土"政策。 当我们经过没有屋顶的交通部时，里面空无一人，废弃不用了。 对面是铁道部，没有被毁，正被日军使用。 当你们看到这一对比时，你会明白，为什么许多中国人相信"焦土"政策。 下关挤满了人。 至少有两个地区的房子和商店被中国军方烧毁。 废墟正被铲平和清除，准备建房子——我想是为军方。 在下关我们也看到大的草席仓库用来存放军用品。 中午和我吃饭的一位女孩说，老百姓的住房也被无情地烧毁，夷为平地。 可怜的百姓!

我原先担心城门会成为我们的滑铁卢，却安全通过了，我的两个月前的通行证仍能生效。 我已准备好在那儿被阻拦，下车，坐黄包车回学校。 我很高兴不用这么做。

当我与泰勒小姐交谈时，凯瑟琳排队为泰勒小姐买票，她很快回来了，她说，一个军警愿意为她买票，而且他真的给买来了。

当我们坐着等被允许进入火车站台时，500 多名受伤的士兵以 100 人为一组排队上车，一些人瘦得可怕，处于痛苦之中。 受重伤的人从另一个门用担架抬上车。 红十字会的人对伤兵们很好。 我们后来注意到有一群日本妇女在照顾伤兵，给他们茶和面包。 我们数了一下，共有八节车厢，一节给重伤员，一节给受伤的军官，六节给受伤的士兵。 我不能不把这些人的遭遇与一年前在同一个站台上我服务的那群人作对比。 这些人从哪儿来，我没法知道。

当我们等车时，我仔细观察了真正的傀儡，即穿着讲究的中国人。 人们本能地猜到他们是新政权里的官员。 我仔细地研究他们的脸，他们看起来无一例外像吸鸦片或海洛因的瘾君子，有几个看起来像一度很有权势但已衰落的中国家庭中娇生惯养的少爷。 我想，我不是一个真正的基督徒，因为，我极为鄙视这些人。 可怜而愚蠢的日本，它自以为它能以这样的低能儿建立一个稳定的政府。 它对付他们还不够聪明。

我们看到泰勒小姐安全地坐在二等车厢的一个舒适的座位上，随即我们回家。 她将多么高兴她曾来过。 她的拜访使我们多么快乐!

回家的路并非没有麻烦。 我们尽快地避开中山路，因为，我们感到一辆大的军用卡车可能在任何时刻撞向我们。 我到家很及时，正赶上参加实验班的星期一聚会，听到大王就《互相帮助》的问题给女孩们作精彩的演讲。 互相帮助的基础是真心服务。 他像一个父亲似的对她们讲话，我相信他影响了她们中的许多人。

美丽的秋色，菊花在中楼前盛开。 紫金山正在召唤，哎呀!

在 600 号楼，学生开始编织袜子。 我们有两位好教师——两位男士在那儿，他们是编织高手。

邻里学校已开学。 你认为今天上午有多少人登记? 仅有 83 人，6～18岁。 吕先生已决定开两所半日制学校，每所招 40 人。 我个人投资了 20元——每月给年轻的老师。 他正筹划再投资。 要是罗小姐回来从事社区工作就好了。

我真不应该再多写了，但我知道你们会对下午 5 时～6 时我对附近地区的一次拜访感兴趣，是在胡大妈家。 我大约有四个星期没见到她，因此想看望她。

她带我去看茂盛的菜园，但是，唉，小偷们昨晚偷了大部分蔬菜。 她说，毫无疑问，他们是抽鸦片或吸海洛因的人。 他们在晚上 8 时或 10 时成群地出去，一名农民对付不了他们。 可怜的老杨大妈，昨晚她的一担蔬菜也被偷。 胡大妈在抱怨没有警察对付这类盗贼。

她也述说了两周前他们的另一次经历。 一些人看到她三个儿子辛勤地工作，卖了许多蔬菜，这些人就想办法试图从他们身上榨钱。 他们从新政府请来了几个侦探，当面控告她儿子卖了七支枪给游击队员，并私藏价值 2 万元的金银珠宝。 这两点极为荒谬。 他们只好支付 11 元以摆脱这群恶棍。 这些是当地勤劳的平民们面临的情况。

我忘了告诉你们，有证据表明全城正在进行盛大的反共活动。 新街口广场上有一个很大的假人，约 25 英尺高，有一张丑陋的脸，胸部有汉字："共产主义是妖魔鬼怪。"我们还看见乱蹦乱跳的人拿着旗帜，画着龙和其他动物的图形，上面还写着反共的口号，在城里来回走动。 有些标语还把蒋将军和共产党联到一起。 我记得有一个图案，上面是一辆大型坦克车碾过大人和小孩的尸体，坦克上标着"共产主义"。 坦克附近有许多骷髅头和十字交叉的骨头的图形。 两只大气球，一只飘扬在老鼓楼的上方，另一只在新街口广场上方，挂着反共的口号。

一位中国朋友告诉我，在新的南京报纸上正开始一种宣传，它将逐渐让百姓相信："亚洲是亚洲人的。"其说法是别有用心的。

11 月 8 日，星期二

又是一个美好的秋日。 我记得没有飞机飞过。

下午 2 时。 凯瑟琳说服我和她去西面邻近城墙的地区。 她骑马，我步行。 农民们又到地里干活，每个家庭成员都出动了。 在一些地方，看起来像是主人尚未返回。 大部分人正为来年的春耕做准备。

从西门来的穷人外出割草作为冬天的燃料，而最穷的人在拾菽。 他们告诉我，现在草是每担 1 元，他们买不起。

我们所到之处人们都很友善，尽管他们很忙，但仍不时有人请我们进屋坐一会儿。

到处在砍树，我开始感到难过，但我后来又想也许是种树人在砍树，因为人们太穷了，这样一想，心里就好受些。

当我沿着一些熟悉的小路向前走时，环顾四周，发现一切像从前一样。在某种程度上我觉得，过去的一年只是一场噩梦，我将醒来，发现一切如去年 6 月以前一样。

11 月 9 日，星期三

晚上 10 时。 我从外面回来，路过我们的发电房，我听到许多人大声地议论，我想知道他们在说些什么。 原来是一位守夜人和几位佣人一道，将两个贼捆在供气房的水泥柱上。 姓魏的守夜人在男教师宿舍前抓住了他们。 今天，陈先生首先发现一间屋子里的一只浴盆被偷，又很快发现屋里的一切都被偷光。 昨晚，小偷们也开始进入我们附近地区的房子，但被朴先生吓跑了。 小偷们也进了600号楼，偷走了我们存放在那儿的一些棉花（价值七元）。 你们可以看出今年冬天在南京——被彻底征服的领域——我们将遇到什么。 随着鸦片的泛滥以及没有真正的警察来对付违法行为，我们将不得不自己维持治安。

今天发出了庆祝创始者的邀请信。 创始者纪念日上的两个宗教活动的节目，正式仪式及早餐都准备就绪。

🕮 | 11月10日，星期四

报纸上的消息令人恶心，让人扫兴，看来日军正向长沙和沙市迅速推进。显然，它没有像在南京那样在武昌、汉阳和汉口停留，以享受胜利的果实。

下午1时。 伊娃·麦卡伦来教实验班的女生唱歌，这是我们为创始者节礼拜准备的两首赞美诗，即《古老的岩石，噢，上帝》，《先辈的信仰，今日犹存》。

只有五人将唱创始者节的歌曲。 即哈丽雅特、邬静怡、陈先生、林弥励和李先生。 他们今天在女孩们唱完后排练。

今天下午与三名男教工会面，看我们是否能制定出一个评分体系，重点放在习惯、态度和知识上。 你是否同意我们推荐以下两个或三个评分标准：

F——不及格；

P——及格；

O——思考上的独创性。

与此相结合的是建立在以下品质上的评分标准：

愿意承担责任；

合作能力；

诚实坦率；

对精神价值的兴趣程度。

我们建立了一支极好的教工队伍，真的很有意思。 在其中工作的三个委员是：

刘先生——金陵大学毕业生，以前是一所学校校长。

李先生——中央大学化学工程师。

吴先生——金陵大学毕业生，政治科学系助教。

这些人曾徘徊了一年，因为家庭的责任没有撤到西部。 现在，他们带着对工作的强烈的兴趣，到我们这里来了。

显然是我们自己的"法庭"。 今天上午，杨牧师和唐小姐与我们的两位囚犯谈话。 之后，唐小姐和李先生外出调查他们的家庭状况。 他们发现两个男人是鸦片鬼，还吸海洛因。 他们急需钱，即使是去偷也在所不惜。 其中一人受过教育，从事名声不好的职业已有多年。 另一人来自良好的家庭，玷污了家族的名声。 今晚，这两个人在发电房里，我们不知道该怎么处置他们。

🕮 | 11 月 12 日，星期六

今天很冷，刮着寒风。 我们这些被娇惯的西方人在想，不生火炉能忍受多久。 今年将没有火炉，因为，即使我们有足够的资金，也很难搞到煤。 我们的中国朋友穿上加厚的外套，看起来很暖和。 寒夜使我想起成千上万的人。 是啊，这片土地上的成千上万的人今年冬天将会饥寒交迫。

陈熙仁小姐是中华女中的校长，格里希小姐昨天从上海来。 此外，哈斯克尔（Haskell）夫妇也在南京，准备去芜湖。 仅有几位生意人回来，对他们来说无法做生意。

一直在为创始者节做准备，仪式明天开始，但没有特制的衣帽服装，也没有过去那些创始者节欢快的特点，特别是没有来访的校友，我们向上海发了一个贺电。

棒球比赛今天下午如平常一样举行，之后是在福斯特家喝茶，这是外国团体一周的社交活动。 甚至外国的狗也来了，它们玩得很高兴。

下午 3 时带海伦·丹尼尔斯（Heten Daniels）外出参观我们西面的一些地区。 她想看惨案发生的山谷，在那儿有 143 人被杀。 人们正逐渐搬回到他们的家园，建造新的很简陋的房屋，因为他们以前的家被烧掉，但许多人晚

上仍回到安全区。

🗓 | 11 月 13 日，星期天

在同上海分部那些人商量之后，我们决定将今天作为创始者节来纪念。推迟日期的一个原因是希望得到重庆方面的消息。因为，如果可能，我们想在同一天庆祝。由于他们开学很迟，我们认为他们会定在 11 月 6 日或 13 日，或许是由于从香港到成都的航班中断，我们没有收到他们的消息。

我们不想像往年一样，举办创始者节的宴会。近来没有心情搞庆祝活动，加上城里我们的校友和教工寥寥无几，这是庆祝与往年不同的另一个原因。

今天早上 7 时 30 分，在南山公寓，我们举行了一个简单的祈祷活动，由邬静怡主持，活动内容如下：

赞美诗——《古老的岩石，噢，上帝》

圣经诵读——林弥励

代人祷告

对过去的祝福——安娜·莫菲特

对现在的祝福——程夫人

对将来的祝福——贝茨

对校友的祝福——明妮

赞美诗——《继续领路吧，永远的国王》

结束祷告——陈熙仁小姐

到场的人有：斯坦利、多罗茜（Dorothy）、安娜、科妮莉亚（普卢默·米尔斯给一个班上《圣经》）、霍顿、海伦、贝茨夫妇、陈熙仁小姐、陈裕华先生、凯瑟琳·舒茨、哈丽雅特、邬静怡、林弥励、陈先生、李先生、程夫人和我。

房间被哈丽雅特的插花班用花束装点得很漂亮。此外，哈丽雅特负责简单的早餐。在这种仪式上和她们在一起真好。

下午 4 时我们在大教堂举行了纪念礼拜。舞台上是福斯特、陈小姐、米尔斯、杨绍诚和我。

节目有：

前奏曲——麦卡伦夫人弹风琴

祈祷——福斯特

赞美诗——《噢，上帝！我们在过往岁月中的帮助》

诵读圣经和祷告——杨绍诚

圣歌：《安息吧，我的灵魂，上帝在你的身边》，高一和高二——米尔斯布道

独唱：《他秘密地显形》——保罗·阿博特（Paul.R.Abbott）牧师

宣告——魏特琳

创始者节之歌——哈丽雅特、邬静怡、林弥励、陈先生和李先生

特别祷告——陈熙仁小姐

赞美诗：《先辈的信仰，今日犹存》——福斯特

赐福祈祷

风琴独奏结束曲

哈丽雅特又用菊花装饰教堂。 陈先生和李先生是引座员。 家政科的妇女 3 时 30 分在 700 号楼集中，排队进来在左边就座。 实验科的女生在报告厅集合，由布兰奇带入。 在教堂中间我们留下六排给参观者和教工。 座位已全部坐满，观众中有几位纯朴的邻居，还有五位盲女，我们很高兴他们能来。还有一位从亚细亚火油公司来的客人和一位来自英国炮舰"蟋蟀号"的年轻军官，我们感到很惊讶。 他们来是因为对此感兴趣。 格里希小姐刚回到南京，和我们在一起。

出去时海伦说她想念过去熟悉的面孔，但她认为这是个很好的礼拜。 安娜，我们忠实的管理员和忠诚的朋友，她认为这是我们最好的礼拜之一。 普卢默·米尔斯就《罗马书》第 5 章第三～五句做了精心准备的布道。 他在结束的段落中阐述了在我们小小学院的生活中，发生的一次又一次磨难，以及它怎样塑造了坚忍、忠诚和耐心。

我们希望将变为许多人"丰富的生活"的一种结果，在上午会议结束时出现，当时，邬静怡和林弥励说她们想提供一笔资金，使之成为一个开端，她们各自的班级将加入，将来甚至可能发展为值得广大校友支持的事情。 哈丽雅特、林弥励、邬静怡和我对此进行了长时间的讨论，决定让这笔钱成为给"金

陵妇女互助会"的最初的礼物。"金陵妇女互助会"是一种组织，将是我们家政班妇女互相帮助的一种合作性组织。 六个月之后，其中一些人将作为纺织者出国。 她们将需要织机和一些资金等。 我们甚至可以用贺川提供的奖学金劝两位校友去日本学习。 对中国人来说，这么做意味着"坚定地面向耶路撒冷"，但奇迹正在发生，为什么不让它发生呢？

如果我能让程夫人也去，这将妙不可言，因为她仍有创造力，而且亟须离开。 这些夜晚人们不得不上床取暖。 我现在用厚毛毯裹着自己，但仍在打颤。

📖 | 11 月 14 日，星期一

如果学生们不能一次支付全部费用，今天是她们该付第二笔学费的日子。 但已有三位学生说家人生病，无法支付。 我们该安排学生们做更多的工作以挣足学费。

下午，下关圣公会的牧师来访。 他们的大院是一个动荡不安的真正的难民中心。 下关正在进行"清除废墟"运动，凡是这一工作有所妨碍的房屋都要拆掉，房主只能得两元，并被告知必须立刻搬走。 据说这里将要建某个军事中心，但人们不太确信是什么样的军事中心。

《南京日报》又有一篇文章反对白人，慢慢地这种宣传会找到滋生的土壤，而我们不知道还有多久，一万人将反对我们。

今天我核算 10 月份的账目，但 9 月份的还未算完。

哈丽雅特正在做一项不错的工作，砍倒没用的树，做成柴火。 程夫人、秦夫人和我到南山排屋（公寓房），看能否设置排水系统将地下室的水排出。

大使馆的史密斯先生和"辛格"缝纫机公司的德贝西（Debessy）先生来访。 德贝西先生对参观大楼和听有关我们难民所之事很感兴趣。

📖 | 11 月 15 日，星期二

昨天的报纸今天才到，登了一幅长沙的凄惨图片，看上去这座城市很快就要沦陷。 我想知道朱澈（1925）、左敬如和陆慎仪在哪儿。 似乎那儿正在实施焦土政策。

今天中午，侯医生和夫人邀请程夫人和我，参加由侯夫人和女佣准备的午餐。 从未吃过比这更好的食物。 蔬菜烧得甚至适合国王吃，价值一毛钱的鱼加点萝卜做成一道美味的菜。 她是个好厨师! 可怜的她不能回到自己现在的空房子里去，而住在汇文中学的宿舍。 侯医生和夫人看上去憔悴、疲惫。

今天下午没有上体育课（棒球）。 4 时集合的那个班洗白菜，准备让另一个班星期四用盐腌。 天气很冷，但姑娘们干得兴高采烈，一小时洗了很多。

我听说贵格会派的传教士今天回来了。

📷 | 11 月 16 日，星期三

今天似乎一事无成。 上午为教师会议做准备。 12 时 30 分去卫理公会的妇女之家，参加为格里希小姐准备的三桌宴席，是汇文中学的一名律师请的客，他自去年秋天撤离以来，一直在金陵大学的财会处工作。

我不喜欢人们经常请客，因为，在我看来没有时间吃这些即使在平常也是奢侈的饭菜。 这些天来有许多人需要食物，但只有很少人生产来满足这些需要。

今天下午 4 时，我们召开了一次教师特别会议，决定对实验班采用一种新的考试办法。 我们将采用考查的方式，把成绩分为“合格”与“不合格”两种，并给那些具有创造性思维和独创能力的学生加分。 此外，我们还制定了新的计分方法，从 12 个方面对学生加以考核，如诚实程度、协作能力等。我们希望把重点放在学生的行为和习惯上，而不是分数上。

哈丽雅特今天被狗咬了一口，仍在卧床休息。

天气仍然很冷，我们正在考虑今年冬天学生的取暖问题。

📷 | 11 月 17 日，星期四

今天的天气仍然晴朗而寒冷，格里希小姐早上过来看了看，并留下来和我们一起吃午餐。 她迫切想回南京，并打算下个学期回来。 最近两个星期她一直呆在这儿。 晚上，她和在汇文中学排练的学生们一起唱圣诞赞歌，白天则倾听中国朋友述说他们的悲惨遭遇。

下午 4 时 30 分，由于海伦·丹尼尔斯明天就要回上海了，我去她家与她

告别，但她不在家，于是我和她的厨师聊了半天。 这位厨师刚从庐州以南的一个村庄回来，他对我讲述了许多发生在那里的惨案，数量之多，足以写成一本书了。 他告诉我，有六个日本兵闯进了城南的一个村庄，其中的两个日本兵被杀死了，另外四个逃回去报告了他们的上级，结果，日本军队摧毁了整个村庄，许多人惨遭杀害，包括男人、妇女和儿童。 他说，城区附近 10~20 里之内的村庄全部被夷为平地，以防游击队在此藏身。 城东的铁路被游击队炸毁了，而日本人的报复则是摧毁整个村庄。

日本人似乎也去了他们的村庄，发现那里有稻草，便让他们把稻草送到城里的日军医院去。 他说，医院里许多得了传染病还没有死的士兵被紧裹在衣服里，放在木柴上（木柴都是从家具或房门上拆下来的），被活活烧死了。尽管我无法相信，但他坚持说这都是千真万确的事。

给我们送衣服的老工人苏先生说他已经一无所有了，他的房子被烧了，土匪对他穷追不舍，因为，他们以为他有钱。 听他说在合肥，中国人被禁止进出这座城市。

今天来了三个日本人——一名军官和两个士兵，我带他们去看了那些女勤杂工们，并告诉那个军官，其中一些女勤杂工的丈夫被日军杀害了。 那个军官说："我很抱歉。"他说，他曾在神户的圣经学校学习过。

南京城里出现了许多崭新的轿车，都是傀儡政府的车。

🗓 | 11 月 18 日，星期五

现在是晚上 10 时 30 分，我刚刚在麦卡伦那里（就是麦克林以前住过的地方）开完会，这既是一次教友聚会，也是一次工作会议。 凯瑟琳和我是 6 时 30 分去的，并在那里吃了晚饭。 会后，尽管我们反对，贝茨还是坚持把我们送回家。 我不想在没有路灯的黑漆漆的街道上行走，同样，我也不希望贝茨一个人在这样的黑夜回家。

在这里，我们的工作面临着困境： 我们既需要更多的工人和更多的资金来开展大有益处的救济工作，但同时我们又需要这些工人去西部地区筹集更多的资金。

报纸上登了一则声明，说长沙已被夷为平地——这便是彻底的"焦土政

策"。 如果所有的中国人都能迁走的话，那么占领者们的确将得不到任何"工具"或苦力，但这是绝对不可能的事情。

按照公布的数据，通过中央统配局出售的鸦片月销售额已达 200 万元，而海洛因的销售额也已达到 300 万元，我认为这些数据是真实可靠的。 想一想吧，这竟然会发生在一个极端贫穷、缺少工业生产能力的城市里! 日本人从中收取一定的税款，但整个分发工作似乎都是由中国人操作的，而所有这一切，都是在"政府监督"的名义下进行的，毒品也被称为有益的药品。

今天从成都来的沃德主教来到我的办公室，他只呆了一会儿。 下星期一我们邀请一些中国朋友吃午饭时，他将会再来，这些中国朋友都有亲戚在成都。

罗小姐已经从上海来到了南京，现在正在邻里中心的一个小公寓里收拾房间。 她将访问附近的百姓，还可能给附近的女孩子们授课。 今年，我们为这些孩子们所做的事情太少了。 我们现在很少能挨家挨户进行服务了。 身体弱小的朴先生和他的妻子在那里照看房子，他们的情况还不错。

安娜把你们 10 月 24 日从芝加哥写的信带来了。 我真想知道你们是否已收到我托鲁丝带给你们的日记，已经送走六个月了。

🗓 | 11 月 19 日，星期六

天气依然晴朗，但已经不很冷了，不用烧火取暖，人们也能受得了。 我们从芜湖订购的煤已经运到了下关，但因为没有卡车而无法运过来。 里格斯先生曾经帮助过的那家卡车公司现在生意很好，每天的收入约 50 元，自然不愿意来为我们运煤了。

今天下午，一些实验班的教师考察了明德学校的工作。 那里现在有 80 名学生，都是姑娘和年轻妇女，她们半天学习，半天工作。 她们的工作包括编织长袜和毛巾，做园艺工作，还要自己做饭。 她们每月要交 3 元的伙食费，每学期的学费是 1.5 元。 她们还要做糖和饼干等食品。 周明懿夫人是这个学校的教务主任，她的工作效率很高。

下午 1 时～3 时。 我去检查了宿舍和教室里的课余活动——救济工作。我们需要一个有能力的人全天监督这些工作。

今晚，有九名高二的女孩子来做游戏，我们在游戏过程中觉得没有必要再吃点心了。

📖 | 11月20日，星期天

星期天早上我呆在家里，因为，很多人喜欢在这个时候给我打电话，而且我今天要参加三个礼拜：下午两次，晚上一次。早上，我起草了一份关于纪念学校"创始者节"的报告，也快抄写好了。此外，还有四个报告和数百封信要写，我却没有时间。

今天，飞机频繁出动，进行轰炸，报纸上也全是关于是否应该封锁长江的争论。

中午，我被邀请去王太太家，她人很好，在学校教音乐，她的丈夫在参加孙中山先生的奉安大典时被拥挤的人群踩死了，那时，他已经在外交部门工作了30年。王太太现在每周上五节课。

在今天的英文礼拜上，沃德主教发表了讲话，特威纳姆教堂里太黑了，他无法照着发言稿讲话，而且他没有对我们去年冬天的勇敢的行为加以评论。

海尔·莫兰德夫人和她的小女儿已经返回南京。

今天天气阴郁而寒冷，似乎要下雪了。

📖 | 11月21日，星期一

整个上午我都在核算账目，试图写出9月和10月的财务报告。

中午12时30分。我去了美国大使馆，并在那里和沃德主教共进午餐，在座的还有麦克丹尼尔斯和特里默医生。麦克丹尼尔斯是第一位回到南京的外国记者。或许你们还记得，他是去年12月17日①乘日本军舰离开南京的。汉口陷落时，他就在那里，他说，由于交战的地方远离市区，所以那里的情况与南京大不相同，但他也承认，武昌的情况或许与南京更相似。沃德主教充满希望地谈起了西方及其不断增长的反对战争的决心。我们都无法理解那些汉奸的行为，要知道，南京大街上崭新的流线型轿车越来越多，而且开

---

① 记忆有误，应为16日。

车的大部分都是中国人——都是新傀儡政府的人。 人们都相信，中国在日本人的统治下是不会得到任何好处的，所以，我个人无法理解，为什么有人会卑劣地充当汉奸?!

11 月 22 日，星期二

我早上 5 时 15 分就起床了，以便和陈熙仁小姐一起去火车站。 她回南京查看中华女中和其他几处房产，这些都是属于她哥哥的房产。 她哥哥是一位医生，去年突然去世。 我们找到了一辆出租车——有些地方已经有车了，车费是 3 元，而两年前只要 1.2 元。

很高兴我陪她一道去了，由于我担心她一个人买不到票，所以我陪她一起去买票。 所有乘客都在同一个窗口买票。 售票处开始卖票前，外边就已经有很多日本人排起了长队，有男人也有女人，而中国人的队伍则更长，其中大部分是男人。 陈小姐排在大约第 20 位。 当售票处终于开始卖票时，中国人的队伍仍然静止不动，必须让日本人先买，还有一名日本军官在旁边监督，这名军官不停地把中国人往后推。 眼看着中国人根本没有买票的机会，我慢慢走到那个军官面前，微笑地问他会不会说汉语，他说他会一些。 我便问他是否能看懂墙上的大幅标语"日中合作"，他说能看懂。 我告诉他这种售票方式是无法带来永久和平的，也不能称之为合作。 他微笑着承认的确如此。 过了一会儿，我觉得他或许有些惭愧，因为，我看到他让日本人的队伍停了下来，允许大约 20 名中国人买了票，陈小姐几乎是最后一个才买到票。

在车站等车时，我看到大约 500 名伤兵被运上火车，大部分伤兵可以自己行走，但也有大约三卡车的伤兵是用担架抬上火车的，还有 30 多个日本女人在安慰他们，其中一些女人还想去抬担架。 车站里和公共汽车上的平民越来越多了。

回去时，天气很冷，我打算乘公共汽车回去。 我登上一辆公共汽车，司机是位中国人，他说，这是日本人经营的汽车，他还对我解释说："没有法子。"因为他要养活一家老小。 当我表示，我宁愿坐黄包车，帮助那些拉黄包车的可怜的穷人时，那位女售票员（也是中国人）很客气地把钱退给了我。

在下关，拆毁房屋、清理断壁残垣的工作仍在继续着。 南京的一切都显示出这里已经是日本人的天下了。

中午，沃德主教与我们一起吃了中国餐，有程夫人、邬静怡、哈丽雅特、林弥励、大王和金陵大学的陈教授及陈先生。 我们不断地问他西部的情况，以及我们的同事在那里的状况。

下午 4 时。 我和其他仍留在南京的建筑委员会成员，讨论了如何把山坡上尚未完工的房屋地下室里的积水排出去的问题。 米尔斯和我是该委员会留在南京的仅有的两名成员，此外，我们还邀请了行政委员会的成员。 自上次我为混合委员会准备材料以来，似乎已经过了许多年，而实际上距上次开会也只有一年差一周的时间。

🗓 | 11 月 23 日，星期三

天气依然晴朗而温暖。 我觉得很暖和，或许这是因为我又加了两件羊毛衫和几件毛绒衫，以适应天气变化的缘故。

一整天都用来抄写九、十月份的财务报告，同时，我还写了与此相关的信件。 下午 5 时，我拿了八封信交给贝茨，他和他夫人莉莲斯明天要去上海，贝茨将于星期天同参加马德里会议的代表团一起去印度。

早上，洛伊丝·艾丽（Lois Ely）来找我，她是昨天来的，暂时和格蕾斯·鲍尔住在一起，但是，她不知道以后将住在哪里。 在南京，能得到像她这样有能力的人真是太好了，至少有三个地方需要她。

哈斯克尔（Haskell）夫人从芜湖写来一封信，其中有这样一段话："这里的情况与南京当然是大不相同，居民已经四处逃散，城里荒无人烟，许多人家都把门窗用砖头堵死，一些没有被彻底拆毁的房屋也已经被破坏，并且还在继续被破坏： 框架结构、地板、门窗等都被拆毁了。 几乎见不到年轻人。"他们已决定住在城里而不是到学校来，这让我很高兴。

我们学校内的小山谷看起来很平静，校园内似乎也一切正常，只是没有学生，也没有教师。 但是，中山路上却大不一样，各式车辆川流不息，有军用卡车、土黄色的军用轿车以及越来越多的新款轿车。 这些新款轿车是属于新政府的官员的。 人们对这些官员深感"怜悯"，还不知道他们为什么作出这样的选择。

为了帮助一位图书管理员——他是金陵大学图书馆一位管理员的叔叔,我们让他每天工作 2 小时,每月付给他高达 15 元的工资。 他曾经给上海的一位朋友写信,询问关于订购杂志的事,结果得知几乎所有的中文杂志都停止出版了,能出版的也都要经过伪装才能进入日军占领区。《密勒氏评论》为了进入日占区不得不经常改头换面,但是,我所订阅的《字林西报》可以很容易买到,而且每期都有。

11 月 24 日,星期四

今天是感恩节。

早上先花了 1 小时 30 分清理南画室,准备做礼拜。 这个画室的北半边被隔成一个小礼堂,南边则搬走了椅子,摆上了菊花,形成了一个漂亮的大厅。

斯迈思先生、福斯特和卡尼神父坐在主席台上,我很喜欢主持人的讲话,因为,与以往的讲话相比,这一讲话视野更开阔、更深刻。 卡尼神父的讲话非常精彩。 大约有 54 位听众,除了美国人外,还有 8 位中国人、2 位德国人和 1 位俄国人。

我们教会的 9 位成年人在南门附近的吉什夫人家里共度感恩节。 大约有 10 位卫理公会的教友在南山公寓、16 位长老会教友和来宾在米尔斯家庆祝了这一节日。 大使馆的官员们在使馆度过了这一天。

我是骑自行车去南门的,街上逐渐出现了商店,大多是在废墟中残存的旧店铺,人们又勇敢地重新开始生活了。

下午 5 时。 我去大使馆参加招待会,这是一个令人愉快的聚会。 食物很简单,但数量很多。 人们之间的友情是显而易见的。

忘了告诉你了,两天前,王保林的十弟来到我的办公室。 这家人曾进行了一次艰辛而又漫长的旅行,似乎他说过,他们途经了 12 个城市,先是去了合肥以南的三河镇,然后去了汉口、长沙、广东,最后到了上海。 他们的钱几乎花完了,我想这是因为他们在每一个城市都要滞留一段时间,所以开销很大。 王保林现在住在上海的伦敦教会医院,他病得很厉害。 他弟弟说,在长沙南部的一个火车站,他们差点被炸死。 现在在上海,他们每天要付八元租住两间旅馆的房子。

📖 | 11 月 25 日，星期五

今天没有什么新闻。

最近几天几乎听不到飞机的声音，可能日本人在更西边的地方新建了机场。

报纸上全是日本对美国 10 月 6 日外交函件的答复以及对德国反犹太运动的评论。 我不知道，像拉贝先生这样有深刻思想的德国人是怎么想的。 罗森博士在柏林正忍受着什么样的痛苦呢？ 狂热的战争狂正统治着德国，世界各国还要对此忍受多久呢？

天气很冷，但好在还有太阳。 似乎煤马上就可以运来了，由于没有卡车，这些煤已经在下关堆了好几个星期了。 我们砍了许多多余的树，然后锯成柴火。 在实验学校的宿舍，我们要烧柴火取暖。 你们还记得教工花园池塘边的柳树吗？ 这些树已被移植到新住宅区了。 现在，我们不得不砍掉这些柳树，因为，已经有人开始偷砍这些树木了。

明德学校的教师和部分学生今天来参观我们学校的编织课，我们可以从彼此的错误中吸取教训。

📖 | 11 月 26 日，星期六

今天没有发生什么重大的事。

经过数周的等待之后，煤终于运来了，但令我们难过的是，煤的质量并不好，能不能烧还是个问题。

上午，我收集数据，以便答复来信询问学生成绩的人。 查找记录可能会花费数小时的时间。 程夫人几乎要花几天甚至几周的时间来清理学生箱子里的物品，然后分别寄出。

中午，哈丽雅特、凯瑟琳和我邀请了莫兰德夫妇、皮克林（Pickering）先生和麦克丹尼尔斯先生吃午饭，然后带他们到四处参观了一下。

下午 3 时～4 时 30 分，大王和我一起检查了教室的清扫工作，这项工作是由 30 名勤工俭学的人干的。

3 时～5 时，在我们的田径场上进行了一场社区棒球赛。 大家都显示出了良好的精神状态和团结合作精神。

5 时～6 时，在福斯特家喝茶。

6 时～6 时 30 分，准备圣诞赞美歌。

7 时～8 时 30 分，凯瑟琳和我招待了学生们，并和她们一起做游戏。

11 月 27 日，星期天

今天没有什么太有意义的事。 天气依然晴朗、可爱，但仍然很冷。 我还没有烧炉子，但仍然感到很暖和，因为，我又穿了两套羊毛内衣。

吃完早饭后，我立即去贝茨家找那几封重要的信，他曾答应为我们把这些信捎给正在印度的吴博士。 我在餐厅找到了这些信，要是早知道贝茨会忘事的话，我肯定会坚持让莉莲斯把信放到他的皮箱里。 现在只好通过航空邮政寄往上海了，希望吴博士能在离开印度前收到这些信。

今晚，我向实验班的学生讲了话。 各班的学生轮流负责召集并主持会议，但今晚我召集了这次会议，因为，我有话要对他们讲。

今天，我收到来自中国西部的信。 吴博士 11 月 10 日的信令我们很兴奋，那时她已经决定去印度了，我们为此感到高兴。 还收到了伊娃的一封信，我经常希望能在那里帮助她们。

11 月 28 日，星期一

今天报纸上的消息令我难过。 很明显，由于指挥官临阵脱逃，数以千计的中国士兵正惨遭杀戮。

我写了一整天的信。 每天都有新的来信，却总没有时间及时回信。 寄给你们一份我给全国基督教委员会写的文章。 麦克丹尼尔斯明天将把这篇文章带到上海去，通过那里的法国邮局寄出，据说，这样文章被检查的可能性更小一些。

今天收到贾金华（1934）的来信，她已经康复了，这简直是个奇迹。 看来没有人闯进她在徐州附近农村的住处，至少她说她没有被骚扰过。

订购了圣诞日历和圣诞礼物。 今天，一次又一次地被其他事情所打扰，但是，每一件事情都很重要，值得我花时间去处理。

《字林西报》比平时晚到了一天；电话仍然不通；街上傀儡政府的汽车越来越多。

现在，每天去上海的航空邮政已经开通了。 向北的邮政服务至少已经通到了徐州。

🕮 | 11 月 29 日，星期二

我们似乎总是无法解决煤的问题。 尽管我们已经成功地从芜湖运来了煤，也总算把煤点着了，但火势不旺，无法用来取暖。 程夫人不知如何处理这些煤，因为她嫌煤质不好，无法用来烧水以供 300 人饮用和漱洗。 她已试过了各种方法，但无一奏效。 今天下午在麦卡伦家，他们试着在小取暖炉里烧这些煤，炉子里的声音就像机关枪的射击声。 今晚，我建议实验学校宿舍的工人把油浇在煤上烧。

今天早上，两个日本人拿着新版的中国地图来到我的办公室，并坚持要我们学校买 5 张这种地图。 他们给我看了一个登记本，上面记着那些买了 5 张或 10 张甚至更多地图的人的名字。 最后，我告诉他们，我个人愿意买一张，再为实验班买一张。 他们当然很失望。 这是一种新的勒索，这只是第一次而已，以后还将会有很多次。 每张地图要价五元。

今天，我参加了国际红十字会南京分会的会议。 用于在南京开办诊所的基金已经用完了，我们打算在天主教教会里再开设一个诊所。 南京现在有很多修女，我想大概有八名，她们在石鼓路开设了一个很大的诊所。

今天，我写完了家庭手工学校的讲义。

🕮 | 11 月 30 日，星期三

我们一直在设法利用从芜湖运来的煤，但是，始终想不出什么好办法。我们真不知道该如何解决这一问题。

洛伊丝·艾丽今早来教实验班的女孩子们唱歌。 她教了 30 分钟，既有圣诞歌，也有轮唱曲。 我们很需要她的帮助，但我们教会的一些人认为，凯瑟琳已经在金陵女子文理学院工作了，金陵女子文理学院从我们教会得到的

帮助已经够多了。

在今天的实验班教师会上，我们作出了三个具有革命性的决定：

1. 把学习成绩分成三个等级：不及格、及格和优秀，或用汉语讲就是差、中、上。

2. 可以给予加分奖励的一系列习惯、理想和道德品质，包括：勇于负责的精神；与人合作的能力；忠实与忠诚等。第一条与第二条将得到同样的重视。

3. 取消本学期的期末考试。

所有这些都是这学期的尝试。本学期将于明年 1 月 21 日结束。中国的农历新年是 2 月 19 日。

扣 ｜ 12 月 1 日，星期四

中午 12 时 30 分，110 多位客人在我们的中央楼会客厅出席了一个自助式午餐会，庆祝国际救济委员会①成立一周年，这一天也是米尔斯先生的生日。我们都希望拉贝先生也能参加，但可惜他现在在英国。三个大使馆的秘书和日本大使馆的警察负责人及宪兵代表小野先生也出席了这次午餐会，我认识小野先生。幼儿园的孩子们为委员会、也为米尔斯先生唱了一首非常优美的生日祝福歌。之后，我们走出大厅去观看种植纪念树，并合影留念。然后，去参观学习家政的妇女们精心准备的展览。林弥励为此做了充分的准备。很多展品将被保留在展览厅里。接着，敬德学校、明德职业学校和金陵女子神学院的特别妇女培训班的女学生们也来了。

纪念树是漂亮的雪松，这些树被种在艺术楼大门的东侧和北侧。我们或许会在附近再种一棵小一点的树，以纪念我们的难民营。

扣 ｜ 12 月 2 日，星期五

下面这件事或许是谣言，但也可能是真的：在过去三天，在南京召开了全国人民会议。会议期间，以个人名义出席者，每人每天可以得到 1 元，作

① 南京国际救济委员会于 1938 年成立，其前身为南京安全区国际委员会。

为省代表出席者，则可以得到 50 元。 这都是临时政府的所作所为。 我的同事说，她曾和一位护士交谈过，这位护士参加了三天的会议，得到了 3 元。

今天骑自行车去了外国人公墓。 当地的农民说，清凉山上有士兵，但是，很少见他们下来。 穷人们正在山上拾柴火，主要是树枝和竹子。

大使馆的史密斯先生走了，可能是工作调动了。 我们希望他能回来，因为他对我们很友好。

一年前的今天早上，吴博士和埃尔茜离开南京，同一天，我和陈先生忙于张贴告示，悬挂美国国旗。

📖 | 12月3日，星期六

天气仍然晴朗。 我早上写了实验班的讲义，下午要带高二的学生去伊娃·麦卡伦家，她准备了一个简单的小宴会。 由八位姑娘组成的这个班真是太好了，她们中有一人来自明德中学、两人来自汇文中学、两人来自南京的女子中学、有一人来自第一中学、另两人来自常州。

同往常一样，在金陵女子文理学院举行完球赛后，人们去福斯特家喝茶，但我没有去。

晚上，我去安娜家吃晚饭，米尔斯和盖尔博士也在那里。 安娜刚从汉口回来，她说，我们不了解那里的情况。 但是，在经历了这一年之后，我觉得我可以想象得出一个城市被占领后会是什么样子。

最近没有飞机活动，当然也就没有轰炸。

📖 | 12月4日，星期天

今天在南山公寓举行了一次英文礼拜，有 40 多人参加，其中包括一位日本人、三位大使馆官员以及莫兰德夫妇。

高二的学生负责今晚 7 时的礼拜，她们干得不错。 一位学生主持了仪式。 之后，她们朗诵了赞美诗，并唱了一首歌曲，还有四个人发表了简短的演讲。 让她们以这种方式承担一些责任是有益的。

📖 | **12 月 5 日，星期一**

我现在对外面的事情一无所知。 据说，南京出现了许多新的军队，但我在附近却从未见过。 显然是来了什么高级军官，因为城内常常戒严，任何人不得外出。

我们在校园内面对的问题是： 煤仍然无法用来烧开水。 我们就是无法点燃这些从芜湖运来的煤。 真不知道如何洗澡。

今晚，程夫人和我都在福斯特家里，此外，还有索恩夫妇、麦卡伦夫妇、安娜和米里亚姆·纳尔（Miriam Null）夫人。

📖 | **12 月 6 日，星期二**

我一整天都在写信，这些信本应该是上星期写的。 似乎我总不能及时回信，除非这些信被一抢而光，否则，我永远也回不完。

下午，凯瑟琳骑马，我和哈丽雅特骑自行车，一起去古林寺。 在那里，我们遇上了一位年轻的僧侣，他说，现在寺里共住着七位僧侣。 去年 12 月，许多僧侣和中国警察在古林寺的院子里被杀害了。

晚上召开了一次委员会会议，为迎接圣诞节做准备。 我们将简单地度过这一节日，但是，对孩子们要特殊照顾。

今晚月光皎洁，又会有很多飞机飞往西线进行狂轰滥炸了。 这一切要到什么时候才能结束呢？ 有人说要 5 年，有人说要 10 年。

📖 | **12 月 7 日，星期三**

天气依旧晴朗，已经有好几个星期没下过雨了。

莉莲斯·贝茨今天从上海回到南京，并为别人捎带回很多东西。 从上海往南京运东西仍然很困难，我们还得依靠军舰。 已在长江上游弋了 16 个月的美国军舰"吕宋号"，现在停靠在下关，即将开往上海。 简直想象不出舰上的官兵将如何庆祝!

中午在南山公寓举行了午宴，出席的有英国使馆的普赖西斯、长老会的阿博特斯（Abbotts）以及洛伊丝·艾丽。

陈裕华一处住宅的佣人，下午来求我们写一封信，以阻止日本人来占据这处房产。 因为，裕华有一位叔父在城里，我们便建议这位佣人把裕华的叔父找来，和我们一起商量此事。

今晚月光依旧很好，我们却无心欣赏。

📇 | 12月8日，星期四

又是一个阳光明媚的冬日。

早上我们得知，从昨晚 11 时到今日凌晨 3 时，有七人被日方逮捕了，其中有六人是国际救济委员会的工作人员。 已经被抓过一次的马先生这次又被逮捕了。 似乎没有人知道原因。 到今天晚上，有一人被释放了。 米尔斯和索恩自然很焦急。 下午 6 时，我们见到了那位被释放的农民，他说，他们曾得到保证，今晚不会被伤害，而且，安村牧师①将尽全力帮助他们。 我想类似的威胁将不断增多，直到所有有尊严的人全部离开南京。

今天，日军在南京西郊进行了狂轰滥炸，哈丽雅特和我认为，是日军在轰炸游击队员，以此威胁人们，不要试图采取行动纪念 12 月 13 日——南京陷落一周年的日子。 中国人已经听到了传言，说中国飞机轰炸了长江上的日本军舰。

下午，凯瑟琳、洛伊丝和我一起去海尔·莫兰德夫人家，凯瑟琳骑马，我和洛伊丝骑自行车。 天气晴朗。 古林寺北面的树都被砍倒了，但树没有倒在寺院里，还有人在挖树根。 农民们都忙于收割庄稼，女人们在拣柴火准备过冬。 清洁工们忙着在光秃秃的山上清除垃圾。

今天听说益顺华（音译）商场的经理在新政府中担任了一个职务——人民会议的主席，每月工资为 200 元。 这人也是鼓楼教堂的工作人员之一。

今天早上，我给全国基督教委员会寄出了一张 150 元的支票，这是我们教工和实验科捐给西部救济工作的一笔钱。 他们还募集了大约 100 元，捐给本地专为跛足儿童开设的市残疾儿童之家的孩子们。

---

① 安村为日本浸信会牧师。

一年前的这个下午，我们接收了第一批难民。

12 月 9 日，星期五

起风了，天很冷。

今天，城市上空不断飞过编队的飞机。 谣言漫天飞。 一位工人告诉我，广东和汉口已被中国收复了。

下午 5 时。 我去了国际救济委员会总部。 被抓的五人还没回来，但很有希望被释放。 昨天，几位外国人去了市政府的几个部门，但是，也没问出他们被捕的原因。 几个中国官员坦率地说，命令来自"上级"，他们不得不执行。 "新中国"似乎并不像《读卖新闻》所报道的那样，享有充分的自由。

晚上 8 时 30 分。 灯光开始闪烁不定，两个日本士兵来到学校，要求我们必须用黑布把路灯遮起来。 他们说，城市里所有的灯都要被遮起来。 很明显，他们是害怕空袭。

南希·弗赖伊（Nancy Fry）从牯岭寄来了一封有趣的信，据她说，那里的米价是每担 27 元，煤每吨要 120 元，而肉则几乎买不到。 许多中国人因为缺乏食物而被迫逃到农村。

去年的这个时候，炮声震撼了整个城市，一想起那段日子，我就不寒而栗。

12 月 10 日，星期六

今天，我能听到清晰的轰炸声。 这使我痛苦地回想起一年前大炮轰鸣的情景。 似乎没有人知道是在轰炸哪里。

实验班的图书馆今天开馆了。 一个要养活 14 口人的图书管理员来恳求我们给他一份工作，我们让他做钟点工，似乎是一个明智的选择。 他似乎对这一工作很满意，上午 10 时，他就把图书馆整理得井井有条。 我们的问题是缺乏报纸和杂志。 我们决定订两份南京的日报，觉得这样我们便有充分的理由从上海订一份中文报纸。 如果我们能订到的话，这份报纸将以我的名义订。

神学院刚刚结束了一个系列讲座，这个利用六个周六下午举行的讲座是为基督徒开设的。 纳尔作了关于宗教教育的系列讲座，吉什夫人也去了。 他们打算下个学期也开设类似的讲座。 今天教室里坐满了人。

我今晚为初一的女孩子们举行了一个简单的晚会。 我们在 10 张或 11 张桌子上做了不同的游戏。 可怜的孩子们，她们是多么渴望快乐和正常的生活啊! 家庭手工学校的学生们烹制了点心。

📖 | 12 月 11 日，星期天

斯图尔德博士昨天下午到达南京，他的夫人仍在美国，而他将留在南京。为了更好地学汉语，他想找一个中国家庭居住。

一个来自维也纳的犹太人（他和他的夫人都是医生）正在盖尔博士家，他们将要去芜湖总医院工作，因为布朗医生现在回不去。

刚刚点着了书房里的取暖炉，这是学校里第一只可以使用的取暖炉。

今晚心情十分沉重，因为，我想起了一年前的这个晚上，那时，中国士兵被他们的指挥官所抛弃，像老鼠一样被日本人杀戮。 整个晚上，他们四处丢弃军装，寻找老百姓的衣服，在随后的几天中，不知有多少可怜的士兵被屠杀。

高一的学生负责了今晚的礼拜，她们做得不错，既安排节目，又主持仪式，完全负起了责任。 四个女孩子发表了讲话，其中一个讲述了埃斯特的故事以及她是如何拯救她的人民的。

盖尔博士正在从牯岭来南京的路上。

今晚，我们的飞机空袭南京，防空警报响了两次，我们把所有的灯都遮起来了。

听，你们可以听到校外马路上骑兵的马蹄声。 12 月 13 日越来越近了，日本人也越来越不安。

📖 | 12 月 12 日，星期一

早上 8 时刚过，六架重型轰炸机从我们校园上空掠过，向西北方向飞去，不久，又有六架飞机编队飞向西南。 不到一小时，至少其中的一半返航回来了，显然，这些飞机是去轰炸不远处的村庄的。

来自维也纳的德国犹太人萨默弗雷兹（Summerfreunds）医生和他同为医生的夫人，今天和我们一起吃了午饭，他们将在南京稍做停留，然后去芜湖医院任职。 和其他许多人一起，他们不得不离开奥地利。 在他们心目中，德国人并没有意识到他们的国家正在发生什么事。

斯图尔德博士今天下午来了，他说，校方的政策是在学校里保留两名外籍教师，因此，如果里格斯先生不去西部的话，他就只好去了。 他现在很希望能有一名汉语老师，他也很希望能住在一个中国家庭里，最好是他的老师家里。

机密 我们今晚心里很难受，一年前，我们面临的是步枪和其他武器的威胁，而现在，我们则面对着阴谋诡计的威胁。 似乎国际救济委员会即将被解散，委员会的成员也将被迫离开南京。 很长时间以来，委员会便被怀疑从事了救济以外的工作。 无论如何解释也无法消除这种怀疑。 督办（市长）已经习惯了被当枪使，但我们都知道，真正下命令的是日本军方。 国际救济委员会被抓的六人还被关押着。 学校里只有陈斐然先生和我知道此事。 我真诚地祈祷能够找到解决的办法，委员会能够继续发挥作用。

一年前的情形依然历历在目。 我们不停地救助他们，却又不得不让他们忍受其他苦难。 然而，我有一种感觉，最困难的日子还在后面。

晚上下起了雨，但天并不冷。 我一直想写几封圣诞节的祝福信，但总是无法动笔，或许明天我可以写了。

📖 | **12 月 13 日，星期二**

今天天气阴沉，令人压抑。

机密 一大早就得知解散国际救济委员会的命令将被正式执行，委员会成员也被命令离开南京。 我派了一个信使去米尔斯家，建议他到办公室等待执行命令的人，这一命令是由第四区警察的头儿和内政部的代表来执行的。真正的原因还不得而知，有人说，这是因为日本人反对由斯迈思所做的关于战争破坏及损失的调查，以及贝茨对鸦片和海洛因问题所做的调查。 其他人则说，有些中国人因为不能进入委员会而对这一组织产生了嫉恨。 有一些中国人认为，外国人应该坚持自己的权利，拒绝解散。 我真希望程夫人和大王当初能进入委员会的顾问团，因为，他们的判断总是正确的。

早上，我们一直在考虑是否应该检查一下图书馆里的书，把所有含有反日言论的图书都藏起来。 在北方，人们已经开始这样做了，而且事实上，他们不得不烧毁很多杂志和书籍。 我再次捆扎了我的日记和一些文章，并把它们藏起来。 一想起在今后的岁月中我们将要忍受的生活，我的心就十分沉重。 这一切什么时候才能结束呢？

大约 20 名高一的女孩子今晚进行了斋戒，她们说，她们这样做是为了中国的穷人们。 我想我辜负了她们，我们是不是本应该举行一次特殊的祈祷，以此纪念在一年前的今天被杀害的成千上万的人呢？ 但是，我们不愿向初中的女孩子流露自己的感情，因为，这很难控制她们的感情。 而且，其中有一些女孩子的父亲就在新政府中任职，我不知道她们的态度到底如何，也不知道她们的忠诚程度。

今天早上，在教堂进行的祈祷仪式上，我们向在菊花竞赛中的获胜者颁发了 13 元的奖金，有 9 名学生获得了奖励。 另一笔同等数量的钱被存入了我们的救济基金。 这一祈祷仪式有很高的道德价值，我们几个月来的训练成果开始在她们身上显现，但她们在善于思考和大公无私方面，离我们的期望还差得很远。

今天城里举行了庆祝仪式，以纪念占领南京一周年。 天啊! 这是多么悲惨的陷落啊!

12 月 14 日，星期三

福斯特先生今天回来了，和他一起来的还有纽约市立大学历史系的兰德曼（Landman）博士。 福斯特先生只在这里停留一天。 今晚，我、哈丽雅特、凯瑟琳和福斯特与兰德曼一起共进了晚餐。 兰德曼预言日本将赢得这场战争，但他们将签订一个能赢得中国人友谊的协定，而最终白种人将被赶出东方。

古尔特先生和凯普伦医生今晚来了，他们要去芜湖和合肥。 古尔特先生急于回到他的岗位，开始救济计划。 他非常赞赏我们在校园里的工作，并认为我们工作的方向是正确的。 凯普伦已经从合肥得到了通行证，因此，他可以毫不困难地进入该市。

下午，实验班的各班级之间进行了室内（软球）棒球赛。 她们对此很积极，虽然她们并没有学多少次，但是已经有了很大进步。 李先生和凯瑟琳是她们的指导老师。

早上，在例行祷告之后，我们又为国际救济委员会进行了一次特殊的祈祷，听说委员会主席米尔斯先生已经拒绝了解散委员会的命令。 还不知道傀儡政府为何作出这一决定，或许有很多原因，至少有仇恨和个人恩怨的因素。

伊娃的老厨师董嫂子今天来找我。 她刚从合肥东部的农村回来，她说，虽然日本士兵很凶残，但是，当地的土匪更可恶，如果他们知道谁家有积蓄，他们就会劫持、折磨甚至烧死这家人，以抢劫财物。

一位试图保护中央研究院财产的老难民来告诉我，他昨晚被当地的抢劫者毒打了一顿，他们还抢走了他的床具，并威胁今晚要烧死他。 好像一切邪恶势力全冒了出来，而日本人对此似乎并不在意。

听说盖尔夫人回来了，能见到她真是太好了，她已经与盖尔博士分别 13 个月了。

12 月 15 日，星期四

一个士兵今天早上独自来到学校，他不会说英语，只会说一个汉语的词："难民"，而我则只会说一个日语的词："教会学校"。 我带他在学校四处转了转，然后送他到前面去。 我觉得带他们四处走走有好处，这样可以消除他们的疑心。

关于国际救济委员会是否解散的问题似乎已经解决了，我们对此很高兴。 一位日军高级军官建议南京市长取消解散国际救济委员会的命令。 恐怕市长因为此事丢了面子，以后会找我们的麻烦。 庆祝国际救济委员会成立一周年的宴会大概是引起这次事件的原因之一，私人恩怨也是一个原因。 我们慢慢会知道真正的原因的。

今晚，哈丽雅特、凯瑟琳和我举行了一个晚餐会，参加的有四位男性：福斯特、威尔逊、库泊尔和切普。 我们一起玩了"拣木棍"和"换音造字"游戏。

上海美国学校的一些孩子今天来此度假。

城里还没有通电话。我们还要靠炮舰运送物资，恐怕他们会对此感到厌倦。在这里，大学医院负责处理这些物资；在上海，联合医药公司负责此事。

🔖 | 12月16日，星期五

一年前的这个晚上，也是星期五①，我们正惶恐不安地站在前门口。有12个年轻难民被带出了学校，而我们却一无所知。我一辈子都不会忘记那个晚上。

现在是晚上10时30分，我和凯瑟琳刚从麦卡伦家开完教会会议回来。街上当然没有路灯，也空无一人。我们发誓今后绝不在这样的晚上外出了。在会上，我们一致通过了几项决定。参加会议的除了福音传教工作者外，还有两位医生和一些教育工作者。我们都同意以下几点：

1. 考虑到目前出现了前所未有的机会，我们要设立一些基金，用于实施福音传教计划的人员、物资及教会教育项目的开支。

2. 这些基金还应该用于勤工俭学和恢复计划。

3. 应向我们这里派出新的传教士。

似乎国际救济委员会的困难正在逐渐得到解决，很多误解也正在逐渐消除。委员会可以吸收一位中国人和一位日本人，但他们不能有政治偏见，也不能是军事组织的成员。那六位工作人员还被关在监狱里。安村牧师在解决国际救济委员会的困难时帮了很大的忙。

今天为德拉蒙德先生举行了一次纪念祈祷仪式，仪式进行了长达三小时。

南京教会理事会的秘书今天打电话问我，是否愿意在一次大会上讲话，这次会议将于12月26日举行，大约有1 000人出席。我觉得我不善于讲话，便谢绝了这一邀请，但答应为南京教会理事会主持祈祷仪式，我很乐意主持这一仪式。

---

① 原文有误，1937年12月16日应是星期四。

🔖 | **12 月 17 日，星期六**

一年前的今天，我们经历了最恐怖的一天。 晚上 9 时，在实验学校的小起居室里，我们 14 人聚集在一起进行祈祷。 陈先生朗诵了第 91 首和第 121 首赞美诗，以及《罗马书》第 8 章中的一段。 然后，我们做了一系列的祷告： 感谢上帝在过去的一年中对我们的保护；为日本的领导人祈祷，为日本的基督徒祈祷。

城里的形势还是很糟。 有些地区的人家晚上会被搜查，有时还会被抢走一些东西。 没有人知道接下来还会发生什么事。

中午去沈牧师家吃午饭，他家离估衣廊教堂很近。 盖尔夫妇、另外两位中国神父和他们的夫人们也在那里。 中午吃了一顿丰盛的午餐，席间大家非常融洽，1927 年以来彼此间出现的误解现在已不复存在了。

走在中山路上令人心痛，到处可以看到日本士兵，让人明显地感到这里是他们的天下。

今天，在我们的田径场上举行了一次盛大的聚会，从上海来的美国孩子们——约翰、宾德希·丹尼尔斯（Bindsy Daniels）、尼尔（Niel）、乔伊斯·布雷迪（Joyce Brady）、安吉·米尔斯（Angie Mills）、哈兰（Harland）和罗伯特·麦卡伦（Robert McCallum）都在场，另外还有五条狗。 游戏很好玩，但旅游者注重的是观光，安迪·罗伊（Andy Roy）和卢瑟·塔奇尔（Luther Tucher）及东京的鲍尔斯（Bowles）博士也是这里的旅游者。 显然，现在比过去更容易得到通行证。

为了纪念今天，程夫人邀请哈丽雅特、凯瑟琳和我与她的家人一起吃了一顿"菊花"晚宴。 这是一次非正式的友好聚会。 我们不会忘记去年所吃的简单的大豆饭。 朴师傅也给我送来了一篮子甜橘，我怎么也推辞不掉，他执意要送给我，尽管这些橘子花了他月工资的 1/8。

🔖 | **12 月 18 日，星期天**

天很冷，下了雨，还刮起了风，令人感到不舒服。 那些身处战区的人们真让人同情，他们没有衣服，没有家，也没有食物。 我在起居室里生起了火，舒服多了。

中午，我请了五位学生与我在一起。 接着，又在我的书房和她们进行了讨论。 在宿舍里，我请了63名初一的学生和7名高一的学生。 我希望高一的学生能在维护纪律方面承担更多的责任，但看得出来，她们并不愿意这样做。

安迪今天在南山公寓的英文礼拜上进行了布道。 从东京来的鲍尔斯博士也在场，另外还有两位日本神父。 肯定有40多人参加了礼拜。

今晚8时，鲍尔斯博士要在米尔斯家发表一个非正式讲话，我们也被邀请参加。 但由于没有汽车，我们不打算去，因为，我们觉得在晚上10时独自回家既不明智，也不安全。 很遗憾放弃这个机会，因为，我很想了解日本人的思想，尤其是日本基督徒的思想。

图 | 12月19日，星期一

今天天气很差，大风和雨到傍晚转成了冰粒。 这种天气，让人们为那些穷人和士兵而感到心痛。

早上做完祷告后，我们五人委员会讨论了过圣诞节的问题。 要知道，我们已经给西部寄去了150元以救济难民。 我们打算再花100元帮助南京的穷人。 我们将给市残疾儿童之家的穷人每人两毛钱，那里一共有60～70位穷人，这些钱可以让他们多买一些食品过圣诞节。 我们还将寄一些衣服给那些最需要的人们。 星期六早上，一位学生代表将和林小姐一起把东西送去。 圣诞节下午，林小姐和各班的学生代表将一起举行一次祈祷。

机密 似乎南京市的官员将释放仍在狱中的国际救济委员会的成员，同时，还要想办法保住自己的面子，他们将会这样做。 日本人已经要求释放他们，但中国官员正在考虑怎样做。 看看他们能想出什么办法来将是件有趣的事。

图 | 12月20日，星期二

又是一个寒冷的雨天，在这种天气里，很容易使人忧心忡忡地念及他人的处境。 程夫人正在默默地计算实验班的学生中有多少人缺少被褥和衣服。

罗小姐已经回到南京，现在住在邻里中心。 她正在关心附近邻里们的需要。有一些妇女还没有足够的被褥，她负责督促她们一起缝制被褥。 她还和附近的十来个女孩子在一起，她们每周有三个下午上她的课。 邻里学校现在大概有 130 名孩子，其实，这所学校已被分为两所半日制学校。

国际救济委员会的困难正在被解决，但被抓的人还没有获释。

今晚，凯瑟琳、哈丽雅特、威尔逊和我一起去英国大使馆赴宴，他们派了一辆车来，否则我们是不会去的。 一到晚上，大街上便空无一人。 普赖西斯是那里的首席代表，他是一位年轻的领事。 我们美国大使馆的领事也很年轻。

📖 | 12 月 21 日，星期三

天很冷，又没有太阳。 安迪中午来实验学校吃中餐，此外还有程夫人、哈丽雅特、陈先生和凯瑟琳。 安迪正在收拾行李，准备去西部，先去成都，再去重庆。 他将和西部的学生们一起工作。 很高兴他能去那里，真希望我也能去，但在这里工作我也很高兴。

在今天下午的插花课上，凯瑟琳教学生如何制作圣诞花环、花束以及如何装饰圣诞树。 下周六，这些学生将教其他学生。

早上，王先生和我一起翻译了 12 月 24、25 日的活动安排，还要再加一张纸。

昨天下午，老邵回了一次家，他的家在古林寺西面的农村，给我带回很多枝非常美丽的蜡梅，这些花你们曾经见过。 今天，我写了很多短信给南京的朋友作为圣诞节的贺卡。 我记得很清楚，去年此时，我和另外一个人一起出去，回来时心惊肉跳，路两边全是尸体。

今天的报纸上没有对西部战斗的报道。

📖 | 12 月 22 日，星期四

看来，我们在花园举行圣诞庆典的计划要取消了，因为天气依然阴郁而寒冷。 早上出了一会儿太阳，但很快又被云彩遮住了。 几乎没有飞机活动。

哈丽雅特和我在莫兰德夫妇家吃了午餐，莫兰德和普赖斯夫人是南京市

那个地区仅有的两位外国女性。 今天，英国长江舰队的司令抵达国际出口公司的码头，那里的人们为他举行了欢迎活动，但去那里的人们必须带毯子，因为，他们要呆一夜。 深夜呆在城外是不明智的，而且也不安全。

我们忙于圣诞节的准备工作。 似乎南京城里只有我们有圣诞树，我们打算给每个教堂的牧师们送一棵圣诞红，因为，在过去的几个月中，他们非常慷慨地帮助了我们。

现在已能收到当天的《字林西报》了。 今天的报纸上没有一条关于战争形势的新闻，有很多则是关于美国和英国向中国提供贷款的消息，还有许多有关捕鱼权纠纷的报道。 我多么希望能到西部去做出我的一点贡献!

🗓 | 12 月 23 日，星期五

一整天我都在辛苦而繁杂的工作中度过，既想让各个环节互不干扰，又要让各组的人们了解情况，这很不容易。 今天傍晚，我们进行了第一次也是最后一次圣诞庆典的彩排。 各组的人们都忙着各自排练节目，大多数人都急于了解其他节目。 你经常可以听到孩子们在练习演唱《乘舢板而去》（AWAY IN A MANGER）。

🗓 | 12 月 24 日，星期六

今天放假一天，做准备工作。 早上 8 时～10 时，学生们打扫房间，勤工俭学的学生们负责打扫食堂和教室。 从 10 时开始，各组的人开始装饰圣诞树和他们的活动室。 我们一共把 10 棵圣诞树放在盆里或桶里送到各个宿舍，包括邻里学校和幼儿园。 还没有时间四处转转，以便看看装饰工作完成的情况。

今晚的庆祝活动从 6 时 30 分进行到 7 时 30 分，由于排练过一次，所以说演出还是成功的。 许多组的人都参加了庆祝演出，而且每个人都没有忘记自己的角色，这一点是比较好的。 演出是在大教堂进行的，节目单如下：

赞美诗：《来吧! 你们这些忠实的人》 高一和高二学生

约言书：《以赛亚书》 王耀廷先生

赞美诗：《来吧，来吧！伊曼纽尔》	天使唱诗班
预言书：《马太福音》	杨牧师
经文：《路加福音》	初三学生
庆典：《玛丽和约瑟夫来到城里》	（杨，科学楼的看门人扮演了约瑟夫，一个穷困的女孩扮演了玛丽）
赞美诗：《小镇伯利恒》	家庭手工学校的妇女们
经文：《路加福音》	初三学生
庆典：圣家庭出现在琼的门口，并由甬道从教堂后面走上来	
赞美诗：《圣夜》	天使唱诗班
经文：《路加福音》（牧羊人的故事）	
	家庭手工学校的妇女们
赞美诗：《白衣牧羊人放牧羊群》	初二学生
庆典：牧羊人入场并拜神	（职员们的儿子和两个信教的佣人）
经文：《马太福音》（智者的故事）	初一 A 班学生
庆典：三位智者入场，并唱着《我们三个东方的国王》	
赞美诗：《第一个圣诞节》	初一 B 班的学生

庆典：幼儿园的孩子们到较低的舞台上拿出他们的礼物，还唱着《乘舢板而去》

大合唱：《世界的欢乐》

清点孩子们的礼物，总价值 24.5 元，还有 10 多盒衣物及其他物品。

此时，孩子们四处发放礼物，然后就出去了。

只有几位来宾参加庆典，因为，我们没有邀请太多的人。 人们晚上外出既不容易，也不明智。

今晚，我们劝阻了要在校园演唱圣诞颂歌的人们，因为，我们担心引起别人注意。 我想女孩子们对此有些不满，但如果她们受到惊吓的话，那感觉将更不好。

天啊！ 我没有意识到她们发自内心的唱圣诞颂歌的愿望是那么强烈。 大约在晚上 10 时，我听到和我住在一个宿舍的女孩子们起床，然后听到她们出宿舍的声音。 当我及时赶到并告诉她们，不许她们晚上在校园里乱跑乱唱后，她们回去睡觉了，以便第二天早起。 负责另一幢宿舍楼的周夫人就没有这么幸运了，她没有听到楼里的女孩子们出去，结果，这些女孩子跑到校园的各处唱颂歌。

🗓 | 12 月 25 日，星期天

今天是圣诞节。 天气阴沉，但没有下雨。 一整天都安排了活动，好在已经制定了计划，各组的人各负其责。 今晚，我只能概述一下今天所发生的事。

早上 7 时。 实验班的学生在南画室集体唱圣诞颂歌。 这一活动由我主持，陈先生发表了简短的讲话，程夫人带领大家祈祷，然后，学生们唱了许多她们自己选择的颂歌。 她们最喜欢的是用中国调子唱的布利斯·瓦恩茨（Bliss Wiants）的《圣诞前夜的月亮和星星》。 礼堂被一套圣诞画卷、两大束翠绿可爱的竹子以及白色的蜡烛装饰得简朴而别致。

早上 7 时。 家庭手工学校的妇女们在科学楼报告厅聚会，举行祈祷会。

早上 8 时。 吃圣诞面。

上午 10 时 30 分。 在大教堂做圣诞礼拜。 礼拜由沈保萌（音译）主持，肯定有 280 多人出席。 有两个唱诗班，两个班级一班一个。 每个唱诗班唱了一首赞美诗，人们对《世界的欢乐》非常熟悉，可以不看歌本了。 这是一次很好的祈祷，也是一次很好的布道。

12 时 30 分。 我和六个班的代表一起用餐。

下午 2 时。 同一时间有三个祈祷仪式，都是为其他人准备的。

在科学报告厅，有很多附近的妇女在场，而且几乎每位妇女都抱着一个孩子。 礼拜由罗小姐主持，杨牧师的妻子做祈祷。 家庭手工学校的唱诗班唱了《圣诞赞美诗》。

在邻里中心，幼儿园的孩子们为附近星期天学校的孩子们表演了精彩的节目。 我们不得不开放这个学校，让人们进来，观众太多了，总共有 280 个孩子在场。

下午 1 时。 来自实验班的一组代表和家庭手工学校的一位代表去市残疾儿童之家，为残疾人举行了圣诞庆祝会，她们还带去了 50 件棉衣和 14 元，这些钱被分成两毛一份，让那里的人们多买一些食物。

大约下午 3 时，三个穿军装的日本人来学校参观，其中一个是医生，有一人曾来过，他很乐意把他的朋友带来。 我带他们参观了家政学校，还带他们去了幼儿园。 他们的到来把我带回了现实——我们的校园外还有日本人。

下午 4 时。 在南山公寓举行了一次简单而典雅的英文礼拜。 洛伊丝·艾丽已经训练了孩子们，他们干得很不错，唱赞美诗，诵读《路加福音》和《马太福音》中的圣诞故事。 房间里挤得满满的，有中国人、英国人、德国人和美国人，还有一位日本人，是位牧师（安村）。

晚上 7 时。 校园里举行了六场晚会和祈祷仪式。

在 700 号楼的起居室里，幼儿园的孩子们举行了一个欢乐的晚会。 程夫人和邵小姐向他们分发了礼物，老师则指导他们做游戏。 对这些缺衣少食的穷孩子们来说，这是终生难忘的经历。

在中央楼的会客厅，100 位贫穷的妇女分为两组，和她们的老师们一起做游戏。 当我站在一边观看时，不禁想起了过去。 在这个房间里曾经举行了许多宴会、婚礼和招待会，那时，房间里到处可见身着绫罗绸缎的客人，而现在望去满眼尽是衣衫褴褛的妇女。

在科学楼大厅，负责校园和楼房的工人们在聚会。 杨牧师给他们讲了基督徒的故事，他们得到了礼物： 每位 1 元和家庭手工学校做的两双袜子、两条毛巾，程夫人送给他们的橘子，我送的糖（这也是家庭手工学校做的），陈先生送的花生。

实验班的学生们分成三组在南山聚会。

📖 ┃ 12 月 26 日，星期一

我昨晚决定——四个月来的第一次决定： 我今早将不起床、不吃早饭、不参加祈祷，也不像平时那样去办公室，今天早上我要休息一下。 我的确在床上躺到上午 10 时，却睡不着。 早上 6 时的起床铃声很响，时间又长，接着是女孩子们一起冲向盥洗室的吵闹声，然后，又听到她们在吃饭前唱感恩歌，

最后是同样很吵的风琴声。 她们已经很久没有接触乐器了，所以有一个女孩子弹个不停，弹的大多是民族乐曲，在最近两周中，人们唱的大多是圣诞颂歌。

下午 2 时。 在新的基督教长老会教堂举行了一次大型聚会，来自各个教堂的唱诗班演唱了赞美诗，几位主教发表了讲话。 教堂里拥挤不堪，至少有800 人出席。 一位日本牧师也在主席台上。 我不太想去，因为，我怕会被邀请在主席台就坐——我曾被邀请在这次会议上发表讲话。 我认为，在这个时候，让我们这个宗教团体受到怀疑是否明智，我担心以后的统治者会从中看到我们的威信、力量和团结，他们会试图利用这些加强他们自己的力量（听起来很像康斯坦丁时期，是吗？）。

南京教会理事会今早开会研究南京市政府的邀请，当局邀请我们派代表参加一次南京市各宗教团体代表会议。 正如我在上面所说的，人们担心这将成为日本人加强其控制的开始。 已经有人说，当局企图让我们加入反共产党、反蒋介石的宣传运动中去。 在这方面，他们很希望我们这样做。

今晚，大功率探照灯照向夜空。 昨晚，宪兵来要求我们遮盖所有的灯光，这已经不是第一次了，因为，他们害怕空袭。 只要城里还有灯光，我们就不想把所有教室的窗户都用帘子遮住。

今晚，我们帮助福斯特做了圣诞鹅，味道特别好。 因为，我昨天三顿饭吃的都是中餐，学校里的饭也是如此。

今天收到两封信，要我写文章。 既然现在有机会，我真希望能不费力气地把文章写出来，也希望能有时间写作。

🔲 | 12 月 27 日，星期二

今天，没有什么真正重要的事情。 中午，程夫人和我请人吃了一顿丰盛的中餐，客人们非常喜爱这些食物，吃了很多。 我们的目的是加深……①

---

① 日记原件缺三页。

1939 年

🔖 | 1月1日，星期天

今天太阳约出了一个小时，然后就被云彩挡住了，天转阴了，这多少令人有些扫兴。 我们听说街上有许多喝醉酒的士兵，还有一人被汽车撞倒了，幸好是被日本汽车撞倒的。

早上我又呆在家里，因为可能有客人来访。 下午我们学校有 20 多人在圣保罗教堂接受洗礼，他们去年春天都在我们学校参加了圣经课。 其中有两人来自家庭手工学校，其他人则来自实验班。 在这次仪式上共有 40 多人参加了洗礼。 洗礼之前，英国圣公会认真训练了申请者。

在海伦·丹尼尔斯家吃了新年饭。 凯瑟琳·舒茨、施夫人、程洁小姐也去了。 海伦明早将和她的两个孩子一起去上海，因为她的孩子们在那里上学。 威尔逊也将和孩子一起南下，因为有十几个孩子来南京度假。

今天的英文祈祷规模没有上周日大。 由年轻的保罗·阿博特布道，他就教皇保罗在菲律宾教堂的讲话《忘记过去》做了一次精彩的新年布道。

南京卫理公会的传教士们在盖尔博士家吃了新年饭。

今晚，我和邵小姐一起吃饭，为她送行，她明早将去无锡。 从去年春天开始，英国圣公会非常慷慨地让她在我们这里全天工作。 她经验丰富，工作干得不错，对我们帮助很大。 她办理离城通行证已经快有一个月了，我为她用英语写了一封特别的信，由陈先生交给日本人，以帮助她把行李运出城门和车站。

"新年快乐！"今天已经不再是一句恰当的祝福语。 我想对我的中国朋友说的是："新年如意！"新的一年能事事如意。

🔖 | 1月2日，星期一

今早 8 时 30 分我出发去南门教堂，那里将为两个城市教会里的年轻人举行告别仪式。

当我骑车穿过几条马路时，我想起了这样一句话："这个勇敢的旧世界！"

到处可以看到可怜的人们试图开始新的生活：在被抢劫一空并被焚烧的旧商店的废墟上建起了较小的店铺，有些非常小；在大街上可以看到成群的人们，不屈的农民又像过去那样吆喝叫卖着自己的产品了。我没有见到喝醉酒的士兵，可能是因为还没到时间。在告别仪式上大约有90位年轻人，更确切地说是十几岁的男孩、女孩们。我们一年来忍受苦难所得到的结果是，大家都认识到了合作的必要性，没有一个教派能独自应付这次撤退的特殊局面。一位卫理公会牧师和一位英国圣公会教徒一起主持了分组讨论。我的任务是在开幕式上讲话。听众中有很多难民和放假在家的实验班的女学生。吉什夫人说大约还有100位年轻人原本也想来。她正在从事一件了不起的工作——的确如此！是不是该有几个人帮助她呢？

哈丽雅特请我今晚去她家吃饭，但我更愿意呆在家里，因为我想给玛丽·特威纳姆写封信，几个月来我一直想写而没有写成。现在我已经写完六页了。

从早到晚都很冷，对于缺少被褥和衣服的穷人来说是太冷了。今晚的报纸上刊登了汪精卫向蒋总司令提出的和平建议。不知这一建议有什么意义？他是个"傀儡"呢，还是日本人的"触角"呢？

🔖 | 1月3日，星期二

新年假期的最后一天。我一天都用来写题为《金陵女子文理学院的圣诞节》的报告，还给吴博士写了一封八页长的信。

下午5时之前学生们回来了，她们看上去都很高兴。今天早上有一个学生回来说，在三天假期中的大部分时间，她都得藏起来，因为总是有士兵到前门口要"花姑娘"。她看上去疲惫不堪。明天，我们将开始这学期的最后一段时间的学习，这学期将于1月28日结束。

亨廷顿（Huntington）主教、克拉克（Clark）小姐和12月23日离开安庆的一位护士，今晚来到学校，他们将去上海。他们从芜湖到南京用了六个小时——从早上9时到下午3时。他们说，芜湖的人口可能比战前还多，原因在于很多农村人为了躲避战乱进入了城市。农村里有伤兵，附近有游击队，因此，农民常常会遇到被日军惩罚的危险。

从南京去安庆的护士说，大约有 7 000 人回到了安庆，大部分是穷人。因为，尽管安庆是 6 月份陷落的，但是，很多人早在南京和芜湖陷落后不久就撤到西部去了。 安庆陷落时，有 800 人在天主教院落避难，有 600 人在英国圣公会医院和教会院落避难。 这三个教派都张贴了布告，说他们不接受难民是因为无法保护他们。 显然，安庆发生了大量抢劫事件，但纵火事件不多。

《字林西报》上有几篇关于汪精卫向蒋将军提出和平建议的文章。 或许我们最终会知道幕后的真相。 我个人对经常背叛的人没有什么尊敬可言。

🔘 | **1 月 4 日，星期三**

假期已经过去了，今早又开始了工作。 气温很低，人人都觉得冷。 我们想让学生们在课间走出教室，绕着院子跑两圈取暖。 我最终不得不在办公室里放了一只油炉，因为，我的手指冻得都打不了字了。

我已经和许多放假时回家的女孩子谈了话，除了我昨天提到的那名学生外，其他人都说没有受到士兵的骚扰。

已经有新来的女孩子来问下学期还能不能来上学。 在最后一次教师会上，我们已决定只能填满空缺，以便我们能够管理高年级的三个班。 要是陈玉珍小姐能从美国回来当主任就好了。

王先生今天向我解释了在城里实行的"五家互保"制度，每个人、每个户主都要参加一个五人小组，五家人要相互担保，如果其中有一家人犯错，其他四家人都要负责。 关于犯罪或犯错的定义很有趣，不是盗窃，不是杀人，也不是吸食鸦片或海洛因，而是掩护开枪者或反政府分子，以及帮助游击队员。这才是最大的道德过失。

拨了 50 元用于购买米票，今天，罗小姐将分发给穷人，在我们中她是最适宜做这项工作的，因为她知道谁是穷人。

一位老年教师今天来向我们借钱。 我们告诉他，如果他能在校园西侧、孙先生的空房子里开设一所私立学校的话，我们将每月给他一些钱。 至少他能教当地的孩子们读书写字。 我们满怀兴趣地看他能否召集一批孩子。

⊞ | 1月5日，星期四

今天更冷了。 能在傍晚回到一个温暖的房间放松自己真是很舒服。 今天下午，我出去散了一会儿步，路上看到一个人力车夫，他显得很冷。 在我们校园前面的宁海路上，有很多傀儡政府的官员路过，都坐着崭新的轿车或人力车。 我个人认为很难对他们彬彬有礼。

我们现在在美孚石油公司兑现支票，我们还在使用普通的中国货币，不知这种货币还能使用多久。 今晚的报纸上说，华北已经颁布了规定，所有的人都必须使用联储券。①

今天有五个士兵误入我们校园，他们并没有找麻烦。 他们带着一个相机，一个士兵想让我和其他四个士兵一起合影。 我们还做了一件让每个人都满意的事，我给他们五个人照了一张照片。

⊞ | 1月6日，星期五

今天没有什么有趣的事。 天更冷了。 池塘里一整天都结着冰。 今天买了价值70元的米票，罗小姐将分发给附近的穷人。

国际救济委员会的六位成员还在监狱里，这意味着国际救济委员会的工作受到很大影响。

⊞ | 1月7日，星期六

怀远的海伦·鲍顿（Helen Boughton）今天来到南京参加教会会议。 这是她第一次出门在外一年以上。 她们开设了一所小学，主要招收她们的职员和教会成员的孩子们。 她们还开设了两个初中班。 海伦说，蚌埠的破坏情况比苏州要好一些，而下关的情况最糟。

今晚，我们在金陵女子文理学院举行了一次基督教教会晚餐，饭后我们一起朗读，人不多，只能勉强称之为一个小唱诗班。 洛伊丝·艾丽负责此

---

① 华北联合储备银行发行的钞票。

事，周牧师也来了，可能他不是很情愿，因为，他住在中华女中，就是说他要穿过中山路，而那里经常有军车来往。

今天收到了许多祝福圣诞节的国外来信，有些来信很出乎我的意料，因而也更加受欢迎。

🔖 | 1 月 8 日，星期天

今晚，探照灯照向夜空，可能是知道中国空军的飞机要来轰炸，因而有一些恐惧。 今天下午进行了猛烈轰炸，我并不知道此事，可能是在城南进行的。

斯坦利·史密斯（Stanley Smith）在下午的祈祷会上讲了话，题目是《我们未来希望的源泉》。《申命记》第 31 章第 6 节："你们当刚强壮胆，不要害怕，也不要畏惧他们；因为耶和华——你的上帝和你同去；他必不撇下你，也不丢弃你。"有四个来自怀远的人和我们在一起，他们是坎贝尔夫妇、罗米格（Romig）先生和海伦·鲍顿。 他们来这里参加教会会议。

今晚，我接待了实验班三个班级的正、副班长，然后，我又和各房间的负责人开了一次会，每个宿舍都选出了一个舍长。 我们很希望这些舍长们和各房间的负责人能管理宿舍里的秩序。 下午 2 时 30 分开了一次很好的会议，大概有 200 位妇女和女孩们出席了这次会议。

🔖 | 1 月 9 日，星期一

国际救济委员会的六位职员还被关在监狱里，很多人认为，他们还要在监狱里再呆一段时间，这就影响了国际救济委员会的工作。 今天下午，索恩先生请了许多牧师帮助调查要求援助的个案。 还有大约 1 000 件棉衣将被分发给穷人。

今天下午 3 时 30 分，我在南京教会联合会主持了一次祈祷会。 大约有 50 人参加，大部分是牧师和教堂工作人员。

今晚，行政委员会的成员和哈丽雅特、邬静怡、林弥励，在我家里举行了一次非正式会议。 我们决定正式结束开办了六个月的家庭手工学校，但是，一些人将再进行一个月的训练，因为，我们相信她们可以从中受益。 我们开始考虑秋天的问题。 接着我们举行了一次晚会，我开了大约一夸脱的草莓，这是去年春天在南京灌装的，我们还打开了鲁丝小姐和格雷夫斯（Graves）小姐的圣诞礼盒。 此外，我们还讨论了如何分发瑟斯顿夫人的支票。

📖 | 1月10日，星期二

下午5时。 我去了金陵女子文理学院的西面——石城桥①的十字路口。在拐角处，我碰到了一个以前的难民，旁边还有三个住在路口的人。 他们告诉我，他们的生活简直过不下去。 前一天晚上，来了几个日本士兵，扇他们耳光，并毒打他们，说是原来属于市政府的几根下水管道被拿走了。 他们说，他们确实看见来了一辆卡车，几个戴袖章的人把管子抬到车上，他们没有阻止这些人，因为，他们以为是日本人派来的卡车。 这些市民被告之，如果他们再对偷盗行为不加阻止的话，将被处死。 现在，对这个地区的大多数人来说，他们的命运前途未卜。

此后，我去了附近的尼姑庵，一位70多岁的老尼姑还在那里，去年情况最糟的时候她也没有离开。 她说，士兵们并没有骚扰她们，但是，她们现在很穷，她们现在已经没有收入了。

今晚，我们家庭手工学校的一些教师讨论了100名贫穷妇女的将来，这100人中有28人可能无法自己谋生。 可供这些妇女选择的职业有： 织袜子72人，织围巾12人，当女佣10人，做裁缝9人，当厨师3人，幼儿园女佣3人，当店员1人。

现在的问题是要确保每个人所选择的职业都能适合她们，然后制定计划，使她们在最后两个月的专业知识学习中能得到最充分的训练。

📖 | 1月11日，星期三

今天一直在工作： 清点现金，写宣传信件，监管修路工作。 宿舍的女舍监提醒姑娘们小声说话，因为，她们的房间离校外的马路很近，而马路上经常有日本士兵经过。 一旦这些15岁的女孩子们忘记了这些规定，我就要告诫

---

① 该桥位于汉西门外。

她们不许违反规定。 此外，我还和一个特殊委员会的负责人商讨，如果我们取消期末考试的话，怎样确定一个最佳办法，以便检测这学期所学的重要内容。 学生们还不知道这件事。

📖 | 1 月 12 日，星期四

下午 5 时。 凯瑟琳、美国大使馆的一个小伙子和我一起骑车去清凉山，路过了外国人公墓。 人们似乎已经回家了，我们甚至还看到了一两个妇女。但是，这座漂亮而古老的山看上去很凄凉。 公墓附近的树木有些已有四五十年的树龄，全都不见了，墓地四周的雪松也没有了。 切普告诉我们，高尔夫球场周围的树木都被砍光了。

我们骑了很长时间的车子，没有看到一个士兵，恐怕在城东就不是这样了。

今晚，我再次听到校外马路上有步兵经过。 昨天下午，我看到一小队汽车载着全副武装的士兵出城，可能是到城西追击附近的游击队员。

今天，在教堂，江牧师就浪子问题发表了精彩的讲话。 杨牧师和江牧师精心准备了星期二和星期三的礼拜。 由于洛伊丝·艾丽昨天训练了全组人唱《我们热爱上帝，我们很幸福》，所以，今天姑娘们唱得很好。

许多失业的人还在南山上挖接通两幢教师住宅的下水道。 他们的工资将从国际救济委员会的勤工俭学的资金中划出。 国际救济委员会这个可怜的组织受到重创，它的六个职员还被关在监狱里。 不知他们什么时候才能获释。

今天撰写财务报告，一份是家庭手工学校的，另一份是金陵女子文理学院的。 两份都无法保持收支平衡。

📖 | 1 月 13 日，星期五

中午吃的是白饭。 如果米饭能煮熟，大豆也能做得好一点的话，我也能应付，但是，这两样都没有煮熟，我得说要吃饱真不容易。

今天听到一个故事，说一个缠足的妇女走了 10 天，从宿迁附近走回南京。 她背着她的孩子走了很长的路，一路上她看到许多尸体，人们怀疑是被打死的游击队员，其中很多人穿着和尚的服装。

今天很冷，我的办公室尤其冷。 我整理了一天的账目，但无法做平。 差额不大，但令人恼火，似乎我怎么也算不清。 许多女孩子都生了冻疮，我们在课间留出 10 分钟时间让她们去大草坪跑步，好在我们新修了一条好一点的路让她们跑步。 今天收到弗洛伦斯寄来的一封厚厚的航空信，讲述她们的"新生入学月"的情况，读起来很有趣，我已经很久没去那里帮忙了。

📖 | 1 月 14 日，星期六～1 月 16 日，星期一

这几天是我的圣诞节和新年假期。 到星期六下午 5 时，我一直认真撰写 11 月和 12 月的财务报告。 然后，我急急忙忙地整理好公文包，去盖尔博士家度周末。 今天下午 5 时，经过休息后我又回来了，准备继续工作。 昨天下午我没有去教堂，而是在家诵读了菲利普·布鲁克斯（Phillp Brooks）的布道书。

在盖尔博士家的院子里闲逛时，我和他家的两个佣人进行了有趣的交谈。 厨师告诉我，哈梅克主教原来的司机现在为一个日本人工作，从客人的小费中和买汽油的回扣中每月可以挣到 150 元（他每加一罐 5 加仑的汽油就可以得到 1 元）。 他已经挣到了足够的钱，花 400 元买了一辆二手车，并雇了一个人开车。 当我和厨师谈话时，老花匠也过来了，他非常严肃地问我中国还有没有希望。 当我告诉他们这将取决于中国人自己时，他也同意。 如果每个人都像那个司机的话，中国就没有希望了。 厨师的妻子也加入了我们的谈话，她说，最近刚刚开设了一所军事学校，鼓励中国的年轻人进入这所学校，他们可以得到军装，每月还可以得到 12 元。

今天下午回家时，我碰到了许多载着妇女的卡车。 人力车夫告诉我，她们每天都要去下关缝衣服，每天可以得到 0.5 元。 看到她们在卡车上和男人们一起颠簸，我感到很难过，通常有身份的中国妇女是不会这样做的。

盖尔博士说，不久前，他和两个中国人一起去刘夫人家查看，在屋里他看到了他未曾看到的最可怜也最令人厌恶的吸毒者。 他们刚刚占据这所房子，以为房主永远不会回来了。 盖尔在杰斐逊·拉姆（Jefferson Lamb）家也发现了同样的事。 我想现在大多数空房屋里情况都差不多。

威尔逊的妻子和刚出生的孩子已经到达了上海，但是，美国总领事馆不

允许她把孩子带来。

🀆 | 1 月 17 日，星期二

我今天做了些什么呢？ 把上个周末的休假取消真不是个明智的决定，现在很难再继续日常工作。 可怜的程夫人今天非常不安地来找我，因为，她被邀请明晚去市长家，以帮助接待英国大使馆的普赖斯夫人。 似乎市长夫人觉得自己没有能力应付这个场面。 当然，程夫人不想去——有谁会想去呢？ 我给美国大使馆写信，得知大使馆的三位官员也接受了邀请。 接着，我又给英国大使馆写信，了解到程夫人对此一无所知。 这时谢传安先生的一位秘书送来了给我的邀请信，我想尽办法试图推辞掉这个邀请，但是，最后还是没办法推辞掉。 这位秘书是文华大学的毕业生，说他认识包文（Bowen）博士，并曾在这里的齐燮元和孙传芳①的政权里供职，还是温世珍的朋友。 我真想当众说这种人简直太卑鄙了，也想当众问问他，中国是否应当成为日本的一个附庸国。

🀆 | 1 月 18 日，星期三

盖尔博士从广播中听说，可怜的牯岭古城被炸得很惨。 在我看来，如果日本人打算占领那里的群山的话，将要动用 5 万～10 万名士兵，他们的伤亡将是惨重的。 游击队员藏在当地的各个地方，日本人要把他们赶走几乎是不可能的。

今天，我主持了实验班教师的第 7 次会议。 我们讨论了如何不进行期末考试而结束这个学期，并让学生们认真复习的问题。

机密 今晚我和程夫人参加了在高市长及其夫人家举行的宴会（市长叫高冠吾）。 下午 6 时，一辆车来接我们。 当我们到达学校北面居民区里戒备森严的市长官邸时，其他客人已经到了，有美国大使馆的克拉布（Clubb）、库泊尔和切普先生，德国大使馆的洛斯（Roth）先生。 从男女主人日本式的深鞠躬中，可以看出他们和日本人有着密切的联系。 除了上面提到的人以

① 北京政府时期的五省联军总司令。

外，市长的大儿子也在场，他马上要去早稻田大学完成他的大学学业；还有秘书谢传安先生。宴会上用外国人就餐的方式提供了中餐，此外，还有很多的酒。我们的主人似乎很能喝，而且好像也受到了酒的影响，不停地让我们干杯。

我们讨论了很多事情——中国的文学、历史、饮食和茶叶，但是，很少触及心里真正想说的话题。看来市长是个热诚的人，如果日本人从中国撤走的话，他也会很高兴的。他说，他可以向南京的穷人分发10万元，所以不会有人缺衣少食。我们是市长接待的第一批客人，这说明他有比以前多得多的自由，这是谢先生说的。

谢先生是文华大学的毕业生，过去是齐燮元和温世珍的同事，南京陷落时他肯定是当了汉奸。他的妻子和女儿曾作为难民在我们学校呆了两个月。整个晚上所有的人都要掩饰自己的真实感情，只是谈论肤浅的话题。我们被告之，市政府正资助26所小学和2所中学，下个学期将再资助10所小学，但不打算再资助其他中学了。现在没有教科书，只能开讲座。

🈴 | 1月19日，星期四

今天天气晴朗，但比去年冬天冷多了，但据我所知这也并不是最冷的。

罗伯特·威尔逊夫人和他们的刚出生的女儿伊丽莎白（Elizabeth）已经回到南京，并住在里格斯家，我们都为威尔逊高兴。

晚上7时。哈丽雅特、凯瑟琳和我一起步行去米尔斯夫人家吃晚饭，还有美国大使馆的三位官员。我们的话题一直围绕着目前的战争、南京的形势和中国的未来。我们没有讨论一年前的事情，对此我很高兴。

格里希小姐也回来了，她一直和她的中国朋友们交谈。他们来得早走得晚，对他们来说，能与人交谈感觉会好一些。

🈴 | 1月20日，星期五

今天下午2时30分，三辆美国汽车在日军摩托车的护送下驶进我们的学校，车上坐着美国太平洋舰队的亚内尔（Yarnell）上将、美国驻上海总领事高斯（Gauss）和司令游艇上的官员们。他们只呆了一会儿，只是四处转了转，问了问我们是否一切都好，然后，就到市里其他美国学校访问去了。 下午 4 时～7 时，在美国大使馆为他们举行了欢迎会，所有的美国人都得到了邀请，我估计一共约 40 人，有一些商人，但大部分是传教士。 共同面对困难的同志之情现在非常真诚。 司令是一位十分坦率而友好的人。

喝完茶后，我们教会中参加这次欢迎会的人听说克拉伦斯·伯奇已经回来了，于是，我便急忙去麦卡伦家看望他。 他说，他现在想做的事就是和大家在一起，听听人们说英语。 我相信从去年 1 月开始，在合肥只有他一个外国人，到现在已经几乎整整一年了，他经历了许多可怕的事情： 他不得不把 20 名女护士和 1 名女医生藏在他的楼上； 他不得不一直守在门口保护她们； 他一次又一次地被要求提供年轻女人，但每一次他都加以拒绝。 他说，农村的妇女们经历了无法描述的恐惧，日本士兵到家里和村里搜寻她们，如果她们要跑的话就会被打死。 最终他得了伤寒病，比正常体重瘦了 30 磅，他明天将去上海，和他的妻子女儿相聚。 他看上去显得很苍老，脸上出现了深深的皱纹。 自然，日本人并不想让他出来，因为，他知道的事情太多了。

📖 | 1 月 21 日，星期六

在互助会会议上，高二化学班的学生演示了如何制作镜子。 这的确是个优秀的班级。 这些姑娘们曾经有过什么样的经历啊! 下午 1 时～3 时，我检查了这些姑娘们在实验学校宿舍做生产自救工作。 做烹调工作的四个姑娘已经大有进步，所有人都取得了进步。 大王每个周六下午让三个年级的女孩们打扫教室，大概有 30 名女孩做这项工作。

从下午 3 时几乎到 6 时，我访问了初一、初二所有从事生产自救的学生，和她们一起核对到本学期末，她们还缺多少小时的工作。 如果一名学生只是不交学费（20 元）的话，她每周要工作 10 小时；如果任何费用（共 46 元）都不交的话，则每周要工作 23 小时。 如果她们不能按要求干满这么多小时工作的话，他们可以通过暑假织袜子或围巾来弥补。 我下午和她们谈了话，希望她们能尽量多交一些费用，但是，很多女孩子说她们的父亲失业了，家里没有任何收入。 有些女孩子家里可以养家糊口的人（她们的哥哥）已经到西部去了，而且杳无音信。

今晚，我和莉迪亚·唐（Lydia Tang）都累极了，便一起去南山公寓与哈丽雅特和凯瑟琳玩猜字游戏。

𝌀 | 1月22日，星期天

今天没有什么特别的新闻。 在今天下午的妇女会议上，有 220 人参加，其中有一些是住在附近的妇女，她们大部分都很穷，都想得到米票，许多人还想得到棉衣。 一位妇女告诉我，她的丈夫去年被打死了，当时她惊恐万分，想躲起来。 她一个人靠做一点小生意养活四个孩子。

国际救济委员会请求牧师及其妻子们帮助他们调查一些情况，以便更快地分发他们的基金。 当分发这种基金时，你会觉得这并非长久之计，而只是帮助他们度过寒冷的冬季而已。

𝌀 | 1月23日，星期一

早上，我们专门为穷人们进行的工作开始了。 两位妇女每天早上去米尔斯夫人家，向她的佣人学习如何当个好女佣；两人去南山公寓跟韩嫂子学习。我们本希望两位想当厨师的妇女能跟着盖尔博士家的厨师学习，但这个计划没能实现，我们对此感到很遗憾。

天气仍然晴好，一整天都有温暖的阳光，对穷人来说这是件好事。 罗小姐正忙着调查所有的家庭，并分发米票。 这些米票是用提供给我的基金买来的。 还要分发国际救济委员会提供给我们的棉衣。 我们需要更多的精明能干的社会工作者来做这项工作。

我们开始考虑今年秋天的问题。 有没有可能进行我们的农村重建计划呢？ 招收一些有希望的农村女孩子来参加八个月的培训行不行呢？ 可不可以把我们课程的重点放在训练农村重建计划的领导者上呢？ 甚至能不能训练一些大学毕业生来监督这些计划的实施呢？ 希望我们能有丰富的想象力来解决这些问题。

𝌀 | 1月24日，星期二

机密 今天早上，安村先生给我打电话，主要是请我帮忙给他的女儿们做两件衣服。 他将在五个星期后回日本，想带上这些衣服作为礼物。 我们谈了很长时间。 他说，他与军方没有官方联系，但做事必须得到他们的允许。 他还说，军方很乐意让基督徒们来为中国人工作，但是，不希望他们向日本士兵或平民传教，因为，基督教会瓦解他们的斗志。 他说，军方希望一些更具权威的中国人出来担任官职，但是，不知道如何保护他们。 军方不想像对待台湾人、朝鲜人甚至满洲人那样对待中国人，而且，他们已经意识到他们必须让中国人担任重要职务，而日本人只担任顾问。 军方非常坚信，亚洲必须是亚洲或东方文化的亚洲，即日本、中国等民族的亚洲，尽管已经有很多人意识到并不存在所谓的东方文化。

今天晚上，我们许多人被邀请去江牧师家吃中国餐，就数量而言，这的确算得上是一次宴会，尽管这些食品都是在他自己家里由他本人监督做成的。 提供的食品比我们能吃的多一倍。 似乎没有任何东西能改变这种习惯——让客人们高兴似乎是一种天生的愿望，同时也是为了"面子"。 我们这些女士们晚上 9 时独自步行回家的时候，我想起了去年的事情（可能比这个时候晚一点），我和陈先生一起到这条路上找一位中国官员，那天晚上到处都是恐惧和凄惨的景象。

今天有传言说，美国、英国和法国正计划制裁日本，这使我沉思很久，事实上使我有些害怕。 这可能意味着外国财产将会立刻被没收，外国人会不会被驱逐出境呢？ 这肯定会导致战争。 上帝啊，这将是多大的悲剧啊！ 我只能祈祷这种建议不会被通过。 难道我们都疯了吗？

牧师报告说，他的看门人告诉他，前天晚上，他们教堂附近的一位年轻女子被强奸了。 即使在我们学校西边的荒芜地带，我也很少听到这种事情。 安村先生说，甚至军方本身也在更加努力地防止强奸事件发生，宪兵把这些士兵全送到了汉口前线。

🈪 | 1 月 25 日，星期三

阳光灿烂的一天，由于有太阳，天气也暖和了。 现在天气如此暖和令人感到奇怪，因为，已经是四九天了，这段时间被认为是九九寒冬中最冷的一段时间。 有时我不相信阴历，但整体而言它还是可靠的。

罗小姐正在默默无闻地调查附近穷人们的情况，并发放我们的救济物资，她干得很不错。本周末她将为国际救济委员会发放 100 件棉衣。

金陵大学的齐先生今早打电话说，他打算下个学期为约 20 名学生开设工业学习课。他们将半天学习、半天进行实际操作，以便成为技工。另外，还将有 20 名学生学习园艺课，在上这门课时，他们将半天学习、半天在花园劳动。

中午，我们在南山公寓接待了来自美孚石油公司的米德（Mead）先生和皮克林夫妇，他们是来参加午宴的。米德先生认为，美国人民不会允许制裁，即使实行制裁的话，他觉得日本人也不会把外国租界没收。世界形势实在是太混乱了，也太艰险了。我只能痛苦地为生活在西方民主社会里的人们祈祷：那些能够做出决定的人能够遵从上帝的精神，做出符合上帝意愿的决定。日本每天发表的声明似乎充满了利他主义和人道主义，但是，根据人们亲眼看到的事实，我们根本无法相信这些声明。或许日本的政治家们说的是一回事，而他们的军方的本意则是另外一回事。

伊迪丝·特纳（Edith Turner）今天从上海来此访问，她上午 9 时 40 分从上海出发，到下午 4 时才到达南京。她说，她在车站受到了礼遇，没有被要求用来苏尔溶液洗手或漱嘴。

今天下午，我开始处理下学期宿舍分配的问题，并和两组学生就此进行了座谈。

意外地收到了美国大使馆的来信，内容保密，甚至在日记里我也不能提及。

🗓 | 1 月 26 日，星期四

今天，我本来下定决心要做一些工作，但始终没有做。相反，我一整天都在做许多其他事情，这些事情看来也很重要。刚刚结束今天最后的一件工作——和初一的孩子们谈话，告诉她们在哪些方面她们取得了进步，还有哪些方面希望她们今后还要努力。

今天中午，伊迪丝·特纳和我一起吃了中餐，然后又参观了一会儿。科妮莉亚·米尔斯教家庭手工学校的学生们如何做便宜的甜饼。今天，她们试着用面粉、豆粉、盐和糖做甜饼。

晚 9 时。 几分钟前，马特（Matt）先生和贵格会的中国牧师来找我，告诉我有一个叫崔兰英（音译）的人说她是我们学校的学生，今天中午从我们这儿逃出去，不敢回来了。 我们没听说过我们这儿有叫崔兰英的学生。 这肯定又是那个女精神病人，她曾经说过，她是我们的学生。 今晚，巴塞罗纳的情况肯定很糟。 或许当我写这篇日记时，人们正惊恐地从城里逃跑，这是多么残酷又令人恐惧的疯狂的战争啊！ 我们为什么不能让这个世界没有战争呢？

1 月 27 日，星期五

今天，当地的报纸报道说，下学期，南京所有的学校和特别课程班都必须到新政府登记。 我想，我们经受考验的时刻肯定就要到了，将会发生许多令我们愤怒的事情。 当然，这个学期我们没有受到任何干扰，没有人来视察学校，更没有人检查图书馆藏书和教材等等。 如果下个学期还是这样的话，那就真是奇迹了。 让我们期盼着最好的情况出现。

今天早上，王先生把我们昨天晚上研究出来的布告抄写好并张贴出去。 为了避免太多的人在同一时刻离校，我们要求学生从五个不同的离校时间中选择一个，而且，在同一时间内离校的人数不能超过 30 人。 我们将等到星期天，如果到那时有人认为还不够安全的话，我们就不想强迫她们立即离校。

下午 3 时。 初二的学生在教室为她们的老师们举行了联欢会。 今晚，初一的学生也将举行联欢会。 她们是多么喜欢玩啊，但是，她们经常想起一些悲伤的往事——对她们祖国前途的祝福。 王先生一直是优秀的初一年级辅导员，他和凯瑟琳为这些学生做了许多工作。 下个学期我们要为初三和高一的学生多做一些工作。 今晚的晚会尤其热闹，因为，这些女孩们都很小，才12、13 或 14 岁。

今天初一的学生送给慈善基金的掌管人陈先生的礼物，是她们募集用来购买食物的 6.2 元，这是我们教育工作的真正成果。

1 月 28 日，星期六

阳光灿烂，天气很暖和，而农民们盼望的却是一场大雪。 伯莎·卡西迪小姐今天为实验班的女孩子们做了系列讲座的最后一讲。 我们不打算使进度过快，因为，很多学生以前从没听说过基督教。

今天下午，大部分学生都回家了，有些学生的家长还来接她们。 他们说，尽管今天是 1932 年上海事件的纪念日，但路上并没有戒严。 南京已经被彻底打扫干净了。

下午 2 时 30 分～3 时。 凯瑟琳和我一起去城墙边，凯瑟琳骑马，我骑自行车。 我们到了校园正西侧那段过去几年已经加固的城墙。 过去，我们一到这个地方，士兵们就会让我们离开。 你们或许还记得那里的树林和竹林里被认为藏着大炮。 现在，那些山全都光秃秃的，连树根都被挖掉了。 两块水泥平台还在那里，说明那里曾经安放过大炮。 士兵和大炮都已经没有了，只有重新开始干活的农民，连沙包路障都又变成了耕地，以后也会是这样。 按自然规律，劳作的农民们将一代代地繁衍下去。 山上也没有日本士兵了。

下午 3 时 30 分～5 时。 我检查了教室卫生并进行评比。 住在我的宿舍楼里的姑娘们将在离校之前整理、打扫房间，她们干得很好，有两个房间得了A。 我想她们以前从没这样做过。 晚上，我和福斯特、伊迪丝·特纳一起去哈丽雅特家吃晚饭。

今晚报纸上的消息令人沮丧。 欧洲将会爆发战争吗？ 这将会再导致一场世界大战吗？

🗓 | 1 月 29 日，星期天

今天下雨了。 户部街清教教堂的孙牧师，在今天下午 2 时 30 分的会议上讲了话。 他刚从他过去的教区——南京西南方 216 英里的溧阳①回来，他说溧阳和附近的几个城市都被中央军控制了，但是，这些城市在 1937 年 11 月曾被日军占领，溧阳在那时就遭到严重破坏，被中央军夺回后，又经常遭受轰炸。 城里 10% 的人已经回来了。

可怜的朴嫂子今晚非常伤心。 她曾经听说，她的大儿子正在回南京的路上，但在路上，她的这个 17 岁的儿子又随中央军去西部了。 如果这是真的，

---

① 原文有误，溧阳位于南京的东南方。

还有希望。 但是，另一方面，这也可能是不令其失望的安慰之说。 他可能已经被日本人杀害了，而他的朋友们不想让她知道。 可怜的人！

我和程夫人以及她的小家庭在 400 号宿舍楼吃饭，晚上又在福斯特家吃了西餐，还有哈丽雅特和伊迪丝·特纳。 今晚宿舍楼里很静。 楼里只有朴嫂子和我，她住在三楼，我在一楼。 我们实验班只有六个学生无法回家，她们现在住在 500 号宿舍楼。

📕 | 1 月 30 日，星期一

今天早上，两个勤杂工开始打扫我住的宿舍楼，学生们已经扫得很干净了，但是，还有很多要做的事。 早上用了部分时间安排本学期的期终教师会。

中午 12 时 30 分。 在 400 号宿舍楼的餐厅里，实验班和家庭手工学校的教职员工围坐成四桌，吃了一顿简单而美味的午宴。 出席午宴的有 36 位教职员工和一位客人。 和往常一样，程夫人做了所有的工作，我只是发请帖，安排座位。 宴席上的甜食——橘子、糖和糖炒栗子，是瑟斯顿夫人的圣诞礼物。

下午 2 时 30 分。 实验班的教师们举行了本学期最后一次教师会，讨论了一些问题。 一个女孩子，她是一位新政府官员的女儿，得了五项最优。 会议的一部分内容是研究如何改进下学期的工作，我们将在 3 月 4 日返校时进一步讨论这些问题。 这个学期的确充满了奇迹。 这些几乎是临时拼凑在一起的教职员们没有出现任何真正的问题，145 名学生也是临时集中在一起的。除了宪兵木野先生友好地来访问过两次外，没有人来询问我们。 我们希望这种情况能继续下去，否则的话，我们也会真诚、纯洁而勇敢地面对一切。

今晚累极了，但我还是阅读了关于艾伯特·斯派塞（Albert Spicer）的文章。 这篇文章写得很好。 我猜这可能是奥尔加（Olga）写的，但后面有一句话表明这是他的三个儿子中的一个写的，是不是斯图尔特呢？

📕 | 1 月 31 日，星期二

这是怎样的一天啊！ 本打算完成一项既定的工作——写一份报告，但根本就没开始做这项工作，而是做了许多其他工作，每一件工作看来都很值得做，似乎也不得不做。

上午 10 时。 卡西迪小姐来了，她想看看我们的工作。 11 时 30 分，她给家庭手工学校的妇女们讲了话，讲得很好。 她很高兴看到在南京有很多"门和心灵"，如饥似渴地向她开放着。 我们都认为，如果现在能有一位福音传道者来南京访问这里的人们，并为他们开设圣经课，将会得到非常热烈的响应。

中午 12 时 30 分。 在实验学校，我和卡西迪小姐、古尔特夫人、马克斯先生、莉迪亚·唐、林弥励和哈丽雅特等客人一起吃了中餐。 饭后，我陪古尔特夫人四处看看我们的工作，因为，她的确对此很感兴趣。 陈先生和我把瑟斯顿夫人的圣诞礼物——总计 120 元的支票分好。 校园里的每位工人分到 2 元，直接为她工作的人分到 5 元。 此外，罗小姐和毕夫人每人也得到了 5 元。 还有 10 元给教职员们购买橘子和糖，8 元用于为附近的妇女开新年晚会。 人们将感激瑟斯顿夫人，并有许多人会记住她。 瑟斯顿还给了程夫人、陈先生、邬静怡、哈丽雅特和我成篮的橘子，同时也给了程夫人的孙子们一篮子橘子。 很需要钱的李先生也得到了 5 元。

下午 4 时。 刚刚做完这些事，在准备开始其他工作时，安村先生和中村先生来了。 中村想看看我们的工作，我也很高兴有机会让他看看。 参观过后，我们回到我的办公室，坦诚而友好地谈论了当前的形势，一直谈到下午 6 时。 我坦率地告诉他，我觉得日本人正在努力做一些错误的而且是不可能的事。 他们为日本的子孙们所做的事只是在准备更多的"通州大屠杀"①。 我觉得只有在基督徒之间才会如此坦率地交谈而不会产生敌意，我这样做是因为我对日本人深感怜悯。

巴塞罗纳的陷落是件可怕的事，我可以非常逼真地想象出那些难民的样子。

---

① 1937 年 7 月 29 日，通州伪河北省特种保安队第一总队队长张庆余、第二总队队长张砚田率部约 2 万人反正，杀死日军 200 余人，俘汉奸殷汝耕。

🖭 | 2月2日，星期四

一大早就下起了雪，但不到中午就停了，地上的雪也很快就融化了。 农民们希望有一场大雪。 早上忙于发工资和记账。

中午在实验学校和芜湖来的李牧师一起吃中餐，杨绍诚牧师夫妇作为陪客。 李牧师说，芜湖附近的新四军似乎已经赢得了农民们的信任，而且正在努力为农民服务，镇压土匪。 芜湖城外 10 英里的地方全被他们控制着，而日本人则控制着城市。 如果所有的游击队都像他们这样的话，日本人是很难控制中国的。

下午去美国大使馆申请通行证，也是去接受我的"奖章"。 今晚和其他一些人聚集在威尔逊家，现在很难不谈论当前的形势。

🖭 | 2月3日，星期五

按照中国的阴历，还有两天就到春分了，但今天就很像一个春日，如果冬天就这样结束的话，那对穷人来说，这个冬季还不算太冷。

就像过去常说的，我真是个"蠢驴"。 一些日本官员（其中有一个本来是中国人，后来成了日本人）来看看他们是否能将 500 名骑兵驻扎在南山公寓。 我告诉他们，那里住的全是教师，她们不会同意这个要求。 他们又问我是否知道有什么地方可以驻军，我提到了政府的孤儿院，我对他们说，那里有很多建筑，可以提供马厩，另一个好处是，他们可以保护国家公园。 但是，显然他们对住在城外没有兴趣，可能是害怕那里有游击队。 他们问我知不知道城里有什么合适的地方，很遗憾，我提到了我们西面的旧警察训练学校，他们或许会发现那里太小了，但愿如此。

我的假期已经过了近一个星期了，而我除了工作之外，什么也干不了。今天算了一天的账，我希望明天能算完，还要数现金。 今晚款待了假期里还住在学校的实验班的姑娘们，一共只有八位。

下午 4 时~6 时。 我参加了国际红十字会的会议，委员会每月用于诊所的费用为 100 元，有两个诊所是天主教修女会开设的，另一个是李医生开办的。

📖 | 2月4日，星期六

今天早上，春天似乎真的到了，而晚上却刮起了寒风，天变冷了。早上用来算账，又和王先生、程夫人及陈先生开了一次会，讨论如何才能对参加勤工俭学的学生更公平一些，上学期有 90 名这样的学生，下学期将会有大约 120 名。我们决定继续沿用上学期的办法，并尽力调查要求勤工俭学的学生情况。如果一个人就能调查出所有情况该有多好啊！

今天中午，斯洛克姆（Slocum）夫妇和我们一起做午餐。程夫人、陈先生、哈丽雅特、邬和我一起接待他们，并在实验学校的宿舍吃中餐。我们谈论的一个主要问题是如何把物资运到中国西部去，现在，即使我们能把物资运给他们，火车和其他运输费用也高得惊人，我们根本付不起。

下午，我和家庭手工学校的 30 名孩子在实验学校举行了一次小聚会，很难找到比她们更可爱的孩子了。她们的老师金小姐教得很好。恐怕即将来临的 4 月对她们来说将是个痛苦的时刻，那时她们将离开学校。这些中国孩子们以后将会有像现在这样欢乐的生活吗？我注意到她们中有五个孩子穿着由鼓楼教堂星期日学校捐赠的衣服。

尽管我的通行证还没办妥，但我还是收拾了行李准备去上海。

📖 | 2月5日，星期天

天气仍然晴好。哈丽雅特、凯瑟琳、伊迪丝和我在南山吃了早饭。上午要在办公室处理最后的公务，大半个下午也用来做同样的事。我所做的最后一件事是给给成都和纽约写信，然后清点现金。米尔斯在下午的祈祷会上布道。忠诚、耐心和忍耐力似乎必定要成为下午祈祷会的主题，这些都是我们非常需要的。要忍耐，因为我们看到无形的上帝正在缓慢而坚定地实现着他的目标。

下午 6 时 45 分。我去贝茨和莉莲斯家吃饭，贝茨下午刚刚从印度的马德拉斯回来。我们讨论了那次会议，但更多的是谈论他对中国西部和日本当前形势的看法。

2 月 6 日，星期一

下午 5 时。 我刚刚到达上海，并平安地带来了五个女盲童，她们已经在我们学校呆了 14 个月了，现在国际救济委员会把她们安置在盲人学校。 此外，我还带来了三箱化学仪器和两箱乐器。 这五个箱子是作为超重行李带来的。 陈斐然把箱子送到车站，并送去检查。 通过一个宪兵，我们没有排队，提前买到了票。 所以，他把箱子送去检查和过秤时没有遇到任何麻烦。

斯洛克姆夫妇、米里亚姆·纳尔、劳斯（Rouse）和索恩先生也在同一列火车上。 索恩先生帮我照料了女盲童。 我现在住在贝当路 7 号宾馆。

2 月 7 日，星期二

一大早就和维塔利（Vitally）取得了联系，让他来拿化学仪器，并把这些仪器重新打包，通过海关检查，再运上船。 日本人要求我们在这里的海关缴费，而中国人则要求我们在昆明缴费——双重收费。 正常情况下，货物会在很多地方，例如昆明等地滞留几个月。

早上我去买了内衣和袜子，下午还去找了裁缝。 下午 5 时，我去社区教堂参加招待会，并听关于马德拉斯会议的报告，基督教男青年会的梁小初和兰金（Rankin）也讲了话。 6 时 30 分，我去参加基督教信徒会的兄弟聚餐，大约有 50 人参加。 这种会议每月举行一次。《世界的呼唤》的编辑巴克纳（Buckner）牧师讲了话，他的讲话非常精彩。 明天他将去南京。

2 月 8 日，星期三

我一天都用于购物和安排公务，没有什么灵感，但是，这让我感到踏实，而且有很多小事也让人感到高兴——从中可以感到人们的善良之处。

热心的圣约翰大学的 C·Y·程教授帮我为中国西部订到了化学药品，联合药品公司的维塔利先生将找人包装这些药品，并运上斯洛克姆的船。 善良的斯洛克姆夫妇又做了一件善事，因为他们为众多中国人把物资运到了西部，他们必将得到回报。

中午，我和四所教会大学的校长及系主任们一起共进午餐，现在这四所大学正在上海进行着合作。 他们正在制定 2~3 年的工作计划，他们相信去西部的大学将会回来，并认为我们不应该在占领区从事任何正常的教学工作。

📖 ┃ 2 月 9 日，星期四

今天下午，我见到了福斯特的儿子即他的继承人。 这个小伙子很不错，他很幸运能降生在这样一个充满了爱与智慧的家庭。 晚上，我去斯坦利·史密斯家吃饭，伯奇夫妇和拉利（Laly）一家也去了。 话题始终是战争，这场战争将持续多久呢？ 斯坦利和李汉铎下个月将去成都看看那里的情况。

📖 ┃ 2 月 10 日，星期五

上午，我去检查了眼睛，下午拔牙。 我和拉尔夫·韦尔斯（Ralph Wells）与纺织机械局年轻的俞先生谈了话。 他向我描述了印度制造的一种机器，这种机器可以生产用于纺织的棉线，其效率和大型工厂的机器差不多，在同样的时间里，如果工厂可以生产价值 450 元的棉纱的话，那么，这样一台机器可以生产价值 252 元的产品。 但是，这种机器每台价值 1 万元，农家甚至村镇都无力购买。

📖 ┃ 2 月 11 日，星期六

国际红十字会的秘书长约翰·贝克博士（John Baker），下午 3 时非常客气地给我打来电话。 他说，他们的基金不能用于农村重建工作，只能这样了。 今晚在古尔特那儿有一个儿童晚会，布道团的许多孩子都来参加了。

📖 ┃ 2 月 12 日，星期天

今天是林肯的生日，身在上海，我差点把这件事忘了。 早上 8 时 30 分，我去了沐恩堂。 教室从过去到现在一直都是难民们的天堂，这是一个很大很漂亮的星期天学校。 11 时，我去社区教堂，然后去看了凌保珩（1936）。我在詹姆斯（James）家和瑞芝一起吃饭。 下午 3 时~6 时，我和黄丽明一

起四处参观；7 时，在普劳伯尔家吃晚餐。

2 月 13 日，星期一

我今天去看了牙医，又去了海关，在那儿和朱钰宝（1924）及埃莉诺·辛德尔（Eleanor Hinder）相谈甚欢，又与埃莉诺·辛德尔、维奥拉·史密斯（Viola Smith）一起共进午餐，并和埃丝特·斯洛克姆（Esther Slocum）一起逛街，与马克斯畅谈，与莉莲·柯克共进晚餐。

2 月 14 日，星期二

今天是情人节，又是繁忙的一天。 我先去眼科医生那里做完眼睛检查，然后去为家庭手工学校买毛线，接下来到基督教男青会与我们教会的同事一起吃饭，是《世界呼唤》的编辑巴克纳请的客。 下午 2 时～5 时，朱钰宝带我参观了工厂，最后，我又去买织袜子用的线。

无锡大部分的棉纺厂和丝绸厂要么迁往西部，要么在上海设厂。 朱钰宝现在是一家工厂的监工，她还有一个助手——辛德尔小姐，辛德尔小姐非常尊敬她。 我们花了不少时间寻找有三个纺锤的纺车。 只有老人们才会使用这种纺车，因为，工厂里已经不再使用了。 我们想让人帮我们做一个，再让我们的一个织工学习如何使用。 现在，所有的棉纱都是日本人制造的。 我们一家又一家地转了很多商店，各处都是一样。 日本工厂的规模都很大，所以其产品的价格比中国工厂产品的价格低得多。 我们没有买这些日本产的棉纱，而是决定买比较粗糙的中国产棉纱。 如何解决这个问题呢？ 今晚给吴博士写了一封信，由埃丝特·斯洛克姆带走，她和她的丈夫开始了他们去西部的长途旅程。

2 月 15 日，星期三

今天，我和谢文秋、谢文莲（1927）、格特鲁德·何（Gertrude Ho）在安德森（Anderson）家吃午饭。 谢文秋真是太好了。 她已经准备好把她在南京的家和家里的东西全部送给别人，好在程夫人保存了其中的很多东西。

下午 3 时～6 时。 大约有 20 位金陵女子文理学院的校友来拜访我，看到她们真让人高兴。 她们中的一些人失业了，这与以前大不相同，那时很多地方需要她们。 我和其他一些客人在韦斯特布鲁克博士（Westbrook）家吃了饭。 饭后，我们观看了里普尔（Repler）先生提供的马德拉斯会议的影片。

🔲 ┃ 2 月 16 日，星期四～2 月 18 日，星期六

去医院看牙齿和眼睛花了很长时间，我还抽空拜访了洛克菲勒基金会和中国基金会，看看我们明年能否得到一些资金。 星期五下午 3 时，我会见了中国妇女俱乐部执行委员会的几位妇女，看她们是否有兴趣至少资助 3 000 元，用于明年的农村家庭手工项目。

🔲 ┃ 2 月 19 日，星期天

今天是中国阴历新年，天下着大雨。 人们为了过年已经准备了好几天了，恐怕上海有许多人会像往常一样庆祝节日，而忘记了残酷的战争已使数百万人沦为饥民。 几天来，在很多街道上都摆满了大束可爱的竹子、蜡梅和其他梅花。 显然，这些都是用来装点节日城市的。 昨天晚上举行了大型宴会，但没有燃放爆竹，因为这段时间比较紧张，可能市政府已经禁止这样做了。

下午 2 时 30 分。 我参加了为庆祝世界学生节而举行的会议，会后王瑞芝带我去看望了那几个女盲童——就是以前在我们学校避难的那几个，她们说，刚来的那几天有些想家，但现在她们在学校过得很开心。

🔲 ┃ 2 月 20 日，星期一

早上 6 时起床，7 时带着 6 件行李去北站。 可怜的老闸北看上去还很凄楚。 我们穿过了一个又一个满是被炸毁的房屋和商店的街区，不知道房主在哪里。 现在，每天有三趟火车去南京。 与去年 8 月相比，买票更容易了，中国人的待遇也好了一些。

在下关火车站，现在已经取消了消毒措施，对行李的检查也不像以前那

么严了。 幸好他们没有检查我的一只箱子，我在那只箱子里放了 100 管上化学课用的牙膏，不然的话，他们有可能会认为那是用来做炸弹的。 人们现在也可以核对行李了。 坐着一辆破烂的旧车回到了学校，车虽然旧，但很宽敞，可以放下我所有的行李。

📖 | 2 月 21 日，星期二

今天三顿饭都有人请： 和程夫人一起吃早餐；与何夫人在汇文中学共进午餐；吃晚饭时和邬静怡在一起。

早上，两个来自宪兵司令部的人问我一些有关金陵女子文理学院过去和现在工作之类的问题。 他们并不要求我做精确的回答，而且对我全是"大概、估计"之类的回答很满意。 他们没向我们提登记的事，而南京的报纸上说，必须在最近 10 天内登记。

快到中午的时候，安村牧师给我带来了一包日本的教会幼儿园送来的礼物，这是捐给南京幼儿园里的孩子们的。

晚上，我们去麦卡伦家看望凯普伦医生，他刚从合肥来，他说，合肥城里大约有 1 万人，现在每天大约有 35 人回城。 城市以西、以北和西南的地方都在游击队手里，他们正在逐步消灭当地的土匪。 城里只有大约 200 名日本士兵，他们也不想去消灭游击队。 人们正期待着日军从这座城市撤退。 医院里现在开设了免费门诊，每周有 150 多人去看病。 古尔特先生接纳了 50 人参加勤工俭学，他们负责在教会打扫卫生并种树。 很多人得了严重的痢疾和疥疮。 晚上没有路灯，漆黑一片。

福尔特（Foulter）从庐州来的一封信里说："教会开设了一个男生补习班，有 25 名 12～20 岁的男孩参加。 两周内将再为小学生们开设一个班。我们今天举行了教会会议，有 158 人出席，有 50 人领了圣餐。"

📖 | 2 月 22 日，星期三

今天举行了实验班的入学考试，最后有 46 名学生参加。 看上去，这些女孩子们与我们上学期结束时学校里的那些女孩子大不相同。 那些孩子吃得不错，而这些孩子们则显得营养不良，脸色也不好。

上午用了一部分时间参加管理委员会关于教师情况的会议。由于原来的实验学校的老师还没回来，我无法确定下学期还有没有实验学校教师。我们邀请了黄丽明的姐姐和王夫人参加我们的工作，管理勤工俭学工作以及一幢宿舍楼。

卫理公会教会的一些妇女下午来参观我们的工作，并在这里喝了茶。我们邀请了一些人来见她们。她们参观了家庭手工学校的妇女们上音乐课，从中学到了很多东西。莉迪亚·唐一直是她们的老师，教得挺好。

晚上和负责家庭手工学校工作的教师开了一次会，计划本学期余下的工作。

📖 2月23日，星期四

天气阴冷。早上有三架飞机出城进行轰炸，不知道要炸哪里。在我们的小山上，从来听不到游击队开枪的声音，但时常听说他们离城很近。谣言很多，南京人没有上海人那么乐观。

早上出席了新生开学典礼。尽管有人要求控制第二学期的新生人数，但我们还是做出如下决定：

年 级	老 生	新 生	W·L
高 二	9		
高 一	15	4	
初 三	21	11	
初 二	35	5	8
初一 A	32	7	
初一 B	31	8	
合 计	143	35	8

我们现在不能让这35名新生住校，但是，等有了宿舍后，我们会逐步安排她们住进来。

教会学校现在人满为患，今后必定会引起麻烦，但是，当家长们恳求我们收下他们的孩子时，我们又能怎样办呢？早上，我还和两位职员商量了宿舍分配的问题，我们研究出一些新办法，希望能奏效。

🔖 ┃ 2 月 24 日，星期五

今天是实验班学生注册的日子。 参与这项工作的人全都快累垮了。 有那么多的学生说，她们的家长交不起与上学期同样的钱，想通过工作抵偿部分或全部的费用。 如果我们能有足够的工作和足够的管理者，这将是个好主意，但我们没有。

两个原金陵大学的学生来为他们中一个人的亲戚求情。 他们都在做生意，都与日本人有密切的联系。 他们相信中国会同化部分日本人，这是因为，一方面中国人一直在吸收外族的文化；另一方面中国人在数量上超过日本人。 他们都表示，当我们遇到困难时，他们会帮助我们。

还有一个人来为他朋友的女儿求情。 当我试图帮助他时，我发现这些女孩子交不起钱，需要让别人代交，他说，他将负责筹集这些钱。 他强烈地感到一些中国人很自私，而中国的苦难，部分原因就是由于自私而产生的。

下午 4 时 30 分。 不同教会的外国人在南山开会讨论教会教育的政策。当地报纸已经两次刊登通告说，教会学校要登记。 一想到要登记，我就觉得累。 很多年来，我们一直面对着不同形式的登记。 如果人们能自由地发展符合当地人民需要的教育，那该有多好啊。 我们任命了一个政策委员会以统一我们的行动。

晚上 7 时。 150 多位妇女在我们的南画室聚会，纪念"国际妇女祈祷日"。 邬静怡主持了祈祷会，我们有很多人参加。 这次会开得非常好。 家庭手工学校的妇女们演唱了两首优美的赞美诗。 我们募集到 7.54 元。

一整天都在下雨。 到晚上 9 时 30 分我还没吃晚饭。

🔖 ┃ 2 月 25 日，星期六

这几天的报纸报道了桂林和贵阳遭到轰炸的消息，这两座城市的 1/3 被炸成废墟。 宜昌、万县甚至兰州也遭到空袭。 一些中国朋友提到他们的亲戚们从较大的城市迁往了农村。 我们现在很少听到飞机的声音。 南京现在已经处在日占区的腹地了。

实验班学生的登记仍在继续，很难决定要求学生必须交多少钱。很多孩子的家长都要求尽可能少交费。我花了一天的时间用于制定新的计划。

上海的局势很紧张，主要是因为发生了多次刺杀傀儡政府官员的事件。如果他们呆在南京的话，会相对安全些。不知道他们为什么不留在这儿。

几天前收到了伊娃2月5日的来信，向我叙述了她从仰光出发，在新修的公路上的旅程。西部的生活充满了冒险，而这里的生活则显得很乏味，大部分时间都用于工作。

2月26日，星期天

一上午都在下雨，中午开始下雪了，草坪上一片银白，但积雪很快就融化了。早上，我要准备明天的发言稿。中午，邬静怡、哈丽雅特和我一起吃饭。今天我不得不两次教学生们如何洗菜、如何打扫餐厅，在指定固定的人轮班负责此事之前，我得经常这样做。

下午做完礼拜后，把三件中式衣服交给了安村牧师。他曾请我找人为他的女儿们做这些衣服。我没有告诉他，如果我对中国朋友说这些衣服是为日本人做的，那么他们肯定不会做。我是不是应该告诉他呢？

高二的学生负责今晚的礼拜，她们做得非常好。我感到很累，但这个星期别指望能休息了。相反，我还得在本周不可能完成的工作之外再加上一些任务——替别人上课。

2月27日，星期一

今天太忙了，都忘了天气的寒冷，也忘了去配我的双光眼镜。程夫人和我一起，试图为那些恳求住在学校的学生们找到宿舍。我不知道如何对学生勤工俭学进行监督，晚上，杨夫人来了电报，说她不能来帮助我们工作了。如果情况不是这么糟的话，这可能会很有趣——我们无法得到参与我们计划的女工作人员。晚上，我为参加勤工俭学的学生们制定了一个计划，我们可以为100多位学生提供7~15小时的工作。

上海公共租界的形势依然紧张。

📖 | 2 月 28 日，星期二

下午 5 时～6 时。 我骑自行车出去时，经过了以前曾在学校避难的人们的家，他们对我非常客气，坚持要我进去坐一会儿。 在福斯特家参加了餐会。 话题一直围绕着战争、日本对南京的占领和日本人的特点。

📖 | 3 月 1 日，星期三

今天花了近 10 个小时来完成学生的勤工俭学计划。 如果，学校里有工厂就好了，那样的话，学生们可以从事这种工作，挣到学费，或者能有足够的饲养家禽或园艺工作，而且要有足够的监督者，但是我们都没有。 6 时 30 分，我去布雷迪家参加教会会议，贝茨在会上就我们教会在印度的工作做了精彩的报告。

今晚月色虽好，但令人感到沮丧，因为，这样的夜晚将会有利于日本人对西部无辜的人们的轰炸。

📖 | 3 月 2 日，星期四

一整天大雨不断，天气很冷。 可怜的赵嫂子今天来要一条棉被，她的棉被被人偷了，缝在里面的 5 元也被偷了。 可怜的老人! 她的丈夫抛弃了她，而她自己又找不到工作。

今天继续制定勤工俭学计划，中间总是不断地被其他事打扰。 虽然还有很多姑娘没有足够的工作，但这项工作总算是做完了。

下午 4 时 30 分。 我参加了教育顾问委员会的会议，其他成员有米尔斯、贝茨、索恩、福斯特。 我们研究了在这块被占领的土地上向政府登记以及被要求派学生参加游行等问题，在这些问题出现之前，我们就要加以考虑。 我的贵格会日历上有这样的话："找对位置，牢牢站立。"我们要是能找对位置就好了!

🗓 | 3月3日，星期五

今天很冷，直到晚上，雨还淅淅沥沥地下个不停。 9时40分，我召集了实验班的所有学生开会，专门宣布了勤工俭学的安排、请假制度等事项。 下面是一些令人感兴趣的事情： 共招收178人；105人部分或完全地参加勤工俭学计划。

我们上学期慈善和救济基金的募集情况如下：

225.10元	由职员们捐献
17.14元	由佣人们捐献
24.50元	特别的圣诞捐款
42.00元	从食品中省出(如只吃米饭)
13.00元	从学生们获得的奖学金中募得
59.24元	由学生们捐献
1.00元	
共计381.98元	

各班的捐款数目为：

高二	7.80元
高一	3.46元
初三	7.94元
初二	12.66元
初一	20.71元
家庭手工班	6.67元
共计59.24元	

下午4时~6时的两个小时，我全用来指导学生如何打扫教室。 先是擦桌椅，然后是扫地。 她们把准备好的抹布放进水里，如此等等。 令人感到宽慰的是，上学期学过这些的学生们有了进步，而且没有一个女孩子拒绝从事这种体力劳动，反而要求多做一些事情，以便还清所有没有缴纳的费用。

3 月 4 日，星期六

还在下雨，天阴冷无比。 一整天都令人烦闷，今天的工作太多了。 下午1 时～3 时，许多学生进行大扫除，我还需要指导她们，给她们发放抹布和水桶等。 哈丽雅特管理科学楼和两幢宿舍楼的清扫工作。 大多数女孩都充满热情地工作，没有人偷懒。

下午 3 时 30 分。 我参加了为附近的妇女们举行的一次会议，或者可以称之为茶话会，除了 50 多位妇女外，还有 50 多名孩子参加。 茶点是瑟斯顿夫人提供的圣诞点心。

晚上在实验学校，我招待了各房间的舍长和各宿舍楼的正、副楼长。 我们先玩了一种游戏，然后，讨论了我们一些有关宿舍的计划，最后，吃了一些点心。 我感到很疲倦，要是我们能多几个女帮手就好了。

3 月 5 日，星期天

又下了一天雨。 福斯特负责今晚在南山举行的英文礼拜，仅有两位中国人——金陵大学的陈嵘教授和邬静怡参加。 今天没有日本人参加——安村已经回日本了。

下午 2 时 30 分。 我们举行了一次非常精彩的祈祷式。 特威纳姆教堂的牧师就《约翰福音》第 4 章第 28 节发表了精彩的演讲，题目是《上帝是一种精神》。 大约有 50 个住在附近的人来听，他们大都很穷，来这儿主要是为了得到米票。 高一的学生负责今晚的会议，她们做得不错。 她们要做大部分工作，这对她们很有好处。 她们正在学着制定工作计划，并加以执行。

3 月 6 日，星期一

依然是阴沉的天气。 哈丽雅特和福斯特今天早上去上海。 我曾试图通过南京的大使馆，确保他们得到回来的通行证，但是没有成功。 哈丽雅特将不得不再费周折从上海获得回南京的通行证。

我实在厌倦了工作，从早忙到晚，却无法完成所有的工作。 如果，战时训练、勤工俭学计划、洗澡安排、洗衣计划等能一次安排得井井有条，那么事情就会容易得多。

今天收到了丽明的一封信，说我们期待已久的实验学校教师没有乘坐计划中的那班船来。 我对此并不失望，因为，我早就不再指望她来了。

📖 ┃ 3月7日，星期二

瑟斯顿夫人今天抵达上海。 我们的女校友们在来信中提到了她在上海逗留期间的一些有趣的计划。

皮克林夫人今天下午来了，她丈夫在美孚石油公司工作。 她已经同意为我们这儿最出色的四位姑娘教授钢琴课。 现在，很需要会弹奏风琴或钢琴的中国人，也同样需要会修琴或调音的人。

📖 ┃ 3月8日，星期三

晚上很累，还要忙着制定各种计划，这样，以后一切就可以按计划操作了。 今天我们开始执行一项新的洗衣计划。 格里希小姐今天也来告诉我们，她同意开设一门赞美诗演唱课，在每周三下午3时上课，我们的师生中可以有六人参加。

可靠的权威消息，日本人将拆毁中央大学附近的房屋，因为，他们在这所大学里驻有军队，担心被游击队突然袭击。 看来，他们将拆毁房屋，并没收砖瓦、木材，当然，不会给房主们任何补偿。 如果日本人想让老百姓痛恨他们的话，这是最有效的办法——虽然他们现在的政策表面上是对中国人友好。

我们以前的一位难民今天来拜访我们，她的丈夫在1937年12月16日被杀害了，她说，她现在很绝望，无法养活她的孩子、老公公和她自己。 她只有22岁，但是，看上去要老得多。

白梅盛开，紫罗兰也娇艳可人。 天依然阴沉沉的。

📖 ┃ 3月9日，星期四

又是一个阴雨天。 从早上开始我就一直在工作。 下午4时45分，我们一些人在布雷迪的新家，听贝茨讲述关于马德拉斯会议的一些事情。 他计划做三次系列报告，今天是第一次，题目是《中日关系》。 他所说的话概括而言就是： 战争形势和两国关系并没有被提到会上讨论，只是笼统地阐述了基督教的指导原则以及关于鸦片、对基督徒的迫害及其他内容。 似乎让中日两国代表团会见并进行讨论并不明智。 总体而言，贝茨所描述的形势是黑暗的。 现在，有组织的对基督徒的迫害比过去 100 年中的任何一段时期都要严重；世界上的非基督徒比过去 10 年中的任何一段时期都要多。

更令人泄气的是，我和麦卡伦一起阅读了《对宗教团体开设的教育机构的建议》。 这是教育顾问委员会制定的，并已经呈报立法院审批。 这更像是中央政府的规定，几乎不允许进行宗教教育。

🖪 ┃ 3月10日，星期五

早晨做完祈祷后，我和杨牧师、陈先生、大王、程夫人一起开了一次会。下面是我们讨论的一些问题：

在关于宗教教育的规定被通过之前，基督教教育界的代表是否应该和教育咨询委员会及立法院进行非正式接触。 我们一致同意这样做。 我们还一致认为，在登记及其他要求的问题上应该立场坚定，不能太轻易地过多让步。我们都觉得，至少中国的傀儡政权希望保留基督教学校，而且会站在外国人一边，如果中央政府回来的话，这对他们有好处。 我们认为，应该邀请当地的教育局长杨九鸣来吃饭，并让他了解我们工作的性质——我们的工作在很大程度上是救济工作，这样做会有好处。

再次想到要面对登记的问题我就感到厌烦。 如果人们能自由地发展大众所需要的教育，那该多好啊！

中午，我和海伦、霍顿一起做了午餐。 能呆在一个家庭里真好。 直到走进一个充满魅力的家庭，我才意识到我对宿舍生活是多么的厌倦。 下午 4时~6时，我拼命地工作，以弥补用于访友的时间，感觉非常疲倦。

今晚报纸上报道了日机对宜昌和西安轰炸的新闻。 我为忍受苦难的人们感到心痛，是不是中国所有的大城市都要被摧毁呢？ 今天才收到吴懋仪的信，信中描述了贵阳市中心遭受严重破坏的情况。

今天听说瑟斯顿夫人已经到达了上海，这是我们第一次听说此事。 蜡梅正在怒放，紫罗兰也开了很多，灌木丛里的鸟儿不停地高声鸣唱着，水仙花很快也要开了。 但是，天气依旧很冷，阴雨连绵。

一些数据：

实验班录取的学生	181 人
参加勤工俭学的学生	102 人，占 55％
全费（46 元）	79 人，占 45％
寄宿生	169 人
高二学生	25 人
高一学生	156 人

🔲 ┃ 3 月 11 日，星期六

今天没有什么真正的新闻。 对我来说，星期六也是工作日。 下午 1 时～4 时，我一直跑个不停，从一幢宿舍楼到另一幢宿舍楼，监督做清洁工作的学生，总共有 71 名女孩在擦窗户、打扫地板和整理家具等等。 1 时～3 时，我四处巡视，提出建议或教她们该如何做。 3 时～4 时，我给四幢宿舍楼打分，王先生给另一幢宿舍楼打分。 这些女孩子的精神非常可嘉，乐于接受批评与建议。 助手们也不错，尤其是我们去年训练的三个初一的女孩。

下午 5 时～6 时。 我去明德中学喝茶。 在此之前，我们中的一些人去南门散步锻炼，他们出城时没有遇到麻烦，当然，他们都有通行证。

晚上在福斯特家吃饭，以便能见到路易斯（Louis）修女，她途经南京将去芜湖，她将在那里和康斯坦斯（Constance）修女一起工作。

🔲 ┃ 3 月 13 日，星期一

可怜的老本利今天早上来办公室找我，希望能领 10 天的工资。 他过去是我们的厨师，现在在麦克林家做厨师。 我们看他无以谋生，就让他在学校做一些杂活。 在 1937 年的秋天，他向我借了 20 元，以便把他的妻子和五个女儿接到九江附近的老家，但不幸的是，他又回到了南京，而没有和他的家人

住在一起。 随着战事的西移，他听说他祖上的房屋已经被毁了，一个女儿也死了。 他的家人们先去了湖南，随后向西又去了贵州。 他不知道她们在哪儿，也不知道她们是死是活。

今天，詹金斯家佣人的妻子也来找我，请我替她到美国大使馆说情。 她的丈夫为多位使馆官员做了九年的苦力。 在日本人占领南京之前，他和另外两个佣人决定留在詹金斯家，照管詹金斯的东西。 他们认为自己很安全，因为，这所房子受美国国旗和特别通告的保护，同时，他们自己也有特别的袖标。 1937 年 12 月 14 日，也就是日军进入南京的第二天，管事的佣人让这位苦力和一位花匠去大使馆查看情况，他们去了，并呆了一晚上。 第二天 8 时左右，他们决定回詹金斯家，因为，他们觉得应该回到他们的主人那儿。 由于有袖标，他们觉得应该是安全的。 但是，他们刚进入詹金斯家的大门就被打死了。 后来，那个管事的佣人把他们的尸体拉进去藏了起来。 当天晚些时候，这个佣人的岳父（他也在詹金斯家避难）也被杀了，他的岳母被刺刀刺伤，管事的佣人也被杀了。 我曾见过这个佣人，是在 12 月 11 日，那天我坐大使馆的车去詹金斯家。 今天来找我的这位瘦小的女人靠为别人洗衣、缝补养活她的母亲和两个小男孩，她说，她不愿为日本人工作，尽管那样每天可以挣到 0.4 元，而现在她只能挣到大约 0.2 元。

实验班的教师刘先生早上在每周会议上发表了精彩的讲话。 他讲话的主题是教育中的半工半读问题。 我希望我们所有 181 名学生都能这样做，而不仅仅是 102 位无法缴纳学费的学生。

3 月 14 日，星期二

依旧是晴朗而寒冷的天气。 这些天我都做了些什么呢？ 每天早上我都决心做完一些事情，虽然我忙个不停，写一些非写不可的信，大量的会见，参加委员会的会议，这些都要占用时间，但每天晚上我都发现这一天一无所获。 中午我在福斯特家吃午饭，莫兰德夫妇也在，还有小朱莉娅（Julia）。

3 时 30 分，我去日本大使馆，看看能否帮助我昨天提到的那位刘姓妇女做些什么。 使馆人员说，如果我能向他们提供详细材料，他们将尽其所能帮助解决这件事。 为这件事，我认为至少值得试一下。

今天晚上，我和程夫人、刘小姐就妇女家庭手工学校的未来进行了商讨。我们决定立刻在南京订购两台织布机，在上海订购五台织袜机。 对于那些希望从事织毛巾的妇女，我们将给她们最大限额为 40 元的贷款；对于那些希望开小店的妇女，我们将给她们最大限额为 10 元的贷款。 我们还希望组成一个"互助协会"，但是我们不知道如何组织。

📖 | 3月15日，星期三

上午我在整理账目，幸运的是只花了一小时就做平了。 然后，我将账目上的金额同我手头的现金进行了核对，明天我将复制一份账单寄给成都。

今天，姓刘的妇女又来了，我花了一小时记录了她的经历，等我有空时，我将把这份材料写在我的日记中。 4 时 30 分，我和程夫人一起去汤汉志（1922）的房子，房子里空空如也，附近也没有一个人。 冰箱和炉子放在院子里，似乎已经扔在那里好几个月了。 市政府以 40 元的租金出租这所房子，如果房主回来并登记的话，那么市政府仍可得到租金的一半。

很多傀儡政权的官员坐人力车或轿车从宁海路通过，人们一眼就能认出他们。

两位年轻的中国妇女今天来我们学校，她们是一家中国通讯社的记者。我带她们参观了家庭手工学校的教学工作。 当她们离开时，尽管我并没有提出任何非议，她们还是就她们现在所从事的工作向我表示道歉。

📖 | 3月16日，星期四

平衡了 1 月份的账目，并寄到成都去了。 现在正忙于 2 月份的账目，因为，涉及到我们第二个学期的收费，所以这个月的账目既多又复杂。 大概在下午 5 时，哈丽雅特从上海回来了，还请来了袁成森（1935）教体育。 自从王小姐走后，这是第一位实验班的全职教师。 九个月来，我一直在找一位女老师。 她的体育教学工作开始后，我们将尽力让她再负责一些宿舍工作，这样，我就不会经常筋疲力尽了。

4 时 45 分后，一些人在布雷迪家听贝茨的第二场报告，这次，他逐一讲述了一些分支机构的卓越表现。 真希望等马德拉斯会议的报告印好后，我能有时间阅读。

3 月 17 日，星期五

上午用于撰写家庭手工学校的财务报告，感谢上帝，收支保持了平衡。现在一定要拟一份名单，列出曾向我们赠送礼物者的名字，并必须向他们每人寄一份报告和感谢信。

祈祷后，我们五个人——行政委员会的成员、杨牧师和王先生开了一次会，讨论如何填写一份问卷。 中国人不反对填写这份问卷。

大学医院的福音传道者潘牧师还在监狱里。 他是在三月前的一天下午 6 时~7 时之间，去下关赶火车时被捕的，据说原因是从事反日活动。

机密 今天，我发现我们一位职员的亲戚来找这位职员，而这个亲戚是个"嫌疑犯"，如果他被发现……我当时的恐惧可想而知。 我们立刻让他离开此地，并且规定必须先征得行政委员会的同意他才能住校。

教会教育咨询委员会今天开会，讨论对登记、游行、填写问卷等问题的态度。 最后决定，我们可以做最后一件事，即填写问卷。

3 月 19 日，星期天

今天是个晴天。 除非是沐浴在阳光里，人们还是感觉很冷。 然而春天已经到了。 昨天，初二和高一的学生回家过她们每月一次的假期。 很多人报告说，她们被拦下来搜查，还有一个女孩说她的教科书受到检查。

做完下午的礼拜后，我和东京来的牧师简短地谈了一会儿，他是负责在中国这个地区进行联络的牧师。 他说，他本打算去怀远，那里的教会与日本人之间出现了矛盾，但是，他在南京太忙了，一直无法动身。 他说，宪兵对大学医院和金陵学院有些误解，他没有明确地说金陵学院是指的女子学院还是男子学院。 然后，他又对我谈到了他对潘牧师的不满。 关于"金陵学院"，他提到有人向宪兵报告说，有一位教师站在食堂里，禁止学生带进任何日本食品，我觉得这不可能是指我们学校。 我邀请他来我们学校参观，这样，如果宪兵问他问题的话，他就可以解释了。 我认为，我们学校的任何教师都不会这样做。

下午的祈祷仪式上还有一位朝鲜军官，丹尼尔斯和他一起来的。 我不能确定我是否能了解他或信任他。

🗓 | 3月20日，星期一

春天即将来临。 自由的工作调换正在迅速进行，哈丽雅特负责她很在行的监督工作，而我则为今年不用管什么事情而高兴。

米尔斯今天向 180 名实验班的学生以《逆境的价值》为题发表了讲话，其要点是：

1.

2.

3. 这教会我们思考。

4. 这可以使我们学会同情别人。

5. 这能培养我们的耐心。

6. 这能培养我们的个性。

晚上我太累了，记不清全部的六点①内容。 这些都很重要，我认为这个讲话对学生们大有益处。

今天下午在阿博特家为小托马斯·阿博特（Thomas Abbott）举行了葬礼，他凌晨 4 时死于肺炎。 米尔斯主持了仪式，米里亚姆·纳尔和艾伦·德拉蒙德（Ellen Drummond）负责安排此事。 小小的手制棺木上覆盖着白色的绸缎，棺木周围是早春盛开的鲜花，棺木上放着一个紫罗兰枕头。 花是家庭手工学校的学生们采的，枕头是哈丽雅特做的，很可爱。 伊娃和麦卡伦按要求唱起了《珍贵的宝石》。 老邵已经把用青藤编织的两只大花篮安放在墓穴两边。

凯瑟琳今晚回来了，这令我很高兴。

几天前，陈先生张贴了一份学校关于上学期慈善捐款的财务公告，内容如下： 教师捐款 225 元，勤杂工捐款 17.14 元，特别圣诞捐款 24.50 元，伙食费（只吃白米饭）省出 42.1 元，学生奖学金的捐款 13 元，学生捐款 59.98

---

① 英文原文的第 1、2 两点为空白。

元。 各班的捐款情况是： 高二（9 名学生）7.8 元，高一（15 名学生）3.46
元，初二（二）（22 名学生）7.94 元，初二（一）（36 名学生）12.66 元，高
一①（63 名学生）20.71 元，共计 381.98 元。 支出情况为： 用于帮助城市家
庭 142.93 元： 用于帮助西部难民 150 元；用于购买米票 80 元，共计
374.93 元。

3 月 21 日，星期二

早上和刘小姐一起安排工作，计划家庭手工学校到复活节停课。 刘的工
作很出色，她对帮助妇女和姑娘们真正进步也很有兴趣，没有她的帮助，我们
是不可能开设这一课程的。

城里的形势越来越糟，人们越来越恐慌，因为，他们找不到能主持正义的
地方寻求帮助。 每一个人都在监视着和他们有仇的人。 我们西边一户人家
的男主人现在被关在监狱里。 原因是他的孩子发现了一支旧枪，并捡回了
家，而他们的一个邻居因为向他们买砖遭到拒绝而怀恨在心，知道此事后便
报告了日本人，这家的男人就被抓进了监狱，他妻子现在已经无米下锅了。
学校西边的另外一些人（都是穷人），发现了几双原来中央军扔下的鞋，警察
听说此事后，彻底搜查了这些无辜贫民的家。

3 月 22 日，星期三

木匠唐老板今天来找我，他看上去老了许多，来的时候显得焦虑不安。
他的家在宁波附近，很需要钱。 他把钱存在金陵大学，没有利息，现在，他
每取 1 000 元就要交 180 元，这样才能取回他的钱。 他告诉我，他所认识的
三个签过这种契约的人，在过去两年中都因为财产损失忧虑而亡了。

下午，我们召开了本学期的第一次教师会议，有 10 位男教师和 16 位女
教师参加。 会上我们做出了一些决定： 建立一个永久展览室，而不是每学期
开设一个展览日，以此鼓励教师和学生展览他们的课堂成果；出版一份油印
的周报，由学生们在课上印刷，这份报纸要和互助社的活动紧密联系，主要报

---

① 原文中出现两次"高一"，可能有误。

道这些活动。 显然，现在有很多关于我们学校的谣言，我们决定要尽可能地小心，以避免带来不必要的麻烦。

🔲 | 3月23日，星期四

天气暖和多了，似乎春天确实已经到了。 江牧师早上在实验班的小教堂里发表了精彩的讲话，南画室里座无虚席，学生们都专注地听讲。 我们请这两位牧师轮流来教堂讲话的办法，看来的确很有效，教工们也每次都来。

下午3时。 东京清教徒教会的沃尔泽（Walser）先生参观了学校，4时45分，他在南山公寓会见了一些讲英语的中国人。 他首先就日本的基督教问题发表了简短的讲话，然后，他提出了一些问题，也回答了一些问题。 这些中国人很自由地发表了他们的意见，因为，我相信在座的人互相都很信任。的确，正如沃尔泽先生所说，很少能听到中国人说他们恨日本人，但我相信，他们只是把仇恨埋在心底而已。 人们决不能责怪他们，他们经历了无法形容的苦难。

晚上，福斯特、哈丽雅特和我一起去米尔斯家吃晚饭，沃尔泽先生也在，我们进行了非常坦诚的长时间交谈。

🔲 | 3月24日，星期五

现在是晚上10时30分。 直到晚上才有人提醒我12年前的今晚，南京所有的外国人被集中在金大裴义理楼，第二天我们被赶出了南京。 历史的脚步真快啊，那时，我们都觉得我们要一二十年之后才能回来，可是我们中有一些人在六个月之后就回来重新工作了。 这些天我们一直在想，经过这20年的轮回，我们还能在这里呆多久呢？ 尽管我们决心要尽可能地长期呆下去。

天气也在不断变化! 昨天还是春光明媚，今晚又下起了雪，一整天都刮着3月的寒风。

机密 早上传教士们都集中在贝茨家，会见沃尔泽先生。 他在谈到日本的基督徒时说，他们在精神上和物质上都对这场战争感到厌倦，只能通过竭力的煽动来维持对战争的兴趣。 在这个问题上，他们分成三派： 一派认为这是错误的；另一派站在另一个极端上，认为这是一场为了消灭共产主义、维护东方和平的圣战；还有一派是处于两者之间，他们占了大多数。 事实上，他们对他们的士兵在中国的所作所为一无所知。

当他提出让日本的基督徒来中国加深了解时，我们一致认为，这对传教活动来说是最困难的，尤其对中国的基督徒来说更是如此。 当然，让日本基督徒在中国人中传教是不可能的。

📖 | 3 月 25 日，星期六

12 年前的这个下午，所有的外国人被迫离开了南京。 我们那时以为要离开几年的时间。 今天，当地的报纸上刊登了敌视英国的口号，不知道这一切什么时候才能结束。 一场精心策划的恶意宣传开始了，其目标是英国和法国，或许下一个目标就是美国了。

对我来说，星期六是繁忙的一天，先处理了一上午的公务，然后，下午 1 时～3 时，又检查了勤工俭学工作，3 时～4 时 30 分给这些工作打分。 我在各个宿舍楼之间走的路加在一起有几英里远，还要提供一些物资。 我得说，这些女孩子干得不错，她们清除掉了原来众多难民留下的厚厚的垃圾。 今天是宿舍清洁日，打扫完卫生后，我们分两组进行了检查，并打了分。

埃莉诺·赖特（Eleanor Wright）今天下午回来了。 我很想见到她，她是上帝的宠儿，没有任何疾病或手术能征服她。

📖 | 3 月 26 日，星期天

上午 8 时 30 分～12 时。 我都在帮助一对不断吵架的夫妻，想找出他们吵架的原因，并试图找到解决问题的办法，让他们下决心重新开始。 他们很年轻，还是基督徒，是有希望重新开始的。

听说今天早上在南门教堂有 600 人参加了礼拜，其中大多数人是青年，而星期天学校里则有 800 人。 这对一个人手不足的教堂来说，是一个巨大的挑战和艰巨的任务。 每个教堂都有两位牧师去西部了。

下午 4 时 30 分。 我们在家庭手工学校教堂，为一名八个月的死亡婴儿举行了一次小型祈祷仪式，这个孩子是我们一位妇女的小孩。 牧师发表了有益的讲话，家庭手工学校的唱诗班唱了赞美诗。 孩子的母亲一直和其他人在一起，直到人们垒起了一个土堆，并覆盖上草皮。

📖 | 3月27日，星期一

今天的大部分时间用于把已经打好的信装到信封里，并写上地址。有一部分信是寄给我们女校友的，当翻阅尚未回复的校友来信时，我真的感到很抱歉。（黄）友懿（1922）、（宋）竞雄、（左）敬如和其他许许多多的姑娘们现在在哪里呢？我只是确切地知道她们不在长沙、汉口或是贵阳。她们执教或担任校长的学校现在又在哪里呢？

到下午4时30分，我已是筋疲力尽了，决定骑车出去转一转，但没有去成。正当我要出去时，一位穿西装的中国人来找我，他自我介绍说，他的女儿是我们学校的校友，好像他现在在当地的人民委员会工作，他说，他进入这一组织是为了帮助老百姓，说中央政府走了，扔下了老百姓，现在他要帮助他们。当我提及并表示谅解傀儡政权的排外政策时，他说，他确信这项政策不会是反对美国的。在他离开会客室之前，一位在校生的家长进来，并听到了他的最后几句话。等他离开后，这位家长说："上帝保佑我们不受说这种话的人的害。"在与这位家长的谈话中，我了解到，他在这场战争中损失了2万～3万元，但他仍然不愿加入傀儡政权。这都是发生在同一天里的事，遇到两位截然不同的家长。

激烈的战斗似乎已经开始了，南昌面临着日军的威胁。

📖 | 3月28日，星期二

今天是维新政府成立一周年的纪念日。早上做完祈祷后，我们执行委员会决定，虽然城里有许多学校放假了，但是，由于我们还没有接到通知，因此不放假。下午4时30分，我骑车离开学校去城西。孩子们正在捡插着五面小旗子的降落伞，这些降落伞是在放焰火时随风飘落在这里的，这些孩子很开心。在城市上空盘旋的飞机撒下了许多传单和标语。我遇到一些工人正在捡地上的传单，努力想读懂上面的内容，然后再销毁它们。他们非常明确、毫不掩饰地告诉我他们对新政府的态度，他们的勇敢令我惊讶。接着，我又和一位妇女交谈，她曾在我们学校避难了三个月，当时住在320房间，她也非常明确、坦率地表达了她对新政府的态度。

晚上6时~9时。 施放了五彩缤纷的焰火，但是，我没有心情观赏，因为，我一直在想着南昌的情况，报纸报道说，经过一星期的战斗，这座城市已经陷落了。 这不仅意味着又一条交通要道被切断了，还意味着将有更多的所谓"扫荡"，以及无辜的平民将再度惨遭杀戮。 这一切什么时候才能结束啊？

早上我和杨牧师、江牧师一起安排"圣周"的祈祷仪式，他们总是非常慷慨地帮助别人，乐于利用一切机会主持祈祷仪式。

3月29日，星期三

今天春光明媚。 上午的大部分时间用于算账。 中午，在家庭手工学校学习烹饪和学做女佣的妇女们准备了一顿美味可口的午餐。 来宾有许传音博士、索恩先生、米尔斯夫妇、周明懿夫人和纳尔小姐。 饭后，来宾们参观了针织系和缝纫系。

城里仍然谣言漫天。 一个因病几天没来上课的学生说，街上的情况不像以前那么紧张了。 王耀廷先生早上告诉我，正在返回南京的外国人希望他做他们的私人教师，当然，这样他就可以大大地增加他的收入，而为了养活他的大家庭，他很需要这些钱。 我不知道下学期还应不应该继续让他留在我们学校，他在很多方面一直对我们大有帮助，他是一位精明的顾问、可靠的支持者。

3月30日，星期四

一整天都忙于整理账目，晚上熄灯时，从陈先生那儿拿来最后一本账册。他给我的是一本以前的"存账"——1936~1937学年的账册。 下午5时，我去了索恩先生的新居参加乔迁聚会。 他们的新居设计得很好，非常适于他们休息，也很适合中国人或外国人聚会。

3月31日，星期五

陈先生和米尔斯夫妇、伊娃·麦卡伦一起离开了南京，我相信这是他五年来第一次回家乡，他的夫人是 1937 年秋天离开南京的，他确实需要一个假期了。 真希望程夫人和邬静怡也能有一段时间的假期。

下午，家庭手工学校的教职员邀请住在城里的所有曾以某种方式帮助过我们的人，来参观我们的工作，并一起喝茶。 系主任和教师们为自己的工作感到骄傲，他们理应为此感到骄傲，他们改变了这里的妇女和 30 个孩子的命运，让她们在这一年中，在精神上、心智上和身体上都有长足的发展，不然的话，这一年对她们来说将是痛苦的一年。 她们缝制的产品并不符合西方的标准，却让很多中国人喜欢，这些产品是为中国市场生产的，因此，我感觉也不错。 生产时本来需要更多的检查，我却无法提供。

晚上，我们在索恩家聚会，在外国教会理事会负责科研图书馆的傅先生，给我们讲述了他在中国西部三年来的经历。 西部是我们感到乐观的地方之一，那里的人们决心，不仅要把日本人赶出中原，还要把他们赶出满洲。 他们没有丧失信心，傅先生觉得他们对我们呆在这里并不介意，但是他们，至少是他们中的一些人觉得我们不应该从事任何正式的教育工作。

🈺 ┃ 4 月 1 日，星期六

天气阴冷。 早上，一位日本牧师和他的妻子来拜访我，他，或者说他们两个人，似乎都是热诚而有思想的人。 我猜想他们是来和日本人一起工作的，但我还不能肯定。

整个下午我们都在接待来参观家庭手工学校展览的来宾。 我们以成本价销售这些展品，大部分展品是妇女们学习时制作的，料子也是旧的。 毛巾和袜子似乎最受欢迎。 这些妇女已经取得了很大的进步，并且有了自信心和独立工作的能力。

晚上接待了一位来访者，她说，她父亲是南京以南 100 英里（约 300 里）一个农村的农民，那里有中央军，他们不允许农民把大米运到港口城市去卖，卖了米的人会被认为是汉奸，并可能会被处死。

🈺 ┃ 4 月 2 日，星期天

天很冷，还下起了雨。 我们想生火，但没有煤，不知道今年冬天怎么办。 早上在床上躺到 9 时，但是，和 85 名女孩住在一幢宿舍楼里，是无法在 7 时以后继续睡觉的。

杨牧师在下午的祈祷会上做了精彩的布道，出席的人很多，而且听得都很认真。 我还记得去年"圣周"期间的祈祷仪式规模是多么大，9 次祈祷仪式每次都有 600 位妇女参加，不知道她们现在还记不记得当时布道的内容。

今晚，初一的学生负责学生祈祷仪式，她们轮流全权负责安排星期天晚上的节目，她们编排得很不错。

今天收到上海来的一封信，通知我们，中国妇女协会已经付给我们另一笔 3 000 元经费，用于家庭手工学校下一次开课计划。 我们不能立即开始下一期家庭手工学校，因为，我们还要继续关注已经毕业的妇女们，帮助她们开始工作，更重要的是，我们要让家庭手工学校的教师们休息一段时间。

🈶 | 4 月 3 日，星期一

这星期的每天上午 9 时 30 分，我们都要在大教堂举行祈祷仪式，实验班和家庭手工学校的女学生们以及两门课的教师们都要参加。 钱牧师负责星期一至星期三的祈祷，杨牧师负责另外三天。 今天早上，初一 A 班的学生们学唱了一首特别的歌。

上午，两个日本士兵（其中一个是技工）不知为什么来到学校。 他们对图书馆留下了深刻的印象，尽管说不了几句中文，他们还是用中文说了句："很好!"他们对孩子们很有兴趣，虽然这些孩子中有不少人的父亲在 1937 年 12 月被日军杀害了，但她们并未感到仇恨或恐惧。

在办公室工作到下午 6 时，然后骑车子出去散散心。 一切都被命运之手迅速而出人意料地改变着。 你们或许还记得那位姓黄的农民和他的三个儿子，他们过去住在来泽庵（音译）以西的一间小房子里。 市政府把他们肥沃的花园变成了建筑工地，然后将土地卖给富人们。 我不知道那些新主人现在在哪里，但是，这位农民已经搬回来，又开始耕种这块曾经肥沃的土地。

凯瑟琳今晚准备了墨西哥式的晚餐，款待英国大使馆的艾伦·普赖斯夫妇，他们即将离开南京回国。

🗓 | 4月5日，星期三

普劳伯尔夫妇和维克·莫西诺西今天回来了。 火车票还是不好买，上了车也很难找到座位。

🗓 | 4月6日，星期四

杨牧师主持了上午由实验班学生参加的祷告和晚上的社区祷告。 这次祈祷有150多人参加，其中50人是基督徒，还有100多人是咨询者或对此很感兴趣的人。

潘牧师还在监狱里，而且据我所知，没有人见过他或是能和他取得联系。他的朋友们还是希望能确保他获释，这位福音传道者自从去年秋天被捕，至今音信皆无，一位正在为使他获释而奔走的日本牧师说，监狱里没有叫这个名字的人。 没人知道他出了什么事。

🗓 | 4月7日，星期五

天还是很冷。 今晚的报纸说，由于受到北方冷空气的影响，日本下了雪，而此时樱花已经盛开了。 这股冷空气肯定也影响到我们这里了，尽管没有下雪，但两天前下了冰粒。

两个班的所有学生和大部分教师，参加了每天早上9时30分在大教堂进行的祈祷。 杨牧师负责星期四至星期六的祈祷。 早上从教堂出来后，我和哈丽雅特帮助高一的学生排练将在复活节早上表演的短剧——表演上帝复活时的情节。

下午，凯瑟琳、维克·莫西诺西和我一起去国家公园，这是去年5月以来我第一次去那里。 盛开的樱桃花很可爱，但是桃花还没有开，李子花已经凋谢了。 我们看到很多日本人在举行野餐聚会，到处都是破碎的瓶子，并可以看到以前曾在这里野餐和正在这里野餐的人们留下的残迹。"大东亚新秩序"似乎并没有经过深思熟虑，或者并不需要保护美丽的环境。 进城时，我们被要求从马车上下来步行通过城门，而坐在轿车里的人却不用这样做，怎么会这样呢？

这座城市和国家公园现在成了什么？在最大的一条街，即中山东路上（这条街从市中心通向城东）布满了日本商店，还有不少中国人开的商店。有些地方，一些楼房的第二层还是一片废墟，只是底层房间的外墙被重修了一下。到处可以看到中国女孩们——都是女招待站在饭店门口拉生意，以前我们从未见过这种事。一些大型建筑，如中央医院和军官道德联合会①等，现在已经被占用。

中山路以南公园里的高级住宅似乎都已经被炸毁了，只剩下残垣断壁。中山陵还像以前一样，甚至连那里的树都丝毫未损。松林和以前一样，只是较低的树枝被砍下来当柴烧了。路两旁的树木少了许多，路面也需要修整。令人遗憾的是，这些都缺乏必要的管理和保护，而且人们对此兴趣也不大。

今天下午，一些外国儿童从上海来南京过复活节，来的孩子可真不少。

🔟 ┃ **4 月 8 日，星期六**

今天上午，一件或许意义深远的工作开始了。早上 8 时，家庭手工学校的 100 位妇女在科学报告厅开会，成立了互助社。每位妇女都拿到了一份规则，然后，教务主任林小姐向她们解释了这些规则。要参加互助社的人今天就要报名，每年缴纳一毛钱的费用，一个月内每人还要再缴 1 元。我们还不知道能有多少人参加，也不知道我们需要多少启动经费。林小姐再次鼓励这些妇女们走出家门，发挥她们的作用。

下午 3 时～5 时。实验班的女孩子们做了"寻宝"游戏。她们很喜欢从校园的一头跑到另一头，寻找五件宝物。同样在下午 3 时，为外国人举行了一次棒球赛，妇女们坐在一边观看，孩子们逗着狗在校园里跑来跑去。一对德国医生夫妇——希尔施贝格（Hirschbergs）夫妇回到了南京，住在美国大使馆东南面他们的住所里。

今晚我在 400 号宿舍楼招待普劳伯尔夫妇吃了一顿中国餐。

---

① 即励志社。

🀄 | 4月9日，星期天

今天是复活节！一整天都是阴沉沉的。早上7时，我们在小教堂举行了一次非常有意义的祈祷式，家庭手工学校和实验班的学生和教师也参加了。高一、高二以及初三的学生和家庭手工学校唱诗班的学生，都准备了专门在复活节演唱的歌曲。家庭手工学校的四位女学生背诵了《马可福音》第16章中关于耶稣复活的记述，高一的女孩们表演了这一情节，而且演得挺好。杨牧师就复活节的欢乐气氛做了简短的发言。

校园里的孩子们挂起了复活节蛋，她们非常高兴。这些鸡蛋是布兰奇捐赠的，还涂上了颜色。

下午2时30分的祈祷仪式也很好，由江牧师布道，四个不同的小组唱起了复活节赞美诗。在7时的学生祈祷仪式上，高二的学生表演了耶稣收徒的故事。最后，向人们分发了剑兰球茎，这是哈丽雅特的礼物。以上就是校园里的祈祷式。

城里举行了很多专门庆祝复活节的祈祷仪式和洗礼仪式。我所了解的有：在韦斯利教堂有34人受洗礼；在南门基督教教堂有35人受洗礼；在鼓楼教堂有26人受洗礼；在清教徒教堂有××①人受洗礼；在圣保罗教堂有××人受洗礼。2时30分，在清教徒教堂举行了一次联合祈祷仪式，有800人出席。城里许多唱诗班演唱了专门为复活节准备的歌曲。

中午，在齐兆昌家举行了一次午餐会，在交谈中我们一致认为，日本人对一些必需品进行了垄断，或者说是严格的限制，在事实上形成了垄断，这些必需品有：大米、煤炭、豆油、盐、面粉、电灯、大麻、海洛因和鸦片（这能算是必需品吗？），所有食品的价格都在不停地上涨。

下午，小小的特威纳姆教堂里挤满了人，有许多从上海来南京过复活节假期的美国孩子在这里，美国圣公会教堂的秘书帕森斯（Parsons）先生进行了十分有益的演讲。

---

① 原文空白，可能是魏特琳记不清了。

4 月 11 日，星期二

家庭手工学校的大部分妇女今天早上都回家了。 她们的精神都不错，也有人流了眼泪，她们对六个月来接受的培训很感激，也对这种培训表示支持，这使我们感到很欣慰。 她们几人一组来到我的办公室告别，只有一人来向我告别时似乎对自己信心不足。 在今后的几年中，她们将会记住在这里的经历。 她们，或者说她们中的大部分人已经看到了希望，我相信她们将终身受益。

上午 10 时 30 分。 我和凌萍夫人的仆人一起去距我们学校很远的和平门，看看有没有办法阻止日本人疯狂拆毁他的两间房子。 这次外出令我沮丧，所见所闻都令人想到这里是日本人的天下。 除了在日本人的监视下做苦力的人以外，很少能见到中国人。 我看到了数百辆军车和大量的汽油。 在中山路的右侧好像正在修一个机场。 许多好好的房子被拆了，以便有足够的砖头修路。 我还看到了许多士兵和坐着流线型轿车的军官。

我刚刚到达目的地，一个士兵就进来了，但我们彼此谁都没有注意对方。很快，附近的一位邻居建议我去找住在不远处的一个低级别的军官，我去了，尽管那个军官懂的汉语不多，但看上去他有点想帮助我们阻止拆毁那两间房子。 这时又来了一个低级别的军官，他会说一点英语，他答应带我去见负责拆房计划的级别高一点的军官。 当他带我乘坐一辆军用卡车离开那里时，我觉得我们的努力有可能会成功。

我在那里时，有一位邻居走进来，说他的花园被占领，一间房子也被拆毁了，但他还是表现出很强的自控能力，假使他对日本人深感痛恨的话，他也没有把这种仇恨表现出来。 那个会说英语的低级别军官说，他也不明白为什么上面要下令拆毁好房子。

4 月 12 日，星期三

今天春雨绵绵。 鲜花含苞待放，嫩叶刚刚发芽。 算了一天的账。 王先生今晚告诉我，本来要来检查的教育官员可能不来了。 他把空白表格交给了他认识的一位我们学校的老师，请这位老师转交给我，他说他没脸来。

我昨天为帮助凌萍夫人的仆人而跑到和平门所做的努力似乎没有任何结果。 今天下午，一位负责管家的老妇人来找我，请我明天再去找一下那个军官，我的确没有时间去，于是就写了一封信，让她交给送我走的那位军官。现在，我只能等待事情如何发展。

今天，我们的一位教师和我谈了很长时间，他和我谈起了他所认识的三个人，他们现在都在维新政府中担任高级官员。 其中有一个是他最尊敬的，他不知道这个人为什么这样做；另一个人对蒋介石将军深恶痛绝，以此作为对蒋介石将军的报复；第三个人很有钱，他加入维新政府可能是为了保护他的财产。 他还提到了李信屯（音译）先生，李先生是当地人民委员会的头目，也是鼓楼教堂的成员之一。 当李先生最初决定接受这一职务时，他告诉我，他将试图用基督教影响日本人，几天之后，他就说这是不可能的事。 我不知道李先生这样做的真正原因，但我猜想他可能是为了保护他剩下的财产。

📖 ｜ 4月13日，星期四

今天有消息说，仍被关在监狱里的国际救济委员会的六位职员将有希望获释。 似乎这些人并没有受到虐待，他们有足够的食物，住的地方也很舒适。 没有人知道他们为什么被拘留。

瑟斯顿夫人说她将在明天回来，因此，我们决定星期六举行家庭宗教活动，并发出了请帖。

玛格丽特·汤姆森今天来了，她先参观了学校，然后又和我们一起吃了中餐。 我常常羡慕她有机会去西部。 今晚，我们一些人和亨廷顿夫人举行了会谈，商讨成立合作机构的问题。 我们需要正直无私的人管理任何形式的合作机构。

欧洲的形势像阴影一样萦绕在我们心头，或者说是增加了我们心头的阴影，事情的确如此。

📖 ｜ 4月15日，星期六

早上很冷，中午开始下起了雨，还起了雾。 这种天气太糟了，因为，瑟斯顿夫人下午要回来，而现在南京最好的天气也是阴天，要是她回来时能见到春天的阳光就好了。

唐小姐今天早上去看了被关在监狱里的六位国际救济委员会的职员。 现在他们很有希望获释。 我经常想起他们，但是什么也做不了。

下午 2 时 45 分。 李先生和我坐救护车去下关接瑟斯顿夫人，她是 4 时多一点到的，能见到她太好了，我们发现她瘦了许多。 在下关和回学校的路上，所看到的变化肯定让她感到难过。 到处是一种被占领的气氛，正是这种气氛使我对那些日本军官感到厌恶，他们真的能长期呆在这里吗？ 这是不是一个梦，一个噩梦呢？ 所有的勤杂工都出来迎接瑟斯顿妇人，而且见到她都很高兴。

晚上 8 时。 我们在 400 号楼举行了茶话会，欢迎瑟斯顿夫人，所有的教职员工都应邀出席。 恐怕我们无法谈论轻松愉快的事情，人们交谈中涉及的都是沉重的话题——全是南京的形势，令人难受和沮丧的事情，比如说，为了修路或修建新房子而拆掉完好的房子，而这些新房子是不会属于旧房子的主人的。 我希望她能知道在场的每一个人的故事，其中大部分都是悲惨的故事，而这些故事只是在整个中国所发生的事情的一小部分。

4 月 16 日，星期天

天转晴了，也暖和了一些。 星期天早上学校里没有做礼拜，但是经常有人来找我。 今天早上，有几个日本人来了，只是想要些花。

中午，我骑车去盖尔博士家吃午饭。 哈丽雅特说，瑟斯顿夫人、她和我都被邀请了，但我到了那里以后，才发现我并不在被邀请之列，这使盖尔博士和我都很尴尬。

下午 2 时 30 分回来开会。 路上警察把我拦住，问我们是不是要在金陵女子文理学院开设工厂，他说，数以百计的妇女一直在问他这个问题，因为，她们听说我们要找 10 万名男女工人。 我是多么希望我能向所有亟须工作的人提供稳定的、能使他们自立的工作啊!

晚上 7 时 30 分。 我们去美国大使馆参加为迎接亚内尔上将举行的自助晚餐会。 他那艘漂亮的游艇"伊沙贝尔号"将开往汉口，这将是一次告别访问，因为，亚内尔司令 6 月底将退休。 他看上去是个好人。 据他说，日本人认为，他们必须为司令的游艇护航通过长江上的检查站，美方接受了日方的这一建议。

📖 | 4月17日，星期一

今天至少有 12 架轰炸机飞越城市上空。 几个月来我经常看到这些飞机编队飞过。

早上 8 时以前，看门人报告说，有 400 多个妇女和女孩聚集在门口，问我们是否要开设工厂。 显然，谣言已经传遍了南京城和附近的农村，有人听说我们要开的是火柴厂。 令人同情的是有这么多人如此迫切地需要工作。下午 5 时，当我要出去时，一位母亲来问我这些传说是不是真的，她是带着她的女儿一起来的。 她说，她住在南门外，带她女儿回去很不安全。 她女儿还住在过去的安全区里。

晚上 5 时。 我和凯瑟琳一起步行去城南埃德娜·吉什家。 在路过孔庙时，我们停留了一会儿。 孔庙已经被修缮一新，重新粉刷过了。 令我惊奇的是，他们打算推动人们，尤其是学生们对孔子的崇拜。 当我们经过主要的商业街时，发现已经有很多商店开业了，其中有不少商店位于一些被掠夺和焚烧过的商业建筑物的底层。 人们经常可以看到第二层或第三层楼残存的木料和楼后面的水管。

欧洲的形势看上去一片黑暗，人们只能希望、祈祷并坚信理智，而不是疯狂会占上风。

晚上 9 时。 我们坐人力车回到学校，这是很长时间以来我第一次回来这么晚。 我们谁都不愿意一个人晚上出去。

📖 | 4月18日，星期二

小城市里的传教士遇到了很多的困难。 今晚，我和一些从怀远来的清教徒传教士们一起吃饭，他们的经历在某些方面和我们一样： 穷人们亟须稳定的工作，需要学习更多关于基督教的知识；日本人对中国人如此依赖外国人感到不满，现在有让中国人敌视外国人的趋势。 他们还告诉我一些关于中国人复仇的事情。 这学期到目前为止，他们还没有被允许开办普通小学。

下午，一个受雇于日本当局的中国人来找我，我认识这个人，还帮助过他。 他加入新政府的理由和一位女校友的父亲是一样的，就是最近——本月1 日来拜访过我的那位先生，他们的理由是： ① 中国军队大量占用人民的钱财，却一再战败。 ② 通过加入新政府，他们可以帮助中国人民。

4 月 19 日，星期三

尽管春天似乎已经来临，但还是很冷，我还得穿两件羊毛内衣。 紫丁香、铃兰花开得都很可爱。

机密 12 时 15 分，我被丹尼尔斯博士邀请去参加下午 1 时在大学医院举行的会议。 索恩、米尔斯、贝茨、丹尼尔斯和我一起会见了藤冈将军，由细田牧师做翻译。 将军本人没来，而是派了一位叫实雨的宪兵做代表，带着他的亲笔信来了，将军突然被召回镇江去了。 潘牧师被逮捕的原因是：

1. 1936 年，当他从神学院毕业时，他毕业论文的题目是《基督教与战争》，似乎他在毕业时还发表了讲话，说日本依靠的是武力，是剑的力量。 正是这些反战言论，而不仅仅是他的毕业论文的题目，使他被捕入狱。

2. 2 月 20 日，他在金陵女子文理学院进行了一次布道。 在这次布道中，他说日本士兵在汉口被打败了——这是一个错误的解释。 他还劝告他的听众保持耐心。（看来在我们校园里也有奸细，不是吗？）

3. 2 月 25 日，在大学医院的护士餐厅里，他说上海发生了许多恐怖事件，还挑动南京的中国人也这样做，然后可以隐藏在中立国开设的学校里。

这位代表还解释说，他们本来还想逮捕另外五个中国人，他们可能也是隐藏在医院里，但经过与我们的坦诚交谈，他们决定放过这些人。 他还提到，医院里有一名护士通过收音机听重庆的新闻，再告诉学生们。（我猜想是不是医院里的一名学生护士，她在学校里有一个亲戚，是不是她传播的这些新闻？）

我们和实雨先生进行了长时间的交谈，消除了许多误会。 他肯定已经相信了教会代表的诚意，他自己也比我所希望的要更加坦率、真诚。 这次会谈很有意义，由细田先生做翻译很有帮助。 另外，实雨先生说，再进行一些调查后，潘牧师就可以获释了。

今天早上，八个士兵来到我们学校的后墙，都是全副武装，他们说想参观，让我们陪他们在校园里转转。 他们很喜欢幼儿园的孩子们，听说有许多孩子的父亲被杀害了，他们也深表同情；他们对厨房和贫穷的妇女们居住的宿舍也颇有兴趣。 最后，我带他们参观了图书馆，他们说我们的图书馆很好。

下午4时召开了每月一次的教师会议，男女比例是13∶5。 我没有向他们透露医院里那次会谈的内容。

🗓 | 4月20日，星期四

阴雨连绵，尽管还很冷，但春天已经来临了，树已经发了芽，小鸟也开始鸣唱了。

下午4时30分。 为了欢迎瑟斯顿夫人，哈丽雅特、瑟斯顿夫人和我一起去老邵家吃面条，面条很好吃。 我们刚一进这个农家小屋，主人就拿来了热毛巾让我们擦脸，还端上了热茶和各种糖果，然后端上了三碗鸡肉面条。 这是老邵的妻子按照老邵的吩咐做的。 老邵很像《大地》里的王龙，他是属于田野的。 虽然他很想要一个孙子，但他还是很喜欢他的小孙女。 经过精心的计划和艰辛的劳动，他的儿子已经把光秃秃的山顶变成了肥沃的农田，结出了累累硕果。 像老邵家这样没有受过多少教育的家庭，能以一种简朴、轻松、优雅的方式请客，真是一个奇迹。 没有任何虚假的成分，他们真心希望能使我们开心，而且对我们充满了感激之情。

🗓 | 4月21日，星期五

昨天向市教育局寄出了第一套表格，今天又收到了第四区寄来的另一套让我们填写的表格。

今天听说被捕的六个人明天将被释放，只有见到了这些人，我们才能相信这一切。 据说，潘牧师还活着，大约一个星期内将被释放。

一位承包商今天来找我，他说，据他所知，在和平路上有20家日本商店已经停业了，人也离开了。 他说生意不好做，因为商品无法运到农村销售。

两天前，有消息说牯岭陷落了。 有一则报道说，中国士兵在日军进城前一小时撤退了。 而另一则消息则说，这些中国士兵被全部消灭了。

晚上，我去南山吃晚饭，过了一个轻松的夜晚。

4 月 22 日，星期六

潘牧师今晨被释放了，现在住在丹尼尔斯博士家。 据说，他身体很虚弱，但我不知道这是不是真的。 被捕的国际救济委员会六个人中的一位传出一张纸条，说他们可能下午被释放。

福斯特和阿博特夫人今天从上海回来了。 艾丽斯·莫里斯和他们一起，在南京访问一星期，他们说，路上一切顺利。

今天是大晴天。 除了进行大扫除外，学生们还打扫了宿舍，并进行了评比。 下午 1 时～ 3 时，学校里很繁忙，不少学生劳动时还唱着歌。

4 月 23 日，星期天

今天阳光灿烂，但还是有些凉。 像往常一样，上午，我还是呆在学校里等待来客。 下午的大部分时间在图书馆我的书房里研究《基督的世纪》。 约翰·C. 贝内特（John C. Bennet）在一篇文章中所写的一句话确切地表达了我的想法和感觉： 我不得不在相互矛盾的两种想法中做出痛苦的抉择，一方面我认为一场全面战争不会使世界免受法西斯主义的涂炭，反而会传播法西斯主义和相互之间强烈的不信任；而这又与我一贯的想法不一致，我认为民主国家应该武装起来以保持力量的平衡，否则，在现在这种形势下不可能有任何的和平谈判，只能是在武力威胁面前节节后退。

今晚参加了一个晚餐会，来宾中有从北平来的萨姆·迪安（Sam Dean）。他所描述的华北的商业一片黑暗。 看来商人们必须请日本人——或做合作伙伴，或做顾问，或者把商品全部卖给他们，而这样做就一分钱也挣不到。 而且他觉得，日本人认为这样做对他们没有什么好处。 日本人不能直接做对外国人不利的事，就转而对付他们的中国同事。

米尔斯送我和瑟斯顿夫人回来，因为，他不想让我们独自回家。 大街上有一些小灯照明，很像我 1912 年第一次来南京时的样子。

📖 ┃ 4月24日，星期一

尽管有很多事要做，我却没有做成几件。 我的工作不断被人打断，很多中国朋友希望我们能帮助他们保住房子，而我们却无能为力。 早上，我派一位老人去凌萍夫人家，但他们不让他进那个地区，虽然我给他拿到了通行证，他还是不敢去。

📖 ┃ 4月25日，星期二

这是一个繁忙的工作日，原计划做很多事，结果却没做成几件，因为总是被人打扰。 有一些我们无法解决的问题，比如，如何解决一位老守夜人的问题，他带着两个没娘的儿子，他不能回开封老家，因为那里正在打仗。 另一个问题是凌萍夫人的房子问题，我怎么才能派几个人去看管她的房子，并尽可能保护房子不被拆掉？ 日本人现在不让任何人进入那个地区。

明天，春假就要开始了。 初一的女孩子们今天下午回家，其他学生明天早上走。 我们试图不让太多的女孩子在同一时间上街。

瑟斯顿夫人病了一天了，不知道是什么病。

📖 ┃ 4月26日，星期三

春假开始了! 早上8时30分，我们出发去国家公园度假。 哈丽雅特、艾丽斯·莫里斯和洛伊丝·艾丽坐马车从学校出发，凯瑟琳和我骑自行车跟在后面；在明德中学，埃莉诺·赖特和纳尔夫人坐另外一辆马车。 凯瑟琳和我虽然被哨兵拦住了几次，但总算过去了，而其他人则遇到了很多麻烦。 显然，来了一位高级将领，城里正实行军管。 哈丽雅特的马车不得不从城市东北的太平门出城，而不是从城东的中山门出城。

在中山门外的护城河边，我们看到两个妇女正在长满杂草的山上挖土，我们得知她们一个61岁，另一个35岁，后者是那位老人的儿媳妇。 她们在城里的家中还有两个小女孩，一个8岁，另一个4岁。 老人的大儿子在城里，但已经和家里没有任何来往了。 二儿子就是那位35岁妇女的丈夫，

1937 年 12 月 14 日被抓走了，到现在还没回来。 这两个妇女想通过种花养活一家人。 为了整理土地，她们已经干了几个月的活了。 离开土地，她们靠什么生存呢？

我们在国家公园看到一个警察，他是为数不多的几个试图保护公园树木的警察之一。 他说，他家里本来有四个成年人，现在只剩下他一个人。 他大哥于 1937 年 12 月 14 日被抓走了，一直没有回来（被杀害了）。 他嫂子也在那时被杀了。 因为他大哥一直没回来，他母亲急死了。 但是，当他告诉我们这些时，并没有表现出仇恨或痛苦。

孙中山陵墓似乎并没有遭受破坏，任何人不得越过第一个牌坊。 谭延闿纪念堂、灵谷塔前纪念堂的漂亮大门都被毁坏了，据说被士兵们用来烧火了。然而，最令我震惊的是，谭延闿墓和纪念堂前的无价之宝——两只白色大理石石瓮被士兵砸坏了。 如果中国人在撤退前能把这两只瓮埋起来就好了。

我很厌恶通过城门！坐汽车的人不必下车步行，而骑自行车或坐马车的人则必须下来步行通过，没有人知道这是为什么。 今天过得不错，晚上洗完澡后我觉得筋疲力尽。

现在已是凌晨 2 时 30 分，我洗完澡、吃完饭后，很快就上床了，我以为看一会儿书很快就能睡着，但一直也没有睡着。

🈷 | 4 月 29 日，星期六

从我上次写日记到现在已经三天了，为什么过了这么久才写呢？ 除了个别情况外，我一直躲在里面的办公室里写一些东西： ① 为实验班 102 名需要通过勤工俭学缴纳部分或全部学费的学生，制定一份新的勤工俭学计划。 其中 25 人将学习织毛巾和袜子，另外 77 人将从事洗碟子、打扫房间等工作。要把工作安排到每一个学生，我尽量让她们都做一些新的工作。 ② 为初中的另外 65 名学生制定劳动计划，这些学生将学习做衣服。 我们将有两位老师，一位是齐夫人（她是金陵大学齐先生的夫人），另一位是女裁缝。 ③ 制定一份新的浴室开放时间表，因为，上述两个计划将会影响原来的时间表。

如果没有其他人的帮助，我是绝对不可能完成这些工作的，要知道，在中国这个地区，受过训练的工人是极其缺乏的。

这些天城里的情况不正常，今天，大部分中国人都呆在家里，因为，这里的统治者在庆祝天皇 38 岁生日。 上午举行了阅兵式，大街上实行了军管，以防止喝醉酒的士兵闹事。

下午，在南京的外国人在我们学校的田径场举行了一次棒球赛，然后，又去福斯特家参加告别茶话会，他下星期一将去上海休假。

我真希望春假刚刚开始，因为我太累了。

🔖 | 5月1日，星期一

基督教女青年会的秘书、从日本来的考夫曼（Kauffman）小姐，今天下午到达南京。 对我们来说，接待教会工作人员是很值得的，因为，他们无疑将有机会把事实真相告诉那些希望知道的人。 下午，在南京基督教战争救济委员会的会议上，我们再次讨论了为南京吃不饱饭的孩子向外界要求帮助的问题。 这确实有必要，但仅以我们有限的力量和疲惫不堪的工作人员，又怎么能合理地使用这些资金呢？

上午，从教育局来了两个人，我还没时间询问他们来此的目的，大王就和他们举行了会谈。

福斯特早上动身去上海休假，我们将会很想念他，南京还有很多人想念他。

今天下午，新的缝纫班开课了。

🔖 | 5月2日，星期二

今天只是工作，很多的工作，但没有一件是我计划要做的。

🔖 | 5月3日，星期三

上午大约 8 时 30 分，两个日本人来检查我们学校，其中一个来自宪兵队，另一个是个年轻的满洲人。 他们首先要求检查我们的教材，我先把家庭手工学校的教材给他们看，但是，他们根本就不看。 大王又拿来油印的中文教材给他们看，他们只是漫不经心地翻了一下，他们也不要求检查英语、历史和地理教材。 我问他们想不想参观家庭手工学校的工作，他们就表示对此很有兴趣，于是，我便带他们四处转了转。 我们很高兴把一位优秀的妇女介绍给他们，这位妇女的丈夫被杀害了，留下两个小女孩。 最后是检查学校的教堂和图书馆。 他们高高兴兴地走了，我们也很高兴。

今晚，我请考夫曼小姐和五位女教师到实验学校宿舍吃中式餐，然后，又在我的房间里谈了近两个小时的话。 只有在基督徒之间才会如此坦诚。

当我带考夫曼小姐去南山时，天越来越黑，月光却像以前一样明亮。 一个半小时后将发生月食。 可以听到学校附近的喧闹声，人们在敲打着各种各样的铁锅，放烟花，试图赶走要吞掉月亮的天狗或龙，他们很快就能把天狗赶走。

5月4日，星期四

7时30分。 送考夫曼小姐去火车站。 我们的通行证可以让我们出城，但当我回来时差点进不了城。 哨兵打着手势问我是否接种过霍乱疫苗，我告诉他没有，他坚持要求我到旁边的一个大棚子里接种。 我微笑着说我稍后就去接种，还好，他放我走了。 下次通过城门前，我必须接种霍乱疫苗。

火车站的情况有所改善。 日本人和中国人都排在同一行队伍里，对中国人的歧视也少了。 今天在车站没有见到伤兵。

城里谣言很多。 据说蚌埠和南昌又被夺回去了，但今晚的报纸并没有证实这个消息。 欧洲的形势仍然很危险。

5月6日，星期六

传来了关于重庆大轰炸的消息，传得很生动： 防空警报的声音、四肢不全的尸体、人们发疯般地四处逃跑。 农村到处是土匪，穷人能往哪里逃呢？ 显然，汕头、宁波和福州也经常遭到轰炸。

最近一直很热，但今天还凉快点。 玫瑰花开了。

袁小姐接管了这幢宿舍楼的管理工作，我想她会干得很好，那样，我就可以从宿舍楼里搬出去了。 我多想住到伊娃的小平房去，再找一个能干的佣人啊！ 那样，我就可以不费什么力气接待来客了。 现在，如果想坐得舒服一点的话，我最多只能接待四个人，吃饭时一个也接待不了，除非我让其他人出去。

🏵 ┃ 5 月 7 日，星期天

中午我是在南山公寓吃的饭。 下午 2 时 30 分的礼拜快结束时，杨牧师带着地野教授和六个日本人坐在教堂的后面。 他们对参观学校的建筑很感兴趣，并没提什么问题。 看来他们对南京所发生的事知之甚少，或是一无所知。

🏵 ┃ 5 月 11 日，星期四

悲剧还在继续着。 如果我能更自由地出城的话，我就会发现更多的事例。 下面两件事是我最近听说的： 一个人力车夫被四个士兵打死了，我们不知道为什么。 今天一个马车夫被一个开卡车的士兵痛打了一顿，当时卡车上运送的是伤兵，这个马车夫仅仅因为没有及时让路就惨遭毒打。

瑟斯顿夫人刚刚康复，但恐怕还要几天才能工作。 她病了快两个星期了。

玫瑰花盛开了。 这几天太热了，花都枯萎了，但昨天下午的一场暴雨使天气凉快了许多，花又盛开了。 橘子树也开了花，虹膜花刚刚凋谢。

🏵 ┃ 5 月 12 日，星期五

大学医院终于获得了日本当局的同意，他们接种霍乱和伤寒疫苗的证明将被承认。 我们下星期四将开始注射疫苗。

今天下午，星期五读书俱乐部在南山公寓开会，从北京来访问的埃德蒙·克拉布（Edmund Clubb）夫人也出席了，还有皮克林先生、科妮莉亚和莉莲斯。 我去晚了一会儿，这是我第一次参加这种会议。

那位姓刘的妇女又来找我，问我有没有写关于她丈夫被杀害的报告（我正在写关于她的遭遇的附加报告），我感到很惭愧，还没有把为她写的陈情书寄出去。

晚上，我与哈丽雅特为我的一件珍贵古董吵了一架，她还在用这件古董放花，她的佣人也把它当成只值一毛钱的普通花瓶。就我个人而言，我为这次争吵而伤心，不知哈丽雅特会怎么想。

5 月 13 日，星期六

高二的学生在互助社的活动中表演了如何除锈。她们干得很好，组织得也很好，很有趣。我相信每周一次的表演对她们很有意义。问题是如何把这项活动与展览厅联系起来，或许可以通过为普通百姓办展览的办法解决这一问题。

真希望我能找到水平更高的勤工俭学管理者，他们应该对学生的工作有更高的要求，他们自己应该知道擦玻璃、扫地、做木工活。学生们只有接受教育才能学会工作。

下午 4 时 30 分～6 时 30 分。我们举行了"家庭宗教"活动，有 30 人参加，其中包括美国军舰"吕宋号"的四位军官。喝茶前，我们玩了一会儿球。因为天主教的教父们没来，我也玩了，晚上手指都有些痛。

哈蒂·麦柯迪（Hattie MacCurdy）在我们这里呆了两天了，她有去怀远的通行证，但其他人还没拿到。

斯坦利·史密斯从上海来了，他说，现在在上海买车票很容易了，因为，现在有三趟往返于南京与上海之间的火车。

一整天都能听到远处的枪声，不知是怎么回事。

5 月 14 日，星期天

今天天气还不错，到处都可以看见盛开的玫瑰花。像往常一样，上午的后半段时间我呆在面对学校主干道的办公室里。不时有日本人来，我觉得还不如呆在家里呢。大约在 11 时 30 分，来了两个日本人，其中一个会说汉语。他说，他们来自东京的一个文化研究机构。我的第一个念头是坦率地同他们交谈，但又考虑了一下，还是克制住了。令人悲哀的是，在这样的一个世界里，我们都变得多疑，每一个人都可能是间谍，被派来执行特殊的任务。

晚上，我请程夫人、邬静怡、林弥励和成森一起陪哈蒂·麦柯迪吃饭。

饭后，我们在我的书房里喝茶、吃水果。哈蒂给我们讲述了怀远陷落的情况，这和南京发生的事情差不多——各地发生的事情都一样，只是程度不同而已。我们还谈到了我们的希望与担忧。中国人不再充满仇恨了，他们清楚地看到了自己国家的错误，正是这种错误导致了战争的失败。这真是太好了。

保罗·阿博特（Paul Abbott）在英文礼拜上进行了布道，主题是《耶稣洗了信徒的脚》。他的目的是帮助人们克服在追求权力和地位方面的错误。他以下面几种精神来达到自己的目的：① 友善。② 爱。③ 谦卑。④ 祈祷。在帮助他人时，我们是多么需要这些精神啊！

5月15日，星期一

早上，我读了很多材料，以便更清晰地思考下学期应该做些什么工作。停下这里所有的工作，去中国西部会不会更好一些呢？

下午，我做的全是中间人的工作，首先是想办法解决住在南山公寓的外国人的佣人问题，除了其他问题外，这也是一个不好解决的问题。接着，我又帮助调解一位年轻的中国教师和他妻子之间的不和，我还没有搞清楚他们吵架的原因。这种问题很难解决。第三个问题是关于我们这里一位老难民和他两个年幼的儿子的。他是一位守夜人，他的两个儿子太调皮了，负责照管他们的妇女不想再管他们了。最后一个问题的解决令我很满意，王先生更愿意教他班里的女孩子，而不愿教三个外国学生。他觉得教中国学生是在为中国服务。事实的确如此。

晚上，有很多外国人聚集在米尔斯家，听斯坦利·史密斯讲述他的西部之行。中国并没有战败，他向我们描述了整个西部中国人的耐心与信心。哦，但愿他们能坚持下去。去西部的愿望有时非常强烈，我觉得我必须去。

5月16日，星期二

又是春光明媚的一天，天气晴朗而稍有凉意。大半天时间，尤其是在下午，我们都可以听到重型轰炸机或大炮在南京以南地区进行轰炸的声音，我们还不知道是怎么回事。似乎比较可靠的说法是，新四军的总部就在距芜湖仅75公里（约25英里）的地方，芜湖城外已经没有一个日本士兵了。

刚刚听说，两个星期前，在苏州有七位优秀的基督徒被关进了监狱；一周以前的一个星期天，有两位牧师被抓走了，在随后的一个星期四，又有一位牧师被逮捕了。 我们不知道他们被捕的原因。

今晚，我们一起举行了野餐会，庆祝程夫人 64 岁生日。 参加的有米尔斯、科妮莉亚、安娜、贝茨、莉莲斯、霍顿、海伦、程夫人、邬静怡、林弥励、哈丽雅特、凯瑟琳和我。 每次晚会都是以讨论当前发生的事件结束。 显然，我们没有西部的那些人乐观。 就个人而言，我开始觉得在我的有生之年，我们学校是不会搬回来了。

5 月 17 日，星期三

市教育局的一个低级官员（他过去是牧师）向我们询问关于我们的计划的一些问题。 他很友好，人们也很信任他。 我们向他讲了同样的话： 我们的工作是靠捐赠资助的，在很大程度上是勤工俭学性质的工作，如果我们开设常规学校的话，肯定会去登记。 如果新政府发行教科书，而我们又开设常规学校的话，我们肯定会使用的。 他告诉我们，教育局局长杨九鸣先生对我们很友好。 他建议我们把这些话写下来交给局长。 他还告诉我们，今年秋天女子中学就要开学了。 他对我们很和善，还讲了很多我们想知道的事情。

今天下午，一位承包商来拜访我们，并告诉我们很多事情。 他说，他的家有 14 个房间，其中有 10 个房间被日本商人占用了。 他们把墙推倒重修，以适应他们的习惯。 至于租金，他们一分不给。 他们甚至还想要他把其余四间房也让出来，但是，他还没答应。 他说，有不少日本妇女和儿童正在离开南京，这不是好兆头。 日本人的生意似乎并不好做，因为商品进不了农村，农村里的东西也运不出来。

城市附近 20 里以内正在进行着战斗，我们已经听了两天的枪声。 我听说有一天，至少有四卡车的伤兵被运进城，这都是新四军干的。 我还听说中央政府的四架飞机昨天轰炸了机场。

今晚，瑟斯顿夫人决定搬到伊娃的房子去住。 我很高兴，这样她就可以更加独立了。 她真是个幸运的人! 我真羡慕她能有这个机会。

🗓 | 5月20日，星期六

工作有时会变得很枯燥，这几天就是这样，天天都是工作、工作。 花了一些时间制定今年秋天的计划。 如果我们能更清楚地了解形势就好了。

下午1时~3时30分。 我像往常一样监督大扫除——彻底的清扫工作，我多希望能有更多管理家务的人，教女孩们如何擦玻璃、打扫天花板和木器家具。

下午4时，我去参加了我们教会教育委员会的会议，讨论一些所谓的新问题。 看来，姜先生上星期三给我打的电话并不像我想象的那么简单。 他还给贝茨和其他人打了电话，对他们说的要比对我说的复杂得多。 新政府的教育部正在向市教育局施加压力，如果基督教学校不登记的话，至少要写一份报告，作为登记的第一步。 我们请米尔斯和他更深入地交谈一次。

🗓 | 5月21日，星期天

早上7时30分，我、凯瑟琳和八名高二的姑娘出发去野炊吃早餐。 我们本来想到城墙边或至少到校园的山上，但是我们不能冒险。 我们最后来到校园的小山上，在那里，学生们用石头架起了炉灶，一只锅做熏肉和鸡蛋，另一只锅煮茶。 我觉得她们很高兴，但让她们说话却很不容易。 凯瑟琳走后，我继续和她们在一起活动。 大部分时间都是我在说话。 如果学生们能更加自由地发言，她们会说她们想去西部。 她们中大部分人的哥哥在那里。

中午，斯坦利·史密斯在南山公寓和我们一起吃饭。 他刚刚从西部回来，给我们讲了关于金陵女子文理学院在那里需要解决的很多问题，都是些很难解决的问题。 吴博士的负担很重，我们在这里不能再给她添麻烦了。

英文礼拜后，我到海伦·丹尼尔斯家吃饭。 我们谈了很长时间，在座的有克劳德、约翰·马吉，还有麦卡伦夫妇、莉莲斯、罗伯茨主教和霍顿。 我们一次又一次地提到了"比利"。 罗伯茨下午布道的要旨是转化敌人的必要性。 保罗原来是教会的敌人，被转化后成为教会的栋梁，历史上有许多这样的例子。 我们一致认为，我们并不痛恨日本人民，我们想把他们转化成基督的信徒，但是，该如何做呢？

当我上午 10 时 30 分回到家时，看到了吴博士给我写的一封信，信是 11 号寄出的，21 号到达南京，还算不错。 吴博士将不去美国，对此我很高兴，她今年夏天要是能休息一下就好了。

📖 | 5 月 24 日，星期三

每天上午 9 时 40 分～10 时 10 分，洛伊丝·艾丽召集全校的学生分组唱歌。 她们已经学会了新赞美诗集中的很多歌曲。 今天，她选择了几张唱片让学生欣赏，我想，学生们很喜欢这些音乐，尤其是舒曼·海因克（Schumann Heink）唱的《静夜》。

下午 4 时。 我们召开了每月一次的教师会议，这一次我们讨论了最后几周的工作安排，过完这星期，还剩五周了。 我们再次决定不进行期末考试，但是，允许并鼓励教师帮助学生进行有意义的复习，并进行他们认为必要的测试。 在本学期最后一天的上午 9 时～12 时，每个班都要运用所学的知识做一些东西，这些东西还要对其他人有价值。 要鼓励学生自己进行这项工作，并在制作前认真加以思考。

下午 5 时 30 分～6 时 30 分。 凯瑟琳、哈丽雅特和我骑自行车去德国大使馆住宅区，拜访年轻的新任领事和他的妻子。 广州失守时他正在那里，他给我们讲述了那时的经历。

今晚，我们邀请了克劳德·汤姆森、米尔斯、科妮莉亚·米尔斯和安娜·莫菲特吃晚饭。 克劳德给我们讲了在西部合作时的一些问题，这些问题是当地学校和从外地迁入的学校所共同面临的。 他还让我们了解到，如果西部要自立的话，是多么需要创造性的努力。 据说有 6 万难民进入西部。 很自然地，西部省份的人们会对由此引发的拥挤、生活必需品价格的上涨感到不满。这很正常，否则，他们就不是凡人了。

📖 | 5 月 25 日，星期四

约下午 1 时，东京最高法院的一位法官来拜访我（他看上去和军人大不一样）。 他说，他来上海和南京是为了调查法院的情况，然后他将去北方，调查北平和满洲的情况。 他说，他发现这里的情况很糟，日本和中国的法官

都很差。 他坦率地告诉我，日本人也希望和平，却不知道如何停止这场战争。 战争的继续意味着中国人对日本人的仇恨将会更深。 我不知道我们和他谈话时是不是太坦率了。

今天早上的祈祷非常好，学生们唱的歌很出色，因为，昨天洛伊丝训练过她们。

江牧师关于"分享"的布道对人们很有帮助。 在我看来，这学期的祈祷仪式情况很好，尤其是对那些对基督教一无所知的人大有帮助。

瑟斯顿现在在伊娃的家里过得很不错。 今天进行了第二次疫苗接种。

📷 | 5月26日，星期五

天气很好，空气清新而凉爽。 农民们很需要雨水。 我们把田径场大约 1/3 的土地开垦出来，准备建成一个中国式花园。 或许我们很快就要再开垦 1/3 的土地。 否则，维护这个田径场太昂贵了。

今天早上来了三个日军低级军官，他们想要参观我们的校园。 他们不是官方的视察者，而只是友好的来客。 除了写汉字外，我们无法交流，因为，他们不会说汉语或英语。

下午3时。 我去金陵女子神学院开会，我们讨论了今年秋天的工作计划，并决定明年再开设一个短期的干部培训班。 我们面临的难题是缺乏资金和外籍教师。

晚上，我在瑟斯顿夫人家过得很愉快。 她为客人们准备的第一顿饭是在餐厅里吃的。 我很高兴她能舒适地住在伊娃的小平房里。 在这里她可以完全自立，我相信她会更加高兴。

📷 | 5月27日，星期六

中午，克劳德和我们一起吃了一顿中式午餐，在座的还有大王、程夫人和林弥励。 大部分话题都是关于中国西部的，因为克劳德刚从西部来，而且很快就要回去。 程夫人送给他两条价值两毛钱的"犬牌"毛巾，可以用来包化学实验用品和其他科学研究设备。 他要带10箱行李。 他告诉我们，从昆明到成都和柳州的一条新公路将于6月1日竣工，这将使运费从每吨2 000元

降到 600 元，从克劳德所说的和报纸上报道的情况来看，很多人正在从成都
撤出，但不包括学校。

下午 1 时～3 时。检查学生的勤工俭学工作。由于注射疫苗时引发了
疾病，娱乐日被推迟了。大约有 20 位原来参加家庭手工学校的女生，下午回
来后参加了一次母校聚会。

机密 下午 5 时，大约有 30 人在姜正云家围坐成三桌，他的家位于金陵
大学附中，家里的布置很简单。我们聚集在一起，是为了让市教育局局长会
见中国的基督徒与传教士中的教育者。我们不知道其真正的目的。我们很
多人原来不想去，但想想还是去一趟比较好。这位局长在他坦率、真诚的讲
话中，给我们讲了一些有趣的数字：

> 南京市现有小学 36 所，录取人数 12 500 人；
> 南京市现有中学 2 所，录取人数 500 人；
> 共计 13 000 人。
> 市内儿童大约有 60 000 人，
> 入学儿童有 13 500 人，
> 未入学儿童有 46 500 人（不包括在基督教学校的儿童）。
> 大约有 200 所老式的中国学校已经被检查通过，每月的教育费用
> 是 2 万元，今年秋季将开设更多的小学、一所女子中学和一所工业
> 中学。

在讲话中，杨先生明确地表示，他做这份工作只是为了孩子们，他现在面
临的困难是给学校建教室（或许这正是对我们的暗示）和找到好老师。

5 月 28 日，星期天

早上 7 时 30 分。凯瑟琳和我与 16 位高一的女孩进行了一次非常成功的
早餐野餐会。我们把她们带到南山上，让她们在那里做早餐，有熏肉、鸡蛋
和茶。她们很高兴，边干活边唱歌。吃完早饭后，我们又在那里呆了一会
儿，分组唱歌。在我们回来的路上，学生们又登上了南山公寓前的平台，她
们陶醉在美丽的景色中。

🔲 ┃ 5月29日，星期一

上午，日本牧师惑边先生和另外四个日本人一起来访，他们都是基督徒。他们看上去是一些比较诚实的人。 他们说，他们属于拿撒勒教会，刚刚参观了湖北北部与他们属于同一个教会的美国传教会，并真诚地希望战争能够结束。 每当我与他们这样的人接触，我都希望为了中国朋友，自己能成为更诚实、更具活力的基督徒。 我真希望能帮助他们真正了解自己国家的所作所为。

下午5时。 我去南京教会委员会大楼，参加他们为米尔斯、科妮莉亚·米尔斯、麦卡伦夫妇举行的告别晚会，同时迎接约翰·马吉。 晚会气氛愉快。 那五个日本人也参加了，还与米尔斯谈了话。

🔲 ┃ 5月30日，星期二

《字林西报》今晚以大幅标题报道了59架苏联飞机被击落的消息，只有一架日本飞机被击落，而且飞行员还跳伞生还。 这在我听来纯粹就像是日本《读卖新闻》的报道，但我很想知道事实真相。

下午，我收到了新政府出版的小学教科书。 我粗略地翻看了一下，觉得还可以用。 几本书里都有五色旗，这是个问题。

晚上，我在米尔斯家参加晚餐会，在座的有英国大使馆的亚历山大夫妇、斯图尔德博士、威尔逊医生和纽鲍尔（Neubauer）小姐。 我们和亚历山大先生讨论新教科书的问题，他认为，我们不必为了显示我们的中立立场而去掉五色旗，这样做会引起一些严重的后果。 这可能会危及到我们的中国同事，并危及到孩子们，甚至意味着我们将失去我们的学校——这可是我们能得到的最后一样东西。 另一方面，如果我们觉得这是一个原则问题——既然我们现在已经从我们的教材中去掉了中央政府的旗帜，那么，我们也应该去掉傀儡政府的旗帜，以保持彻底的中立，如果这样的话，他很愿意帮助我们就此进行交涉。 我们从事教育工作的传教士应该尽快开会，确定我们的立场。

今晚听说了一件有意思的事情： 在六安，日本人每月向游击队支付2.5万元，以换取游击队的许可，让农民把他们的产品运进城。

5 月 31 日，星期三

每星期三和星期五上午，我都要花一个半小时的时间，阅读中文版马德拉斯会议之后的宣传册，这是由全国基督教委员会出版的。 这些宣传册非常好，我希望每一位牧师都能就此进行讨论。

我现在几乎得出了这样一个结论： 中国的女孩子们不能在学习的同时参加手工劳动。 三个从事勤工俭学的女孩子病了，其中有两个是肺部出了毛病。 程夫人认为，这是她们参加手工劳动引起的，但我不太相信。

昨天，我们收到了新政府编写的一套小学教材。 今天，我和王先生一起审阅了一遍，等我们看完后会告诉你们结果。 我看过的部分比我想象的要好。

下午 5 时 30 分～6 时。 我骑自行车到校外转转。 质量很差的米现在也要 14 元一担，人们对此已经感到绝望了，最终会涨到什么价格呢？

我和瑟斯顿夫人今晚举行了我们的第一次晚餐会，参加的有贝茨夫妇、约翰·马吉和艾伯特·斯图尔德。 我们大部分时间都在讨论慕尼黑协定和英国的态度。 马吉那时在英国，他觉得这是对人们热切祈祷的回答——人们在祈祷上帝能赐予他们的领导人以智慧，并为他们指明方向。 时间本身就将能说明一切。 贝茨、瑟斯顿夫人和我都认为，又牺牲了一个国家的领土，可能最终会导致弱小国家的更多牺牲。 就某些国家的私利而言，这是合理的，但就道德而言，这是很不合理的。

天气晴朗而凉爽，但我们现在迫切地需要雨水。 晚上月光明亮，这意味着我们在西部的朋友们又要被轰炸了。

贝茨说，约翰逊大使乐观地回到中国。 他觉得虽然中国还不能取得胜利，但日本人正在慢慢地遭受失败。 我现在的感觉与 1919 年停战时我在纽约的感觉有些相似。

6 月 1 日，星期四

现在是晚上 9 时 30 分，已经熄灯了。 整个冬天我们都是 9 时熄灯，因为油太贵了，我们要尽量节省。 学生们现在晚上 7 时 30 分～9 时上课，7 时～

7 时 30 分她们要到操场上活动。

昨天是上个月的最后一天，邬静怡、程夫人和我一起算了上个月的账目。

下午，胡大妈拿来一些市政府卖给穷人的大米让我看，这种米每担八元。如果他们能得到便宜的大米就好了，这样可以防止抢米风潮和饥荒。

今天花了几个小时给北平写信，看看我们是否能得到一位公共健康护理人员和一位化学教师，我们下学期很需要他们。

我们非常需要雨水。

6 月 2 日，星期五

今天，每个班的学生都要和他们的辅导员见面，我和高一、高二的学生谈得不错。

下午 4 时 30 分在米尔斯家，11 位中国教会工作人员（其中大部分是牧师）和传教士召开了一次极其重要的会议。 我们讨论了下列问题：

1. 我们是否应该填写市教育局最近寄给我们的表格，这样做有没有危险（我们的意见是我们可以这样做，但要表明这是一份报告，而不是登记申请）？

2. 一旦教育局正式要求使用我们的楼舍，我们该如何答复（我们认为，这些建筑物是为了基督教教育而建的）。

3. 是否需要在南京开办基督教中学？对这个问题，我们进行了举手表决（到会的所有中国人都同意，他们还希望传教士们也能同意）。

4. 我们如何处理新教材问题。 在这个问题上有不同的意见。 在这套教材中，确实有一些东西我们不愿教给中国的孩子们，而如果我们不使用这套教材，我们又能使用什么呢？鉴于这些教材今年秋季可能无法出版发行，我们决定暂不讨论这一问题，并指定了一个委员会解决这个问题。

晚上 7 时，我和程夫人一起举行了一个简单的宴会，欢迎瑟斯顿夫人和约翰·马吉回来，同时欢送安娜、米尔斯夫妇、麦卡伦夫妇。 我们性格相投，在饭桌上谈了很长时间。 饭桌下的蚊香驱走了蚊虫，令人感到舒适。 我们谈了许多事情，最后谈到了新的汉语赞美诗的优点。

晚上 6 时 30 分。 简·海德家女佣的儿媳妇来找我，她是从城市西南部来的，她说，士兵们威胁说要把那个地区烧掉，因为上个星期天晚上，有一个士兵在那里被杀害了。简和鲍牧师到那里去看看有什么可以帮忙的。

扭 | 6月3日，星期六

今天很暖和。已经有五个星期没下雨了。今天互助社的会议开得很好，地理科的所有学生都参加了。高一、高二的学生讨论了中国的水利建设，其他三个班的学生讨论了另外一些问题。

上午的大部分时间用于算 5 月份的账。我派去看管房子的那位可怜的妇女来找我，让我写两份告示。士兵们说，如果不把告示拿来，他们星期一就要拆掉房子。我给她写了告示，先用英语写了一份，又请人翻译成中文。

我和学生们在 500 号宿舍楼一起吃午饭，我现在已经和她们很熟悉了（我负责管理 1 舍到 3 舍）。

下午 3 时。评比完学生的勤工俭学工作后，我和凯瑟琳一起骑车出去行了 20 里。农民们正忙着脱粒，准备大豆种子。他们说收成还不错。

下午 4 时 30 分～6 时。袁夫人带着学生们进行了非常有趣的"娱乐日"活动。她已经教了她们近三个月了，她们的活动开展得很好。她们每人都兴致勃勃。今年把她们集中起来，享受我们所拥有的最好的条件，这是很值得的。她们不一定都很有前途，但大部分人是有前途的，而且她们已经有了进步。

今晚，我和瑟斯顿夫人共进晚餐，我们讨论了很多事情。

扭 | 6月4日，星期天

早上 7 时 30 分。我和凯瑟琳带着 19 名学生（初一全部学生的 1/4）到校园水塘边的山上进行野餐，这些孩子们很喜欢炸鸡蛋、煮茶。凯瑟琳 9 时离开之后，我们又在那里呆了一小时。她们很喜欢唱歌，会唱她们喜欢的赞美诗——《四季轮回》。总体而言，我觉得她们更喜欢中国歌曲。但是，她们也喜欢一些优美的赞美诗，如，《我的灵魂》、《请安静》、《主与你同在》。

临近中午的时候，克拉布先生派人告诉我们说，长江巡逻舰队的海军少将格拉斯福德（Glassford）希望下午 3 时来参观我们学校。我请林小姐替我主持下午的礼拜。 大约下午 3 时，来了三位参观者，格拉斯福德少将对我们学校和旧校园很感兴趣，花了不少时间参观。 后来他们到瑟斯顿夫人家喝茶。

下午 4 时。 初一的女孩子们表演了一段关于牺牲精神的感人话剧。 结束时，她们又向我们的慈善基金捐赠了 20.6 元，我们很需要这些钱。 她们的这一行为使演出更加感人。

晚上 7 时。 在南山公寓和刚刚从重庆来的凯瑟琳·博耶（Katherine Boeye）会面。 她给我们讲述了 5 月 4 日极其恐怖的大轰炸。 她说，人们认为有 1 万人在轰炸中丧生。 许多燃烧弹投在城市的七个地区，人们困在火中无法逃生，其情形之惨烈，令人无法相信。

博茨——凯瑟琳的小狗回来了，人们对此很高兴。

🗓 | 6 月 8 日，星期四

我 5 时 30 分就起床了，7 时出发去农村。 邬静怡、林弥励和我是坐同一辆马车去的。 斯图尔德博士、邵德馨和一位助手坐另外一辆车。 路上，我们四次出示证件接受检查，每一次都要从马车上下来，而男人们还要摘掉他们的帽子。 我们从通济门出城，通过机场，向东走了大约 40 里。 农民们已经回到农田，开始辛勤地劳动了，他们正在临近水塘的地里插稻秧，这样，就可以用水塘里的水浇地。 他们说，95% 以上的农民已经回来了。 但在出城的路上还有许多房屋废墟，我们回来时见到的废墟更多了，因为，我们是从另一条路回来，从南门进城的。

上午 10 时。 我们去金陵大学森林系的实验站，男人们去参观时，我们访问了三个不同的家庭。 一位老妇人告诉我们，在 1937 年 12 月日本人占领南京之前，只有包括她在内的三位老妇人没有离开村庄，她们要保护她们的房子。 士兵们来找年轻的女子，她们说年轻女人都跑了，那些士兵们毒打了她们，还强奸了其中的一位老人，那位老人后来死了。 除此之外，他们没做其他更坏的事。 虽然，我们在附近看到了一些年轻的女子，但有人现在还不敢回来。 士兵们已经好几个月没来这个村庄了。 从这里向东走 20 里就有新四军的士兵。 当地人对他们评价很高，说他们买东西都付钱，还说他们消灭了土匪。 农村的米和城里一样贵，因为，新四军不允许把米送给第九军。

6 月 9 日，星期五

今天很热，灰尘也很大。 已经有近六个星期没下雨了。

有儿子的人们现在很紧张，一位年轻的园艺帮工和老邵的儿子打算明天回家去，因为，他们害怕被拉壮丁。

三名日本的女基督徒今天下午回来了，还带来 50 多元分发给了穷人。我打算把这些钱分给那些受害最深的妇女们。 我不知道能不能亲自去告诉那些将得到这些钱的人。

我真希望我能有一个稍加装饰的家，那我就可以让我的中国朋友们和这几位日本的女基督徒来谈一谈。

没有人知道为什么从卫理公会学校抓走了五个年轻人，有各种各样的解释，但谁都不知道真正的原因。

6 月 10 日，星期六

上午 10 时 30 分。 瑟斯顿夫人、亚历山大·保罗（Alexander Paul）先生和我坐菲利浦·切普斯（Phillip Cherps）的汽车去国家公园。 尽管这里已被人们遗忘，但景色依然秀丽。 珍贵的大理石石瓮和瓷罐被毁坏了，真令人痛心，但这就是战争，战争是要付出代价的。

中午 12 时 30 分。 保罗先生在实验学校和凯瑟琳、邬静怡、林弥励、大王以及我一起吃中餐。 保罗先生向我们讲述了日本的形势和日本人的想法。

下午 1 时 30 分。 我陪同保罗先生参观了我们的纺织课和正在勤工俭学的学生们，然后，我们去美国大使馆，为保罗先生申请从芜湖到合肥的通行证。 他在上海没有申请到通行证，而且，听说在芜湖也申请不到。

晚上瑟斯顿夫人和我一起吃晚饭，主要谈论了休假时我们见到的朋友们。

6 月 11 日，星期天

凯瑟琳和我各带着 20 名初一的女孩子外出活动，早上我们带着那些已经付了全部学费、不必参加勤工俭学的学生们野炊，她们用石头支起了三个炉灶，煮茶、煮鸡蛋、煎鸡蛋，很快活。 凯瑟琳到她的星期天学校去后，我们开始唱歌，我们随身带着赞美诗歌本。 毫无疑问她们更喜欢中国歌曲，但她们也喜欢新的赞美诗。 后来我告诉她们，我们计划下学期所有的人都要参加家务劳动，她们说，她们认为这最好不过了。

瑟斯顿夫人中午在南门吃的午饭，她说那里有 300 人被逮捕了，因为，他们被怀疑与一个刺杀事件有关。 据说，从卫理公会学校被抓走的五个年轻人也与此有关。

在下午的礼拜上——或者更准确地说是在礼拜后，一位贫穷但漂亮的女人问我，能否帮助她惟一的儿子不被抓壮丁。 还有两个穷女孩来问我，她们能否上下学期的家庭手工学校。 她们都很恳切，我很喜欢她们的样子。

🔖 | 6 月 12 日，星期一

上午 9 时 30 分。 保罗先生和我就我们教会和联合基督教传教士协会的问题进行了长时间的交谈。

我们协会的新任主席认为我应该回美国担任协会副主席，但还没有正式邀请我，我希望他改变主意。 同时由于下列几个原因，我也不能接受这一职务：

1. 从智力、精神、文化和所受的训练方面，我觉得我还没有能力担任这一职务。

2. 我不愿丝毫加重吴博士已经很重的负担，因此我不能接受。

3. 在中国正遭受苦难的时候，我不能离开中国。

4. 这个岗位更需要一个年轻人。

下午 4 时 30 分。 我和瑟斯顿夫人一起去罗小姐家喝茶。 我们还可以自由地交谈，而不必担心周围有没有间谍，但这样的日子可能很快就要结束了。

学校的勤杂工朴嫂子正为如何解决她儿子的问题发愁。 她原打算让儿子回合肥老家，但又发现儿子要一个人去车站，最后觉得还是不能让他去。 如果让他来学校，他只能在木工房帮忙，这种工作又太低下。 她还没有明白靠自己的双手做苦工也是光荣的。

今晚，古尔特夫妇来吃晚饭。 合肥所面临的最大问题是缺少基督教神职人员，其他地区也是这样。 古尔特先生正在训练 12 个年轻人，他们将成为福音传道者。

6 月 13 日，星期二

我们学校一名高二学生的父亲刚刚被关进监狱。 他好像被任命为一个有 500 个家庭的区域负责人，在这个区里有反日情绪，而他要对此负责。 城市里实行了非常严格的互保制度，每 5 家、50 家、100 家和 500 家各有一个负责人，在任何一组里，如果出现任何反政府或反日活动，负责人都要负责。

今天的工作无数次被打断，一事无成。 老花匠老邵非常恐惧地来找我，因为，他的一条看家狗咬了一个在附近游荡的士兵，他被要求到一个军队总部去，我给他写了一封信带去。 他中午平安地回来了，但他说还要再去一次。

下午 4 时 30 分。 我们 10 个人在贝茨家开会讨论下学期的城市教育计划，最大的困难是找不到可靠而又完全称职的教师，尤其是管理者。 此外，还有招收过多男生带来的问题。 我们指定了一个四人委员会，明天（星期三）具体讨论这一问题。

晚上 7 时。 清教徒们在海伦·丹尼尔斯家聚会。 刚从北方回来的拉尔夫·韦尔斯博士报告了他访问的情况。 31 个清教徒传教站中的 20 个位于占领区。 每一个地方的教堂里都挤得满满的。 北方的教会学校人满为患，但今年的形势比去年稍好一些。 10 时，我们收听了重庆的广播。

我们对成都和华西联合大学校园遭到轰炸感到难过，下一次又要轰炸哪里呢？

6 月 14 日，星期三

今天很热，也没有要下雨的迹象。 连续下一个星期的雨也不算多，褐色的土地已经干裂了，可怜的农民们!

今天算 5 月的账，先要算家庭手工学校的账目，然后再算学校的总账目。等瑟斯顿夫人接管财务后，我就可以轻松了。

中午，林弥励请格里希小姐吃中餐，瑟斯顿夫人和我也受到了邀请。 饭很简单，但味道很好，尤其是鲱鱼。

下午 2 时。 贝茨、米里亚姆、陶先生、陈牧师和我开会，进一步讨论下学期各个学校面临的问题。 我们一致认为，我们没有足够的人员和资金同时开办一所男子中学和一所女子中学，相反，我们同意继续保持目前的班级数量。

初一和初二的学生在四或五个教堂中心上课，初一到高二的男生在金陵大学上课，初二到高三的女生在我们学校上课。 教材的问题还要研究。

据可靠消息说，上星期六晚上，有两个日本人在日本大使馆的晚宴上被毒死。

今晚报纸上没有关于成都的消息。

晚上 6 时。 瑟斯顿夫人请了九位高二的女孩子吃晚饭。 这是一个很成功的小型晚会，但是，这些女孩子有些沉默寡言。

据证实，15 名基督徒被关进了杭州的监狱，其中包括 10 名优秀的普通信徒、3 位牧师和 2 位老年人。 他们要求其他基督徒继续为他们祈祷，除此以外没有任何他们的消息。 他们入狱的惟一原因是，一个分站的基督徒在受刑时供出了他们的名字。

🔒 | 6 月 15 日，星期四

感谢上帝，下雨了。 晚上 10 时，当我写日记时正下着雨，雨不大，但下个不停。 干涸的土地和枯萎的树叶肯定盼望着这场雨。 一整天都像是要下雨的样子，但没下，直到晚上才下。

上午，我去美国大使馆取我们于 1937 年 12 月 2 日放在那里的贵重物品，其中包括瑟斯顿夫人结婚用的银器。 虽然曾沉入长江底，但银器还没怎么生锈。 今天下午，我还归还了佩克先生的美国国旗，这是我在 1937 年八九月份借来的，它和其他旗帜一样保护了我们和其他美国人的财产。

晚上，袁小姐为薛玉玲举行了告别晚宴，她明天将和瑟斯顿夫人一起去上海，这是她去秦皇岛漫长旅途中的第一站。

城市以南的地方遭到猛烈轰炸，我听到的一种解释说，游击队离城市只有五里，轰炸是为了把他们赶走。

🔖 | **6 月 16 日，星期五**

天很凉快，雨也停了。 昨天晚上的小雨使树木不再枯萎了，但对于准备浇地种稻子的农民来说这是不够的。

早上 7 时 30 分，瑟斯顿夫人和薛小姐离开南京去上海。 她们是坐出租车去车站的，一个送信的男孩陪她们去。

一天中的大部分时间我都用来算 5 月份的账。 明天要写一封与此相关的信。

天津和湖南的形势看来很糟，最终会是什么结果呢？ 在欧洲，波兰边境的形势似乎更糟了。

今天早上，贝茨收到了从成都发来的一封电报，说一个中国人——可能是一位职员被炸死了，陈博士的房子被炸坏了，显然，教室也没有躲过轰炸，但是，学生们将继续上课。

今晚我去伊娃的平房并住在那里，瑟斯顿夫人现在在上海。 在和其他 85 人住在一幢宿舍楼之后，我不知道我会不会喜欢一个人住，因为，这样太寂寞了。

🔖 | **6 月 18 日，星期天**

今天早上，凯瑟琳和我又带着初一的女孩子们进行了一次简单的野餐。她们唱着喜欢的歌曲，一直呆到 10 时。 她们也说了一些话，但大部分时间都是我在说话。 我给她们讲了我们下学期的计划。

今天没有日本人来，事实上，最近几周他们来得很少。

下午 2 时 30 分~3 时 30 分的会议结束后，我不想去参加英文礼拜了，而想参加晚上 7 时 30 分学生们的礼拜。 通过全权负责安排祈祷仪式，学生们在演讲和主持会议的能力方面有了很大进步。 她们在与他人合作和制定计划方面也学到了很多东西。

星期一下午 5 时 50 分，我要参加南京基督教战争救济委员会的会议。

🔖 ｜ 6月19日，星期一

现在是星期一晚上，下午的大部分时间在下雨，虽不能满足农民的需要，但至少是一个良好的开端。

据说有很多人被逮捕了，目的是要抓一个与在日本大使馆投毒案件有关的人。听说大使馆里传出了喊叫声——有人正在被拷打，但是，我无法证实这些传言。

今晚6时30分，我去参加南京基督教战争救济委员会的会议。我们计划今年夏天救济360名营养不良的孩子，除了教育他们外，还要给他们提供足够的食物。我们在邻里之家安排30个孩子。

我在伊娃的平房里住得很舒服，但还是觉得离学生太远了。我认为，我更喜欢住在集体宿舍里，尽管那里的生活更艰苦一些。

天津的形势看来很糟，结果会是什么样呢？

🔖 ｜ 6月20日，星期二

今天下午4时30分，教会联络委员会的15位成员在明德中学举行了最后一次会议。我们决定了很多事情，其中包括：

1. 像现在一样，在四个中心的初一和初二年级中继续开设混成班。

2. 如果可能的话，改进这种班的设置，从半天上课延长到全天上课。

3. 初三年级将包括：（1）在金陵大学的男生们；（2）卫理公会教会中心的男女学生们；（3）金陵女子文理学院的女生们。

4. 高一、高二包括：（1）在金陵大学的男生们；（2）金陵女子文理学院的女生们。

晚上7时30分。我去科妮莉亚家参加为安娜举行的欢送晚会。我们过得非常愉快，这是一次提前举行的送行晚会，我想安娜已经参加了7次这样的晚会了。

🔖 ｜ 6月21日，星期三

下午4时。我们举行了教职工会议。这学期很快就要结束了，需要研究下学期的计划。 我们的慈善委员会宣布，这学期募集到的资金约 240 元，分发情况如下：

100 元——用于帮助西部贫穷的儿童；

100 元——用于帮助南京的贫穷儿童；

40 元——用于帮助重庆的孤儿。

晚上 7 时。 我和布兰奇举行了野餐晚宴，参加的有九位客人，他们是杨牧师及夫人、露西·陈、莉迪亚·唐、林弥励、袁成森、哈丽雅特、凯瑟琳和罗小姐。 今天是五月端午节，我们吃了糯米粽子。 晚餐很丰盛，有童子鸡、新玉米等等。

钿 | 6 月 22 日，星期四

今天很热，身上黏糊糊的。 不管我怎么努力工作，总有做不完的事。

晚上 8 时。 我在美国大使馆吃自助晚餐，这是为米尔斯夫妇举行的告别会，除了格拉斯福特少将外，还有四位来自美国军舰"吕宋号"的军官参加。总的来说，我喜欢这些人，他们看上去很好，但我总希望美国人能更好一些。

上午，江牧师在教堂的讲话很精彩，他的布道总是很精彩，唱的赞美诗也很动听。

钿 | 6 月 23 日，星期五

从维也纳来的犹太人赫尔·鲍尔（Herr Bauer），现在在南京调试钢琴。我们请他清洗、检查我们所有的钢琴，并为我们经常使用的钢琴调音。 我们还请他把我们给难民用的钢琴也调好，我们有很多这种钢琴。

钿 | 6 月 24 日，星期六

今天的天气极差，闷热、潮湿，还刮起了大风。 在办公室里几乎无法工作，如果把窗户打开，打字机上的纸就会被风刮走，不开窗户又热得要命。

被关进监狱的五个年轻人已经被释放了，我不知道详细情况。 我们一个学生的父亲也被释放了。

早上收到了吴博士的一封信，她详细地讲述了 6 月 11 日的轰炸。 图书馆旁落下了两枚哑弹，这样，我们的人奇迹般地逃过了劫难。

吴博士希望我去上海参加一次会议，但是，下星期有数不清的工作要做。这是本学期的最后一周了，我怎么可能去呢？

📖 | 6 月 25 日，星期天

晚上下了一夜的暴雨，农民们肯定很高兴。 今天早上我们第四次也是最后一次的野炊早餐在体操房的平台上进行。 这 20 个女孩子是我们实验班学生中最穷的。 我对他们所选的《我们的国家在你手中》、《上帝是我们的好朋友》等歌曲很感兴趣。 她们都说，她们学习并不努力，但觉得身体越来越健康。

虽然下着雨，下午 2 时 30 分，还是来了不少附近的妇女。

下午 5 时，我们为学生举行了一次特殊的礼拜，这是她们这学期最后一次礼拜。 每个班级可以自由选择他们喜爱的赞美诗。 她们的选择是：

高一、高二：《请安静，我的灵魂》；

初三：《只因我是你的》；

初二：《日落西方》；

初一：《我们热爱我们的家园》。

礼拜快结束时，这学期加入教会的 15 位女孩子走到教堂前面，杨牧师单独为她们做了祈祷。 他的祈祷词是曾被江牧师誉为优秀的布道词："我不祈祷他们远离世界，我祈祷他们远离邪恶。"他试图让她们明白，当她们暑假期间住在家里的时候，她们也可以做到这一点。

📖 | 6 月 27 日，星期二

格拉斯福特将军今天来拜访我们，并带来了很受欢迎的礼物——一箱柠檬。 他看上去是一个善良、真诚和关心别人的人。

一天中的大部分时间用来计划下学期家庭手工学校的课程安排。 空气潮湿，很难安心工作。

现在遇到了一个问题：是否安排去青岛度假。

天津的形势看来更糟了，他们的势力将继续扩张吗？反英情绪会不会增强呢？西方列强会采取什么行动呢？

今晚，城市以西似乎有中央政府的飞机活动，可以听到猛烈的防空炮火声。

工作，还是工作，由于工作不停地被打断，所以劳而无功。 瑟斯顿夫人开始替我分析账目，对此我很感激。

下午 4 时 30 分。 我和洛伊丝、凯瑟琳一起去中华中学（这是一所基督教女子学校），开始调查那里的建筑，记下了需要维修的地方。

晚上 7 时 30 分。 凯瑟琳举行了一次墨西哥式的晚餐会，有 14 人参加，大多数是商界和外交界人士。 她的小狗博茨逗得大家很开心。

可怜的哈丽雅特患了某种肠道疾病。

6 月 28 日，星期三

又是一天的工作，却没有精力做完该做的事情，哪怕是做完一半。

今天收到上海一位年轻人的来信，他本来答应来南京工作，但又害怕如果来了会被抓壮丁。

晚上，瑟斯顿夫人举行了一次令人非常愉快的晚餐会，参加的有索恩夫妇、斯坦利、史密斯、贝茨和安娜。 安娜明天早上将离开南京去度假。 我们的话题转到已经谈论了很多次的问题上： 在占领区工作，还是在非占领区工作？ 当然，每个地方都有很多的工作，最缺乏的是可以在两个地方工作的人员。 我对那些不敢在占领区工作的人的建议是： 去西部。

6 月 29 日，星期四

世界看上去整洁而纯净——至少我们校园在上星期的雨后是这样的。 剑兰非常可爱，在我们的大厅和南画室教堂里摆满了大束大束的花。

江牧师在教堂举行了一次特殊的告别演讲，我们唱了一首非常适合我们的赞美诗，这首赞美诗就像专门为我们写的一样。

下午 4 时。 初三的学生表演了特殊的节目，好像她们很快就要毕业似的，虽然，我们取消了期终复习和毕业考试。

下午 2 时。 来了一些日本人，包括三名军人和另外四个人。 他们希望四处参观一下。 我不知道他们的目的是什么，但他们似乎对我们很了解，尤其是我们的实验班，他们甚至希望参观这些班级。 今天几乎没有班级上课，但我还是领他们参观了一堂中文课。 他们还问了许多有关学校的问题。

高二的英语俱乐部下午举行了最后一次会议，她们交给我一份班级年刊。 这是她们花了几个小时编辑的，我很喜欢。

晚上，约翰·马吉放映了一些电影——是一些滑稽片。 他没有邀请多少人，但房间里挤满了人。

🔖 | 6 月 30 日，星期五

就这个季节而言，今天的天气很凉爽。 晚上的夜色很美，是我见过的最美的夜色，但对许多人来说，这意味着他们将被飞机炸死。

上午 9 时~12 时。 召开了本学期的最后一次会议，每个班级都要用 20 分钟时间，展示她们本学期学到的最有价值的东西。 我们是在南礼堂开的会。 学生们本来想使用大教堂，但我们中的一些人认为最好收回学生的一些权力。

晚上，我们在校园的大草坪上聚会，我累得筋疲力尽，不想再思考任何问题。 心情也很不好。

🔖 | 7 月 5 日，星期三

我早晨 5 时即起床，并理好行装。 6 时 30 分，我与瑟斯顿夫人一起吃了早饭，7 时动身去下关火车站。 我们乘坐两辆汽车，学校送信的魏带着行李乘一辆车，哈丽雅特、李先生和我乘另一辆车。 我们很顺利地通过了城门，只是李先生和魏被迫下车脱帽致敬。 我们没费事就买到了三等车票。 很高兴我买的是三等票，因为，我们的票是在最后一节车厢的最后几个座位，这比坐二等车厢凉爽多了。 米尔斯夫妇坐的就是二等车厢。

我们于下午 2 时 30 分安全抵达上海，等了约一个半小时才拿到通过检查的行李。 我们乘出租车到了贝当路 7 号。 一路上并不太累。 中国乘客也不像一年前那样，在火车上以及售票处备受欺辱。 除了三等票之外，现在还有一二等车票出售，这样三等车厢就不那么拥挤不堪了。 从南京到上海的路上，我们看到庄稼长势茂盛，稻田里一片绿油油的。 我们目之所及，农田似乎都没有撂荒——农民确实是属于土地的，他们不管国家的政局如何变幻。沿线各车站周围有许多工事，让人感到侵略者是准备在此长期盘踞下去，绝不会轻易撤走的。

📖 ┃ 7 月 6 日，星期四～7 日，星期五

这两天我尽忙于琐事，不过，也很高兴和一些朋友聚了聚。

到上海后，我立即设法办理去青岛的上岸许可证，据说这个证件是非有不可的。 我到日本领事馆去了三趟，最后又等了两小时，才总算把这个证件办妥。 在办证件过程中，我催请一位年轻的日本人是否可以办快一点，不然我就赶不上一次重要的会面了，而他却说："军务不得草率。"真希望路上需要的全部证件已一应俱全——美国护照、上岸许可证、霍乱疫苗接种证明。倒霉得很，我弄丢了伤寒防疫证明和天花防疫证明，这些证明本可以省去我不少麻烦。 我以后再不会这样粗心了。

昨天下午，我们学校的 35 位校友在金陵女子文理学院驻上海办事处和我聚会，今天下午，又来了 1939 年毕业的 9 位学生。 我已事先写了信，所以她们知道我来。

7 月 7 日，这是日本发动侵华战争两周年的日子，这一天平静地过去了，但是，仍能看到新增了一些措施，以防止突发事件。 一车车的警察在大街上来回穿梭，到处都可见新增的小股警察在小巷里来回巡逻。

星期四晚上，我参加了一次非常愉快的中餐宴会，由丽明夫妇和安娜小姐请客。 除我之外，来的客人还有保罗夫妇、马克斯一家、米尔斯夫妇和古尔特夫人，亲爱的黄老太太也来了。

📖 ┃ 7 月 8 日，星期六～9 日，星期天

上午 9 时。 我们乘出租车去了码头。 我们所乘的船是英国巴特菲尔德-斯怀尔（Butterfield-Swire）航运公司的"森金号"。 现在反英情绪高涨，如果我们不能在青岛顺利上岸，也丝毫不会让我感到意外。

旅程舒畅、平静和安适。 我和维克·莫西诺西的船舱很舒适，我们懒洋洋的，大部分时间都在呼呼大睡。 美国军舰"吕宋号"上的杰拉尔德（Gerald）舰长及夫人也在船上，他们非常友好。

今天（星期天）下午 2 时左右，我们上岸了。 因为乘的是英国船，所以我们通过海关时颇费周折，不过还不算太糟糕。 下午 5 时，我们终于安全到达了目的地，总算又安然过了一关。 如果再能这样平安地回到南京，我就更心满意足，感谢上帝保佑了。 青岛还是那么可爱，只是不太凉爽。

📖 ｜ 7 月 10 日，星期一

休假的第一天，我大部分时间是躺在床上度过的——累得浑身酸软。 今天的气氛有些紧张，城里发生了好几起反英抗议活动。 一群中国年轻人朝英国商店、银行和办事机构扔石块，到处可见砸得粉碎的玻璃。 一些中国的裁缝师傅和农民告诉我们，他们被迫将店里和家中的小伙子送去参加这些抗议活动，而带头的是身穿中式服装的日本年轻人。 这样一来，他们就可以在日本堂而皇之地宣传："中国群众举行暴力活动反抗外国人，一心要把他们赶出中国，维护东亚的新秩序。"

在这里，即汇泉湾的住户已全部断水，不过很快就要向美国和德国的住户重新供水了，但英国的住户没有指望。

📖 ｜ 7 月 11 日，星期二～8 月 13 日，星期天

如果假期里坚持每天写日记的话，那我的毅力是远远不够的，而且，在我看来，这样也太乏味了。

五周的假期一眨眼就过去了。 假期的大部分时间我都用来睡觉，夜里九小时，下午两小时。 每天我最多到海滩上去一次，不过月圆的那一周，我每天都约上几个朋友在月光下游泳，真痛快! 只有在此时，我才能忘却中国那些正束手无策遭受日机轰炸的城市。 由于日光，我的皮肤晒得黑黝黝的。 整整四周时间，青岛炎热而干燥。 不过青岛的居民都说，持续这么长时间的炎热和干燥，对青岛来说是家常便饭了。 实在太热了，不适宜长途旅行或骑车。

在青岛的几星期，我数次与山东内地来的传教士交谈。 他们大多数人都

告诉我两个情况：一是人们对基督教的兴趣有所增加；二是教会主办了一些宗教教育项目。在山东潍县，传教士们正着手一项大规模的培训计划，为当地的教会培训尚未信教的年轻工作人员，而以前这项工作是由官方注册批准的教会中学负责的。星期天上午，传教士们在各乡村的星期天学校集中了约 1 200 名儿童，由正在接受培训的青年教这些孩子。另外，传教士们还面向农村的男女教徒开办了一些机构。为了满足农民教徒的需要，他们感到自己的工作比以前更重了。看来教徒是不畏艰险的，他们照样穿梭往来于各村之间，自发地用中国乡土小曲简单的调子唱赞美诗和诵读圣经经文。他们乐此不疲，唱得津津有味。

我在青岛期间，许多加拿大传教士从开封来到青岛，这些人是为反英运动所迫而离开他们的岗位的。最初，他们决定坚守岗位，即使他们的佣人被迫离开，他们也要坚持下去，自己做饭、买菜、购物。但是，不久，他们就意识到他们留下来会殃及中国教徒，而且，事实上任何人只要与他们有牵连都会遭殃——卖食品给他们的商人，水果、蔬菜贩子等无不如此。他们离开开封之前，最后一次吁请傀儡政府中的一些中国官员允许他们留下来，但是，得到的答复是爱莫能助，因为，是上级命令驱逐他们的。一位直爽的官员说："你们能自由离开这里就已经是身在天堂了，而我们是在地狱! 只能待在这里受罪，没有一点盼头。"这些加拿大传教士走后，教堂和传教士的住宅被关停或封闭了。我们希望它们被封闭，这总比遭到洗劫要好。程牧师是他们那里一位极好的中国牧师，他住进一所美国人的房子。他在基督教青年会当秘书，每当星期天，他就和为数很少的教徒在青年会聚会。

从青岛回上海的路上，我与一位山西国际传教理事会的传教士长谈，他也是位英国人。他们那里一共有 70 人，他感到大多数人在山西也迟早会待不下去的。他详细而生动地叙述了一天晚上，那些传教士的房屋被一群中国人拆毁的情形，并说，那些拆房子的中国人看上去为自己的所作所为而感到羞愧。

北平的局势越来越糟，日军中的宣传官员正在煽动一种赤裸裸的反英情绪。

我在青岛借居的那户人家里还住着莫德·波尔斯（Maude Powles），一位现居日本友人的妹妹，还有从日本来的另外两位年轻人，其中一位是传教士。 了解他们的观点是有好处的，但我们在一些时，尽量谈论我们共同的观点。 莫德从事的工作非常有意义。 她在日本南部九州岛上的熊本，坚持开办一个"慈善区"。 她对中国满怀挚爱，她能把许多道理解释给中国人听。 她不畏强权，以自己的行动表明自己反对战争、反对社会上各种罪恶的立场。 不过，她好像不了解中国时局的真相，我想，这是因为她通过邮购来得到有关信息的缘故。

我们的房东沃尔特·奥利弗斯（Walter.D.Olivers）夫妇，于 8 月 1 日又回他们在掖县的机构去了。 他们觉得必须始终有外国人坚守在机构里。 真不忍心看到他们冒着酷暑回去，连个伙伴也没有。 虽然他们是美国人，但谁又知道他们在山东到底还能待多久？

📖 ┃ 8 月 12 日，星期六～13 日，星期天

8 月 12 日，我乘船从青岛出发，13 日回到上海。 上海很热，但可能还比不上青岛。

📖 ┃ 8 月 16 日，星期三

下午 2 时去海关码头接鲁丝·切斯特，她是乘坐"克利夫兰总统号"轮船来的。 四位学生，确切地说是金陵女子文理学院的四位校友，从码头乘小船去接鲁丝，这四位校友弄到了通行证，而我们其余的人只能在码头止步。 鲁丝上了岸，随身行李通过了海关检查，然后，我们立刻乘出租车去了照相馆。 那家照相馆拍护照上用的照片，立等可取。 鲁丝照了相，我们又乘出租车去日本领事馆。 当我们到达时正赶在领事馆关门之前。 几个星期前，鲁丝在申请来南京的护照时，就已经把照片寄给了美国领事馆，但是，照片转交到日本领事馆后就被弄丢了。

📖 ┃ 8 月 17 日，星期四

下午 5 时，我去了贝当路 7 号，在那里我们见到了吴贻芳博士，这是我 21 个月以来第一次见到她。 她根本不像我想象的那样疲倦。 很高兴见到和

吴博士一起从香港来的牛夫人。 相见后，黄丽明、吴博士与我们聚餐，然后，我们这些金陵女子文理学院的同仁倾心交谈，谈得多欢畅啊！ 我们先谈了学校的事务，又谈了学校未来的发展。

下午 6 时，80 多位校友聚在基督教女青年会简单地吃了晚饭。 多好的一次聚会！ 我们见到了一些已毕业的学生，她们是从非占领区来的，一路上历经种种艰险——飞机日夜轰炸，居民辗转逃难。 黄孟姒（1922）从外地来了，她和丈夫以及三个孩子一度随武汉大学撤到四川夹江①，在那里夫妻俩都病倒了。 来聚会的还有其他人，如黄友黻（1922）和任倬（1919），我已有好多年没见到她们了。 吴博士作了精彩的发言，其他人向大家表示热情的问候。这真是畅叙友情、欢聚一堂的时刻，我们甚至忘却了残酷的现实。

🔲 ┃ 8 月 18 日，星期五

下午 7 时，吴博士在新新酒店设宴款待了一些朋友——黄丽明、鲁丝·切斯特、缪博士②、杨永清校长、圣约翰大学的孙主任和我。 设宴实际上是为了讨论体育专业出现的一些问题，以及涉及金陵女子文理学院分校的有关问题。

🔲 ┃ 8 月 19 日，星期六

今天，我和鲁丝回南京。 凌晨 4 时 30 分我即起床，5 时吃了早饭，5 时 30 分动身去车站。 我已去过美国领事馆办理了星期五上午离开上海的许可证。 火车里很热。 现在每天有两趟火车去南京，还有"红帽子"帮助拿行李。 在南京车站，因为我们的有关证件已过期，我、米里亚姆和她的母亲不得不接种了霍乱疫苗。 针头根本没有消毒，我毫不掩饰地说，我们讨厌这种做法，但是，我再争辩也是白费口舌。

下午 4 时，瑟斯顿夫人举办茶会欢迎鲁丝的到来。 现在，鲁丝的许多老朋友在南京。

---

① 距乐山 10 公里。
② 金陵女子文理学院中文系主任缪镇藩博士。

扭 | 8 月 20 日，星期天～25 日，星期五

瑟斯顿夫人忙于财务工作。 鲁丝忙着整理图书、清理书桌和书架。 我忙着开秋季校务会议，还要写信聘请教师。 王先生觉得南京的气氛越来越紧张，他担心外国人可能必须撤离南京。

哈丽雅特乘火车从青岛平安地回来了。 程夫人正设法弄些秋天必须储备的东西，特别是煤。 仅厨房用煤就得花 40 元，而且还限量供应。 她买到了 6 吨无烟煤，今年冬天办公室里能生火取暖了。

扭 | 8 月 26 日，星期六

今天我又要去上海，早晨 7 时离开下关，12 时 30 分到达上海。 沿线各车站周围在建防护墙，墙上有射击孔，"碉堡"好像也越来越多。 天气非常热，像是要把人烤焦似的。 现在，南京可以在日本人办的旅行社买到车票。 我在一个车站看到了几个伤兵。 上海站里放着一些脸盆，里面盛着消毒液。 我戴着白手套总算不用在那种盆里洗手了，鲁丝也戴着我的一副手套混过来了。

扭 | 8 月 28 日，星期一～31 日，星期四

近三年中，我们传教团第一次举行会议。 星期一下午，我们 22 名外籍传教士聚集一堂，这肯定是 1936 年夏天在牯岭开会以来举行的惟一一次这种类型的会议。 星期一晚上是开幕式，欢迎与会的外籍和中国代表及友人，约有 60 人参加。 真的，此时大家内心充满了喜悦和感恩之情。 保尔先生和马克斯先生从成都出差回来了，他们两人简短地叙述了这次出差的所见所闻，从中我听不出许多从西部回来的人那种千篇一律的乐观论调。

接下来的三天，我们讨论传教士碰到的各种棘手的问题。 最让人头痛的是，决定我们今后在中国西部的工作发展计划。 目前，我们的雇员有些在卫理公会教会工作，有些在联合传教会工作，还有些在非教会机构中工作。 最终的决定是，欢迎所有雇员到东部来，并为那些主要雇员的返程做特别安排，

其他人则安排进联合传教机构传播福音、访贫问苦，或是帮助照顾伤兵。 我所在的两个小组日程安排得非常满，开完大会之余，大部分时间都在开小组会。 会议闭幕时，我已筋疲力尽了。 最后一天晚上，我们举行了同仁晚餐会，约 40 人出席，中外代表都有。

9 月 6 日，星期三

最近几天大同小异，每天上午都开几次小组会，讨论即将开始的两个教育计划。 今天上午，我和严小姐商议怎样安排两幢宿舍楼里的学生宿舍。 有些人来访，其中大多数是父母带着女儿来恳求入学或是恳求减免学费的。

机密 有个人来我的办公室里见我，见面情形很不寻常，但是，细节我不能透露。 来访者是我认识的一位年轻英俊的男子。 他见没有别人在场，就从口袋里掏出一个白色小包，并把它打开。 包在外面的白布上用汉字写着七个人的名字，名字下方有 7 点极小的血迹；包在里面的布上有七个写得大一点的人名，另外一些人名需要用某种化学试剂才能显影。 他说，他们这七个人都是秘密工作者，为中央政府搜集情报。 他们都同意在南京的各重要机构内任职，这样才能搞到情报。 他要我明白，正是为了搞情报他才同意接受目前这一职位的。 他为什么这么信任我，并告诉我这些情况？我不得而知，我只希望他不要让太多的人知道这件事。

今天中午，我们正在等凯瑟琳和骆佩芬（1939）时，却收到一封电报，电报中说："周四独自抵南京。"但愿这并不意味着佩芬决定不来了。

我活得好像做梦一样。 当然喽，欧洲还没有开战——千万别开战，千万不能! 人们只能撕心裂肺地哭喊，只能向上帝祈祷，此外还能做什么？

9 月 7 日，星期四

我们没登招生广告，但今天还是有 32 名女孩子参加入学考试，希望被录取，并安插进可能有空缺的班级里。 我和王先生分头面试了每个女孩子，以便选拔和安排学生时尽可能做到各尽其能。 除了一两个人以外，其他学生似乎都很好。 真希望能把她们都收下来，但是，唉! 接收不了。 经济状况似乎比去年好得多，大部分面试的女孩子都能付得起学费。

太好了！今晚能开电灯了，这是两个月中的头一次，用电灯就可以节省300 元的油。

太好了！好像我们新的生物老师总算可以从上海过来了。

读上海来的报纸就像做了一场噩梦。当然，一场破坏性的持久战争打不起来了。我的心为英国流血。

📖 | 9 月 8 日，星期五～9 日，星期六

130 名老生已返校回到实验班，估计还会有 10 人返校。在此基础上，我们还收了 21 名新生，并将其余被录取的学生作为预备生。王先生和詹先生忙着为学生登记，程夫人在和几位请求减免学费的学生谈话，我在安排日程表。凯瑟琳·舒茨和骆小姐（生物教师）今天到了。

林小姐很失望，因为只有不到 30 名学生登记上家政班。如果，南京其他女子学校没有开学的话，我们本可以收到约 80 名十几岁的贫困学生，但是，这些中学是免费的，即使是贫困学生，也愿意在家附近走读去上学，而不愿上学制仅一年的家政班，因为，上这个班有时得干些活。她们的这种选择到头来只会是白耗光阴，但是，她们看不到这一点。

星期六晚上，我为实验班的学生举办了聚会，有 400～600 人参加。

📖 | 9 月 14 日，星期四

今天下午 4 时 15 分，我们在南山公寓举行了新学年的第一次教师聚会。我高兴地向大家介绍了几位新教师：数学教师严小姐、兼职化学教师叶先生、生物教师骆佩芬小姐和金陵大学 1934 届毕业生、英语教师王邦杰先生。后两位是从上海来的。看来有关上海的神话被打破了。高居不下的物价至少是把王先生赶出了上海。

上海来的日报刊登的欧洲战况越来越令人沮丧，不是炸毁波兰的各大城市，就是炸沉了几艘民用或军用船只。但是，这看起来仍然令人难以置信，仿佛这一切都不是真的。1914—1918 年恐怖的噩梦又在重演。

9 月 15 日，星期五

上个星期热坏了，但今天天气凉爽，需要穿件外套。 昨天，瓦尔西·汉辛格·费希尔（Walthy Hansinger Fisher）夫人来我们学校礼拜堂参加祈祷。 祈祷结束后，她没有立即回去，而是看望了我们这些同仁，并和我们去实验学校吃了顿中餐。 今天，她又来为学生开讲座，介绍甘地的生平及其政治、经济主张，讲座非常有意思。 她深入、详细地介绍了甘地的乡村促进运动，其核心为重视纺织技能。

下午 4 时～6 时。 盖尔博士举办茶会欢迎费希尔夫人。 今年还是第一次举办茶会，因此备受欢迎。 茶会结束后，我们约有 10 人迟迟不走，想多听听甘地乡村办学计划的情况。 很晚，程夫人、邬静怡、林弥励和骆佩芬才在 400 号宿舍楼吃了晚饭，接着又谈论了乡村促进运动和办学的话题，直到停电才结束。 我们在考虑安排勤工俭学的学生做些纺棉线和毛线的工作。

顾天琢今天从上海来了，我们非常欢迎这位义务教师。 她将住在 500 号宿舍楼她曾住过的那间宿舍里。 她教音乐课，我还希望她能另外教一些家政班的唱歌课。

今天家政班的学生们搬进学校来了，已经录取 44 名学生，现在却到了 47 人，准备上课了。

9 月 16 日，星期六

我忙得团团转，但一事无成，一心想着手制定勤工俭学的计划，但迟迟没有动手。 8 时 30 分，在学校小礼堂参加了家政班的开学礼拜式，共 46 人参加。

9 时 40 分，实验班第一次开班会，各班的辅导员也在场。 每班都有两名辅导员——男女教师各一名。 我一人负责高三。

9 月 17 日，星期天

实验班的学生们进行静修。 这是由邬静怡、凯瑟琳和吴先生组成的三人小组筹划的。 上午9时30分的首次礼拜做得很好，为全天的静修定下了基调。 10时~12时和下午3时30分~4时30分，学生们以班级为单位两次交流心得。 晚上，我们做了今天最后一次礼拜，其过程为： 由高三的学生金蔚坤（音译）布道： 合唱赞美诗《我要诚实》；诵读经文《腓立比书》第二段的前两句；高三班和高二（最有思想的一个班）汇报静修成果；高一学生唱赞美诗；初三和初二做汇报；初一的学生演唱她们特别准备的赞美诗；主持人做总结发言；明妮·魏特琳讲话； 做烛光礼拜；王先生念祈祷文；举行烛光游行。 这项活动很有意义，对此我深信不疑。

今晚有些凉意。 报纸上几乎没有中国战局的报道，而全是欧洲的战况。

📖 | 9月18日，星期一

今天上午，实验班举行周会，大王在会上作了精彩的发言，内容是关于"局限性"的问题。

中午，我在美国大使馆参加中式午餐会。 女士中除了我还有哈丽雅特、凯瑟琳和希尔达·安德森夫人。 我第一次听说苏联入侵了波兰。 形势更加复杂了，人们真不知道还会发生什么意想不到的事。

下午我在拟定勤工俭学计划，开始时还挺顺利，但接着就停了下来，因为，有四个违纪问题需要解决。

上午，一位从京都来的日本教授到我们学校看了看，不一会儿就走了，没有问任何问题。

📖 | 9月20日，星期三

两天来，我尽量躲着别人，这样才有时间拟定勤工俭学计划，这件未完成的工作沉重地压在我的心头。 大约4时，我把这些东西拿给从事入学登记工作的詹先生誊抄——两栋宿舍楼里学生的洗澡日程表和洗衣日程表，理科楼、中央楼、艺术楼和两栋宿舍楼的工作日程表，学生每月离校回家一次及大扫除日的日程表。

我没统计过通过勤工俭学挣全额或半额学费的学生人数，但是肯定超过90人。 必须给每个人都分配些工作。

报纸上午由火车运出上海，下午三四点钟到我们这里。 这些天报纸上的消息真让人惨不忍睹! 苏联的动机是什么? 没人知道。 依我看，好像欧洲国家都免不了受到英帝国的左右。 当波兰完了，德国人请求媾和时，才有可能用符合基督教精神的方式解决问题，从而避免彼此间的仇恨和血腥的屠杀。

天气有点凉，但清爽宜人。 从未见过星星，即行星，像今晚这么可爱。

9 月 22 日，星期五

我为制定勤工俭学计划花的时间太多了，工作太累了，自那以来，我就感到精力大不如以前。 昨天和今天都一事无成。

真不愿翻开这张报纸，不知道又将发生什么事，又会订什么新盟约。 自从苏、日签署条约以来，局势更加复杂了。 今天的报纸上说，中国新政府的官员将于 11 月在南京举行就职仪式。 显然，目前汪精卫就在南京。 不知他面对这烧、杀、淫、掠后残存的城市时有何感想!

对中国老百姓来说，头等大事是不断上涨的物价，新米已卖到了 14 元;柴每担 2 元以上，还买不到，就连稻草、杂草每担也要 1 元以上。 我们在这里砍下越来越多的树当柴烧，砍的是长得过密或木质不好的树。

9 月 23 日，星期六

清晨 5 时，我被一队骑兵经过的声音吵醒了。 先是骑兵从校园东墙外的宁海路经过，接着是几辆坦克轰隆隆地开过去，最后是步兵。

下午 1 时～3 时进行大扫除。 13 名女生打扫中央楼，12 名打扫科学楼，24 名打扫艺术楼，另外各有 10 名学生打扫两栋宿舍楼，总共有 69 名学生打扫卫生，另外有 5 名学生监督指导。 下午 3 时，我们给各组评分。 我认为，学生们从这项工作中学到了不少东西，希望她们以后能把这些技能带回家去。

下午 4 时。 高三的学生到实验学校宿舍学习怎样支起纺织机。 我希望每个学生都能学会制做书包和刻手柄。 很想让她们早点学会纺织技术。

9 月 24 日，星期天

今天过得悠闲自在，天气也很好。 10 时 30 分，我们启用了南画室的第一所学生教堂，但只来了约 100 人，因为，实验班的 1/3 学生和家政班的 1/2 学生在休每月的探亲假。 我们为学生们请来的是卫理公会的沈牧师，由他在今天的礼拜上布道。 由高小姐奏圣乐，我主持礼拜。 这次礼拜比去年的一次好多了，那次是学生们和住在附近的一些妇女共同参加的。 现在的礼拜计划如下，如无改动就照此执行：

每月第一个星期天——王邦杰主持礼拜。

每月第二个星期天——邀请圣公会牧师一名。

每月第三个星期天——邀请卫理公会牧师一名。

每月第四个星期天——祷告。

中午 12 时 30 分。 林小姐、罗小姐和我一起吃饭。 饭后，我们讨论了如何为学校附近的邻居服务。 4 时 30 分，我在特威纳姆教堂做了英语礼拜，约 40 多人参加了礼拜。 瑟尔·贝茨刚从日本回来，今天对我们谈的是日本基督教徒面临的窘境，这个讲话发人深思。 日本这些教徒确实处境困难，大多数人好像张口就是"作为日本人"云云。

下午 6 时。 伯奇夫妇、杨牧师、程夫人、林弥励、哈丽雅特、凯瑟琳和我共进晚餐。 晚饭丰盛可口，只有程夫人能做得这么好。

晚上 7 时 30 分。 学生举行了第一次周日聚会。 我们还没为这一聚会想出合适的名称。"基督教奋进协会"这个名称绝对不能用，这会让人怀疑。今后这项活动由各班轮流负责，从高三开始。 今年，家政班的学生也要参加这项活动，这样就必须动用学校的大礼堂了。 今晚有 200 人参加聚会，这很令人鼓舞。 伯奇先生给大家布道，内容是如何以崇高的追求度过一生，他讲得非常精彩。

🗓 | 9 月 26 日，星期二

快到月底了，明天就是中秋节了，所以一整天都有人来取钱。 我们早就把瑟斯顿夫人去度假时留下的两张 1 000 元支票花光了，收到的学费也用完了，此外，还借了 1 000 多元，就这样还有缺口。

今天付了 1 000 元油漆费。 油漆了所有门窗的外侧以及四栋宿舍楼的大门，平均每间房子不到 20 元，真是很不起眼的一笔小钱。 我们很走运，在汇率上涨前买到了进口的优质油漆。

下午，在美国大使馆参加了为帕克斯顿夫人举办的欢迎茶会。 茶会气氛友好、欢快，大多数传教士都参加了。

每天读报时脑子里总有一个大问号： 苏联想干什么？ 意大利最终作出的决定会偏向哪方？ 建设性的解决方案是什么？ 或者根本就不存在这种方案？

今天对报考家政班的女孩子进行复试。 该班已有 49 名学生，这次又有17 人参加考试。

🔒 | 9 月 27 日，星期三

今天是我的生日。 朋友们打算在我生日这天，特别安排我和家政班的学生们会餐，又别出心裁地准备办一个宴会。 我好不容易才让他们取消了这些计划，并谢绝了大多数礼物。 真希望 27 年前我没有告诉朋友们我的生日是哪天，现在要劝他们忘记我的生日就不那么容易了。

今天下午去看望埃莉诺·赖特（Eleanor Wright）。 像她这种病是多么难熬啊，也许她只能活三四个星期了，但是，她若无其事地把生活安排得井井有条。 如果失去像她这样的人是多么令人难过啊!

今天晚上，学生们 8 点钟就下课了，比平时提前了半小时。 接着，举行了一个简单的中秋节庆祝活动。 她们分成四组站成四边形，先唱了两首赞美诗——《夕阳西下》《你是我的乐土》，然后，又轮流唱了几首歌，最后唱的是几首非宗教歌曲。

今晚的月光美极了，在这个月光皎洁的夜晚，中国许多地方都会有人赞叹月光的静谧之美，也将会有许多城市束手无策地遭受轰炸。

🔒 | 9 月 29 日，星期五

昨天下午，一位受雇于日本领事馆的中国密探来我们学校，询问一位唐姑珍（音译）小姐现在是否在金陵女子文理学院。 这人一口咬定她肯定在我们这里，因为，她在上海办的通行证上说，她要到这儿来。 看来这位小姐在为中央政府工作。 日本人认为她肯定要来南京，而且肯定要来金陵女子文理学院。 这个密探还三次询问了陈斐然的情况。 这个密探对李先生说，他认识我和瑟斯顿夫人，许多年前，金陵女子文理学院还没有更名时，他就见过我们。

今天下午，四个日本人来我们学校，其主角是从东京来的日本教育部的一位督察，日军驻南京总部的一个人陪他来的。 这位督察表示，他想把整个学校里里外外看个遍。 我把他们请进会客厅，向他们讲解了金陵女子文理学院的历史和现状，然后，我带他们到家政班去看看。 此后，我提出去看看教堂和图书馆，而他们却说没时间，要走了。 和他们一起来的一个是广东人，另一个比较年轻的人始终一言不发。 真不知道这些人到底有什么目的。 那位督察曾在东京联合基督教大学开过讲座。

9月30日，星期六

又是一个晴空万里的秋日，清新而凉爽。 我只穿一件薄外套，很舒服。树上已能看见几点斑驳的秋色，秋高气爽的日子快到了。

上午，在实验班的聚会上，高一生物班的学生和实验班的学生就鸡蛋问题举行了系列讲座，如鸡蛋的食用价值，等等。 为了讲得更明白，她们带来了种类不同、大小各异的鸡蛋，还准备了几张图表。 对了，我们不得不停用这个组织的原名"互助中心"，将其更名为"实验中心"，因为，一个反政府组织正在使用这个名称。

今天正值"每月大扫除日"。 下午1时~3时，所有的学生打扫各自的寝室。 4时，教师们查看了这栋宿舍楼的卫生状况。 和往常一样，勤工俭学的学生打扫教室，3点钟给她们评分。 我们的学生虽然不是无可挑剔，但是，她们确实在进步！

下午4时。 我疲惫不堪，正想歇口气，来了一名日本医生和一个日本兵，说是很想看看我们学校的厨房和宿舍。 我想，他们看过我们的食堂，一定没法说三道四吧，因为那儿刚刚进行了大扫除。

晚上7时30分。 我去英国领事馆赴宴。 我们本想深入探讨何时能停止战争，恢复和平，但只是泛泛而谈。 这个晚上不太愉快。

📖 | **10 月 1 日，星期天**

天气仍然是晴空万里，应该下点雨了，不过我猜想，在山上割草、捡稻穗的人大概希望天气保持干燥，多一点尘土并没有什么关系。

上午 10 时 30 分。 在南画室做的礼拜很成功，约有 100 人参加。 王邦杰先生是新教师，他教英语和《圣经》。 他在礼拜上布道，高小姐奏圣乐。

下午为附近的妇女做了礼拜，有 32 名妇女参加，另有实验班的 14 名学生指导她们。 我们把这些妇女分为七组，每组配两名学生负责指导。 我不知道附近的妇女能受益多少，但是，对这些做指导的学生来说却是极好的锻炼。我看这些邻居越来越贫困，双手日益粗糙，面容也日显憔悴。

在特威纳姆教堂的大厅里举行了英语礼拜，亲爱的老普赖斯博士为我们做了关于"摩西"的布道。 他滔滔不绝地讲着，好像他亲眼看到了隐身的摩西。 礼拜结束后，我们迟迟未走，留下来重点谈论了欧洲的战况，而不是中国的情况，尽管中国遭受几次水灾，而且又开始打仗了。

晚上 7 时 30 分。 在大礼堂做礼拜，礼拜由高三的学生主持。 看到有这么多青年学生参加，我感到欣慰。 姑娘们的表现很出色，有个同学的布道准备得很好，另有两位同学精心准备了赞美诗。

📖 | **10 月 5 日，星期四**

天气很暖和，但仍然没有雨。 农民盼望下雨，以便播种冬小麦。 山上的庄稼已陆续收割完，零落的稻穗已捡过，稻草也收回来当柴烧。 我们校园里的草也快割完了。

实验班的指导小组决定下周一（孔子诞辰纪念日）和下周二放假。 这学期时间较长，我们在校园里工作也很辛苦，但是，在 1 月 1 日前不会再放假了。 下周一和周二，政府机关和学校全都放假。

下午 4 时 30 分。 我们四个人骑自行车去了汉中门（即西门），并绕城墙骑了一圈，然后，从下关（北门）进城，共骑了 10～12 英里。 晚上，我们随便吃了点东西，炸了玉米花，又读了沃尔特·杜兰蒂（Walter Duranty）发表在《大西洋》上的一篇文章，题为《波兰》。 今天玩得真痛快!

🗓 | 10月6日，星期五

今天的《字林西报》上有篇文章暗示，有可能进行和平谈判。 但愿能体面地缔结一项和约! "读者来信"一栏也提到了克拉伦斯·斯特赖特（Clarence Streit）提出的"联盟"建议。

周一、周三和周五由我负责，在下午五六点钟给三栋楼里教室的大扫除评分。 今天的分工是，13名学生打扫科学楼，15人打扫中央楼，26人打扫艺术楼，总共54人。 她们干得很好，那三位当监理助理的初三的年轻学生干得也不错。

瑟斯顿夫人度假回来了，乘的是今晚7时30分的火车。 她看上去很闲适，她说自己改变一下环境感到很愉快。 她假期中最远去了巴吉和马尼拉，然后，乘一艘英国轮船回中国。 一路上很顺利，没碰到潜水艇。 回来后，她需要花好几天时间处理学校的债务，因为，我不得已借了钱购买大米、煤和油漆。

🗓 | 10月7日，星期六

我白天和平时一样，大部分时间在工作。 下午3时30分，我给勤工俭学的学生打扫的教室评了分。 周一和周二放假，大部分学生都回家了。

下午3时。 至少有18人在我们的操场上赛球，其中有美国人、英国人、中国人和德国人，就职业而言，有商人、海军军官、外交官和传教士。 赛完球，他们聚集在南山公寓喝茶。

晚上，我和瑟斯顿夫人一起吃了饭。 饭后，邬静怡和哈丽雅特来了，瑟斯顿拿出几张照片给我们看，上面是她在香港和马尼拉见到的金陵女子文理学院的校友。 她又给我们读了刘恩兰写给她的一封信，信中叙述了在阿姆斯特丹举办的基督教青年协会会议的情况。

真希望这个世界和夜色下的校园一样安宁! 在写这些日记时，只听见纺织娘和蟋蟀在鸣叫。

🈸 | **10 月 9 日，星期一**

今天是孔子的诞辰纪念日，放假了。 不知今天市里将举行什么庆祝活动。

天气很好。 上午 8 时 30 分，我们一行人去国家公园。 哈丽雅特、林弥励、邹静怡和薛玉玲坐车，我和凯瑟琳骑车跟在后面。 出城、进城，一路上很顺利，过城门时哨兵也没有找我们麻烦，三个中国姑娘也没有遇到什么麻烦。 今天我们彻底放松，玩了个尽兴！ 我们爬上了宝塔的顶层，然后又去了总统官邸和音乐台。 总统官邸部分遭到战火毁坏。 到处都有老百姓在割草，他们把草扎成一捆捆的，沉甸甸地拖回城里去当柴烧。 常碰到中国士兵，但他们没有找我们麻烦。 一大群度假的人出城来逛公园，不过，我们只碰见他们一次。 国家公园无人管理，有逐渐荒凉之感。

🈸 | **10 月 10 日，星期二**

今天是中国的"双十节"①，又称国庆节。 据说，今晚城里准备举行花灯游行。 至少有一点我们是知道的，汪精卫现在不在南京，新成立的联合政府，无论人员还是物资都没到位。

整个上午都在工作。 中午，杨牧师、江牧师、瑟斯顿夫人、程夫人、李先生、哈丽雅特、罗小姐和我，应邀到学校附近姓孙的邻居家吃饭。 孙家 13 代人一直住在这里，不过他家现在的房子是太平天国以后建的。 请我们去吃饭其实是想谈一件事。 这两年，金陵女子文理学院曾收容他及其家人做难民，使他们得以躲过种种危难，所以，他们想送一小块土地给学校表示感谢。现在，这户人家已有五人回来了，另五人还在金陵女子文理学院避难。 我认识孙家已有 16 年了，不过，战前他们只是面子上对我们不错，现在，他们才真心诚意把我们当朋友了。 看来老孙现在是真对基督教感兴趣了，而且迫切想把子女送到教会学校读书，这让我很高兴。

吃完饭，我们去龚家看了看，他家的房子是洪武年间盖的。 洪武帝是以

① 1911 年 10 月 10 日辛亥革命爆发，这一天被定为中国的国庆节。

南京为都城统治全国的明朝开国皇帝（1365—1392）①。 但是日军进城后，这座房子大部分被烧毁了。 据说，这是日本兵在院子里生火烤偷来的牛，牛肉烤熟后，他们没有把火熄灭，结果房子就烧成这副模样。 地上横着一根十分粗大的樟木房梁，也许里面还好，但外面已烧成焦炭。 这户人家往日的繁华烟消云散，最后一个男丁很不成器，这个曾经显赫一时的官宦人家肯定要沦为寻常百姓了。

我们回来后，发现校园里来了两位信仰天主教的姊妹（信奉圣母的圣方济各会传教士）和她们手下的 20 名学生。 她们带来了一些茶叶，我们又添了一些，然后，去实验学校教这些学生沏茶。 有 7 名学生是曾在金陵女子文理学院避难的难民，她们为又来到学校感到很高兴。

下午 5 时 30 分，凯瑟琳、哈丽雅特、李先生和我去南山老邵家赴"大宴"。 老邵是学校的老花匠。 他抱上了长孙子，整天乐得合不拢嘴。 他一直希望早日添个男丁继承香火，现在我也为他高兴。 饭是他儿子准备的，非常丰盛，招待得也很周到。 这个晚上过得很愉快! 中国老百姓彬彬有礼，待客周到，让我赞不绝口。 虽然没受过什么教育，但他们懂得待客之道。 老邵让我们这些客人先吃，为了让我们更开心，他陪我们坐着，给我们讲有趣的故事和往事（我认识老邵已有 26 年了）。

让我聊以自慰的是，平日并不是像今天这样过的，不过今天是一个愉快的节日。

真想知道城里的情况。 今晚回家时，看到天空被五束探照灯光照得雪亮，这是在搜寻中央政府的飞机。 陆续有些报道证实了中国在长沙附近的战役中获胜的消息。 我还以为日军会分兵几路在"双十节"之前攻占长沙呢。

🖼 | 10 月 12 日，星期四

城里的日军还在没收私人财产。 黄孟姒博士的母亲今天上午又来了，说日军今天早上再次勒令她必须在三天内搬走，而且不许带走任何财产，再不搬就把她赶出去。 这样一来，日军又能霸占好几处很不错的住宅和一家医

---

① 原文有误，洪武年号为 1368—1399 年间。

院，以及里面所有的家具和设备了。

几个月来一直准备去那儿，今天上午做完祈祷，我们四个人终于去那八位天主教修女那里，看看她们正在从事的工作。 她们在一所房子里养育了 29 名婴儿，都是弃婴。 其中一间小屋里躺着 6 个大概活不长的小家伙，他们几乎都有梅毒。 还有好几个婴儿的父亲很可能是日本兵，他们正是因此而被抛弃的。 这几位虔诚的修女几乎每天 24 小时都在照料着这些肉欲的产物。 她们终有一天会得到报答的。 那 20 位女生也在辛勤地工作，做精细的刺绣和软花边活，这两样活做得都相当好。

我每天都在办公室拼命赶着写回复公函，但是，回信的速度还是跟不上，实在没办法。 瑟斯顿夫人在做 9 月份的账目。 做账有时花两小时就行了，有时却得花好几天，这一点我是十分清楚的。

下午 4 时 30 分。 我关上办公室的门，骑自行车出去了。 我现在每周骑车出去转一次。 我们三位女士和大使馆的两位男士共五人结成了一个小团体。 今天下午，我们通过汉中门的岗哨出了城，骑到了以前权力很大的广播电台，现在这里已成了营房。 然后，我们又骑车经过了以前的模范监狱，现在，它差不多已被夷为平地了。 最后，我们又沿着一条我所见过的最差的马路骑回城里。 我们一起在南山吃了晚饭，念了几篇大卫·格拉森（David Grayson）写的文章，后来又在南边阳台的木炭炉上爆了些玉米花。 有段时间，南边天空被强烈的探照灯光照得雪亮。

🈴 | **10 月 14 日，星期六**

今天下午 4 时 30 分，在瑟斯顿夫人的起居室，瑟尔·贝茨和我们约 20 人聊天。

🈴 | **10 月 15 日，星期天**

昨天下雨，今天却阳光明媚。 雨水把树上和灌木丛上的灰尘一扫而光，我们校园里的景色多么让人赏心悦目啊! 昨晚，我一直和瑟斯顿夫人在一起，昨天的晚饭和今天的早饭都是和她一起吃的。 这个周末，我的身心得到了较好的休息和放松。 瑟斯顿夫人念了希特勒著作中的几个章节，我编织了一些小东西。

今天，我做了四个礼拜。和平时一样，其中三个礼拜是在我们校园里做的，另一个是在特威纳姆教堂的大厅里做的。今天晚上，高二学生（现在有10名）在大礼堂的演出相当出色，她们姿态优美，让我为之赞叹。她们的演唱和布道也很好。

今天中午，那个白俄小伙子科拉先生把一位日本军警小野带来了。我这个星期曾捎信给科拉，询问小野的地址，但是，我怎么也没想到他俩会一道来学校。小野说，他会调查一下没收黄孟妽博士财产的事情。

📖 ┃ 10 月 16 日，星期一

瑟尔·贝茨离开南京，去上海的神学院做系列讲座。

📖 ┃ 10 月 18 日，星期三

昨天和今天，我在筹划"创始者节"的祈祷活动，准备以此代替 11 月 5 日下午例行的联合礼拜会。"创始者节"祈祷仪式的活动计划已抄了几份，准备给华东地区的六个校友会寄去，至少让她们知道我们这里何时举办"创始者节"礼拜会。我猜想，成都分校也正与西部地区的其他分校商议有关"创始者节"的事宜。吴贻芳博士已就此致函金陵女子文理学院在香港和上海的机构，也给南京发了函。

今天上午，艾丽小姐开始教实验班的学生唱第 411 首和第 419 首赞美诗：《噢，你的雄伟圣殿永在人间》、《噢，仁慈和平的上帝》。上午，我们把一本 24 页的小册子发给学生，里面是些美妙的歌曲，有些歌曲她们已经会唱了。她们拿到这些小册子十分高兴。

有待回复的信件越积越多，我加紧、加紧、再加紧，但那堆信就是越摞越高。

晚上，我和瑟斯顿夫人宴请领事馆的亚历山大夫妇。我们一交谈总是谈到了战争。刚才谈话时得知英国炮舰"橡树号"被炸沉了，舰上有 800 名勇敢的官兵。这个消息令我们十分震惊。我们没邀请其他客人，我们想和这两位客人多谈一谈，以便相互熟悉，加深了解。

📖 | **10 月 20 日，星期五**

整天就是工作，除了工作还是工作。 夜晚，冷风呼呼，雨下个不停。 那些没有准备好过冬用品的人真可怜!

下午 5 时 30 分左右，那位白俄小伙子科拉来了，他想看看我们能否帮助抚养一个驼背的中国小女孩，小女孩的母亲吸海洛因上了瘾。 有关小女孩的事情由林小姐负责调查和考虑。

《字林西报》现在是每天下午到，报道的几乎全是欧洲战况——英国炮舰"橡树号"以及一些商船被炸沉等等。 这个世界真被搞得混乱不堪!

今天晚上，那位男佣人的亲戚从和县来了，和县因"帕奈号"事件而出了名。 这个人说，由于游击队不允许大米流出本地，所以，当地的米价每担为6.5 元，而南京每担米要卖到 13 元。

📖 | **10 月 22 日，星期天**

昨天上午 9 时 45 分～10 时 10 分是互助小组的活动时间，实验班里学英语的学生演出了短剧《亚伯拉罕·林肯》，她们演得很好。 凯瑟琳和另两位英语教师为此花了很多精力。

下午 1 时 30 分～3 时 30 分，进行了大扫除，并且打了分。 接着，初二的五位做监督工作的年轻学生和我们三位老师在实验学校碰头，花了约两个小时给洗碗抹布缲边，并做了几把洗碗用拖把状的小刷子。 为了提神，我们吃了点自制的桃子罐头和小饼。 这五名学生是出类拔萃的。

晚上 7 时，我和瑟斯顿夫人在她家招待高二的 10 名学生。 我们先吃了点爽口的水果罐头、蛋糕和饼，然后唱了几支她们喜欢的歌曲，又给她们欣赏了在巴黎和伦敦拍的照片，让她们借此做一番精神旅游。

我在瑟斯顿夫人处过的夜。 今天早饭时，我悠闲地吃了些鸡蛋饼，边吃边开心地和瑟斯顿夫人谈话。

上午 10 时 30 分在南画室做的礼拜非常好。 潘牧师（一位长老会牧师）的布道非常精彩，内容是： 关爱是通过行动表达的。

中午，我去盖尔博士家吃了顿丰盛的午餐，在座的客人中还有伯奇夫妇和林家夫妇。 吃饭时，有人捎信来说埃莉诺·赖特去世了。 埃莉诺真是位勇敢的圣人。 我们很怀念她，但也为她庆幸，因为，她不用再多受几个星期的痛苦煎熬了。

下午 2 时 30 分。 我去埃莉诺家，看看能帮点什么忙。 她是在今天上午 9 时安然辞世的。 死因可能是轻微中风损伤了脑部。 埃莉诺把自己完全献给了中国和她在中国的传教事业，失去这样一位教友真让人难以接受!

今夜下着雨，气温很低。 学生们的祷告做得很好。 四位信奉基督教的学生进行了布道，结束时，另一位学生领着大家念祈祷文。

10 月 24 日，星期二

今天又是好天气，10 月初也有过这样的好天气。 是晴天我们就放心了，尤其是最好别下雨。 下午 2 时 30 分我参加了埃莉诺的葬礼。 许多人来参加她的葬礼，新长老会教堂里挤满了人。 教堂前部摆放着一排排鲜花，都是菊花，灵柩上覆盖着青藤和大丽菊编织的花篮。 这层花毯是明德职业学校的 10 名女生连夜编织出来的，她们现在在金陵女子文理学院。 3 时 30 分或是稍晚一点，灵柩抬出了教堂，跟在后面几辆车里的人都是送葬者。 灵柩安葬在占地不大的外籍人公墓内，送葬者在墓前举行了一个简短的祈祷式。

晚上 7 时 30 分，凯瑟琳和我去大使馆赴宴。 今天，我们本该在 4 时 30 分骑车出去转一圈，但是，想想还是不去为好。

10 月 26 日，星期四

现在每天都有许多飞机从上空掠过，一年以前也常是这样。 好像南京机场又成为空军基地了，也许汉口机场现在使用率没有这么高。

程夫人仍在整理行装，等去汉口的船。 报纸上说，眼下游击队向过江船只开火。 她就这么几个亲人，这两年已经是大难不死了，我们担心她及家人发生意外，所以我们劝她别走。

今天晚上，我第一次宴请了一位日本客人。 我和瑟斯顿夫人请科拉和小野先生来吃饭，同时还请了哈丽雅特、凯瑟琳、程夫人和正在南京的艾丽斯·格雷格（Alice Gregg）。 这个晚上我们过得很愉快，聚会结束前玩了几局猜字谜。 我想，小野肯定在寻思，我们到底是什么事有求于他，但实际上我们别无所求，就是要让他感到意外!

🗓 | **10 月 28 日，星期六**

今天天气很好，工作也很多。 下午 1 时～3 时是大扫除，打扫教室和宿舍。 3 时 30 分～5 时是户外体操表演，由袁小姐主持，地点在中央楼前的大草坪。 蓝色的衣裙映衬着各色菊花和红色的楼房，构成了一幅美丽的图画。虽然没有发出正式邀请，却来了许多观众。 我倒是约了几位其他学校的同仁。 在学校打垒球的外国人迟迟不走，他们观看了表演。 袁小姐六个月的工作硕果累累。

那些外国人打完球后，瑟斯顿夫人请他们喝茶，来了一大群人，还有几个小男孩和几只小狗。 这些海军军官、商人和传教士现在相处得非常融洽。

今天晚上，艾伦·顾请艾丽斯·格雷格吃饭。 瑟斯顿夫人、程夫人和我也应邀作陪。

《字林西报》到了，此前，报纸已有两天没能送到南京。 无锡城外的铁路被游击队切断了。 现在许多飞机派上了用场。

🗓 | **10 月 29 日，星期天**

上午 8 时，我们聚在南山吃早餐，庆祝顾天琢的生日。 来的客人有程夫人、艾丽斯·格雷格和我等七位女士。 我们谈得多么愉快啊! 吃完早餐，我觉得我们好像狂欢了一通。

10 时 30 分，王明德牧师在南画室学生教堂给学生讲述玛利亚（Mary）和马莎（Martha）的故事。

12 时 30 分，我去瑟斯顿夫人那里吃饭。 请的客人是劳埃德·鲁兰（Lloyd Ruland），他现在任长老会董事会的秘书。 我们向他请教了许多有关美国的问题。

下午 2 时 30 分～6 时。 实验班在南山公寓活动中心内静修。 静修内容大致如下:

主要是讨论教会学校的特殊使命。

2 时 30 分~3 时布道，杨牧师谈"信仰"。

3 时~4 时讨论教师怎样才能协助完成传教使命。

4 时~4 时 30 分茶会。

4 时 30 分~5 时 30 分讨论教会学校的学生应接受哪些特殊培训。 主持者： 邬小姐。

5 时 30 分~6 时布道，题为《圣师基督》，布道者： 明妮·魏特琳。

约有 20 位教师参加了静修，我认为，聚在一起静修很有意义。 6 时 30 分~7 时 30 分聚餐，由我请客。 7 时 30 分，在大礼堂参加学生的礼拜。

📖 | 11 月 3 日，星期五

今晚很冷，但可能再过三周左右，我才会生那只小火炉取暖。 生火的工具齐备，同时，程夫人已为我买到了煤，我不必犯愁了。

今天上午，瑟斯顿夫人在忙着写讲话稿，哈丽雅特在筹备"创始者节"午餐会。 李先生和木匠在教堂里把校友们捐赠的隔板重新竖起来，这隔板是1937 年日军空袭南京时我们拆卸下来的。 竖起美观的隔板，再放上几盆金菊，星期天的礼拜堂肯定会装点得很雅致。

传教团收到了教育部长的一封请柬，邀请传教士于下星期二晚上赴宴。传教团正为此伤脑筋，去还是不去？ 我认为，我们金陵女子文理学院的三位传教士：

1. 最好不能全都接受邀请，接受者也不能显得迫不及待的样子。

2. 不坐他们提供的车过早地去会议中心喝茶，等待宴会开始。 我们自己坐车晚一些去。

3. 尽量不拍照、不见报。 我想可以暗示活动的组织者，拍照或见报可能会使我们在美国的传教团同仁面前很难堪，因为，他们一直奉行美国政府制定的政策，在中日两国间保持中立。

在这个新政府里任职，日子大概不好过。 今天下午 5 时，我骑车去贝茨家探望病中的莉莲斯，路上经过了一些高官的官邸，官邸附近的干道上和每条小巷里都布置了日本哨兵，他们武装到牙齿，甚至可以说是武装到了脑袋，因为，他们还戴着钢盔。 官邸的大门上拉着带刺的铁丝网。 据说汪精卫在城

里，但我不知道是真是假。 建立"大东亚新秩序"当然不会太容易，并不是
所有的人都自发地想建立这种新秩序。

⚘ | **11 月 4 日，星期六**

今天上午雾散了，天气好极了，阳光明媚，空气清新，并微有凉意，但不
觉得冷。 早上我做了哪些事？ 我备齐了明天庆祝"创始者节"要用的各种物
品： 服务人员戴的紫佩带，不会讲汉语的来宾要用的英语赞美诗集，等等。
此外，我还干了一些别的事。 噢，对了！ 还写了明天下午我的简短讲话稿。
下午 1 时，下列各位在南山公寓活动中心聚集，准备参加金陵女子文理学院
第 24 个"创始者节"的午餐会，聚餐者名单如下：

鲁淑音的母亲、乔伊·侯（Joy Ho）、莉莲·侯（Lily Ho）的母亲；

丹尼尔斯夫妇和约翰·马吉；

盖尔夫妇；

贝茨博士和鲍比；

齐先生和齐夫人；

四位校友： 邬静怡、林弥励、骆佩芬、袁成森；

五位教职员工： 瑟斯顿夫人、哈丽雅特、李先生、詹先生和我。

午餐会在哈丽雅特的安排下准备得很好，餐桌旁大多摆放着秋菊，色彩
鲜艳，让人赏心悦目。 座位牌很别致，是骆佩芬和袁成森做的。 饭后，我们
又回到活动中心，哈丽雅特给了大家一个惊喜，她给大家念了贺信和贺电。
贺信是弗洛伦斯·柯克刚寄来的，贺电是吴贻芳博士发来的。 然后，她又给
我们念了香港和上海分校寄来的贺信与发来的贺电。 她还特地为"创始者
节"写了一首歌，由四位校友演唱，唱得非常动听。

下午 5 时 30 分。 我去美国大使馆见汤姆斯·C. 哈特（Thomas　C.
Hart）上将及其随行人员。 我们传教士去得早，其他人去得却很晚，双方基
本上没有共同点。 凯瑟琳去得稍晚一些。 晚上，她到我这里来又一次重复了
她常说的那句话："官员们一点也不理解我们这些传教士，也不理解我们所做
的工作。"

📷 | 11 月 5 日，星期天

这是我记忆中最美的秋日！校园里美极了，秋色的金黄与松树的葱绿融为一体，美丽的菊花竞相开放。

10 时 30 分的学生礼拜非常成功，礼拜由我主持，王邦杰先生布道。 下午 3 时，钟声一响，学生们就在宿舍楼前排好队。 3 时 15 分，她们列队走进大礼堂，蓝布学生服将她们映衬得端庄大方。 3 时 30 分，"创始者节"的祈祷仪式开始了。 我漏写了一点：下午 3 时，太平洋舰队总司令哈特上将携几位军官来到学校。 他们临走之前视察了图书馆和礼拜堂，并检阅了学生。 令我们遗憾的是，他们没能留下来参加祈祷仪式。

"创始者节"祈祷仪式庄严而典雅，相信在场的每一个人，包括学生和来宾都深受感染。 和往常一样，各色菊花、金黄的树叶和跳动的烛光装点着礼拜堂。 主席台上坐着我们六个人，从左到右依次为： 王邦杰、魏特琳、普赖斯博士、瑟斯顿夫人、贝茨和邬静怡。 祈祷仪式内容如下：

开场白——顾小姐和埃莉小姐

念祷文——普赖斯博士

唱赞美诗——《你的圣殿永在人间》

诵读经文和主祷文——贝茨博士，经文为《申命记》第 8 段第 1～3 句及第 5～10 句

唱赞美诗——《天堂的回响》

简短讲话——邬小姐

布道——《记住过去》，布道人：劳伦斯·瑟斯顿夫人；翻译：王邦杰先生

唱赞美诗——《上山去》

念主祷文、做赐福祈祷——普赖斯博士

主席台对面几乎座无虚席，学校的 235 名学生全部到场，来宾肯定不下百人。

今天晚上，我在南山与多恩（Doan）夫人、杰西·M·特劳特（Jessie M. Trout）（她是从日本来的）以及瑟斯顿夫人共进晚餐。 吃完饭，我们下楼

到瑟斯顿夫人家喝咖啡，边喝边谈。 谈话间，客人们突然要我们说说日军占领南京的好处，把我们弄得张口结舌。

在庆祝"创始者节"之时，我老想着成都、上海和香港分校。

🔲 | **11 月 6 日，星期一**

太累了，今晚真不想写日记了。 早上 8 时~9 时，我在办公室安排下午请哪些人来听特劳特小姐关于合作社的讲座，人选确定后，又给他们写了邀请信。 9 时~10 时 30 分，带特劳特小姐和多恩夫人去了两个地方，一处是 1937 年 12 月 143 人被日军活活烧死的地点；另一处是 1938 年 1 月 5 次遭强奸的一位 73 岁老妇人的住处。 中午，我和这两位客人，以及布兰奇、林弥励、骆佩芬、顾小姐一起吃中餐。 下午 1 时 30 分~3 时，约 15 人聆听了特劳特小姐关于合作社的讲座。 4 时 30 分，我到南门，和金陵女子文理学院下属的南门基督教学校的一些老师交换意见。 6 时 30 分，我和凯瑟琳邀请传教团的几个人在南山公寓吃了饭。

今天晚上的早些时候和晚些时候，我们听到了空袭警报。 我们认为，这么做其实是搞灯火管制。

🔲 | **11 月 7 日，星期二**

今天晚上 6 时 40 分，我和凯瑟琳坐黄包车去国际俱乐部参加教育部长举办的宴会。 可怜的老头——他已那么老态龙钟，根本管不了什么事，更不用指望他能推动教育体制的进步了。 在座的大约有 50 人，共摆了 5 桌。 部长讲了一席话，内容之一是说他具有两重性——在政府工作时是一个他，参与社交活动时又是另一个他——现在出现在我们面前的就是另一个他。 我万万没料到会来这么多日本人，有基督教牧师（五名）、商人数名、新闻记者两名、军官两名，对了，还有两名政府顾问。 和我同桌有一位叫尤诺（Uno）的先生，他是洛杉矶的一位记者。 谁知道这次社交活动会产生哪些后果，也许无妨吧。 凯瑟琳旁边坐的是财政部长，她担心随时可能被记者拍照。

📖 | **11月9日，星期四**

昨天下午，焦嫂子来了，我们曾把一件棘手的事托付给她，请她照看凌萍太太的房子不要让人拆掉，让她一有情况就通知我。 这次她是来告诉我，一位邻居把浴缸抢去了，如果我不去把它要回来，浴缸就要被卖掉了。 于是，今天下午4时，我和魏师傅去看看怎样处理这件事。 房子远在和平门，从这里乘车过去差不多花了一个小时。 一路上，我们两次下车等待日本宪兵放行，好在他们放我们过去了。 我们到了那里后，去了附近几户人家，要回了浴缸，并给了那个拿走浴缸的人两元，又礼貌地对他还回浴缸表示感谢，然后，我们赶紧上车回来。 在车上，我不得不把脚放在浴缸里——脚实在没有地方放。 我们路过一些尚未完工的房子的旁边，看到有人正在拆房卖砖。 一幢价值万元的房子，卖砖所得也不过数百元。 在我们校园的南面，有一幢很漂亮的房子，其价值不下万元，已经被拆毁，砖头也被拖走了。 不应该责备那些拆毁别人房子的老百姓，因为他们也要生存。

在凌太太家附近的一个路口，日军设有关卡盘查过往行人。 我们通过了关卡，但路边有大约100个苦力在排着队，被日本兵反复搜身。 一个日本兵端着上了刺刀的枪，那架势无疑让每个苦力都能感受到一种威胁。 我听说，这些苦力每天才能挣0.48元，另外0.02元必须交给为他们提供担保的工会等组织。

这一趟来回挺远的。 我都快冻僵了，不得不早点钻进被窝。

真希望尤诺记者能过来看我，我可以和他进一步详谈。

📖 | **11月10日，星期五**

今天很冷，昨夜下了霜。 窗外秋叶很美，景色宜人，这些树都是10年前我亲手种下的。

今天下午，住在学校附近的老孙来找我，他想向学校借钱为养母下葬。 好像整个葬礼，包括办丧酒等，他得花400元，只有这样他才算尽了孝道。

晚上，我们去听了教会音乐委员会举办的小型音乐会，地点在索恩家。 我们欣赏了皮克林夫人（来自美孚石油公司）的竖琴演奏、加勒茨（Galatzer）

博士（一位奥籍犹太难民）的小提琴演奏和保罗·阿博特的男声独唱，还看了一出短剧。 这真像是回到了过去的时光。

刚才翻看一本破旧记事本，发现了这些数字（很久以前留下的阴影）！1938 年 1 月 14 日收容难民记录：

科学楼 928 人，艺术楼 1 223 人，中央楼 969 人，500 号宿舍楼 718 人，700 号宿舍楼 874 人，600 号宿舍楼？人。

到 1938 年 2 月 5 日，难民中共有 37 名婴儿出生、27 人死亡。到 1938 年 3 月 11 日，开办难民班情况如下：三年级共 10 个班——高中生，另有 5 个小班、7 个扫盲班，共 22 个班。3 月 22 日，递上了请愿书，上面有 1 105 人的签名。

我抄下了这些反映历史真相的数字，这个破破烂烂的本子可以扔掉了。我记不清了，想必那时的日记中应该已经记录下了这些情况。

📖 | 11 月 11 日，星期六

又是一个阳光明媚的好天气。 今天上午，那位年轻的花匠在中央楼前摆放菊花，好让瑟斯顿夫人给花拍几张彩色照片。 上午我原本是有安排的，但大部分时间却做了别的事。

上午，住在附近的老孙来了。 他曾在金陵女子文理学院避难近两年。 他来是想看看能否向学校借些钱给养母下葬。 我们想了个办法，由我和瑟斯顿夫人私人出钱，各借给他 100 元。

老孙还没走，住在附近的那位姓朱的又来了，问我们学校愿不愿意买下靠近校园东南角的那一小块地，其实，我们很久以来一直想要那块地。 他现在急需用钱，打算半价出售。 我告诉他，我们将把这件事告诉目前在成都的校长，并等待她的答复。

今天下午，一些外国人在我们学校操场上打棒球，打完球后又到瑟斯顿夫人家喝茶。 晚上，瑟斯顿夫人和我与九名高三的学生进行了简单的聚会。我们爆了玉米花，这是她们以前从来没做过的活计。

真不知道嗜杀成性的希特勒将给无辜的百姓带来什么样的苦难。 愿上帝怜悯那些将要受苦受难的无辜者!

今天是第一次世界大战停战纪念日！21 年前的今天，世界各地的人们是怎样狂喜不已、感恩不尽啊！当时，人们以为不会再让年轻的精英这样大批大批无谓地牺牲掉，但是，今晚静坐家中，我不由地想到，今天欧洲战场上仍有成千上万的生灵遭到涂炭。

幽 灵 谷

| 高尔斯华绥（Galsworthy）

主啊，我已启程赴死亡之海，
昔日阳光的欢笑难以忘怀。
那岂不浪费天生我才？
给我最后的慰藉；
人类从此不再战争！

我们显然没有守约！

🔔 | 11 月 12 日，星期天

今天举行早礼拜，约翰·马吉引用有关尼科迪默斯（Nicodemus）的经文布道，主要内容是：只有皈依上帝，人才能感到平静和充实，否则心灵总无法安宁。早礼拜是由王邦契主持的。

机密 中午，我去盖尔博士那里，和一位在市立学校工作的中国妇女一起吃饭。我们觉得她是个"汉奸"。尽管表面上看她想为同胞服务，对日本人没有一点好感，但实际上她对学校的日籍顾问以及两位日籍教师毕恭毕敬。她说最难对付的是中国教师，他们又狡诈，又狭隘。有人警告过她，所以，她从不让人代买食品或代做饭菜，也从不和别人一起吃饭。她认为，日本人会在年前从南京、上海一带撤走。这种说法让我大惑不解。她想来看我们，但我们学校的中国教师会怎么想？他们愿意和她同桌吃饭吗？我想，最好等程夫人回来后再给她答复。

今天晚上的礼拜由初三班负责，她们做得不错。我这朝北的屋子今晚很冷。

🔖 | **11 月 17 日，星期五**

阴郁的天气持续好几天了，今天天亮时有雾，不过后来阳光明媚，相当温暖。 那位年轻的花匠把菊花从花房里都搬出来晒太阳，并浇了水，这样可以延长花期。

中午 12 时。 哈丽雅特、瑟斯顿夫人和我去孙家喝丧酒。 听说今天来孙家喝酒的约有 200 人，大约办了 20 桌，每桌 10 元甚至更多，加起来要花很多钱。 我们三人每人送了四元，钱是用白信封装的。 孙家回馈了两元给我们的佣人。 来了许多邻居，其中有几位是教徒。 死者的直系亲属都披麻戴孝。老孙怕引起亲戚的非议，觉得不能按基督教的习俗办丧事。

下午 2 时 30 分。 我去汉中门长老会教堂参加悼念埃莉诺·赖特的祈祷会。 教堂里摆放着盛开的菊花和青翠的盆草，给人一种肃穆之感。 讲台的右侧悬挂着埃莉诺的大幅照片，照片中的她栩栩如生，充满活力。 听着她教过的修女们唱歌，我仿佛感到她还活着。 这两个悼念仪式是那么截然不同！一个简朴、高雅，不顾忌什么"面子"；另一个夸张、缺乏真情实意，时时处处从"面子"出发。 埃莉诺直到病入膏肓时，仍然保持着那种不可战胜的精神力量，令人难以忘怀。 她最后几个月备受煎熬，却不得不和双亲、朋友隔离开，在这种状况下她能保持这种精神，确实更加令人钦佩。

我设法抽空写下周一去南京基督教委员会发言的讲话稿，但是很难抽出空来。

🔖 | **11 月 18 日，星期六**

今天上午，初三的学生在化学课上给大家演示了染料的制作过程，她们做得很成功。 该班的新老师姓叶，他工作认真、兢兢业业，比去年的李先生教得好多了。

下午，传教士和外国商人团体在我们学校操场举行了球赛，有许多人踊跃参赛，拼劲十足。 传教士队以 3∶2 获胜。 我没参赛。 周六下午我一般都有公务。

我们总是迫切希望在报纸上看到最新战况。 在我看来，欧洲的战事似乎越来越遥远，而中国的战况则日益严峻，好像中国最后一条重要的铁路干线也将落入敌手。

📖 | 11 月 19 日，星期天

今天让家政班静修。 静修内容大致为： 上午 8 时 45 分开始做静修的首次礼拜； 9 时~9 时 15 分，小组（共四组）讨论，内容是基督在哪些方面引导世人，或曰基督如何为我们树立了榜样？ 10 时 30 分，家政和实验两班在教堂做礼拜； 12 时 30 分，师生共进午餐，这顿午餐特别有意义，它是由上一届家政班的四名学生准备的。 下午 3 时~4 时讨论： 一是在圣诞期间，二是在家庭和邻里中，三是在室友和同学间，我们应该如何仿效基督的祈祷？ 4 时 30 分~5 时 30 分，听报告，接着是烛光礼拜。 今天晚上的青年聚会由家政班（2）组负责。

📖 | 11 月 20 日，星期一

下午 3 时 30 分。 我去南京教会委员会主持祈祷聚会。 祈祷会很隆重，而我中文水平有限，思想又贫乏，所以主持得不太理想。 我就像圣经里的那位马莎，错失良机。

📖 | 11 月 22 日，星期三

一整天雨不停地下着，这怎能不让人同情那些衣着单薄的穷人、那些战壕里的士兵和那些流离失所的难民。

我们等待了一上午，希望雨能停下来，以便我们把桌椅送到大使馆去。但最后还是在下午 3 时冒雨将桌椅送过去了。 4 时 30 分，我过去帮忙，看到已有五六位女士在那里忙碌着，她们是伯奇夫人（她常主持各种活动）、特里默夫人、海伦·丹尼尔斯、马蒂（Matti）夫人、莫斯特诺姆（Mostrom）小姐和艾德娜·布拉迪。

瑟斯顿夫人一整天都待在住所，将发言稿作最后修改。 全南京肯定找不出第二人写发言稿这么煞费苦心、不惜时间的了。

报上都是坏消息，好像中国最后一条通向出海口的铁路干线也很快要被切断。 此地的中央政府也仍然只是徒有虚名。

🔒 | **11 月 23 日，星期四**

今天是感恩节。 虽然天空阴云密布，但没像昨天那样下雨。 美籍人社团在我们学校南画室举办的感恩节祈祷会，于上午 11 时 15 分开始，约有 50 人参加。 讲台上有 3 人： 美国领事 J·豪·帕克斯顿、盖尔先生（他主持聚会），此外便是这会儿正在写日记的我。 我特别喜欢听《校长赞美诗》，这首曲子我还是第一次听。 帕克斯顿先生读的主席宣言总体上我认为不错，里面没有矜夸之辞。 瑟斯顿夫人的讲话在我听来真是一种极大的享受，当然，她的讲话显然是经过精心准备的。

下午约 1 时 30 分，我们在美国大使馆聚餐，共有四桌，这顿感恩节大餐丰盛极了。 真想一整天都待在使馆里，充分享受一下节日的欢乐。 在大使馆聚餐是个新主意，起因是卢卡斯（Lucas）先生买了三只美洲火鸡。 他今天凌晨 3 时就起床烤火鸡了。

🔒 | **11 月 25 日，星期六**

雨虽停了，但天气转冷了。 东北风冷得刺骨，我又添了一件毛衣，感谢上帝，我还有御寒的衣服，但愿所有挨冻的人都有这个福分。 今天上午的大部分时间都用来写那篇中文讲话稿，下午要用。 我用中文发表讲话时常常由于水平有限，不能畅所欲言，而只能"言我所及"。 这样，我自己感觉效果较好，听众可能也有同感吧。 我今天讲的是《圣经》里长子的故事。

大约上午 11 时，两位中学教师突然从北平来我们学校。 他们肯定是所谓"不了解国情的归侨"。 我们绝大多数人是不会冒生命危险这么做的，因为，我们知道铁路和火车随时可能被游击队炸毁或炸翻。 这两个人很有意思，我们劝他们在南京四处走走看看，到下周二上午再走。

在今天早上的演示课上，学生们讲得很好，她们谈的是学语文的重要性，包括学习古文、白话文和写作等。 这种"演示课"或称"应用课"（去年是叫"互助小组课程"）每周一次，对师生皆有裨益，每个学生都有同等机会巩固、展示自己每门课所学的知识。

我在神学院给学生们布道后，那两位外地客人来找我，然后，我带他们去了新建的模范女子中学，那里的教师正在教音乐课。 初衷不错——想借此让学生们有机会欣赏好的音乐作品，中国音乐和西洋音乐都演奏。 在这种情况之下，发生"意外事件"或是爆炸事件的可能性可就太大了！ 教室里有很多傀儡，这些人都坐在一起，另外还有几个中国顾问。 我们三人心中都有数： 如果万一游击队出现，枪声一响，我们就立即就地卧倒。 这幢教学楼看来又不结实，如果地板不堪重负突然塌下去，我也不会大惊小怪的。 现场有我们的一些在校生，还有上届的几名学生，她们特别客气，彬彬有礼，有点异常，不知为什么这样。

今天晚上，我把两位客人以及住在楼上的瑟斯顿夫人邀来吃了顿中式便饭，还叫上了同住这幢宿舍楼的罗小姐。 今晚我生火了，真希望两幢学生宿舍楼里也都能生火。 据说，现在煤价是每吨 150 元。 我烧的煤当时买时每吨才 70 元，我记得肯定是这个价。

🔲 | 11 月 26 日，星期天

今天上午非常冷，地也冻了。 人们还没做好御寒的准备，很多人在挨冻，很可怜。

上午 8 时 30 分。 我到楼上瑟斯顿夫人的房间，和她以及皮尔庞特（Pierpont）小姐共进早餐。 我们坐在起居室的壁炉前吃饭。

上午 10 时 30 分。 我去南画室做礼拜。 鲍忠牧师进行布道，阐述了上帝是什么，布道很有思想深度。 他特别强调指出： 上帝是爱，上帝是光。王邦杰先生主持了礼拜。

中午 12 时 30 分。 瑟斯顿夫人和我去海伦·丹尼尔斯处吃饭，我们主要是去见见罗伯茨主教。 今天上午，罗伯茨在北平路的主教派教堂为 32 人施坚信礼，其中有几位是金陵女子文理学院的学生。 昨天，他在浦镇为 29 人施坚信礼，其中有 28 名教徒是年轻妇女。

下午 2 时 30 分，皮尔庞特小姐和米勒小姐来丹尼尔斯家，然后，我带她们坐人力车去南门，参观了那里的基督教教堂和附近的卫理公会教堂。 回来

时，我们路过了长老会教堂及其教会学校。 我们到特威纳姆教堂时几乎冻僵了，直到现在我才刚刚暖和过来。 今天晚上的青年礼拜由初二（2）组主持，她们表现很好，特别准备了两首赞美诗和两份布道稿，分别谈论了爱和天国。王先生是她们的指导老师，结束时由他领着大家念祷文。

11 月 27 日，星期一

今天还是那么冷，不过没有风，在阳光下并不觉得冷得刺骨。 今天上午，我和几位学生一起洗碗时，听说昨天在夫子庙一带冻死了几个抽鸦片的人。 学生们还告诉我，那一带很长时间荒无人烟，现在那里又逐渐盖起了房子，许多人又搬回去了。

下午 2 时 30 分。 我带着那两位远道而来的客人和皮尔庞特小姐、米勒小姐，还有来这里参加卫理公会会议的贝西·霍洛斯（Bessie Hollows），去了国家公园和明孝陵。 经过城门时，司机被哨兵从车上叫了下来，不过没叫我们出来。 公园与往常一样，虽然已不再砍树了，但到处显露出荒凉的痕迹。 体育场和游泳池的水泥凳被人砸碎搬走，用于盖房子。 我们只是在城门口碰到了宪兵和哨兵。

11 月 28 日，星期二

昨天，凛冽的北风停了，因此，在阳光下觉得还比较暖和。 但是，今天阴沉沉的，又刮起了风，很冷。 据报道，上海已冻死了 100 多人，我相信这报道属实。 我的办公室今天就很冷，我身上老是发冷。 可怜的瑟斯顿夫人一上午都待在她那朝西的办公室里，肯定很冷。

那个要卖古董的老人，今天上午来求我买几幅字画和一只宋代花瓶。 他说，姓高的官员家急需用钱。 我猜他自己也很缺钱。

下午，我和罗小姐花了很长时间讨论我们能否设法买到半价米，送给学校附近的那些穷苦邻居。 罗小姐说的情况和上午大王说的一样，很难找到诚心合作的米商，米商都会在我们的救济对象身上打主意。

今天下午，英国皇家舰队"燕鸥号"的舰长克赖顿（Crichton）来拜访凯瑟琳，他喝了点茶，并参观了学校。 由于战争仍在继续，这个可怜的人实际上连人带船都滞留在这里了。 他已经两年没和家人团聚了。 这就是战争。

📖 ┃ 11 月 29 日，星期三

　　上午花了两小时给吴贻芳博士写信，写了四页纸。 最近收到她两封信，信在途中花了不到 10 天时间。 信上没提空袭的事，但愿这是因为现在暂停对那里的轰炸了。 今天，我和初三的学生从上午 7 时 30 分起开始晒菜，下午从 4 时开始收菜。 明天，由另一个班学生洗菜、腌菜。 菜的质量很好，这给种菜的家政班同学的脸上争了光。

📖 ┃ 11 月 30 日，星期四

　　今天新英格兰地区在过感恩节，我们在这里也过节——在南山公寓吃肥鹅大餐。 这里的佣人韩嫂子为我们养了四只鹅，不过，我们坚持说只能收下两只。 我们请来的客人是沃德主教、镇江来的史密斯小姐和约翰·马吉。 我们刚吃完饭，艺术楼里姓焦的负责人报告说，一个日军高级军官在校园里要见我。 我下了楼，心想可别是那些日本督察，他们近来在视察教会学校，查看所用教材。 在会客厅和接待室，我见到四个人：××少佐、另一位日本军官、一位翻译和一位身着便装的日本人。 翻译介绍了那位大佐，并解释说，他 12 月 6 日将回日本，他对我们学校及其所做的工作有所耳闻，又因为他女儿也就读于教会学校，所以想来看看我们的工作情况。 我领他看了菜园、厨房以及学生亲手纺织的衣物。 他显然对这些很感兴趣。 看他比较友好，我便把他们带到我的宿舍，请他们喝点茶，吃些糕点。 翻译是从中国东北来的一个日本小伙子。 我很高兴能泛泛地跟他谈些事情，而不必告诉他我对战况有何看法。

　　上午 10 时 20 分。 祈祷会已结束，我和一些学生一起动手洗菜，菜共有 200 磅。 下午 3 时，实验班的理科和数学教师召开全体会议，商议教学大纲和与教学有关的一些问题。 会上，邬静怡当选为教务主任，王邦杰先生当选为秘书。 下次会议将于下学期开学后不久召开，此前，我们必须研究理科课程的教学计划和目标。 这个教师班子很不错。 我认为三位新教师都挺好，其中有两位经验相当丰富。

⑪ | **12 月 2 日，星期六**

像今天这样的天气，穷苦人将少受一点罪了，在阳光下还较暖和、舒适。今天上午收到了国际邮件（自从欧洲战事开始以来，很少收到那里寄来的信件）。 报纸今晚没到，也许南京至上海的铁路又被游击队切断了。

上午 8 时。 我去南京外侨联谊中心参加卫理公会年会期间举办的祈祷仪式。 因为，下星期一的祈祷仪式将由我主持，所以，我想最好今天去了解一些具体事情，再看看听众的大致情况。 今天的祈祷仪式由玛格丽特·希克（Margaret Seeck）主持，这对我做准备工作大有帮助。

我在回学校的路上碰到许多日本学童，他们排着长长的队伍，由教师们照看着过街。 他们衣着体面、身体壮实、朝气蓬勃。 肯定远远不止这 100 个孩子。 据说，现在有 7 000 名日本侨民住在南京。

上午约九十点钟，少野少佐带着翻译又来了，少野说他星期天要走了。他问我能不能收下 10 日元，转交给哪位穷女人或是穷学生。 我说愿意照办，我会把钱转给最需要它的人。 后来，我和林小姐商议此事，她建议把钱给几年前从家政班毕业的一位学生，她现在有病，而且没有经济来源。 我们将告诉学生，这钱是一位日本军官的一点捐款，这个军官的女儿就读于基督教教会学校。 在此之前，我们从没有收到过日军军官的捐款。

中午，在南山公寓，李汉铎校长、镇江来的黑尔夫人、瑟斯顿夫人、哈丽雅特和我，共进午餐。 下午 2 时～3 时，我检查了学生们打扫教室的情况，并打了分。 3 时 30 分～5 时，我和凯瑟琳骑车去了玄武湖。 印象中，自1937 年夏天至今，这是我第一次来这里。 玄武湖的风景依旧，但是，一些楼宇已遭毁坏，另外，公园也管理不善。 我不由地想起以前也是在这湖边，我曾和学生以及同事们多次野餐，每每心情舒畅。 何时才能重温往日的情景？

晚上 7 时～8 时 30 分，我把初二的学生约来娱乐了一番。 其他年级的几名学生为大家爆玉米花。

⑪ | **12 月 4 日，星期一**

今天上午 8 时 30 分～9 时，我主持了华东地区卫理公会会议期间举办的一个祈祷仪式。 一直希望自己能主持得更好，说汉语不要那么不自在。 四次汉语讲话总算是完了，我觉得肩上卸掉了一副重担。 现在，我有时间专心处理校务了。

今天下午，几个卫理公会的传教士应邀去日本总领事馆做客。 总领事的夫人堀太太就是一位卫理公会教信徒，她出生在美国。

国际救济委员会现在已被勒令彻底停止筹集大米救济贫民，借口是该委员会的主席贝茨先生利用筹集大米之机搜集反日情报。 贝茨最近发表了一篇措辞激烈的文章，揭露贩运鸦片和海洛因的问题。

昨天，米里亚姆·纳尔来与我商量，怎样才能帮助她们的一位女教师保住房产。 这位年轻教师和她的母亲，前一段时间必须向市政府交房租才能住在自己家里，现在她们干脆被撵了出来，腾出房子来让汉奸住。 那些汉奸现在终于同意让她们母女搬到车库里住，但是，正房还是必须交给汉奸。

今天下午，普赖斯博士为他夫人举办茶会，庆祝她来华工作51周年。 普赖斯夫人曾主持过全市牧师的祈祷会。 她虽已73岁高龄，但仍然精力充沛、热情开朗。 又回到这儿工作，这对夫妇多高兴啊！

晚上去盖尔家吃饭，席间约翰逊先生谈到了江西传教工作的近况。 他估计，最近，日军在湖南和江西的军事行动中，分别有2.8万～3万名和1.2万～1.5万名日军丧生。 南昌有四名卫理公会传教士，但实际上他们已被软禁在家中，没有特别通行证连院子也出不去。

🈷 | 12月5日，星期二

为了了解住校生的情况，我和骆佩芬小姐每次约两名学生来和我们一起吃中饭。 现在，一栋宿舍楼里的学生已全部认识了，我们又开始约另一栋宿舍楼的学生。 昨天中午来的是高二的两名学生，今天中午又来了两名。 我们会一直坚持下去，直到了解了那栋宿舍楼里的所有76名学生。 每个学生都有一段不寻常的经历。 昨天来的两位是伍爱德和王美月，她们的经历大致如下： 1937年战争开始时，爱德是实验学校初二的学生。 可能是在8月南京开始遭到日机轰炸时，她随母亲去了合肥，住在一个教堂的大院子里。 1938年5月合肥陷落前不久，她们母女住进教会医院避难所，当时在那里保护她们的惟一的外国侨民就是伯奇先生。 有一点爱德从未告诉过我，我是听别人说的，爱德在 1938 年秋经过合肥的一座城门返回南京时，把守城门的日本兵搜查所有获准离城的人，逼她脱光了衣服。 我们谈话时，爱德告诉我她想当医生，但是，她的家长是个穷裁缝，对她来说，那段医学求学的道路太漫长、太漫长了。 她数学和其他理科课程都属中等，音乐倒不错，我想她最好专攻音乐。

王美月是昨天来吃饭的另一位学生。 在逃难时，她和家人躲进了一个小山村，躲过了兵匪的祸害，这不失为一个明智之举。

今天来的是吴静华和朱为娟，她们都是常州人。 她们两家都是在中国军队从苏、锡、常溃退前向西部逃难的，最后栖身于江北的一个小山村，离和县不远。 1938 年初春，她们化装后，随家人来到南京。 到南京后，朱为捐听说有一个金陵女子文理学院难民营，后来又听说我们开办实验学校，就来上学了。 两个学生都想为农村孩子教书。

12 月 8 日，星期五

天气还是那么暖和、晴朗，好极了! 我不由地想起两年前的这个时候，也是这样的天气。 两年前的今天，金陵女子文理学院开始接收难民，保护了二三百名妇女和儿童。 那时候，中国军队尚未溃退。 两年前的那天晚上，我们第一次听到了轰击城墙的恐怖炮声，次日，中国军队在光华门抗击日军。

今天晚饭非常简单，是煮菜饭。 晚上 7 时，我和七名中国女教师开始筹划圣诞节的活动。 我们进行了分工，大致安排了圣诞节那一周的活动。 这个碰头会开得令人非常满意，大家精诚合作，没有人推诿扯皮。

下午 4 时~6 时。 我们举办茶会欢迎莉莲·阿博特（Lillie Abbott）来金陵女子文理学院南门教学点工作，她是位自愿者。 如果有更多像她这么能干的人提供帮助，那么，我们好几个人就能腾出时间来干其他非常重要的工作了。

今天收到了从美国寄来的邮件，其中一封信是玉珍寄来的，信中说她身体欠佳，不能来中国了。 是害怕了吧? 必须设法使现有的教职员工齐心协力，这样，如果我回美国休假，他们也能把工作进行下去。 玉珍如果真是害

525

怕，那当然还是不回来为好。

今天，空中飞机活动频繁，有 36 架轰炸机列队从学校上空飞过。 目的何在？ 是去增援某个城乡的驻军，还是仅仅为飞行训练？

刚吃完晚饭，一位朋友带着模范女子中学的校长顾问笠井先生来了。 来意好像只是了解一下我们的工作情况。 我们很难沟通，他汉语、英语都不会，而我又不懂日语。

昨天，我读了贝茨揭露鸦片的社会危害性的文章。 今天，我想我和程夫人是不是应该调查一下鸦片对南京的妇女和儿童造成的危害（贝茨的文章写得很漂亮，但是，让日本人大丢其脸可能不够策略）。

两天前，安村先生和他的一位同事来找我。 他们来南京是为了建立日本人基督教青年会，让我给他们推荐一处办公用房。 我让李先生带他们去了黄医生开的医院，该医院最近被日本人强行接管了，专门收治患病的娼妓。 如果他去那里，就会对中国人的财产被没收的情况有个大概了解了。 他是否能把这块地方争取到手，尚不得而知。

（因为我觉得，我不管在哪儿多认识一个日本人，就多了一条渠道为中国的利益仗义申辩，所以，我想去筹建中的日本人基督教青年会义务讲授英文《圣经》。 我就这个想法征询杨牧师和大王的意见，他俩都说这么做会被人误解的。）

昨晚，我和哈丽雅特在瑟斯顿夫人处吃饭，饭后，我们看了鲁丝和伊娃从成都来的信。

这些天我本该抓紧时间写几封重要的信，实际情况是，为了使学校工作能正常运行，我整天都在当调解人，做解释工作。

🔲 | 12 月 10 日，星期天

今天仍然阳光明媚，但有点冷，这让我不由地想起两年前的今天也是这种天气。

今天是在瑟斯顿夫人处吃的早饭，还有两位客人是鲍比·贝茨和邬静怡。 鲍比是在瑟斯顿夫人处过夜的，他和另外几个人昨夜在此观星象。 聚在一起吃早饭很愉快，餐桌就在起居室的壁炉前。

上午 10 时 30 分的礼拜由约翰·马吉布道。 中午，程夫人、邹静怡、骆小姐和我以及邻里学校的那位教师一起吃饭。 本希望王邦杰夫妇也来，但王太太显然是不好意思过来。

下午，做了各教派联合礼拜，参加的人非常多，还来了四个日本人，我想都是基督徒。 普赖斯博士布道的主题是《圣经》，因为，今天正巧是《圣经》为大家规定的安息日。 去那里之前，我到学校教堂看了一下。 教职员工们正在教堂里储粮，这一袋袋大米都是国际救济委员会以每担 20.8 元的价格买来的。 我敢肯定，今冬南京会发生抢米事件，因为，穷人被逼得走投无路了。早在初秋，南京的报纸上就煞有其事地说，市政府准备在 10 月 10 日将五个粮仓开仓放粮，但直到今天，一个粮仓也没有打开。 真希望穷人能离开这里去"自由的"非占领区。 在那里，当局如能开办一些作坊，对穷人来说真是莫大的福分。 我常常在想，如果不必管理学校事务，我是否能为穷人做更多的事情。 程夫人今天说，油价现在已涨到了每担七八十元了，而战前才 16元。 老百姓总不能不吃油吧。 猪油价格也同样飞涨。 这么多人亟须救济，真不知道应该怎样去帮助真正穷困潦倒的人，这真是棘手。 有很多人日子其实还过得下去，但他们仍不放过任何得到救济的机会。

这些天还得考虑休假的问题。 我到底能不能休假？

昨天中午，凯瑟琳准备了一顿墨西哥风味的午宴，档次较高。 招待的客人是美国海军军官格拉斯福德上将、奥布莱恩（O'Brien）少校、克莱顿（Grighton）中校（英国军官）、约翰·亚历山大先生（英国领事）、豪·帕克斯顿、贝茨夫妇和英国巴特菲尔德-斯怀尔航运公司的金洛克（Kinloch）夫妇，这些客人的一些亲属也应邀赴宴。 这么寥寥几笔，根本不足以描绘出这次宴会的盛况。 这次宴会的菜肴很精美，客人们都吃得津津有味。

📖 ┃ 12 月 11 日，星期一

今晚不时有歌声飘到耳边。 从下午 4 时这栋宿舍楼的学生回来后，就一直在唱圣诞颂歌和赞美诗。 现在已近 9 时，要熄灯了，可她们还在唱。 今年的这批学生都是那么快乐，不过基本上没有调皮鬼。

今天下午，我和美孚石油公司的要人蒋先生面谈他租用我们一间男教工

宿舍的事。 租金定得很便宜，但是，小维修由他负责，这个小伙子看上去整洁而有教养。

今天过得很不轻松，共有四个人来访，其中有三个人是找我谈事情的。今天晚上，我真是累得疲惫不堪，真不知这星期怎么熬到头。 原计划上午第一件事是给吴博士和吕蓓卡合写一封信，但一天下来，连信纸都没碰。

上午召集校务管理委员会开会，讨论校园东南角外边那块地的问题。 多年来，那块地我们一直可望而不可及，看来现在只要付点钱就能把它圈进来了。

🖊 | 12月12日，星期二

很高兴今天和蒋先生谈妥了，他将租用一间教工宿舍，是在与主校园隔街相望的院子里。 这样的宿舍我们共有四间，但是，1937年以来，我们一间也没能租出去。 因为，南京的房主大都希望房子有人住，有人住就能避免许多是非，这样能防止瘾君子偷家具，所以，不收房租也愿意。 蒋先生显然比较有教养，肯定会帮房主看好房子的。

今天给吴博士寄了封航空邮件。 信件没准什么时候就要被审查或是弄丢，所以权衡之下，我不想寄平信。

下午4时30分。 我们一行八人（阵容异常强大）骑着车出去兜风。 我们每周都要出去一次。 我们出了校园向西，沿着城墙骑到城北。 然后又向南骑回来。 回来时我们路过了古林寺。 我们没碰上宪兵，也就不用出示通行证了。 晚上7时，我们去大使馆吃墨西哥风味的晚餐，饭后又爆了玉米花。 晚上的最后一个节目是猜字谜，威尔逊赢了。

威尔逊和我都不禁想起了两年前的这个晚上发生的事情，想起了溃退的中国士兵，他们真可怜!

🖊 | 12月13日，星期三

无数的往事历历在目，无法抹去。 今天上午在图书馆，看门的陈师傅来问我还记不记得两年前的今天他差点丢了性命。 当时的情景让我久久无法忘记，因为，我虽然救下了老陈，但是，没能机智地救下向我求救的里奇夫人的男仆。

今天，我在忙着准备明天下午教务会议上的讲话稿。

天气仍然晴好、温暖。 下午 4 时 15 分，希尔达·安德森坐着大使馆的车来接哈丽雅特、斯图尔德夫人和我，去参加米德夫人家举办的茶会。

6 时，我去看望米里亚姆和她母亲。 现在煤奇贵，她们家今年没生火。

晚上 7 时，我在阿博特家吃晚饭，并在那里住了一夜。 天黑了，我不敢冒险独自回来。

📖 ┃ 12 月 14 日，星期四

我上午 8 时 30 分回来，8 时 45 分给学生们上课，讲英文《圣经》。 我很高兴和学生们在一起。 上午余下的时间和下午的好几个小时，我在准备下午 4 时 15 分对教师们的讲话，题目是《谈丹麦的教会学校》。 晚上，凯瑟琳、瑟斯顿夫人和我一起吃饭。 哈丽雅特今天病了。

还没听说昨天城里举行了什么庆祝活动。 占领南京应该说是日本的国耻才更恰当。 攻陷南京，实施大屠杀是日本人道义上的失败，他们怎么能庆祝自己的失败呢？

📖 ┃ 12 月 17 日，星期天

两年前的今天是南京陷落后最黑暗的一天。 上午 8 时 30 分，我和瑟斯顿夫人以及客人莉莲·阿博特一起吃早饭。 饭后，我们先读了奥尔德姆（Oldham）的《虔诚日记》，然后，我又念了我 1937 年 12 月 16 日～17 日的日记。 那些日子仿佛就在眼前。

上午 10 时 30 分。 我在南画室学生教堂做礼拜，布道的是在南京卫理公会教堂实习的沈牧师。 他谈的主题是： 原谅敌人，爱他们，并争取做得更好。 他的布道很好。

中午，我在南山宿舍吃饭。 下午 4 时，我去参加各教派联合礼拜。 特威纳姆教堂的大厅里座无虚席。 除美、英人士外，还有中国人和日本人。

下午 6 时。 我和伯奇夫妇、大王、王邦杰在实验学校吃晚餐。 晚上 8 时 15 分，我和两位牧师及实验班的信教学生见面。 我们让她们自己决定要不要

529

成立什么组织，我们只要求她们每周进行一次祈祷会，同时，请她们协助校方把圣诞节办得让不信教的学生也感到有趣。

每天看报时，我们都在猜测欧洲的真实状况。 我们得知的是真相吗？ 似乎有许多人丧生，但是，真相对公众秘而不宣。

📷 | **12 月 19 日，星期二**

天气依然晴好、温暖，这是穷人最大的福气，真希望他们的吃饭问题也能这么轻而易举地解决。 昨天，程夫人和骆小姐到一个米商那里弄到了 400 元的大米，并准备了一套领米券，由骆小姐发给亟须救济的人，凭券免费领米。 现在，质量最一般的大米也卖到每担 20 元。 去年这个时候是 7 元，今年秋天是 13 元。 有位米商的熟人告诉我，每卖 1 担米，日本人就要抽取 4 元的利，日本人还允许米商另外再赚 4 元。 以前，米商每担大米的赚头不得超过 0.2 元。 我简直不敢相信这是真的，任何人都会觉得这难以置信。

今天，程夫人花了 100 元买了几床被褥（当地人称做"被窝"），准备发放给穷人。 她说，每床最少值 10 元（也许是 11 元），最多不超过 12 元。准备用粗布做被面子。 棉花现在是每磅 1 元，去年才 0.3 元。 布现在是每英尺 0.3 元，去年才 0.15 元。 这就是我所理解的"大东亚新秩序"的意义。

今天，我们把家政班和实验班合在一起开了祷告会，地点在大礼拜堂。看着 240 位年轻人一起做祷告，真令人鼓舞。

下午 3 时。 我骑车到明德中学参加慈善学校的小型销售活动，出售的东西都是该校师生做的中式物品，这次活动吸引了许多人。 现在，该校有 100多名女生。

下午 4 时 30 分。 马乔里·威尔逊（Marjorie Wilson）、希尔达·安德森、菲利浦·切普和我骑车出去兜风。 我们到紫金山去看已废弃不用的天文观象台。 山上没有日本宪兵，只有几名中国警察。 我们爬上了观测塔的顶层，没人阻拦我们。 我们感到很奇怪，这些建筑物在战争中竟然没有遭到严重损坏，门窗竟然也没有被抢。

晚上 8 时 15 分。 我们到美国大使馆参加圣诞颂唱活动，有 80 人参加。领唱是皮克林夫人，她唱得确实很动听。

写到这儿时已经是凌晨了，晚安! 对了，两年前的今天我到日本大使馆去了。 当时金陵女子文理学院难民营已有 1 万名难民了。

📷 | 12 月 21 日，星期四

又是个好天，这对衣着单薄的穷人来说是个福音。 今天上午在学校教堂举行的祈祷会很成功，江牧师布道的主题是《今天我们过圣诞节的意义》。

10 时 30 分~12 时 15 分。 我在协助准备圣诞节的义卖活动。 摊位及负责人员如下: 毛巾摊位由程夫人的助手林小姐负责，程夫人负责卖袜子，林小姐负责卖圣诞红烛，袁小姐负责卖玩具，骆小姐负责卖儿童时装和垫子，薛小姐负责卖针织品，哈丽雅特·惠特默小姐负责卖菖蒲花。 布兰奇的面前摆着家禽和蛋，很有意思，还有一张桌上摆放着蔬菜。 勤工俭学的学生缝制的被子很别致，引人注目。

今天晚上，英语俱乐部的学生排练了她们的英语话剧和其他圣诞节节目。 另外，林小姐和各班代表座谈她们在邻里访贫问苦的情况。

📷 | 12 月 22 日，星期五

今天晚上，我们进行圣诞节庆典的彩排，这是第一次，也是最后一次，是惟一的一次整体彩排。 圣诞节活动的大致安排一周前就已贴出海报了，我们催促参加演出的各个班级和组织把各自的节目排练好。 彩排很成功，参加演出的那些小家伙非常可爱。 下午 6 时，我们和平时一样，吃的是米饭和蔬菜。 实验班的学生吃这种伙食每周可以省下 3 元。

骆小姐和程夫人终于买到了 400 元的大米，并准备好了领米券。 骆小姐将非常谨慎小心、不事张扬地把领米券送到附近最穷的那些邻居手中。 我们不敢透露风声，生怕别人知道我们有这种免费领米券后会来抢。 发放被褥时必须更加小心。 帮助穷人的工作现在越来越棘手，穷人数不胜数，而且是一贫如洗，而日本人又这么仇视我们的救济工作。

大圣诞树已搬进了校健身房，正在装饰。

田 | 12 月 23 日，星期六

天气还是那么晴好、暖和，真是太好了！今天上午的课程安排一切照旧。下午 1 时～3 时，进行宿舍和教室大扫除。今年圣诞节，宿舍里只能放上雅致的竹枝和花环。校健身房是实验班的圣诞节活动中心，今晚装点得很可爱。大会客厅是家政班的圣诞活动中心，也很漂亮。

7 时 15 分。英语俱乐部在凯瑟琳的指导下举办了一场非常温馨的圣诞节演出，凯瑟琳和九名高三的学生为此下了很多功夫。演出的节目包括圣诞颂歌、英语话剧《牧羊人》和一出非常喜庆、精彩的戏剧。可以说是一个盛大的庆祝节目，叫做"各国圣诞采风"。

田 | 12 月 24 日，星期天

上午 7 时 15 分。圣诞节庆典在学校教堂举行（办得很简朴）。我们只邀请了教职员工的亲属，但肯定来了不下 150 人。看来有些学生把父母请来了，当然，这并不是不可以。（圣诞节的特别奉献活动累计收到了 70 多元的捐款。每班都派一名代表呈上捐款。）

10 时 30 分。在南画室做礼拜，瑟斯顿夫人布道的内容为"圣诞节的意义"，她讲得非常出色。屋子里挤满了人，还加了座。礼拜会场布置得很雅致，对称地挂着两幅中国人庆祝圣诞节的画，并对称地摆放着两大束高雅的竹枝和飘柔的柳枝——这么一束在上海可能要值 10 元。这次礼拜肯定令人难以忘怀。布道内容值得打印出来寄给校友。王邦杰先生翻译了布道内容，不过他的译文更充实了布道的内容。

下午 2 时 30 分。三场庆祝节目同时开始：

1. 约 200 名附近的妇女在科学楼的大厅里演出或观看节目，实验班的学生也参加了演出。

2. 约 30 名幼儿园的小家伙在大会客厅表演节目。

3. 约 150 名邻里的孩子在邻里中心表演圣诞节节目。这三场演出的人员都得到了一件小礼物。

熄灯时分，或者略微过了一会儿，初二（相当于八年级）的 76 名学生带

着床单、唱着圣诞颂歌轻手轻脚地去了健身房。 健身房的玻璃上映着摇曳的烛光。 房内火盆里跳动着火苗，学生们围着火盆爆玉米花、吃橘子、喝茶，好不开心。 其他各班的学生都奉命熄灯睡觉了，这个活动是对年龄最小的班级的特别优待。 这一活动于晚上 10 时 30 分结束。 学生们披起床单，点亮灯笼，并排好队，唱着圣诞颂歌浩浩荡荡向前走去。 她们一路去了李先生家、东院、实验学校、瑟斯顿夫人处、南山公寓、程夫人家和家政班，最后才回到宿舍。 后来我听这个班的一个学生说："过春节也没圣诞节这么高兴，这个圣诞节让我们永生难忘。"这三年的工作乐趣之一，是多了一些美好的回忆。 要不然的话，这三年全是悲伤、恐惧和沮丧。

12 月 25 日，星期一

1939 年的圣诞节到了! 天气依然那么温暖和晴朗。 早晨 7 时，学校的大钟敲醒了酣睡的学生，她们唱起了早已准备好的那首歌《圣诞之晨》。 8 时，我们吃了很好吃的长寿面。 我们坐在实验学校的餐厅里，听着许多学生轮番唱歌，真是其乐融融。 一吃完饭，我们就洗碗、打扫餐厅，然后去参加 9 点钟的颂歌活动。 学生们可以自由选唱她们最喜欢的赞美诗。 今年，布利斯·怀恩特（Blis Wyant）的《月明星亮的圣诞夜》又在演唱之列。 学校教堂很温馨，瑟斯顿夫人送来几支崭新的大红蜡烛，跳动的烛光把教堂映照得更加美丽。

下午 2 时。 邻里学校的孩子们为她们的妈妈表演了圣诞节节目，共有 160 人参加，并分发了礼物。 我带高二和高三的学生到市区去观看了各教派联合举办的演出。

中午 12 时 30 分是圣诞节聚餐，师生共聚一堂，有四大碟美味佳肴。 学生们感到惊讶——当然是感到惊喜。 她们还以为今天就是用早晨吃的长寿面款待她们呢，所以，这时她们不禁拍手叫好，大喜过望。

下午 5 时，从市区看完节目回来，高三的学生到我宿舍坐了一会儿。 她们一定累了。 我让她们喝茶、吃水果，还让她们欣赏我收到的贺卡。

晚上 7 时 15 分，圣诞节聚会开始了! 圣诞节庆祝活动达到了高潮。 聚会共分三处： 实验班的师生以及教师亲属在校健身房，家政班师生在大会客厅，工人及其家属在科学楼的大厅。 这三处都摆放着硕大的圣诞树，树上挂满了手工制作的小装饰品和彩灯，充满喜气。 参加聚会的人大多数戴着自制的圣诞帽，帽子都尽可能设计得带有圣诞节气息。 这个主意很妙，这种帽子常把大家逗得哈哈大笑。 聚会者自始至终是欢声笑语，师生间平日里那种距离感一下子荡然无存了。 学生看到老师戴着这么稀奇古怪的帽子，便一个劲地叫绝。 有些帽子做得非常别致。 邬静怡的帽子是用鸡蛋壳做的；我的帽子是用贺卡做的，上面插着一根小松枝代表圣诞树，等等。 一顶最佳圣诞帽获了奖，还有几顶得了提名奖。 评奖后，我们玩圣诞游戏，又吃了点心。 聚会的最后一个节目是大家同唱赞美诗，做祷告感谢上帝。

工人的聚会也充满了欢声笑语。 负责他们那里会场布置和节目安排的人也非常能干。 聚会结束时，每位工人都得到了两条毛巾和 10 元，这份礼物有着特别的意义，现在米价奇贵，可以补贴家用。 这些钱一部分是教师捐的，另一部分是学校的一些老朋友送的。 这份礼物让工人们惊喜万分。

为期几天的圣诞节庆祝活动到此全部结束了。 今年比去年办得简朴、易行，但更加欢快、热闹。 只要学生们高兴，就没枉费了组织者付出的精力。不过，我们这些成年人心里都明白，这些天，欧洲战场上仍然有人受苦受难，丧失生命。 这几夜，月光如水，能见度很好，中国西部肯定又遭到了空袭。

📖 | 12 月 26 日，星期二

累坏了，我请了一天假。 实验班和家政班昨天放了一天假，今天又正常上课了。 最好放一天半假，那半天可以休息一下。 中午，瑟斯顿夫人和我请何太太（洁维〈Ivy〉的母亲）、袁小姐（新来的数学教师）和程夫人吃饭。我们还请了顾小姐，但她想休息。 我希望何太太早日恢复体力，我们亟须她教学生中式烹饪。 她善于烹饪，也很会管家。

上午 10 时 30 分。 教堂的祷告会结束后，我累得什么事也不想做，于是就骑车出去兜风。 下午 3 时 30 分，我去拜访莉莲斯·贝茨，她告诉我，昨天（12 月 25 日）上午，警察找贝茨问话，问了两个多小时。 4 时 30 分，我到了大使馆，看看我们骑车小组的成员是不是准备出去兜风。 他们留我坐了一会儿，喝了点茶，然后，我们一起去了夫子庙的古董铺。 两年半来，我还是

第一次去夫子庙。 那里好像和以前一样热闹，它是凭借什么力量从战争的创伤中恢复过来的呢？

📖 | **12 月 27 日，星期三**

每天吃完午饭到下午 2 时上班的这段时间，我指导一位可怜的编外工人在实验学校移植一些花草。 给这个可怜人一点活儿干能帮他一把，而他干的活又能使校园这个角落的面貌大为改观。

初二的小姑娘现在仍是每次来两人到教师餐桌与我及骆小姐一起吃饭。 饭后，她们去我房间坐了一会儿，我们玩猜字谜，用英语谈话，还吃水果。 学生每天都来，除非哪天我有客人或是和瑟斯顿夫人一起宴请客人，昨天和今天就有客人。 今天招待的是从朝鲜来的菲利普夫妇及女儿弗洛伦斯。

今晚，我安静而舒坦地待在自己的房间里。 上周忙个不停，而今晚这么悠闲，真舒服。

📖 | **12 月 28 日，星期四**

连续几个星期天气都是这么晴朗、暖和，这对成千上万被褥单薄的南京人来说真是莫大的福气。 我曾买了 10 床被褥，准备做圣诞礼物发放。 昨天下午，罗小姐告诉我，她正留心挑选最穷的一些人家发放这些被褥。

今天收到了从美国寄来的厚厚的邮件。 我满心喜悦地打开来，里面有吕蓓卡寄来的一本书和我翘首以待的朋友们的几封回信。 我们制定了一个缝制救济棉被的计划，实验班勤工俭学的学生正在缝被子，原料问题我们曾呼吁这些朋友帮助解决。

收到了一位校友侄女的来信，信上说，她愿意来南京学着做我的秘书。如果我能培养一个很能干、能拟定数不胜数的日程表、并能在我明年休假期间协助顶替我的人，那就太好了。

下午 4 时 20 分。 我和林弥励出了校园，朝西面走去，到了城墙边上一个破败不堪的小村庄。 上周二，我们一行人曾骑车路过这附近，我们约一半人很快就离开了那里，有几个农民站在小路上看着他们骑车远去，然后，又和我聊了起来。 他们告诉我（当然是我问他们才说的），他们很想为孩子们办一所小学校，由他们自己准备一间屋子做校舍，孩子们自备课桌椅。 今天，我和林弥励就是去筹划春节后在那里办一所学校的事。 他们准备的房子不太差，泥巴地，有一扇窗户，一个角落里还堆放着干草和青草，另一个角落里有一张床。 但是，学校能否办成现在还不敢肯定。 林弥励准备在家政班里选拔一些学生，安排她们来教课，用这个方法把她们培养成邻里学校的教师。 村民们很友好。

今晚去威尔逊家吃了晚餐。

太好了！今天收到了基督教贵格教会的日历。 谢谢你，吕蓓卡！

过完圣诞节，我累得浑身乏力，今天感觉好多了。

我和林弥励路过一些村庄时，耳闻目睹了这一带的许多生活情况，而这里作为一国之都，曾经那么充满活力，生机勃勃。 沿路，我们不时听到用镐掘地或是用斧子砍树的声音。 男人们在使劲地挖树根，有时，妇女和孩子也在挖。 这里的群山曾是那样郁郁葱葱，山上的坟墓上和坟墓周围的树木特别繁茂，而现在只剩下童山濯濯和几截子树桩，不过，有些竹林还没有遭殃。我们在一个地方看到几个学龄男孩也在挖树根。

我们在去的路上遇到一位黄老太（她已 60 多岁。 她逃难了，1938 年春，放不下这几亩薄田又回来了，结果五次遭日军奸污），她正坐在菜园子边的小土墩上。 我们和她说了几句话就继续赶路了。 当我们回来时，她还坐在原地。 我们停下来问她，才知道这几块巴掌大的菜地每天都得有人看着，白天是她看，晚上是她的小孙子和她媳妇看。 那些吸海洛因和鸦片的人极缺钱花，就连蔬菜他们也要偷去卖钱。

以前，城墙附近有座大砖房，住的是警察或士兵，现在房子已荡然无存，只剩些残砖碎瓦了。 有座房子的院子里以前有两棵古树，保护得很好，可惜现在也不见了踪影。 我不止一次听说，现在连棺材也被挖出来当柴火卖钱——这是抽鸦片的人不顾一切搞钱的最后一着。

到了春天，我们这座城市会是什么样子？ 如此这般的"大东亚新秩序"如果再维持几年，这一带的风气又会是什么样子？

🔲 | 12 月 30 日，星期六

又是个晴朗、暖和的好天气。 每天我们都以为第二天就要下雨、下雪，

或是转阴变冷了。 今天上午实验班的公开课很有趣，讲的是数学思考题。 我从没见过学生这么专注地上过数学课。 新上任的数学教师袁小姐是个难得的人才，我很庆幸有这样的教师。

学生们打扫完教室就放假了。 下午 2 时 30 分，我和凯瑟琳出了校园，沿着城墙一直走到城西北角的一座小山上。 沿路碰到的农民很客气地和我们打招呼。 只见穷人正往回扛胡萝卜缨子，听说是拿这个当饭吃，因为米价太贵了。

在那儿，我们拜访了莫兰德夫人，又去皮克林和米德家坐了坐。 是米德开车把我们送回来的。 我回来没赶上吃晚饭，就在房间里吃了点中午准备的饭菜。 我晚上懒洋洋地休息了好一会儿。《可贵的财富》今天读完了，我发现这本书写得妙趣横生。 现在已是 11 时了。 从晚上 9 时开始，我一直在灯下读书、写东西。

📅 | 12 月 31 日，星期天

1939 年的最后一个晚上。 下午 4 时，我去特威纳姆教堂做了联合礼拜。小小的教堂里挤满了人，因为，上海美籍侨民学校的孩子们现在还在我们这里，所以，今天也来了。 主持礼拜的是约翰·马吉。 今天礼拜的一部分时间用来吃圣餐，但最后有一个令人颇受启发的布道。 马吉说，他认为，这个世界弄成今天这个局面是教会失职，因为，教会是基督在这世界上的化身。

礼拜结束后，我们传教团的成员去贝茨家聚餐。 席间，我们只谈友情不谈工作，让人感到轻松愉快。

我晚上 10 时到家后一直在读书，因为太累，不打算守岁了。 很高兴有三天假可以休息一下。

1940 年

1 月 1 日，星期一

现在已是晚上 10 时。 这一天我一直在忙碌着! 如果说换一种方式工作就是休息的话，那么今天这个假日过得再好不过了。 上午 8 时 30 分和瑟斯顿夫人一起吃早餐。 9 时 30 分～11 时，程夫人、瑟斯顿夫人、邻居老孙和我一起去看老孙准备送给学校的那一小块地，确定其大小和位置。 老孙曾在金陵女子文理学院避过难，对学校很感激。 此后，我们又去看了另一块地。 地的主人希望学校能把这块地买下来，因为，他得养活一大家子，急需用钱。实在拿不准学校是否应该买下它，因为，这块地不在校内，而我们目前又不需要扩大学校的地界。 后来，他又带我们去看了一块狭长的地，他想把这块地送给学校，希望我们能照应他女儿读完中学。

中午 11 时～12 时，我寄了 121 元给设在上海的金陵女子文理学院救济基金会。 这笔钱是好几个朋友送来的，其中有一张 25 元的支票是古德尔（Goodell）夫妇送的礼物，这两位是我在 1932 年 7 月从香港到马尼拉的途中结识的。

中午 12 时 30 分，我去盖尔博士家吃新年大餐。 我非常喜欢去他们家，在那里，我能彻底放松。 盖尔非常善于管家，而且款待客人总那么大方。 有位许太太（她是嫁到中国来的瑞士人）带着两个可爱的孩子也在那里，她们圣诞节就是在那里过的。 许太太也许能来我们学校教编织和缝纫。

下午 3 时～4 时，我在办公室里写信，4 时 30 分，我去美国大使馆参加新年招待会。 4 时～5 时，大使馆招待的是亲纳粹的德国人；6 时～7 时则招待反纳粹的德国人。 6 时 30 分，瑟斯顿夫人和我去明德中学，想和默多克（Murdock）三姐妹叙谈，不一会儿她们应该就能从怀远抵达南京了，但结果是晚上 8 时才到。 她们说，昨天整整一夜，怀远这个小城到处都能听到日本人开枪射击的声音，据说，游击队已到了离怀远城不到 10 里的地方。 据说，那里的米已卖到 40 元一担，老百姓穷困潦倒。

1 月 2 日，星期二

今天放假。 早晨，我和瑟斯顿夫人正准备吃早饭，但转念一想，决定推迟到 8 点钟再吃，这才像过节的样子。 我本打算吃完早饭就去办公室工作，积了好多公函，压得我喘不过气来，待回复的私人信件更是早已堆积如山。虽然原计划如此，但是，今天的天气简直让人觉得已是春光明媚了，弄得我老想在温馨的大地上干点活。 于是，我跳上自行车，骑到金陵大学花园那里，用圣诞节发的钱买了一盆漂亮的木兰和几个花茎，回来后栽在地里。 在阳光下干活的感觉真好。 这几个星期，我在监督受助于我的一个穷人种花草。

一吃完午饭，凯瑟琳、希尔达和我就骑车出去了，骑了很远一段路，约有10 英里，到了高尔夫球场。 她俩在那里闲谈，而我走到球场后面，爬上了那里一座小山的山顶。 在山上，我在很近的距离清楚地看见了两只小鹿，真是天赐良机。 小鹿多么优雅！ 因为禁猎两年，所以今年才能有这么几只鹿。

1 月 3 日，星期三

这是新年假期的最后一天了，天气还是那么暖和、晴朗。 今天上午，我在办公室里工作。 下午，我带五位中国朋友去国家公园，这是他们两年半以来第一次去那里。 经过城门时我们下了车，步行过去，不过没强迫我们向日本兵鞠躬。 在公园里看到的中国人不是干活的苦力，就是站岗的警察，倒是许多日本人在游览中山陵。

公园里的大部分建筑都被毁坏得残破不堪，连砖头、石块也被拖走了。在灵谷寺，我们看到许多苦力在砍伐优质树木，并把树枝劈短，一捆捆地拖走。 他们说，是日本军人命令这么干的，说是需要用这些树当柴烧。 真不知道这样下去，到春天时，这里还能剩下几棵树？ 我们 5 时 30 分到家，一路平安无事，回来时累极了。

1 月 5 日，星期五

机密 南京新模范市立女子中学的校长曹慧小姐（即莉莲·曹），今天下午 3 时来我们学校转了转。 4 时，我们去瑟斯顿夫人处喝茶，一起喝茶的除瑟斯顿夫人外，还有邬静怡、林弥励和哈丽雅特。 曹慧说起话来滔滔不绝，有点不太谨慎。 她告诉大家，她们学校每月得支出 2 万元，但是，实际开支只有 8 000 元。 教师总数说起来有 48 人，但其中有 8 位或是 10 位，她这个当校长的从来没见过，却照样每月拿工资。 教育部部长顾澄是个老烟鬼，他的烟款全用公款支付。 曹小姐感到在目前这种局面下，只能是一事无成。

扣 | 1 月 6 日，星期六

我干了一天的活。 今天在刮沙暴，天气转冷了。 国际救济委员会正在整理申请救济者的名单。 林弥励说约有 5 万人申请救济，但我想，实际上申请人数肯定不会这么多。 真希望除了发放大米之外，我们还能做些更具成效的救济工作。

扣 | 1 月 7 日，星期天

今天上午的礼拜由王邦杰先生布道。 从日本来的那位埃斯特·罗兹（Esther Rhoads）中午在南山用餐。 下午 3 时，我安排程夫人、邬静怡和林弥励在我的办公室和她见面。 她力劝这三位去一趟日本，她说，如果她们去参加日本的一些民间会议是会起些作用的。 程夫人很难走得开，另两位非常想去，只是我不知道下周五她俩怎么跟罗兹小姐一起回来。

扣 | 1 月 8 日，星期一

下午，我去大使馆见了 J·豪·帕克斯顿。 他认为，最好是直接去日本大使馆办签证。 我准备明天上午 8 时去，日本时间是上午 9 时。 今天晚上，我在住所考虑她们赴日一事时，总觉得这事显然是办得太急了。 最好是等到这学期结束，下学期开始，三个人的工作都告一段落后再去。 但我的心情也很迫切，想让她们早点赴日为中国的利益奔走，中国亟须有人做这方面的努力。

📖 ｜ 1 月 9 日，星期二

今天中午，我正要离开办公室，一个中国人过来对我说，他要谢谢我，他妻子曾在金陵女子文理学院避过难。 他说，他妻子当时从扬州到南京来，而他却随一个政府部门西迁了，现在他回来了，想在现在的政府中谋个职位。他说，他已心灰意冷，想要自杀。 他是在骗我吗？我为他给已返回扬州的一位传教士写了一封介绍信，又劝他早点回到妻子身边，堂堂正正地做人和生活，不要一心只想赚钱了。 他没向我要钱。

下午 4 时~5 时。 我去五台山走了走。 翁文灏博士在五台山的宅邸，现在只剩下一堵墙的小半截了。 这座宅邸以前价值三四万元，但是无人保护。看家的人不知是没拿到薪水还是害怕性命难保，反正不干了。 房子先是遭到了日本人的洗劫，然后，中国老百姓也进来了，于是，房子就一步步落到了今天这个地步。 散落的砖块正在被人弄到夫子庙一带去盖别的房屋。

今夜有寒流，北风呼啸，犹如严冬。

📖 ｜ 1 月 10 日，星期三

刚才我正忙着草拟下学期教师的工作计划。 今天给麦克米伦（Macmillan）夫人的信终于写完了——这封信是去年 11 月动笔的，可以说，我拖欠了两个月的工作任务。 今天很冷，办公室里没有生火，坐着打字真不舒服。 我穿了两套羊毛内衣裤、两件羊毛套头衫、两件毛衣，还有一件外套。

📖 ｜ 1 月 12 日，星期五

我的头脑是属于单向思维那种类型的。 今天下午，我本该在 4 时参加家政班教师会议，然后到邓泰诚家观赏他收藏的画，并听他介绍画。 他鉴定古画比较内行，我很想学。 但是，我心血来潮，想找学校的邻居家调查些情况，于是，就把那两件约定好的事全忘了。 我在胡大妈家坐了一个小时，听她、她的独生子和媳妇谈她们眼中的"大东亚新秩序"。 一听就知道，她们对此的理解毫不含糊。 在她们看来，日本人搞这套新秩序就是要榨干中国的所有财富，迫使中国人对日本人俯首帖耳，任凭日本人在中国横行霸道，最终使中国人沦为日本的奴隶。 谈起现在的生活状况，她们说，简直活不下去了。

📖 | 1月13日，星期六

今天，实验班的演示课非常有趣，是在健身房进行一场篮球赛，由初一和初二的两个班对高中的两个班。 比赛气氛活跃，选手们表现得活泼愉快、生气勃勃。 我们学校的家政班共招收了 170 名十几岁的女学生，她们在这里生活得健康、幸福、有意义，不必靠别人养活，也不会感到前途渺茫，所以，办家政班是很有价值的，对此我深信不疑。 对于那些付不起学费的孩子来说，这个班采取的勤工俭学方式是再好不过的了。

今天下午和晚上，我与好几位师生、友人碰了面。 中午 12 时 30 分，我让初二的三个学生来吃午饭。 饭后，我和她们玩了一会儿字谜游戏。 下午 1 时 30 分～3 时 30 分，我监督学生们打扫教室，并给她们打分。 3 时 30 分，我到顾天琢的教室参加她们的小规模、较随意的演奏会，共有 24 名跟她学音乐的学生演奏了乐曲。 顾小姐共有 28 名学生，分成二三人一组上课。 有艾伦这样的教师真是太好了! 随着了解的加深，学生们越来越喜欢她了。

4 时 30 分，来了初二的五名学生。 她们今年是靠勤工俭学、担任监理助理工作攒足学费的。 她们去年工作兢兢业业，而且能力较强，所以今年当选了监理助理。 我们商议了如何改进下学期工作的有关问题，比如妥善使用抹布和拖把，等等。 别的学生都离校后，这五位同学还要留校一天，筹备下学期的工作。 袁小姐和罗小姐参加了讨论。 讨论完后，我们吃了些点心，又欣赏了最近从美国寄来的一些工艺品。 下午 6 时，袁小姐和另外三名初二学生来吃晚饭。 饭后，我们又玩了字谜游戏。 晚上 7 时～8 时，我和分管宿舍工作的袁、罗两位小姐商议下学期宿舍安排的事宜。 我们更加需要鼓励高年级学生来参与管理。 我们商定，下学期，高三、高一和初三的学生住实验学校的宿舍；高二和初二的学生住 500 号宿舍楼，由前者管理后者。

晚上 8 时～8 时 30 分，胡氏两姐妹和林小姐来与我讨论邻里学校下学期的事宜。 我们没有详谈，因为大家都太累了。

1 月 14 日，星期天

今天过得颇不寻常。早上 8 时 30 分，我和瑟斯顿夫人以及默多克三姐妹共进早餐，这三姐妹就要回怀远了。吃饭时，我们谈得很投机。10 时 30 分，礼拜开始了，由我主持。其间，约翰·马吉进行布道，讲述了玛利亚和她那一玉瓶膏油的故事。这个布道很合学生们的口味，她们个个聚精会神地听着。

中午，希尔达·安德森顺道过来吃中餐，当时三位初二的学生也在场。饭后，希尔达到我的房间去看书，我和学生们聊天，并玩了一会儿。

马吉让我把纳撒尼尔·米克勒姆（Nathaniel Micklem）著的《愿上帝保佑正义者》一书转交给瑟斯顿夫人。我读这本书入了迷，连英语礼拜都没有去。今天晚上读完了书，从书中看，英国的基督徒在认真地思考一些问题，相信这场战争的严峻洗礼会使他们变得更纯洁、更坚强，他们一定能建立起比国联更合理、更有效的新型国际组织。

我的新秘书今晚到了。她叫李青（音译），看上去年轻有为。晚上，学校附近着了火，烧毁了三间草房。那三家人都来了，他们都是些好人家。我们给他们吃了顿饱饭，又给了他们草褥子和被褥。

1 月 15 日，星期一

今天下午，我向邻居了解了更多的情况。我去了邻里××家。他们家族在本地算是家境不错的，有些地产。他有一个儿子、媳妇和一个小孙子。他常泡茶馆，四面八方的消息都能听到。另一位农民和附近的几位妇女来了，共来了九人，他们的看法只有一个：建立所谓“东亚新秩序”的目的就是日本人说了算，最终在经济上、政治上彻底奴役中国。没有一个人说日本人一句好话。说实在的，他们对日本人恨之入骨。我说有些日本人还是通情达理的，他们做的一些事表明他们对中国人是心怀歉意的，可这些邻居怎么也不相信这一点。

今晚参加了一个家宴，我是唯一的外国人，一起聚餐的还有五位有教养的年轻教徒、杨牧师夫妇和程夫人。和平时一样，谈起日本人来他们又是异口同声、态度一致，都认为每个日本人都不是好东西，他们痛恨每个日本人。我和杨牧师坚持认为，我们身在日占区，有责任弘扬爱人和善待他人的精神，让中国朋友理解并非每个日本人都是本性凶残。在座的年轻人很难接受这种看法。这个晚上，我过得非常开心，让我高兴的是他们没把我当成外国人，跟我说的都是真心话。

🈷 | 1月16日，星期二

今天上午，我和××①一起整理有关中国老百姓对日本看法的调查资料。老百姓的看法是一致的，在日本对中国有何图谋的问题上，中国人终于统一了认识。中午，我约了初二的四名学生来吃饭，她们今天停课了。猜字谜这个游戏很不错，能让学生们用上学过的单词。她们玩得很投入，不再感到拘谨。

下午4时。波士顿大学的莱斯利博士（Leslie）来参观金陵女子文理学院。5时，他去瑟斯顿夫人处喝茶。他很想知道"大东亚新秩序"的含义。

今天晚上，瑟斯顿夫人、哈丽雅特、凯瑟琳和我在南山聚餐。整个晚上，我们聊的都是非常琐碎的话题，一次也没有争论，不过中间有一两次还是谈了工作。当我写完这些日记时，差不多已是午夜12时了。

今天阴冷有雨，我坐在办公室里一点都不舒服。手指冻僵了，字都打不了。已是"三九"的第七天，也到了雨雪不断的时候了。

昨天，彭夫人和她儿子从上海来到南京，准备去合肥。真想把我的心里话倒给她儿子，像他这样的男子汉，再不能满脑子只想着保住自己的财产了，必须肩负起救国的重任，否则，中国永远也没法赶走压迫者，并获得自由。这个年轻人丢下他在非占领区的工作，专门跑回来保护自己的财产。我不相信他当公务员这么短时间，就能清清白白地聚敛这么一大笔财产。他母亲一直是个虔诚的基督徒，但她看不到自己儿子的缺点，她儿子也是在教会学校接受的教育。

---

① 由于这些日记将寄往美国，魏特琳担心日本人检查，因此没有提及姓名。

1 月 17 日，星期三

天气依然寒冷，没出太阳，不过也没下雨。 我在办公室里快冻僵了，所以，带了一只热水袋到办公室暖手。

今天下午，有一位年轻的中国妇女来看我，她从上海来，她父亲在南京的新政府里做事。 我看她对这场战争漠不关心，认为胜败都不关她的事，反正她又不打仗。 不知她对父亲在傀儡政府中任职作何感想，总之，看不出来她有着愧感。

下午 3 时 30 分。 我和凯瑟琳去基督教女子学校（中华女中），参加教友会（Disciples Brotherhood）的各国传教士联谊宴会。 宴会共 18 桌，每桌 8 人，总共 144 人。 看来，参加联谊活动的中国人很尽兴。 宴会由琼·特劳特（June Trout）小姐做东，花了 6 美元①，办得很不错。

在寒冷的室内坐了一整天，晚上感到特别累（今天穿了三件毛衣，两套贴身羊毛衣裤）。

1 月 18 日，星期四

初二的 78 名学生邀请教师去她们宿舍参加一个小型聚会。 她们表演了几出小短剧，主要内容是应该助人为乐。 这个班看来已经变得比其他班更积极、主动了。 这个班有 39 名勤工俭学的学生。

1 月 19 日，星期五

上午 9 时 45 分。 举行了本学期最后一次学生大会。 会上，王先生讲了话。 我在讲话中评价了本学期的工作情况，然后，大家唱赞美诗，第一首是《孝心》（这首歌学生很喜欢），最后一首是《主啊! 关心我们，保佑我们》。大家勤勤恳恳地工作了四个半月，结果，本学期的违纪问题最少。 本学期也没有什么外来干扰。 虽然来学校拜访的人很多，但从未发现有心怀叵测的

---

① 原文如此。

特务。

今天中午停了课，学生要收拾行李回家了。回家之前，她们必须把宿舍打扫干净。一直负责教室卫生的那些学生，回家之前还得打扫教室。她们离校后，我们要给她们的工作打分。

🗓 | 1月20日，星期六

中午天气变冷了，并下起了雪。上午9时，我和初二的五位学生开了一次会，她们担任勤工俭学的监理或监理助理。她们把记录本交给我看，上面记录着她们管理的学生出勤情况及所得评分。她们还带来了抹布，并为下学期制定了工作计划。

今天下午雪下得很大。希尔达、凯瑟琳、菲利普·切普、哈丽雅特和我一起在城墙上散步，走了好一会儿。迎风漫步，欣赏落在山上和山谷里的皑皑白雪，真是一件乐事。虽然天气很冷，农民却毫无怨言，瑞雪兆丰年嘛。按农历，现在是"四九"，正是一年中最冷的时候。

🗓 | 1月22日，星期一

上午10时。开了本学期最后一次教师会议。没有政府组织的考试对学生的压力，我们就可以更自由地强调学生的个性发展了。如果一位老师拿出他认为对学生更有裨益的教案，就可以期末免试。本学期没有多少真正算得上违纪的事情。我们决定下学期不招生了，因为，宿舍已经满了，而下学期不回校的学生至多三四人。

今天下午，我为我们的化学老师写了一封介绍信，他明天去上海考察肥皂、牙粉等的制造工艺。下学期，我们希望为那些学化学的穷学生增设一个项目，教她们做肥皂、牙粉之类的日用品。

下午4时。联合传教公会教育委员会在瑟尔·贝茨家开会。讨论的问题为：我们教会学校是否能提高教师的薪水或生活费？现在米价高涨，他们的薪水相对来说太低了（米价是一年前的三倍），根本不够用；我们是否必须使用傀儡政府的新教材？虽然这是迟早的事，但是，既然有关方面只是说要出这些教材，但还没出来，我们最好继续使用现行教材；经投票决定，教会将邀请伯奇夫妇、凯瑟琳·舒茨和明妮·魏特琳，休假后继续回中国工作。

晚上 7 时，教会成员在布雷迪家共进晚餐。

1 月 23 日，星期二

今天，我在制定下学期的计划。 我的新秘书打字水平已有提高，又学了速记，看来会是个好帮手。 我还拜访了两位教师，并一起讨论了下学期的计划。

1 月 24 日，星期三

今天阳光明媚，但仍然寒冷。 五英寸厚的积雪在慢慢融化。 人们都觉得这场雪下得好，有利于庄稼的生长，一点不嫌天冷。 今天有许多有趣和不同寻常的事。

招生委员会今天上午开会。 我们的两幢宿舍楼里有三四个空铺位，我们尽力合理挑选学生，把上学的机会给那些上不起学的人。 由于招的人不多，因此，可能不进行正规考试了，但是，我们还是要进行面试和智力测验。

11 时。 两个教外语的日本人来访，他们显然是新政府里的教育官员。他们略懂汉语，我们用汉语交谈。 他们想了解我们学校教不教日语。 我告诉他们，我们教日语，而且，我们有一位非常好的中国教师教日语。 他们对此甚感诧异。 他们声称，如果我们邀请他们其中哪一位来教日语的话，他们将通过宪兵为我们解决所有困难。 我没让他们知道我们没有困难，也没让他们知道我们不准备邀请他们。

中午，又来了两个日本人。 我曾经帮他们在这个地区找过房子，他们是坐轿车来的。 他们说，想带我出去吃中饭，幸运的是我已经有约了。 那么晚饭呢？ 对不起，我邀请了客人，这都是实话。 我说，等他们的妻子来了，我会很高兴去他们家做客的，这也是实话。

下午 1 时~2 时。 我在美国大使馆聚餐。 出席午餐会的还有约翰逊大使、格拉斯福德海军上将以及 1937 年 12 月在南京的那些人。 席间气氛很热烈。

下午 5 时~7 时。 我在邻里中心吃饺子，这是由年轻教师们一手操办的，而我只是往桌子上摆饺子而已。 他们干得很高兴，吃得也很开心。

📖 | 1月25日，星期四

爱，确实是世间最伟大的力量，能克服一切障碍。 今晚① 9 时 30 分我正在写信时，××②人来到我的房间，说她明天将去××人处，请其出面为她邀请她一度非常讨厌的一个人做助手。 她说，她是在极其虔诚地为此祈祷之后才做出这一决定的，因为，这样做实在不是一件容易的事。 昨天晚上和今天，这祈祷声一直萦绕在我的脑海里。 如果不是她决心这么做的话，我们教师集体中肯定已经产生裂痕了。 正是有了这种挚爱和诚信的力量，才使我们在过去两年里绕过了许多"暗礁、险滩"，使金陵女子文理学院的工作一直得以进行。

今天上午，哈丽雅特和凯瑟琳启程去上海度假。 我希望星期天能到盖尔博士家去，那儿很清静。 但是，每天的事务不见减少，反而不断积压，不知什么时候才能处理完。

📖 | 1月26日，星期五

今天是《美日贸易条约》预定续约的日子，但实际上并没有续约。 许多人认为，日本会守规矩，以后会续约的。 时间将会告诉我们答案。

虽然是假期，但是，瑟斯顿夫人仍然在她的小屋里工作，我也在办公室里工作。 我没法提高工作效率，总有各种各样的事情不停地打扰我，来请我办事的人一个接着一个：谁家的孩子想进某所学校，让我开介绍信；谁家的丈夫曾被日军杀害，让我写张条子去国际救济委员会申请救济；还有人要我帮忙给医院写安排住院的条子，等等。

午饭后，电话公司的一个日本雇员带着两个中国苦力来到校园，未经允许就擅自挖电线杆。 我和瑟斯顿夫人、程夫人提出抗议，但是，日本人充耳不闻。 我给美国大使馆打了电话才解决了问题。 半小时后，日本人向我们道

---

① 根据原文分析，应为昨晚。
② 由于涉及到人员之间的矛盾，魏特琳不愿说出姓名。

了歉。

星期三晚上，美国大使馆的保险库遭到抢劫，5 万元被劫。 详情还不清楚。

今晚，程夫人、杨牧师、江牧师和我开始和邻里的老孙具体商谈买地的事，那是校园后面的一块山地，将来可以在此建一所平民学校。 老孙需要钱。 我尽力想私人出钱买下这块地，希望将来由学院接管。 地价是 275 元，有 1 亩多一点。

1 月 27 日，星期六

我原准备今天下午离校，去盖尔博士家住一个星期。 我需要去休整一下，原因之一是我在校园里忙得没空休息。 对我们行政人员来说，过去的一周甚至比平时还要紧张。

我刚吃过午饭（现在我在 400 号宿舍楼吃午饭，因为我住的那栋宿舍楼关了），黄梦玉医生的母亲又来了，她被日本人赶出了自己的房子，现在，她住在她以前的黄包车夫家里。 我想她并不穷，因为，她女儿肯定很有钱，在离开南京之前肯定也给了她一些钱。 我交给她一封写给安村先生的信，虽然，他对黄医生的房产被霸占、并改建成花柳病医院一事也许无能为力，但希望他至少能了解一些情况。

下午 2 时 30 分。 有一个毕业典礼，四位护士最近刚修完金陵大学医院培训班的课程。

我正要离开校园，一个衣衫褴褛的人朝我的黄包车奔过来说："华小姐，我一直在等你出来，已经等了好几个小时了。 我又冷又饿，一直在为日本人做苦力，但是现在身体不行了，背不动了。"（他以前是我们庐州教堂的一位牧师）我怀疑他的败落和海洛因有关，我让他把地址留给门卫，给了他够吃几顿热饭的钱，然后就走了。 后来，我见到杨牧师，杨说，过去几年中见到他好几次，他是在吸海洛因。 20 年前，他有妻子和四个儿子，在一个蒸蒸日上的教堂里有一份工作，曾经前途无量。

晚上 10 时 30 分，我到了盖尔博士家。 这儿很清静、温馨。 但愿世人都能有这么一个家。

🔖 | 1月28日，星期天

昨晚下了小雪，今天天气很冷。 今天上午，我读了劳伦斯写的《以行动表明上帝的存在》，并读了一点《聆听上帝的声音》。 今天下午4时，瑟尔·贝茨做了一场精彩的布道，题为《当今世界局势与基督徒》。 他从《以赛亚书》第59部分读起。 以当时的场合，能如此无畏地谈论《圣经》中先知的观点实属不易，因为听众背景复杂，其中有日本人、中国人、犹太人（流亡者）、英国人和美国人；有传教士、外交官和商人。 他首先描述了世界局势：苏联占领了芬兰；日本占领了大半个中国；然后讲述了德奥关系，等等。 最后，他呼吁基督教徒们： ① 笃信上帝； ② 与致力于促进人类文明和世界进步的组织密切合作； ③ 坚信暴力、强权、战争、贪婪最终是不会获胜的； ④ 有些人穷兵黩武，为战争不惜一切，而基督徒则要为和平不惜一切，努力工作，并勇于奉献。

🔖 | 1月29日，星期一

多么宁静的假日！ 今天中午，我步行到南门，在那儿和里瑞尔·蒂加登（Lyrel Teagarden）及埃德娜·吉什共进午餐。 路上，我经过大概仅有六个街区那么长的一条街，我数了一下，足有12块立在店门口公开贩卖鸦片的大幅招牌。 这叫"官土"。 私开的烟馆又有多少呢？ 我不知道。

我在里瑞尔那里听她长谈中国西部的情况。 不难想象，一位一直在"自由中国"最自由的地方工作的人，怎能忍受在这里工作呢？ 她向我描述了西部的中国人英勇抗敌的大无畏精神，但是她又说，在昆明和香港这些地方，人们根本没意识到国家已到了生死存亡的关头。

🔖 | 1月31日，星期三

机密 今天，林弥励又来见我，她准备辞职，因为，她和程夫人合不来。有句话总是对的：两人都有理，两人也都有错。 如果她俩能相互关爱、彼此谅解，问题很容易解决。

我多次意识到，现在，我们在这片土地上面临的最大问题就是性格问题，双方为一些琐事发生分歧，互不相让，因为，都怕"丢面子"。 我们这一个小小的基督教团体中都有那么多问题，中央政府里该是怎样一番情形啊！ 我再次对蒋将军深感钦佩。

林弥励同意去上海度假，并愿意在那儿等我回话。 如果程夫人多一点关爱，林弥励多一点宽容的话，两人之间的裂痕就会弥合，但是，两人都不愿这样做。 我知道，上帝要操的心比我更多，只好祈祷："愿你心想事成！"

2 月 1 日，星期四

今天还在下雪，晚上下得很大。 我和盖尔博士上楼之前，把她家门前柏树上的雪摇晃了下来。

今天休息了很长时间。 非常喜欢弗朗兹·威福尔（Franz Werfel）写的《聆听上帝的声音》。

今天下午，在盖尔博士家里有一个读书会活动。 尽管下着大雪，还是有八位成员来了。 他们一起读《金城》。

马尼拉、香港和上海等地的广播电台说，小小的芬兰打退了苏联的多次进攻，仍在据守着曼纳海姆（Mannerheim）防线。 我同情那些浴血杀敌的芬兰人，又认为那些受蒙蔽的苏联士兵同样令人同情。 苏维埃领导人在野蛮大屠杀这一点上，和沙皇的追随者没什么两样，这看起来同希伯来先知耶利米（Jeremiah）生活的公元前 7~公元前 6 世纪对无辜农夫的屠杀属同一性质。

2 月 3 日，星期六

我决定结束度假回校，因为，程夫人从苏州南部回来了，我想让她知道，现在必须解决她和林弥励之间的矛盾了。 今天上午，邬静怡来向我表明了她的看法，她认为林弥励说的没错，程夫人冷酷无情，总是想支配别人，让别人屈从她的意志。

下午 3 时。 我回来换了衣服，5 时去美国大使馆参加欢迎约翰逊大使的招待会。 这种招待会毫无意义，人们不是交流思想，只是闲聊。 我和克莱维利希（Cleverish）司令谈得很投机。 我想进一步了解这个英国人。 在中国呆了几年，使我有机会接触英国坚强的精英分子，我对他们十分尊敬。 而美国的外交官们对英国人的动机却持保留态度。

本来打算和一些人去美国炮舰"吕宋号"上参加晚宴，再看电影，但遗憾的是，由于路上结冰，我不得不改变主意。 今晚很冷。

2月5日，星期一～6日，星期二

这两天，我一直躺在床上，林弥励和程夫人之间难以解决的矛盾让我闷闷不乐，我什么也吃不下。 昨晚做了一个长长的噩梦。 看来，她们中间至少有一人要甩手不干了。 两人都有理，又都有错。 林弥励已经厌倦了和这种人共事，不想再谦让了。 昨晚，我和程夫人谈过后，寄了一封信给林弥励。 经协商，我们想出了一个解决的办法，看起来还比较合理，但是，在林弥励看来，可能就不那么合理了。

2月7日，星期三

今晚是"三十晚上"，农历的最后一天。 晚上6时，400号宿舍楼餐厅里的五张桌子旁坐满了师生。 中间那张桌子坐的是曾在金陵女子文理学院避过难的孩子，外加程夫人和她的孙子。 那个驼背的小女孩也在这里，看上去她很高兴。 饭后，我们聚在活动中心玩。 从前，传统中国家庭中的年轻人，会通宵达旦地准备过年吃的食品、玩耍，并吃些好吃的东西。 今晚，我们许多人聚在一起尽情欢乐，我觉得没有人想家。

2月8日，星期四

新年好! 恭喜! 恭喜! 新年如意!

上午的大部分时间，客人一批批地来访。 一个多星期前，程夫人为我买了一些蜜饯，来客人时，我就在餐厅里用这些可口的蜜饯和茶水招待他们。

不难看出一些年轻教师同情林弥励。 可以说，这件事弄得大家没心思好好过年了。 我无法想象这件事对林弥励有怎样的影响，她回来以后也是不会再有心思工作的。

晚上 6 时。 我们吃了一顿北方风味的晚餐（肉馅饺子），是由我们的三位北方职员做的。 7 时，我们举行了一次小型聚会，学生们也来参加了。 我们唱起了赞美诗里的一些新年歌曲。

📖 | 2 月 9 日，星期五（农历新年的第二天）

今天阳光灿烂。 除了山坡和房子的背阴处有较深的积雪之外，其他地方的雪到晚上肯定会化完的。 校园里煤渣铺成的小路泥泞不堪。

今天早上，我又在楼上的瑟斯顿处吃早餐。 后来，当我回到宿舍时，许多工人来给我拜年。 他们穿戴整齐、喜气洋洋，还带来了孩子。 他们走后，织袜子的邻居孟先生也带孩子来拜年。

中午 12 时 30 分。 我应邀到程夫人家吃中餐。 她还邀请了其他客人，大家一起吃了一顿丰盛的午餐。 还有比中式餐更美味的佳肴吗？ 据我所知没有。

下午 2 时。 3 位老师、约 12 名学生和我，一道去长老会大教堂参加世界祈祷日活动，这是仿效纽约教堂进行的活动。 参加者虽然很多，但是，我们只有几个人觉得祈祷的时间太短，而且牧师也没怎么号召人们祈祷。 我认为，如果举行这个活动的房间再小一点，而且，只邀请中国妇女界的领袖参加，那么，她们可能会感受到自己与同时做祷告的其他国家的妇女心灵相通。令人欣慰的是，这次活动是由中国妇女独立组织的。 这次，台上没有一个是大学生，据我所知，听众中也没有，这使我们更加想念吴贻芳那样受过良好教育的中国妇女。

今晚，我独自呆在这间大宿舍里，脑子里总是想着林弥励和程夫人的事情，相信事情会圆满解决的。 早上，我又写了一封信给林弥励，劝她宽大为怀，早日归来。

📖 | 2 月 11 日，星期天

今天下午 2 时 30 分，尽管道路泥泞，还是有 70 多位附近的妇女带着许多小孩来到我们科学楼的大厅里，参加每周日下午例行的礼拜。 罗小姐带来了一张特别的新年海报，画的是一个人皈依基督教前后的不同状况，她主要谈论了如果按照耶稣的教诲努力从善，那我们将成为怎样的人。 我协助一位教师教人们两首新年赞美诗，因为没有人演奏风琴，我们是朗诵而不是唱歌。礼拜结束后，我们请他们喝茶、吃花生和芝麻糖。 参加者中只有一个小孩穿的是新衣服。 新年伊始，只要能穿得起，人们通常都要穿新衣服的，特别是小孩子。 邻居中穷人的日子比以前还要难熬，他们脸色憔悴，提心吊胆地过日子。

下午4时。 我做了英语礼拜。 阿瑟·摩尔主教布道时引用了《哥林多前书》第2部分第2句的经文："因为我曾定了主意，在你们中间不知道别的，只知道耶稣基督和他被钉上十字架。"十字架就放在我们面前，我们只有充分领会其含义，才能真正体会到上帝对世人的爱，以及上帝为世人作出的牺牲。

我正在读伯特伦·B·福勒（Bertram B Fowler）写的《上帝保佑选民》（THE LORD HELPS THOSE）。 我对将来在南京一带的工作想得越多，就越感到有责任在今后的日子里，向老百姓倡导基督教义推崇的合作精神，帮助他们改善生活。

📖 | 2月12日，星期一

今天得知美国将派萨姆纳·韦尔士（Sumner Wells）出访欧洲某些国家。 我整天都呆在冰冷的办公室里接待来访者，一空下来就安排下学期的课程表。 办公室里很冷，这影响了工作进度，要完成积压了三周的工作，就需要更多的时间。 没能在本学期结束时排出课程表，是我的失策。

📖 | 2月13日，星期二

天气阴郁，办公室里冰冷，而要做的事情很多。 今天的主要工作是接待来访者和排课程表，另外，还为两幢学生宿舍楼投入使用做了一些准备工作，并安排袁小姐为学生宿舍购置了一些生活必需品，准备好抹布等。

昨晚，凯瑟琳·舒茨来了，但是，她没带来任何有关林弥励的消息。 今天下午，骆佩芬也没带来新消息。 吃晚饭时，我收到了林弥励的一封快件，信中讲得很清楚： 在没有澄清和程夫人之间的误会之前，她是不会回来的。

晚饭后，（薛）玉玲、（袁）成森和我反复讨论此事，认为惟一的解决办法就是，明天让凯瑟琳·舒茨带着我们写给林弥励的信去请她回来。 我本想亲自去，但实在走不开，这样做多少会使林弥励感到面子上过得去。 我们在信中力劝她忍让一些，程夫人是难以说服的。 程夫人认为事情全怪林弥励，如果林弥励也这样的话，那事情就没希望了。 可怜的蒋介石! 我理解他在解决人事纠纷方面的难处。

今天下午，有 71 名学生缴了学费。

🔳 | 2 月 14 日，星期三

今天继续报到。 到晚上 5 时已有 150 名学生报到了。 和一年半以前这些班刚开办时相比，米价已经涨了两倍，我们不得不增收伙食费。 程夫人担负起做学生思想工作的艰巨任务，她力劝她们把伙食费尽量缴齐。

今天下午，热心肯干的凯瑟琳带着我们的五封信出发去上海，请林弥励回来。 坦率地说，这是我遇到的最令人灰心的事情之一，两位得力的职员观点格格不入，她们宁愿眼看着我们努力开创的事业半途而废。 假期快过去了，这两位同事仍未和好，但愿不会总这样下去。

机密 下午 4 时，瑟斯顿夫人、程夫人和我开了行政委员会会议，继续商讨一些校务问题。 我认为，凯瑟琳小姐带着我们请林弥励回来的信件去上海，这种做法堪为上策。 程夫人当时没有表态，但是，瑟斯顿夫人走后，她告诉我，她不同意我们的做法——那样做只会使林弥励比以前更傲慢、更专横，并说她干完这学期就不干了。 看她这样大发脾气，我开始感到很不是滋味，但是，后来却感到些许欣慰，因为，我相信她说出了自己的心里话，而且，她当着我一个人的面发脾气，总比在大庭广众面前发脾气要好得多。

面子的力量真大，它决定着人们的一举一动，让我们寸步难行。 为了面子，除了不愿去死，人们什么都愿意干。

🔳 | 2 月 15 日，星期四

今天早上 7 时 45 分开始上课。 第二节课，我和高中学生进行了交谈。

9 时 45 分。 我们举行了开学的首次祈祷仪式。 4 时 30 分，菲利普和希

尔达来接我，让我和他们一起出去兜风。 我们去了国家公园。 公园外面是有钱人的住宅——这些豪宅（罗森博士看了会说，都是搜刮民脂民膏盖起来的）都已经毁坏了。 只有几块碎砖头告诉人们，这里以前多么风光。 凯瑟琳和林弥励，今天晚上还没回南京。

📖 | **2月16日，星期五**

一整天，我都在写本周末要用的三篇讲话稿。 工作被打断了好几次，难得能连续写上一会儿。

今天下午 5 时，我派人把盖尔博士的厨师好心烘烤的一只精美的蛋糕，送给正在美国大使馆的格拉斯福德海军上将，并随蛋糕附上一封致歉信，说我和凯瑟琳都不能去参加在美国炮舰"吕宋号"上举行的自助晚餐和电影招待会了。 我本来想去换换脑子，放松一下，但是，林弥励和凯瑟琳要回来了，于是不想去了。

下午 5 时。 林弥励和凯瑟琳从上海回来了，林弥励看上去不像我想象的那么疲惫。 我很高兴她回来，因为，是她担负了管理家政班的重任——虽然没达到我希望的水准，但也很不错。 心头一块大石头落了地，我想今晚可以睡个好觉了。 凯瑟琳不辞辛劳去上海请林弥励回来，她做得很好。

📖 | **2月17日，星期六**

今天早晨，我们 20 人参加了家庭祈祷会，吴先生和严小姐也来了。

上午 9 时。 我去了南门基督教堂。 那儿正进行一个为期两天的静修活动。 参加者很有意思，其中 80% 是年轻妇女。 年轻男子很少，许多男人不是去了西部，就是被日本人杀害了。 我相信，现在这座城市里年轻妇女的人数肯定是年轻男子的两倍。

街上人很多，孩子们提着灯笼，有一种节日的气氛。 是时候了，街头各式灯笼齐现——鸭灯、兔灯、龙灯，不久还会有一个大型花灯游行。

今天晚上，我在贝茨家吃晚餐，来宾中还有日本全国基督教会的司马博士及其他几位日本基督教徒。 陈教授和齐先生也在座。 席间，我们畅谈了上帝对世人的爱。 我们都认为，派日本传教士来中国，并向中国人传教——确切地说是和中国传教士共同向中国人传教，就现在的情形来看，这一措施的动机令人怀疑。

🕮 ❙ **2 月 18 日，星期天**

8 时 30 分。 我和瑟斯顿夫人一起吃早饭，有上等的咖啡、用浅铁锅烤的蛋糕，还有正宗的黄油。 今天天气真好，使人真正感到了春天! 10 时 30 分的学生礼拜由瑟斯顿夫人主持，王邦杰先生布道。 上星期四就开学了，但许多学生还没返校。

下午 1 时，我到南门教堂参加静修。 我领着教师们第三次集体研习《圣经》，读的是《约翰一书》，这是我们祈祷的主题。 关于培养爱心的那段经文讲得多好啊! 非常遗憾的是，在目前形势下，我们在校园里静修时不能讲习这一章，惟恐人们会以为是针对他们的。

晚上 7 时 15 分，高一的学生主持了信教学生的礼拜，礼拜准备得很充分。 有两个学生布道，一个学生领头祈祷。 礼拜结束后，每班有一名代表留下来交流体会。 我们计划下周为信教学生举行一个祈祷仪式，时间定在星期三早晨 6 时 40 分。

🕮 ❙ **2 月 19 日，星期一**

我仍在尽力调整课程表中相冲突的课程。 今天早上举行了本学期第一次周会。 大王作了精彩的讲话，他告诫学生： 她们受的教育必须以诚实、正直的人品为基础，否则，毫无意义。

上午 11 时，我和瑟斯顿夫人商量了吴博士最近来信提到的一些问题。她们将于 3 月 2 日在中国西部召开一次会议，我们准备向会议提交 1940～1941 年的财务预算。 根据过去半年的试行预算来做这个财务预算，按理说是没有问题的，但是，今天南京的米价涨到了每担 30 元，这在南京是史无前例的。 农历年过后，米店因为担心遭到抢劫而关门了。 程夫人拿不定主意，到底是该现在买米还是 3 月底需要时再买。 谁知道那时米价是多少呢?

今天，我一直在努力为实验班的管理问题制定解决方案，但是，工作屡次被打断。 首先，胡大妈是学校的邻居，我认识她已经有 18 年了，知道她是个好心人，她领来一位附近乡下的男子向我求助。 他 50 岁开外，是个节俭的富农，有 100 多亩地（合 16 英亩）。 他的独生子被捕入狱，正在遭受日本人的严刑拷打，硬说他是游击队员，还说他藏匿武器。 这帮土匪就是用这种手段搜刮钱财。 接着，黄医生的老母亲来找我，请我帮她的黄包车夫。 这个车夫得养活八口人，以现今的米价，他根本买不起米。 后来，一位姓姜的男子来见我，问我是否可以把中央研究院的那块地租给他。 他哪里知道，只要他能保护好那块地，不让人把那里仅剩的几幢房子拆掉，我宁愿让他无偿使用。

4 时 30 分，我骑自行车出去转了转。

📓 ┃ 2 月 20 日，星期二～ 22 日，星期四

看来，要做完任何日常工作都很难。 我去办公室时，经常暗下决心，要把一些工作做完，但是，到下午 5 时，这些工作连碰都没碰。

许多人来请我亲自出面或是写张条子给国际救济委员会，允许他们领救济粮。 米价不断上涨，人们也越来越绝望。 罗小姐负责做邻里的救济工作，由于力量有限，她无法应付我们希望她做的一些调查工作。

在鼓楼教堂，伯奇夫人做了大量的工作，设法救助那个地区的穷人。 我们这里参加星期天礼拜的大部分人都是困苦不堪的穷人，但是，教堂又能怎么办呢？

📓 ┃ 2 月 23 日，星期五

我今天都累昏了头，整天都在忙着给勤工俭学的学生派活儿。 要让每个学生都能增长见识，而且活又不太累，实在不容易。 如果哪位受过良好教育的中国人愿意担当此任，我非常愿意移交这一工作。 我会慢慢对袁小姐和罗小姐说，她俩对这一工作有些兴趣。

最近，许多架飞机从城市上空飞过，可能是去附近的城市或其他地区执行作战任务的。 约翰·马吉说，许多满载伤兵的卡车从他们附近经过，好像附近有战事。

⏸ | **2 月 24 日，星期六**

今天上午 8 时，三个孩子由亲属领着来找我。 孩子的父亲就是躲在道格拉斯·詹金斯家但仍被日军杀害的那两名男子。 孩子的母亲都来了，我们给了一位母亲 100 元，让她做点小生意，并且供长子上学。 当另一家下次把家里的另一个孩子和孩子的叔叔带来时，我们也会给他们 100 元。 我们希望他们用这笔捐款让这四个孩子上学，给他们一个谁也抢不走的人生起点。

整个上午我都在重排勤工俭学的计划。 下午 1 时 ~3 时，我根据刚颁布的计划，监督工作的落实情况。 3 时 ~4 时，我监督工人洗拖把和抹布，如果不要求他们每周都洗，他们一学期最多洗一次。

今天，在海伦·丹尼尔斯家度过了一个轻松愉快的夜晚。 可怜的霍顿去上海才几个星期，回来后便发现他医院里的医护人员都要求辞职，要去一家新建的市立医院——可能是奔高薪去的。

⏸ | **3 月 2 日，星期六**

我已经有一个星期不想写日记了。 我真的累坏了，以至于觉得没有什么趣事值得写。 感到累的原因之一是天气寒冷。 2 月 28 日 ~29 日①下了一场暴风雪，到现在雪还没有融化，而此前的几个星期一直温暖如春。 紫罗兰和三色紫罗兰正在开花，春梅也含苞欲放。 由于天气骤变，今年可能结不了果实了。 这种天气更令人放心不下因物价飞涨而买不起生活必需品的穷人。一想到这些穷人将来怎么生活就使人忧心忡忡。 然而，从另一种意义上说，这也是件好事，因为，即使是那些社会地位最低下、最没文化的人，也看清了"东亚新秩序"的真实含义。

现在，我又要安排这一学期的工作了——勤工俭学计划等等。 上周六下午 1 时 ~3 时以及今天的同一时间，我都在监督学生进行教室大扫除。 被选出来协助我工作的六位女学生很负责，她们因此得到了锻炼。 我得挑选一位对此事很感兴趣的人，明年接替我做这项工作，在我看来，这项工作非常有益

---

① 1940 年为闰二月。

于培养人品。

昨天，那两个人从庐州回来了，身上背的东西看起来像是棉花胎，实际上是一条装满了羊毛的白色被罩。 羊毛是从古尔特家剪来的。 现在，我们准备教学生织毛线和染毛线。 我们希望教会许多学生做这种活儿，然后，她们可以回家教其他人。 我们精力不够，需要更多的人手。

芬兰节节败退使我们感到悲哀，然而，我们必须坚信战火的灰烬将孕育出一个更坚强、更纯洁的国家，因为，真正高尚的人经历苦难之后，会变得更加纯粹。

这星期，我和瑟斯顿夫人吵了好几次，这使我感到疲惫不堪。 我承认，这些天我脾气急躁，而且也很累，但也确实是她惹火了我。 她话里有话地说，很多事情是在过去的几年间就应该做完的，我认为，我们没有时间和力量做这些事。 我们不能指望像过去那样按部就班地工作，因为，我们一直人手不够，而且，我们有规范的课程表，再花时间去收集教师的个人课程表就显得没有必要——这将浪费我们已经排满的时间。 但是，我确实也不该为此发脾气。

上个星期一晚上，我太累了，6时30分就上床睡觉了，因此，错过了在美国大使馆举行的一场气氛热烈的音乐晚会。

我们想为邻里30个吃不饱饭的孩子开办救济班，但是，我们买不到足够的大米给孩子们吃。

程夫人对买米的问题一筹莫展。 我们的米只够捱过3月份了，她拿不定主意，不知是现在买还是再等等看。 她侥幸地认为，也许汪精卫来南京时，米价就会降下来。 我们大多数人都认为，他是不会来的，即使他来的话，也不会久留。 真是一团糟!

🗓 ┃ 3月22日，星期五

我已经有近三个星期没在日记上写一行字了。 为什么呢? 原因不止一个，而是多方面的，主要原因是我已筋疲力尽了。

3月7日（星期四）~3月15日（星期五），我一直在上海，其中有四天参加全国基督教教育年会，大概有20人出席了会议，有中国人也有西方人;

有来自敌占区的，也有上海本地的。 遇到这些在教会教育领域颇有建树的人士，听他们报告主要面向中学制定的教育计划，我感到很有意义。

来自北平的代表对北平人的生活状况并不乐观。 生活必需品的价格不断上涨，穷人们简直活不下去了。

在上海的其余几天，我为我们的手工课程买材料，也为我自己买了一些东西。 几天来，我一直为自己购物花掉的钱而感到心中不安，那么多人连买米的钱都没有，亟须救济，而我却为自己花掉那么多钱，这样做对吗？

上海的情形也令我心里不是滋味。 大商店和影剧院里挤满了衣着华贵的中国人，他们一点也没有意识到国难当头，看到他们，我真受不了。 他们不是在买生活必需品，而在买奢侈品。 我还去看了黄梦姒，她们一家让我感到欣慰。 她和丈夫、孩子从中国西部回来已经一年了。 他们穿的是普通的棉袄，吃的也很简单，三个儿子都决定不去看电影，把省下的钱捐给西部的穷人。

旅行并不比一年前方便，虽然人们可以从旅行社买到车票，但是，现在已没有"红帽子"负责把旅客的行李送到站台上了，因此，自己拿不了的行李必须托运。 火车到站前 15 分钟才开始检票，旅客蜂拥而过——孩子们可惨了。 现在火车上共有三等车厢，普通傀儡和日本人坐二等车厢，高官和大傀儡坐一等车厢。 我感觉坐三等车厢更舒服。

从上海回来以后，我一直感到浑身乏力，现在还没完全从旅行的疲惫中恢复过来。 我觉得吃简单的中国饭菜，再喝点牛奶，比吃西餐有营养。

这一周就要过复活节了。 瑟斯顿夫人早就建议过我们多读《圣经》，多唱赞美诗，以庆祝这一节日，而不像去年那样每天诵经布道，我们采纳了这个建议。 昨天晚上，我们没吃圣餐，而是开了祈祷会。 两个学生宗教团体本周的五天都在学校的大礼拜堂聚会。 我们不知道人们对本周的重大意义理解多少，我们热切盼望能有一位虔诚的中国高官来主持本周的活动。 我们今年没有举行大型活动，只是在复活节那天早晨举行了一次简朴的晨祷。

过去的一星期有许多因素使我情绪低落，可能最主要的因素是我劳累至极。 此外，令我感到压抑的原因首先是新政府的成员（汪精卫和他的追随者）正在南京，人们经常可以看到一些地方像模像样地亮出了党旗和国旗。看来"新中国"将在 3 月 30 日宣布成立。 真是手段高明，可以分裂国家、蒙蔽民众了。 汪精卫这样做，完全是由于他争权夺利，还是由于他憎恨蒋介石，或是由于他真的认为这样做对中国有好处？ 令人痛心的是，许多人虽然对国家一片忠心，但是，迫于生计不得不沦为汪的党羽。 第二个令我情绪低落的原因是我的工作堆积如山，压得我喘不过气来。 每天都有那么多的中国人来找我，有那么多的信件寄来，让我深陷其中。 最后一个很重要的原因是我对休假感到无望，无论是休假还是工作，我都必须事先做好两手准备，而同事中没有一位中国人可以统管全局。

3 月 23 日，星期六

今天寒冷、多云。 下午 1 时～3 时，我监督勤工俭学工作，然后，和监理助理一起评分。 接着，我和凯瑟琳出去散步。 我们首先拜访了科拉，这个俄国小伙子在南京经营了一家生意红火的汽车修理厂。 他主要为日本人修车，自然也就了解他们的心态。 他认为，日本人很灰心，他们不知道什么时候才能重新控制局势。 他说，他感到美国将要加强对东方的控制，这就是萨姆纳·威尔士出访欧洲的原因。

南京街头的小汽车突然增加了许多，坐者都是"将要成立的"政府官员。许多官邸正在修复。 米价稍有回落。

3 月 24 日，星期天

又是一个阴冷的天气。 人们还期盼着复活节会春意盎然呢。 我们仍然生着炉子，不能不生火。

今天校园里接连举行了几场礼拜。 早上 7 时，林弥励主持了复活节的早礼拜。 在上午 10 时的礼拜上，瑟斯顿夫人做了题为《觉醒·奋起·生存》的布道。 7 时 15 分，我主持了青年学生教徒的礼拜，伯奇先生做了一场训导性的布道，哈丽雅特唱了赞美诗。 10 时，做礼拜的学生不如我期望的多。

下午 6 时，我和伯奇一家吃中式晚餐，然后，高三的学生来喝茶、吃点心。 4 时 30 分的基督教各派联合礼拜，参加的人更多，因为，美国学校的美国学生也赶来了。 普赖斯博士主持了这次礼拜。

人的记性真差——也许应该说我的记忆很差。 但是，我永远不会忘记

1927 年的 3 月 24 日，正好是 13 年前的 3 月 25 日，我们遇上了"南京事件"。 这一事件深深地印在了我的脑海里。 我记得 13 年前的今晚，我们几个人在贝利大厅（the Bailey Hall）阁楼上朝西的小屋里向外眺望，只见金陵女子文理学院的校园里一片黑暗。 教友会的医院①还在燃烧，人们能看见威尔逊家被烧毁后的余灰，我们在南京进行了数年的传教工作不得不结束了。六个月后，我们有些人重返南京继续坚持传教工作。 13 年前的 3 月 25 日，是所有外国人离开南京的日子。

昨天，一位邻居告诉我们，重庆政府一年后将迁回南京。

今天下午，哈丽雅特、瑟斯顿夫人和我设宴款待斯坦利·史密斯。 席间我们谈了许多问题，包括基督教教育的未来。 在这个领域我们做出了什么意义深远的贡献呢？斯坦利说，中国的某一所基督教大学过去 10 年没有培养出一位牧师，然而，我们的主要职能之一仍是培养教堂的领导者。

今天上午，在南门教堂有 39 人接受洗礼，鼓楼教堂有 29 人接受洗礼（去年复活节南门教堂有 164 人接受洗礼，去年秋天有 25 人接受洗礼）。 这就是宗教的乐趣。

📅 | **3 月 25 日，星期一**

13 年前的这个下午我们离开了南京，13 年前的这个夜晚，这座大城市里一个外国人也没有了。 短短几年发生了多少变化！如果日本人得逞的话，那么，现在这片辽阔的土地上将没有一个西方人。

现在很少听到轰炸机飞过，只是偶尔有几架飞机飞到附近的村庄去吓唬游击队。 邮政飞机和客机已有所增加，有定期航班飞往上海和北平。

今天上午的大部分时间我都在考虑实验班的课程表。 我单独承担这项工作，因为，对此她们谁都不感兴趣，而且谁都没有这方面的经验，似乎谁也难担此任。 我觉得这是我的失败。

我们教职员工之间的猜忌越来越多。 我看这是我三年中所面临的最让人灰心的事情——由鸡毛蒜皮的小事引发的忌恨使我们无法合作。 对明年秋天

---

① 即大学医院，或称鼓楼医院。

的工作计划我还没有一点概念，然而，我坚信一切都会好的。

今晚，中国教徒设宴庆祝普赖斯博士来到上海 50 周年。 过去这么多年，他目睹了多少世事变幻啊!

🗓 | 3 月 26 日，星期二

新政府本周六的成立大典正在筹备之中，不过仍有许多事难以预料。 新政府是否能成立是一个问题，成立后能维持多久又是一个问题。 一个争权夺利、彼此忌恨的政府是不可能有什么凝聚力的。

上午 11 时，我去南京教会委员会参加投票，决定是否为 600 名穷孩子开办几所半日制的特别学校，保证他们每天能吃上一顿饱饭。

今天下午 4 时 30 分，我去艾伯特·斯图尔德家，参加为普赖斯博士夫妇举行的招待会。 舒厄兹家现在住的房子已重新修复好，这令他们很高兴。

学校奉命本周六必须放假。 我们怎么办呢? 我的意思是让她们周五晚上就回家。

米价已经降到了每担 25 元。

🗓 | 3 月 30 日，星期六

今天"新"中央政府成员在南京举行就职典礼。

哈罗德·费伊（Harodl Fey）今天下午来拜访我，他上午参加了典礼。他昨天来到南京，旅费由日本政府提供。 他获此优待是因为他被当成了一家报社的记者（他即将成为《基督教世纪》的编辑）。

他简单地对我讲述了以下情况： 典礼是今天上午在前贡院的一幢大楼里举行的，大约有 75 名中国官员宣誓就职。 那个大房间空空如也，只有地板上画了 5 个圆圈，那些官员们就站在里面，新闻记者被指定在一个特定区域内。没多少日本人露面——只有几个海军代表和报界代表。 在这个房间的前方挂着孙中山的巨幅画像、党旗和国旗，没挂日本国旗。 在拍照处有许多穿着新制服的中国士兵，而外面有许多日本兵。 典礼开始时，盖在画像上的布帘被拉开，孙中山的画像展现在人们面前。 汪精卫讲了几句话，他说，他确信孙中山是赞同他们的行动的（哈罗德说，从那 75 名官员的表情看，如果房间里有椅子的话，他们肯定羞得钻到椅子下面了）。 接下来是拍照，那个主要角色脸色像死人一样苍白，实际上他可能没什么病。

下午有一个大型游行，这座城市的五个区都按指定人数派代表参加。 学校也派了代表团（我们照常上课，就当没接到通知。 绝大多数教会学校为了避免麻烦都放假了）。 今天晚上放了好长时间五彩缤纷的焰火。

昨天晚上从上海开来的一列火车出了事，车头和四节车厢出轨了。 据报道，没有人员伤亡。 今晚我们没收到报纸，因此，看来今天似乎也有火车出事了。 我没有听说这座城市里有恐怖活动。

王承典以前盘下了一个店铺。 过去两年，他有许多机会扩充店面，而且，他确实也不顾廉耻地这样干了。 最近，他一直在囤积大米，据说，他昨天被砍了头（不真实）。

📅 ┃ 3 月 31 日，星期天

本指望几位日本客人昨晚抵南京，但结果没来，他们来电报说不来南京了。

下午做礼拜的妇女，每次都要讲述一个个悲惨的故事。 这些妇女久久不愿离去，向我们倾诉自己的遭遇。 今天，我又听到一些人在讲述她们的遭遇。

面带悲伤的那位乡下老奶奶也做了礼拜，她惟一活着的儿子正在坐牢，据说，他备受折磨，日本人硬说他是游击队员。 没有劳动力，地也荒了，年迈的父母心都碎了。

黄大妈也在场，她靠出租两辆黄包车为生，现在，两辆车都被那些流氓抢去了，她的生活没了着落。 她没地方讨公道。

📅 ┃ 4 月 6 日，星期六

这星期有 50 多架轰炸机组成的编队飞越这座城市上空。 有报道说，今天早晨有许多伤兵被送进了城。

街上的汽车越来越多——大概都是新贵的。 许多民宅、官邸和办公楼正在修复。 米价曾下降到每担 24 元，现在又涨到了近 30 元。 我今天上街时看到好几群小孩，我跟他们聊了几句，得知他们好多天只靠喝粥填肚子。

今天下午，我们几个人去国家公园观赏樱花和桃花，看到的一切都很可爱，但也有大煞风景之处：有些建筑物被战火摧毁了；明孝陵的墓丘上曾种满了美丽的古橡树，但现在几乎被砍光了——是官方下令砍的，用来当柴烧。

今晚，我参加了一场非常愉快的学生晚会。我们应该多举行这样的活动。

📆 | 4月7日，星期天

今天天气很好，风和日丽。绣线菊和紫丁香开花了，香气扑鼻。今天，几批重型轰炸机掠过南京上空。晚上，探照灯搜索着天空。多么糟糕的晚上，晚饭后，一位学生跑来告诉我，三名学生明天将出发去西部——步行去"自由之土"。她们今天下午离家（家长以为她们回校了，我们自然以为她们还在家）。下午1时，程夫人、王先生和我分别去了这三名学生家，我去了第三个学生的家。家访后，有两位家长来到学校，我们焦急地谈了很久。明天清晨，这几位家长将去两个火车站，如果找不到这几名学生，他们就派人去芜湖，他们认为，孩子将取道那里。想想看，这几名任性的学生要长途跋涉上千英里！她们身上只带了不到100元的钱！

📆 | 4月8日，星期一

上午7时45分。一名学生的父亲今晨来到学校，说他的女儿昨晚一直在一位亲戚家，另一名学生也在那儿。今天下午，第三名学生的父亲也来了，说她女儿一直和他在一起。很显然，这些家长是怕我们开除他们的女儿，所以竭力袒护她们。但是，昨天晚上大家确实被这几个年轻人急坏了。今天上午和下午，这三名学生陆续出现在校园里了。因为这件事，她们看上去无精打采的。她们的出城通行证都被父母收去了。晚上，我看到这三名学生都躺在床上，头蒙在被子里哭泣，同学们焦急地站在周围。校方安排大王分别和她们谈话，尽量帮助她们认识到爱国就是要坚持学习，至少今年是如此。他会像慈父一样和她们交谈，我相信他不会把事情搞得更糟，我们希望会有收效。

4 月 10 日，星期三

今天中午，豪·帕克斯顿、我、凯瑟琳及她的客人一起吃中式午餐，帕克斯顿告诉我们德国侵略丹麦和挪威的消息。 这支疯狂的军队极具破坏力，极度仇视其他民族，不知道德军到底想干什么。

今天，我花了很多时间处理在上生物课时几名学生不守纪律的问题。 学生们感到老师对他们责备太多，让她们做得太辛苦，使许多学生失去了兴趣。

4 月 11 日，星期四

我在海伦·丹尼尔斯家参加了为多萝西（Dorothy）和罗伯茨主教举办的晚宴，刚刚才回来。 整个晚上我都在收听来自宝岛电台的广播，大部分节目报道了挪威的局势和正在进行的激烈海战。 战争将在何处、以何种方式结束呢？ 我为英国朋友感到难过，也为盟军和德军阵亡的青年们难过。 不知道今晚拉贝先生在什么地方，我很想知道他的看法。

4 月 14 日，星期天

我快要筋疲力尽了。 以前，虽然工作进展缓慢，但还能有步骤地制定工作计划，而现在连这些也做不到了，双手也不听使唤。 我希望能马上去休假，但是，谁来为实验班的事操心呢？ 有时我想，最好停办实验班，在新的基础上重新开办一个更强调学生动手能力的班，但是，要做到这一点，上哪儿去找教师呢？

今天下午，弗朗西斯·库姆斯（Francis Coombs）来信说她来不了了，对此，我感到很伤心，因为，她富有中学教学经验。 是我把事情耽搁了，才与她失之交臂的……

不知为什么，今天没收到报纸，也没有关于欧洲的消息。

……

附录 常见外国人姓名翻译对照表

姓名	新华社译名	曾用中文名	其他译名	国籍	机构
A.					
Hallett Edward Abend	阿本德		哈立德·埃邦德	美国	纽约时报
John Moore Allison	阿利森		爱利生、亚立逊、阿里逊、爱理逊、艾利森	美国	美国驻华大使馆
George Atcheson,Jr.	艾奇逊			美国	美国大使馆
B.					
Miner Searle Bates	M. S. 贝茨	贝德士	裴志、裴滋、贝特斯	美国	金陵大学
Grace Bauer	格雷斯·鲍尔		格瑞丝·鲍尔	美国	金大医院
Prideaux-Brune	普里多-布龙			英国	英国大使馆
J. L. Buck	卜凯	卜克	巴克、布克	美国	金陵大学
Richard F. Brady	布雷迪			美国	金大医院
Catherine Bryan	凯瑟琳 · 布莱恩			美国	
D.					
Dirksen	德克森		迪克森	德国	德国驻日使馆
Frank Tillman Durdin	德丁		F. 提尔曼·杜丁	美国	纽约时报
E.					
James Espy	詹姆斯·埃斯皮			美国	美国大使馆
Robert Anthony Eden	艾登			英国	英国外交部
F.					
George A. Fitch	乔治·菲奇	费吴生	费奇、费区、费尔生、菲思	美国	基督教青年会
Fischer	费希尔		菲舍尔	德国	德国驻华使馆

续表

姓名	新华社译名	曾用中文名	其他译名	国籍	机构
Ernest H. Forster	欧内斯特·福斯特		福斯多、厄内斯特·福斯特、厄恩斯特·H.福斯特	美国	圣公会
Von Falkenhausen	冯·法肯豪森			德国	军事顾问
H.					
Cordell Hull	赫尔				
J. M. Hanson	汉森		翰生	丹麦	德士古石油公司
R. R. Hatz	R.R.哈茨			奥地利	安全区机械师
R. Hempel	R.亨普尔		黑姆佩尔	德国	北方饭店
Iva Hynds	伊娃·海因兹			美国	金大医院
J.					
Reverent Jacquinot	雅坎诺	饶家驹	饶神父	法国	上海法国教会
Douglas Jenkins, Jr.	格拉斯·詹金斯				美国大使馆
K.					
Christian Kroeger	克里斯蒂安·克勒格尔		克罗戈、克鲁格、克鲁治、克罗格	德国	礼和洋行（卡洛维兹公司）
L.					
Lindsay	林赛			英国	英国驻美国大使馆
Helen M. Loomis	海伦·卢米斯			美国	金陵文理学院
M.					
Ivor Mackay	麦凯		麦寇	英国	太古公司
John G. Magee	约翰·马吉		梅奇、马约翰、马冀、麦琪	美国	圣公会
James H. McCallum	詹姆斯·麦卡勒姆		麦卡伦、麦考伦、麦加伦	美国	基督会

姓名	新华社译名	曾用中文名	其他译名	国籍	机构
W. Plumer Mills	W. P. 米尔斯		米尔士、密尔士	美国	长老会
L. J. Mead	米德			美国	美孚石油公司
C. Yates McDaniel	麦克丹尼尔			美国	美联社
Arthur Menken	门肯			美国	派拉蒙电影新闻
Morgan	摩根			美国	芜湖总医院
P.					
G. Schultze－Pantin	舒尔茨·潘廷		舒尔彻·潘丁、舒尔兹兹·潘亭	德国	兴明贸易公司
J. V. Pickering	皮克林	毕戈林		美国	美孚洋行
Cola Podshivoloff	科拉·波德希沃洛夫		普特希伏洛夫、克拉·波德希伏洛夫	白俄	桑格伦电器商行（桑德格林电器商店）
John Hall Paxton	帕克斯顿			美国	美国驻华大使馆
Frank Price	弗兰克·普赖斯	毕范宇		美国	金陵神学院
R.					
John H. D. Rabe	约翰·H. D. 拉贝	艾拉培	雷伯、拉比、锐比、诺波	德国	西门子洋行
Charles H. Riggs	查尔斯·里格斯	林查理	李格斯、里格斯	美国	金陵大学
G. F. Rosen	罗森			德国	德国驻华使馆
S.					
Scharffenberg			沙尔芬贝格	德国	德国驻华使馆
Archibald T. Steele	阿奇博尔德·斯蒂尔		阿契包德·斯提尔、A. T. 斯提尔	美国	芝加哥每日新闻报
L. C. Smith	史密斯		莱斯利·史密斯	英国	路透社

续表

姓名	新华社译名	曾用中文名	其他译名	国籍	机构
Lewis S. C. Smythe	刘易斯·斯迈思		史迈士、史密斯、史迈斯、路易斯·S. C. 史迈士	美国	金陵大学
Hubert L. Sone	休伯特·索恩	宋煦伯	宋尼	美国	金陵神学院
Eduard Sperling	爱德华·施佩林		史波林、斯伯林、斯波林	德国	上海保险公司
Albert N. Steward	艾伯特·斯图尔特	史德蔚	司徒华	美国	金陵大学
T. F. Shields	希尔德			美国	古士德公司
Henry L. Stimson	斯廷森		史汀生	美国	美国国务院
T.					
C. S. Trimmer	C. S. 特里默	屈穆尔	德利谟	美国	金大医院
Paul D. Twinem	特威纳姆	戴籁三夫人	特文兰太太、德威南夫人、特威兰、杜南夫人、特维内姆	美国	金陵大学
J. C. Thomson	汤姆森			美国	金陵大学
H. J. Timperley	坦珀利		田伯烈	英国	曼彻斯特卫报
V.					
Minnie Vautrin	明妮·沃特林	华群	魏特琳	美国	金陵女子文理学院
W.					
Robert O. Wilson	罗伯特·威尔逊			美国	金大医院
Z.					
Aug Zautig	A. 曹迪希			德国	起士林糕饼店（基士林克和巴达公司）
A. Zial	齐阿尔		塞尔	白俄	安全区机械师

后 记

明妮·魏特琳（Minnie Vautrin），中文名华群，美国传教士。 1886 年出生于美国伊利诺州。 1912 年来中国合肥办学传教，任合肥三育女中校长。1919 年 ~ 1940 年 5 月，任金陵女子文理学院教授、教务主任、教育系主任，并曾两次代理金陵女子文理学院校长。 1941 年 5 月 14 日，在美国因病自杀。 在侵华日军南京大屠杀期间，魏特琳留守金陵女子文理学院，收容和保护了 1 万名以上的妇孺难民。 当时，难民都称她为"活菩萨""观音菩萨"。

从 1937 年 8 月 12 日开始，到 1940 年 4 月，除后期由于精神衰弱而未能正常写日记之外，魏特琳几乎每天都坚持写日记。 在南京期间，魏特琳一般每隔 20 多天，就将其写好的日记邮寄给金陵女子文理学院在美国纽约校董会的校友，以供关心金陵女子文理学院的校友阅读。 当时在美国的校友认为魏特琳的日记很有价值，于是将其日记寄给有关刊物。 后来，日记中的部分曾在美国俄亥俄州辛辛那提市的《同学》（The Classmate）上发表。 20 世纪80 年代中期，人们在整理传教士资料时，发现了魏特琳日记原稿。 90 年代初，耶鲁大学神学院图书馆特藏室的斯茉莉（Martha Lund Smalley）女士，鉴于魏特琳日记有极高的史料价值，对魏特琳日记原稿进行了整理，并将其制成缩微胶卷，供学者研究使用。

《魏特琳日记》是继《拉贝日记》《东史郎日记》之后，又一部反映侵华日军南京大屠杀真相的第一手原始资料。 拉贝是一位德国人，其日记以保持原始史料价值见长；东史郎是一位原日本士兵，他的日记是作为加害者一方的日记；而魏特琳作为一位美国人，一位女性、大学教授、南京大屠杀亲历者和南京女性难民心目中的"活菩萨"，其日记具有其他资料不可取代的价值。

　　首先，《魏特琳日记》记载了日军从轰炸南京、进攻南京到南京大屠杀及日军在南京进行殖民统治的全过程，它的翻译出版为进一步深入研究南京大屠杀和沦陷时期南京的政治、经济、社会生活提供了十分重要的资料。 其次，由于金陵女子文理学院是专门收容妇女难民的难民所，在侵华日军南京大屠杀期间，这里成了日军实行性暴力的重要目标，作为该难民所的负责人，魏特琳所写的日记是揭露侵华日军性暴行最具说服力的证据。 再次，魏特琳女士爱憎分明，感情真切，想象力丰富，其日记文笔优美流畅，可读性强。 正是由于魏特琳日记的重要价值，章开沅先生编译的《天理难容》和朱成山先生主编的《侵华日军南京大屠杀外籍人士证言集》，都曾节译魏特琳日记中有关记载南京大屠杀的部分。 1999 年，日本著名学者笠原十九司教授也组织翻译了南京大屠杀前后的魏特琳日记，由日本大月书店出版。 现在，呈现在读者面前的是《魏特琳日记》的全译本。

　　在本书翻译的过程中，我们坚持以直译为主的原则，忠实原文，不加润饰，不作任何删改，以保持日记译稿的真实与完整。 外国人名统一以新华通讯社译名资料组编《英语姓名译名手册》（商务印书馆 1991 年版）为准，第一次出现时，在译名之后加注英文。 有些外国人特别是一些在中国传教的美国人，都取有中国姓名，如，魏特琳的中国姓名为华群，贝茨的中国姓名为贝德士，在翻译过程中我们尽可能在注释中加以说明。 一些特殊的机构、书名等，有极少部分因无法查找原名称或无统一译法，我们在译文之后也加注了英文。 中国人姓名、地名及专门机构的翻译，则根据史料进行了考证，少数无法查找核实的人名、地名，则根据音译作了处理，并在首次出现时在其后标明音译。 由于魏特琳日记"是抽空写的——有些是在空袭的间隙写的；有些是经过一天漫长而繁忙的工作后于夜晚写的，因此日记中有许多打字错误，但没有进行修改。 由于没有时间重读一遍，所以也有许多重复之处"（《魏特琳日记》，1937 年 9 月 26 日）。 在翻译的过程中，我们对一些打字错误进行了考订，对有些错误我们用注解的方式作了说明，有些较为明显的错误我们则直接进行了改正。 对于原文中少数重复之处，在翻译过程中我们也未加删减，以尽可能保持日记的原貌。 另外，魏特琳日记英文原稿有许多部分没有分段，在翻译时，我们则根据其具体内容作了分段处理。

　　《魏特琳日记》从酝酿翻译到最后出版，我们得到了许多专家、学者的无私帮助和关心，美国耶鲁大学神学院图书馆特藏室的斯茉莉女士，亲自将魏特琳女士的日记英文原稿提供给南京师范大学南京大屠杀研究中心；华中师范大学章开沅教授对本书的翻译给予了特别关心和支持；南京大学张宪文教授，江苏省社会科学院孙宅巍研究员，南京师范大学公丕祥教授、黄涛教授、米如群教授、于琨奇教授、孙海英教授、经盛鸿教授、李振坤教授、吴晓晴副教授、李广廉副教授以及段薪莉女士、许书宏先生等，对本书的翻译也给予了帮助，值此谨向各位表示衷心感谢！最后，我们要特别感谢江苏人民出版社的老社长和前后几任责任编辑，没有他们的辛勤付出，本书是很难以这样的面貌呈现的。

本书的翻译得到了南京师范大学海内外学术交流资金的推动与支持，南京师范大学南京大屠杀研究中心张连红主持的这一课题同时也被江苏省教育委员会列为 2000 年度江苏人文社会科学研究项目，特此鸣谢！

本书由南京师范大学南京大屠杀研究中心组织翻译，翻译人员由南京师范大学外国语学院的教师和南京大屠杀研究中心的专职及兼职研究人员组成。著名翻译家、南京师范大学外国语学院吕俊教授为本书英文校对。

翻译是一门高深的学问，字斟句酌，永无止境。我们虽然尽了最大的努力，但差错之处仍在所难免，希望各位专家批评指正。

今年是纪念中国人民抗日战争暨世界反法西斯战争胜利 80 周年，江苏人民出版社再版此书意义重大。自 2000 年《魏特琳日记》出版以来，学术界从国内外搜集整理出版了一大批南京大屠杀史料，并推出了一批研究成果，如张宪文主编的《南京大屠杀史料集》(72 册)和《南京大屠杀全史》(三册)、陆束屏编著翻译的《血腥恐怖金陵岁月——金陵女子文理学院中外人士的记载》(上下册)、张连红主编的《金陵女子大学校史》和《永生金陵：魏特琳传》等，这些为我们重新译校此书提供了十分重要的帮助。本次修订校对，由刘燕军、杨夏鸣、王卫星、张连红负责。

魏特琳女士永垂不朽！

张连红

2025 年 5 月 12 日